Theodor Aufrecht

Aitareya Brahmana

Theodor Aufrecht

Aitareya Brahmana

ISBN/EAN: 9783337385422

Printed in Europe, USA, Canada, Australia, Japan

Cover: Foto ©Andreas Hilbeck / pixelio.de

More available books at **www.hansebooks.com**

Das

Aitareya Brāhmaṇa.

Mit Auszügen aus dem Commentare von Sāyaṇācārya
und anderen Beilagen

herausgegeben

von

Theodor Aufrecht.

Bonn,
bei Adolph Marcus.
1879.

Ueber den Verfasser des Aitareyabrāhmaṇa theilt Sāyaṇa in der Einleitung zu seinem Commentare folgende Ueberlieferung mit:

Prakṛitasya tu brāhmaṇasyaitareyakatve sampradāyavida etām ākhyāyikām ācakshate | kasyacit khalu maharsher bahvyaḥ patnyo vidyante | tāsām madhye kasyāścid Itareti nāmadheyam | tasyā Itarāyāḥ putro Mahidāsākhyaḥ kumāraḥ | etac cāraṇyakāṇḍe samāmnāyate | etad dha sma vai tad vidvān Mahidāsa Aitareya iti | tadīyasya tu pitur bhāryāntaraputreshv eva snehātiṣayo, na tu Mahidāse | tataḥ kasyāṃcid yajñasabhāyāṃ tam Mahidāsam avajñāyānyān putrān svotsaṅge sthāpayām āsa | tadānīṃ khinnavadanam Mahidāsam avagatyetarākhyā tanmātā svakīyakuladevatām bhūmim anusasmāra | sā ca bhūmir devatā divyamūrtidharā satī yajñasabhāyāṃ samāgatya Mahidāsāya divyaṃ siṅhāsanaṃ dattvā tatrainam upaveṣya sarveshv api kumāreshu pāṇḍityādhikyam avagamayyaitadbrāhmaṇapratibhāsanarūpaṃ varaṃ dadau | tadanugrahāt tasya Mahidāsasya manasā: Agnir vai devānām avama ityādikaṃ striṇute striṇuta ityantaṃ catvāriṅṣadhyāyopetam brāhmaṇam prādur abhūt | tata ūrdhvam: Atha mahāvratam ityādikam ācāryā ācāryā ityantam āraṇyakavratarūpaṃ ca brāhmaṇam āvir abhūd iti | tasyaitareyasya prādurbhūte catvāriṅṣadadhyāyopetabrāhmaṇe catuḥsaṃstho jyotishṭomaḥ prathamaṃ vidhīyate, tato gavām ayanam, tata Ādityānām ayanam, tato 'ṅgirasām ayanam, tato dvādaśāhas, tato 'nyat sarvam prāsaṅgikam iti drashṭavyam |

Entkleiden wir diese Angabe aller phantastischen Ausschmückung, so bleibt der Name Mahidāsa Aitareya stehen, und diesen Mann dürfen wir immerhin als den Ordner oder Herausgeber des uns vorliegenden Brāhmaṇa ansehen. Als ein Philosoph begegnet er uns im Aitareyāraṇyaka 2, 1, 8, 2. 3, 7, 1. Chāndogyopanishad 3, 16, 7. Es ist ein einzelner Name, der aus der Schule der anderweitig erwähnten Aitareyin heraustritt.

Zu dem Kaushītakibrāhmaṇa steht das Aitareya in einem verwandtschaftlichen Verhältniss. Die Adhyāya 7—30 des ersteren entsprechen den ersten dreissig des letzteren dergestalt, dass derselbe Stoff durchaus in ähnlicher Art, aber oft in abweichender Form und Anordnung behandelt wird. Die Sagen, welche beiden gemeinsam sind, werden meist in denselben Ausdrücken vorgetragen. Man fühlt, dass beide Schriften aus einer Schule hervorgegangen sind, nur dass die gemeinsame Lehre verschieden gefasst ist. Ein bedeutsamer Zug im Kaushītaka ist der, dass rituelle Streitfragen an die Namen Kaushītaki und Paiṅgya geknüpft sind. Auch ist die Form der Darstellung im Kaushītaka viel knapper gemessen als im Aitareya, das sich in einer gewissen Breite zu ergehen liebt.

Der Stoff der letzten zehn Adhyāya im Aitareya ist im Kaushītaka in keiner Weise vertreten, es sei denn, dass die Sage von Śunaḥśepa in wenig veränderter Gestalt im Kaushītakisūtra erscheint. Kapitel 7, 1 handelt von der Vertheilung der Stücke des Opferthiers und ist vielleicht aus Āśvalāyana 12, 9 hinübergenommen. Wenigstens ist es ungewöhnlich, dass grössere Stücke des Brāhmaṇa im

Sūtra wörtlich wiederholt werden. Es folgen neun Kapitel über Sühne von widerwärtigen Zufällen beim Opfer (Āṣv. 3, 10. 11). Kapitel 13—18 enthalten die Erzählung von Ṣunaḥṣepa, deren Einschaltung dadurch gerechtfertigt wird, dass sie vom Hotṛi dem gesalbten König vorzutragen sei. Kapitel 19—34 besprechen das untergeordnete Verhältniss des Kshatriya im Verhältniss zu der Priesterklasse, die dem ersteren zukommende Speise und die Vorbereitung für die Salbung. Kapitel 8, 1—4 haben die bei der Salbung anzuwendenden Stotra und Ṣastra zum Gegenstand, Kapitel 5—23 behandeln die Wiederholung des Salbungsactes, Kapitel 24—27 die Wahl des Purohita. Das Buch schliesst mit einem im Styl der Upanishad gehaltenen Abschnitt über den Kreislauf des Vergehens und Wiederauferstehens von Blitz, Regen, Mond, Sonne, Feuer. Alle diese Materien stehen mit dem Vorwurf des Buches, den Funktionen des Hotṛi beim Jyotishṭoma, entweder in keinem oder dem losesten Zusammenhang, und man kann sich kaum der Vermuthung enthalten, dass ursprünglich das Aitareya gerade so wie das Kaushītaka in dreissig Adhyāya zum Abschluss gekommen sei. Dem steht nicht entgegen, dass die Regel Pāṇinis V, 1, 62 nach welcher traiṅṣa, cātvāriṅṣa ein Brāhmaṇa mit je dreissig, vierzig Abschnitten bezeichnet, wahrscheinlich auf das Kaushītaka und Aitareya zu beziehen ist. Diese Angabe würde die relative Zeit des Grammatikers betreffen, ohne die oben ausgesprochene Ansicht zu widerlegen.

In den Gṛihyasūtra von Ṣāṅkhāyana 4, 10. 6, 1 und Āṣvalāyana III, 4, 4 werden unter anderen Namen Kaushītaka — Mahākaushītaka, Aitareya — Mahaitareya als Lehrer angerufen. Auf dergleichen Benennungen ist in den Gṛihyasūtra kein besonderes Gewicht zu legen. Folgt man anderweitigen Analogien, so würde Mahākaushītaka,

Mahaitareya ein durch allerlei spätere Zusätze erweitertes Brāhmaṇa bezeichnen.

Das Verhältniss zum Gopatha ist bereits in den Anmerkungen angedeutet. Vergleicht man die bezeichneten Stellen, so kann kein Zweifel obwalten, dass Entlehnungen der gröbsten Art vorliegen. Das würde bei einem elenden Machwerke, wie es das Gopatha ist[1], von wenig Belang sein, wenn nicht wahrscheinlich wäre, dass es bereits Yāska bekannt war.

Von viel grösserer Bedeutung ist, dass allem Anschein nach bereits die Taittirīyasaṃhitā das Aitareya benutzt hat. Die Uebereinstimmung von einer Reihe von Stellen, namentlich im sechsten Buche der Ts., beruht zwar minder auf dem Wortlaut als dem Inhalte, dennoch wird eine unbefangene Prüfung beider Brāhmaṇa die hier ausgesprochene Ansicht bestätigen und weiter begründen helfen.

Fragen wir nach der Gottheit, die in unserem Brāhmaṇa nicht bloss wie die verschiedenen Gestalten des vedischen Pantheons aus alterthümlicher Gewohnheit ohne Blut und Leben an uns vorschwebt, sondern in Wahrheit und Wirklichkeit gescheut und gefürchtet wird: so tritt uns als solche, ebenso wie im Kaushītaka und Ṣatapatha, jener Rudra entgegen, der in den späteren Ṣiva übergeht. Als der Herr der Geschöpfe seiner eigenen Tochter nachstellt, suchen die Götter vergebens nach einem Rächer dieser Unbill. Sie thuen ihre grauenvollsten Gestalten zusammen und aus dieser Verbindung entsteht der Gott, der den Namen Bhūtapati führt. Er verwundet Prajāpati und erhält zum Lohne die Herrschaft über die Thiere und heisst hinfür

1) Der Unwerth des Inhaltes wird nur von der schlechten Ausgabe, die es in der Bibliotheca Indica erfahren hat, überboten.

Paṣupati (3, 33). Um die gefürchtete Erwähnung seines Namens zu meiden, muss der Wortlaut eines vedischen Verses geändert werden (3, 34). In 6, 14 tritt er in schwarzen Gewändern auf und nimmt bei einem Opfer die Opferthiere für sich in Anspruch. Auch hier wird in ängstlicher Scheu sein Name mit Stillschweigen übergangen. So wurde denn unser Brāhmaṇa zu einer Zeit abgefasst, wo der alte Polytheismus in Verfall gerathen war, und ein neuer Glaube sich Bahn gebrochen hatte.

Die Person, welche ein Opfer darbrachte, war mit Leib und Seele in die Hände des Opferers gegeben, und dieser konnte durch eine Störung der herkömmlichen Gebräuche nach Belieben ihm Schaden zufügen. Solche Mittel sind in 2, 33. 3, 3. 7. Zauber, die zur Vernichtung von Feinden dienen, in 3, 22 und 8, 28 angegeben. Von diesen Auswüchsen des Aberglaubens hält das Kaushītaka sich frei.

Man wird von mir ein Urtheil über die Leistung meines Vorgängers erwarten. Der neunte Band der Indischen Studien überhebt mich der unangenehmen Verpflichtung das Fehlerhafte zu rügen und rechtfertigt die gegenwärtige Ausgabe. Die Uebersetzung von Haug verdient als der erste Versuch, ein ganzes Brāhmaṇa in ein Europäisches Gewand zu bringen, alle Anerkennung, und die Anmerkungen haben unsere Kenntniss des vedischen Rituals bedeutend gefördert. Der Hauptfehler von Haug war, dass er den Commentar nicht verstand, oder die Mühe scheute ihn zu verstehen. Der Text ist nachlässig behandelt. Um mich gegen Vorwürfe zu schützen, lasse ich einige Beweisstellen folgen. 1, 14 hat Haug: esha vai somo rājā yo yajate, und übersetzt: "he who brings the sacrifice is the king Soma." Alle Hss. lesen: somarājā und der Satz bedeutet: "derjenige welcher opfert, hat Soma zum Könige". — 1, 15 liest

Haug: tad yathaivādo manushyarājaay' āgate 'ayasmia vārhaty ukshāṇam vā vehatam kshadanta cvāsmā. Die Hss. lesen: tad yathaivādo maaushyarāja āgate 'nyasmin vārhaty ukshāṇam vā vehatam vā kshadanta evam evāsmā. — 2, 14. Haug: te 'bhitaḥ praticaranta aitya, die Hss. te 'bhitaḥ paricaranta ait. — 2, 17. eshām eva devalokānām, die Hss. eshām eva lokānām. — 2, 31. taṃ yathā gṛihāṇi tam, die Hss. taṃ yathā gṛihān itam. — 3, 19. pāṣān iva, die Hss. pāṣād iva. — 3, 23. yad u virājan daṣiuīm abhi sam padyetām, die Hss. yad u virājaṃ daṣinīm abhisamapadyetām. — 4, 3. tad atichandasaḥ, die Hss. tad yad atichandasaḥ. — 4, 15. te ete jyotishī. ubhayataḥ saṃ loke te. "they are the two Jyotish (lights) on both sides facing (one another) in the world". Das steht für: te ete jyotishī ubhayataḥ saṃlokete "diese beiden Jyotis-Tage blicken von beiden Enden einander an". 5, 3. āpyante chandānsi tṛitīye 'hany eva tad eva, die Hss. āpyaate chandānsi tṛitīye 'hany etad eva. — 5, 18. mahaṣ cit tvam indra yata etāni sūktāni, die Hss. mahaṣ cit tvam indra yata etān iti sūktam a. s. w. Wen die Mühe nicht verdriesst beide Ausgaben zu vergleichen, wird Abweichungen mannigfacher Art entdecken. Für den von mir gegebenen Text übernehme ich die Verantwortung in jeder Beziehung.

AITAREYA BRĀHMAṆA.

1 Agnir vai devānām avamo Vishṇuḥ paramas, tada-
ntareṇa sarvā anyā devatā 2 āgnāvaishṇavam puroḷāśaṃ nir-
vapanti dīkshaṇīyam ekādaśakapālam 3 sarvābhya evainaṃ
tad devatābhyo 'nantarāyaṃ nirvapanty 4 Agnir vai sarvā
devatā, Vishṇuḥ sarvā devatā 5 ete vai yajñasyāntye tanvau
yad Agniś ca Vishṇuś ca. tad yad āgnāvaishṇavam puro-
ḷāśaṃ nirvapanty, antata eva tad devān ṛidhnuvanti 6 tad
āhur: yad ekādaśakapālaḥ puroḷāśo dvāv Agnāvishṇū, kai-
nayos tatra kḷiptiḥ kā vibhaktir ity 7 ashṭākapāla āgneyo,
'shṭāksharā vai gāyatrī, gāyatram Agneś chandas; trikapālo
vaishṇavas, trir hīdaṃ Vishṇur vyakramata: sainayos ta-
tra kḷiptiḥ sā vibhaktir 8 ghṛite caruṃ nirvapeta yo 'prati-
shṭhito manyeta 9 asyāṃ vāva sa na pratitishṭhati yo na pra-
titishṭhati 10 tad yad ghṛitaṃ tat striyai payo, ye taṇḍulās
te puṃsas, tan mithunam: mithunenaivainaṃ tat prajayā
paśubhiḥ prajanayati prajātyai 11 prajāyate prajayā paśu-
bhir ya evaṃ veda 12 rabdhayajño vā esha ārabdhadevato
yo darśapūrṇamāsābhyāṃ yajata. āmāvāsyena vā havishe-
shṭvā paurṇamāsena vā tasminn eva havishi tasmin barhi-
shi dīkshetaisho ekā dīkshā 13 saptadaśa sāmidhenīr anu-
brūyāt 14 saptadaśo vai Prajāpatir: dvādaśa māsāḥ pañca-
rtavo hemantaśiśirayoḥ samāsena. tāvān saṃvatsaraḥ, saṃ-
vatsaraḥ Prajāpatiḥ 15 prajāpatyāyatanābhir evābhī rādhnoti
ya evaṃ veda || 1 || 1 ||

1 Yajño vai devebhya udakrāmat, tam ishṭibhiḥ praisham aichan. yad ishṭibhiḥ praisham aichaṅs, tad ishṭīnām ishṭitvam. tam anvavindann 2 anuvittayajño rādhnoti ya evam veda 3 ūtayo vai nāmaitā yad āhutaya, etābhir vai devān yajamāno hvayati, tad āhutīnām āhutitvam 4 ūtayaḥ khalu vai tā nāma yābhir devā yajamānasya havam āyanti. ye vai panthāno yāḥ srutayas tā vā ūtayas; ta u evaitat svargayāṇā yajamānasya bhavanti 5 tad āhur: yad anyo juhoty, atha yo 'nu cāha yajati ca kasmāt taṃ hotety ācakshata iti 6 yad vāva sa tatra yathābhājanaṃ devatā amum āvahāmum āvahety āvāhayati, tad eva hotur hotṛitvaṃ 7 hotā bhavati, hotety enam ācakshate ya evaṃ veda || 2 || 2 ||

1 Punar vā etam ṛitvijo garbhaṃ kurvanti yaṃ dīkshayanty 2 adbhir abhishiñcanti 3 reto vā āpaḥ, saretasam evainaṃ tat kṛitvā dīkshayanti 4 navanītenābhyañjanty 5 ājyaṃ vai devānāṃ, surabhi ghṛitam manushyāṇām, āyutam pitṛīṇāṃ, navanītaṃ garbhāṇāṃ. tad yan navanītenābhyañjanti, svenaivainaṃ tad bhāgadheyena samardhayanty 6 āñjanty enaṃ 7 tejo vā etad akshyor yad āñjanaṃ, satejasam evainaṃ tat kṛitvā dīkshayanty 8 ekaviṅṣatyā darbhapiñjūlaiḥ pāvayanti 9 ṣuddham evainaṃ tat pūtaṃ dīkshayanti 10 dīkshitavimitam prapādayanti 11 yonir vā eshā dīkshitasya yad dīkshitavimitaṃ, yonim evainaṃ tat svām prapādayanti 12 tasmād dhruvād yoner āste ca carati ca 13 tasmād dhruvād yoner garbhā dhīyante ca pra ca jāyante 14 tasmād dīkshitaṃ nānyatra dīkshitavimitād ādityo 'bhyudiyād vābhyastamiyād vāpi vābhyāṣrāvayeyur 15 vāsasā prorṇuvanty 16 ulbaṃ vā etad dīkshitasya yad vāsa, ulbenaivainaṃ tat prorṇuvanti 17 kṛishṇājinam uttaram bhavaty 18 uttaraṃ vā ulbāj jarāyu, jarāyuṇaivainaṃ tat prorṇuvanti 19 mushṭī kurute 20 mushṭī vai kṛitvā garbho 'ntaḥ ṣete, mushṭī kṛitvā

kumāro jāyate. tad yan mushṭī kurute, yajñaṃ caiva tat sarvāś ca devatā mushṭyoḥ kurute 21 tad āhur: na pūrvadīkshiṇaḥ saṃsavo 'sti, parigṛihīto vā etasya yajñaḥ, parigṛihītā devatā, naitasyārtir asty aparadīkshiṇa eva yathā tathety 22 unmucya kṛishṇājinam avabhṛitham abhyavaiti, tasmān muktā garbhā jarāyor jāyante 23 sahaiva vāsasābhyavaiti, tasmāt sahaivolbena kumāro jāyate || 3 || 3 ||

1 Tvam agne sapralhā asi, soma yās te mayobhuva ity ājyabhāgayoḥ puronuvākye anubrūyād, yaḥ pūrvam anījānaḥ syāt tasmai 2 tvayā yajñaṃ vi tanvata iti, yajñam evāsmā etad vitanoty 3 agniḥ pratnena manmanā, soma gīrbhish ṭvā vayam iti, yaḥ pūrvam ījānaḥ syāt tasmai 4 pratnam iti pūrvaṃ karmābhivadati 5 tat-tan nādṛityam 6 agnir vṛitrāṇi jaṅghanat, tvaṃ somāsi satpatir iti vārtraghnāv eva kuryād 7 vṛitraṃ vā esha hanti yaṃ yajña upanamati, tasmād vārtraghnāv eva kartavyāv 7 agnir mukham prathamo devatānām, agnish ca vishṇo tapa uttamam maha ity āgnāvaishṇavasya havisho yājyānuvākye bhavata 9 āgnāvaishṇavyau rūpasamṛiddhe. etad vai yajñasya samṛiddhaṃ yad rūpasamṛiddhaṃ, yat karma kriyamāṇam ṛig abhivadaty 10 Agnish ca ha vai Vishṇush ca devānāṃ dīkshāpālau, tau dīkshāyā īśāte. tad yad āgnāvaishṇavaṃ havir bhavati yau dīkshāyā īśāte tau prītau dīkshāṃ prayachatāṃ, yau dīkshayitārau tau dīkshayetām iti 11 trishṭubhau bhavataḥ sendriyatvāya || 4 || 4 ||

1 Gāyatryau svishṭakṛitaḥ saṃyājye kurvīta tejaskāmo brahmavarcasakāmas 2 tejo vai brahmavarcasaṃ gāyatrī 3 tejasvī brahmavarcasī bhavati ya evaṃ vidvān gāyatryau kurute 4 ushṇihāv āyushkāmaḥ kurvītā 5 yur vā ushṇik 6 sarvam āyur eti ya evaṃ vidvān ushṇihau kurute 7 'nushṭubhau svargakāmaḥ kurvīta 8 dvayor vā anushṭubhoś catuḥshashṭir

aksharāṇi, traya ima ūrdhvā ekaviṅśā lokā; ekaviṅśatyaikaviṅśatyaivemāṅl lokān rohati, svarga eva loke catuḥshashṭitamena pratitishṭhati 9 pratitishṭhati ya evaṃ vidvān anushṭubhau kurute 10 bṛihatyau śrīkāmo yaśaskāmaḥ kurvīta 11 śrīr vai yaśaś chandasām bṛihatī 12 śriyam eva yaśa ātman dhatte ya evaṃ vidvān bṛihatyau kurute 13 paṅktī yajñakāmaḥ kurvīta 14 pāṅkto vai yajña 15 upainaṃ yajño namati ya evaṃ vidvān paṅktī kurute 16 trishṭubhau vīryakāmaḥ kurvītau 17 jo vā indriyaṃ vīryaṃ trishṭub 18 ojasvīndriyavān vīryavān bhavati ya evaṃ vidvāṅs trishṭubhau kurute 19 jagatyau paśukāmaḥ kurvīta 20 jāgatā vai paśavaḥ 21 paśumān bhavati ya evaṃ vidvāñ jagatyau kurute 22 virājāv annādyakāmaḥ kurvītā 23 nnaṃ vai virāṭ 24 tasmād yasyaiveha bhūyishṭham annam bhavati sa eva bhūyishṭhaṃ loke virājati, tad virājo virāṭtvaṃ 25 vi sveshu rājati, śreshṭhaḥ svānām bhavati ya evaṃ veda ‖ 5 ‖ ₆ ‖

1 Atho pañcavīryaṃ vā etac chando yad virāḍ 2 yat tripadā tenoshṇihāgāyatryau, yad asyā ekādaśākshrāṇi padāni tena trishṭub, yat trayastriṅśadaksharā tenānushṭum. na vā ekenāksharena chandāṅsi viyanti na dvābhyām. yad virāṭ tat pañcamaṃ 3 sarveshāṃ chandasāṃ vīryam avarunddhe, sarveshāṃ chandasāṃ vīryam aśnute, sarveshāṃ chandasāṃ sāyujyaṃ sarūpatāṃ salokatām aśnute, 'nnādo 'nnapatir bhavaty, aśnute prajayānnādyaṃ ya evaṃ vidvān virājau kurute 4 tasmād virājāv eva kartavye 5 p r e d d h o a g n a, i m o a g n a ity ete 6 ṛitaṃ vāva dīkshā satyaṃ dīkshā, tasmād dīkshitena satyam eva vaditavyam 7 atho khalv āhuḥ: ko 'rhati manushyaḥ sarvaṃ satyaṃ vaditum; satyasaṃhitā vai devā, anṛitasaṃhitā manushyā iti 8 vicakshaṇavatīṃ vācaṃ vadec 9 cakshur vai vicakshaṇaṃ, vi hy enena paśyatīty 10 etad dha vai manushyeshu satyaṃ nihitaṃ yac cakshus 11 tasmād ācakshāṇam āhur: adrāg iti. sa yady ada-

rṣam ity āhāthāsya ṣrad dadhati. yady u vai svayam paṣyati, na bahūnām canānyeshām ṣrad dadhāti 12 tasmād vicakshaṇavatīm eva vācam vadet, satyottarā haivāsya vāg uditā bhavati bhavati || 6 || ° ||

Iti prathamapañcikāyām prathamo 'dhyāyaḥ.

Iti prathamādhyāye shashṭhaḥ khaṇḍaḥ.

1 Svargam vā etena lokam upa prayanti yat prāyaṇīyas, tat prāyaṇīyasya prāyaṇīyatvam 2 prāṇo vai prāyaṇīya, udāna udayanīyaḥ, samāno hotā bhavati, samānau hi prāṇodānau, prāṇānām kḷiptyai prāṇānām pratiprajñātyai 3 yajño vai devebhya udakrāmat, te devā na kim canāṣaknuvan kartum na prājānaṅs. te 'bruvann Aditim: tvayemam yajñam prajānāmeti. sā tatheti abravīt, sā vai vo varam vṛiṇā iti. vṛiṇīshveti. saitam eva varam avṛiṇīta: matprāyaṇā yajñāḥ santu madudayanā iti. tatheti. tasmād ādityaṣ caruḥ prāyaṇīyo bhavaty āditya udayanīyo, varavṛito hy asyā 4 atho etam varam avṛiṇīta: mayaiva prācīm diṣam prajānāthāgninā dakshiṇām, Somena pratīcīm, Savitrodīcīm iti 5 Pathyām yajati 6 yat Pathyām yajati, tasmād asau pura udeti, paṣcāstam eti; Pathyām hy esho 'nusamcaraty 7 Agnim yajati 8 yad Agnim yajati, tasmād dakshiṇato 'gra oshadhayaḥ pacyamānā āyanty, āgneyyo hy oshadhayaḥ 9 Somam yajati 10 yat Somam yajati, tasmāt pratīcyo 'py āpo bahvyaḥ syandante, saumyā hy āpaḥ 11 Savitāram yajati 12 yat Savitāram yajati, tasmād uttarataḥ paṣcād ayam bhūyishṭham pavamānaḥ pavate, savitṛiprasūto hy esha etat pavata 13 uttamām Aditim yajati 14 yad uttamām Aditim yajati, tasmād asāv imām vṛishṭyābhyunatty abhijighrati 15 pañca devatā yajati, pāṅkto yajñaḥ. sarvā diṣaḥ kalpante, kalpate yajño 'pi 16 tasyai janatāyai kalpate yatraivam vidvān hotā bhavati || 7 || 1 ||

1 Yas tejo brahmavarcasam icchet prayājāhutibhiḥ prāṅ

sa iyāt, tejo vai brahmavarcasam prācī dik 2 tejasvī brahmavarcasī bhavati ya evaṃ vidvān prāñ eti 3 yo 'nnādyam ichet prayājāhutibhir dakshiṇā sa iyād, annādo vā esho 'nnapatir yad Agnir 4 annādo 'nnapatir bhavaty, aṣnute prajayānnādyaṃ ya evaṃ vidvān dakshiṇaiti 5 yaḥ paṣūn ichet prayājāhutibhiḥ pratyañ sa iyāt, paṣavo vā ete yad āpaḥ 6 paṣumān bhavati ya evaṃ vidvān pratyaññ eti 7 yaḥ somapītham ichet prayājāhutibhir udañ sa iyād, uttarā ha vai somo rājā 8 pra somapītham āpnoti ya evaṃ vidvān udaññ eti 9 svargyaivordhvā dik, sarvāsu dikshu rādhnoti 10 samyañco vā ime lokāḥ, samyañco 'smā ime lokāḥ ṣriyai dīdyati ya evaṃ veda 11 Pathyāṃ yajati. yat Pathyāṃ yajati, vācam eva tad yajñamukhe sambharati 12 prāṇāpānāv Agnīshomau, prasavāya Savitā, pratishṭhityā Aditiḥ 13 Pathyām eva yajati. yat Pathyām eva yajati, vācaiva tad yajñam panthām apinayati 14 cakshushī evāgnīshomau, prasavāya Savitā, pratishṭhityā Aditiṣ 15 cakshushā vai devā yajñam prājānanṣ, cakshushā vā etat prajñāyate yad aprajñeyaṃ; tasmād api mugdhaṣ caritvā yadaivānushṭhyā cakshushā prajānāty atha prajānāti 16 yad vai tad devā yajñam prājānann asyāṃ vāva tat prājānann, asyāṃ samabharann; asyai vai yajñas tāyate, 'syai kriyate, 'syai sambhriyata, iyaṃ hy Aditis. tad uttamām Aditiṃ yajati. yad uttamām Aditiṃ yajati, yajñasya prajñātyai svargasya lokasyānukhyātyai || 8 || 2 ||

1 Devaviṣaḥ kalpayitavyā ity āhus, tāḥ kalpamānā anu manushyaviṣaḥ kalpanta iti; sarvā viṣaḥ kalpante, kalpate yajño 'pi 2 tasyai janatāyai kalpate yatraivaṃ vidvān hotā bhavati 3 svasti naḥ pathyāsu dhanvasv ity anvāha 4 svasty apsu vṛijane svarvati | svasti naḥ putrakṛitheshu yonishu svasti rāye maruto dadhātana iti 5 Maruto vai devānāṃ viṣas, tā evaitad yajñamukhe

'cīkḷipat 6 sarvaiṣ chandobhir yajed ity āhuḥ. sarvair vai chandobhir ishṭvā devāḥ svargaṃ lokam ajayaṅs, tathaivaitad yajamānaḥ sarvaiṣ chandobhir ishṭvā svargaṃ lokaṃ jayati 7 svasti naḥ pathyāsu dhanvasu, svastir id dhi prapatho ṣreshṭheti pathyāyāḥ svastes trishṭubhāv. agne naya supathā rāye asmān, ā devānām api panthām aganmety Agnes trishṭubhau. tvaṃ soma pra cikito manīshā, yā te dhāmāni divi yā prithivyām iti Somasya trishṭubhāv. ā viṣvadevaṃ satpatiṃ, ya imā viṣvā jātānīti Savitur gāyatryau. sutrāmāṇam prithivīṃ dyām anehasam, mahīm ū shu mātaram suvratānām ity Aditer jagatyāv 8 etāni vāva sarvāṇi chandāṅsi: gāyatraṃ traishṭubhaṃ jāgatam, anv anyāny; etāni hi yajñe pratamām iva kriyanta 9 etair ha vā asya chandobhir yajataḥ sarvaiṣ chandobhir ishṭaṃ bhavati ya evaṃ veda ‖ 9 ‖ ³ ‖

Tā vā etāḥ pravatyo netrimatyaḥ pathimatyaḥ svastimatya etasya havisho yājyānuvākyā. etābhir vā ishṭvā devāḥ svargaṃ lokam ajayaṅs, tathaivaitad yajamāna etābhir ishṭvā svargaṃ lokaṃ jayati 2 tāsu padam asti: svasti rāye maruto dadhātaneti. Maruto ha vai devaviṣo 'ntarikshabhājanās. tebhyo ha yo 'nivedya svargaṃ lokam etīṣvarā hainaṃ ni vā roddhor vi vā mathitoḥ. sa yad āha: svasti rāye maruto dadhātaneti, tam Marudbhyo devaviḍbhyo yajamānaṃ nivedayati; na ha vā enam Maruto devaviṣaḥ svargaṃ lokaṃ yantaṃ nirundhate, na vimathnate 3 svasti hainam atyarjanti svargaṃ lokam abhi ya evaṃ veda 4 virājāv etasya havishaḥ svishṭakritaḥ saṃyājye syātām ye trayastriṅṣadakshare 5 sed agnir agnīṅr aty astv anyān, sed agnir yo vanushyato nipātīty ete 6 virāḍbhyāṃ vā ishṭvā devāḥ svargaṃ lokam ajayaṅs, tathaivaitad yajamāno virāḍbhyām ishṭvā svargaṃ lokaṃ jayati 7 te trayastriṅśadakshare bhavatas. trayastriṅśad vai devā: ashṭau Vasava, ekādaśa Rudrā, dvādaśādityāḥ, Prajāpatiś ca Vashaṭkāraś ca. tat prathame yajñamukhe devatā aksharabhājaḥ karoty, aksharenāksharenaiva tad devatām prīṇāti, devapātreṇaiva tad devatās tarpayati || 10 || • ||

1 Prayājavad ananuyājaṃ kartavyam prāyaṇīyam ity āhur, hīnam iva vā etad īṅkhitam iva yat prāyaṇīyasyānuyājā iti 2 tat-tan nādṛityam 3 prayājavad evānuyājavat kartavyam. prāṇā vai prayājāḥ prajānuyājā; yat prayājān antariyāt prāṇāṅs tad yajamānasyāntariyād, yad anuyājān antariyāt prajāṃ tad yajamānasyāntariyāt 4 tasmāt prayājavad evānuyājavat kartavyam 5 patnīr na saṃyājayet, saṃsthitayajur na juhuyāt 6 tāvataiva yajño 'saṃsthitaḥ 7 prāyaṇīyasya nishkāsaṃ nidadhyāt, tam udayanīyenābhinirvaped, yajñasya saṃtatyai yajñasyāvyavachedāyā 8 tho khalu yasyām eva sthālyām prāyaṇīyaṃ nirvapet tasyām udayanīyaṃ nirvapet, tāvataiva yajñaḥ saṃtato 'vyavachinno bhavaty 9 amushmin vā etena loke rādhnuvanti nāsminn, ity āhur, yat prāyaṇīyam iti. prāyaṇīyam iti nirvapanti prāyaṇīyam iti caranti, prayanty evāsmāl lokād yajamānā ity 10 avidyayaiva tad āhur. vyatishajed yājyānuvākyā 11 yāḥ prāyaṇīyasya puronuvākyās tā udayanīyasya yājyāḥ kuryād, yā udayanīyasya puronuvākyās tāḥ prāyaṇīyasya yājyāḥ kuryāt. tad vyatishajaty ubhayor lokayor ṛiddhyā, ubhayor lokayoḥ pratishṭhityā. ubhayor lokayor ṛidhnoty, ubhayor lokayoḥ pratitishṭhati 12 pratitishṭhati ya evaṃ vedā 13 dityaś caruḥ prāyaṇīyo bhavaty āditya udayanīyo yajñasya dhṛityai, yajñasya balsanaddhyai, yajñasyāprasraṅsāya 14 tad yathaivāda, iti ha smāha, tejanyā ubhayato 'ntayor aprasraṅsāya balsau nahyaty, evam evaitad yajñasyobhayato 'ntayor aprasraṅsāya balsau nahyati yad ādityaś caruḥ prāyaṇīyo bhavaty āditya udayanīyaḥ 15 pathya-

yaivetaḥ svastyā prayanti, pathyām svastim abhy udyanti; svasty evetaḥ prayanti, svasty udyanti svasty udyanti || 11 || 5 ||

Iti prathamapañcikāyām dvitīyo 'dhyāyaḥ.
Iti dvitīyādhyāyo pañcamaḥ khaṇḍaḥ.

1 Prācyām vai diṣi devāḥ somam rājānam akrīṇaṅs, tasmāt prācyām diṣi krīyato 2 tam trayodaṣān māsād akrīṇaṅs, tasmāt trayodaṣo māso nānuvidyate; na vai somavikrayy anuvidyate, pāpo hi somavikrayī 3 tasya krītasya manushyān abhy upāvartamānasya diṣo vīryāṇīndriyāṇi vyudasīdaṅs, tāny ekayarcāvārurutsanta, tāni nāṣaknuvaṅs. tāni dvābhyām tāni tisṛbhis tāni catasṛbhis tāni pañcabhis tāni shaḍbhis tāni saptabhir nnivāvārundhata, tāny ashṭābhir avārundhatāshṭābhir āṣnuvata. yad ashṭābhir avārundhatāshṭābhir āṣnuvata, tad ashṭānām ashṭatvam 4 aṣnute yad-yat kāmayate ya evam veda 5 tasmād eteshu karmasv ashṭāv-ashṭāv anūcyanta, indriyāṇām vīryāṇām avaruddhyai || 12 || 1 ||

1 Somāya krītāya prohyamāṇāyānubrūhīty āhādhvaryur 2 bhadrād abhi ṣreyaḥ prehīty anvāhā 3 yam vāva loko bhadras. tasmād asāv eva lokaḥ ṣreyān, svargam eva tal lokam yajamānam gamayati 4 bṛihaspatiḥ puraetā te astv iti. brahma vai Bṛihaspatir, brahmaivāsmā etat purogavam akar, na vai brahmaṇvad rishyaty 5 athem ava sya vara ā pṛithivyā iti. devayajanam vai varam pṛithivyai, devayajana evainam tad avasāyayaty. āro ṣatrūn kṛiṇuhi sarvavīra iti. dvishantam evāsmai tat pāpmānam bhrātṛivyam apabādhate 'dharam pādayati 6 soma yās te mayobhuva iti tṛicam saumyam gāyatram anvāha some rājani prohyamāṇe, svayaivainam tad devatayā svena chandasā samardhayati 7 sarve nandanti yaṣasāgateny anvāha 8 yaṣo vai somo rājā, sarvo ha vā etena krī-

yamānena nandati yaṣ ca yajñe lapsyamāno bhavati yaṣ ca na 9 sabhāsāhena sakhyā sakhāya ity. esha vai brāhmaṇānāṃ sabhāsāhaḥ sakhā yat somo rājā 10 kilbishaspṛid ity. esha u eva kilbishaspṛid 11 yo vai bhavati, yaḥ ṣreshṭhatām aṣnute sa kilbisham bhavati 12 tasmād āhur: mānuvoco mā pracārīḥ, kilbishaṃ nu mā yātayann iti 13 pitusbaṇir ity. annaṃ vai pitu, dakshiṇā vai pitu; tām enena sanoty, annasanim evainaṃ tat karoty 14 araṃ hito bhavati vājināyetīndriyaṃ vai vīryaṃ vājinam 15 ājarasaṃ hāsmai vājinaṃ nāpachidyate ya evaṃ veda 16 gau 'deva ity anvāha 17 gato hi sa tarhi bhavaty 18 ṛitubhir vardhatu kshayam ity. ṛitavo vai somasya rājño rājabhrātaro yathā manushyasya, tair evainaṃ tat sahāgamayati 19 dadhātu naḥ savitā suprajām isham ity āṣisham āṣāste 20 sa naḥ kshapābhir ahabhiṣ ca jinvatv ity. ahāni vā ahāni rātrayaḥ kshapā, ahorātrair evāsmā etām āṣisham āṣāste. prajāvantaṃ rayim asme sam invatv ity āṣisham evāṣāste 21 yā te dhāmāni havishā yajantīty anvāha 22 tā te viṣvā paribhūr astu yajñaṃ | 23 gayasphānaḥ prataraṇaḥ suvīra iti, gavāṃ naḥ sphāvayitā pratārayitaidhīty eva tad āha 24 vīrahā pra carā soma duryān iti. gṛihā vai duryā. bibhyati vai somād rājña āyato yajamānasya gṛihāḥ. sa yad etām anvāha ṣāntyaivainaṃ tac chamayati, so 'sya ṣānto na prajāṃ na paṣūn hinastī 25 māṃ dhiyaṃ ṣikshamāṇasya deveti vāruṇyā paridadhāti 26 varuṇadevatyo vā esha tāvad yāvad upanaddho, yāvat pariṣritāni prapadyate; svayaivainaṃ tad devatayā svena chandasā samardhayati 27 ṣikshamāṇasya deveti. ṣikshate vā esha yo yajate 28 kratuṃ dakshaṃ varuṇa saṃ ṣiṣādhīti, vīryam prajñānaṃ Varuṇa saṃ ṣiṣādhīty eva tad āha 29 yayāti viṣvā duritā tarema sutarmāṇam adhi nāvaṃ ruhemeti. yajño vai sutarmâ nauḥ, krishṇâjinaṃ vai sutarmâ naur, vâg vai sutarmâ naur; vâcam eva tad âruhya tayâ svargaṃ lokam abhi saṃtarati 30 tâ etâ ashṭâv anvâha rûpasamṛiddhâ 31 etad vai yajñasya samṛiddhaṃ yad rûpasamṛiddhaṃ, yat karma kriyamâṇam ṛig abhivadati 32 tâsâṃ triḥ prathamâm anvâha trir uttamâṃ 33 tâ dvâdaça saṃpadyante: dvâdaça vai mâsâḥ saṃvatsaraḥ, saṃvatsaraḥ Prajâpatiḥ 34 prajâpatyâyatanâbhir evâbhî râdhnoti ya evaṃ veda 35 triḥ prathamâṃ trir uttamâm anvâha, yajñasyaiva tad harsnu nahyati sthemne balâyâvisraṅsâya || 13 || 2 ||

1 Anyataro 'naḍvân yuktaḥ syâd anyataro vimukto 'tha râjânam upâvahareyur 2 yad ubhayor vimuktayor upâvahareyuḥ, pitṛidevatyaṃ râjânaṃ kuryur 3 yad yuktayor, ayogakshemaḥ prajâ vindet, tâḥ prajâḥ pariplaveran 4 yo 'naḍvân vimuktas tac châlâsadâm prajânâṃ rûpaṃ, yo yuktas tac cakriyâṇâṃ. te ye yukte 'nye vimukto 'nya upâvaharanty, ubhâv eva te kshemayogau kalpayanti 5 devâsurâ vâ eshu lokeshu samayatanta. ta etasyâm prâcyâṃ diçy ayatanta, tâṅs tato 'surâ ajayaṅs. te dakshiṇasyâṃ diçy ayatanta, tâṅs tato 'surâ ajayaṅs. te pratîcyâṃ diçy ayatanta, tâṅs tato 'surâ ajayaṅs. ta udîcyâṃ diçy ayatanta, tâṅs tato 'surâ ajayaṅs. ta udîcyâm prâcyâṃ diçy ayatanta, te tato na parâjayanta. saishâ dig aparâjitâ, tasmâd etasyâṃ diçi yateta vâ yâtayed veçvaro hânṛiṇâkartos 6 te devâ abruvann: arâjatayâ vai no jayanti, râjânaṃ karavâmahâ iti. tatheti. te somaṃ râjânam akurvaṅs, te somena râjñâ sarvâ diço 'jayann. esha vai somarâjâ yo yajate. prâci tishṭhaty âdadhati, tena prâcîṃ diçaṃ jayati. taṃ dakshiṇâ parivahanti, tena dakshiṇâṃ diçaṃ jayati. tam pratyañcam âvartayanti, tena pratîcîṃ diçaṃ jayati. tam udîcas tishṭhata upâvaharanti, tenodîcîṃ diçaṃ jayati 7 somena râjñâ sarvâ diço jayati ya evaṃ veda || 14 || 3 ||

1 Havir ātithyaṃ nirupyate some rājany āgate 2 somo vai rājā yajamānasya gṛihān āgachati, tasmā etad dhavir ātithyaṃ nirupyate, tad ātithyasyātithyatvaṃ 3 navakapālo bhavati. nava vai prāṇāḥ, prāṇānāṃ kḷiptyai prāṇānām pratiprajñātyai 4 Vaishṇavo bhavati. Vishṇur vai yajñaḥ, svayaivainaṃ tad devatayā svena chandasā samardhayati 5 sarvāṇi vāva chandāṅsi ca pṛishṭhāni ca somaṃ rājānaṃ krītam anv āyanti, yāvantaḥ khalu vai rājānam anuyanti tebhyaḥ sarvebhya ātithyaṃ kriyate 6 'gnim manthanti some rājany āgate. tad yathaivādo manushyarāja āgate 'nyasmin vārhaty ukshāṇaṃ vā vehataṃ vā kshadanta, evam evāsmā etat kshadante yad agnim manthanty; agnir hi devānām paśuḥ || 15 || 4 ||

1 Agnaye mathyamānāyānubrūhīty āhādhvaryur 2 abhi tvā devā savitar iti sāvitrīm anvāha 3 tad āhur: yad agnaye mathyamānāyānu vācāhātha kasmāt sāvitrīm anvāheti 4 Savitā vai prasavānām īśe, savitṛiprasūtā evainaṃ tan manthanti. tasmāt sāvitrīm anvāha 5 mahī dyauḥ pṛithivī ca na iti dyāvāpṛithivīyām anvāha 6 tad āhur: yad agnaye mathyamānāyānu vācāhātha kasmād dyāvāpṛithivīyām anvāheti. dyāvāpṛithivībhyāṃ vā etaṃ jātaṃ devāḥ paryagṛihṇaṅs, tābhyām evādyāpi parigṛihītas. tasmād dyāvāpṛithivīyām anvāha 7 tvām agne pushkarād adhi iti tṛicam āgneyaṃ gāyatram anvāhāgnau mathyamāne, svayaivainaṃ tad devatayā svena chandasā samardhayaty 8 atharvā nir amanthateti rūpasamṛiddham. etad vai yajñasya samṛiddhaṃ yad rūpasamṛiddhaṃ, yat karma kriyamāṇam ṛig abhivadati 9 sa yadi na jāyeta yadi ciraṃ jāyeta, rākshoghnyo gāyatryo 'nūcyā 10 agne haṅsi ny atriṇam ity etā 11 rakshasām apahatyai 12 rakshāṅsi vā enaṃ tarhy ālabhante, yarhi na jāyate yarhi ciraṃ jāyate 13 sa yady ekasyām evānūktāyāṃ jāyeta yadi

dvayor, atho ta bruvantu jantava iti jātāya jātavatīm abhirūpām anubrūyād 14 yad yajñe 'bhirūpaṃ tat samṛiddham 15 ā yaṃ haste na khādinam iti 16 hastābhyāṃ hy enam manthanti 17 śiśuṃ jātam iti. śiśur iva vā esha prathamajāto yad agnir 18 na bibhrati | viśām agniṃ svadhvaram iti 19 yad vai devānāṃ neti tad eshām o3m iti 20 pra devaṃ devavītaye bharatā vasuvittamam iti prahriyamāṇāyābhirūpā 21 yad yajñe 'bhirūpaṃ tat samṛiddham 22 ā sve yonau ni shīdatv ity 23 esha ha vā asya svo yonir yad agnir agner 24 ā jātaṃ jātavedasīti 25 jāta itaro, jātavedā itaraḥ 26 priyaṃ śiśītātithim ity. esha ha vā asya priyo 'tithir yad agnir agneḥ 27 syona ā gṛihapatim iti, śāntyām evainaṃ tad dadhāty 28 agninägniḥ sam idhyate kavir gṛihapatir yuvā | havyavāḍ juhvāsya ity abhirūpā 29 yad yajñe 'bhirūpaṃ tat samṛiddhaṃ 30 tvaṃ hy agne agninā vipro vipreṇa san sateti 31 vipra itaro vipra itaraḥ, sann itaraḥ sann itaraḥ 32 sakhā sakhyā samidhyasa ity. esha ha vā asya svaḥ sakhā yad agnir agnes 33 tam marjayanta sukratum puroyāvānam ājishu | sveshu kshayeshu vājinam iti 34 esha ha vā asya svaḥ kshayo yad agnir agner 35 yajñena yajñam ayajanta devā ity uttamayā paridadhāti 36 yajñena vai tad devā yajñam ayajanta yad agnināgnim ayajanta, te svargaṃ lokam āyaṅs 37 tāni dharmāṇi prathamāny āsan | te ha nākam mahimānaḥ sacanta yatra pūrve sādhyāḥ santi devā iti 38 chandāṅsi vai Sādhyā devās, te 'gre 'gnināgnim ayajanta, te svargaṃ lokam āyann 39 Ādityāś caivehāsann Aṅgirasaś ca, te 'gre 'gnināgnim ayajanta, te svargaṃ lokam āyan 40 saishā svargyāhutir yad agnyāhutir. yadi ha vā apy abrāhmaṇokto yadi duruktokto yajato 'tha haishāhutir gachaty eva devān, na pāpmanā saṃsṛijyate 41 gachaty asyāhutir devān nāsyābhatiḥ pāpmanā saṃsṛijyate ya evaṃ veda 42 tā etās trayodaśānvāha rūpasamṛiddhā 43 etad vai yajñasya samṛiddham yad rūpasamṛiddham, yat karma kriyamāṇam ṛig abhivadati 44 tāsām triḥ prathamām anvāha trir uttamām, tāḥ saptadaṣa sampadyante. saptadaṣo vai Prajāpatir: dvādaṣa māsāḥ pañcartavas. tāvān saṃvatsaraḥ, saṃvatsaraḥ Prajāpatiḥ 45 prajāpatyāyatanābhir evābhī rādhnoti ya evaṃ veda 46 triḥ prathamām trir uttamām anvāha, yajñasyaiva tad barsau nahyati sthemne balāyāvisraṅsāya || 16 || 5 ||

1 Samidhāgaiṃ davaṣyat,ā pyāyasva sam etu ta ity ājyabhāgayoḥ puronuvākye bhavata ātithyavatyau rūpasamṛiddhe 2 etad vai yajñasya samṛiddhaṃ yad rūpasamṛiddhaṃ, yat karma kriyamāṇam ṛig abhivadati 3 saishāgneyy atithimatī, na saumyātithimaty asti. yat saumyātithimatī syāc, chaṣvat sā syād 4 etat tv evaishātithimatī yad āpīnavatī 5 yadā vā atithim pariveviṣhaty āpīna iva vai sa tarhi bhavati 6 tayor jushāṇenaiva yajati 7 daṃ vishṇur vi cakrame, tad asya priyam abhi pātho aṣyām iti vaishṇavyau 8 tripadām anūcya catushpadayā yajati 9 sapta padāni bhavanti. ṣiro vā etad yajñasya yad ātithyaṃ, sapta vai ṣīrshan prāṇāḥ, ṣīrshann eva tat prāṇān dadhāti 10 hotāraṃ citrarathaṃ adhvarasya, pra-prāyam agnir bharatasya ṣriṇva iti svishṭakṛitaḥ saṃyājye bhavata ātithyavatyau rūpasamṛiddhe. etad vai yajñasya samṛiddhaṃ yad rūpasamṛiddhaṃ, yat karma kriyamāṇam ṛig abhivadati 11 trishṭubhau bhavataḥ sendriyatvāye 12 ḷāntam bhavatīḷāntena vā etena devā arādhnuvan yad ātithyaṃ, tasmād iḷāntam eva kartavyam 13 prayājān evātra yajanti nānuyājān 14 prāṇā vai prayājānuyājās, te ya ime ṣīrshan prāṇās te prayājā, ye 'vāñcas te 'nuyājāḥ. sa yo 'trānuyājān yajed, yathemān prāṇān ālupya ṣīrshan dhitset tādṛik tad 15 atiriktaṃ tat, sam u vā ime prāṇā vi-

dre yo eeme ye eeme 16 tad yad evātra prayājān yajanti nānuyājāṅs, tatra sa kāma upāpto yo 'nuyājeshu yo 'nuyājeshu || 17 || 6 ||

Iti prathamapañcikāyām tṛitīyo 'dhyāyaḥ.

Iti tṛitīyādhyāye shashṭaḥ khaṇḍaḥ.

1 Yajño vai devebhya udakrāmau: na vo 'ham annam bhavishyāmīti. neti devā abruvann, annam eva no bhavishyasīti. taṃ devā vimethire, sa haibhyo vihṛito na prababhūva. te hocur devā: na vai na ittham vihṛito 'lam bhavishyati, hantemaṃ yajñam sambharāmeti. tatheti. taṃ saṃjabhrus 2 taṃ sambhṛityocur Aṣvināv: imam bhishajyatam ity. Aṣvinau vai devānām bhishajāv, Aṣvināv adhvaryū. tasmād adhvaryū gharmaṃ sambharatas 3 taṃ sambhṛityāhatur: brahman pravargyeṇa pracarishyāmo hotar abhishṭuhīti || 18 || 1 ||

1 Brahma jajñānam prathamam purastād iti pratipadyate. brahma vai Bṛihaspatir, brahmaṇaivainaṃ tad bhishajyatī 2 yaṃ vai pitre rāshṭry ety agra iti. vāg vai rāshṭrī, vācam evāsmiṅs tad dadhāti 3 mahān mahī astabhāyad vi jāta iti brāhmaṇaspatyā. brahma vai Bṛihaspatir, brahmaṇaivainaṃ tad bhishajyaty 4 abhi tyaṃ devaṃ savitāram oṇyor iti sāvitrī. prāṇo vai Savitā, prāṇam evasmiṅs tad dadhāti 5 saṃ sīdasva mahāṅ asīty evainaṃ samasādayanu 6 añjanti yam prathayanto na viprā ity ajyamānāyābhirūpā. yad yajñe 'bhirūpaṃ tat samṛiddham 7 pataṃgam aktam asurasya māyayā, yo naḥ sanutyo abhidāsad agne, bhavā no agne sumanā upetāv iti dve-dve abhirūpe. yad yajñe 'bhirūpaṃ tat samṛiddhaṃ 8 kṛiṇushva pājaḥ prasitiṃ na pṛithvīm iti pañca rākshoghnyo, rakshasām apahatyai 9 pari tvā girvaṇo giro, 'dhi dvayor adadhā ukthyaṃ vacaḥ, ṣukraṃ te anyad yajataṃ te anyad, apaṣyaṃ

gopām anipadyamānam iti catasrn ekapātinyas 10 tā ekaviṅṣatir bhavanty 11 ekaviṅṣo 'yam purusho: daṣa hastyā añgulayo daṣa pādyā ātmaikaviṅṣas. tam imam ātmānam ekaviṅṣam saṃskurute || 19 || ² ||

1 Srakve drapsasya dhamataḥ sam asvarann iti nava pāvamānyo. nava vai prāṇāḥ, prāṇān evāsmiṅs tad dadhāty 2 ayaṃ venaṣ codayat pṛiṣnigarbhā ity 3 ayaṃ vai veno. 'smād vā ūrdhvā anyo prāṇā venanty avāñco 'nye, tasmād venaḥ. prāṇo vā ayaṃ san nābher iti, tasmān nābhis, tan nābher nābhitvam. prāṇam evāsmiṅs tad dadhāti 4 pavitraṃ te vitatam brahmaṇas pate, taposh pavitraṃ vitataṃ divas pade, vi yat pavitraṃ dhishaṇā atanvateti pūtavantaḥ prāṇās. ta ime 'vāñco retasyo mūtryaḥ purīshya ity, etān evāsmiṅs tad dadhāti || 20 || ² ||

1 Gaṇānāṃ tvā gaṇapatiṃ havāmaha iti brāhmaṇaspatyam. brahma vai Bṛihaspatir, brahmaṇaivainam tad bhishajyati 2 prathaṣ ca yasya saprathaṣ ca nāmeti gharmatanvaḥ. satanum evainaṃ tat sarūpaṃ karoti 3 rathaṃtaram ā jabhārā vasishṭhaḥ || bharadvājo bṛihad ā cakro agner iti. bṛihadrathaṃtaravantam evainaṃ tat karoty 4 apaṣyaṃ tvā manasā cekitānam iti Prajāvān Prājāpatyaḥ. prajām evāsmiṅs tad dadhāti 5 kā rādhad dhotrāṣvinā vām iti nava vichandasas. tad etad yajñasyāntastyaṃ. vikshudram iva vā antastyam, aṇīya iva ca sthavīya iva ca. tasmād etā vichandaso bhavanty 6 etābhir hāṣvinoḥ Kakshīvān priyaṃ dhāmopāgachat, sa paramaṃ lokam ajayad 7 upāṣvinoḥ priyaṃ dhāma gachati, jayati paramaṃ lokaṃ ya evaṃ vedā 8 bhāty agnir ushasām anīkam iti sūktam 9 pīpivāṅsam aṣvinā gharmam achety abhirūpam. yad yajñe 'bhirūpaṃ tat samṛiddhaṃ 10 tad u traishṭubhaṃ. vīryaṃ vai

trishṭub, vīryam evāsmiṅs tad dadhāti 11 grāvāṇeva tad id artham jarethe iti sūktam. akshī iva karṇāv iva nāsevety aṅgasamākhyāyam evāsmiṅs tad indriyāṇi dadhāti 12 tad u traishṭubham. vīryam vai trishṭub, vīryam evāsmiṅs tad dadhāti 13|e dyāvāpṛithivī pūrvacittaya iti sūktam 14 agnim gharmam surucam yāmann ishṭaya ity abhirūpam. yad yajñe 'bhirūpam tat samṛiddham 15 tad u jāgatam. jāgatā vai paṣavaḥ, paṣūn evāsmiṅs tad dadhāti 16 yābhir amum āvatam yābhir amum āvatam ity. etāvato hātrāṣvinau kāmān dadṛiṣatus, tān evāsmiṅs tad dadhāti, tair evainam tat samardhayaty 17 arūrucad ushasaḥ pṛiṣnir agriya iti rucitavatī, rucam evāsmiṅs tad dadhāti 18 dyubhir aktubhiḥ pari pātam asmān ity uttamayā paridadhāty 19 arishṭebhir aṣvinā saubhagebhiḥ | tan no mitro varuṇo māmahantām aditiḥ sindhuḥ pṛithivī uta dyaur ity etair evainam tat kāmaiḥ samardhayatī 20 ti nu pūrvam paṭalam ‖ 21 ‖ 4 ‖

1 Athottaram 2 upa hvaye sudughām dhenum etām, hiṅkṛiṇvatī vasupatnī vasūnām, abhi tvā 'deva savitaḥ, sam ī vatsam na mātṛibhiḥ, sam vatsa iva mātṛibhir, yas te stanaḥ ṣaṣayo yo mayobhūr, gaur amīmed anu vatsam mishantam, namased upa sīdata, samjānānā upa sīdann abhijñv, ā daṣabhir vivasvato, duhanti saptaikām, samiddho agnir aṣvinā, samiddho agnir vṛishaṇāratir divas, tad u prayakshatamam asya karmā,tmanvan nabho duhyate ghṛitam paya, uttishṭha brahmaṇas pate, 'dhukshat pipyushīm isham, upa drava payasā godhug osham, ā sute siñcata ṣriyam, ā nūnam aṣvinor ṛishiḥ, sam u tye mahatīr apa ity ekaviṅṣatir abhirūpā. yad yajñe 'bhirūpam tat samṛiddham 3 ud

n shya devaḥ savitā hiraṇyayety anūttishṭhati, praitu brahmaṇas patir ity anupraiti, gandharva itthā padam asya rakshatīti kharam avekshate, nāke suparṇam upa yat patantam ity upaviṣati, tapto vām gharmo nakshati svahoto, bhā pibatam aṣvineti pūrvāhṇe yajaty 4 agno vīhīty anuvashaṭkaroti, svishṭakṛidbhājanam 5 yad usriyāsv āhutam ghṛitam payo, 'sya pibatam aṣvinety aparāhṇe yajaty, agne vīhīty anuvashaṭkaroti, svishṭakṛidbhājanam 6 trayāṇām ha vai havishām svishṭakṛite na samavadyanti: somasya gharmasya vājinasyeti. sa yad anuvashaṭkaroty, agner eva svishṭakṛito 'nantarityai 7 viṣvā āṣā dakshiṇasād iti brahmā japati 8 svāhākṛitaḥ ṣucir deveshu gharmaḥ, samudrād ūrmim ud iyarti veno, drapsaḥ samudram abhi yaj jigāti, sakhe sakhāyam abhy ā vavṛitsvo,rdhva ū shu ṇa ūtaya, ūrdhvo naḥ pāhy aṅhasas, tam ghem itthā namasvina ity abhirūpā. yad yajñe 'bhirūpam tat samṛiddham 9 pāvakaṣoce tava hi kshayam parīti bhaksham ākāṅkshate 10 hutam havir madhu havir indratame 'gnāv aṣyāma te deva gharma | madhumataḥ pitumato vājavato 'ṅgirasvato namas te astu mā mā hiṅsīr iti gharmasya bhakshayati 11 ṣyeno na yonim sadanam dhiyā kṛitam, ā yasmin sapta vāsavā iti saṃsādyamānāyānvāha 12 havir havishmo mahi sadma daivyam iti yad ahar utsādayishyanto bhavanti 13 sūyavasād bhagavatī hi bhūyā ity uttamayā paridadhāti 14 tad etad devamithunam yad gharmaḥ. sa yo gharmas tac chiṣnam, yau ṣaphau tau ṣaphau, yopayamanī te ṣroṇikapālo, yat payas tad retas. tad idam agnau devayonyām prajanane retaḥ sicyate. 'gnir vai devayoniḥ. so 'gner devayonyā āhutibhyaḥ sambhavaty 15 ṛiṅmayo yajurmayaḥ sāmamayo vedamayo brahmamayo 'mṛitamayaḥ sambhūya devatā apyeti ya evaṃ veda yaś caivaṃ vidvān etena yajñakratunā yajate || 22 || 5 ||

1 Devāsurā vā eshu lokeshu samayatanta. te vā asurā imān eva lokān puro 'kurvata, yathaujīyāṅso balīyāṅsa evaṃ. te vā ayasmayīm evemām akurvata rajatām antarikshaṃ hariṇīṃ divaṃ, te tathemāṅl lokān puro 'kurvata. te devā abruvan: puro vā ime 'surā imāṅl lokān akrata, pura imāṅl lokān pratikaravāmahā iti. tatheti. te sada evāsyāḥ pratyakurvatāgnīdhram antarikshād dhavirdhāne divas. te tathemāṅl lokān puraḥ pratyakurvata 2 te devā abruvann: upasada upāyāmopasadā vai mahāpuraṃ jayantīti. tatheti. te yām eva prathamām upasadam upāyaṅs tayaivainān asmāl lokād anudanta, yāṃ dvitīyāṃ tayāntarikshād, yāṃ tṛitīyāṃ tayā divas. tāṅs tathaibhyo lokebhyo 'nudanta 3 te vā ebhyo lokebhyo nuttā asurā ṛitūn aṣrayanta. te devā abruvann: upasada evopāyāmeti. tatheti. ta imās tisraḥ satīr upasado dvir-dvir ekaikām upāyaṅs, tāḥ shaṭ samapadyanta. shaḍ vā ṛitavas. tān vā ṛitubhyo 'nudanta 4 te vā ṛitubhyo nuttā asurā māsān aṣrayanta. te devā abruvann: upasada evopāyāmeti. tatheti. ta imāḥ shaṭ satīr upasado dvir-dvir ekaikām upāyaṅs, tā dvādaṣa samapadyanta. dvādaṣa vai māsās. tān vai māsebhyo 'nudanta 5 te vai māsebhyo nuttā asurā ardhamāsān aṣrayanta. te devā abruvann: upasada evopāyāmeti. tatheti. ta imā dvādaṣa satīr upasado dvir-dvir ekaikām upāyaṅs, tāṣ caturviṅṣatiḥ samapadyanta. caturviṅṣatir vā ardhamāsās. tān vā ardhamāsebhyo 'nudanta 6 te vā ardhamāsebhyo nuttā asurā ahorātre aṣrayanta. te devā abruvann: upasadāv evopāyāmeti. tatheti. te yām eva pūrvāhṇa upasadam upāyaṅs tayaivainān ahna 'nudanta, yām aparāhṇe tayā rātres; tāṅs tathobhābhyām antarāyaṅs 7 tasmāt supūrvāhṇa eva pūrvayopasadā pracaritavyaṃ svaparāhṇe

'parayā; tāvantam eva tad dvishate lokam parisiashṭi || 23 || 6 ||

1 Jitayo vai nāmaitā yad upasado, 'sapatnāṃ vā etābhir devā vijitiṃ vyajayantā 2 sapatnāṃ vijitiṃ vijayate ya evaṃ veda 3 yāṃ devā eshu lokeshu yām ṛitushu yām māseshu yām ardhamāseshu yām ahorātrayor vijitiṃ vyajayanta, tāṃ vijitiṃ vijayate ya evaṃ veda 4 te devā abibhayur: asmākaṃ vipremāṇam anv idam asurā ābhavishyantīti. te vyutkramyāmantrayantāgnir Vasubhir udakrāmad, Indro Rudrair, Varuṇa Ādityair, Bṛihaspatir Viṣvair devais 5 te tathā vyutkramyāmantrayanta. te 'bruvan: hanta yā eva na imāḥ priyatamās tanvas tā asya Varuṇasya rājño gṛihe saṃnidadhāmahai; tābhir eva naḥ sa na saṃgachātai yo na etad atikrāmād, ya ālalobhayishād iti. tatheti. te Varuṇasya rājño gṛihe tanūḥ samnyadadhata 6 te yad Varuṇasya rājño gṛihe tanūḥ samnyadadhata tat tānūnaptram abhavat, tat tānūnaptrasya tānūnaptratvaṃ 7 tasmād āhur: na satānūnaptriṇe drogdhavyam iti 8 tasmād v idam asurā nānvābhavanti || 24 || 7 ||

1 Ṣiro vā etad yajñasya yad ātithyam, grīvā upasadaḥ. samānabarhishī bhavataḥ, samānaṃ hi ṣirogrīvam 2 ishum vā etāṃ devāḥ samaskurvata yad upasadas. tasyā Agnir anīkam āsīt, Somaḥ ṣalyo, Vishṇus tejanaṃ, Varuṇaḥ parṇāni. tām ājyadhanvāno vyasṛijaṅs, tayā puro bhindanta āyaṅs 3 tasmād etā ājyahavisho bhavanti 4 catasro 'gre stanān vratam upaity upasatsu, catuḥsaṃdhir hīshur: anīkaṃ ṣalyas tejanam parṇāni 5 trīn stanān vratam upaity upasatsu, trishaṃdhir hīshur: anīkaṃ ṣalyas tejanaṃ. dvau stanau vratam upaity upasatsu, dvishaṃdhir hīshuḥ: ṣalyaṣ ca hy eva tejanaṃ caikaṃ stanaṃ vratam upaity upasatsv, ekā hy eveshur ity ākhyāyata, ekayā vīryaṃ kriyate 6 paro varīyāṅso vā ime lokā arvāg aṅhīyāṅsaḥ, parastād arvācīr

upasada upaity eshām eva lokānām abhijityā 7 upasadyāya mīḷhusha, imām me agne samidham imām upasadaṃ vaner iti tisras-tisraḥ sāmidhenyo rūpasamṛiddhā. etad vai yajñasya samṛiddhaṃ yad rūpasamṛiddhaṃ, yat karma kriyamāṇam ṛig abhivadati 8 jaghnivatīr yājyānuvākyāḥ kuryād 9 agnir vṛitrāṇi jaṅghanad, ya ugra iva saryahā, tvaṃ somāsi satpatir, gayasphāno amīvahe,daṃ vishṇur vi cakrame, trīṇi padā vi cakrama ity etā 10 viparyastābhir aparāhṇe yajati 11 ghnanto vā etābhir devāḥ puro bhindanta āyan yad upasadaḥ 12 sachandasaḥ kartavyā na vichandaso 13 yad vichandasaḥ kuryād, grīvāsu tad gaṇḍaṃ dadhyād, īṣvaro glāvo janitos 14 tasmāt sachandasa eva kartavyā na vichandasas 15 tad u ha smāhopāvir Jānaṣruteya, upasadāṃ kila vai tad brāhmaṇe: yasmād apy aṣlīlasya ṣrotriyasya mukhaṃ vy eva jñāyate triptam iva rebhatīvety. ājyahavisho hy upasado, grīvāsu mukham adhyāhitaṃ; tasmād dha sma tad āha || 25 || 8 ||

1 Devavarma vā etad yat prayājāṣ cānuyājāṣ cāprayājam ananuyājam bhavatīshvai saṃṣityā apratiṣarāya 2 sakṛid atikramyāṣrāvayati, yajñasyābhikrāntyā anapakramāya 3 tad āhuḥ: krūram iva vā etat somasya rājño 'nte caranti yad asya ghṛitenānte caranti; ghṛitena hi vajreṇendro vṛitram ahaṅs 4 tad yad: aṅṣur-aṅṣush ṭe deva somāpyāyatām indrāyaikadhanavide ā tubhyam indraḥ pyāyatām ā tvam indrāya pyāyasvā pyāyayāsmān sakhīn | sanyā medhayā svasti te deva soma sutyām udṛicam aṣīyeti rājānam āpyāyayanti, yad evāsya tat krūram ivānte caranti tad evāsyaitenāpyāyayanty, atho enaṃ vardhayanty eva 5 dyāvāpṛithivyor vā esha garbho yat somo rājā. tad yad: eshṭā rāyo eshṭā vāmāni preshe bhagāya | ṛitam ṛitavādibhyo namo dive na-

maḥ pṛithivyā iti prastare nihnavate, dyāvāpṛithivībhyāṃ
eva tan namaskurvanty, atho ene vardhayanty eva vardha-
yanty eva || 26 || ° ||

Iti prathamapañcikāyāṃ caturtho 'dhyāyaḥ.

Iti caturthādhyāye navamaḥ khaṇḍaḥ.

1 Somo vai rājā Gandharveshv āsīt, taṃ devāṣ ca ṛi-
shayaṣ cābhyadhyāyan: kathaṃ ayam asmān somo rājā
gached iti. sā vāg abravīt: strīkāmā vai Gandharvā, ma-
yaiva striyā bhūtayā paṇadhvam iti. neti devā abruvan,
kathaṃ vayaṃ tvad ṛite syāmeti. sābravīt: krīṇītaiva, yarhi
vāva vo mayārtho bhavitā tarhy eva vo 'ham punar āgau-
tāsmīti. tatheti. tayā mahāṇaguyā bhūtayā somaṃ rājānaṃ
akrīṇaṅs 2 tām anukritim aṣkaṇṇāṃ vatsatarīṃ ājanti soma-
krayaṇīṃ, tayā somaṃ rājānaṃ krīṇanti 3 tām punar ni-
shkrīṇīyāt, punar hi sā tān āgachat 4 tasmād upāṅṣu vācā
caritavyam. somo rājani krīte Gaudharveshu hi tarhi vāg
bhavati, sāgnāv eva praṇīyamāno punar āgachati || 27 || ¹ ||

1 Agnaye praṇīyamānāuyānubrūhīty āhādhvaryuḥ 2 pra
devaṃ devyā dhiyā bharatā jātavedasam | havyā
no vakshad ānushag iti gāyatrīṃ brāhmaṇasyānubrūyād
3 gāyatro vai brāhmaṇas, tejo vai brahmavarcasaṃ gāyatrī;
tejasaivainaṃ tad brahmavarcasena samardhayati 4 mam
mahe vidathyāya ṣūsham iti trishṭubhaṃ rājanyasyānu-
brūyāt 5 traishṭubho vai rājanya, ojo vā indriyaṃ vīryaṃ
trishṭub; ojasaivainaṃ tad indriyeṇa vīryeṇa samardhayati
6 ṣaṣvat kṛitva Idyāya pra jabhrur iti 7 svānāṃ evai-
naṃ tac chrnishṭhyam gamayati 8 ṣṛiṇotn no damye-
bhir anīkaiḥ ṣṛiṇotv agnir divyair ajasra ity
9 ājarasaṃ hāsminn ajasro dīdāya ya evaṃ vedā 10 yam
iha prathamo dhāyi dhātṛibhir iti jagatīṃ vaiṣya-
syānubrūyāj 11 jagato vai vaiṣyo, jāgatāḥ paṣavaḥ; paṣu-
bhir evainaṃ tat samardhayati 12 vaneṣhu citram vi-

bhvaṃ viṣe-viṣa ity abhirūpā. yad yajñe 'bhirūpaṃ tat samṛiddham 13 ayam u shya pra devayur ity 14 anushṭubhi vācaṃ visṛijate 15 vāg vā anushṭub, vācy eva tad vācaṃ visṛijate 16 'yam u shya iti yad āhāyam u syāgamaṃ yā purā Gandharveshv avāksam ity eva tad vāk prabrūte 17 'yam agnir urushyatīty 18 ayaṃ vā Agnir urushyaty 19 amṛitād iva janmana ity, amṛitatvam evāsmiṅs tad dadhāti 20 sahasaṣ cit sahīyān devo jīvātave kṛita iti 21 devo hy esha etaj jīvātave kṛito yad Agnir 22 iḷāyās tvā pade vayaṃ nābhā pṛithivyā adhīty 23 etad vā iḷāyās padaṃ yad uttaravedīnābhir 24 jātavedo ni dhīmahīti, nidhāsyanto hy enam bhavanty 25 agne havyāya voḷhava iti, havyaṃ hi vakshyan bhavaty 26 agne viṣvebhiḥ svanīka devair ūrṇāvantam prathamaḥ sīda yonim iti 27 viṣvair evainaṃ tad devaiḥ sahāsādayati 28 kulāyinaṃ ghṛitavantaṃ savitra iti, kulāyam iva hy etad yajñe kriyate yat paitudāravāḥ paridhayo gulgulūrṇāstukāḥ sugandhitejanānīti. yajñaṃ nayu yajamānāya sādhv iti, yajñam eva tad ṛijudhā pratishṭhāpayati 29 sīda hotaḥ sva u loke cikitvān ity; Agnir vai devānāṃ hotā, tasyaisha svo loko yad uttaravedīnābhiḥ 30 sādayā yajñaṃ sukṛitasya yonāv iti; yajamāno vai yajño, yajamānāyaivaitām āṣisham āṣāste 31 devāvīr devān havishā yajāsy agne bṛihad yajamāne vayo dhā iti; prāṇo vai vayaḥ, prāṇam eva tad yajamāne dadhāti 32 ni hotā hotṛishadane vidāna ity; Agnir vai devānāṃ hotā, tasyaitad dhotṛishadanaṃ yad uttaravedīnābhis 33 tvesho dīdivāṅ asadat sudaksha ity, āsanno hi sa tarhi bhavaty 34 adabdhavratapramatir vasishṭha ity, Agnir vai devānāṃ vasishṭhaḥ 35 sahasrambharaḥ ṣucijihvo agnir ity, eshā ha vā asya sahasrambharatā yad enam ekaṃ santam bahudhā viharanti 36 pra ha vai sāhasram posham āpnoti ya evaṃ veda 37 tvaṃ dūtas tvam u naḥ paraspā ity uttamayā paridadhāti 38 tvaṃ vasya ā vṛishabha praṇetā | agne tokasya nas tane tanūnām aprayuchan dīdyad bodhi gopā ity 39 Agnir vai devānāṃ gopā; Agnim eva tat sarvato goptāram paridatta ātmane ca yajamānāya ca yatraivaṃ vidvān etayā paridadhāty, atho saṃvatsarīṇām evaitāṃ svastiṃ kurute 40 tā etā ashṭāv anvāha rūpasamṛiddhā. etad vai yajñasya samṛiddhaṃ yad rūpasamṛiddham, yat karma kriyamāṇam ṛig abhivadati 41 tāsāṃ triḥ prathamām anvāha trir uttamāṃ, tā dvādaṣa sampadyante: dvādaṣa vai māsāḥ saṃvatsaraḥ, saṃvatsaraḥ Prajāpatiḥ. prajāpatyāyatanābhir evābhī rādhnoti ya evaṃ veda. triḥ prathamāṃ trir uttamām anvāha, yajñasyaiva tad barsau nahyati sthemno balāyāvisraṅsāya || 28 || 3 ||

1 Havirdhānābhyām prohyamāṇābhyām anubrūhīty āhādhvaryur 2 yuñje vām brahma pūrvyaṃ namobhir ity anvāha. brahmaṇā vā ete devā ayuñjata yad dhavirdhāne, brahmaṇaivaine etad yuṅkte; na vai brahmaṇvad rishyati 3 pretāṃ yajñasya ṣambhuveti tṛicaṃ dyāvāpṛithivīyam anvāha 4 tad āhur: yad dhavirdhānābhyām prohyamāṇābhyām anu vācāhātha kasmāt tṛicaṃ dyāvāpṛithivīyam anvāheti. dyāvāpṛithivī vai devānāṃ havirdhāne āstāṃ, te u evādyāpi havirdhāne; te hīdam antareṇa sarvaṃ havir yad idaṃ kiṃca. tasmāt tṛicaṃ dyāvāpṛithivīyam anvāha 5 yame iva yatamāne yad aitam iti, yame iva hy ete yatamāne prabāhug itaḥ 6 pra vām bharan mānushā devayanta iti, devayanto hy ene mānushāḥ prabharanty 7 ā sīdatam svam u lokaṃ vidāne svāsasthe bhavatam indave na iti, somo vai rājenduḥ, somāyaivaine etad rājña āsade 'cīkḷipad 8 adhi dvayor adadhā ukthyaṃ vaca iti 9 dvayor hy etat tṛitīyaṃ chadir adhi-

nidhīyata 10 ukthyam vaca iti yad āha, yajñiyaṃ vai karmokthyaṃ vaco, yajñam evaitena samardhayati 11 yatasrucā mithunā yā saparyataḥ | asaṃyatto vrate te ksheti pushyatīti 12 yad evādaḥ pūrvaṃ yattavat padam āha tad evaitena śāntyā śamayati 13 bhadrā śaktir yajamānāya sunvata ity āśisham āśāste 14 viśvā rūpāṇi prati muñcate kavir iti viśvarūpām anvāha 15 sa rarāṭyām īkshamāṇo 'nubrūyād 16 viśvam iva hi rūpaṃ rarāṭyāḥ śuklam iva ca krishṇam iva ca 17 viśvaṃ rūpam avarunddha ātmane ca yajamānāya ca yatraivaṃ vidvān etāṃ rarāṭyām īkshamāṇo 'nvāha 18 pari tvā girvaṇo gira ity uttamayā paridadhāti 19 sa yadaiva havirdhāne samparisrite manyetātha paridadhyād 20 anagnambhāvukā ha hotuś ca yajamānasya ca bhāryā bhavanti yatraivaṃ vidvān etayā havirdhānayoḥ samparisritayoḥ paridadhāti 21 yajushā vā ete pariśriyete yad dhavirdhāne, yajushaivaine etat pariśrayanti 22 tau yadaivādhvaryuś ca pratiprasthātā cobhayato methyau nihanyātām atha paridadhyād 23 atra hi te samparisrite bhavatas 24 tā etā ashṭāv anvāha rūpasamriddhā. etad vai yajñasya samriddhaṃ yad rūpasamriddhaṃ, yat karma kriyamāṇam rig abhivadati. tāsāṃ triḥ prathamām anvāha trir uttamāṃ, tā dvādaśa sampadyante: dvādaśa vai māsāḥ saṃvatsaraḥ, saṃvatsaraḥ Prajāpatiḥ. prajāpatyāyatanābhir evābhī rādhnoti ya evaṃ veda. triḥ prathamāṃ trir uttamām anvāha, yajñasyaiva tad barsau nahyati sthemne balāyāvisraṅsāya || 29 || 3 ||

1 Agnīshomābhyām praṇīyamānābhyām anubrūhīty āhādhvaryuḥ 2 sāvīr hi deva prathamāya pitra iti sāvitrīm anvāha 3 tad āhur: yad Agnīshomābhyām praṇīyamānābhyām anu vācāhātha kasmāt sāvitrīm anvāheti. Savitā vai prasavānām īśe, savitriprasūtā evainau tat praṇayanti.

tasmāt sāvitrīm anvāha 4 praitu brahmaṇas patir iti brāhmaṇaspatyām anvāha 5 tad āhur: yad Agnīshomābhyām praṇīyamānābhyām anu vācāhātha kasmād brāhmaṇaspatyām anvāheti. brahma vai Bṛihaspatir, brahmaivābhyām etat purogavam akar, na vai brahmaṇvad rishyati 6 pra devy etu sūnṛiteti. sasūnṛitam eva tad yajñam karoti. tasmād brāhmaṇaspatyām anvāha 7 hotā devo amartya iti tṛicam āgneyam gāyatram anvāha some rājani praṇiyamāne 8 somam vai rājānam praṇīyamānam antareṇaiva sadohavirdhānāny asurā rakshāṅsy ajighāṅsaṅs, tam Agnir māyayātyanayat 9 purastād eti māyayeti. māyayā hi sa tam atyanayat, tasmād v asyāgnim purastād dharanty 10 upa tvāgne dive-dive, upa priyam panipnatam iti tisraṣ caikām cānvāhe 11 ṣvarau ha vā etau saṃyantau yajamānaṃ hiṅsitor yaṣ cāsau pūrva uddhṛito bhavati, yam u cainam aparam praṇayanti. tad yat tisraṣ caikāṃ cānvāha saṃjñānāv evainau tat saṃgamayati, pratishṭhāyām evainau tat pratishṭhāpayaty, ātmanaṣ ca yajamānasya cāhiṅsāyā 12 agne jushasva prati harya tad vaca ity āhutyām hūyamānāyām anvāhā 13 gnaya eva taj jushṭim āhutiṃ gamayati 14 somo jigāti gātuvid iti tṛicaṃ saumyaṃ gāyatram anvāha some rājani praṇīyamāne, svayaivainaṃ tad devatayā svena chandasā samardhayati 15 somaḥ sadhastham āsadad ity. āsatsyan hi sa tarhi bhavati 16 tad atikramyaivānubrūyāt pṛishṭhata ivāgnīdhraṃ kṛitvā 17 tam asya rājā varuṇas tam aṣvineti vaishṇavīm anvāha 18 kratuṃ sacanta mārutasya vedhasaḥ | dādhāra daksham uttamam aharvidaṃ vrajaṃ ca vishṇuḥ sakhivāñ aporṇuta iti 19 Vishṇur vai devānāṃ dvārapaḥ, sa evāsmā etad dvāraṃ vivṛiṇoty 20 antaṣ ca prāgā aditir bhavāsīti prapādyamāne 'nvāha 21 ṣyeno na yoniṃ sadanaṃ dhiyā kṛitam ity āsanne 22 hiraṇyayam āsadaṃ deva eshatīti 23 hiraṇmayaṃ iva ha vā esha etad devebhyaś chadayati yat kṛishṇājinaṃ 24 tasmād etām anvāha 25 stabhnād dyām asuro viśvavedā iti vāruṇyā paridadhāti 26 varuṇadevatyo vā esha tāvad yāvad upanaddho, yāvat pariśritāni prapadyate; svayaivainaṃ tad devatayā svena chandasā samardhayati 27 taṃ yady upa vā dhāveyur abhayaṃ veeheraun evā vandasva varuṇam bṛihantam ity etayā paridadhyād 28 yāvadbhyo hābhayam ichati yāvadbhyo hābhayaṃ dhyāyati, tāvadbhyo hābhayam bhavati yatraivaṃ vidvān etayā paridadhāti. tasmād evaṃ vidvān etayaiva paridadhyāt 29 tā etāḥ saptadaśānvāha rūpasamṛiddhā. etad vai yajñasya samṛiddhaṃ yad rūpasamṛiddhaṃ, yat karma kriyamāṇam ṛig abhivadati. tāsāṃ triḥ prathamām anvāha trir uttamāṃ, tā ekaviṃśatiḥ sampadyante. ekaviṃśo vai Prajāpatir: dvādaśa māsāḥ pañcartavas traya ime lokā, asāv Āditya ekaviṃśa uttamā pratishṭhā 30 tad daivaṃ kshatraṃ, sā śrīs, tad ādhipatyaṃ, tad bradhnasya vishṭapaṃ, tat Prajāpater āyatanaṃ, tat svārājyam 31 ṛidhnoty etam evaitābhir ekaviṃśatyaikaviṃśatyā || 30 || 4 ||

Iti prathamapañcikāyām pañcamo 'dhyāyaḥ.

Iti pañcamādhyāye caturthaḥ khaṇḍaḥ.

---

1 Yajñena vai devā ūrdhvāḥ svargaṃ lokam āyaṅs. te 'bibhayur: imaṃ no dṛishṭvā manushyāṣ ca ṛishayaṣ cānuprajñāsyantīti. taṃ vai yūpenaivāyopayaṅs, taṃ yad yūpenaivāyopayaṅs tad yūpasya yūpatvaṃ. tam avācīnāgraṃ nimityordhvā udāyaṅs. tato vai manushyāṣ ca ṛishayaṣ ca devānāṃ yajñavāstv abhyāyan: yajñasya kiṃcid eshishyāmaḥ prajñātyā iti. te vai yūpaṃ evāvindann avācīnāgraṃ nimitaṃ. te 'vidur: anena vai devā yajñam ayūyupann iti. tam utkhāyordhvaṃ nyaminvaṅs, tato vai te pra yajñam ajānan pra svargaṃ lokaṃ 2 tad yad yūpa ūrdhvo nimīyate, yajñasya prajñātyai svargasya lokasyānukhyātyai 3 vajro vā esha yad yūpaḥ, so 'shṭāṣriḥ kartavyo. 'shṭāṣrir vai vajras. taṃ-tam praharati dvishate bhrātṛivyāya vadhaṃ, yo 'sya stṛityas tasmai startavai 4 vajro vai yūpaḥ, sa esha dvishato vadha udyatas tishṭhati. tasmād dhāpy etarhi yo dveshṭi tasyāpriyaṃ bhavaty amushyāyaṃ yūpo 'mushyāyaṃ yūpa iti dṛishṭvā 5 khādiraṃ yūpaṃ kurvīta svargakāmaḥ. khādireṇa vai yūpena devāḥ svargaṃ lokam ajayaṅs, tathaivaitad yajamānaḥ khādireṇa yūpena svargaṃ lokaṃ jayati 6 bailvaṃ yūpaṃ kurvītānnādyakāmaḥ pushṭikāmaḥ. samāṃ-samāṃ vai bilvo gṛibhītas, tad annādyasya rūpam; ā mūlāc chākhābhir anucitas, tat pushṭeḥ 7 pushyati prajāṃ ca paṣūṅṣ ca ya evaṃ vidvān bailvaṃ yūpaṃ kurute 8 yad eva bailvā3m [bilvaṃ jyotir iti vā ācakshate 9 jyotiḥ sveshu bhavati, ṣreshṭhaḥ svānām bhavati ya evaṃ veda 10 pālāṣaṃ yūpaṃ kurvīta tejaskāmo brahmavarcasakāmas. tejo vai brahmavarcasaṃ vanaspatīnām

palāṣas 11 tejasvī brahmavarcasī bhavati ya evaṃ vidvān pālāṣaṃ yūpaṃ kurute 12 yad eva pālāṣā3m | sarveshāṃ vā esha vanaspatīnāṃ yonir yat palāṣas. tasmāt palāṣasyaiva palāṣenācakshate, 'mushya palāṣam amushya palāṣam iti 13 sarveshāṃ hāsya vanaspatīnāṃ kāma upāpto bhavati ya evaṃ veda || 1 || 1 ||

1 Añjmo yūpam, anubrūhity āhādhvaryur 2 añjanti tvām adhvare devayanta ity anvāhā3dhvare hy enaṃ devayanto 'ñjanti 4 vanaspate madhunā daivyenety. etad vai madhu daivyaṃ yad ājyaṃ 5 yad ūrdhvas tishṭhā draviṇeha dhattād yad vā kshayo mātur asyā upastha iti. yadi ca tishṭhāsi yadi ca ṣayāsai draviṇam evāsmāsu dhattād ity eva tad āha6 c chrayasva vanaspata ity ucchrīyamāṇāyābhirūpā. yad yajñe 'bhirūpaṃ tat samṛiddhaṃ 7 varshman pṛithivyā adhīty. etad vai varshma pṛithivyai yatra yūpam unminvanti 8 sumitī mīyamāno varco dhā yajñavāhasa ity āṣisham āṣāste 9 samiddhasya ṣrayamāṇaḥ purastād iti 10 samiddhasya hy esha etat purastāc chrayate 11 brahma vanvāno ajaraṃ suvīram ity āṣisham evāṣāsta 12 āre asmad amatiṃ bādhamāna ity. aṣanāyā vai pāpmāmatis, tām eva tad ārān nudate yajñāc ca yajamānāc ca 13 c chrayasva mahate saubhagāyety āṣisham evāṣāsta 14 ūrdhva ū shu ṇa ūtaye tishṭhā devo na savitetī 15 yad vai devānāṃ neti tad eshām o3m iti. tishṭha deva iva Savitety eva tad āha 16 ūrdhvo vājasya sanitetī. vājasanim evainaṃ tad dhanasāṃ sanoti 17 yad añjibhir vāghadbhir vihvayāmaha iti. chandāṅsi vā añjayo vāghatas, tair etad devān yajamānā vihvayante: mama yajñam āgachata mama yajñam iti 18 yadi ha vā api bahava iva yajante, 'tha hāsya devā yajñam aiva gachanti yatraivaṃ vidvān etām anvāha 19 ūrdhvo naḥ pāhy aṅhaso ni ke-

tunā viṣvaṃ sam atriṇaṃ dahoti 20 rakshāṅsi vai pāpmātriṇo, rakshāṅsi pāpmānaṃ dahety eva tad āha 21 kṛidhī na ūrdhvāñ carathāya jīvasa iti yad āha, kṛidhī na ūrdhvāñ caraṇāya jīvasa ity eva tad āha 22 yadi ha vā api nīta iva yajamāno bhavati, pari haivainaṃ tat saṃvatsarāya dadāti 23 vidā deveshu no duva ity āṣisham evāṣāste 24 jāto jāyate sudinatve ahnām iti 25 jāto hy esha etaj jāyate 26 samarya ā vidathe vardhamāna iti. vardhayanty evainaṃ tat 27 punanti dhīrā apaso manīsheti. punanty evainaṃ tat 28 devayā vipra ud iyarti vācam iti. devebhya evainaṃ tan nivedayati 29 yuvā suvāsāḥ parivīta āgād ity uttamayā paridadhāti 30 prāṇo vai yuvā suvāsāḥ, so 'yaṃ ṣarīraiḥ parivṛitaḥ 31 sa u ṣreyān bhavati jāyamāna iti. ṣreyāñchreyān hy esha etad bhavati jāyamānas 32 taṃ dhīrāsaḥ kavaya un nayanti svādhyo manasā devayanta iti. ye vā anūcānās te kavayas, ta evainaṃ tad unnayanti 33 tā etāḥ saptānvāha rūpasamṛiddhā. etad vai yajñasya samṛiddhaṃ yad rūpasamṛiddhaṃ, yat karma kriyamāṇam ṛig abhivadati. tāsāṃ triḥ prathamām anvāha trir uttamām, tā ekādaṣa sampadyante. ekādaṣāksharā vai trishṭup, trishṭub Indrasya vajra. indrāyatanābhir evābhī rādhnoti ya evaṃ veda. triḥ prathamāṃ trir uttamām anvāha, yajñasyaiva tad barsau nahyati sthemne balāyāvisraṅsāya || 2 || 2 ||

1 Tishṭhed yūpā3ḥ | anupraharo3t ity āhus 2 tishṭhet paṣukāmasya 3 devebhyo vai paṣavo 'nnādyāyālambhāya nātishṭhanta. te 'pakramya prativāvadato 'tishṭhan: nāsmān ālapsyadhve nāsmān iti. tato vai devā etaṃ yūpaṃ vajram apaṣyaṅs, tam ebhya udaṣrayaṅs; tasmād bibhyata upāvartanta, tam evādyāpy upāvṛittās. tato vai devebhyaḥ paṣavo 'nnādyāyālambhāyatishṭhanta 4 tishṭhante 'smai paṣavo 'nnādyāyālambhāya ya evaṃ veda yasya caivaṃ vidusho yū-

pas tishṭhaty 5 anupraharet svargakāmasya 6 tam u ha smaitam pūrve 'nv eva praharanti 7 yajamāno vai yūpo yajamānaḥ prastaro, 'gnir vai devayoniḥ; so 'gner devayonyā āhutibhyaḥ sambhūya hiraṇyaśarīra ūrdhvaḥ svargaṃ lokam eshyatīty 8 atha ye tebhyo 'vara āsaṅs ta etaṃ svaram apaśyan yūpaśakalaṃ. taṃ tasmin kāle 'nupraharet. tatra sa kāma upāpto yo 'nupraharaṇe, tatra sa kāma upāpto yaḥ sthāne 9 sarvābhyo vā esha devatābhya ātmānam ālabhate yo dīkshate. 'gniḥ sarvā devatāḥ, Somaḥ sarvā devatāḥ. sa yad agnīshomīyam paśum ālabhate, sarvābhya eva tad devatābhyo yajamāna ātmānaṃ nishkrīṇīte 10 tad āhur: dvirūpo 'gnīshomīyaḥ kartavyo, dvidevatyo hīti. tat-tan nādṛityam. pīva iva kartavyaḥ. pīvorūpā vai paśavaḥ, kṛśita iva khalu vai yajamāno bhavati. tad yat pīvā paśur bhavati, yajamānam eva tat svena medhena samardhayati 11 tad āhur: nāgnīshomīyasya paśor aśnīyāt, purushasya vā esho 'śnāti yo 'gnīshomīyasya paśor aśnāti; yajamāno hy etenātmānaṃ nishkrīṇīta iti 12 tat-tan nādṛityaṃ. vārtraghnaṃ vā etad dhavir yad agnīshomīyo. 'gnīshomābhyāṃ vā Indro vṛitram ahaṅs, tāv enam abrūtām: āvābhyāṃ vai vṛitram avadhīr, varaṃ te vṛiṇāvahā iti. vṛiṇāthām iti. tāv etam eva varam avṛiṇātām: śvaḥsutyāyām paśuṃ. sa enayor esho 'cyuto, varavṛito hy enayos. tasmāt tasyāśitavyaṃ caiva līpsitavyaṃ ca || 3 || 3 ||

1 Āprībhir āprīṇāti 2 tejo vai brahmavarcasam āpriyas, tejasaivainaṃ tad brahmavarcasena samardhayati 3 samidho yajati 4 prāṇā vai samidhaḥ, prāṇā hīdaṃ sarvaṃ samindhate yad idaṃ kiṃca; prāṇān eva tat prīṇāti, prāṇān yajamāne dadhāti 5 Tanūnapātaṃ yajati. prāṇo vai Tanūnapāt, sa hi tanvaḥ pāti; prāṇam eva tat prīṇāti, prāṇaṃ yajamāne dadhāti 6 Narāśaṅsaṃ yajati. prajā vai naro, vāk śaṅsaḥ; prajāṃ caiva tad vācaṃ ca prīṇāti, prajāṃ ca vā-

caṃ ca yajamāne dadhāti 7 iḍo yajaty. annaṃ vā iḍo; 'nnam eva tat prīṇāty, annaṃ yajamāne dadhāti 8 barhir yajati. paśavo vai barhiḥ; paśūn eva tat prīṇāti, paśūn yajamāne dadhāti 9 duro yajati. vṛishṭir vai duro; vṛishṭim eva tat prīṇati, vṛishṭim annādyaṃ yajamāne dadhāty 10 ushāsānaktā yajaty. ahorātre vā ushāsānaktāhorātre eva tat prīṇāty, ahorātrayor yajamānaṃ dadhāti 11 daivyā hotārā yajati. prāṇāpānau vai daivyā hotārā; prāṇāpānāv eva tat prīṇāti, prāṇāpānau yajamāne dadhāti 12 tisro devīr yajati. prāṇo vā apāno vyānas tisro devyas; tā eva tat prīṇāti, tā yajamāne dadhāti 13 Tvashṭāraṃ yajati. vāg vai Tvashṭā, vāg ghīdaṃ sarvaṃ tāshṭīva; vācam eva tat prīṇāti, vācaṃ yajamāne dadhāti 14 vanaspatiṃ yajati. prāṇo vai vanaspatiḥ; prāṇam eva tat prīṇāti, prāṇaṃ yajamāne dadhāti 15 svāhākṛitīr yajati. pratishṭhā vai svāhākṛitayaḥ, pratishṭhāyām eva tad yajñam antataḥ pratishṭhāpayati 16 tābhir yathārishy āprīṇīyād. yad yathārishy āprīṇāti, yajamānam eva tad bandhutāyā notsṛijati || 4 || 4 ||

1 Paryagnaye kriyamāṇāyānubrūhīty āhādhvaryur 2 agnir hotā no adhvara iti tṛicam āgneyaṃ gāyatram anvāha paryagni kriyamāṇe, svayaivainaṃ tad devatayā svena chandasā samardhayati 3 vājī san pari ṇīyata iti. vājinam iva hy enaṃ santam pariṇayanti 4 pari trivishṭy adhvaraṃ yāty agnī rathīr ivety. esha hi rathīr ivādhvaram pariyāti 5 pari vājapatiḥ kavir ity. esha hi vājānām patir 6 ata upapreshya hotar havyā devebhya ity āhādhvaryur 7 ajaid agnir asanad vājam iti maitrāvaruṇa upapraisham pratipadyate 8 tad āhur: yad adhvaryur hotāram upapreshyaty, atha kasmān maitrāvaruṇa upapraisham pratipadyata iti 9 mano vai yajñasya maitrāvaruṇo, vāg yajñasya hotā. manasā vā ishitā vāg vadati. yāṃ hy anyamanā vācaṃ vadaty, asuryā vai sā vāg adeva-

jushṭā. tad yan maitrāvaruṇa upapraisham pratipadyate manasaiva tad vācam īrayati, tan manasceritayā vācā devebhyo havyaṃ sampādayati || 5 || 6 ||

1 Daivyāḥ ṣamitāra ārabhadhvam uta manushyā ity āha 2 ye caiva devānāṃ ṣamitāro ye ca manushyāṇāṃ tān eva tat saṃṣāsty 3 upanayata medhyā dura āṣāsānā medhapatibhyām medham iti 4 paṣur vai medho, yajamāno medhapatir; yajamānam eva tat svena medhena samardhayaty 5 atho khalv āhur: yasyai vāva kasyai ca devatāyai paṣur ālabhyate saiva medhapatir iti 6 sa yady ekadevatyaḥ paṣuḥ syān medhapataya iti brūyād, yadi dvidevatyo medhapatibhyām iti, yadi bahudevatyo medhapatibhya ity. etad eva sthitam 7 prāsmā agnim bharatoti 8 paṣur vai nīyamānaḥ sa mṛityum prāpaṣyat, sa devān nānvakāmayataitum. taṃ devā abruvann: ehi, svargaṃ vai tvā lokaṃ gamayishyāma iti. sa tathety abravīt, tasya vai me yushmākam ekaḥ purastād aitv iti. tatheti. tasyāgniḥ purastād ait, so 'gnim anuprācyavata 9 tasmād āhur: āgneyo vāva sarvaḥ paṣur, Agniṃ hi so 'nuprācyavateti 10 tasmād v asyāgnim purastād dharanti 11 stṛiṇīta barhir ity. oshadhyātmā vai paṣuḥ, paṣum eva tat sarvātmānaṃ karoty 12 anv enam mātā manyatām anu pitānu bhrātā sagarbhyo 'nu sakhā sayūthya iti. janitrair evainaṃ tat samanumatam ālabhanta 13 udīcīnāṅ asya pado ni dhattāt, sūryaṃ cakshur gamayatād, vātam prāṇam anvavasṛijatād, antarikisham asuṃ, diṣaḥ ṣrotram, pṛithivīṃ ṣarīram ity. eshv evainaṃ tal lokeshv ādadhāty 14 ekadhāsya tvacam āchyatāt, purā nābhyā apiṣaso vapām utkhidatād, antar evoshmāṇaṃ vārayadhvād iti. paṣushv eva tat prāṇān dadhāti 15 ṣyenam asya vakshaḥ kṛiṇutāt, praṣasā bāhū, ṣalā doshaṇī, kaṣyapevāṅsāchidre

ṣroṇī, kavashorū, srekaparṇāshṭhīvantā. shaḍviṅṣatir asya vaṅkrayas, tā anushṭhyoccyāvayatād, gātraṃ-gatram asyānūnaṃ kṛiṇutād ity aṅgāny evāsya tad gātrāṇi prīṇāty 16 ūvadhyagoham pārthivaṃ khanatād ity āhaushadham vā ūvadhyam, iyaṃ vā oshadhīnām pratishṭhā, tad enat svāyām eva pratishṭhāyām antataḥ pratishṭhāpayati || 6 || 6 ||

1 Asnā rakshaḥ saṃsṛijatād ity āha. tushair vai phalīkaraṇair devā haviryajñebhyo rakshāṅsi nirabhajann, asnā mahāyajñāt. sa yad asnā rakshaḥ saṃsṛijatād ity āha, rakshāṅsy eva tat svena bhāgadheyena yajñān niravadayate 2 tad āhur: na yajñe rakshasāṃ kīrtayet, kāni rakshāṅsy, ṛiterakshā vai yajña iti 3 tad u vā āhuḥ: kīrtayed eva 4 yo vai bhāginam bhāgān nudate, cayate vainaṃ, sa yadi vainaṃ na cayate 'tha putram atha pautraṃ, cayate tv evainam iti 5 sa yadi kīrtayed, upāṅṣu kīrtayet. tira iva vā etad vāco yad upāṅṣu, tira ivaitad yad rakshāṅsy 6 atha yad uccaiḥ kīrtayed, īṣvaro hāsya vāco rakshobhāsho janitor 7 yo 'yaṃ rākshasīṃ vācaṃ vadati sa 8 yāṃ vai dṛipto vadati yām unmattaḥ, sā vai rākshasī vāg 9 nātmanā dṛipyati, nāsya prajāyāṃ dṛipta ājāyate ya evaṃ veda 10 vanishṭhum asya mā rāvishṭorūkam manyamānā, ned vas toke tanaye ravitā ravac chamitāra iti. ye caiva devānāṃ ṣamitāro ye ca manushyāṇāṃ, tebhya evainaṃ tat paridadāty 11 adhrigo ṣamīdhvaṃ, suṣami ṣamīdhvaṃ, ṣamīdhvam adhrigā3u iti trir brūyād apāpeti cādhrigur vai devānāṃ ṣamitāpāpo nigrabhītā, ṣamitṛibhyaṣ caivainaṃ tan nigrabhītṛibhyaṣ ca samprayacbati 12 ṣamitāro yad atra sukṛitaṃ kṛiṇavathāsmāsu tad, yad dushkṛitam anyatra tad ity āhāgnir vai devānāṃ hotāsit, sa enaṃ vācā vyaṣād; vācā vā enaṃ hotā viṣāsti. tad yad arvāg yat paraḥ kṛintanti

yad ulbaṇaṃ yad vithuraṃ kriyate, śamitṛibhyas caivainat tan nigrabhītṛibhyaś ca samanudiśati, svasty eva hotonmucyate sarvāyuḥ sarvāyutvāya 13 sarvam āyur eti ya evaṃ veda || 7 || 7 ||

1 Purushaṃ vai devāḥ paśum ālabhanta. tasmād ālabdhāu medha udakrāmat, so 'śvam prāviśat, tasmād aśvo medhyo 'bhavad. athainam utkrāntamedham atyārjanta, sa kimpurusho 'bhavat 2 te 'śvam ālabhanta. so 'śvād ālabdhād udakrāmat, sa gām prāviśat, tasmād gaur medhyo 'bhavad. athainam utkrāntamedham atyārjanta, sa gauramṛigo 'bhavat 3 te gām ālabhanta. sa gor ālabdhād udakrāmat, so 'vim prāviśat, tasmād avir medhyo 'bhavad. athainam utkrāntamedham atyārjanta, sa gavayo 'bhavat. te 'vim ālabhanta. so 'ver ālabdhād udakrāmat, so 'jam prāviśat, tasmād ajo medhyo 'bhavad. athainam utkrāntamedham atyārjanta, sa ushṭro 'bhavat 4 so 'je jyoktamām ivāramata, tasmād esha eteshām paśūnām prayuktatamo yad ajas 5 te 'jam ālabhanta. so 'jād ālabdhād udakrāmat, sa imām prāviśat, tasmād iyam medhyābhavad. athainam utkrāntamedham atyārjanta, sa śarabho 'bhavat 6 ta eta utkrāntamedhā amedhyāḥ paśavas, tasmād eteshām nāśnīyāt 7 tam asyām anvagachan, so 'nugato vrīhir abhavat. tad yat paśau puroḷāśam anunirvapanti: samedhena naḥ paśuneshṭam asat, kevalena naḥ paśuneshṭam asad iti 8 samedhena hāsya paśuneshṭam bhavati, kevalena hāsya paśuneshṭam bhavati ya evaṃ veda || 8 || 8 ||

1 Sa vā esha paśur evālabhyate yat puroḷāśas 2 tasya yāni kiṃśārūṇi tāni romāṇi, ye tushāḥ sā tvag, ye phalīkaraṇās tad asṛig, yat pishṭaṃ kiknasās tan māṅsaṃ, yat kiṃcitkaṃ sāraṃ tad asthi 3 sarveshām vā esha paśūnām medhena yajate, yaḥ puroḷāśena yajate 4 tasmād āhuḥ: puroḷāśasatraṃ lokyam iti 5 yuvam etāni divi roca-

nāny agniṣ ca soma sakratū adhattam.| yuvaṃ sindhūṅr abhiṣaster avadyād agnīshomāv amuñcataṃ gṛibhītān iti vapāyai yajati 6 sarvābhir vā esha devatābhir ālabdho bhavati, yo dīkshito bhavati. tasmād āhur: na dīkshitasyāṣnīyād iti. sa yad agnīshomāv amuñcataṃ gṛibhītān iti vapāyai yajati, sarvābhya eva tad devatābhyo yajamānam pramuñcati. tasmād āhur: aṣitavyaṃ vapāyāṃ hutāyāṃ, yajamāno hi sa tarhi bhavatīty 7 ānyaṃ divo mātariṣvā jabhāreti puroḷāṣasya yajaty 8 amathnād anyam pari ṣyeno adrer itīta iva ca hy esha, ita iva ca medhaḥ samābhṛito bhavati 9 svadasva havyā sam isho didīhīti puroḷaṣasvishṭakṛito yajati 10 havir evāsmā etat svadayatīsham ūrjam ātman dhatta 11 iḷām upahvayate. paṣavo vā iḷā, paṣūn eva tad upahvayate, paṣūn yajamāne dadhāti || 9 || ° ||

1 Manotāyai havisho 'vadīyamānasyānubrūhīty āhādhvaryus 2 tvaṃ hy agne prathamo manoteti sūktam anvāha 3 tad āhur: yad anyadevatya uta paṣur bhavaty, atha kasmād āgneyīr eva Manotāyai havisho 'vadīyamānasyānvāheti 4 tisro vai devānām Manotās, tāsu hi teshām manāṅsy otāni. vāg vai devānām Manotā, tasyāṃ hi teshām manāṅsy otāni; gaur vai devānām Manotā, tasyāṃ hi teshām manāṅsy otāny; Agnir vai devānām Manotā, tasmin hi teshām manāṅsy otāny. Agniḥ sarvā Manotā, Agnau Manotāḥ saṃgachante. tasmād āgneyīr eva Manotāyai havisho 'vadīyamānasyānvāhā 5 agnīshomā havishaḥ prasthitasyeti havisho yajati 6 havisha iti rūpasamṛiddhā, prasthitasyeti rūpasamṛiddhā 7 sarvābhir hāsya samṛiddhibhiḥ samṛiddham havyaṃ devān apyeti ya evaṃ veda 8 vanaspatiṃ yajati. prāṇo vai vanaspatir 9 jīvaṃ hāsya havyaṃ devān apyeti yatraivaṃ vidvān vanaspatiṃ yajati 10 svishṭakṛitaṃ yajati. pratishṭhā vai svishṭakṛit,

pratishṭhāyām eva tad yajñam antataḥ pratishṭhāpayatīlḷām upahvayate. paṣavo vā iḷā, paṣūn eva tad upahvayate, paṣūn yajamāne dadhāti dadhāti || 10 || 10 ||

Iti dvitīyapañcikāyām prathamo 'dhyāyaḥ.

Iti shashṭhādhyāye daṣamaḥ khaṇḍaḥ.

1 Devā vai yajñam atanvata. tāṅs tanvānān asurā abhyāyan: yajñaveṣasam eshām karishyāma iti; tān āprīte paṣau pura ivn paryagner yūpam prati purastād upāyaṅs. te devāḥ pratibudhyāgnimayīḥ puras tripuram paryāsyanta yajñasya cātmanaṣ ca guptyai. tā eshām imā agnimayyaḥ puro dīpyamānā bhrājamānā atishṭhaṅs. tā asurā anapadhṛishyaivāpādravaṅs. te 'gninaiva purastād asurarakshāṅsy apāghnatāgninā paṣcāt 2 tathaivnitad yajamānā yat paryagni kurvanty, agnimayīr eva tat puras tripuram paryasyante yajñasya cātmanaṣ ca guptyai. tasmāt paryagni kurvanti, tasmāt paryagnaye 'nvāha 3 tam vā etam paṣum āprītam santam paryagnikṛitam udañcam nayanti 4 tasyolmukam purastād dharanti 5 yajamāno vā esha nidānena yat paṣur, anena jyotishā yajamānaḥ purojyotiḥ svargam lokam eshyatīti tena jyotishā yajamānaḥ purojyotiḥ svargam lokam eti 6 tam yatra nihanishyanto bhavanti, tad adhvaryur barhir adhastād upāsyati 7 yad evainam ada āprītam santam paryagnikṛitam bahirvedi nayanti, barhishadam evainam tat kurvanti 8 tasyovadhyagoham khanantу 9 aushadham vā ūvadhyam, iyam vā oshadhīnām pratishṭhā, tad enat svāyām eva pratishṭhāyām antataḥ pratishṭhāpayanti 10 tad āhur: yad esha havir eva yat paṣur, athāsya bahv apaiti lomāni tvag asṛik kushṭhikāḥ ṣaphā vishāṇe, skandati piṣitam: kenāsya tad āpūryata iti 11 yad evaitat paṣau puroḷāṣam anunirvapanti, tenaivāsya tad āpūryate 12 paṣubhyo vai medhā udakrāmaṅs, tau vrīhiṣ caiva yavaṣ ca bhūtāv ajāyetām. tad yat paṣau puroḷāṣam

anunirvapanti: samedhena naḥ paṣuneshṭam asat, kevalena naḥ paṣuneshṭam asad iti 13 samedhena hāsya paṣuneshṭam bhavati, kevalena hāsya paṣuneshṭam bhavati ya evaṃ veda || 11 || 1 ||

1 Tasya vapām utkhidyāharanti. tām adhvaryuḥ sruveṇābhighārayann āha: stokebhyo 'nubrūhīti 2 tad yat stokāḥ ṣcotanti, sarvadevatyā vai stokā: nen ma ime 'nabhiprītā devān gachān iti 3 jushasva saprathastamam ity anvāha 4 vaco devapsarastamam | havyā juhvāna āsanīty 5 Agner evaināñs tad āsye juhotī 6 imaṃ no yajñam amṛiteshu dhehīti sūktam anvāha 7 imā havyā jātavedo jushasveti havyajushṭim āṣāste 8 stokānām agne medaso ghṛitasyeti, medasaṣ ca hi ghṛitasya ca bhavanti 9 hotaḥ prāṣāna prathamo nishadyety. Agnir vai devānāṃ hotāgne prāṣāna prathamo nishadyety eva tad āha 10 ghṛitavantaḥ pāvaka te stokā ṣcotanti medasa iti, medasaṣ ca hy eva hi ghṛitasya ca bhavanti 11 svadharman devavītaye ṣroshṭhaṃ no dhehi vāryam ity āṣisham āṣāste 12 tubhyaṃ stokā ghṛitaṣcuto 'gne viprāya santyeti, ghṛitaṣcuto hi bhavanty 13 ṛishiḥ ṣreshṭhaḥ sam idhyase yajñasya prāvitā bhaveti yajñasamṛiddhim āṣāste 14 tubhyaṃ ṣcotanty adhrigo ṣacīva stokāso agne medaso ghṛitasyeti, medasaṣ ca hy eva hi ghṛitasya ca bhavanti 15 kaviṣasto bṛihatā bhānunāgā havyā jushasva medhireti havyajushṭim evāṣāste 16 ojishṭhaṃ te madhyato meda udbhṛitam pra te vayaṃ dadāmahe | ṣcotanti te vaso stokā adhi tvaci prati tān devaṣo vihīty 17 ubhy evaināñs tad vashaṭkaroti, yathā somasyāgne vīhīti 18 tad yat stokāḥ ṣcotanti, sarvadevatyā vai stokās, tasmād iyaṃ stokaṣo vṛishṭir vibhaktopācarati || 12 || 2 ||

1 Tad āhuḥ: kā svāhākṛitīnām puronuvākyāḥ kaḥ praishaḥ kā yājyeti 2 yā evaitā anvāhaitāḥ puronuvākyā, yaḥ praishaḥ sa praisho, yā yājyā sā yājyā 3 tad āhuḥ: kā devatāḥ svāhākṛitaya iti 4 Viṣve devā iti brūyāt 5 tasmāt svāhākṛitam havir adantu devā iti yajantīti 6 devā vai yajñena ṣrameṇa tapasāhutibhiḥ svargaṃ lokam ajayaṅs, teshāṃ vapāyām eva hutāyāṃ svargo lokaḥ prākhyāyata, te vapām eva hutvānādṛityetarāṇi karmāṇy ūrdhvāḥ svargaṃ lokam āyaṅs. tato vai manushyāṣ ca ṛishayaṣ ca devānāṃ yajñavāstv abhyāyan: yajñasya kiṃcid eshishyāmaḥ prajñātyā iti. te 'bhitaḥ paricaranta ait paṣum eva nirāntraṃ ṣayānaṃ, te vidur: iyān vāva kila paṣur yāvatī vapeti 7 sa etāvān eva paṣur yāvatī vapā 8 tha yad enaṃ tṛitīyasavane ṣrapayitvā juhvati: bhūyasībhir na āhutibhir ishṭam asat, kevalena naḥ paṣuneshṭam asad iti 9 bhūyasībhir hāsyāhutibhir ishṭam bhavati, kevalena hāsya paṣuneshṭam bhavati ya evaṃ veda ‖ 13 ‖ ³ ‖

1 Sā vā eshāmṛitāhutir eva yad vapāhutir, amṛitāhutir agnyāhutir, amṛitāhutir ājyāhutir, amṛitāhutiḥ somāhutir. etā vā aṣarīrā āhutayo. yā vai kāṣcāṣarīrā āhutayo, 'mṛitatvam eva tābhir yajamāno jayati 2 sā vā eshā reta eva yad vapā. prevа vai reto līyate preva vapā līyate, ṣuklaṃ vai retaḥ ṣuklā vapāṣarīraṃ vai reto 'ṣarīrā vapā. yad vai lohitaṃ yan māṅsaṃ, tac charīraṃ. tasmād brūyād: yāvad alohitaṃ tāvat parivāsayeti 3 sā pañcāvattā bhavati. yady api caturavattī yajamānaḥ syād, atha pañcāvattaiva vapā 4 jyasyopastṛiṇāti, hiraṇyaṣalko, vapā, hiraṇyaṣalka, ājyasyoparishṭād abhighārayati 5 tad āhur: yad dhiraṇyaṃ na vidyeta kathaṃ syād iti. dvir ājyasyopastīrya vapām avadāya dvir uparishṭād abhighārayaty 6 amṛitaṃ vā ājyam, amṛitaṃ hiraṇyaṃ. tatra sa kāma upāpto ya ājye, tatra sa kāma upāpto yo hiraṇye. tat pañca sampadyante 7 pā-

ākto 'yam purushaḥ pañcadhā vihito: lomāni tvañ māṅsam asthi majjā. sa yāvān eva purushas tāvantam yajamānam saṃskṛityāgnau devayonyāṃ juhoty. Agnir vai devayoniḥ. so 'gner devayonyā āhutibhyaḥ sambhūya hiraṇyaṣarīra ūrdhvaḥ svargaṃ lokam eti || 14 || 4 ||

1 Devebhyaḥ prātaryāvabhyo hotar anubrūhīty āhādhvaryur 2 ete vāva devāḥ prātaryāvāṇo yad Agnir Ushā Aṣvinau. ta ete saptabhiḥ-saptabhiṣ chandobhir āgachanty 3 āsya devāḥ prātaryāvāṇo havaṃ gachanti ya evaṃ veda 4 Prajāpatau vai svayaṃ hotari prātaranuvākam anuvakshyaty ubhaye devāsurā yajñam upāvasann: asmabhyam anuvakshyaty asmabhyam iti. sa vai devebhya evānvabravīt 5 tato vai devā abhavan, parāsurā 6 bhavaty ātmanā, parāsya dvishan pāpmā bhrātṛivyo bhavati, ya evaṃ veda 7 prātar vai sa taṃ devebhyo 'nvabravīd. yat prātar anvabravīt, tat prātaranuvākasya prātaranuvākatvam 8 mahati rātryā anūcyaḥ sarvasyai vācaḥ sarvasya brahmaṇaḥ parigṛihītyai. yo vai bhavati yaḥ ṣreshṭhatām aṣnute, tasya vācam proditām anupravadanti. tasmān mahati rātryā anūcyaḥ 9 purā vācaḥ pravaditor anūcyo 10 yad vāci proditāyām anubrūyād, anyasyaivainam uditānuvādinaṃ kuryāt 11 tasmān mahati rātryā anūcyaḥ 12 purā ṣakunivādād anubrūyāt 13 Nirṛiter vā etan mukhaṃ yad vayāṅsi yac chakunayas. tad yat purā ṣakunivādād anubrūyān: māyajñiyāṃ vācam proditām anupravadishmeti. tasmān mahati rātryā anūcyo 14 'tho khalu yadaivādhvaryur upākuryād, athānubrūyād 15 yadā vā adhvaryur upākaroti, vācaivopākaroti, vācā hotānvāha; vāg ghi brahma. tatra sa kāma apāpto yo vāci ca brahmaṇi ca || 15 || 5 ||

1 Prajāpatau vai svayaṃ hotari prātaranuvākam anuvakshyati sarvā devatā āṣaṅsanta: mām abhi pratipatsyati mām abhīti. sa Prajāpatir aikshata: yady ekāṃ devatām

ādishṭām abhi pratipatsyāmītarā me kena devatā upāptā bhavishyantīti. sa etām ṛicam apaṣyad: āpo revatīr ity. āpo vai sarvā devatā, revatyaḥ sarvā devatāḥ. sa etayarcā prātaranuvākam pratyapadyata. tāḥ sarvā devatāḥ prāmodanta: mām abhi pratyapādi mām abhīti 2 sarvā hāsmin devatāḥ prātaranuvākam anubruvati pramodante 3 sarvābhir hāsya devatābhiḥ prataranuvākaḥ pratipanno bhavati ya evaṃ veda 4 te devā abibhayur: ādātāro vai na imam prātaryajñam asurā yathaujīyāṅso balīyāṅsa evam iti. tān abravīd Indro: mā bibhīta, trishamṛiddham ebhyo 'ham prātar vajram prahartāsmīty, etāṃ vāva tad ṛicam abravīd. vajras tena yad aponaptrīyā, vajras tena yat trishṭub, vajras tena yad vāk. tam ebhyaḥ prāharat, tenainān abaṅs. tato vai devā abhavan, parā asurā 5 bhavaty ātmanā, parāsya dvishan pāpmā bhrātṛivyo bhavati, ya evaṃ veda 6 tad āhuḥ: sa vai hotā syād ya etasyām ṛici sarvāṇi chandāṅsi prajanayed ity. eshā vāva trir anūktā sarvāṇi chandāṅsi bhavaty, eshā chandasām prajātiḥ || 16 || 6 ||

1 Ṣatam anūcyam āyushkāmasya. ṣatāyur vai purushaḥ ṣatavīryaḥ ṣatendriya, āyushy evainaṃ tad vīrya indriye dadhāti 2 trīṇi ca ṣatāni shashṭiṣ cānūcyāni yajñakāmasya. trīṇi ca vai ṣatāni shashṭiṣ ca saṃvatsarasyāhāni, tāvān saṃvatsaraḥ, saṃvatsaraḥ Prajāpatiḥ, Prajāpatir yajña 3 upainaṃ yajño namati yasyaivaṃ vidvāṅs trīṇi ca ṣatāni shashṭiṃ cānvāha 4 sapta ca ṣatāni viṅṣatiṣ cānūcyāni prajāpaṣukāmasya. sapta ca vai ṣatāni viṅṣatiṣ ca saṃvatsarasyāhorātrās, tāvān saṃvatsaraḥ, saṃvatsaraḥ Prajāpatir yam prajāyamānaṃ viṣvaṃ rūpam idam anuprajāyate. Prajāpatim eva tat prajāyamānam prajayā paṣubhir anuprajāyate prajātyai 5 prajāyate prajayā paṣubhir ya evaṃ vedā 6 shṭau ṣatāny anūcyāny abrāhmaṇoktasya, yo vā duroktoktaḥ ṣamalagṛihīto yajetāshṭāksharā vai gā-

yatrī, gāyatryā vai devāḥ pāpmānaṃ ṣamalam apāghnata. gāyatryaivāsya tat pāpmānaṃ ṣamalam apahanty 7 apa pāpmānaṃ hate ya evaṃ veda 8 sahasram anūcyaṃ svargakāmasya: sahasrāṣvīne vā itaḥ svargo lokaḥ, svargasya lokasya samashṭyai sampattyai saṃgatyā 9 aparimitam anūcyam. aparimito vai Prajāpatiḥ. Prajāpater vā etad ukthaṃ yat prātaranuvākas, tasmin sarve kāmā avarudhyante. sa yad aparimitam anvāha, sarveshāṃ kāmānām avaruddhyai 10 sarvān kāmān avarunddhe ya evaṃ veda 11 tasmād aparimitam evānūcyaṃ 12 saptāgneyāni chandāṅsy anvāha. sapta vai devalokāḥ 13 sarveshu devalokeshu rādhnoti ya evaṃ veda 14 saptoshasyāni chandāṅsy anvāha. sapta vai grāmyāḥ paṣavo 15 'va grāmyān paṣūn runddhe ya evaṃ veda 16 saptāṣvināni chandāṅsy anvāha. saptadhā vai vāg avadat, tāvad vai vāg avadat, sarvasyai vācaḥ sarvasya brahmaṇaḥ parigṛihītyai 17 tisro devatā anvāha. trayo vā ime trivṛito lokā, eshām eva lokānām abhijityai || 17 || 1 ||

1 Tad āhuḥ: katham anūcyaḥ prātaranuvāka iti 2 yathāchandasam anūcyaḥ prātaranuvākaḥ. Prajāpater vā etāny aṅgāni yac chandāṅsy, esha u eva Prajāpatir yo yajate. tad yajamānāya hitam 3 paccho 'nūcyaḥ prātaranuvākaṣ. chatushpādā vai paṣavaḥ, paṣūnām avaruddhyā 4 ardharcaṣa evānūcyo, yathaivainam etad anvāha; pratishṭhāyā eva. dvipratishṭho vai purushaṣ catushpādāḥ paṣavo, yajamānam eva tad dvipratishṭhaṃ catushpātsu paṣushu pratishṭhāpayati. tasmād ardharcaṣa evānūcyas 5 tad āhur: yad vyūḷhaḥ prātaranuvakaḥ, katham avyūḷho bhavatīti. yad evāsya bṛihatī madhyān naitīti brūyāt tenety 6 āhutibhāgā vā anyā devatā anyāḥ stomabhāgāṣ chandobhāgās. tā yā agnāv āhutayo hūyante tābhir āhutibhāgāḥ prīṇāty, atha yat stuvanti ca ṣaṅsanti ca tena stomabhāgāṣ chandobhāgā 7 ubhayyo hāsyaitā devatāḥ prītā abhīshṭā

bhavanti ya evaṃ veda 8 trayastriṅśad vai devāḥ somapās, trayastriṅśad asomapā. ashṭau Vasava ekādaṣa Rudrā dvādaṣādityāḥ Prajāpatiṣ ca Vashaṭkāraṣ caite devā somapā, ekādaṣa prayājā ekādaṣānuyājā ekādaṣopayājā ete 'somapāḥ paṣubhājanāḥ. somena somapān prīṇāti, paṣunāsomapān 9 ubhayyo hāsyaitā devatāḥ prītā abhīshṭā bhavanti ya evaṃ vedā 10 bhūd ushā ruṣatpaṣur ity uttamayā paridadhāti 11 tad āhur: yat trīn kratūn aanvābhāgneyam ushasyam āṣvinam, katham asyaikayarcā paridadhataḥ sarve trayaḥ kratavaḥ parihitā bhavantīty 12 abhūd ushā ruṣatpaṣur ity Ushaso rūpam, āgair adhāyy ṛitviya ity Agner, ayoji vāṃ vṛishaṇvasū ratho dasrāv amartyo mādhvī mama ṣrutaṃ havam ity Aṣvinor. evam u hāsyaikayarcā paridadhataḥ sarve trayaḥ kratavaḥ parihitā bhavanti bhavanti || 18 || 8 ||

Iti dvitīyapañcikāyāṃ dvitīyo 'dhyāyaḥ.

Iti saptamādhyāyo 'shṭamaḥ khaṇḍaḥ.

1 Ṛishayo vai Sarasvatyāṃ satram āsata. te Kavasham Ailūshaṃ somād anayan: dāsyāḥ putraḥ kitavo 'brāhmaṇaḥ kathaṃ no madhye 'dīkshishṭeti. tam bahir dhanvodavahann: atrainam pipāsā hantu, Sarasvatyā udakam mā pād iti. sa bahir dhanvodūḷhaḥ pipāsayā vitta etad aponaptrīyam apaṣyat: pra devatrā brahmaṇe gātur etv iti, tenāpām priyaṃ dhāmopāgachat. tam āpo 'nūdāyaṅs, taṃ Sarasvatī samantam paryadhāvat 2 tasmād dhāpy etarhi Parisārakam ity ācakshate, yad enaṃ Sarasvatī samantam parisasāra 3 te vā ṛishayo 'bruvan: vidur vā imaṃ devā, upemaṃ hvayāmahā iti. tatheti. tam upāhvayanta, tam upahūyaitad aponaptrīyam akurvata: pra devatrā brahmaṇe gātur etv iti, tenāpām priyaṃ dhāmopāgachann upa devānām 4 upāpām priyaṃ dhāma gachaty upa devānāṃ, jayati paramaṃ lokaṃ ya evam veda yaṣ caivaṃ

vidvān etad apouaptrīyaṃ kurute 5 tat saṃtatam anubrūyāt 6 saṃtatavarshī ha prajābhyaḥ parjanyo bhavati yatraivaṃ vidvān etat saṃtatam anvāha 7 yad avagrāhnm anubrūyāj, jīmūtavarshī ha prajābhyaḥ parjanyaḥ syāt. tasmāt tat saṃtatam evānūcyaṃ 8 tasya triḥ prathamāṃ saṃtatam anvāha, tenaiva tat sarvaṃ saṃtatam anūktam bhavati || 19 || 1 ||

1 Tā etā navānantarīyam anvāha 2 hinotā no adhvaraṃ devayajyeti daśamīm 3 āvarvṛitatīr adha nu dvidhārā ity avṛittāsv ekadhanāsu 4 prati yad āpo adṛiśram āyatīr iti pratidṛiśyamānāsv 5 ā dhenavaḥ payasā tūrṇyarthā ity upāyatīshu 6 sam anyā yanty upa yanty anyā iti samāyatīshv 7 āpo vā aspardhanta: vayam pūrvaṃ yajñaṃ vakshyāmo vayam iti yāś cemāḥ pūrvedyur vasatīvaryo gṛihyante yāś ca prātar ekadhanās. tā Bhṛigur apaśyad: āpo vai spardhanta iti. tā etayarcā samajñapayat: sam anyā yanty upa yanty anyā iti. tāḥ samajānata 8 saṃjānānā hāsyāpo yajñaṃ vahanti ya evaṃ vedā9po na devīr upa yanti hotriyam iti hotṛicamase samavanīyamānāsv anvāha vasatīvarīshv ekadhanāsu cā10ver apo 'dhvaryā3u iti hotādhvaryum pṛichaty 11 āpo vai yajño, 'vido yajnā3m ity eva tad āho 12 tem ananamur ity adhvaryuḥ pratyāho 13 temāḥ paśyety eva tad āha 14 tāsv adhvaryo Indrāya somaṃ sotā madhumantam | vṛishṭivaniṃ tīvrāntam bahuramadhyaṃ vasumate rudravata ādityavata ṛibhumate vibhumate vājavate bṛihaspativate viśvadevyāvate | yasyendraḥ pītvā vṛitrāṇi jaṅghanat pra sa janyāni tārisho3m iti pratyuttishṭhati 15 pratyuttheyā vā āpaḥ, prati vai śreyāṅsam āyantam uttishṭhanti, tasmāt pratyuttheyā 16 anuparyāvṛityā 17 anu vai śreyāṅsam paryāvartante, tasmād anuparyāvṛityā. anubruvataivānuprapatta-

vyam 18 īśvaro ha yady apy anyo yajetātha hotāraṃ yaśo 'rtos, tasmād anubruvataivānuprapattavyaṃ 19 ambayo yanty adhvabhir ity etām anubruvann anuprapadyeta 20 jāmayo adhvarīyatām | pṛiñcatīr madhunā paya iti 21 yo 'madhavyo yaśo 'rtor bubhūshed 22 amūr yā upa sūrye yābhir vā sūryaḥ saheti tejaskāmo brahmavarcasakāmo 23 'po devīr upa hvaye yatra gāvaḥ pibanti na iti paśukāmas 24 tā etāḥ sarvā evānubruvann anuprapadyetaiteshāṃ kāmānām avaruddhyā 25 etān kāmān avarunddhe ya evaṃ veda 26 mā agman revatīr jīvadhanyā iti sādyamānāsv anvāha vasatīvarīshv ekadhanāsu cā 27 gmann āpa uśatīr barhir edam iti sannāsu. sa etayā paridadhāti || 20 || 2 ||

1 Śiro vā etad yajñasya yat prātaranuvākaḥ, prāṇāpānā upāṅśvantaryāmau, vajra eva vāk. nāhutayor upāṅśvantaryāmayor hotā vācaṃ visṛijeta 2 yad ahutayor upāṅśvantaryāmayor hotā vācaṃ visṛijeta, vācā vajreṇa yajamānasya prāṇān vīyād. ya enaṃ tatra brūyād: vācā vajreṇa yajamānasya prāṇān vyagāt, prāṇa enaṃ hāsyatīti, śaśvat tathā syāt. tasmān nāhutayor upāṅśvantaryāmayor hotā vācaṃ visṛijeta 3 prāṇaṃ yacha svāhā tvā suhava sūryāyety upāṅśum anumantrayeta, tam abhiprāṇet: prāṇa prāṇam me yachety. apānaṃ yacha svāhā tvā suhava sūryāyety antaryāmam anumantrayeta, tam abhyapāned: apānāpānam me yacheti. vyānāya tvety upāṅśusavanaṃ grāvāṇam abhimṛiśya vācaṃ visṛijata 4 ātmā vā upāṅśusavana, ātmany eva tad dhotā prāṇān pratidhāya vācaṃ visṛijate sarvāyuḥ sarvāyutvāya 5 sarvam āyur eti ya evaṃ veda || 21 || 3 ||

1 Tad āhuḥ: sarpe3t | na sarpe3t iti | sarped iti haika āhur, ubhayeshāṃ vā esha devamanushyāṇām bhaksho yad bahishpavamānas, tasmād enam abhisaṃgachanta iti va-

dantas 2 tat-tan nādṛityam 3 yat sarped, ṛicam eva tat sāmno 'nuvartmānaṃ kuryād. ya enaṃ tatra brūyād: anuvartmā nvā ayaṃ hotā sāmagasyābhūd, udgātari yaśo 'dhād, acyoshṭāyatanāc, cyoshyata āyatanād iti, śaśvat tathā syāt 4 tasmāt tatraivāsīno 'numantrayeta 5 yo devānām iha somapītho yajñe barhishi vedyā3m | tasyāpi bhakshayāmasīty 6 evam u hāsyātmā somapīthād anantarito bhavaty 7 atho brūyān: mukham asi mukham bhūyāsam iti 8 mukham vā etad yajñasya yad bahishpavamāno 9 mukham sveshu bhavati, śreshṭhaḥ svānām bhavati ya evaṃ veda 10 surī vai Dīrghajihvī devānām prātaḥsavanam avālet, tad vyamādyat. te devāḥ prājijñāsanta, te Mitrāvaruṇāv abruvan: yuvam idaṃ nishkurutam iti. tau tathety abrūtām, tau vai vo varaṃ vṛiṇāvahā iti. vṛiṇātbām iti. tāv etam eva varam avṛiṇātām: prātaḥsavane payasyām. sainayor eshācyutā, varavṛitā hy enayos. tad yad asyai vimattam iva tad asyai samṛiddham, vimattam iva hi tau tayā nirakurutām || 22 || 4 ||

1 Devānāṃ vai savanāni nādhriyanta. ta etān puroḷāśān apaśyaṅs, tān anusavanaṃ niravapan savanānāṃ dhṛityai, tato vai tāni teshām adhriyanta 2 tad yad anusavanam puroḷāśā nirupyante, savanānām eva dhṛityai; tathā hi tāni teshām adhriyanta 3 puro vā etān devā akrata yat puroḷāśās, tat puroḷāśānām puroḷāśatvaṃ 4 tad āhur: anusavanam puroḷāśān nirvaped, ashṭākapālam prātaḥsavana, ekādaśakapālam mādhyaṃdine savane, dvādaśakapālaṃ tṛitīyasavane; tathā hi savanānāṃ rūpaṃ tathā chandasām iti 5 tat-tan nādṛityam. aindrā vā ete sarve nirupyante yad anusavanam puroḷāśās, tasmāt tān ekādaśakapālān eva nirvapet 6 tad āhur: yato ghṛitenānaktaṃ syāt tataḥ puroḷāśasya prāśnīyāt somapīthasya guptyai, ghṛitena hi vajre-

ṇendro Vṛitram ahann iti 7 tat-tan nādṛityaṃ. havir vā
ctad yad utpūtaṃ, somapītho vū esha yad utpūtam. tasmāt
tasya yata eva kutaṣ ca prūṣṇīyūt. sarvato vū ctūḥ svadhā yajamānam upaksharanti yad etūni havīṅshy: ājyaṃ
dhānāḥ karamhhaḥ parivāpaḥ puroḷāṣaḥ payasyeti 8 sarvata
evaiṇaṃ svadhā upaksharanti ya evaṃ veda || 23 || 6 ||

1 Yo vai yajñaṃ havishpaṅktiṃ veda, havishpaṅktinā
yajñena rūdhnoti. dhānāḥ karamhhaḥ parivāpaḥ puroḷāṣaḥ
payasyety esha vai yajño havishpaṅktir, havishpaṅktinā
yajñena rādhnoti ya evaṃ veda 2 yo vai yajñam aksharapaṅktiṃ vedākṣharapaṅktinā yajñena rādhnoti. su mat pad
vag da ity esha vai yajño 'ksharapaṅktir, aksharapaṅktinā
yajñena rūdhnoti ya evaṃ veda 3 yo vai yajñaṃ narāṣaṅsapaṅktiṃ veda, narāṣaṅsapaṅktinā yajñena rūdhnoti. dvinārāṣaṅsam prātaḥsavanaṃ dvinārāṣaṅsam mūdhyamdinam
savanaṃ sakṛinnārāṣaṅsaṃ tṛitīyasavanam, esha vai yajūn
narāṣaṅsapaṅktir. narūṣaṅsapaṅktinū yajñena rūdhnoti ya
evaṃ veda 4 yo vai yajñaṃ savanapaṅktiṃ veda, savanapaṅktinā yajñena rūdhnoti. paṣur upavasatbe trīṇi savanāni
paṣnr anūbandbya ity esha vai yajñaḥ savanapaṅktiḥ, savanapaṅktinā yajñena rūdhnoti ya evaṃ veda 5 harivāñ Indro dhānā attu,. pūshaṇvān karambham, sarasvatīvān bbāratīvān, parivāpa, Indrasyāpūpa iti bavishpaṅktyā yajaty 6 ṛikṣāmo vā Indrasya harī 7 paṣavaḥ
Pūshānnam karambhaḥ 8 sarasvatīvān bhāratīvan iti, vūg
eva Sarasvatī prāṇo Bharataḥ 9 parivāpa Indrasyāpūpa
ity, annam eva parivāpa, iudriyam apūpa 10 etāsām eva
tad devatānūṃ yajamānaṃ sāyujyaṃ sarūpatāṃ salokatāṃ gamayati. gachati ṣreyasnḥ sāyujyaṃ, gachati ṣreshthatāṃ ya evaṃ veda 11 havir Agne vībīty anusasavanam puroḷāṣasvishbtakṛito yajaty 12 Avatsāro vā etenāgneḥ priyaṃ dhūmopāgachat, sa paramaṃ lokam ajayad

13 upāgneḥ priyaṃ dhāma gachati, jayati paramaṃ lokaṃ ya evaṃ veda yaṣ caivaṃ vidvān etayā havishpañktyā yajate yajatīti ca yajatīti ca || 24 || ० ||

Iti dvitīyapañcikāyāṃ tṛitīyo 'dhyāyaḥ.
Ity ashṭamādhyāye shashṭhaḥ khaṇḍaḥ.

1 Devā vai somasya rājño 'grapeye na samapādayann. aham prathamaḥ pibeyam aham prathamaḥ pibeyam ity evākāmayanta. te sampādayanto 'bruvan: hantājim ayāma, sa yo na ujjeshyati sa prathamaḥ somasya pāsyatīti. tatheti. ta ājim ayus, teshām ājiṃ yatām abhisṛishṭānām Vāyur mukham prathamaḥ pratyapadyatāthendro 'tha Mitrāvaruṇāv athāṣvinau 2 so 'ved Indro Vāyum nd vai jayatīti, tam anuparāpatat: saha nāv, athojjayāveti. sa nety abravīd, aham evojjeshyāmīti. tṛitīyam me, 'thojjayāveti. neti haivābravīd, aham evojjeshyāmiti. turīyam me, 'thojjayāveti. tatheti. taṃ turīye 'tyārjata, tat turīyabhāg Indro 'bhavat tribhāg Vāyus 3 tau sahaivendravāyū udajayatāṃ saha Mitrāvaruṇau sahāṣvinau, ta eshām ete yathojjitaṃ bhakshā: Indravāyvoḥ prathamo 'tha Mitrāvaruṇayor athāṣvinoḥ 4 sa esha indraturīyo graho gṛihyate yad aindravāyavas 5 tad etad ṛishiḥ paṣyann abhyanūvāca: niyutvāñ indrasārathir iti 6 tasmād dhāpy etarhi bharatāḥ satvanāṃ vittim prayanti, turīye haiva saṃgrahītāro vadante 'munaivānūkāṣena, yad ada Indraḥ sārathir iva bhūtvodajayat || 25 || 1 ||

1 Te vā ete prāṇā eva yad dvidevatyā 2 vāk ca prāṇaṣ caindravāyavaṣ, cakshuṣ ca manaṣ ca maitrāvaruṇaḥ, ṣrotraṃ cātmā cāṣvinas 3 tasya haitasyaindravāyavasyāpy eke 'nushṭubhau puronuvākye kurvanti gāyatryau yājye 4 vāk ca vā esha prāṇaṣ ca graho yad aindravāyavas, tad api chandobhyāṃ yathāyathaṃ klapsyete iti 5 tat-tan nādṛityaṃ. vyṛiddhaṃ vā etad yajñe kriyate yatra puronu-

vākyā jyāyasī yājyāyai. yatra vai yājyā jyāyasī, tat samṛiddham, atho yatra same. yasyo tat kāmāya tathā kuryāt prāṇasya ca vācaș cātmaniva tad upāptaṃ 6 vāyavyā pūrvā puronuvākyaindravāyavy uttaraivaṃ yājyayoḥ. sā yā vāyavyā tayā prāṇaṃ kalpayati, Vāyur hi prāṇo. 'tha yaindravāyavī tasyai yad aindram padaṃ tena vācaṃ kalpayati, vāg ghy aindry. upo taṃ kāmam āpnoti yaḥ prāṇe ca vāci ca, na yajñe vishamaṃ karoti || 26 || ² ||

1 Prāṇā vai dvidevatyā, ekapātrā gṛihyante tasmāt prāṇā ekanāmāno, dvipātrā hūyante tasmāt prāṇā dvandvaṃ 2 yenaivādhvaryur yajushā prayachati, tena hotā pratigṛihṇāty 3 esha vasuḥ purūvasur iha vasuḥ purūvasur mayi vasuḥ purūvasur vākpā vācam me pāhīty aindravāyavam bhakshayaty 4 upahūtā vāk saha prāṇenopa māṃ vāk saha prāṇena hvayatām; upahūtā ṛishayo daivyāsas tanūpāvānas tanvas tapojā, upa māṃ ṛishayo daivyāso hvayantāṃ tanūpāvānas tanvas tapojā iti 5 prāṇā vā ṛishayo daivyāsas tanūpāvānas tanvas tapojās, tān eva tad upahvayata 6 esha vasur vidadvasur iha vasur vidadvasur mayi vasur vidadvasuș cakshushpāș cakshur me pāhīti maitrāvaruṇam bhakshayaty. upahūtaṃ cakshuḥ saha manasopa māṃ cakshuḥ saha manasā hvayatām; upahūtā ṛishayo daivyāsas tanūpāvānas tanvas tapojā, upa māṃ ṛishayo daivyāso hvayantāṃ tanūpāvānas tanvas tapojā iti. prāṇā vā ṛishayo daivyāsas tanūpāvānas tanvas tapojās, tān eva tad upahvayata 7 esha vasuḥ saṃyadvasur iha vasuḥ saṃyadvasur mayi vasuḥ saṃyadvasuḥ șrotrapāḥ șrotram me pāhīty āșvinam bhakshayaty. upahūtaṃ șrotraṃ sahātmanopa māṃ șrotraṃ sahātmanā hvayatām; upahūtā ṛishayo daivyāsas tanūpāvānas

tanvas tapojā, upa mām ṛishayo daivyāso hvayantām tanūpāvānas tanvas tapojā iti. prāṇā vā ṛishayo daivyāsas tanūpāvānas tanvas tapojās, tān eva tad upahvayate 8 purastāt pratyañcam aindravāyavam bhakshayati, tasmāt purastāt prāṇāpānau. purastāt pratyañcam maitrāvaruṇam bhakshayati, tasmāt purastāc cakshushī. sarvataḥ parihāram āṣvinam bhakshayati, tasmāū manushyāṣ ca paṣavaṣ ca sarvato vāṣam vadantīm ṣṛiṇvanti || 27 || 3 ||

1 Prāṇā vai dvidevatyā, anavānam dvidevatyān yajet prāṇānām saṃtatyai prāṇānām avyavachedāya 2 prāṇā vai dvidevatyā, na dvidevatyānām anuvashaṭkuryād 3 yad dvidevatyānām anuvashaṭkuryād asaṃsthitān prāṇān saṃsthāpayet, saṃsthā vā eshā yad anuvashaṭkāro. ya enaṃ tatra brūyād: asaṃsthitān prāṇān samatishṭhipat prāṇa enam hāsyatīti, ṣaṣvat tathā syāt. tasmān na dvidevatyānām anuvashaṭkuryāt 4 tad āhur: dvir āgūrya maitrāvaruṇo dviḥ preshyati, sakṛid āgūrya hotā dvir vashaṭkaroti: kā hotur āgūr iti 5 prāṇā vai dvidevatyā, āgūr vajras. tad yad hotāntareṇāguretāgurā vajreṇa yajamānasya prāṇān vīyād. ya enaṃ tatra brūyād: āgurā vajreṇa yajamānasya prāṇān vyagāt prāṇa enaṃ hāsyatīti, ṣaṣvat tathā syāt. tasmāt tatra hotāntareṇa nāguretā 6 tho mano vai yajñasya maitrāvaruṇo, vāg yajñasya hotā. manasā vā ishitā vāg vadati; yām hy anyamanā vācaṃ vadaty, asuryā vai sā vāg adevajushṭā. tad yad evātra maitrāvaruṇo dvir āgurate, saiva hotur āgūḥ || 28 || 4 ||

1 Prāṇā vā ṛituyājās. tad yad ṛituyājaiṣ caranti, prāṇān eva tad yajamāne dadhati 2 shaḷ ṛitunetī yajanti, prāṇam eva tad yajamāne dadhati 3 catvāra ṛitubhir iti yajanty, apānam eva tad yajamāne dadhati 4 dvir ṛitunety uparishṭād, vyānam eva tad yajamāne dadhati 5 sa vā ayam prāṇas tredhā vihitaḥ: prāṇo 'pāno vyāna iti. tad yad ṛi-

tuna ṛitubhir ṛitaucti yajaati, prāṇānām saṃtatyai prāṇānām avyavachedāya 6 prāṇā vā ṛituyājā. nartuyājānām anuvashaṭkuryād, asaṃsthitā vā ṛitava, ekaika eva 7 yad ṛituyājānām anuvashaṭkuryād asaṃsthitān ṛitūn saṃsthāpayet, saṃsthā vā eshā yad anuvashaṭkāro. ya enaṃ tatra brūyād: asaṃsthitān ṛitūn samatishṭhipad dushshanam bhavishyatīti, ṣaṣvat tathā syāt. tasmān nartuyājānām anuvashaṭkuryāt || 29 || 5 ||

1 Prāṇā vai dvidevatyāḥ, paṣava iḷā. dvidevatyān bhakshayitveḷām upahvayate. paṣavo vā iḷā, paṣūn eva tad upahvayate, paṣūn yajamāne dadhāti 2 tad āhur: avāntareḷām pūrvām prāṣnīyā3t | hotṛicamasam bhakshaye3t iti | 3 avāntareḷām eva pūrvām prāṣnīyād, atha hotṛicamasam bhakshayed 4 yad vāva dvidevatyān pūrvān bhakshayati, tenāsya somapīthaḥ pūrvo bhakshito bhavati. tasmād avāntareḷām eva pūrvām prāṣnīyād, atha hotṛicamasam bhakshayet. tad ubhayato 'nnādyam parigṛihṇāti somapīthābhyām, annādyasya parigṛihītyai 5 prāṇā vai dvidevatyā, ātmā hotṛicamaso. dvidevatyānām saṃsravān hotṛicamase samavanayaty, ātmany eva tad dhotā prāṇān samavanayate sarvāyuḥ sarvāyutvāya 6 sarvam āyur eti ya evaṃ veda || 30 || 6 ||

1 Devā vai yad eva yajñe 'kurvaṅs tad asurā akurvaṅs, te samāvadvīryā evāsan na vyāvartanta. tato vai devā etaṃ tūshṇīṃṣaṅsam apaṣyaṅs, tam eshām asurā nānvavāyaṅs. tūshṇīṃṣaṅso vā esha yat tūshṇīṃṣaṅso 2 devā vai yam-yam eva vajram asurebhya udayachaṅs, taṃ-tam eshām asurāḥ pratyabudhyanta. tato vai devā etaṃ tūshṇīṃṣaṅsaṃ vajram apaṣyaṅs, tam ebhya udayachaṅs, tam eshām asurā na pratyabudhyanta. tam ebhyaḥ prāharaṅs, tenainān apratibuddhenāghnaṅs. tato vai devā abhavan, parāsurā 3 bhavaty ātmanā, parāsya dvishan pāpmā bhrātṛivyo bhavati, ya evaṃ veda 4 te vai devā viji-

tino manyamānā yajñam atanvata, tam eshām asurā abhyāyan: yajñaveçasam eshāṃ karishyāma iti. tān samantam evodārān pariyattān udapaçyaṅs, te 'bruvan: saṃsthāpayāmemaṃ yajñaṃ, yajñaṃ no 'surā mā vadhishur iti. tatheti. taṃ tūshṇīṃçaṅse saṃsthāpayan: bhūr Agnir jyotir jyotir Agnir ity ājyaprauge saṃsthāpayann: Indro jyotir bhuvo jyotir Indra iti nishkevalyamarutvatīye saṃsthāpayan: Sūryo jyotir jyotiḥ svaḥ Sūrya iti vaiçvadevāgnimārute saṃsthāpayaṅs. tam evaṃ tūshṇīṃçaṅse saṃsthāpayaṅs, tam evaṃ tūshṇīṃçaṅse saṃsthāpya tenārishṭenodṛcam āçnuvata 5 sa tadā vāva yajñaḥ saṃtishṭhate, yadā hotā tūshṇīṃçaṅsaṃ çaṅsati 6 sa ya enaṃ çaste tūshṇīṃçaṅsa upa vā vaded anu vā vyāharet, tam brūyād: esha evaitām ārtim ārishyati. prātar vāva vayam adyemaṃ çaste tūshṇīṃçaṅse saṃsthāpayāmas. taṃ yathā gṛihān itaṃ karmaṇānusamiyād, evam evainam idam anusamima iti. sa ha vāva tām ārtim ṛichati, ya evaṃ vidvān saṃçaste tūshṇīṃçaṅsa upa vā vadaty anu vā vyāharati. tasmād evaṃ vidvān saṃçaste tūshṇīṃçaṅse nopavadon, nānuvyāharet || 31 || 7 ||

1 Cakshūṅshi vā etāni savanānāṃ yat tūshṇīṃçaṅso. bhūr Agnir jyotir jyotir Agnir iti prātaḥsavanasya cakshushī, Indro jyotir bhuvo jyotir Indra iti mādhyaṃdinasya savanasya cakshushī, Sūryo jyotir jyotiḥ svaḥ Sūrya iti tṛitīyasavanasya cakshushī 2 cakshushmadbhiḥ savanai rādhnoti, cakshushmadbhiḥ savanaiḥ svargaṃ lokam eti ya evaṃ veda 3 cakshur vā etad yajñasya yat tūshṇīṃçaṅsa. ekā satī vyāhṛitir dvedhocyate, tasmād ekaṃ sac cakshur dvedhā 4 mūlaṃ vā etad yajñasya yat tūshṇīṃçaṅso. yaṃ kāmayetānāyatanavān syād iti, nāsya yajñe tūshṇīṃçaṅsaṃ çaṅsed, unmūlam eva tad yajñam parābhavantam anu parābhavati 5 tad u vā āhuḥ: çaṅsed

evâpi vai tad ṛitvije 'hitaṃ, yad dhotâ tûshṇîṃṣaṅsaṃ na ṣaṅsaty. ṛitviji hi sarvo yajñaḥ pratishṭhito yajñe yajamânas, tasmâc chaṅstavyaḥ ṣaṅstavyaḥ || 32 || 8 ||

Iti dvitîyapañcikâyâṃ caturtho 'dhyâyaḥ.

Iti navamâdhyâye 'shṭamaḥ khaṇḍaḥ.

1 Brahma vâ âhâvaḥ, kshatraṃ nivid, viṭ sûktam. âhvayate 'tha nividaṃ dadhâti, brahmaṇy eva tat kshatram anuniyunakti. nividaṃ ṣastvâ sûktaṃ ṣaṅsati. kshatraṃ vai nivid viṭ sûktaṃ, kshatra eva tad viṣam anuniyunakti 2 yaṃ kâmayeta: kshatreṇainaṃ vyardhayânîti, madhya etasyai nividaḥ sûktaṃ ṣaṅset. kshatraṃ vai nivid viṭ sûktaṃ, kshatreṇaivainaṃ tad vyardhayati 3 yaṃ kâmayeta: viṣainaṃ vyardhayânîti, madhya etasya sûktasya nividaṃ ṣaṅset. kshatraṃ vai nivid viṭ sûktaṃ, viṣaivainaṃ tad vyardhayati 4 yam u kâmayeta: sarvam evâsya yathâpûrvam ṛiju kḷiptaṃ syâd ity, âhvayetâtha nividaṃ dadhyâd atha sûktaṃ ṣaṅset. so sarvasya kḷiptiḥ 5 Prajâpatir vâ idam eka evâgra âsa. so 'kâmayata: prajâyeya bhûyân syâm iti. sa tapo 'tapyata, sa vâcam ayachat, sa saṃvatsarasya parastâd vyâharad dvâdaṣakṛitvo. dvâdaṣapadâ vâ eshâ nivid, etâṃ vâva tâṃ nividaṃ vyâharat, tâṃ sarvâṇi bhûtâny anvasṛijyanta 6 tad etad ṛishiḥ paṣyann abhyanûvâca: sa pûrvayâ nividâ kavyatâyor imâḥ prajâ ajanayan manûnâm iti 7 tad yad etâm purastât sûktasya nividaṃ dadhâti, prajâtyai 8 prajâyate prajayâ paṣubhir ya evaṃ veda || 33 || 1 ||

1 Agnir deveddha iti ṣaṅsaty. asau vâ Agnir deveddha, etaṃ hi devâ indhata. etam eva tad etasmiṅl loka âyâtayaty 2 Agnir manviddha iti ṣaṅsaty. ayaṃ vâ Agnir manviddha, imaṃ hi manushyâ indhate. 'gnim eva tad asmiṅl loka âyâtayaty 3 Agniḥ sushamid iti ṣaṅsati. Vâyur vâ Agniḥ sushamid, Vâyur hi svayam âtmânaṃ

saminddhe svayam idaṃ sarvaṃ yad idaṃ kiṃca. Vāyum eva tad antarikshaloka āyātayati 4 hotā devavṛita iti śaṅsaty. asau vai hotā devavṛita, esha hi sarvato devair vṛita, etam eva tad etasmiṅl loka āyātayati 5 hotā manuvṛita iti śaṅsaty. ayaṃ vā Agnir hotā manuvṛito, 'yaṃ hi sarvato manushyair vṛito. 'gnim eva tad asmiṅl loka āyātayati 6 praṇīr yajñānām iti śaṅsati. Vāyur vai praṇīr yajñānāṃ. yadā hi prāṇity, atha yajño 'thāgnihotraṃ. Vāyam eva tad antarikshaloka āyātayati 7 rathīr adhvarāṇām iti śaṅsaty. asau vai rathīr adhvarāṇām, esha hi yathaitac carati rathīr ivaitam eva tad etasmiṅl loka āyātayaty 8 atūrto hoteti śaṅsaty. ayaṃ vā Agnir atūrto hotemaṃ ha na kaś cana tiryañcaṃ taraty. Agnim eva tad asmiṅl loka āyātayati 9 tūrṇir havyavāḷ iti śaṅsati. Vāyur vai tūrṇir havyavāḍ, Vāyur hīdaṃ sarvaṃ sadyas tarati yad idaṃ kiṃca, Vāyur devebhyo havyaṃ vahati. Vāyum eva tad antarikshaloka āyātayaty 10 ā devo devān vakshad iti śaṅsaty. asau vai devo devān āvahaty, etam eva tad etasmiṅl loka āyātayati 11 yakshad Agnir devo devān iti śaṅsaty. ayaṃ vā Agnir devo devān yajaty, Agnim eva tad asmiṅl loka āyātayati 12 so 'dhvarā karati jātavedā iti śaṅsati. Vāyur vai jātavedā, Vāyur hīdaṃ sarvaṃ karoti yad idaṃ kiṃca. Vāyum eva tad antarikshaloka āyātayati || 34 || 2 ||

1 Pra vo devāyāgnaya ity anashṭubhaḥ 2 prathame pade viharati, tasmāt stry ūrū viharati 3 samasyaty uttare pade, tasmāt pumān ūrū samasyati. tan mithunam, mithunam eva tad ukthamukhe karoti prajātyai 4 prajāyate prajayā paśubhir ya evaṃ veda 5 pra vo devāyāgnaya ity evānushṭubhaḥ. prathame pade viharati, vajram eva tat parovarīyāṅsaṃ karoti. samasyaty evottare pade. ārambhaṇato vai vajrasyāṇimātho daṇḍasyātho paraśor, vajram

eva tat praharati dvishate bhrātṛivyāya vadham, yo 'sya stṛityas tasmai startavai || 35 || 3 ||

1 Devāsurā vā eshu lokeshu samayatanta. te vai devāḥ sada evāyatanam akurvata, tān sadaso 'jayaṅs. ta āgnīdhram samprāpadyanta, te tato na parājayanta. tasmād āgnīdhra upavasanti na sadasy, āgnīdhre hy adhārayanta. yad āgnīdhre 'dhārayanta tad āgnīdhrasyāgnīdhratvaṃ 2 teshāṃ vai devānām asurāḥ sadasyān agnīn nirvāpayāṃ cakrus. te devā āgnīdhrād eva sadasyān agnīn viharanta, tair asurarakshāṅsy apāghnata. tathaivaitad yajamānā āgnīdhrād eva sadasyān agnīn viharanty, asurarakshāṅsy eva tad apaghnate 3 te vai prātar ājyair evājayanta āyan. yad ājyair evājayanta āyaṅs tad ājyānām ājyatvaṃ 4 tāsāṃ vai hotrāṇām āyatīnām ājayantīnām achāvākīyāhīyata. tasyām Indrāgnī adhyāstām. Indrāgnī vai devānām ojishṭhau balishṭhau sahishṭhau sattamau pārayishṇutamau. tasmād aindrāgnam achāvākaḥ prātaḥsavane ṣaṅsatīndrāgnī hi tasyām adhyāstāṃ 5 tasmād u purastād anye hotrakāḥ sadaḥ prasarpanti paṣcāchāvākaḥ, paṣceva hi hīno 'nusaṃjigamishati 6 tasmād yo brāhmaṇo bahvṛico vīryavān syāt so 'syāchākīyāṃ kuryāt, tenaiva sāhīnā bhavati || 36 || 4 ||

1 Devaratho vā esha yad yajñas, tasyaitāv antarau raṣmī yad ājyaprauge. tad yad ājyena pavamānam anuṣaṅsati praugeṇājyaṃ, devarathasyaiva tad antarau raṣmī viharaty alobhāya 2 tām anukṛitiṃ manushyarathasyaivāntarau raṣmī viharanty alobhāya 3 nāsya devaratho lubhyati na manushyaratho ya evaṃ veda 4 tad āhur: yathā vāva stotram evaṃ ṣastram. pāvamānīshu sāmagāḥ stuvata, āgneyaṃ hotājyaṃ ṣaṅsati: katham asya pāvamānyo 'nuṣastā bhavantīti 5 yo vā Agniḥ sa Pavamānas 6 tad apy etad ṛishiṇoktam: agnir ṛishiḥ pavamāna ity 7 evam u hāsyāgneyībhir eva pratipadyamānasya pāvamānyo 'nuṣa-

stā bhavanti 8 tad āhur: yathā vāva stotram evaṃ śastram. gāyatrīshu sāmagāḥ stuvata, ānushṭubham hotājyaṃ śaṅsati: katham asya gāyatryo 'nuśastā bhavantīti 9 sampadeti brūyāt 10 saptaitā anushṭubhas, tās triḥ prathamayā trir uttamayaikādaśa bhavanti. virāḍ yājyā dvādaśī. na vā ekenākshareṇa chandāṅsi viyanti na dvābhyāṃ. tāḥ shoḍaśa gāyatryo bhavanty 11 evam u hāsyānushṭubbhir eva pratipadyamānasya gāyatryo 'nuśastā bhavanty 12 agna indraś ca dāśusho duroṇa ity āgnendryā yajati 13 na vā etāv Indrāgnī santau vyajayetām, āgnendrau vā etau santau vyajayetāṃ. tad yad āgnendryā yajati, vijityā eva 14 sā virāṭ trayastriṅśadaksharā bhavati. trayastriṅśad vai devā: ashṭau Vasavo, ekādaśa Rudrā, dvādaśādityāḥ, Prajāpatiś ca Vashaṭkāraś ca. tat prathama ukthamukhe devatā aksharabhājaḥ karoty, aksharam-aksharam eva tad devatā anuprapibanti, devapātreṇaiva tad devatās tripyanti 15 tad āhur: yathā vāva śastram evaṃ yājyāgneyaṃ hotājyaṃ śaṅsaty, atha kasmād āgnendryā yajatīti 16 yā vā āgnendry aindrāgnī vai sā, sendrāgnau etad ukthaṃ graheṇa ca tūshṇīṃśaṅsena ce 17 ndrāgnī ā gataṃ sutaṃ gīrbhir nabho vareṇyam | asya pātaṃ dhiyeshitety aindrāgnam adhvaryur grahaṃ gṛihṇāti, bhūr Agnir jyotir jyotir Agnir Indro jyotir bhuvo jyotir Indraḥ Sūryo jyotir jyotiḥ svaḥ Sūrya iti hotā tūshṇīṃśaṅsaṃ śaṅsati: tad yathaiva śastram evaṃ yājyā || 37 || 8 ||

1 Hotṛijapaṃ japati, retas tat siñcaty 2 upāṅśu japaty, upāṅśv iva vai retasaḥ siktiḥ 3 parāhāvāj japati. yad vai kiṃcordhvam āhāvāc, chastrasyaiva tat 4 parāñcaṃ catushpady āsīnam abhyāhvayate, tasmāt parāñco bhūtvā catushpādo retaḥ siñcanti 5 samyañ dvipād bhavanti, tasmāt samyañco bhūtvā dvipādo retaḥ siñcanti 6 pitā Mātariśvety āha. prāṇo vai pitā prāṇo Mātariśvā prāṇo

reto, retas tat siñcaty 7 achidrā padā dhā iti. reto vā achidram, ato hy achidraḥ sambhavaty 8 achidrokthā kavayaḥ ṣaṅsann iti. ye vā anūcānās te kavayas, ta idam achidraṃ retaḥ prajanayann ity eva tad āha 9 somo viṣvavin nīthāni neshad bṛihaspatir ukthāmadāni ṣaṅsishad iti. brahma vai Bṛihaspatiḥ. kshatraṃ Somaḥ, stutaṣastrāṇi nīthāni cokthamadāni ca. daivena caivaitad brahmaṇā prasūto daivena ca kshatreṇokthāni ṣaṅsaty 10 etau ha vā asya sarvasya prasavasyeṣāte yad idaṃ kiṃca 11 tad yad etābhyām aprasūtaḥ karoty, akṛitaṃ tad. akṛitam akar iti vai nindanti 12 kṛitam asya kṛitam bhavati, nāsyākṛitaṃ kṛitam bhavati ya evaṃ veda 13 vāg āyur viṣvāyur viṣvam āyur ity āha. prāṇo vā āyuḥ, prāṇo reto, vāg yonir; yoniṃ tad upasaṃdhāya retaḥ siñcati 14 ka idaṃ ṣaṅsishyati sa idaṃ ṣaṅsishyatīty āha. Prajāpatir vai kaḥ, Prajāpatiḥ prajanayishyatīty eva tad āha || 38 || 6 ||

1 Āhūya tūshṇīṃṣaṅsaṃ ṣaṅsati, retas tat siktaṃ vikaroti. siktir vā agre 'tha vikṛitir 2 upāṅṣu tūshṇīṃṣaṅsaṃ ṣaṅsaty, upāṅṣv iva vai retasaḥ siktis 3 tira iva tūshṇīṃṣaṅsaṃ ṣaṅsati, tira iva vai retāṅsi vikriyante 4 shaṭpadaṃ tūshṇīṃṣaṅsaṃ ṣaṅsati. shaḍvidho vai purushaḥ shaḷaṅga, ātmānam eva tat shaḍvidhaṃ shaḷaṅgaṃ vikaroti 5 tūshṇīṃṣaṅsaṃ ṣastvā purorucaṃ ṣaṅsati, retas tad vikṛitaṃ prajanayati. vikṛitir vā agre 'tha jātir 6 uccaiḥ purorucaṃ ṣaṅsaty, uccair evainaṃ tat prajanayati 7 dvādaṣapadāṃ purorucaṃ ṣaṅsati. dvādaṣa vai māsāḥ saṃvatsaraḥ, saṃvatsaraḥ Prajāpatiḥ, so 'sya sarvasya prajanayitā. sa yo 'sya sarvasya prajanayitā, sa evainaṃ tat prajayā paṣubhiḥ prajanayati prajātyai 8 prajāyate prajayā paṣubhir ya evaṃ veda 9 jātavedasyām purorucaṃ ṣaṅsati jātavedonyaṅgāṃ 10 tad āhur: yat tṛitīyasavanam eva jātavedasa āyatanam,

atha kasmāt prātaḥsavane jātavedasyām purorucam̧ ṣaṅsatīti 11 prāṇo vai jātavedāḥ, sa hi jātānām̧ veda. yāvatām̧ vai sa jātānām̧ veda te bhavanti, yeshām u na veda kim u te syur. yo vā ājya ātmasam̧skṛitim̧ veda, tat suviditam || 39 || 7 ||

1 Pra vo devāyāgnaya iti ṣaṅsati. prāṇo vai pra, prāṇam̧ hīmāni sarvāṇi bhūtāny anuprayanti. prāṇam eva tat sambhāvayati, prāṇam̧ sam̧skurute 2 dīdivāṅsam apūrvyam iti ṣaṅsati. mano vai dīdāya, manaso hi na kim̧ cana pūrvam asti. mana eva tat sambhāvayati, manaḥ sam̧skurute 3 sa naḥ ṣarmāṇi vītaya iti ṣaṅsati. vāg vai ṣarma, tasmād vācānuvadantam āha: ṣarmavad āsmā ayāṅsīti. vācam eva tat sambhāvayati, vācam̧ sam̧skurute 4 uta no brahmann avisha iti ṣaṅsati. ṣrotram̧ vai brahma, ṣrotreṇa hi brahma ṣṛiṇoti, ṣrotre brahma pratishṭhitam̧. ṣrotram eva tat sambhāvayati, ṣrotram̧ sam̧skurute 5 sa yantā vipra eshām iti ṣaṅsaty. apāno vai yantāpānena hy ayam̧ yataḥ prāṇo na parāṅ bhavaty. apānam eva tat sambhāvayaty, apānam̧ sam̧skurute 6 ṛitāvā yasya rodasī iti ṣaṅsati. cakshur vā ṛitam̧. tasmād yataro vivadamānayor āhāham anuṣṭhyā cakshushādarṣam iti, tasya ṣrad dadhati. cakshur eva tat sambhāvayati, cakshuḥ sam̧skurute 7 nū no rāsva sahasravat tokavat pushṭimad vasv ity uttamayā paridadhāty. ātmā vai samastaḥ sahasravāṅs tokavān pushṭimān. ātmānam eva tat samastam̧ sambhāvayaty, ātmānam̧ samastam̧ sam̧skurute 8 yājyayā yajati. prattir vai yājyā, puṇyaiva lakshmīḥ. puṇyām eva tal lakshmīm̧ sambhāvayati, puṇyām̧ lakshmīm̧ sam̧skurute 9 sa evam̧ vidvāṅṣ chandomayo devatāmayo brahmamayo 'mṛitamayaḥ sambhūya devatā apyeti ya evam̧ veda 10 yo vai tad veda yathā chandomayo devatāmayo brahmamayo 'mṛitamayaḥ sambhūya devatā

apyeti, tat saviditam 11 ity adhyātmam, athādhidaivatam ||40||8||

1 Shaṭpadam tūshṇīṃśaṅsaṃ śaṅsati. shaḍ vā ṛitava. ṛitūn eva tat kalpayaty, ṛitūn apyeti 2 dvādaśapadām puroruncaṃ śaṅsati. dvādaśa vai māsā. māsān eva tat kalpayati, māsān apyeti 3 pra vo devāyāgnaya iti śaṅsaty. antariksham vai prāntariksham hīmāni sarvāṇi bhūtāny anuprayanty. antariksham eva tat kalpayaty, antariksham apyeti 4 dīdivāṅsam apūrvyam iti śaṅsaty. asau vai dīdāya yo 'sau tapaty, etasmād dhi na kiṃ cana pūrvam asty. etam eva tat kalpayaty, etam apyeti 5 sa naḥ śarmāṇi vītaya iti śaṅsaty. Agnir vai śarmāṇy annādyāni yachaty. Agnim eva tat kalpayaty, Agnim apyety 6 uta no brahmann avisha iti śaṅsati. candramā vai brahma. candramasam eva tat kalpayati, candramasam apyeti 7 sa yantā vipra eshām iti śaṅsati. Vāyur vai yantā, Vāyunā hīdaṃ yatam antariksham na samṛichati. Vāyum eva tat kalpayati, Vāyum apyety 8 ṛitāvā yasya rodasī iti śaṅsati. dyāvāpṛithivī vai rodasī. dyāvāpṛithivī eva tat kalpayati, dyāvāpṛithivī apyeti 9 nū no rāsva sahasravat tokavat pushṭimad vasv ity uttamayā paridadhāti. saṃvatsaro vai samastaḥ sahasravāṅs tokavān pushṭimān. saṃvatsaram eva tat samastaṃ kalpayati, saṃvatsaraṃ samastam apyeti 10 yājyayā yajati. vṛishṭir vai yājyā vidyud eva, vidyud dhīdaṃ vṛishṭim annādyaṃ samprayachati. vidyutam eva tat kalpayati, vidyutam apyeti 11 sa evaṃ vidvān etanmayo devatāmayo bhavati bhavati ||41||9||

Iti dvitīyapañcikāyām pañcamo 'dhyāyaḥ.

Iti daśamādhyāye navamaḥ khaṇḍaḥ.

1 Grahokthaṃ vā etad yat praügaṃ. nava prātar grahā gṛihyante, navabhir bahishpavamāne stuvate. stute stomo daṣamaṃ gṛihṇāti, hiṃkāra itarāsāṃ daṣamaḥ. so sā sammā 2 vāyavyaṃ ṣaṅsati, tena vāyavya ukthavān 3 aindravāyavaṃ ṣaṅsati, tenaindravāyava ukthavān 4 maitrāvaruṇaṃ ṣaṅsati, tena maitrāvaruṇa ukthavān 5 āṣvinaṃ ṣaṅsati, tenāṣvina ukthavān 6 aindraṃ ṣaṅsati, tena ṣukrāmanthinā ukthavantau 7 vaiṣvadevaṃ ṣaṅsati, tenāgrayaṇa ukthavān 8 sārasvataṃ ṣaṅsati 9 na sārasvato graho 'sti 10 vāk tu Sarasvatī. ye tu kena vācā grahā gṛihyante, te 'sya sarve ṣastokthā 11 ukthino bhavanti ya evaṃ veda || 1 || 1 ||

1 Annādyaṃ vā etenāvaruddhe yat praügam. anyānyā devatā praüge ṣasyate, 'nyad-anyad uktham praüge kriyate 2 'nyad-anyad asyānnādyaṃ graheshu dhriyate ya evaṃ veda 3 tad dha vai yajamānasyādhyātmatamam ivokthaṃ yat praügaṃ. tasmād enainaitad upekshyatamam ivety āhur, etena hy enaṃ hotā saṃskarotīti 4 vāyavyaṃ ṣaṅsati. tasmād āhur: Vāyuḥ prāṇaḥ prāṇo reto, retaḥ purushasya prathamaṃ sambhavataḥ sambhavatīti. yad vāyavyaṃ ṣaṅsati, prāṇam evāsya tat saṃskaroty 5 aindravāyavaṃ ṣaṅsati. yatra vāva prāṇas tad apāno. yad aindravāyavaṃ ṣaṅsati, prāṇāpānāv evāsya tat saṃskaroti 6 maitrāvaruṇaṃ ṣaṅsati. tasmād āhuḥ: cakshuḥ purushasya prathamaṃ sambhavataḥ sambhavatīti. yan maitrāvaruṇaṃ ṣaṅsati, cakshur evāsya tat saṃskaroty 7 āṣvinaṃ ṣaṅsati. tasmāt kumāraṃ jātaṃ saṃvadanta: upa vai ṣuṣrūshate, ni vai dhyāyatīti. yad āṣvinaṃ ṣaṅsati, ṣrotram evāsya tat saṃskaroty 8 aindraṃ ṣaṅsati. tasmāt kumāraṃ jātaṃ saṃva-

daate: pratidhārayati vai grīvā atho ṣira iti. yad aindraṃ ṣaṅsati, vīryam evāsya tat saṃskaroti 9 vaiṣvadevaṃ ṣaṅsati. tasmāt kumāro jātaḥ paṣceva pracarati, vaiṣvadevāni hy aṅgāni. yad vaiṣvadevaṃ ṣaṅsaty, aṅgāny evāsya tat saṃskaroti 10 sārasvataṃ ṣaṅsati. tasmāt kumāraṃ jātaṃ jaghanyā vāg āviṣati, vāg ghi Sarasvatī. yat sārasvataṃ ṣaṅsati, vācam evāsya tat saṃskaroty 11 esha vai jāto jāyate sarvābhya etābhyo devatābhyaḥ sarvebhya ukthebhyaḥ sarvebhyaṣ chandobhyaḥ sarvebhyaḥ praügebhyaḥ sarvebhyaḥ savanebhyo ya evaṃ veda yasya caivaṃ vidusha etac chaṅsanti || 2 || ³ ||

1 Prāṇānāṃ vā etad ukthaṃ yat praügaṃ. sapta devatāḥ ṣaṅsati. sapta vai ṣīrshan prāṇāḥ, ṣīrshann eva tat prāṇān dadhāti 2 kiṃ sa yajamānasya pāpabhadram ādriyeteti ha smāha yo 'sya hotā syād ity. atraivainaṃ yathā kāmayeta tathā kuryād 3 yaṃ kāmayeta: prāṇenainaṃ vyardhayānīti, vāyavyam asya lubdhaṃ ṣaṅsed. ṛicaṃ vā padaṃ vātīyāt, tenaiva tal lubdham. prāṇenaivainaṃ tad vyardhayati 4 yaṃ kāmayeta: prāṇāpānābhyām enaṃ vyardhayānīty, aindravāyavam asya lubdhaṃ ṣaṅsed. ṛicaṃ vā padaṃ vātīyāt, tenaiva tal lubdham. prāṇāpānābhyām evainaṃ tad vyardhayati 5 yaṃ kāmayeta: cakshushainaṃ vyardhayānīti, maitrāvaruṇam asya lubdhaṃ ṣaṅsed. ṛicaṃ vā padaṃ vātīyāt, tenaiva tal lubdhaṃ. cakshushaivainaṃ tad vyardhayati 6 yaṃ kāmayeta: ṣrotreṇainaṃ vyardhayānīty, āṣvinam asya lubdhaṃ ṣaṅsed. ṛicaṃ vā padaṃ vatīyāt, tenaiva tal lubdhaṃ. ṣrotreṇaivainaṃ tad vyardhayati 7 yaṃ kāmayeta: vīryeṇainaṃ vyardhayānīty, aindram asya lubdhaṃ ṣaṅsed. ṛicaṃ vā padaṃ vātīyāt, tenaiva tal lubdhaṃ. vīryeṇaivainaṃ tad vyardhayati 8 yaṃ kāmayetāṅgair enaṃ vyardhayānīti, vaiṣvadevam asya lubdhaṃ ṣaṅsed. ṛicaṃ vā padaṃ vātīyāt, tenaiva tal lubdham.

aṅgair evainaṃ tad vyardhayati 9 yaṃ kāmayeta: vācainaṃ vyardhayānīti, sārasvataṃ asya lubdhaṃ śaṅsed. ṛicaṃ vā padaṃ vātīyāt, tenaiva tal lubdhaṃ. vācaivainaṃ tad vyardhayati 10 yaṃ u kāmayeta: sarvair enam aṅgaiḥ sarveṇātmanā samardhayānīty, etad evāsya yathāpūrvam ṛiju kḷiptaṃ śaṅset. sarvair evainaṃ tad aṅgaiḥ sarveṇātmanā samardhayati 11 sarvair aṅgaiḥ sarveṇātmanā samṛidhyate ya evaṃ veda || 3 || 3 ||

1 Tad āhur: yathā vāva stotram evaṃ śastram. āgneyīshu sāmagāḥ stuvate, vāyavyayā hotā pratipadyate: katham asya āgneyyo 'nuśastā bhavantīty 2 Agner vā etāḥ sarvās tanvo yad etā devatāḥ 3 sa yad Agniḥ pravān iva dahati, tad asya vāyavyaṃ rūpaṃ. tad asya tenānuśaṅsaty 4 atha yad dvaidham iva kṛitvā dahati, dvau vā Indravāyū, tad asyaindravāyavaṃ rūpaṃ. tad asya tenānuśaṅsaty 5 atha yad uc ca hṛishyati ni ca hṛishyati, tad asya maitrāvaruṇaṃ rūpaṃ. tad asya tenānuśaṅsati 6 sa yad Agnir ghorasaṃsparśas tad asya vāruṇaṃ rūpaṃ, taṃ yad ghorasaṃsparśaṃ santam mitrakṛityevopāsate tad asya maitraṃ rūpaṃ. tad asya tenānuśaṅsaty 7 atha yad enaṃ dvābhyām bāhubhyāṃ dvābhyām araṇībhyām manthanti, dvau vā Aśvinau, tad asyāśvinaṃ rūpaṃ. tad asya tenānuśaṅsaty 8 atha yad uccairghoshaḥ stanayan bababākurvann iva dahati yasmād bhūtāni vijante, tad asyaindraṃ rūpaṃ. tad asya tenānuśaṅsaty 9 atha yad enam ekaṃ santam bahudhā viharanti, tad asya vaiśvadevaṃ rūpaṃ. tad asya tenānuśaṅsaty 10 atha yat sphūrjayan vācam iva vadan dahati, tad asya sārasvataṃ rūpaṃ. tad asya tenānuśaṅsaty 11 evam u hāsya vāyavyayaiva pratipadyamānasya tṛicena-tṛicenaivaitābhir devatābhiḥ stotriyo 'nuśasto bhavati 12 viśvebhiḥ somyam madhv agna indreṇa vāyunā | pibā mitrasya dhāmabhir iti vaiśvade-

vam uktham ṣastvā vaiṣvadevyā yajati, yathābhāgaṃ tad devatāḥ prīṇāti || 4 || 4 ||

1 Devapātraṃ vā etad yad vashaṭkāro. vashaṭkaroti, devapātreṇaiva tad devatās tarpayaty 2 anuvashaṭkaroti. tad yathādo 'ṣvān vā gā vā punarabhyākāraṃ tarpayanty, evam evaitad devatāḥ punarabhyākāraṃ tarpayanti yad anuvashaṭkaroti3 mān evāgnīn upāsata ity āhur dhishṇyān, atha kasmāt pūrvasminn eva juhvati pūrvasmin vashaṭkurvantīti 4 yad eva somasyāgne vīhīty anuvashaṭkaroti, tena dhishṇyān prīṇāty 5 asaṃsthitān somān bhakshayantīty āhur yeshāṃ nānuvashaṭkaroti, ko nu somasya svishṭakṛidbhāga iti 6 yad vāva somasyāgne vīhīty anuvashaṭkaroti, tenaiva saṃsthitān somān bhakshayanti; sa u eva somasya svishṭakṛidbhāgo. vashaṭkaroti || 5 || 5 ||

1 Vajro vā esha yad vashaṭkāro. yaṃ dvishyāt taṃ dhyāyed vashaṭkarishyaṃs, tasminn eva taṃ vajram āsthāpayati 2 shaḷ iti vashaṭkaroti. shaḍ vā ṛitava. ṛitūn eva tat kalpayaty, ṛitūn pratishṭhāpayaty. ṛitūn vai pratitishṭhata idaṃ sarvam anupratitishṭhati yad idaṃ kiṃca 3 pratitishṭhati ya evaṃ veda 4 tad u ha smāha Hiraṇyadan Baida: etāni vā etena shaṭ pratishṭhāpayati. dyaur antarikshe pratishṭhitāntariksham pṛithivyām pṛithivy apsv āpaḥ satye satyam brahmaṇi brahma tapasīty. etā eva tat pratishṭhāḥ pratitishṭhantīr idaṃ sarvam anupratitishṭhati yad idaṃ kiṃca. pratitishṭhati ya evaṃ veda 5 vaushaḷ iti vashaṭkaroty. asau vāva vāv, ṛitavaḥ shaḷ. etam eva tad ṛitushv ādadhāty, ṛitushu pratishṭhāpayati. yādṛig iva vai devebhyaḥ karoti, tādṛig ivāsmai devāḥ kurvanti || 6 || 6 ||

1 Trayo vai vashaṭkārā: vajro dhāmachad riktaḥ 2 sa yam evoccair bali vashaṭkaroti sa vajras 3 taṃ-taṃ praharati dvishate bhrātṛivyāya vadhaṃ, yo 'sya stṛityas tasmai startavai. tasmāt sa bhrātṛivyavatā vashaṭkṛityo 4 'tha yaḥ

samaḥ saṃtato airhāṇarcaḥ sa dhāmachat 5 taṃ-tam prajāṣ ca paṣavaṣ cānūpatishṭhante. tasmāt sa prajākāmena paṣukāmena vashaṭkṛityo 6 'tha yenaiva shaḷ avarādhnoti sa rikto 7 riṇakty ātmānaṃ riṇakti yajamānam, pāpīyān vashaṭkartā bhavati pāpīyān yasmai vashaṭkaroti. tasmāt tasyāṣāṃ neyāt 8 kiṃ sa yajamānasya pāpabhadram ādriyeteti ha smāha yo 'sya hotā syād ity. atraivainaṃ yathā kāmayeta tathā kuryād 9 yaṃ kāmayeta: yathaivānījāno 'bhūt tathaivejānaḥ syād iti, yathaivāsya ṛicam brūyāt tathaivāsya vashaṭkuryāt. sadṛiṣam evainaṃ tat karoti 10 yaṃ kāmayeta: pāpīyān syād ity, uccaistarām asya ṛicam uktvā ṣanaistarāṃ vashaṭkuryāt. pāpīyāṃsam evainaṃ tat karoti 11 yaṃ kāmayeta: ṣreyān syād iti, ṣanaistarām asya ṛicam uktvoccaistarāṃ vashaṭkuryāc. chriya evainaṃ tac chriyām ādadhāti 12 saṃtatam ṛicā vashaṭkṛityaṃ, saṃtatyai 13 saṃdhīyate prajayā paṣabhir ya evaṃ veda || 7 || 7 ||

1 Yasyai devatāyai havir gṛihītaṃ syāt, tāṃ dhyāyed vashaṭkarishyan. sākshād eva tad devatāṃ prīṇāti, pratyakshād devatāṃ yajati 2 vajro vai vashaṭkāraḥ, sa esha prahṛito 'ṣānto dīdāya. tasya haitasya na sarva iva ṣāntiṃ veda na pratishṭhāṃ. tasmād dhāpy etarhi bhūyān iva mṛityus. tasya haishaiva ṣāntir eshā pratishṭhā vāg ity eva. tasmād vashaṭkṛitya-vashaṭkṛitya vāg ity anumantrayeta, sa enaṃ ṣānto na hinasti 3 vashaṭkāra mā mām pramṛiksho māhaṃ tvām pramṛiksham, bṛihatā mana upahvaye vyānena ṣarīram, pratishṭhāsi pratishṭhāṃ gacha pratishṭhām mā gamayeti vashaṭkāram anumantrayeta 4 tad u ha smāha: dīrgham etat sad aprabhv, ojaḥ saha oja 5 ity eva vashaṭkāram anumantrayetau 6 jaṣ ca ha vai sahaṣ ca vashaṭkārasya priyatame tanvau 7 priyeṇaivainaṃ tad dhāmnā samardhayati 8 priyeṇa dhāmnā samṛidhyate ya evaṃ veda 9 vāk ca vai

prāṇāpānau ca vashaṭkāras, ta ete vashaṭkṛite-vashaṭkṛite vyutkrāmanti. tān anumantrayeta: vāg ojaḥ saha ojo mayi prāṇāpānāv ity, ātmany eva tad dhotā vācaṃ ca prāṇāpānau ca pratishṭhāpayati sarvāyuḥ sarvāyutvāya sarvam āyur eti ya evaṃ veda || 8 || 8 ||

1 Yajño vai devebhya udakrāmat, tam praishaiḥ praisham aichan. yat praishaiḥ praisham aichaṅs, tat praishāṇām praishatvaṃ 2 tam puroruglibhiḥ prārocayan. yat puroruglibhiḥ prārocayaṅs, tat purorucām paroruktvam 3 taṃ vedyām anvavindan. yad vedyām anvavindaṅs, tad veder veditvaṃ 4 taṃ vittaṃ grahair vyagṛihṇata. yad vittaṃ grahair vyagṛihṇata, tad grahāṇām grahatvaṃ 5 taṃ vittvā nividbhir nyavedayan. yad vittvā nividbhir nyavedayaṅs, tan nividām nivittvam 6 mahad vāva nashṭaishy abhy alpaṃ vechati, yataro vāva tayor jyāya ivābhīchati sa eva tayoḥ sādhīya ichati 7 ya u eva praishān varshīyaso-varshīyaso veda sa u eva tān sādhīyo veda, nashṭaishyaṃ hy etad yat praishās 8 tasmāt prahvas tishṭhan preshyati || 9 || 9 ||

1 Garbhā vā eta ukthānāṃ yan nividas. tad yat purastād ukthānām prātaḥsavane dhīyante, tasmāt parāñco garbhā dhīyante parāñcaḥ sambhavanti 2 yan madhyato madhyaṃdine dhīyante, tasmān madhye garbhā dhṛitā 3 yad antatas tṛitīyasavane dhīyante, tasmād amuto 'rvāñco garbhāḥ prajāyante prajātyai 4 prajāyate prajayā paṣubhir ya evaṃ veda 5 peṣā vā eta ukthānāṃ yan nividas. tad yat purastād ukthānām prātaḥsavane dhīyante, yathaiva pravayaṇataḥ peṣaḥ kuryāt tādṛik tad. yan madhyato madhyaṃdine dhīyante, yathaiva madhyataḥ peṣaḥ kuryāt tādṛik tad. yad antatas tṛitīyasavane dhīyante, yathaivāvaprajjanataḥ peṣaḥ kuryāt tādṛik tat 6 sarvato yajñasya peṣasā ṣobhate ya evaṃ veda || 10 || 10 ||

1 Sauryā vā etā devatā yan nividas. tad yat purastād ukthānām prātaḥsavane dhīyante madhyato madhyaṃdine 'ntatas tritīyasavana, Ādityasyaiva tad vratam anuparyāvartante 2 paccho vai devā yajñaṃ samabharaṅs, tasmāt paccho nividaḥ ṣasyante 3 yad vai tad devā yajñaṃ samabharaṅs, tasmād aṣvaḥ samabhavat. tasmād āhur: aṣvaṃ nividāṃ ṣaṅstre dadyād iti, tad u khalu varam eva dadati 4 na nividaḥ padam atīyād 5 yan nividaḥ padam atīyād, yajñasya tac chidraṃ kuryād, yajñasya vai chidraṃ sravad yajamāno 'nu pāpīyān bhavati. tasmān na nividaḥ padam atīyān 6 na nividaḥ pade viparihared. yan nividaḥ pade vipariharen, mohayed yajñam, mugdho yajamānaḥ syāt. tasmān na nividaḥ pade vipariharen 7 na nividaḥ pade samasyed. yan nividaḥ pade samasyed, yajñasya tad āyuḥ saṃharet, pramāyuko yajamānaḥ syāt. tasmān na nividaḥ pade samasyet 8 predam brahma predaṃ kshatram ity ete eva samasyed, brahmakshatrayoḥ saṃṣrityai. tasmād brahma ca kshatraṃ ca saṃṣrite 9 na tricaṃ na caturricam ati manyeta nividdhānam, ekaikaṃ vai nividaḥ padam ricaṃ sūktam prati. tasmān na tricaṃ na caturricam ati manyeta nividdhānaṃ, nividā hy eva stotram atiṣastam bhavaty 10 ekām pariṣishya tritīyasavane nividaṃ dadhyād 11 yad dve pariṣishya dadhyāt, prajananaṃ tad upahanyād, garbhais tat prajā vyardhayet. tasmād ekām eva pariṣishya tritīyasavane nividaṃ dadhyān 12 na sūktena nividam atipadyeta 13 yena sūktena nividam atipadyeta, na tat punar upanivarteta, vāstuham eva tad 14 anyat taddaivataṃ tacchandasaṃ sūktam āhritya tasmin nividaṃ dadhyān 15 mā pra gāma patho vayam iti purastāt sūktasya ṣaṅsati 16 patho vā esha praiti yo yajñe muhyati. mā yajñād indra somina iti, yajñād eva tan na pracyavate 17 mānta sthur no arātaya ity, arātīyata eva

tad apahanti 18 yo yajñasya prasādhanas tantur deveshv ātataḥ | tam āhutam naśīmahīti 19 prajā vai tantuḥ, prajām evāsmā etat saṃtanoti 20 mano uv ā huvāmahe nārāṣaṅsena somena 'ti 21 manasā vai yajñas tāyate, manasā kriyate 22 saiva tatra prāyaścittiḥ prāyaścittiḥ || 11 || 11 ||

Iti tṛitīyapañcikāyām prathamo 'dhyāyaḥ.

Ity ekādaśādhyāya ekādaśaḥ khaṇḍaḥ.

1 Devavishaḥ kalpayitavyā, ity āhuṣ, chandaṣ chandasi pratishṭhāpyam iti. śoṅsāvom ity āhvayate prātaḥsavane tryaksharena, śaṅsāmodaivom ity adhvaryuḥ pratigṛiṇāti pañcākshareṇa. tad ashṭāksharam sampadyate. 'shṭāksharā vai gāyatrī, gāyatrīm eva tat purastāt prātaḥsavane 'cīkḷipatām 2 uktham vācīty āha śastvā caturaksharam, om ukthaśā ity adhvaryuṣ caturaksharam. tad ashṭāksharam sampadyate. 'shṭāksharā vai gāyatrī, gāyatrīm eva tad ubhayataḥ prātaḥsavane 'cīkḷipatām 3 adhvaryo śośāvom ity āhvayate madhyaṃdine shaḷaksharena, śaṅsāmodaivom ity adhvaryuḥ pratigṛiṇāti pañcākshareṇa. tad ekādaśāksharam sampadyata. ekādaśāksharā vai trishṭup, trishṭubham eva tat purastān madhyaṃdine 'cīkḷipatām. uktham vācīndrāyety āha śastvā saptāksharam, om ukthaśā ity adhvaryuṣ caturaksharam. tad ekādaśāksharam sampadyata. ekādaśāksharā vai trishṭup, trishṭubham eva tad ubhayato madhyaṃdine 'cīkḷipatām 4 adhvaryo śośoṅsāvom ity āhvayate tṛitīyasavane saptākshareṇa, śaṅsāmodaivom ity adhvaryuḥ pratigṛiṇāti pañcākshareṇa. tad dvādaśāksharam sampadyate. dvādaśāksharā vai jagatī, jagatīm eva tat purastāt tṛitīyasavane 'cīkḷipatām. uktham vācīndrāya devebhya ity āha śastvaikādaśāksharam, om ity adhvaryur ekāksharam. tad dvādaśāksharam sampadyate. dvādaśāksharā vai jagatī, jagatīm

eva tad ubhayatas tṛitīyasavane 'cīklipatām 5 tad etad ṛishiḥ paśyann abhyanūvāca 6 yad gāyatre adhi gāyatram āhitam traishṭubhād vā traishṭubbham niratakshata | yad vā jagaj jagaty āhitam padam ya it tad vidus te amṛitatvam ānaśur ity 7 etad vai tac chandaś chandasi pratishṭhāpayati 8 kalpayati devaviśo ya evaṃ veda || 12 || 1 ||

1 Prajāpatir vai yajñaṃ chandāṅsi devebhyo bhāgadheyāni vyabhajat. sa gāyatrīm evāgnaye Vasubhyaḥ prātaḥsavane 'bhajat, trishṭubham Indrāya Rudrebhyo madhyaṃdine, jagatīṃ Viśvebhyo devebhya Ādityebhyas tṛitīyasavane 2 'thāsya yat svaṃ chanda āsīd anushṭup, tām udantam abhy udauhad achāvākīyām abhi. sainam abravīd anushṭup: tvaṃ nv eva devānām pāpishṭho 'si, yasya te 'haṃ svaṃ chando 'smi, yām udantam abhy udauhīr achāvākīyām abhīti. tad ajānāt, sa svaṃ somam āharat, sa sve some 'graṃ mukham abhi paryāharad anushṭubham. tasmād v anushṭub agriyā mukhyā yujyate sarveshāṃ savanānām 3 agriyo mukhyo bhavati, śreshṭhatām aśnute ya evaṃ veda 4 sve vai sa tat some 'kalpayat. tasmād yatra kva ca yajamānavaśo bhavati, kalpata eva yajño 'pi 5 tasyai janatāyai kalpate yatraivaṃ vidvān yajamāno vaśī yajate || 13 || 2 ||

1 Agnir vai devānāṃ hotāsīt, tam mṛityur bahishpavamāne 'sīdat. so 'nushṭubhājyam pratyapadyata, mṛityum eva tat paryakrāmat. tam ājye 'sīdat. sa praūgeṇa pratyapadyata, mṛityum eva tat paryakrāmat 2 tam mādhyaṃdine pavamāne 'sīdat. so 'nushṭubhā marutvatīyam pratyapadyata, mṛityum eva tat paryakrāmat. tam mādhyaṃdine bṛihatīshu nāśaknot sattum. prāṇā vai bṛihatyaḥ, prāṇān eva tan nāśaknod vyavaitum. tasmān mādhyaṃdine hotā bṛihatīshu stotriyeṇaiva pratipadyate. prāṇā vai bṛihatyaḥ,

prāṇān eva tad abhi pratipadyate 3 taṃ tritīyapavamāno 'sīdat. so 'nushṭubhā vaiśvadevam pratyapadyata, mṛityum eva tat paryakrāmat. taṃ yajñāyajñīye 'sīdat. sa vaiśvānarīyeṇāgnimārntam pratyapadyata, mṛityum eva tat paryakrāmad. vajro vai vaiśvānarīyam pratishṭhā yajñāyajñīyaṃ, vajreṇaiva tat pratishṭhāyā mṛityuṃ nudate. sa sarvān pāśān sarvān sthāṇūn mṛityor atimucya svasty evodamucyata, svasty eva hotonmucyate sarvāyuḥ sarvāyutvāya 4 sarvam āyur eti ya evaṃ veda || 14 || 3 ||

1 Indro vai Vṛitraṃ hatvā nāstṛīshīti manyamānaḥ parāḥ parāvato 'gachat, sa paramām eva parāvatam agachad. anushṭub vai paramā parāvad, vāg vā anushṭup. sa vācam praviśyāśayat, taṃ sarvāṇi bhūtāni vibhajyānvaichaṅs. tam pūrvedyuḥ pitaro 'vindann, uttaram ahar devās. tasmāt pūrvedyuḥ pitṛibhyaḥ kriyata, uttaram ahar devān yajante 2 te 'bruvann: abhishuṇavāmaiva, tathā vāva na āśishṭham āgamishyatīti. tatheti. te 'bhyashuṇvaṅs, ta ā tvā rathaṃ yathotaya ity evainam āvartayann, idaṃ vaso sutam andha ity evaibhyaḥ sutakīrtyām āvir abhavad, indra nedīya ed ihīty evainam madhyam prāpādayantā 3 gatendreṇa yajñena yajate, sendreṇa yajñena rādhnoti ya evaṃ veda || 15 || 4 ||

1 Indraṃ vai Vṛitraṃ jaghnivāṅsaṃ nāstṛiteti manyamānāḥ sarvā devatā ajahus, tam Maruta eva svāpayo nājahuḥ. prāṇā vai Marutaḥ svāpayaḥ, prāṇā haivainaṃ tan nājahus. tasmād esho 'cyutaḥ svāpimān pragāthaḥ śasyata: ā svāpe svāpibhir ity 2 api ha yady aindram evāta ūrdhvaṃ chandaḥ śasyate, tad dha sarvam marutvatīyam bhavaty, esha eed acyutaḥ svāpimān pragāthaḥ śasyata: ā svāpe svāpibhir iti || 16 || 5 ||

1 Brāhmaṇaspatyam pragāthaṃ śaṅsati 2 bṛihaspatipurohitā vai devā ajayan svargaṃ lokaṃ, vy asmiṅl loke

'jayanta. tathaivaitad yajamāno bṛihaspatipurohita eva jayati svargaṃ lokaṃ, vy asmiṃl loke jayate 3 tau vā etau pragāthāv astutau santau punarādāyaṃ ṣasyete. tad āhur: yan na kiṃ canāstutaṃ sat punarādāyaṃ ṣasyate, 'tha kasmād etau pragāthāv astutau santau punarādāyaṃ ṣasyete iti 4 pavamānokthaṃ vā etad yan marutvatīyaṃ. shaṭsu vā atra gāyatrīshu stuvate shaṭsu bṛihatīshu tisṛishu trishṭupsu, sa vā esha trichandāḥ pañcadaṣo mādhyaṃdinaḥ pavamānas. tad āhuḥ: kathaṃ ta esha trichandāḥ pañcadaṣo mādhyaṃdinaḥ pavamāno 'nuṣasto bhavatīti 5 yo eva gāyatryā uttare pratipado yo gāyatro 'nucaras, tābhir evāsya gāyatryo 'nuṣastā bhavanty; etābhyām evāsya pragāthābhyāṃ bṛihatyo 'nuṣastā bhavanti 6 tāsu vā etāsu bṛihatīshu sāmagā rauravayaudhājayābhyāṃ punarādāyaṃ stuvate. tasmād etau pragāthāv astutau santau punarādāyaṃ ṣasyete, tac chastreṇa stotram anvaiti 7 ye eva trishṭubhau dhāyyo yat traishṭubhaṃ nividdhānaṃ, tābhir evāsya trishṭubho 'nuṣastā bhavanty 8 evam u hāsyaisha trichandāḥ pañcadaṣo mādhyaṃdinaḥ pavamāno 'nuṣasto bhavati ya evaṃ veda || 17 || 6 ||

1 Dhāyyāḥ ṣaṅsati 2 dhāyyābhir vai Prajāpatir imāṃl lokān adhayad yaṃ-yaṃ kāmam akāmayata 3 tathaivaitad yajamāno dhāyyābhir evemāṃl lokān dhayati yaṃ-yaṃ kāmaṃ kāmayate ya evaṃ veda yad eva dhāyyā3ḥ | 4 yatra-yatra vai devā yajñasya chidraṃ nirajānaṅs, tad dhāyyābhir apidadhus, tad dhāyyānāṃ dhāyyātvam 5 achidreṇa hāsya yajñeneshṭam bhavati ya evaṃ veda yad v eva dhāyyā3ḥ | 6 syūmā haitad yajñasya yad dhāyyās. tad yathā sūcyā vāsaḥ saṃdadhad iyād, evam evaitābhir yajñasya chidraṃ saṃdadhad eti ya evaṃ veda yad v eva dhāyyā3ḥ | 7 tāny u vā etāny upasadām evokthāni yad dhāyyā. agnir netety āgneyī prathamopasat, tasyā etad ukthaṃ. tvaṃ

soma kratubhir iti saumyā dvitīyopasat, tasyā etad uktham. pinvanty apa iti vaishṇavī tritīyopasat, tasyā etad uktham 8 yāvantam ha vai saumyenādhvareṇeshṭvā lokam jayati, tam ata ekaikayopasadā jayati ya evam veda yaṣ caivam vidvān dhāyyāḥ ṣaṅsati 9 tad dhaika āhus: tān vo maha iti ṣaṅsed, etām vāva vayam Bharateshu ṣasyamānām abhivyajānīma iti vadantas 10 tat-tan nādṛityam 11 yad etām ṣaṅsed, īṣvaraḥ parjanyo 'varshṭoḥ 12 pinvanty apa ity eva ṣaṅsed 13 vṛishṭivani padam, Maruta iti mārutam, atyam na mihe vi nayantīti vinītavad. yad vinītavat tad vikrāntavad, yad vikrāntavat tad vaishṇavam. vājinam itīndro vai vājī. tasyām vā etasyām catvāri padāni: vṛishṭivani mārutam vaishṇavam aindram 14 sā vā eshā tritīyasavanabhājanā satī madhyaṃdine ṣasyate. tasmād dhedam Bharatānām paṣavaḥ sāyamgoshṭhāḥ santo madhyaṃdine saṃgavinīm āyanti. so jagatī, jāgatā hi paṣava, ātmā yajamānasya madhyaṃdinas, tad yajamāne paṣūn dadhāti || 18 || 7 ||

1 Marutvatīyam pragātham ṣaṅsati. paṣavo vai Marutaḥ, paṣavaḥ pragāthaḥ, paṣūnām avaruddhyai 2 janishṭhā ugraḥ sahase turāyeti sūktam ṣaṅsati. tad vā etad yajamānajananam eva sūktam, yajamānam ha vā etena yajñād devayonyai prajanayati 3 tat saṃjayam bhavati. sam ca jayati vi ca jayata 4 etad gaurivītam. Gaurivītir ha vai Ṣāktyo nedishṭham svargasya lokasyāgachat, sa etat sūktam apaṣyat, tena svargam lokam ajayat. tathaivaitad yajamāna etena sūktena svargam lokam jayati 5 tasyārdhāḥ ṣastvārdhāḥ pariṣishya madhye nividam dadhāti 6 svargasya haisha lokasya rohe yan nivit 7 svargasya haital lokasyākramaṇam yan nivit. tām ākramaṇām iva ṣaṅsed, upaiva yajamānam nigṛiṇīta yo 'sya priyaḥ syād. iti nu svargakāmasyā 8 thābhicarato. yaḥ kāmayeta: kshatreṇa

viṣaṃ hanyām iti, tris tarhi nividā sūktaṃ viṣaṅset. kshatraṃ vai nivid viṭ sūktaṃ, kshatreṇaiva tad viṣaṃ hanti 9 yaḥ kāmayeta: viṣā kshatraṃ hanyām iti, tris tarhi sūktena nividaṃ viṣaṅset. kshatraṃ vai nivid viṭ sūktaṃ, viṣaiva tat kshatraṃ hanti 10 ya u kāmayetobhayata enaṃ viṣaḥ paryavachinadānīty, ubhayatas tarhi nividaṃ vyāhvayītobhayata evainaṃ tad viṣaḥ paryavachinatti 11 ti nv abhicarata, itarathā tv eva svargakāmasya 12 vayaḥ suparṇā upa sedur indram ity uttamayā paridadhāti 13 priyamedhā ṛishayo nādhamānāḥ | 14 apa dhvāntam ūrṇuhīti. yena tamasā prāvṛito manyeta tan manasā gached, apa haivāsmāt tal lupyate 15 pūrdhi cakshur iti cakshushī marīmṛijyetā 16 jarasaṃ ha cakshushmān bhavati ya evaṃ veda 17 mumugdhy asmān nidhayeva baddhān iti. pāṣā vai nidhā, mumugdhy asmān pāṣād iva baddhān ity eva tad āha || 19 || s ||

1 Indro vai Vṛitraṃ hanishyan sarvā devatā abravīd: anu mopatishṭhadhvam, upa mā hvayadhvam iti. tatheti. taṃ hanishyanta ādravan. so 'ved: māṃ vai hanishyanta ādravanti, hantemān bhīshayā iti. tān abhi prāṣvasīt, tasya ṣvasathād īshamāṇā viṣve devā adravan. Maruto hainaṃ nājahuḥ: prahara bhagavo jahi vīrayasvety evainam etāṃ vācaṃ vadanta upātishṭhanta. tad etad ṛishiḥ paṣyann abhyanūvāca: vṛitrasya tvā ṣvasathād īshamāṇā viṣve devā ajahur ye sakhāyaḥ | marudbhir indra sakhyaṃ te astv athemā viṣvāḥ pṛitanā jayāsīti. so 'ved: ime vai kila me sacivā, ime mākāmayanta, hantemān asminn uktha ābhajā iti. tān etasminn uktha ābhajad, atha haite tarhy ubhe eva nishkevalye ukthe āsatur 2 marutvatīyaṃ grahaṃ gṛihṇāti, marutvatīyam pragāthaṃ ṣaṅsati, marutvatīyaṃ sūktaṃ ṣaṅsati, marutvatīyāṃ nividaṃ dadhāti: Marutāṃ sā bhaktir 3 marutvatīyam ukthaṃ ṣastvā

marutvatīyayā yajati, yathābhāgaṃ tad devatāḥ prīṇāti 4 ye tvāhihatye maghavann avardhan ye śāmbaro harivo ye gavishṭau | yo tvā nūnam anumadanti viprāḥ pibendra somaṃ sagaṇo marudbhir iti 5 yatra-yatraivaibhir vyajayata yatra-yatra vīryam akarot, tad evaitat samanuvedyendreṇainān sasomapīthān karoti || 20 || 9 ||

1 Indro vai Vṛitraṃ hatvā sarvā vijitīr vijityābravīt Prajāpatim: aham etad asāni yat tvam, ahaṃ mahān asānīti. sa Prajāpatir abravīd: atha ko 'ham iti. yad evaitad avoca, ity abravīt. tato vai Ko nāma Prajāpatir abhavat; Ko vai nāma Prajāpatir. yan mahān Indro 'bhavat, tan Mahendrasya mahendratvaṃ 2 sa mahān bhūtvā devatā abravīd: uddhāram ma uddharateti. yathāpy etarhīcchati, yo vai bhavati yaḥ śreshṭhatām aśnute (sa mahān bhavati). taṃ devā abruvan: svayam eva brūshva yat te bhavishyatīti. sa etam māhendraṃ graham abrūta, mādhyaṃdinaṃ savanānāṃ, nishkevalyam ukthānāṃ, trishṭubhaṃ chandasām, pṛishṭhaṃ sāmnāṃ. tam asmā uddhāram udaharann. 3 ud asmā uddhāraṃ haranti ya evaṃ veda 4 taṃ devā abruvan: sarvaṃ vā avocathā, api no 'trāstv iti. sa nety abravīt, kathaṃ vo 'pisyād iti. tam abruvann: apy eva no 'stu maghavann iti. tān īkshataiva || 21 || 10 ||

1 Te devā abruvann: iyaṃ vā Indrasya priyā jāyā vāvātā Prāsahā nāmāsyām evechāmahā iti. tatheti. tasyām aichanta. sainān abravīt: prātar vaḥ prativaktāsmīti. tasmāt striyaḥ patyāv ichante, tasmād u stry anurātram patyāv ichate. tām prātar upāyann, saitad eva pratyapadyata: 2 yad vāvāna purutamam purāshāḷ ā vṛitrahendro nāmāny aprāḥ | aceti prāsahas patis tuvishmān itī 3 ndro vai prāsahas patis tuvishmān 4 yad īm uśmasi kartave karat tad iti. yad evaitad avocāmākarat tad ity evainān̐s tad abravīt 5 te devā abruvann: apy asyā ihā-

stu, yā no 'smin na vai kam avidad iti. tatheti. tasyā apy atrākurvaṅs 6 tasmād eshātrāpi ṣasyate: yad vāvāna purutamam purāshāl iti 7 senā vā Indrasya priyā jāyā vāvātā Prāsahā nāma, Ko nāma Prajāpatiḥ ṣvaṣuras. tad yāsya kāme senā jayet, tasyā ardhāt tishṭhaṅs tṛiṇam ubhayataḥ parichidyetarām senām abhy asyet: Prāsahe Kas tvā paṣyatīti. tad yathaivādaḥ snushā ṣvaṣurāl lajjamānā nilīyamānaity, evam eva sā senā bhajyamānā nilīyamānaiti yatraivaṃ vidvāṅs tṛiṇam ubhayataḥ parichidyetarām senām abhy asyati: Prāsahe Kas tvā paṣyatīti 8 tān Indra uvācāpi vo 'trāstv iti. te devā abruvan: virāḍ yājyāstu nishkevalyasya yā trayastriṅṣadakshrā 9 trayastriṅṣad vai devā: ashṭau Vasava, ekādaṣa Rudrā, dvādaṣādityāḥ, Prajāpatiṣ ca Vashaṭkāraṣ ca. devatā aksharabhājaḥ karoty, aksharam-aksharam eva tad devatā anuprapibanti, devapātreṇaiva tad devatās tṛipyanti 10 yaṃ kāmayetānāyatanavān syād ity, avirājāsya yajed gāyatryā vā trishṭubhā vānyena vā chandasā, vashaṭkuryād: anāyatanavantam evainaṃ tat karoti 11 yaṃ kāmayetāyatanavān syād iti, virājāsya yajet: pibā somam indra mandatu tvety etayāyatanavantam evainaṃ tat karoti || 22 || 11 ||

1 Ṛik ca vā idam agre sāma cāstām, saiva nāma ṛig āsīd amo nāma sāma. sā vā ṛik sāmopāvadan: mithunaṃ sambhavāva prajātyā iti. nety abravīt sāma, jyāyān vā ato mama mahimeti. te dve bhūtvopāvadatāṃ, te na prati cana samavadata. . tās tisro bhūtvopāvadaṅs, tat tisṛibhiḥ samabhavad. yat tisṛibhiḥ samabhavat tasmāt tisṛibhiḥ stuvanti, tisṛibhir udgāyanti; tisṛibhir hi sāma sammitaṃ. tasmād ekasya bahvyo jāyā bhavanti, naikasyai bahavaḥ saha patayo. yad vai tat sā cāmaṣ ca samabhavatāṃ, tat sāmābhavat, tat sāmnaḥ sāmatvaṃ 2 sāman bhavati ya evaṃ veda 3 yo vai bhavati yaḥ ṣreshṭhatām asnute sa

sāman bhavaty, asāmanya iti hi nindanti 4 te vai pañcānyad bhūtvā pañcānyad bhūtvākalpetām: āhāvāṣ ca hiṃkāraṣ ca prastāvaṣ ca prathamā ca ṛig udgīthaṣ ca, madhyamā ca pratihāraṣ cottamā ca nidhanaṃ ca vashaṭkāraṣ ca 5 te yat pañcānyad bhūtvā pañcānyad bhūtvākalpetāṃ, tasmād āhuḥ: pāñkto yajñaḥ pāñktāḥ paṣava iti 6 yad u virājaṃ daṣinīm abhisamapadyetāṃ, tasmād āhur: virāji yajño daṣinyām pratishṭhita ity 7 ātmā vai stotriyaḥ, prajānurūpaḥ, patnī dhāyyā, paṣavaḥ pragātho, gṛihāḥ sūktaṃ 8 sa vā asmiṅṣ ca loke 'mushmiṅṣ ca prajayā ca paṣubhiṣ ca gṛiheshu vasati ya evaṃ veda || 23 || 12 ||

1 Stotriyaṃ ṣaṅsaty, ātmā vai stotriyas 2 tam madhyamayā vācā ṣaṅsaty, ātmānam eva tat saṃskurute 3 'nurūpaṃ ṣaṅsati, prajā vā anurūpaḥ 4 sa uccaistarām ivānurūpaḥ ṣaṅstavyaḥ, prajām eva tac chreyasīm ātmanaḥ kurute 5 dhāyyāṃ ṣaṅsati, patnī vai dhāyyā 6 sā nīcaistarām iva dhāyyā ṣaṅstavyā 7 pratiyādinī hāsya gṛiheshu patnī bhavati yatraivaṃ vidvān nīcaistarāṃ dhāyyāṃ ṣaṅsati 8 pragāthaṃ ṣaṅsati 9 sa svaravatyā vācā ṣaṅstavyaḥ. paṣavo vai svaraḥ, paṣavaḥ pragāthaḥ, paṣūnām avaruddhyā 10 indrasya nu vīryāṇi pra vocam iti sūktaṃ ṣaṅsati 11 tad vā etat priyam Indrasya sūktaṃ nishkevalyaṃ hairaṇyastūpam. etena vai sūktena Hiraṇyastūpa Āñgirasa Indrasya priyaṃ dhāmopāgachat, sa paramaṃ lokam ajayad 12 upendrasya priyaṃ dhāma gachati, jayati paramaṃ lokaṃ ya evaṃ veda 13 gṛihā vai pratishṭhā sūktaṃ. tat pratishṭhitatamayā vācā ṣaṅstavyaṃ. tasmād yady api dūra iva paṣūṅl labhate, gṛihān evaiṇān ājigamishati; gṛihā hi paṣūnām pratishṭhā pratishṭhā || 24 || 13 ||

Iti tṛitīyapañcikāyāṃ dvitīyo 'dhyāyaḥ.

Iti dvādaṣe 'dhyāye trayodaṣaḥ khaṇḍaḥ.

1 Somo vai rājāmushmiṅl loka āsīt, taṃ devāṣ ca ṛi-

shayaṣ cābhyadhyāyan: katham ayam asmān somo rājāgached iti. te 'bruvaṅś chandāṅsi: yūyaṃ na imaṃ somaṃ rājānam āharateti. tatheti. te 'suparṇā bhūtvodapataṅs. te yat suparṇā bhūtvodapataṅs, tad etat Sauparṇam ity ākhyānavida ācakshate 2 chandāṅsi vai tat somaṃ rājānam achācaraṅs. tāni ha tarhi caturaksharāṇi-caturaksharāṇy eva chandāṅsy āsan. sā jagatī caturaksharā prathamodapatat. sā patitvārdham adhvano gatvāṣrāmyat, sā parāsya trīṇy aksharāṇy ekāksharā bhūtvā dikshāṃ ca tapaṣ ca harantī punar abhyavāpatat. tasmāt tasya vittā dīkshā vittaṃ tapo yasya paṣavaḥ santi. jāgatā hi paṣavo, jagatī hi tān āharad 3 atha trishṭub udapatat. sā patitvā bhūyo 'rdhād adhvano gatvāṣrāmyat, sā parāsyaikam aksharaṃ tryaksharā bhūtvā dakshiṇā harantī punar abhyavāpatat. tasmān madhyaṃdine dakshiṇā nīyante trishṭubho loke, trishṭub hhi tā āharat || 25 || 1 ||

1 Te devā abruvan gāyatrīṃ: tvaṃ na imaṃ somaṃ rājānam āhareti. sā tathety abravīt, tāṃ vai mā sarveṇa svastyayanenānumantrayadhvam iti. tatheti. sodapatat, tāṃ devāḥ sarveṇa svastyayanenānvamantrayanta: preti ceti cety. etad vai sarvaṃ svastyayanaṃ yat preti ceti ceti. tad yo 'sya priyaḥ syāt tam etenānumantrayeta: preti ceti ceti, svasty eva gachati, svasti punar āgachati 2 sā patitvā somapālān bhīshayitvā padbhyāṃ ca mukhena ca somaṃ rājānaṃ samagribhṇād, yāni cetare chandasī aksharāṇy ajahitāṃ tāni copasamagribhṇāt 3 tasyā anuvisṛijya Kṛiṣānuḥ somapālaḥ savyasya pado nakham achidat, tac chalyako 'bhavat, tasmāt sa nakham iva. yad vaṣam asravat sā vaṣābhavat, tasmāt sā havir ivātha yaḥ ṣalyo yad anīkam āsīt sa sarpo nirdaṅśy abhavat, sahasaḥ svajo. yāni parṇāni te manthāvalā, yāni snāvāni te gaṇḍūpadā, yat tejanaṃ so 'ndhāhiḥ. so sā tatheshur abhavat || 26 || 2 ||

1 Sā yad dakshiṇena padā samagṛibhṇāt, tat prātaḥsavanam abhavat. tad gāyatrī svam āyatanam akuruta, tasmāt tat samṛiddhatamam manyante sarveshāṃ savanānām. agriyo mukhyo bhavati, śreshṭhatām aśnute ya evaṃ vedātha yat savyena padā samagṛibhṇāt, tan mādhyaṃdinaṃ savanam abhavat. tad visraṅsata, tad visrastaṃ nānvāpnot pūrvaṃ savanaṃ. te devāḥ prājijñāsanta, tasmiṅs trishṭubhaṃ chandasām adadhur Indraṃ devatānāṃ, tena tat samāvadvīryam abhavat pūrveṇa savanenobhābhyām savanābhyāṃ samāvadvīryābhyāṃ samāvajjāmībhyaṃ rādhnoti ya evaṃ vedātha yan mukhena samagṛibhṇāt, tat tṛitīyasavanam abhavat 2 tasya patantī rasam adhayat, tad dhītarasaṃ nānvāpnot pūrve savane. te devāḥ prājijñāsanta, tat paśushv. apaśyaṅs. tad yad āśiram avanayanty, ājyena, paśunā caranti, tena tat samāvadvīryam abhavat pūrvābhyāṃ savanābhyāṃ 3 sarvaiḥ savanaiḥ samāvadvīryaiḥ samāvajjāmibhī rādhnoti ya evaṃ veda || 27 || 3 ||

1 Te vā ime itare chandasī gāyatrīm abhyavadetāṃ: vittaṃ nāv aksharāṇy anuparyāgur iti. nety abravīd gāyatrī, yathāvittam eva na iti. te deveshu praśnam aitāṃ, te devā abruvan: yathāvittam eva va iti. tasmād dhāpy etarhi vittyāṃ vyāhur: yathāvittam eva na iti. tato vā ashṭāksharā gāyatry abhavat, tryaksharā trishṭub, ekāksharā jagatī 2 sāshṭāksharā gāyatrī prātaḥsavanam udayacchan, nāśaknot trishṭup tryaksharā mādhyaṃdinaṃ savanam udyantuṃ. tāṃ gāyatry abravīd: āyāny, api me 'trāstv iti. sā tathety abravīt trishṭup, tāṃ vai maitair ashṭābhir aksharair upasaṃdhehīti. tatheti. tām upasamadadhād. etad vai tad gāyatryai madhyaṃdine yan marutvatīyasyottare pratipado yaś cānucaraḥ. saikādaśāksharā bhūtvā mādhyaṃdinaṃ savanam udayacchan 3 nāśaknoj jagaty ekāksharā tṛitīyasavanam udyantuṃ. tāṃ gāyatry abravīd:

āyāny, api me 'trāstv iti. sā tathety abravīj jagatī, tāṃ vai maitair ekādaṣabhir aksharair upasaṃdhehīti. tatheti. tām upasamadadhād. etad vai tad gāyatryai tṛitīyasavane yad vaiṣvadevasyottare pratipado yaṣ cānucaraḥ. sā dvādaṣākshara bhūtvā tṛitīyasavanam udayachat 4 tato vā ashṭākshara gāyatry abhavad, ekādaṣākshara trishṭub, dvādaṣākshara jagatī 5 sarvaiṣ chandobhiḥ samāvadvīryaiḥ samāvajjāmibhī rādhnoti ya evaṃ veda 6 ekaṃ vai sat tat tredhābhavat. tasmād āhur: dātavyam evaṃ vidusha ity, ekaṃ hi sat tat tredhābhavat || 28 || 4 ||

1 Te devā abruvann Ādityān: yushmābhir idaṃ savanam udyachāmeti. tatheti. tasmād ādityārambhaṇaṃ tṛitīyasavanam, ādityagrahaḥ purastāt tasya 2 yajaty: *ādityāso aditir mādayantām* iti madvatyā rūpasamṛiddhayā. madvad vai tṛitīyasavanasya rūpaṃ 3 nānuvashaṭkaroti, na bhakshayati. saṃsthā vā eshā yad anuvashaṭkāraḥ, saṃsthā bhakshaḥ, prāṇā Ādityā: net prāṇān saṃsthāpayānīti 4 ta Ādityā abruvan Savitāram: tvayedaṃ saha savanam udyachāmeti. tatheti. tasmāt sāvitrī pratipad bhavati vaiṣvadevasya, sāvitragrahaḥ purastāt tasya. yajati: *damūnā devaḥ savitā vareṇya* iti madvatyā rūpasamṛiddhayā. madvad vai tṛitīyasavanasya rūpaṃ. nānuvashaṭkaroti, na bhakshayati. saṃsthā vā eshā yad anuvashaṭkāraḥ, saṃsthā bhakshaḥ, prāṇaḥ Savitā: net prāṇaṃ saṃsthāpayānīty 5 ubhe vā esha ete savane vipibati yat Savitā: prātaḥsavanaṃ ca tṛitīyasavanaṃ ca. tad yat pibavat sāvitryai nividaḥ padaṃ purastād bhavati madvad uparishṭād, ubhayor evainaṃ tat savanayor ābhajati: prātaḥsavane ca tṛitīyasavane ca 6 bahvyaḥ prātar vāyavyāḥ ṣasyante, ekā tṛitīyasavane. tasmād ūrdhvāḥ purushasya bhūyāṃsaḥ prāṇā yac cāvāñco 7 dyāvāpṛithivīyaṃ ṣaṃsanti. dyāvāpṛithivī vai pratishṭhe: iyam eveha pratishṭhāsāv amutra. tad yad

dyāvāpṛithivīyaṃ ṣaṅsati, pratishṭhayor evainaṃ tat pratishṭhāpayati || 29 || 5 ||

1 Ārbhavaṃ ṣaṅsaty 2 Ṛibhavo vai deveshu tapasā somapītham abhyajayaṅs. tebhyaḥ prātaḥsavane vāci kalpayishaṅs, tān Agnir Vasubhiḥ prātaḥsavanād anudata. tebhyo mādhyaṃdine savane vāci kalpayishaṅs, tān Indro Rudrair mādhyaṃdinād savanād anudata. tebhyas tṛitīyasavane vāci kalpayishaṅs, tān Viṣve devā anonudyanta: neha pāsyanti neheti. sa Prajāpatir abravīt Savitāraṃ: tava vā ime 'ntevāsās, tvam evaibhiḥ sampibasveti. sa tathety abravīt Savitā, tān vai tvam ubhayataḥ paripibeti. tān Prajāpatir ubhayataḥ paryapibat 3 te ete dhāyye anirukte prājāpatye ṣasyete abhita ārbhavaṃ: surūpakṛitnum ūtaye, 'yaṃ venaṣ codayat pṛiṣnigarbhā iti. Prajāpatir evainān tad ubhayataḥ paripibati. tasmād u ṣreshṭhī pātre rocayaty eva yaṃ kāmayate taṃ 4 tebhyo vai devā apaivābhībhatsanta manushyagandhāt, ta ete dhāyye antaradadhata: yebhyo mātai,vā pitra iti || 30 || 6 ||

1 Vaiṣvadevaṃ ṣaṅsati 2 yathā vai prajā evaṃ vaiṣvadevaṃ. tad yathāntaraṃ janatā evaṃ sūktāni, yathāraṇyāny evaṃ dhāyyās. tad ubhayato dhāyyām paryāhvayate. tasmāt tāny araṇyāni santy anaraṇyāni mṛigaiṣ ca vayobhiṣ ceti ha smāha 3 yathā vai purusha evaṃ vaiṣvadevaṃ. tasya yathāvantaram aṅgāny evaṃ sūktāni, yathā parvāṇy evaṃ dhāyyās. tad ubhayato dhāyyām paryāhvayate. tasmāt purushasya parvāṇi ṣithirāṇi santi dṛiḍhāni, brahmaṇā hi tāni dhṛitāni 4 mūlaṃ vā etad yajñasya yad dhāyyāṣ ca yājyāṣ ca. tad yad anyā-anyā dhāyyāṣ ca yājyāṣ ca kuryur, unmūlam eva tad yajñaṃ kuryus. tasmāt tāḥ samānya eva syuḥ 5 pāñcajanyaṃ vā etad ukthaṃ yad vaiṣvadevaṃ. sarveshāṃ vā etat pañcajanānām ukthaṃ: devamanushyāṇāṃ gandharvāpsarasāṃ sarpāṇāṃ ca pitṛīṇāṃ

caiteshām vā etat pañcajanānām ukthaṃ 6 sarva enam pañcajanā vidur, ainam pañcinyai janatāyai havino gachanti ya evaṃ veda 7 sarvadevatyo vā esha hotā yo vaiṣvadevaṃ ṣaṅsati. sarvā diṣo dhyāyec chaṅsishyau, sarvāsv eva tad dikshu rasaṃ dadhāti 8 yasyām asya diṣi dveshyaḥ syān na tāṃ dhyāyed, anuhāyaivāsya tad vīryam ādatte 9 'ditir dyaur aditir antariksham ity uttamayā paridadhātīyaṃ vā Aditir iyaṃ dyaur iyam antariksham 10 aditir mātā sa pitā sa putra itīyaṃ vai māteyam piteyam putro 11 viṣve devā aditiḥ pañca janā ity, asyāṃ vai Viṣve devā asyām pañcajanā 12 aditir jātam aditir janitvam itīyaṃ vai jātam iyaṃ janitvaṃ 13 dviḥ pacchaḥ paridadhāti. catushpādā vai paṣavaḥ, paṣūnām avaruddhyai. sakṛid ardharcaṣaḥ, pratishṭhāyā eva. dvipratishṭho vai purushaṣ catushpādāḥ paṣavo, yajamānam eva tad dvipratishṭhaṃ catushpātsu paṣushu pratishṭhāpayati 14 sadaiva pañcajanīyayā paridadhyāt. tad upaspṛiṣan bhūmim paridadhyāt. tad yasyām eva yajñaṃ sambharati, tasyām evainam tad antataḥ pratishṭhāpayati 15 viṣve devāḥ ṣṛiṇutemaṃ havam ma iti vaiṣvadevam ukthaṃ ṣastvā vaiṣvadevyā yajati, yathābhāgaṃ tad devatāḥ prīṇāti || 31 || 7 ||

1 Āgneyī prathamā ghṛitayājyā, saumī saumyayājyā, vaishṇavī ghṛitayājyā. tvaṃ soma pitṛibhiḥ saṃvidāna iti saumyasya pitṛimatyā yajati 2 ghnanti vā etat somaṃ yad abhishuṇvanti, tasyaitām anustaraṇīṃ kurvanti yat saumyaḥ. pitṛibhyo vā anustaraṇī, tasmāt saumyasya pitṛimatyā yajaty 3 avadhishur vā etat somaṃ yad abhyasushavus, tad enam punaḥ sambhāvayanti 4 punar āpyāyayanty upasadāṃ rūpeṇopasadāṃ kila vai tad rūpaṃ yad etā devatā: Agniḥ Somo Vishṇur iti 5 pratigṛihya saumyaṃ hotā pūrvaṣ chandogebhyo 'veksheta 6 taṃ haike pūrvaṃ chandogebhyo haranti. tat tathā na kuryād. vashaṭkartā

prathamaḥ sarvabhakshān bhakshayatīti ha smāha, tenaiva rūpeṇa tasmād vashaṭkartaiva pūrvo 'vekshetāthainaṃ chandogebhyo haranti || 32 || 8 ||

1 Prajāpatir vai svāṃ duhitaram abhyadhyāyad, divam ity anya āhur Ushasam ity anye. tāṃ ṛisyo bhūtvā rohitam bhūtām abhyait. taṃ devā apaṣyann: akṛitaṃ vai Prajāpatiḥ karotīti. te tam aichan ya enam ārishyaty, etam anyonyasmin nāvindaṅs. teshāṃ yā eva ghoratamās tanva āsaṅs, tā ekadhā samabharaṅs. tāḥ sambhṛitā esha devo 'bhavat, tad asyaitad bhūtavan nāma 2 bhavati vai sa yo 'syaitad evaṃ nāma veda 3 taṃ devā abruvann: ayaṃ vai Prajāpatir akṛitam akar, imaṃ vidhyeti. sa tathety abravīt, sa vai vo varaṃ vṛiṇā iti. vṛiṇīshveti. sa etam eva varam avṛiṇīta: paṣūnām ādhipatyaṃ. tad asyaitat paṣumān nāma 4 paṣumān bhavati yo 'syaitad evaṃ nāma veda 5 tam abhyāyatyāvidhyat. sa viddha ūrdhva udaprapatat, tam etam Mṛiga ity ācakshate. ya u eva mṛigavyādhaḥ sa u eva sa, yā rohit sā Rohiṇī, yo eveshus trikāṇḍā so eveshus trikāṇḍā 6 tad vā idam Prajāpate retaḥ siktam adhāvat, tat saro 'bhavat. te devā abruvan: medam Prajāpate reto dushad iti. yad abruvan: medam Prajāpate reto dushad iti, tan mādusham abhavat, tan mādushasya mādushatvam. mādushaṃ ha vai nāmaitad yan mānushaṃ, tan mādushaṃ san mānusham ity ācakshate parokshena, parokshapriyā iva hi devāḥ || 33 || 9 ||

1 Tad agninā paryādadhus, tan Maruto 'dhūnvaṅs, tad agnir na prācyāvayat. tad agninā vaiṣvānareṇa paryādadhus, tan Maruto 'dhūnvaṅs, tad agnir vaiṣvānaraḥ prācyāvayat. tasya yad retasaḥ prathamam udadīpyata, tad asāv Ādityo 'bhavad. yad dvitīyam āsīt, tad Bhṛigur abhavat. taṃ Varuṇo nyagṛihṇīta, tasmāt sa Bhṛigur Vāruṇir. atha yat tṛitīyam adīded iva, ta Ādityā abhavan. ye 'ṅgārā āsaṅs, te

'ṅgiraso 'bhavan. yad aṅgārāḥ punar avaṣāntā udadīpyanta, tad Bṛihaspatir abhavad 2 yāni parikshāṇāny āsaṅs te kṛishṇāḥ paṣavo 'bhavan, yā lohinī mṛittikā te rohitā. atha yad bhasmāsīt, tat parushyam vyasarpad: gauro gavaya ṛiṣya ushṭro gardabha iti ye caite 'ruṇāḥ paṣavas te ca 3 tān vā esha devo 'bhyavadata: mama vā idam, mama vai vāstuham iti. tam etayarcā niravādayanta yaishā raudrī ṣasyata 4 ā te pitar marutām sumnam etu mā naḥ sūryasya saṃdṛiṣo yuyothāḥ | tvaṃ no vīro arvati kshamethā 5 iti brūyān nābhi na ity, anabhimānuko haisha devaḥ prajā bhavati 6 pra jāyemahi rudriya prajābhir iti brūyān na rudrety, etasyaiva nāmnaḥ parihṛityai 7 tad u khalu ṣaṃ naḥ karatīty eva ṣaṅset, ṣam iti pratipadyate, sarvasmā eva ṣāntyai. nṛibhyo nāribhyo gava iti. pumāṅso vai naraḥ striyo nāryaḥ, sarvasmā eva ṣāntyai 8 so aniruktā raudrī ṣāntā, sarvāyuḥ sarvāyutvāya 9 sarvam āyur eti ya evaṃ veda 10 so gāyatrī. brahma vai gāyatrī, brahmaṇaivainaṃ tan namasyati || 34 || 10 ||

1 Vaiṣvānarīyeṇāgnimārutam pratipadyate. vaiṣvānaro vā etad retaḥ siktam prācyāvayat, tasmād vaiṣvānarīyeṇāgnimārutam pratipadyate 2 'navānam prathamā ṛik ṣaṅstavyāgnir vā esho 'rcīṅshy aṣāntān prasīdann eti ya āgnimārutaṃ ṣaṅsati, prāṇenaiva tad agnīṅs taraty 3 adhīyann upahanyād, anyaṃ vivaktāram icchet; tam eva tat setuṃ kṛitvā tarati 4 tasmād āgnimārute na vyucyam; eshṭavyo vivaktā 5 mārutaṃ ṣaṅsati. Maruto ha vā etad retaḥ siktaṃ dhūnvantaḥ prācyāvayaṅs, tasmān mārutaṃ ṣaṅsati 6 yajñā-yajñā vo agnaye, devo vo draviṇodā iti madhye yoniṃ cānurūpaṃ ca ṣaṅsati. tad yan madhye yoniṃ cānurūpaṃ ca ṣaṅsati, tasmān madhye yonir dhṛitā 7 yad u dve sūkte ṣastvā ṣaṅsati, pratishṭhayor eva tad uparishṭāt

prajananaṃ dadhāti prajātyai 8 prajāyate prajayā paśubhir ya evaṃ veda || 35 || 11 ||

1 Jātavedasyaṃ śaṅsati 2 Prajāpatiḥ prajā asṛijata. tāḥ sṛishṭāḥ parācya evāyan, na vyāvartanta. tā agninā paryagachat, tā agnim upāvartanta, tam evādyāpy upāvṛittāḥ. so 'bravīj: jātā vai prajā anenāvidam iti. yad abravīj: jātā vai prajā anenāvidam iti, taj jātavedasyam abhavat, taj jātavedaso jātavedastvaṃ 3 tā agninā parigatā niruddhāḥ śocatyo dīdhyatyo 'tishṭhaṅs. tā adbhir abhyashiñcat, tasmād uparishṭāj jātavedasyasyāpohishṭhīyaṃ śaṅsati 4 tasmāt tac chamayateva śaṅstavyaṃ. tā adbhir abhishicya nijāsyaivāmanyata 5 tāsu vā Ahinā budhnyena parokshāt tejo 'dadhād. esha ha vā Ahir budhnyo yad agnir gārhapatyo, 'gninaivāsu tad gārhapatyena parokshāt tejo dadhāti. tasmād āhur: juhvad evājuhvato vasīyān iti || 36 || 12 ||

1 Devānām patnīḥ śaṅsaty anūcīr agnim gṛihapatim, tasmād anūcī patnī gārhapatyam āste 2 tad āhū: Rākām pūrvāṃ śaṅsej, jāmyai vai pūrvapeyam iti 3 tat-tan nādṛityaṃ. devānām eva patnīḥ pūrvāḥ śaṅsed. esha ha vā etat patnīshu reto dadhāti yad agnir gārhapatyo, 'gninaivāsu tad gārhapatyena patnīshu pratyakshād reto dadhāti prajātyai 4 prajāyate prajayā paśubhir ya evaṃ veda 5 tasmāt samānodaryā svasānyodaryāyai jāyāyā anujīvinī jīvati 6 Rākāṃ śaṅsati. Rākā ha vā etām purushasya sevanīṃ sīvyati yaishā śiśne 'dhi 7 pumāṅso 'sya putrā jāyante ya evaṃ veda 8 Pāvīravīṃ śaṅsati. vāg vai Sarasvatī Pāvīravī, vācy eva tad vācaṃ dadhāti 9 tad āhur: yāmīm pūrvāṃ śaṅse3t | pitryā3m iti | 10 yāmīm eva pūrvāṃ śaṅsed: imaṃ yama prastaram ā hi sīdeti. rājño vai pūrvapeyaṃ, tasmād yāmīm eva pūrvāṃ śaṅsen 11 mātalī kavyair yamo aṅgirobhir iti kāvyānām anūcīṃ śaṅsaty. avareṇaiva vai devān kāvyāḥ pareṇaiva pitṝṅs, tasmāt kāvyānām anūcīṃ

śaṅsaty 12 ud īratām avara ut parāsa iti pitryāḥ śaṅsaty 13 un madhyamāḥ pitaraḥ somyāsa iti 14 ye caivāvamā ye ca paramā ye ca madhyamās, tān sarvān anantarāyam prīṇāty 15 āhaṃ pitṝn suvidatrāñ avitsīti dvitīyāṃ śaṅsati 16 barhishado ye svadhayā sutasyety. etad dha vā eshāṃ priyaṃ dhāma yad barhishada iti, priyenaivainān tad dhāmnā samardhayati 17 priyeṇa dhāmnā samṛidhyate ya evaṃ veda 18 idam pitṛibhyo namo astv adyeti namaskāravatīm antataḥ śaṅsati, tasmād antataḥ pitṛibhyo namaskriyate 19 tad āhur: vyāhāvam pitryāḥ śaṅsed | avyāhāvā3m iti | vyāhāvam eva śaṅsed, asaṃsthitaṃ vai pitṛiyajñasya sādhv. asaṃsthitaṃ vā esha pitṛiyajñaṃ saṃsthāpayati yo vyāhāvaṃ śaṅsati, tasmād vyāhāvam eva śaṅstavyam || 37 || 13 ||

1 Svādush kilāyam madhumāñ utāyam itīndrasyaindrīr anupānīyāḥ śaṅsaty. etābhir vā Indras tṛitīyasavanam anvapibat, tad anupānīyānām anupānīyātvam 2 mādyantīva vai tarhi devatā yad etā hotā śaṅsati, tasmād etāsu madvat pratigīryaṃ 3 yayor ojasā skabhitā rajāṅsīti vaishṇuvāruṇīm ṛicaṃ śaṅsati. Vishṇur vai yajñasya durishṭam pāti Varuṇaḥ svishṭaṃ, tayor ubhayor eva śāntyai 4 vishṇor nu kaṃ vīryāṇi pra vocam iti vaishṇavīṃ śaṅsati. yathā vai matyam, evaṃ yajñasya Vishṇus. tad yathā dushkṛishṭaṃ durmatīkṛitaṃ sukṛishṭaṃ sumatīkṛitaṃ kurvann iyād, evam evaitad yajñasya dushṭutaṃ duḥśastaṃ sushṭutaṃ suśastaṃ kurvann eti yad etāṃ hotā śaṅsati 5 tantum tanvan rajaso bhānum anv ihīti prājāpatyāṃ śaṅsati. prajā vai tantuḥ, prajām evāsmā etat saṃtanoti 6 jyotishmataḥ patho raksha dhiyā kṛitān iti. devayānā vai jyotishmantaḥ panthānas, tān evāsmā etad vitanoty. anulbaṇaṃ vayata joguvām apo manur bhava janayā daivyaṃ janam ity evai-

nam tan Manoḥ prajayā saṃtnnoti prajātyai 7 prajāyate prajayā paṣubhir ya evam vedai 8 vā na indro maghavā virapṣīty uttamayā paridadhātīyam vā Indro maghavā virnpṣī 9 karat satyā carshaṇīdhṛid anarvetīyam vai satyā carshaṇīdhṛid anarvā 10 tvaṃ rājā janushām dhehy asme itīyam vai rājā janushām 11 adhi ṣravo māhinaṃ yaj jaritra itīyaṃ vai māhinaṃ yajñaḥ ṣravo yajamāno jaritā, yajamānāyaivaitām āṣisham āṣāste 12 tad upaspṛiṣan bhūmim paridadhyāt. tad yasyām eva yajñam sambharati, tasyām evainaṃ tad autataḥ pratishṭhāpayaty 13 agne marudbhiḥ ṣubhnyadbhir ṛikvabhir ity āgnimārutam uktham ṣastvāgnimārutyā yajati, yathābhāgaṃ tad devatāḥ prīṇāti prīṇāti || 38 || 14 ||

Iti tṛitīyapañcikāyām tṛitīyo 'dhyāyaḥ.

Iti trayodaṣādhyāye caturdaṣaḥ khaṇḍaḥ.

1 Devā vā asurair yuddham apaprāyan vijayāya, tān Agnir nānvakāmayataituṃ. taṃ devā abruvann: api tvam ehy, asmākaṃ vai tvam eko 'sīti. sa nāstuto 'nveshyāmīty abravīt, stuta nu meti. taṃ te samutkramyopanivṛityāstuvaṅs, tān stuto 'nuprait 2 sa triḥṣreṇir bhūtvā tryanīko 'surān yuddham upaprāyad vijayāya. triḥṣreṇir iti chandāṅsy eva ṣreṇīr akuruta, tryanīka iti savanāny evānīkāni. tān asambhāvyam parābhāvayat. tato vai devā abhavan, parāsurā 3 bhavaty ātmanā, parāsya dvishan pāpmā bhrātṛivyo bhavati, ya evaṃ veda 4 sā vā eshā gāyatry eva yad agnishṭomaṣ. caturviṅṣatyaksharā vai gāyatrī, caturviṅṣatir agnishṭomasya stutaṣastrāṇi 5 tad vai yad idam āhuḥ: sudhāyām ha vai vājī suhito dadhātīti. gāyatrī vai tan. na ha vai gāyatrī kshamā ramata, ūrdhvā ha vā eshā yajamānam ādāya svar etīty. agnishṭomo vai tan. na ha vā agnishṭomaḥ kshamā ramata, ūrdhvo ha vā esha yajamānam ādāya svar eti 6 sa vā esha saṃvatsara eva yad agni-

shṭomaṣ. caturviṅṣatyardhamāso vai saṃvatsaraṣ, caturviṅṣatir agnishṭomasya stutaṣastrāṇi 7 taṃ yathā samudraṃ srotyā evaṃ sarvo yajñakratavo 'piyanti || 39 || 1 ||

1 Dīkshaṇīyeshṭis tāyate. tām evānu yāḥ kāṣceshṭayas, tāḥ sarvā agnishṭomam apiyanti 2 iḷām upahvayata, iḷāvidhā vai pākayajñā. iḷām evānu ye keca pākayajñās, te sarve 'gnishṭomam apiyanti 3 sāyamprātar agnihotraṃ juhvati, sāyamprātar vratam prayachanti; svāhākāreṇāgnihotraṃ juhvati, svāhākāreṇa vratam prayachanti; svāhākāram evānv agnihotram agnishṭomam apyeti 4 pañcadaṣa prāyaṇīye sāmidhenīr anvāha pañcadaṣa darṣapūrṇamāsayoḥ, prāyaṇīyam evānu darṣapūrṇamāsāv agnishṭomam apītaḥ 5 somaṃ rājānaṃ krīṇanty, aushadho vai somo rājāushadhibhis tam bhishajyanti yam bhishajyanti. somam eva rājānaṃ krīyamāṇam anu yāni kāni ca bheshajāni, tāni sarvāṇy agnishṭomam apiyanty 6 agnim ātithye manthanty agniṃ cāturmāsyeshv, ātithyam evānu cāturmāsyāny agnishṭomam apiyanti 7 payasā pravargye caranti payasā dākshāyaṇayajñe, pravargyam evānu dākshāyaṇayajño 'gnishṭomam apyeti 8 paṣur upavasathe bhavati, tam evānu ye keca paṣubandhās te sarve 'gnishṭomam apiyantī 9 iḷādadho nāma yajñakratus, taṃ dadhnā caranti dadhnā dadhigharme, dadhigharmam evānv iḷādadho 'gnishṭomam apyeti || 40 || 2 ||

1 Iti nu purastād, athoparishṭāt. pañcadaṣokthyasya stotrāṇi pañcadaṣa ṣastrāṇi, sa māso. māsadhā saṃvatsaro vihitaḥ, saṃvatsaro 'gnir vaiṣvānaro, 'gnir agnishṭomaḥ. saṃvatsaram evānūkthyo 'gnishṭomam apyety. ukthyam apiyantam anu vājapeyo 'pyety, ukthyo hi sa bhavati 2 dvādaṣa rātreḥ paryāyāḥ, sarve pañcadaṣās, te dvau-dvau sampādya triṅṣad. ekaviṅṣaṃ shoḷaṣi sāma, trivṛit saṃdhiḥ: sā triṅṣat, sa māsas. triṅṣau māsasya rātrayo. mā-

sadhā saṃvatsaro vihitaḥ, saṃvatsaro 'gnir vaiṣvānaro, 'gnir agnishṭomaḥ. saṃvatsaram evānv atirātro 'gnishṭomam apyety. atirātram apiyantam anv aptoryāmo 'pyety, atirātro hi sa bhavaty 3 etad vai ye ca purastād ye coparishṭād yajñakratavas, te sarve 'gnishṭomam apiyanti 4 tasya saṃstutasya navatiṣataṃ stotriyāḥ. sā yā navatis te daṣa trivṛito, 'tha yā navatis te daṣātha yā daṣa tāsām ekā stotriyodeti trivṛit pariṣishyate: so 'sāv ekaviṅso 'dhyāhitas tapati. vishuvān vā esha stomānām. daṣa vā etasmād arvāñcas trivṛito daṣa parāñco, madhya esha ekaviṅṣa ubhayato 'dhyāhitas tapati. tad yāsau stotriyodeti, saitasminn adhyūḷhā: sa yajamanas, tad daivaṃ kshatraṃ saho balam 5 aṣnute ha vai daivaṃ kshatraṃ saho balam, etasya ha sāyujyaṃ sarūpatāṃ salokatām aṣnute ya evaṃ veda || 41 ||[3] ||

1 Devā vā asurair vijigyānā ūrdhvāḥ svargaṃ lokam āyan. so 'gnir divispṛig ūrdhva udaṣrayata, sa svargasya lokasya dvāram avṛiṇod. Agnir vai svargasya lokasyādhipatis. taṃ Vasavaḥ prathamā āgachaṅs, ta enam abruvann: ati no 'rjasy, ākāṣaṃ naḥ kurv iti. sa nāstuto 'tisrakshya ity abravīt, stuta nu meti. tatheti. taṃ te trivṛitā stomenāstuvaṅs, tān stuto 'tyārjata, te yathālokam agachaṅs. 2 taṃ Rudrā āgachaṅs, ta enam abruvann: ati no 'rjasy, ākāṣaṃ naḥ kurv iti. sa nāstuto 'tisrakshya ity abravīt, stuta nu meti. tatheti. taṃ te pañcadaṣena stomenāstuvaṅs, tān stuto 'tyārjata, te yathālokam agachaṅs 3 taṃ Ādityā āgachaṅs, ta enam abruvann: ati no 'rjasy, ākāṣaṃ naḥ kurv iti. sa nāstuto 'tisrakshya ity abravīt, stuta nu meti. tatheti. taṃ te saptadaṣena stomenāstuvaṅs, tān stuto 'tyārjata, te yathālokam agachaṅs 4 taṃ Viṣve devā āgachaṅs, ta enam abruvann: ati no 'rjasy, ākāṣaṃ naḥ kurv iti. sa nāstuto 'tisrakshya ity abravīt, stuta nu meti. tatheti. taṃ

.ta ekaviṁśena stomenāstuvaṁs, tān stuto 'tyārjata, te yathālokam agachana 5 ekaikena vai taṃ devāḥ stomenāstuvaṁs, tān stuto 'tyārjata, te yathālokaṃ agachann 6 atha hainam esha etaiḥ sarvaiḥ stomaiḥ stauti yo yajate 7 yaṣ caiaam evaṃ vedātī tu tam arjātā 8 ati ha vā enam arjate svargaṃ lokam abhi ya evaṃ veda || 42 || 4 ||

1 Sa vā esho 'gnir eva yad agnishṭomas, taṃ yad astuvaṁs tasmād agaistomas. tam agnistomaṃ santam agnishṭoma ity ācakshate parokshena, parokshapriyā iva hi devās 2 taṃ yac catushṭayā devāṣ catnrbhiḥ stomair astuvaṁs, tasmāc catustomas. taṃ catustomaṃ santaṃ catushṭoma ity ācakshate parokshenn, parokshapriyā iva hi devā 3 atha yad enam ūrdhvaṃ santaṃ jyotir bhūtam astuvaṁs, tasmāj jyotistomas. taṃ jyotistomaṃ santaṃ jyotishṭoma ity ācakshate parokshena, parokshapriyā iva hi devāḥ 4 sa vā esho 'pūrvo 'naparo yajñakratur, yathā rathacakram anantam evaṃ yad agnishṭomas. tasya yathaiva .prāyaṇaṃ tathodayanaṃ 5 tad eshābhi yajñagāthā gīyato:

yad asya pūrvam aparaṃ tad asya,
yad v asyāparaṃ tad v asya pūrvam |
aher iva sarpaṇaṃ ṣākalasya
na vijānanti yatarat parastād

iti 6 yathā hy evāsya prāyaṇam evam udayanam asad iti 7 tad āhur: yat trivṛt prāyaṇam ekaviṅṣam udayanaṃ, kena te same iti 8 yo vā ekaviṅṣas trivṛd vai so, 'tho yad ubhau tṛcau tṛcināv iti brūyāt, teneti || 43 || 5 ||

1 Yo vā esha tapaty esho 'gnishṭoma, esha sāhnas. taṃ sahaivāhnā saṃsthāpayeyuḥ, sāhno vai nāma 2 tenāsaṃtvaramāṇāṣ careyur, yathaiva prātaḥsavana evam mādhyaṃdina evaṃ tṛtīyasavana. evaṃ u ha yajamāno 'pramāyuko bhavati 3 yad dha vā idam pūrvayoḥ savanayor asaṃtvaramāṇāṣ caranti, tasmād dhedaṃ prācyo grāmatā

bahulāvishṭā. atha yad dhedam tritīyasavane samtvaramāṇāṣ caranti, tasmād dhedam pratyañci dīrghāraṇyāni bhavanti. tathā ha yajamānaḥ pramāyuko bhavati 4 tenāsamtvaramāṇāṣ careyur, yathaiva prātaḥsavana evam mādhyamdina evam tritīyasavana. evam u ha yajamāno 'pramāyuko bhavati 5 sa etam eva ṣastreṇānuparyāvarteta. yadā vā esha prātar udety, atha mandram tapati: tasmān mandrayā vācā prātaḥsavane ṣaṅsed. atha yadābhyety, atha balīyas tapati: tasmād balīyasyā vācā madhyamdine ṣaṅsed. atha yadābhitarām ety, atha balishṭhatamam tapati: tasmād balishṭhatamayā vācā tritīyasavane ṣaṅsed. evam ṣaṅsed yadi vāca īṣīta, vāg ghi ṣastram. yayā tu vācottarottariṇyotsaheta samāpanāya, tayā pratipadyetaitat suṣastatamam iva bhavati 6 sa vā esha na kadā canāstam eti nodeti 7 tam yad astam etīti manyante, 'hna eva tad antam itvāthātmānam viparyasyate, rātrīm evāvastāt kurute 'haḥ parastād 8 atha yad enam prātar udetīti manyante, rātrer eva tad antam itvāthātmānam viparyasyate, 'har evāvastāt kurute rātrīm parastāt 9 sa vā esha na kadā cana nimrocati 10 na ha vai kadā cana nimrocaty, etasya ha sāyujyam sarūpatām salokatām aṣnute ya evam veda ya evam veda || 44 || 6 ||

Iti tritīyapañcikāyām caturtho 'dhyāyaḥ.
Iti caturdaṣādhyāye shashṭhaḥ khaṇḍaḥ.

1 Yajño vai devebhyo 'nnādyam udakrāmat. te devā abruvan: yajño vai no 'nnādyam udakramīd, anv imam yajñam annam anvichāmeti. te 'bruvan: katham anvichāmeti, brāhmaṇena ca chandobhiṣ ety abruvaṅs. te brāhmaṇam chandobhir adīkshayaṅs, tasyāntam yajñam atanvatāpi patnīḥ samayājayaṅs. tasmād dhāpy etarhi dīkshaṇīyāyām ishṭāv āntam eva yajñam tanvate, 'pi patnīḥ samyājayanti. tam anu nyāyam anvavāyaṅs 2 te prāyaṇīyam

atanvata. tam prāyaṇīyena nedīyo 'nvāgachaṅs, te karmabhiḥ samatvaranta. tac chaṃyvantam akurvaṅs, tasmād dhāpy etarhi prāyaṇīyaṃ ṣaṃyvantam eva bhavati. tam anu nyāyam anvavāyaṅs 3 ta ātithyam atanvata. tam ātithyena nedīyo 'nvāgachaṅs, te karmabhiḥ samatvaranta. tad iḷāntam akurvaṅs, tasmād dhāpy etarhy ātithyam iḷāntam eva bhavati. tam anu nyāyam anvavāyaṅs 4 ta upasado 'tanvata. tam upasadbhir nedīyo 'nvāgachaṅs, te karmabhiḥ samatvaranta. te tisraḥ sāmidhenīr anūcya tisro devatā ayajaṅs, tasmād dhāpy etarhy upasatsu tisra eva sāmidhenīr anūcya tisro devatā yajanti. tam anu nyāyam anvavāyaṅs 5 ta upavasatham atanvata. tam upavasathye 'hany āpnuvaṅs, tam āptvāntaṃ yajñam atanvatāpi patnīḥ samayājayaṅs. tasmād dhāpy etarhy upavasatha āntam eva yajñaṃ tanvate, 'pi patnīḥ saṃyājayanti 6 tasmād eteshu pūrveshu karmasu ṣanaistarāṃ-ṣanaistarām ivānubrūyād 7 anūtsāráṃ iva hi te tam āyaṅs. tasmād upavasathe yāvatyā vācā kāmayīta, tāvatyānubrūyād, āpto hi sa tarhi bhavatīti 8 tam āptvābruvaṅs: tishṭhasva no 'nnādyāyeti. sa nety abravīt, kathaṃ vas tishṭheyeti. tān īkshataiva. tam abruvan: brāhmaṇena ca naṣ chandobhiṣ ca sayug bhūtvānnādyāya tishṭhasveti. tatheti. tasmād dhāpy etarhi yajñaḥ sayug bhūtvā devebhyo havyaṃ vahati brāhmaṇena ca chandobhiṣ ca || 45 || 1 ||

1 Trīṇi ha vai yajñe kriyante: jagdhaṃ gīrṇaṃ vāntaṃ 2 tad dhaitad eva jagdhaṃ yad āṣaṅsamānam ārtvijyaṃ kārayata: uta vā me dadyād uta vā mā vṛiṇīteti. tad dha tat parāñ eva yathā jagdhaṃ, na haiva tad yajamānam bhunakty 3 atha haitad eva gīrṇaṃ yad bibhyad ārtvijyaṃ kārayata: uta vā mā na bādhetota vā me na yajñaveṣasaṃ kuryād iti. tad dha tat parāñ eva yathā gīrṇaṃ, na haiva tad yajamānam bhunakty 4 atha haitad eva vāntaṃ yad

abhiṣasyamānam ārtvijyaṃ kārayate. yathā ha vā idaṃ vāntān manushyā bībhatsanta, evaṃ tasmād devās. tad dha tat parāñ eva yathā vāntaṃ, na haiva tad yajamānam bhunakti 5 sa eteshāṃ trayāṇām āṣāṃ neyāt 6 taṃ yady eteshāṃ trayāṇām ekaṃcid akāmam abhyābhavet, tasyāsti vāmadevyasya stotre prāyaṣcittir 7 idaṃ vā idaṃ vāmadevyaṃ yajamānaloko 'mṛitalokaḥ svargo lokas 8 tat tribhir aksharair nyūnaṃ. tasya stotra upasṛipya tredhātmānaṃ vigṛihṇīyāt: pu-ru-sha iti 9 sa eteshu lokeshv ātmānaṃ dadhāty: asmin yajamānaloke 'sminn amṛitaloke 'smin svarge loke, sa sarvāṃ durishṭim atyety 10 api yadi samṛiddhā iva ṛitvijaḥ syur, iti ha smāhātha haitaj japed evṭi || 46 || 3 ||

1 Chandāṅsi vai devebhyo havyam ūḍhvā ṣrāntāni jaghanārdhe yajñasya tishṭhanti, yathāṣvo vāṣvataro vohivāṅs tishṭhed evaṃ. tebhya etam maitrāvaruṇam paṣupuroḷāṣam anu devikāhavīṅshi nirvaped 2 Dhātre puroḷāṣaṃ dvādaṣakapālaṃ. yo Dhātā sa vashaṭkāro 3 'numatyai caruṃ. yānumatiḥ sā gāyatrī 4 Rākāyai caruṃ. yā Rākā sā trishṭup 5 Sinīvālyai caruṃ. yā Sinīvālī sā jagatī. Kuhvai caruṃ. yā Kuhūḥ sānushṭub 6 etāni vāva sarvāṇi chandāṅsi: gāyatraṃ traishṭubhaṃ jāgatam ānushṭubham, anv anyāny, etāni hi yajñe pratamām iva kriyanta 7 etair ha vā asya chandobhir yajataḥ sarvaiṣ chandobhir ishṭam bhavati ya evaṃ veda 8 tad vai yad idam āhuḥ: sudhāyāṃ ha vai vājī suhito dadhātīti. chandāṅsi vai tat, sudhāyāṃ ha vā enaṃ chandāṅsi dadhaty 9 ananudhyāyinaṃ lokaṃ jayati ya evaṃ veda 10 tad dhaika āhur: Dhātāram eva sarvāsām purastāt-purastād ājyena pariyajet, tad āsu sarvāsu mithunaṃ dadhātīti 11 tad u vā āhur: jāmi vā etad yajñe kriyate, yatra samānībhyām ṛigbhyāṃ samāne 'han yajatīti 12 yadi ha vā api babvya iva jāyāḥ, patir vāva tāsām mithunaṃ. tad yad āsāṃ Dhātāram purastād ya-

jati, tad āsu sarvāsu mithunam dadhātī 13ti nu devikānām || 47 || 3 ||

1 Atha devīnām 2 Sūryāya purolāsam ekakapālam. yaḥ Sūryaḥ sa Dhātā, sa u eva vashaṭkāro 3 dive carum. yā dyauḥ sānumatiḥ, so eva gāyatry. Ushase carum. yoshāḥ sā Rākā, so eva trishṭub. gave carum. yā gauḥ sā Sinīvālī, so eva jagatī. pṛithivyai carum. yā pṛithivī sā Kuhūḥ, so evānushṭub 4 etāni vāva sarvāṇi chandāṅsi: gāyatram traishṭubham jāgatam ānushṭubham, anv anyāny, etāni hi yajñe pratamām iva kriyanta. etair ha vā asya chandobhir yajataḥ sarvaiś chandobhir ishṭam bhavati ya evam veda. tad vai yad idam āhuḥ: sudhāyām ha vai vājī suhito dadhātīti. chandāṅsi vai tat, sudhāyām ha vā enam chandāṅsi dadhaty. ananudhyāyinam lokam jayati ya evam veda. tad dhaika āhuḥ: Sūryam eva sarvāsām purastātparastād ājyena pariyajet, tad āsu sarvāsu mithunam dadhātīti. tad u vā āhur: jāmi vā etad yajñe kriyate, yatra samānībhyām ṛigbhyām samāne 'han yajatīti. yadi ha vā api bahvya iva jāyāḥ, patir vāva tāsām mithunam. tad yad āsām Sūryam purastād yajati, tad āsu sarvāsu mithunam dadhāti 5 tā yā imās tā amūr yā amūs tā imā, anyatarābhir vāva tam kāmam āpnoti ya etāsūbhayīshu 6 tā ubhayīr gataśriyaḥ prajātikāmasya samnirvapen 7 na tv eshishyamāṇasya 8 yad enā eshishyamāṇasya samnirvaped, īśvaro hāsya vitte devā arantor: yad vā ayam ātmane 'lam amaṅsteti 9 tā ha Śucivṛiksho Gaupalāyano Vṛiddhadyumnasyābhipratāriṇasyobhayīr yajñe samnirupāpa. tasya ha rathagṛitsam gāhamānam dṛishṭvovācettham aham asya rājanyasya devikāś ca devīś cobhayīr yajñe samamādayam, yad asyettham rathagṛitso gāhata iti. catuḥshashṭim kavacinaḥ śaśvaddhāsya te putranaptāra āsuḥ || 48 || 4 ||

1 Agnishṭomam vai devā aśrayantokthāny asurās, te

samâvadvîryâ evâsan, na vyâvartanta. tân Bharadvâja rishîṇâm apaçyad: ime vâ asurâ uktheshu çritâs, tân eshâṃ na kaç cana paçyatîti, so 'gnim udahvayad 2 ehy û shu bravâṇi te 'gna itthetarâ gira ity 3 asuryâ ha vâ itarâ giraḥ 4 so 'gnir upottishṭhann abravît: kiṃ svid eva mahyaṃ kṛiço dîrghaḥ palito vakshyatîti 5 Bharadvâjo ha vai kṛiço dîrghaḥ palita âsa 6 so 'bravîd: ime vâ asurâ uktheshu çritâs, tân vo na kaç cana paçyatîti 7 tân Agnir açvo bhûtvâbhyatyadravad. yad Agnir açvo bhûtvâbhyatyadravat, tat sâkamaçvam sâmâbhavat, tat sâkamaçvasya sâkamaçvatvaṃ 8 tad âhuḥ: sâkamaçvenokthâni praṇayed, apraṇîtâni vâva tâny ukthâni yâny anyatra sâkamaçvâd iti 9 pramaṅhishṭhîyena praṇayed, ity âhuḥ, pramaṅhishṭhîyena vai devâ asurân ukthebhyaḥ prâṇudanta 10 tat prâhaiva pramaṅhishṭhîyena nayet, pra sâkamaçvena || 49 || 5 ||

1 Te vâ asurâ maitrâvaruṇasyoktham açrayanta. so 'bravîd Indraḥ: kaç câhaṃ cemân ito 'surân notsyâvahâ ity. ahaṃ cety abravîd Varuṇas. tasmâd aindrâvaruṇam maitrâvaruṇas tṛitîyasavane çaṅsatîndraç ca hi tân Varuṇaç ca tato 'nudetâṃ 2 te vai tato 'pahatâ asurâ brâhmaṇâcchaṅsina uktham açrayanta. so 'bravîd Indraḥ: kâç câhaṃ cemân ito 'surân notsyâvahâ ity. ahaṃ cety abravîd Bṛihaspatis. tasmâd aindrâbârhaspatyam brâhmaṇâcchaṅsî tṛitîyasavane çaṅsatîndraç ca hi tân Bṛihaspatiç ca tato 'nudetâṃ 3 te vai tato 'pahatâ asurâ achâvâkasyoktham açrayanta. so 'bravîd Indraḥ: kaç câhaṃ cemân ito 'surân notsyâvahâ ity. ahaṃ cety abravîd Vishṇus. tasmâd aindrâvaishṇavam achâvâkas tṛitîyasavane çaṅsatîndraç ca hi tân Vishṇuç ca tato 'nudetâṃ 4 dvandvam Indreṇa devatâḥ çasyante. dvandvaṃ vai mithunaṃ, tasmâd dvandvân mithunam prajâyate prajâtyai 5 prajâyate

prajayā paṣubhir ya evam vedā6tha haite potrīyāṣ ca neshṭrīyāṣ ca catvāra ṛituyājāḥ, shaḷ ṛicaḥ: sā virāḍ daṣinī. tad virāji yajñam daṣinyām pratishṭhāpayanti pratishṭhāpayanti || 50 || 6 ||

Iti tṛitīyapañcikāyām pañcamo 'dhyāyaḥ.

Iti pañcadaṣādhyāye shashṭhaḥ khaṇḍaḥ.

1 Devā vai prathamenāhnendrāya vajraṃ samabharaṅs, taṃ dvitīyenāhnāsiñcaṅs, taṃ tritīyenāhnā prāyacchaṅs, taṃ caturthe 'han prāharat. tasmāc caturthe 'han shoḷaṣinaṃ ṣaṅsati 2 vajro vā esha yat shoḷaṣī. tad yac caturthe 'han shoḷaṣinaṃ ṣaṅsati, vajram eva tat praharati dvishate bhrātrivyāya vadhaṃ yo 'sya strityas tasmai startavai 3 vajro vai shoḷaṣī paṣava ukthāni, tam parastād ukthānām paryasya ṣaṅsati 4 taṃ yat parastād ukthānām paryasya ṣaṅsati, vajreṇaiva tat shoḷaṣinā paṣūn parigachati. tasmāt paṣavo vajreṇaiva shoḷaṣinā parigatā manushyān abhy upāvartante. tasmād aṣvo vā purusho vā gaur vā hastī vā parigata eva svayam ātmaneta eva vācābhishiddha upāvartate, vajram eva shoḷaṣinam paṣyan vajreṇaiva shoḷaṣinā parigato. vāg ghi vajro vāk shoḷaṣī 5 tad āhuḥ: kiṃ shoḷaṣinaḥ shoḷaṣitvam iti. shoḷaṣaḥ stotrāṇāṃ shoḷaṣaḥ ṣastrāṇāṃ, shoḷaṣabhir aksharair ādatte shoḷaṣibhiḥ praṇanti, shoḷaṣapadāṃ nividaṃ dadhāti: tat shoḷaṣinaḥ shoḷaṣitvaṃ 6 dve vā akshare atiricyete shoḷaṣino 'nushṭubham abhisampannasya. vāco vāva tau stanau, satyānrite vāva te 7 avaty enaṃ satyaṃ, nainam anritaṃ hinasti ya evaṃ veda || 1 || 1 ||

1 Gaurivītaṃ shoḷaṣi sāma kurvīta tejaskāmo brahmavarcasakāmas. tejo vai brahmavarcasaṃ gaurivītaṃ, tejasvī brahmavarcasī bhavati ya evaṃ vidvān gaurivītaṃ shoḷaṣi sāma kurute 2 nānadaṃ shoḷaṣi sāma kartavyam, ity āhur. Indro vai Vritrāya vajram udayachat, tam asmai prāharat, tam abhyahanat. so 'bhihato vyanadad. yad vyanadat, tan nānadaṃ sāmābhavat, tan nānadasya nānadatvam. abhrātrivyaṃ vā etad bhrātrivyahā sāma yan nānadam 3 abhrā-

trivyo bhrātrivyabhā bhavati ya evaṃ vidvān nānadaṃ sholaṣi sāma kurute 4 tad yadi nānadam kuryur, avihritaḥ sholaṣī ṣaṅstavyo; 'vihritāsu hi tāsu stuvate. yadi gaurivītam, vihritaḥ sholaṣī ṣaṅstavyo; vihritāsu hi tāsu stuvate ‖ 2 ‖ ᵌ ‖

1 Athātaṣ chandāṅsy eva vyatishajaty. ā tvā vahantu harayo, upo shu śriṇuhī gira iti gāyatrīṣ ca pañktīṣ ca vyatishajati. gāyatro vai purushaḥ, pāñktāḥ paṣavaḥ. purusham eva tat paṣubhir vyatishajati, paṣushu pratishṭhāpayati. yad u gāyatrī ca pañktiṣ ca, te dve anushṭubhau; teno vāco rūpād anushṭubho rūpād vajrarūpān naiti 2 yad indra pritanājye, 'yaṃ te astu haryata ity ushṇihaṣ ca brihatīṣ ca vyatishajaty. aushṇiho vai purusho, bārhatāḥ paṣavaḥ. purusham eva tat paṣubhir vyatishajati, paṣushu pratishṭhāpayati. yad ushṇik ca brihatī ca, te dve anushṭubhau; teno vāco rūpād anushṭubho rūpād vajrarūpān naity 3 ā dhūrshu asmai, brahman vīra brahmakritiṃ jushāṇa iti dvipadāṃ ca trishṭubhaṃ ca vyatishajati. dvipād vai purusho, vīryaṃ trishṭup. purusham eva tad vīryeṇa vyatishajati, vīrye pratishṭhāpayati. tasmāt purusho vīrye pratishṭhitaḥ sarveshāṃ paṣūnāṃ vīryavattamo. yad u dvipadā ca viṅṣatyaksharā trishṭup ca, te dve anushṭubhau; teno vāco rūpād anushṭubho rūpād vajrarūpān naity 4 eshā brahmā, pra te mahe vidathe ṣaṅsishaṃ harī iti dvipadāṣ ca jagatīṣ ca vyatishajati. dvipād vai purusho, jāgatāḥ paṣavaḥ. purusham eva tat paṣubhir vyatishajati, paṣushu pratishṭhāpayati. tasmāt purushaḥ paṣushu pratishṭhito 'tti caināṅ adhi ca tishṭhati, vaṣe cāsya. yad u dvipadā ca sholaṣāksharā jagatī ca, te dve anushṭubhau; teno vāco rūpād anushṭubho rūpād vajrarūpān naiti 5 trikadrukeshu mahisho yavāṣiram, pro shv asmai purorathaṃ ity atichandasaḥ ṣaṅsati.

chandasāṃ vai yo raso 'tyaksharat, so 'tichandasam abhy atyaksharat, tad atichandaso 'tichandastvaṃ. sarvebhyo vā esha chandobhyaḥ saṃnirmito yat shoḍaśī. tad yad atichandasaḥ śaṅsati, sarvebhya evainaṃ tac chandobhyaḥ saṃnirmimīte 6 sarvebhyaś chandobhyaḥ saṃnirmitena shoḍaśinā rādhnoti ya evaṃ veda || 3 || 3 ||

1 Mahānāmnīnām upasargān upasṛijaty 2 ayaṃ vai lokaḥ prathamā mahānāmny antarikshaloko dvitīyāsau lokas tṛitīyā. sarvebhyo vā esha lokebhyaḥ saṃnirmito yat shoḍaśī. tad yan mahānāmnīnām upasargān upasṛijati, sarvebhya evainaṃ tal lokebhyaḥ saṃnirmimīte. 3 sarvebhyo lokebhyaḥ saṃnirmitena shoḍaśinā rādhnoti ya evaṃ veda 4 pra-pra vas trishṭubham isham, arcata prārcata, yo vyatīṛr aphāṇayad iti prajñātā anushṭubhaḥ śaṅsati. tad yatheha ceha cāpathena caritvā panthānam paryaveyāt, tādṛik tad yat prajñātā anushṭubhaḥ śaṅsati 5 sa yo vyāpto gataśrīr iva manyetāvihṛitaṃ shoḍaśinaṃ śaṅsayeta: nec chandasāṃ kṛichrād avapadyā ity. atha yaḥ pāpmānam apajighāṅsuḥ syād, vihṛitaṃ shoḍaśinaṃ śaṅsayed. vyatishakta iva vai purushaḥ pāpmanā, vyatishaktam evāsmai tat pāpmānaṃ śamalaṃ hanty 6 apa pāpmānaṃ hate ya evaṃ vedo 7 d yad bradhnasya vishṭapam ity uttamayā paridadhāti. svargo vai loko bradhnasya vishṭapaṃ, svargam eva tal lokaṃ yajamānaṃ gamayaty 8 apāḥ pūrveshāṃ harivaḥ sutānām iti yajati 9 sarvebhyo vā esha savanebhyaḥ saṃnirmito yat shoḍaśī. tad yad: apāḥ pūrveshāṃ harivaḥ sutānām iti yajati, pītavad vai prātaḥsavanam, prātaḥsavanād evainaṃ tat saṃnirmimīte 10 'tho idaṃ savanaṃ kevalaṃ ta iti. mādhyaṃdinaṃ vai savanaṃ kevalam, mādhyaṃdinād evainaṃ tat savanāt saṃnirmimīte 11 mamaddhi somam madhumantam indreti. madvad vai tṛitīyasavanaṃ, tṛitīyasavanād evainaṃ tat

saṃnirmimīte 12 satrā vṛishaṇ jaṭhara ā vṛishasveti. vṛishaṇvad vai shoḷaṣino rūpam. sarvebhyo vā esha savanebhyaḥ saṃnirmito yat shoḷaṣī. tad yad: apāḥ pūrveshāṃ harivaḥ sutānām iti yajati, sarvebhya evainaṃ tat savanebhyaḥ saṃnirmimīte 13 sarvebhyaḥ savanebhyaḥ saṃnirmitena shoḷaṣinā rādhnoti ya evaṃ veda 14 mahānāmnīnām pañcāksharān upasargān upasṛijaty ekādaṣākshareshu pādeshu. sarvebhyo vā esha chandobhyaḥ saṃnirmito yat shoḷaṣī. tad yan mahānāmnīnāṃ pañcāksharān upasargān upasṛijaty ekādaṣākshareshu pādeshu, sarvebhya evainaṃ tac chandobhyaḥ saṃnirmimīte 15 sarvebhyaṣ chandobhyaḥ saṃnirmitena shoḷaṣinā rādhnoti ya evaṃ veda ‖ 4 ‖ 4 ‖

1 Ahar vai devā aṣrayanta rātrīm asurās, te samāvadvīryā evāsan, na vyāvartanta. so 'bravīd Indraḥ: kaṣ cāhaṃ emān ito 'surān rātrīm anv aveshyāva iti. sa deveshu na pratyavindad, abibhayū rātres tamaso mṛityos. tasmād dhāpy etarhi naktaṃ yāvanmātram ivaivāpakramya bibheti, tama iva hi rātrir mṛityur iva 2 taṃ vai chandāṅsy evānvavāyaṅs. taṃ yac chandāṅsy evānvavāyaṅs, tasmād Indraṣ caiva chandāṅsi ca rātrīṃ vahanti. na nivic chasyate na puroruṅ na dhāyyā nānyā devatendraṣ ca hy eva chandāṅsi ca rātrīṃ vahanti 3 tān vai paryāyair eva paryāyam anudanta. yat paryāyaiḥ paryāyam anudanta, tat paryāyāṇāṃ paryāyatvaṃ 4 tān vai prathamenaiva paryāyeṇa pūrvarātrād anudanta madhyamena madhyarātrād uttamenāpararātrād 5 api ṣarvaryā anusmasīty abruvann, apiṣarvarāṇi khalu vā etāni chandāṅsīti ha smāhaitāni hīndraṃ rātres tamaso mṛityor bibhyatam atyapārayaṅs, tad apiṣarvarāṇām apiṣarvaratvam ‖ 5 ‖ 5 ‖

1 Pāntam ā vo andhasa ity andhasvatyānushṭubhā rātrīm pratipadyata 2 ānushṭubhī vai rātrir, etad rātrirūpam

3 aadhasvatyaḥ pītavatyo madvatyas trishṭubho yājyā bhavanty abhirūpā. yad yajñe 'bhirūpaṃ tat samṛiddham
4 prathamena paryāyeṇa stuvate, prathamāny eva padāni punar ādadate. yad evaishām aṣvā gāva āsaṅs, tad evaishāṃ tenādadate 5 madhyameua paryāyeṇa stuvate, madhyamāny eva padāni punar ādadate. yad evaishām manorathā āsaṅs, tad evaishāṃ tenādadata 6 uttamena paryāyeṇa stuvata, uttamāny eva padāni punar ādadate. yad evaishāṃ vāso hiraṇyam maṇir adhyātmam āsīt, tad evaishāṃ tenādadata 7 ā dvishato vasu datte, nir enam ebhyaḥ sarvebhyo lokebhyo nudate, ya evaṃ veda 8 pavamānavad ahar, ity āhur, na rātriḥ pavamānavatī: katham ubhe pavamānavatī bhavataḥ, kena te samāvadbhājau bhavata iti 9 yad evendrāya madvane sutam, idaṃ vaso sutam andha, idaṃ hy aav ojasā sutam iti stuvanti ca ṣaṅsanti ca: tena rātriḥ pavamānavatī, tenobhe pavamānavatī bhavatas, tena te samāvadbhājau bhavataḥ 10 pañcadaṣastotram ahar, ity āhur, na rātriḥ pañcadaṣastotrā: katham ubhe pañcadaṣastotre bhavataḥ, kena te samāvadbhājau bhavata iti 11 dvādaṣa stotrāṇy apiṣarvarāṇi, tisribhir devatābhiḥ saṃdhinā rāthaṃtareṇa stuvate: tena rātriḥ pañcadaṣastotrā, tenobhe pañcadaṣastotre bhavatas, tena te samāvadbhājau bhavataḥ 12 parimitaṃ stuvanty aparimitam anuṣaṅsati, parimitaṃ vai bhūtam aparimitam bhavyam, aparimitasyāvaruddhyā ity 13 atiṣaṅsati stotram. ati vai prajātmānam, ati paṣavas. tad yat stotram atiṣaṅsati, yad evāsyāty ātmānaṃ tad evāsyaitenāvaruddhe 'varuddhe || 6 || 6 ||

Iti caturthapañcikāyām prathamo 'dhyāyaḥ.

Iti shoḍaṣādhyāye shashṭhaḥ khaṇḍaḥ.

1 Prajāpatir vai Somāya rājñe duhitaram prāyachat Sūryāṃ Sāvitrīṃ. tasyai sarve devā varā āgachaṅs, tasyā

etat sahasraṃ vahatum anvākarod yad etad āṣvinam ity ācakshate. 'nāṣvinaṃ haiva tad yad arvāksahasraṃ, tasmāt tat sahasraṃ vaiva ṣaṃsed bhūyo vā 2 prāṣya ghṛitaṃ ṣaṃsed. yathā ha vā idam ano vā ratho vākto vartata, evaṃ haivākto vartate 3 ṣakunir ivotpatishyann āhvayīta 4 tasmin devā na samajānata: mamedam astu mamedam astv iti. te saṃjānānā abruvann: ājim asyāyāmahai. sa yo na ujjeshyati, tasyedam bhavishyatīti. te 'gner evādhi gṛihapater Ādityaṃ kāshṭhām akurvata, tasmād āgneyī pratipad bhavaty āṣvinasyāgnir hotā gṛihapatiḥ sa rājeti 5 tad dhaika āhur: agnim manye pitaram agnim āpim ity etayā pratipadyeta 6 divi ṣukraṃ yajataṃ sūryasyeti prathamayaiva ṛicā kāshṭhām āpnotīti 7 tat tan nādṛityaṃ. ya enaṃ tatra brūyād: agnim-agnim iti vai pratyapādy, agnim āpatsyatīti, ṣaṣvat tathā syāt 8 tasmād: agnir hotā gṛihapatiḥ sa rājety etayaiva pratipadyeta. gṛihapativatī prajātimatī ṣāntā, sarvāyuḥ sarvāyutvāya 9 sarvam āyur eti ya evaṃ veda || 7 || 1 ||

1 Tāsāṃ vai devatānām ājiṃ dhāvantīnām abhisṛishṭānām Agnir mukham prathamaḥ pratyapadyata. tam Aṣvināv anvāgachatāṃ, tam abrūtām: apodihy, āvāṃ vā idaṃ jeshyāva iti. sa tathety abravīt, tasya vai mamehāpyastv iti. tatheti. tasmā apy atrākurutāṃ, tasmād āgneyam āṣvine ṣasyate 2 tā Ushasam anvāgachatāṃ, tām abrūtām: apodihy, āvāṃ vā idaṃ jeshyāva iti. sā tathety abravīt, tasyai vai mamehāpyastv iti. tatheti. tasyā apy atrākurutāṃ, tasmād ushasyam āṣvine ṣasyate 3 tāv Indram anvāgachatāṃ, tam abrūtām: āvāṃ vā idam maghavañ jeshyāva iti. na ha taṃ dadhṛishatur apodihīti vaktuṃ. sa tathety abravīt, tasya vai mamehāpyastv iti. tatheti. tasmā apy atrākurutāṃ, tasmād aindram āṣvine ṣasyate 4 tad Aṣvinā udajayatām, Aṣvināv āṣnuvātāṃ. yad Aṣvinā uda-

jayatām Aşvināv āşnuvātām, tasmād etad āşvinam ity ācakshate 5 'şnute yad-yat kāmayate ya evam veda 6 tad āhur: yac chasyata āgneyam şasyata ushasyam şasyata aindram: atha kasmād etad āşvinam ity ācakshata ity. Aşvinau hi tad udajayatām, Aşvināv āşnuvātām. yad Aşvinā udajayatām Aşvināv āşnuvātām, tasmād etad āşvinam ity ācakshate 7 'şnute yad-yat kāmayate ya evam veda || 8 || 2 ||

1 Aşvatarīrathenāgnir ājim adhāvat, tāsām prājamāno yonim akūlayat, tasmāt tā na vijāyante 2 gobhir aruņair Ushā ājim adhāvat, tasmād Ushasy āgatāyām aruņam ivaiva prabhāty, Ushaso rūpam 3 aşvarathenendra ājim adhāvat, tasmāt sa uccairghosha upabdimān kshatrasya rūpam, aindro hi sa 4 gardabharathenāşvinā udajayatām, Aşvināv āşnuvātām. yad Aşvinā udajayatām Aşvināv āşnuvātām, tasmāt sa şritajavo dugdhadohah, sarveshām etarhi vāhanānām anāşishtho. retasas tv asya vīryam nāharatām, tasmāt sa dviretā vājī 5 tad āhuh: sapta sauryāni chandāńsi şańsed, yathaivāgneyam yathoshasyam yathāşvinam. sapta vai devalokāh, sarveshu devalokeshu rādhnotīti 6 tat-tan nādrityam. trīny eva şańset. trayo vā ime trivrito lokā, eshām eva lokānām abhijityai 7 tad āhur: ud u tyam jātavedasam iti sauryāni pratipadyeteti 8 tat-tan nādrityam. yathaiva gatvā kāshthām aparādhnuyāt, tādrik tat 9 sūryo no divas pātv ity etenaiva pratipadyeta. yathaiva gatvā kāshthām abhipadyeta, tādrik tad 10 ud u tyam jātavedasam iti dvitīyam şańsati 11 citram devānām ud agād anīkam iti traishtubham. asau vāva citram devānām udeti, tasmād etac chańsati 12 namo mitrasya varuņasya cakshasa iti jāgatam. tad v āşīhpadam, āşisham evaitenāşāsta ātmane ca yajamānāya ca || 9 || 3 ||

1 Tad āhuh: Sūryo nātişasyo, brihatī nātişasyā. yat Sūryam atişańsed brahmavarcasam utipadyeta, yad briha-

tīm atiṣaṅset prāṇān atipadyeteti 2 ndra kratuṃ na ā bharety aindram pragāthaṃ ṣaṅsati 3 ṣiksbā ṇo asmin puruhūta yāmaui jīvā jyotir aṣīmahīty 4 asau vāva jyotis, tena Sūryaṃ nātiṣaṅsati 5 yad u bārhataḥ pragāthas, tena bṛihatīṃ nātiṣaṅsaty 6 abhi tvā ṣūra nonuma iti rāthaṃtarīṃ yoniṃ ṣaṅsati. rāthaṃtareṇa vai saṃdhināṣvināya stuvate. tad yad rāthaṃtarīṃ yoniṃ ṣaṅsati, rathaṃtarasyaiva sayonitvāyo 7 ṣānam asya jagataḥ svardṛiṣaṃ ity. asau vāva svardṛik, tena Sūryaṃ nātiṣaṅsati 8 yad u bārhataḥ pragāthas, tena bṛihatīṃ nātiṣaṅsati 9 bahavaḥ sūracakshasa iti maitrāvaruṇam pragāthaṃ ṣaṅsaty. ahar vai Mitro, rātrir Varuṇa. ubhe vā esho 'horātre ārabhate, yo 'tirātram upaiti. tad yan maitrāvaruṇam pragāthaṃ ṣaṅsaty, ahorātrayor evainaṃ tat pratishṭhāpayati 10 sūracakshasa iti, tena Sūryaṃ nātiṣaṅsati. yad u bārhataḥ pragāthas, tena bṛihatīṃ nātiṣaṅsati 11 mahī dyauḥ pṛithivī ca nas, te hi dyāvāpṛithivī viṣvaṣambhuveti dyāvāpṛithivīye ṣaṅsati. dyāvāpṛithivī vai pratishṭhe: iyaṃ eveha pratishṭhāsāv amutra. tad yad dyāvāpṛithivīye ṣaṅsati, pratishṭhayor evainaṃ tat pratishṭhāpayati 12 devo devī dharmaṇā sūryaḥ ṣucir iti, tena Sūryaṃ nātiṣaṅsati 13 yad u gāyatrī ca jagatī ca te dve bṛihatyau, tena bṛihatīṃ nātiṣaṅsati 14 viṣvasya devī mṛicayasya janmano na yā roshāti na grabhad iti dvipadāṃ ṣaṅsati 15 citaidham uktham iti ha sma vā etad ācakshate yad etad āṣvinaṃ. Nirṛitir ha sma pāṣiny upāste: yadaiva hotā paridhāsyaty, atha pāṣān pratimokshyāmīti. tato vā etāṃ Bṛihaspatir dvipadāṃ apaṣyan: na yā roshāti na grabhad iti, tayā Nirṛityāḥ pāṣinyā adharācaḥ pāṣān apāsyat. tad yad etāṃ dvipadāṃ hotā ṣaṅsati, Nirṛityā eva tat pāṣinyā adharācaḥ pāṣān apāsyati, svasty eva hotonmucyate sarvāyuḥ sarvāyutvāya 16 sarvam āyur eti ya evaṃ veda 17 mṛicayasya janmana ity. asau vāva marcayatīva, tena Sūryaṃ nātiṣaṅsati 18 yad u dvipadā purushachandasaṃ, sā sarvāṇi chandāṅsy abhyāptā: tena bṛihatīṃ nātiṣaṅsati || 10 || 4 ||

1 Brāhmaṇaspatyayā paridadhāti. brahma vai Bṛihaspatir, brahmaṇy evainaṃ tad antataḥ pratishṭhāpayaty 2 evā pitre viṣvadevāya vṛishṇa ity etayā paridadhyāt prajākāmaḥ paṣukāmo 3 bṛihaspate suprajā vīravanta iti. prajayā vai suprajā vīravān 4 vayaṃ syāma patayo rayīṇām iti 5 prajāvān paṣumān rayimān vīravān bhavati yatraivaṃ vidvān etayā paridadhāti 6 bṛihaspate ati yad aryo arhād ity etayā paridadhyāt tejaskāmo brahmavarcasakāmo, 'tīva vānyān brahmavarcasam arhati 7 dyumad iti. dyumad iva vai brahmavarcasaṃ vibhātīti, vīva vai brahmavarcasam bhāti 8 yad dīdayac chavasa ṛitaprajāteti. dīdāyeva vai brahmavarcasaṃ 9 tad asmāsu draviṇaṃ dhehi citram iti. citram iva vai brahmavarcasam 10 brahmavarcasī brahmayaṣasī bhavati yatraivaṃ vidvān etayā paridadhāti 11 tasmād evaṃ vidvān etayaiva paridadhyād 12 brāhmaṇaspatyā, tena Sūryaṃ nātiṣaṅsati 13 yad u trishṭubhaṃ triḥ ṣaṅsati, sā sarvāṇi chandāṅsy abhyāptā: tena bṛihatīṃ nātiṣaṅsati 14 gāyatryā ca trishṭubhā ca vashaṭkuryād 15 brahma vai gāyatrī vīryaṃ trishṭub, brahmaṇaiva tad vīryaṃ saṃdadhāti 16 brahmavarcasī brahmayaṣasī vīryavān bhavati yatraivaṃ vidvān gāyatryā ca trishṭubhā ca vashaṭkaroty 17 aṣvinā vāyunā yuvaṃ sudakshā,bbā pibatam aṣvineti 18 gāyatryā ca virājā ca vashaṭkuryād. brahma vai gāyatry annaṃ virāḍ, brahmaṇaiva tad annādyaṃ saṃdadhāti 19 brahmavarcasī brahmayaṣasī bhavati, brahmādyam annam atti yatraivaṃ vidvān gāyatryā ca virājā ca vashaṭkaroti 20 tasmād evaṃ vidvān gāyatryā caiva virājā ca vashaṭku-

ryāt: pra vām andhāṅsi madyāny asthur, ubhā pibatam aṣvincty ctābhyām || 11 || 5 ||

1 Caturviṅṣam ctad ahar upayanty ārambhaṇīyam 2 ctena vai saṃvatsaram ārabhanta, etena stomāṅṣ ca chandāṅsi caitena sarvā devatā. anārabdbaṃ vai tac chando, 'nārabdbā sā devatā, yad etasminn ahani nārabhante. tad ārambhaṇīyasyārambhaṇīyatvaṃ 3 caturviṅṣaḥ stomo bhavati, tac caturviṅṣasya caturviṅṣatvaṃ 4 caturviṅṣatir vā ardhamāsā, ardhamāsaṣa eva tat saṃvatsaram ārabhanta 5 ukthyo bhavati. paṣavo vā ukthāni, paṣūnām avaruddhyai 6 tasya pañcadaṣa stotrāṇi bhavanti, pañcadaṣa ṣastrāṇi: sa māso. māsaṣa eva tat saṃvatsaram ārabhante 7 tasya shashṭiṣ ca trīṇi ca ṣatāni stotriyās. tāvanti saṃvatsarasyāhāny, ahaṣṣa eva tat saṃvatsaram ārabhante 8 'gnishṭoma ctad ahaḥ syād, ity āhur, agnishṭomo vai saṃvatsaro, na vā ctad anyo 'gnishṭomād ahar dādhāra na vivyāceti 9 sa yady agnishṭomaḥ syād, ashṭācatvāriṅṣās trayaḥ pavamānāḥ syuṣ caturviṅṣānītarāṇi stotrāṇi. tad u shashṭiṣ caiva trīṇi ca ṣatāni stotriyās. tāvanti saṃvatsarasyāhāny, ahaṣṣa eva tat saṃvatsaram ārabhanta 10 ukthya eva syāt, paṣusamṛiddho yajñaḥ, paṣusamṛiddhaṃ satraṃ. sarvāṇi caturviṅṣāni stotrāṇi, pratyakshād dhy etad ahaṣ caturviṅṣaṃ. tasmād ukthya eva syāt || 12 || 6 ||

1 Bṛihadrathaṃtare sāmanī bhavata. ete vai yajñasya nāvau saṃpāriṇyau yad bṛihadrathaṃtare, tābhyām eva tat saṃvatsaraṃ taranti 2 pādau vai bṛihadrathaṃtare ṣira ctad ahaḥ, pādābhyām eva tac chriyaṃ ṣiro 'bhyāyanti 3 pakshau vai bṛihadrathaṃtare ṣira ctad ahaḥ, pakshābhyām eva tac chriyaṃ ṣiro 'bhyāyanvate 4 te ubhe na samavasṛijye. ya ubhe samavasṛijeyur, yathaiva chinnā naur bandhanāt tīraṃ-tīraṃ ṛichantī plavetaivam eva te satriṇas tīram-tīram ṛichantaḥ plaveran ya ubhe. samavasṛijeyus 5 tad yadi ra-

thaṃtaraṃ avasṛijeyur, bṛihataivobhe anavasṛishṭe; atha yadi bṛihad avasṛijeyū, rathaṃtareṇaivobhe anavasṛishṭe 6 yad vai rathaṃtaraṃ tad vairūpaṃ yad bṛihat tad vairājaṃ, yad rathaṃtaraṃ tac chākvaraṃ yad bṛihat tad raivatam. evam ete ubhe anavasṛishṭe bhavato 7 ye vā evaṃ vidvāṅsa etad ahar upayanty, āptvā vai te 'hassaḥ saṃvatsaram āptvārdhamāsaṣa āptvā māsaṣa āptvā stomāṅṣ ca chandāṅsi cāptvā sarvā devatās tapa eva tapyamānāḥ somapītham bhakshayantaḥ saṃvatsaram abhishuṇvanta āsate 8 ye vā ata ūrdhvaṃ saṃvatsaram upayanti, guruṃ vai te bhāram abhinidadhate, saṃ vai gurur bhāraḥ ṣṛiṇāty. atha ya enam parastāt karmabhir āptvāvastād upaiti, sa vai svasti saṃvatsarasya pāram aṣnute || 13 || 7 ||

1 Yad vai caturviṅṣaṃ, tan mahāvrataṃ. bṛihaddivenātra hotā retaḥ siñcati, tad ado mahāvratīyenāhnā prajanayati. saṃvatsare-saṃvatsare vai retaḥ siktaṃ jāyate. tasmāt samānam bṛihaddivo nishkevalyaṃ bhavaty. esha ha vā enam parastāt karmabhir āptvāvastād upaiti, ya evaṃ vidvān etad ahar upaiti 2 svasti saṃvatsarasya pāram aṣnute ya evaṃ veda 3 yo vai saṃvatsarasyāvāraṃ ca pāraṃ ca veda, sa vai svasti saṃvatsarasya pāram aṣnute. 'tirātro vā asya prāyaṇīyo 'vāram, udayanīyaḥ pāraṃ 4 svasti saṃvatsarasya pāram aṣnute ya evaṃ veda 5 yo vai saṃvatsarasyāvarodhanaṃ codrodhanaṃ ca veda, sa vai svasti saṃvatsarasya pāram aṣnute. 'tirātro vā asya prāyaṇīyo 'varodhanam, udayanīya udrodhanaṃ 6 svasti saṃvatsarasya pāram aṣnute ya evaṃ veda 7 yo vai saṃvatsarasya prāṇodānau veda, sa vai svasti saṃvatsarasya pāram aṣnute. 'tirātro vā asya prāyaṇīyaḥ prāṇa, udāna udayanīyaḥ 8 svasti saṃvatsarasya pāram aṣnute ya evaṃ veda ya evaṃ veda || 14 || 8 ||

Iti caturthapañcikāyāṃ dvitīyo 'dhyāyaḥ.

Iti saptadaṣādhyāye 'shṭamaḥ khaṇḍaḥ.

1 Jyotir gaur āyur iti stomebhir yanty. ayaṃ vai loko jyotir, antarikshaṃ gaur, asau loka āyuḥ 2 sa evnisha uttaras tryaho 3 jyotir gaur āyur iti trīṇy ahāni, gaur āyur jyotir iti trīṇy 4 ayaṃ vai loko jyotir asau loko jyotis, te ete jyotishī ubhayataḥ saṃlokete 5 tenaitenobhayatojyotishā shaḷahena yanti. tad yad etenobhayatojyotishā shaḷahena yanty, anayor eva tal lokayor ubhayntaḥ pratitishṭhanto yanty, asmiṃś ca loke 'mushmiṃś cobhayoḥ 6 pariyad vā etad devacakraṃ yad abhiplavaḥ shaḷahas. tasya yāv abhito 'gnishṭomau tau pradhī, ye catvāro madhya ukthyās tau nabhyaṃ 7 gachati vai vartamānena yatra kāmayate, tat svasti saṃvatsarasya pāram aṣnute ya evaṃ veda 8 yo vai tad veda yat prathamaḥ shaḷahaḥ sa vai svasti saṃvatsarasya pāram aṣnute, yas tad veda yad dvitīyo, yas tad veda yat tṛitīyo, yas tad veda yac caturtho, yas tad veda yat pañcamaḥ || 15 || 1 ||

1 Prathamaṃ shaḷaham upayanti, shaḷ ahāni bhavanti. shaḍ vā ṛitava, ṛituṣa eva tat saṃvatsaram āpnuvanty, ṛituṣaḥ saṃvatsare pratitishṭhanto yanti 2 dvitīyaṃ shaḷaham upayanti, dvādaṣāhāni bhavanti. dvādaṣa vai māsā, māsaṣa eva tat saṃvatsaram āpnuvanti, māsaṣaḥ saṃvatsare pratitishṭhanto yanti 3 tṛitīyaṃ shaḷaham upayanty, ashṭādaṣāhāni bhavanti. tāni dvedhā, navānyāni navānyāni. nava vai prāṇā nava svargā lokāḥ, prāṇāṃṣ caiva tat svargāṃṣ ca lokān āpnuvanti, prāṇeshu caiva tat svargeshu ca lokeshu pratitishṭhanto yanti 4 caturthaṃ shaḷaham upayanti, caturviṅṣatir ahāni bhavanti. caturviṅṣatir vā ardhamāsā, ardhamāsaṣa eva tat saṃvatsaram āpnuvanty, ardhamāsaṣaḥ saṃvatsare pratitishṭhanto yanti 5 pañcamaṃ shaḷaham upayanti, triṅṣad ahāni bhavanti. triṅṣadaksharā vai virāḍ, virāḷ annādyaṃ, virājam eva tan māsi-māsy abhisampādayanto yanty 6 annādyakāmāḥ khalu vai satram

āsata. tad yad virājam māsi-māsy abhisampādayanto yanty, annādyam eva tan māsi-māsy avarundhānā yanty asmai ca lokāyāmushmai cobhābhyām || 16 || 2 ||

1 Gavām ayanena yanti. gāvo vā Ādityā, Ādityānām eva tad ayanena yanti 2 gāvo vai satram āsata saphāū chriṅgāṇi sishāsatyas, tāsāṃ daṣame māsi ṣaphāḥ ṣriṅgāṇy ajāyanta. tā abruvan: yasmai kāmāyādikshāmahy āpāma tam, uttishṭhāmeti. tā yā udatishṭhaṅs, tā etāḥ ṣriṅgiṇyo 3 'tha yāḥ samāpayishyāmaḥ saṃvatsaram ity āsata, tāsām aṣraddhayā ṣriṅgāṇi prāvartanta, tā etās tūparā. ūrjaṃ tv asunvaṅs, tasmād u tāḥ sarvān ṛitūn prāptvottaram uttishṭhanty, ūrjaṃ hy asunvan. sarvasya vai gāvaḥ premāṇaṃ sarvasya cārutāṃ gatāḥ 4 sarvasya premāṇaṃ sarvasya cārutāṃ gachati ya evaṃ veda 5 Ādityāṣ ca ha vā Aṅgirasaṣ ca svarge loke 'spardhanta: vayam pūrva eshyāmo vayam iti. te hādityāḥ pūrve svargaṃ lokaṃ jagmuḥ, paṣcevāṅgirasaḥ shashṭyāṃ vā varsheshu 6 yathā vā prāyaṇīyo 'tirātraṣ caturviṅṣa ukthyaḥ sarve 'bhiplavāḥ shaḷahā ākshyanty anyāny ahāni, tad Ādityānām ayanam 7 prāyaṇīyo 'tirātraṣ caturviṅṣa ukthyaḥ sarve prishṭhyāḥ shaḷahā ākshyanty anyāny ahāni, tad Aṅgirasām ayanaṃ 8 sā yathā srutir añjasāyany evam abhiplavaḥ shaḷahaḥ svargasya lokasyātha yathā mahāpathaḥ paryāṇa evam prishṭhyaḥ shaḷahaḥ svargasya lokasya. tad yad ubhābhyāṃ yanty, ubhābhyāṃ vai yan na rishyaty, ubhayoḥ kāmayor upāptyai yaṣ cābhiplave shaḷahe yaṣ ca prishṭhye || 17 || 3 ||

1 Ekaviṅṣam etad ahar upayanti vishuvantam madhyo saṃvatsarasyai 2 tena vai devā ekaviṅṣenādityaṃ svargāya lokāyodayachan 3 sa esha ita ekaviṅṣas 4 tasya daṣāvastād ahāni divākīrtyasya bhavanti daṣa parastāu, madhya esha ekaviṅṣa ubhayato virāji pratishṭhita, ubhayato hi vā esha virāji pratishṭhitas. tasmād esho 'ntaremāṅl lokān yan na

vyathate 5 tasya vai devā Ādityasya svargāl lokād avapā-
tād abibhayus, taṃ tribhiḥ svargair lokair avastāt pratyu-
ttabhnuvan. stomā vai trayaḥ svargā lokās. tasya parāco
'tipātād abibhayus, taṃ tribhiḥ svargair lokaiḥ parastāt
pratyastabhnuvan. stomā vai trayaḥ svargā lokās. tat
trayo 'vastāt saptadaṣā bhavanti trayaḥ parastān, madhya
esha ekaviṅṣa ubhayataḥ svarasāmabhir dhṛita, ubhayato
hi vā esha svarasāmabhir dhṛitas. tasmād esho 'ntaremāṅl
lokān yan na vyathate 6 tasya vai devā Ādityasya svargāl
lokād avapātād abibhayus, taṃ paramaiḥ svargair lokair
avastāt pratyuttabhnuvan. stomā vai paramāḥ svargā lokās.
tasya parāco 'tipātād abibhayus, taṃ paramaiḥ svargair
lokaiḥ parastāt pratyastabhnuvan. stomā vai paramāḥ sva-
rgā lokās. tat trayo 'vastāt saptadaṣā bhavanti trayaḥ pa-
rastāt, te dvau-dvau sampadya trayaṣ catustriṅṣā bhavanti.
catustriṅṣo vai stomānām uttamas. teshu vā esha etad
adhyāhitas tapati, teshu hi vā esha etad adhyāhitas tapati
7 sa vā esha uttaro 'smāt sarvasmād bhūtād bhavishyataḥ,
sarvam evedam atirocate yad idaṃ kiṃcottaro bhavati
8 yasmād uttaro bubhūshati tasmād uttaro bhavati ya evaṃ
veda || 18 || 4 ||

1 Svarasāmna upayantīme vai lokāḥ svarasāmāna. imān
vai lokān svarasāmabhir aspṛiṇvaṅs, tat svarasāmnāṃ sva-
rasāmatvaṃ. tad yat svarasāmna upayanty, eshv evainaṃ
tal lokeshv ābhajanti 2 teshāṃ vai devāḥ saptadaṣānām
pravlayād abibhayuḥ: samā iva vai stomā avigāḍhā iveme
ha na pravliyerann iti. tān sarvaiḥ stomair avastāt paryā-
rshan ṣarvaiḥ pṛishṭhaiḥ parastāt. tad yad abhijit sarva-
stomo 'vastād bhavati viṣvajit sarvapṛishṭhaḥ parastāt, tat
saptadaṣān ubhayataḥ paryṛishanti dhṛityā apravlayāya
3 tasya vai devā Ādityasya svargāl lokād avapātād abi-
bhayus, taṃ pañcabhī raṣmibhir udavayan. raṣmayo vai

divākīrtyāni: mahādivākīrtyam prishṭham bhavati, vikarṇam brahmasāma, bhāsam agnishṭomasāmobhe brihadrathaṃtare pavamānayor bhavatas. tad Ādityam pañcabhī raṣmibhir udvayanti dhrityā anavapātāyo4dita Āditye prātaranuvākam anubrūyāt, sarvaṃ hy evaitad ahar divākīrtyam bhavati 5 sauryam paṣum anyaāgaṣvetaṃ savanīyasyopālambhyam ālabheran, sūryadevatyaṃ hy etad ahar 6 ekaviṃṣatiṃ sāmidhenīr anubrūyāt, pratyakshād dhy etad ahar ekaviṅṣam 7 ekapañcāṣataṃ dvipañcāṣataṃ vā ṣastvā madhye nividaṃ dadhāti, tāvatīr uttarāḥ ṣaṅsati. ṣatāyur vai purushaḥ ṣatavīryaḥ ṣatendriya, āyushy evainaṃ tad vīrya indriye dadhāti || 19 || 5 ||

1 Dūrohaṇaṃ rohati, svargo vai loko dūrohaṇaṃ 2 svargam eva tal lokaṃ rohati ya evaṃ veda 3 yad eva dūrohaṇā3m | asau vai dūroho yo 'sau tapati, kaṣcid vā atra gachati. sa-yad dūrohaṇam rohaty, etam eva tad rohati 4 haṅsavatyā rohati 5 haṅsaḥ ṣucishad ity. esha vai haṅsaḥ ṣucishad 6 vasur antarikshad ity. esha vai vasur antarikshasad 7 dhotā vodishad ity. esha vai hotā vedishad 8 atithir duroṇasad ity. esha vā atithir duroṇasa'n 9 nrishad ity. esha vai nrishad 10 varasad ity. esha vai varasad. varaṃ vā etat sadmanāṃ yasmina esha āsannas tapaty 11 ritasad ity. esha vai satyasad 12 vyomasad ity. esha vai vyomasad. vyoma vā etat sadmanāṃ yasmina esha āsannas tapaty 13 abjā ity. esha vā abjā, adbhyo vā eshā prātar udety, apaḥ sāyam praviṣati 14 gojā ity. esha vai gojā 15 ritajā ity. esha vai satyajā 16 adrijā ity. esha vā adrijā 17 ritam ity. esha vai satyam 18 esha etāni sarvāṇy, eshā ha vā asya chandassu pratyakshatamād iva rūpaṃ 19 tasmād yatra kva ca dūrohaṇaṃ rohed, dhaṅsavatyaiva rohet 20 tārkshyo svargakāmasya rohet 21 Tārkshyo ha vā etam pūrvo

'dhvāaam aid, yatrādo gāyatrī suparṇo bhūtvā somam āharat. tad yathā kshetrajñam adhvanaḥ puraetāraṃ kurvīta, tādṛik tad yad eva tārkshye. 'yaṃ vai Tārkshyo yo 'yam pavata, esha svargasya lokasyābhivoḷhā 22 tyam ū shu vājinaṃ devajūtam ity. esha vai vājī devajūtaḥ 23 sahāvānaṃ tarutāram rathāaām ity. esha vai sahāvāṅs tarutaisha bīmāñl lokān sadyas taraty 24 arishṭaaemim pṛitanājam āsam ity. esha vā arishṭanemiḥ pṛitanājid āṣuḥ 25 svastaya iti svastitām āṣāste 26 tārkshyam ihā huvemeti hvayaty evaiaam etad 27 iadrasyeva rātim ājohuvānāḥ svastaya iti svastitām evāṣāste 28 nāvaam ivā rahemeti. sam evainam etad adhirohati svargasya lokasya samashṭyai sampattyai saṃgatyā 29 urvī na pṛithvī bahule gabhīre mā vām etau mā paretau rishāmetīme evaitad anumantrayata ā ca parā ca meshyaa 30 sadyaṣ cid yaḥ ṣavasā pañca kṛishṭīḥ sūrya iva jyotishāpas tatāneti pratyaksham sūryam abhivadati 31 sahasrasāḥ ṣatasā asya raṅhir na smā varante yuvatiṃ na ṣaryām ity āṣisham evaitenāṣāsta ātmane ca yajamānebhyaṣ ca || 20 || 6 ||

1 Āhūya dūrohaṇaṃ rohati, svargo vai loko dūrohaṇam. vāg āhāvo, brahma vai vāk. sa yad āhvayate, tad brahmaṇāhāvena svargaṃ lokaṃ rohati 2 sa pacchaḥ prathamaṃ rohatīmaṃ tal lokam āpaoty, athārdharcaṣo 'ntariksham tad āpaoty, atha tripadyāaṃm tal lokam āpaoty, atha kevalyā tad etasmin pratitishṭhati ya esha tapati 3 tripadyā pratyavarohati yathā ṣākhāṃ dhārayamāṇas, tad amashmiñl loke pratitishṭhaty; ardharcaṣo 'atarikshe, paccho 'smiñl loka. āptvaiva tat svargaṃ lokaṃ yajamānā asmiñl loke pratitishṭhaaty 4 atha ya ekakāmāḥ syuḥ svargakāmāḥ, parāñcam eva teshāṃ rohet. te jayeyur haiva svargaṃ lokaṃ 5 na tv evāsmiñl loke jyog iva vaseyur 6 mithaaāai

sūktāni ṣasyaate traishṭubhāni ca jāgatāni ca. mithunaṃ vai paṣavaḥ paṣavaṣ chandāṅsi, paṣūnām avaruddhyai || 21 || 7 ||

1 Yathā vai purusha evaṃ vishuvāṅs. tasya yathā dakshiṇo 'rdha evam pūrvo 'rdho vishuvato, yathottaro 'rdha evam uttaro 'rdho vishuvatas, tasmād uttara ity ācakshate. prabāhuk sataḥ ṣira eva vishuvān. bidalasaṃhita iva vai purushas, tad dhāpi syūmeva madhye ṣīrshṇo vijñāyate 2 tad āhur: vishuvaty evaitad ahaḥ ṣaṅsed, vishuvān vā etad ukthānām ukthaṃ, vishuvān vishuvān iti ha vishuvanto bhavanti ṣreshṭhatām aṣnuvata iti 3 tat-taa nādṛityaṃ. saṃvatsara eva ṣaṅsed, reto vā etat saṃvatsaraṃ dadhato yanti 4 yāni vai purā saṃvatsarād retāṅsi jāyante yāni pañcamāsyāni yāni shaṇmāsyāni, srīvyanti vai tāni, na vai tair bhuñjate 5 'tha yāay eva daṣamāsyāni jāyante yāni sāṃvatsarikāṇi, tair bhuñjate. tasmāt saṃvatsara evaitad ahaḥ ṣaṅset 6 saṃvatsaro hy etad ahar āpnoti, saṃvatsaraṃ hy etad ahar āpnuvaaty. esha ha vai saṃvatsareṇa pāpmāaam apahata esha vishuvatāṅgebhyo haiva māsaiḥ pāpmāuam apahate, ṣīrshṇo vishuvatā 7 pa saṃvatsareṇa pāpmānaṃ hate 'pa vishuvatā ya evaṃ veda 8 vaiṣvakarmaṇaṃ ṛishabhaṃ savanīyasyopālambhyam ālabheran dvirūpam ubhayata etam mahāvratīye 'hanī 9 Indro vai Vṛitraṃ hatvā viṣvakarmābhavat, Prajāpatiḥ prajāḥ sṛishṭvā viṣvakarmābhavat. saṃvatsaro viṣvakarmeadram eva tadātmānam Prajāpatiṃ saṃvatsaraṃ visvakarmāṇam āpnuvaatīndra eva tadātmaai Prajāpatau saṃvatsare viṣvakarmaṇy antataḥ pratitishṭhaati. pratitishṭhati ya evaṃ veda ya evaṃ veda || 22 || 8 ||

Iti caturthapañcikāyāṃ tṛitīyo 'dhyāyaḥ.

Ity ashṭādaṣe 'dhyāye 'shṭamaḥ khaṇḍaḥ.

1 Prajāpatir akāmayata: prajāyeya, bhūyān syām iti. sa tapo 'tapyata, sa tapas taptvemaṃ dvādaṣāham apaṣyad

ātmana evāñgeshu ca prāṇeshu ca. tam ātmana evāñgebhyaṣ ca prāṇebhyaṣ ca dvādaṣadhā nirannimīta, tam āharat, tenāyajata. tato vai so 'bhavad ātmanā, pra prajayā paṣubhir ajāyata 2 bhavaty ātmanā, pra prajayā paṣubhir jāyate ya evaṃ veda 3 so 'kāmayata: kathaṃ nu gāyatryā sarvato dvādaṣāham paribhūya sarvām ṛiddhim ṛidhnuyām iti. taṃ vai tejasaiva purastāt paryabhavac chandobhir madhyato 'ksharair uparishṭād. gāyatryā sarvato dvādaṣāham paribhūya sarvām ṛiddhim ārdhnot 4 sarvām ṛiddhim ṛidhnoti ya evaṃ veda 5 yo vai gāyatrīm pakshiṇīṃ cakshushmatīṃ jyotishmatīm bhāsvatīṃ veda, gāyatryā pakshiṇyā cakshushmatyā jyotishmatyā bhāsvatyā svargaṃ lokam ety. eshā vai gāyatrī pakshiṇī cakshushmatī jyotishmatī bhāsvatī yad dvādaṣāhas. tasya yāv abhito 'tirātrau tau pakshau, yāv antarāgnishṭomau te cakshushī, ye 'shṭau madhya ukthyāḥ sa ātmā 6 gāyatryā pakshiṇyā cakshushmatyā jyotishmatyā bhāsvatyā svargaṃ lokam eti ya evaṃ veda || 23 || 1 ||

1 Trayaṣ ca vā ete tryahā ā daṣamam ahar ā dvāv atirātraa yad dvādaṣāho 2 dvādaṣāhāni dīkshito bhavati, yajñiya eva tair bhavati 3 dvādaṣa rātrīr upasada upaiti, ṣarīram eva tābhir dhūnute 4 dvādaṣāham prasuto 5 bhūtvā ṣarīraṃ dhūtvā ṣuddhaḥ pūto devatā apyeti ya evaṃ veda 6 shaṭtriṅṣadaho vā esha yad dvādaṣāhaḥ. shaṭtriṅṣadaksharā vai bṛihatī, bṛihatyā vā etad ayanaṃ yad dvādaṣāho, bṛihatyā vai devā imāñl lokān āṣnuvata. te vai daṣabhir evāksharair imaṃ lokam āṣnuvata daṣabhir antarikshaṃ daṣabhir divaṃ caturbhiṣ catasro diṣo, dvābhyām evāsmiñl loke pratyatishṭhan 7 pratitishṭhati ya evaṃ veda 8 tad āhur: yad anyāni chandāṅsi varshīyāṅsi bhūyo'ksharatarāṇy, atha kasmād etām bṛihatīty ācakshata ity 9 etayā hi devā imāñl lokān āṣnuvata. te vai daṣabhir evāksharair

imaṃ lokam āṣnuvata. daṣabhir antariksham daṣabhir divaṃ caturbhiṣ catasro diṣo, dvābhyām evāsmiṅl loke pratyatishṭhaṅs. tasmād etām bṛihatīty ācakshate 10 'ṣnute yadyat kāmayate ya evaṃ veda || 24 || 2 ||

1 Prajāpatiyajño vā esha yad dvādaṣāhaḥ, Prajāpatir vā etenāgre 'yajata dvādaṣāhena. so 'bravīd ṛitūṅṣ ca māsāṅṣ ca: yājayata mā dvādaṣāheneti. taṃ dīkshayitvānapakramaṃ gamayitvābruvan: dehi nu no 'tha tvā yājayishyāma iti. tebhya isham ūrjam prāyachat, saishorg ṛitushu ca māseshu ca nihitā. dadataṃ vai te tam ayājayaṅs, tasmād dadad yājyaḥ. pratigṛihṇanto vai te tam ayājayaṅs, tasmāt pratigṛihṇatā yājyam 2 ubhaye rādhnuvanti ya evaṃ vidvāṅso yajante ca yājayanti ca 3 te vā ima ṛitavaṣ ca māsāṣ ca gurava ivāmanyanta dvādaṣāhe pratigṛihya, te 'bruvan Prajāpatiṃ: yājaya no dvādaṣāheneti. sa tathety abravīt, te vai dīkshadhvam iti te pūrvapakshāḥ pūrve 'dīkshanta, te pāpmānam apāhata. tasmāt te diveva, diveva hy apahatapāpmāno. 'parapakshā apare 'dīkshanta, te natarām pāpmānam apāhata. tasmāt te tama iva, tama iva hy anapahatapāpmānas. tasmād evaṃ vidvān dīkshamāṇeshu pūrvaḥ-pūrva eva didīkshishetā 4 pa pāpmānaṃ hate ya evaṃ veda 5 sa vā ayam Prajāpatiḥ saṃvatsara ṛitushu ca māseshu ca pratyatishṭhat, te vā ima ṛitavaṣ ca māsāṣ ca Prajāpatāv eva saṃvatsare pratyatishṭhaṅs, ta ete 'nyonyasmin pratishṭhitā. evaṃ ha vāva sa ṛitviji pratitishṭhati yo dvādaṣāhena yajate. tasmād āhur: na pāpaḥ purusho yājyo dvādaṣāhena, ned ayam mayi pratitishṭhād iti 6 jyeshṭhayajño vā esha yad dvādaṣāhaḥ, sa vai devānāṃ jyeshṭho ya etenāgre 'yajata. ṣreshṭhayajño vā esha yad dvādaṣāhaḥ, sa vai devānāṃ ṣreshṭho ya etenāgre 'yajata 7 jyeshṭhaḥ ṣreshṭho yajeta, kalyāṇīha samā bhavati. na pāpaḥ purusho yājyo dvādaṣāhena, ned ayam mayi pratiti-

shṭhād iti 8 Indrāya vai devā jyaishṭhyāya ṣraishṭhyāya nātishṭhanta, so 'bravīd Bṛihaspatim: yājaya mā dvādaṣāheneti. tam ayājayat, tato vai tasmai devā jyaishṭhyāya ṣraishṭhyāyātishṭhanta 9 tishṭhante 'smai svā jyaishṭhyāya ṣraishṭhyāya, sam asmin svāḥ ṣreshṭhatāyām jānate ya evam vedo 10 rdhvo vai prathamas tryahas, tiryañ madhyamo, 'rvāñ uttamaḥ. sa yad ūrdhvaḥ prathamas tryahas, tasmād ayam agnir ūrdhva uddīpyata, ūrdhvā hy etasya dig. yat tiryañ madhyamas, tasmād ayam vāyus tiryañ pavate, tiraṣcīr āpo vahanti; tiraṣcī hy etasya dig. yad arvāñ uttamas, tasmād asāv arvāñ tapaty, arvāñ varshaty, arvāñci nakshatrāṇy; arvācī hy etasya dik. samyañco vā ime lokāḥ, samyañca ete tryahāḥ 11 samyañco 'smā ime lokāḥ ṣriyai dīdyati ya evam veda ‖ 25 ‖ 3 ‖

1 Dīkshā vai devebhyo 'pākrāmat. tām vāsantikābhyām māsābhyām anvayuñjata, tām vāsantikābhyām māsābhyām nodāpnuvaṅs. tām graishmābhyām tām vārshikābhyām tām ṣāradābhyām tām haimantikābhyām māsābhyām anvayuñjata, tām haimantikābhyām māsābhyām nodāpnuvaṅs. tām ṣaiṣirābhyām māsābhyām anvayuñjata, tām ṣaiṣirābhyām māsābhyām āpnuvann 2 āpnoti yam īpsati, nainam dvishann āpnoti, ya evam veda 3 tasmād yam satriyā dīkshopanamed, etayor eva ṣaiṣirayor māsayor āgatayor dīksheta. sākshād eva tad dīkshāyām āgatāyām dīkshate, pratyakshād dīkshām parigṛihṇāti. tasmād etayor eva ṣaiṣirayor māsayor āgatayor ye caiva grāmyāḥ paṣavo ye cāraṇyā aṇimānam eva tat parushimāṇam niyanti, dīkshārūpam eva tad upaniplavante 4 sa purastād dīkshāyāḥ prājāpatyam paṣum ālabhate 5 tasya saptadaṣa sāmidhenīr anubrūyāt. saptadaṣo vai Prajāpatiḥ, Prajāpater āptyai 6 tasyāpriyo jāmadagnyo bhavanti 7 tad āhur: yad anye-

shu paṣushu yathaṛishy āpriyo bhavaaty, atha kasmād asmin sarveshāṃ jāmadagnya eveti 8 sarvarūpā vai jāmadagnyaḥ sarvasamṛiddhāḥ, sarvarūpa, esha paṣuḥ sarvasamṛiddhas. tad yaj jāmadagnyo bhavanti, sarvarūpatāyai sarvasamṛiddhyai 9 tasya vāyavyaḥ paṣupuroḍāṣo bhavati 10 tad āhur: yad anyadevatya uta paṣur bhavaty, atha kasmād vāyavyaḥ paṣupuroḍāṣaḥ kriyata iti 11 Prajāpatir vai yajño, yajñasyāyātayāmatāyā iti brūyād. yad u vāyavyas, tena Prājāpater naiti, Vāyur hy eva Prajāpatis 12 tad uktam ṛishiṇā: pavamānaḥ prajāpatir iti 13 satram u eet, samayupyāgaìn yajeran, sarve dīksheran, sarve suanyur. vasantam abhyudavasyaty. ūrg vai vasanta, isham eva tad ūrjam abhyudavasyati ‖ 26 ‖ 4 ‖

1 Chaadāṅsi vā anyoayasyāyatauam abhyadhyāyan. gāyatrī trishṭubhaṣ ca jagatyai cāyatanam abhyadhyāyat, trishṭab gāyatryai ca jagatyai ca, jagatī gāyatryai ca trishṭubhaṣ ca. tato vā etam Prajāpatir vyūḷhachandasaṃ dvādaṣāham apaṣyat, tam āharat, tenāyajata, teaa sa sarvān kāmāṅṣ chaadāṅsy agamayat 2 sarvān kāmān gachati ya evaṃ veda 3 chandāṅsi vyūhaty ayātayāmatāyai 4 chaadāṅsy eva vyūhati. tad yathādo 'ṣvair vāaaḷadbhir vāayair-anyair aṣrāntatarair-aṣrāntatarair upavimokaṃ yānty, evam evaitac chaadobhir anyair-anyair aṣrāntatarair-aṣrāatatarair upavimokaṃ svargaṃ lokaṃ yaati yac chandāṅsi vyūhati 5 mau vai lokau sahāstāṃ, tau vyaitāṃ. nāvarshan, na samatapat, te pañcajanā na samajānata. tau devāḥ samaaayaùs, tau saṃyaatāv etaṃ devavivāhaṃ vyavahetāṃ. rathaṃtareṇaiveyam amūṃ jinvati, bṛihatāsāv imāṃ 6 naudhasenaiveyam amūṃ jinvati, ṣyaiteaāsāv imāṃ. dhūmenaiveyam amūṃ jiavati, vṛishṭyāsāv imāṃ. devayajanam eveyam amushyām adadhāt, paṣūn asāv asyām 7 etad vā iyam amushyāṃ devayajanaṃ adadhād yad etac candra-

masi krishṇam iva 8 tasmād āpūryamāṇapakshesho yajanta etad evopepsanta 9 ūshān asāv asyām. tad dhāpi Turaḥ Kāvasheya uvācoshaḥ posho Janamejayaketi. tasmād dhāpy etarhi gavyam mīmāṅsamānāḥ prichanti: santi tatroshā3ḥ iti | ūsho hi posho. 'sau vai loka imam lokam abhiparyāvartata 10 tato vai dyāvāprithivī abhavatām, na dyāvāntarikshān nāntarikshād bhūmiḥ || 27 || ² ||

1 Brihac ca vā idam agre rathaṃtaraṃ cāstām. vāk ca vai tan manaş cāstām, vāg vai rathaṃtaram mano brihat. tad brihat pūrvaṃ sasrijānaṃ rathaṃtaram atyamanyata. tad rathaṃtaraṃ garbham adhatta, tad vairūpam asrijata 2 te dve bhūtvā rathaṃtaraṃ ca vairūpaṃ ca brihad atyamanyetām. tad brihad garbham adhatta, tad vairājam asrijata 3 te dve bhūtvā brihac ca vairājaṃ ca rathaṃtaraṃ ca vairūpaṃ cātyamanyetām. tad rathaṃtaraṃ garbham adhatta, tac chākvaram asrijata 4 tāni trīṇi bhūtvā rathaṃtaraṃ ca vairūpaṃ ca şākvaraṃ ca brihac ca vairājaṃ cātyamanyanta. tad brihad garbham adhatta, tad raivatam asrijata 5 tāni trīṇy anyāni trīṇy anyāni shaṭ prishṭhāny āsaṅs 6 tāni ha tarhi trīṇi chandāṅsi shaṭ prishṭhāni nodāpnuvan. sā gāyatrī garbham adhatta, sānushṭubham asrijata. trishṭub garbham adhatta, sā paṅktim asrijata. jagatī garbham adhatta, sātichandasam asrijata. tāni trīṇy anyāni trīṇy anyāni shaṭ chandāṅsy āsan shaṭ prishṭhāni. tāni tathākalpanta, kalpate yajño 'pi 7 tasyai janatāyai kalpate yatraivam etāṃ chandasāṃ ca prishṭhānāṃ ca kliptiṃ vidvān dīkshate dīkshate || 28 || ³ ||

Iti caturthapañcikāyāṃ caturtho 'dhyāyaḥ.

Ity ekonaviṅśādhyāye shashṭhaḥ khaṇḍaḥ.

1 Agnir vai devatā prathamam ahar vahati, trivrit stomo rathaṃtaraṃ sāma gāyatrī chando 2 yathādevatam enena yathāstomaṃ yathāsāma yathāchandasaṃ rādhnoti

ya evaṃ veda 3 yad vā eti ca preti ca, tat prathamasyāhno rūpaṃ. yad yuktavad yad rathavad yad āṣumad yat pibavad, yat prathame pade devatā niracyate, yad ayaṃ loko 'bhyudito, yad rāthaṃtaraṃ yad gāyatraṃ yat karishyad: etāni vai prathamasyāhno rūpāṇy 4 upaprayanto adhvaram iti prathamasyāhna ājyaṃ bhavati 5 preti prathame 'hani prathamasyāhno rūpaṃ 6 vāyav ā yāhi darṣateti praügam. eti prathame 'hani prathamasyāhno rūpam 7 ā tvā ratham yathotaya, idaṃ vaso sutam andha iti marutvatīyasya pratipadanucaraū. rathavac ca pibavac ca prathame 'hani prathamasyāhno rūpam 8 indra nedīya ed ihītīndranihavaḥ pragāthaḥ. prathame pade devatā nirucyate, prathame 'hani prathamasyāhno rūpam 9 praitu brahmaṇas patir iti brāhmaṇaspatyaḥ. preti prathame 'hani prathamasyāhno rūpam 10 agnir netā, tvaṃ soma kratubhiḥ, pinvanty apa iti dhāyyāḥ. prathameshu padeshu devatā nirucyante, prathame 'hani prathamasyāhno rūpam 11 pra va indrāya bṛihata iti marutvatīyaḥ pragāthaḥ. preti prathame 'hani prathamasyāhno rūpam 12 ā yātv indro 'vasa upa na iti sūktam. eti prathame 'hani prathamasyāhno rūpam 13 abhi tvā ṣūra nonumo, 'bhi tvā pūrvapītaya iti rathaṃtaram pṛishṭham bhavati. rāthaṃtare 'hani prathame 'hani prathamasyāhno rūpaṃ 14 yad vāvāna purutamam purāshāḷ iti dhāyy,ā vṛitrahendro nāmāny aprā ity. eti prathame 'hani prathamasyāhno rūpam 15 pibā sutasya rasina iti sāmapragāthaḥ pibavān prathame 'hani prathamasyāhno rūpaṃ 16 tyam ū shu vājinaṃ devajūtam iti tārkshyam purastāt sūktasya ṣaṅsati. svastyayanaṃ vai tārkshyaḥ, svastitāyai 17 svastyayanam eva tat kurute, svasti saṃvatsarasya pāram aṣnute ya evaṃ veda || 29 || 1 ||

1 Ā na indro dūrād ā na āsād iti sūktam. eti pra-

thame 'hani prathamasyāhno rūpaṃ 2 sampātān bhavato nishkevalyamarutvatīyayor nividdhāne. Vāmadevo vā imāṃl lokān apaśyat, tān sampātaiḥ samapatad. yat sampātaiḥ samapatat, tat sampātānāṃ sampātatvaṃ. tad yat sampātau prathame 'hani śaṅsati, svargasya lokasya samashṭyai saṃpattyai saṃgatyai 3 tat savitur vṛiṇīmahe, 'dyā no deva savitar iti vaiśvadevasya pratipadanucarau. rāthaṃtare 'hani prathame 'hani prathamasyāhno rūpaṃ 4 yuñjate mana uta yuñjate dhiya iti sāvitraṃ yuktavat prathame 'hani prathamasyāhno rūpam 5 pra dyāvā yajñaiḥ pṛithivī ṛitāvṛidhoti dyāvāpṛithivīyam. preti prathame 'hani prathamasyāhno rūpam 6 iheha vo manasā bandhutā nara ity ārbhavaṃ. yad vā eti ca preti ca, tat prathamasyāhno rūpaṃ. tad yat preti sarvam abhavishyat, praishyann evāsmāl lokād yajamānā iti. tad yad iheha vo manasā bandhatā nara ity ārbhavam prathame 'hani śaṅsaty, ayaṃ vai loka ihehāsminn evainān̄s tal loke ramayati 7 devān huve bṛihacchravasaḥ svastaya iti vaiśvadevam. prathame pade devatā nirucyante, prathame 'hani prathamasyāhno rūpam 8 mahāntaṃ vā ete 'dhvānam eshyanto bhavanti, ye saṃvatsaraṃ vā dvādaśāhaṃ vāsate. tad yad devān huve bṛihacchravasaḥ svastaya iti vaiśvadevam prathame 'hani śaṅsati, svastitāyai 9 svastyayanam eva tat kurute, svasti saṃvatsarasya pāram aśnute ya evaṃ veda yeshāṃ caivaṃ vidvān etad dhotā devān huve bṛihacchravasaḥ svastaya iti vaiśvadevam prathame 'hani śaṅsati 10 vaiśvānarāya pṛithupājase vipa ity āgnimārutasya pratipat. prathame pade devatā nirucyate, prathame 'hani prathamasyāhno rūpam 11 pratvakshaso pratavaso virapśina iti mārutam. preti prathame 'hani prathamasyāhno rūpaṃ 12 jātavedase sunavāma somam iti jātavedasyām parastāt sūktasya śaṅsati. svastyayanaṃ vai jātavedasyāḥ, svastitāyai 13 svastyayanam eva tat kurute, svasti saṃvatsarasya pāram aśnute ya evaṃ veda 14 pra tavyasīṃ navyasīṃ dhītim agnaya iti jātavedasyam. preti prathame 'hani prathamasyāhno rūpaṃ 15 samānam āgnimārutam bhavati yac cāgnishṭome. yad vai yajñe samānaṃ kriyate, tat prajā anusamananti. tasmāt samānam āgnimārutam bhavati || 30 || 2 ||

1 Indro vai devatā dvitīyam ahar vahati, pañcadaśaḥ stomo bṛihat sāma trishṭup chando 2 yathādevatam enena yathāstomaṃ yathāsāma yathāchandasaṃ rādhnoti ya evaṃ veda 3 yad vai neti na preti yat sthitaṃ, tad dvitīyasyāhno rūpaṃ. yad ūrdhvavad yat prativad yad antarvad yad vṛishaṇvad yad vṛidhanvad, yan madhyame pade devatā nirucyate, yad antarikshaṃ abhyuditaṃ, yad bārhataṃ yat traishṭubhaṃ yat kurvad: etāni vai dvitīyasyāhno rūpāṇy 4 agniṃ dūtaṃ vṛiṇīmaha iti dvitīyasyāhna ājyam bhavati. kurvad dvitīye 'hani dvitīyasyāhno rūpaṃ 5 vāyo ye te sahasriṇa iti praügaṃ, sutaḥ soma ṛitāvṛidheti vṛidhanvad dvitīye 'hani dvitīyasyāhno rūpaṃ 6 viśvānarasya vas patim, indra it somapā eka iti marutvatīyasya pratipadanucaraṇ. vṛidhanvac cāntarvac ca dvitīye 'hani dvitīyasyāhno rūpam 7 indra nedīya ed ihīty acyutaḥ pragātha, ut tishṭha brahmaṇas pata iti brāhmaṇaspatya ūrdhvavān dvitīye 'hani dvitīyasyāhno rūpam 8 agnir netā, tvaṃ soma kratubhiḥ, pinvanty apa iti dhāyyā acyutā 9 bṛihad indrāya gāyateti marutvatīyaḥ pragātho, yena jyotir ajanayann ṛitāvṛidha iti vṛidhanvān dvitīye 'hani dvitīyasyāhno rūpam 10 indra somaṃ somapate pibemam iti sūktaṃ, sajoshā rudrais tṛipad ā vṛishasveti vṛishaṇvad dvitīye 'hani dvitīyasyāhno rūpaṃ 11 tvām id dhi

havāmahe, tvaṃ hy ehi cerava iti bṛihatpṛishṭham bhavati. bārhate 'hani dvitīye 'hani dvitīyasyāhno rūpaṃ 12yad vāvāneti dhāyyācyuto13bhayaṃ ṣṛiṇavac ca na iti sāmapragātho, yac cedam adya yad u ca hya āsīd iti bārhate 'hani dvitīye 'hani dvitīyasyāhno rūpaṃ 14tyam ū shu vājinaṃ devajūtam iti tārkshyo 'cyutaḥ || 31 || 3 ||

1 Yā ta ūtir avamā yā parameti sūktaṃ, jahi vṛishṇyāni kṛiṇuhī parāca iti vṛishaṇvad dvitīye 'hani dvitīyasyāhno rūpaṃ 2 viṣvo devasya netus, tat savitur vareṇyam, ā viṣvadevaṃ satpatim iti vaiṣvadevasya pratipadanucarau. bārhate 'hani dvitīye 'hani dvitīyasyāhno rūpam 3ud u shya devaḥ savitā hiraṇyayeti sāvitram ūrdhvavad dvitīye 'hani dvitīyasyāhno rūpaṃ 4te hi dyāvāpṛithivī viṣvaṣambhuveti dyāvāpṛithivīyaṃ, sujanmanī dhishaṇe antar īyata ity antarvad dvitīye 'hani dvitīyasyāhno rūpaṃ 5takshan rathaṃ suvṛitaṃ vidmanāpasa ity ārbhavaṃ, takshan harī indravāhā vṛishaṇvasū iti vṛishaṇvad dvitīye 'hani dvitīyasyāhno rūpaṃ 6yajñasya vo rathyaṃ viṣpatiṃ viṣām iti vaiṣvadevaṃ, vṛishā ketur yajato dyām aṣāyateti vṛishaṇvad dvitīye 'hani dvitīyasyāhno rūpaṃ 7tad u ṣāryātam. Aṅgiraso vai svargāya lokāya satram āsata, te ha sma dvitīyaṃ-dvitīyam evāhar āgatya muhyanti. tān vā etac Chāryāto Mānavo dvitīye 'hani sūktam aṣaṅsayat, tato vai te pra yajñam ajānan pra svargaṃ lokaṃ. tad yad etat sūktaṃ dvitīye 'hani ṣaṅsati, yajñasya prajñātyai svargasya lokasyānukhyātyai 8pṛikshasya vṛishṇo arushasya nū saha ity āgnimārutasya pratipad. vṛishaṇvad dvitīye 'hani dvitīyasyāhno rūpaṃ 9vṛishṇe ṣardhāya sumakhāya vedhasa iti mārutaṃ. vṛishaṇvad dvitīye

'hani dvitīyasyāhno rūpaṃ 10 jātavedase sunavāma somam iti jātavedasyācyutā 11 yajñena vardhata jātavedasam iti jātavedasyaṃ. vṛdhanvad dvitīye 'hani dvitīyasyāhno rūpam ahno rūpam || 32 || 4 ||

Iti caturthapañcikāyāṃ pañcamo 'dhyāyaḥ.

Iti viṅśādhyāye caturthaḥ khaṇḍaḥ.

1 Viṣvo vai devā devatās tritīyam ahar vahanti, saptadaṣaḥ stomo vairūpaṃ sāma jagatī chando 2 yathādevatam enena yathāstomaṃ yathāsāma yathāchandasaṃ rādhnoti ya evaṃ veda 3 yad vai samānodarkaṃ, tat tritīyasyāhno rūpaṃ. yad aṣvavad yad antavad yat punarāvṛittaṃ yat punarninṛittaṃ yad ratavad yat paryastavad yat trivad yad antarūpaṃ, yad uttame pade devatā nirueyate, yad asau loko 'bhyudito, yad vairūpaṃ yaj jāgataṃ yat kṛitam: etāni vai tritīyasyāhno rūpāṇi 4 yukshvā hi devahūtamāñ aṣvāñ agne rathīr iveti tritīyasyāhna ājyam bhavati 5 devā vai tritīyenāhnā svargaṃ lokam āyaṅs, tān asurā rakshāṅsy anvavārayanta. te: virūpā bhavata virūpā bhavateti bhavanta āyaṅs. te yad: virūpā bhavata virūpā bhavateti bhavanta āyaṅs, tad vairūpaṃ sāmābhavat, tad vairūpasya vairūpatvaṃ 6 virūpaḥ pāpmanā bhūtvā pāpmānam apahate ya evaṃ veda 7 tān ha smānv evāgachanti, sam eva srijyante, tān aṣvā bhūtvā padbhir apāghnata. yad aṣvā bhūtvā padbhir apāghnata, tad aṣvānām aṣvatvam 8 aṣnute yad-yat kāmayate ya evaṃ veda 9 tasmād aṣvaḥ paṣūnāṃ javishṭhas, tasmād aṣvaḥ pratyañ padā hinasty 10 apa pāpmānaṃ hate ya evaṃ veda 11 tasmād etad aṣvavad ājyam bhavati, tritīye 'hani tritīyasyāhno rūpaṃ 12 vāyav ā yāhi vītaye, vāyo yāhi ṣivā diva, indraṣ ca vāyav eshāṃ sutānām, ā mitre varuṇe vayam, aṣvināv eha gachatam, ā yāhy adribhiḥ sutaṃ, sajūr viṣvebhir devebhir, uta naḥ priyā priyāsv ity aushṇiham praügaṃ. samānodarkaṃ tritīyo 'hani tritīyasyāhno rūpaṃ 13 tam-tam id rādhase mahe,

traya indrasya somā iti marutvatīyasya pratipadanucarau. ninṛittavat trivat tṛitīye 'hani tṛitīyasyāhno rūpam 14 indra nedīya ed ihīty acyutaḥ pragāthaḥ, pra nūnam brahmaṇas patir iti brāhmaṇaspatyo ninṛittavāṅs tṛitīye 'hani tṛitīyasyāhno rūpam 15 agnir netā, tvaṃ soma kratubhiḥ, pinvanty apa iti dhāyyā acyutā 16 nakiḥ sudāso ratham pary āsa na rīramad iti marutvatīyaḥ pragāthaḥ paryastavāṅs tṛitīye 'hani tṛitīyasyāhno rūpam 17 try aryamā manusho devatātcti sūktaṃ trivat tṛitīye 'hani tṛitīyasyāhno rūpaṃ 18 yad dyāva indra te śataṃ, yad indra yāvatas tvam iti vairūpam prishṭham bhavati. rāthaṃtare 'hani tṛitīye 'hani tṛitīyasyāhno rūpaṃ 19 yad vāvāneti dhāyyācyutā 20 abhi tvā śūra nonnma iti rathaṃtarasya yonim anu nivartayati. rāthaṃtaraṃ hy etad ahar āyatanene 21 indra tridhātu śaraṇam iti sāmapragāthas triväṅs tṛitīye 'hani tṛitīyasyāhno rūpaṃ 22 tyam ū shu vājinaṃ devajūtam iti tārkshyo 'cyutaḥ || 1 || 1 ||

1 Yo jāta eva prathamo manasvān iti sūktaṃ samānodarkaṃ tṛitīye 'haoi tṛitīyasyāhno rūpaṃ 2 tad u sajanīyam. etad vā Indrasyendriyaṃ yat sajanīyam, etasmin vai śasyamāna Indram indriyam āviśati 3 tad dhāpy āhuś chandogās: tṛitīyo 'hani bahvṛicā Indrasyendriyaṃ śaṅsantīti 4 tad u gārtsamadam. etena vai Gṛitsamada Indrasya priyaṃ dhāmopāgachat, sa paramaṃ lokam ajayad 5 upendrasya priyaṃ dhāma gachati, jayati paramaṃ lokaṃ ya evaṃ veda 6 tat savitur vṛiṇīmahe, 'dyā no deva savitar iti vaiśvadevasya pratipadanucarau. rāthaṃtare 'hani tṛitīye 'hani tṛitīyasyāhno rūpaṃ 7 tad devasya savitur vāryam mahad iti sāvitram 8 anto vai mahad, antas tṛitīyam ahas tṛitīye 'hani tṛitīyasyāhno rūpaṃ 9 ghṛitena dyāvāpṛithivī abhīvṛite iti dyāvā-

pṛithivīyaṃ, ghṛitaṣriyā ghṛitapṛicā ghṛitāvṛidhoti
punarāvṛittam punarniuṛittaṃ tṛitīye 'hani tṛitīyasyāhno
rūpam 10 anaṣvo jāto anabhīṣur ukthya ity ārbhu-
vaṃ, rathas tricakra iti trivat tṛitīye 'hani tṛitīyasyā-
hno rūpam 11 parāvato ye didhishanta āpyam iti
vaiṣvadevam. anto vai parāvato, 'ntas tṛitīyam ahas tṛitīye
'hani tṛitīyasyāhno rūpaṃ 12 tad u gāyam. etena vai Ga-
yaḥ Plāto viṣveshāṃ devānām priyaṃ dhāmopāgachat, sa
paramaṃ lokam ajayad 13 upa viṣveshāṃ devānām priyaṃ
dhāma gachati, jayati paramaṃ lokaṃ ya evaṃ veda
14 vaiṣvānarāya dhishṇyām ṛitāvṛidha ity āgnimā-
rutasya pratipad. anto vai dhishaṇāntas tṛitīyam ahas tṛi-
tīye 'hani tṛitīyasyāhno rūpaṃ 15 dhārāvarā maruto
dhṛishṇvojaso iti mārutam bahvabhivyāhṛityam. anto
vai bahv, antas tṛitīyam ahas tṛitīye 'hani tṛitīyasyāhno
rūpaṃ 16 jātavedase sunavāma somam iti jātaveda-
syācyutā 17 tvam agne prathamo aṅgirā ṛishir iti
jātavedasyam purastādudarkaṃ tṛitīye 'hani tṛitīyasyāhno
rūpaṃ. tvaṃ-tvam ity uttaraṃ tryaham abhivadati, saṃ-
tatyai 18 saṃtatais tryahair avyavachinnair yanti ya evaṃ
vidvāṅso yanti || 2 || ² ||

1 Āpyante vai stomā āpyante chandāṅsi tṛitīye 'hany,
etad eva tata ucchishyate vāg ity eva. tad etad aksharaṃ
tryaksharaṃ, vāg ity ekam aksharam, aksharam iti trya-
ksharaṃ 2 sa evaisha uttaras tryaho, vāg ekaṃ gaur ekaṃ
dyaur ekaṃ 3 tato vai vāg eva caturtham ahar vahati
4 tad yac caturtham ahar nyūṅkhayanty: etad eva tad
aksharam abhyāyachanty, etad vardhayanty, etat prabibhā-
vayishanti caturthasyāhna udyatyā 5 annaṃ vai nyūṅkho.
yadelavā abhigeshṇāṣ caranty, athānnādyam prajāyate. tad
yac caturtham ahar nyūṅkhayanty, annam eva tat prajana-
yanty annādyasya prajātyai. tasmāc caturtham ahar jāta-

vad bhavati 6 caturaksharena nyūṅkhayed ity āhus. catushpādā vai paṣavaḥ, paṣūnām avaruddhyai 7 tryaksharena nyūṅkhayed ity āhus. trayo vā ime trivrito lokā, eshām eva lokānām abhijityā 8 ekāksharena nyūṅkhayed, iti ha smāha Lāṅgalāyano Brahmā Maudgalya, ekāksharā vai vāg, esha vāva samprati nyūṅkham nyūṅkhayati ya ekāksharena nyūṅkhayatīti 9 dvyaksharenaiva nyūṅkhayet pratishṭhāyā eva. dvipratishṭho vai purushaṣ catushpādāḥ paṣavo, yajamānam eva tad dvipratishṭham catushpātsu paṣushu pratishṭhāpayati. tasmād dvyaksharenaiva nyūṅkhayen 10 mukhataḥ. prātaranuvāke nyūṅkhayati. mukhato vai prajā annam adanti, mukhata eva tad annādyasya yajamānam dadhāti 11 madhyata ājye nyūṅkhayati. madhyato vai prajā annam dhinoti, madhyata eva tad annādyasya yajamānam dadhāti 12 mukhato madhyamdine nyūṅkhayati. mukhato vai prajā annam adanti, mukhata eva tad annādyasya yajamānam dadhāti 13 tad ubhayato nyūṅkham parigrihṇāti savanābhyām, annādyasya parigrihītyai ||3||a ||

1 Vāg vai devatā caturtham ahar vahaty, ekaviṅṣaḥ stomo vairājam sāmānushṭup chando. yathādevatam enena yathāstomam yathāsāma yathāchandasam rādhnoti ya evam veda 2 yad vā eti ca preti ca tac caturthasyāhno rūpam. yad dhy eva prathamam ahas tad etat punar yac caturtham. yad yuktavad yad rathavad yad āṣumad yat pibavad, yat prathame pade devatā nirucyate, yad ayam loko 'bhyudito, yaj jātavad yad dhavavad yac chukravad yad vāco rūpam yad vaimadam yad viriphitam yad vichandā yad ūnātiriktam yad vairājam yad ānushṭubham yat karishyad yat prathamasyāhno rūpam: etāni vai caturthasyāhno rūpāṇy 3 agnim na svavriktibhir iti caturthasyāhna ājyam bhavati vaimadam viriphitam viriphitasya risheṣ caturthe 'hani caturthasyāhno rūpam 4 ashṭarcam

pāṅktam. pāṅkto yajñaḥ pāṅktāḥ paṣavaḥ, paṣūnām avaruddhyai 5 tā u daṣa jagatyo. jagatprātaḥsavana esha tryahas, tena caturthasyāhno rūpaṃ 6 tā u pañcadaṣānushṭubha. ānushṭubhaṃ hy etad ahas, tena caturthasyāhno rūpaṃ 7 tā u viṅṣatir gāyatryaḥ. punaḥ prāyaṇīyaṃ hy etad ahas, tena caturthasyāhno rūpaṃ 8 tad etad astutam aṣastam ayātayāma sūktaṃ yajña eva sākshāt. tad yad etne caturthasyāhna ājyam bhavati, yajñād eva tad yajñaṃ tanvate, vācam eva tat punar upayanti saṃtatyai 9 saṃtatais tryahair avyavachinnair yanti ya evaṃ vidvāṅso yanti 10 vāyo ṣukro ayāmi te, vihi hotrā avītā, vāyo ṣataṃ harīṇām, indraṣ ca vāyav eshāṃ somānām, ā cikitāna sukratū, ā no viṣvābhir ūtibhis, tyam u vo aprahaṇam, upa tyaṃ vṛijinaṃ ripum, ambitame nadītama ity ānushṭubham praügam.' eti ca preti ca ṣukravac caturthe 'hani caturthasyāhno rūpaṃ 11 taṃ tvā yajñebhir īmaha iti marutvatīyasya pratipad. īmaha ity: abhyāyāmyam ivaitad ahas, tena caturthasyāhno rūpam 12 idaṃ vaso sutam andha, indra nedīya ed ihi, praitu brahmaṇas patir, agnir netā, tvaṃ soma kratubhiḥ, pinvanty apaḥ, pra va indrāya bṛihata iti prathamenāhnā samāna ātānaṣ, caturthe 'hani caturthasyāhno rūpaṃ 13 ṣrudhī havam indra mā rishaṇya iti sūktaṃ havavac caturthe 'hani caturthasyāhno rūpam 14 marutvāṅ indra vṛishabho raṇayeti sūktam, ugraṃ sahodām iha taṃ huvemeti havavac caturthe 'hani caturthasyāhno rūpaṃ 15 tad u traishṭubhaṃ. tena pratishṭhitapadena savanaṃ dādhārāyatanād evaitena na pracyavata 16 imaṃ nu māyinaṃ huva iti paryāso havavāṅṣ caturthe 'hani caturthasyāhno rūpaṃ 17 tā u gāyatryo. gāyatryo vā etasya tryahasya madhyaṃdinaṃ vahanti 18 tad vai tac chando vahati yasmin 'nivid dhīyate. tasmād gāyatrīshu nividaṃ dadhāti 19 pibā somam indra mandatu tvā, ṣrudhī havaṃ vipipānasyādrer iti vairājam prishṭham bhavati. bārhate 'hani caturthe 'hani caturthasyāhno rūpaṃ 20 yad vāvāneti dhāyyācyutā 21 tvām id dhi havāmaha iti bṛihato yonim anu nivartayati, bārhataṃ hy etad ahar āyatanena 22 tvam indra pratūrtishv iti sāmapragātho, 'ṣastihā janiteti jātavāñṣ caturthe 'hani caturthasyāhno rūpaṃ 23 tyam ū shu vājinaṃ devajūtam iti tārkshyo 'cyutaḥ || 4 || 4 ||

1 Kuha ṣruta indraḥ kasminn adyeti sūktaṃ vaimadaṃ viriphitaṃ viriphitasya risheṣ caturthe 'hani caturthasyāhno rūpaṃ 2 yudhmasya te vṛishabhasya svarāja iti sūktam, ugraṃ gabhīraṃ janushābhy ugram iti jātavac caturthe 'hani caturthasyāhno rūpaṃ 3 tad u traishṭubhaṃ. tena pratishṭhitapadena savanaṃ dādhārāyatanād evaitena na pracyavate 4 tyam u vaḥ satrāsāham iti paryāso. viṣvāsu gīrshv āyatam ity: abhyāyāmyam ivaitad ahas, tena caturthasyāhno rūpaṃ 5 tā u gāyatryo. gāyatryo vā etasya tryahasya madhyaṃdinaṃ vahanti. tad vai tac chando vahati yasmin nivid dhīyate. tasmād gāyatrīshu nividaṃ dadhāti 6 viṣvo devasya netus, tat savitur vareṇyam, ā viṣvadevaṃ satpatim iti vaiṣvadevasya pratipadanucarau. bārhate 'hani caturthe 'hani caturthasyāhno rūpam 7 ā devo yātu savitā suratna iti sāvitram. eti caturthe 'hani caturthasyāhno rūpam 8 pra dyāvā yajñaiḥ pṛithivī namobhir iti dyāvāpṛithivīyam. preti caturthe 'hani caturthasyāhno rūpam 9 pra ṛibhubhyo dūtam iva vācam ishya ity ārbhavam. preti ca vācam ishya iti ca caturthe 'hani caturthasyāhno rūpam 10 pra ṣukraitu devī manīsheti vaiṣvadevam. preti ca ṣukravac ca caturthe

'hani caturthasyāhno rūpaṃ 11 tā u vichandasaḥ. santi dvipadāḥ santi catushpadās, tena caturthasyāhno rūpaṃ 12 vaiṣvānarasya sumatau syāmety āgnimārutasya pratipad, ito jāta iti jātavac caturthe 'hani caturthasyāhno rūpaṃ 13 ka īṃ vyaktā naraḥ sanīḷā iti mārutaṃ, nakir hy eshāṃ janūṅshi vedeti jātavac caturthe 'hani caturthasyāhno rūpaṃ 14 tā u vichandasaḥ. santi dvipadāḥ santi catushpadās, tena caturthasyāhno rūpaṃ 15 jātavedase sunavāma somam iti jātavedasyācyutā 16 gnim naro dīdhitibhir araṇyor iti jātavedasyaṃ, hastacyutī janayanteti jātavac caturthe 'hani caturthasyāhno rūpaṃ 17 tā u vichandasaḥ. santi virājaḥ santi trishṭubhas, tena caturthasyāhno rūpam ahno rūpam || 5 || 5 ||

Iti pañcamapañcikāyām prathamo 'dhyāyaḥ.

Ity ekaviṃṣādhyāye pañcamaḥ khaṇḍaḥ.

1 Gaur vai devatā pañcamam ahar vahati, triṇavaḥ stomaḥ ṣākvaraṃ sāma paṅktiṣ chando. yathādevatam enena yathāstomaṃ yathāsāma yathāchandasaṃ rādhnoti ya evaṃ veda 2 yad vai neti na preti yat sthitaṃ, tat pañcamasyāhno rūpaṃ 3 yad dhy eva dvitīyam ahas tad etat punar yat pañcamaṃ 4 yad ūrdhvavad yat prativad yad antarvad yad vṛishaṇvad yad vṛidhanvad, yan madhyame pade devatā nirucyate, yad antariksham abhyuditaṃ 5 yad dugdhavad yad ūdhavad yad dhenumad yat pṛiṣnimad yan madvad yat paṣurūpaṃ yad adhyāsavad — vikshudrā iva hi paṣavo — yaj jāgataṃ — jāgatā hi paṣavo — yad bārhatam — bārhatā hi paṣavo — yat pāṅktam — pāṅktā hi paṣavo — yad vāmaṃ — vāmaṃ hi paṣavo — yad dhavishmad — dhavir hi paṣavo — yad vapushmad — vapur hi paṣavo — yac chākvaraṃ yat pāṅktaṃ yat kurvad yad dvitīyasyāhno rūpam: etāni vai pañcamasyāhno rūpāṇī 6 mam ū shu vo atithim usharbudham iti pañcama-

syāhna ājyam bhavati jāgatam adhyāsavat paṣurūpam pañcame 'hani pañcamasyāhno rūpam 7 ā no yajñam divispṛiṣam, ā no vāyo mahe tane, rathena pṛithupājasā, bahavaḥ sūracakshasa, imā u vām divishṭayaḥ, pibā sutasya rasino, devam-devam vo 'vase devam-devam, bṛihad u gāyishe vaca iti bārhatam praügam pañcame 'hani pañcamasyāhno rūpam 8 yat pāñcajanyayā viṣeti marutvatīyasya pratipat, pāñcajanyayeti pañcame 'hani pañcamasyāhno rūpam 9 indra it somapā eka, indra nedīya ed ihy, ut tishṭha brahmaṇas pate, 'gnir netā, tvam soma kratubhiḥ, pinvanty apo, bṛihad indrāya gāyateti dvitīyenāhnā samāna ātānaḥ pañcame 'hani pañcamasyāhno rūpam 10 avitāsi sunvato vṛiktabarhisha iti sūktam madvat pāṅktam pañcapadam pañcame 'hani pañcamasyāhno rūpam 11 itthā hi soma in mada iti sūktam madvat pāṅktam pañcapadam pañcame 'hani pañcamasyāhno rūpam 12 indra piba tubhyam suto madāyeti sūktam madvat traishṭubham. tena pratishṭhitapadena savanam dādhārāyatanād evaitena na pracyavate 13 marutvāñ indra mīḍhva iti paryāso. neti na preti pañcame 'hani pañcamasyāhno rūpam 14 tā u gāyatryo. gāyatryo vā etasya tryahasya madhyamdinam vahanti. tad vai tac chando vahati yasmin nivid dhīyate. tasmād gāyatrīshu nividam dadhāti ‖ 6 ‖ 1 ‖

1 Mahānāmnīshv atra stuvate ṣākvareṇa sāmnā rāthamtare 'hani pañcame 'hani pañcamasyāhno rūpam 2 Indro vā etābhir mahān ātmānam niramimīta, tasmān mahānāmnyo. 'tho ime vai lokā mahānāmnya ime mahānta 3 imān vai lokān Prajāpatiḥ srishṭvedam sarvam aṣaknod yad idam kimca. yad imāṃl lokān Prajāpatiḥ srishṭvedam sarvam aṣaknod yad idam kimca tac chakvaryo 'bhavaṃs,

tac chakvarīṇām ṣakvarītvam 4 tā ūrdhvāḥ sīmno 'bhyasṛijata. yad ūrdhvāḥ sīmno 'bhyasṛijata tat simā abhavaṅs, tat simānām simātvam 5 svādor itthā vishūvata, upa no haribhiḥ sutam, indram viṣvā avīvṛidhann ity anurūpo vṛishaṇvān pṛiṣnimān madvān vṛidhanvān pañcame 'hani pañcamasyāhno rūpam 6 yad vāvānoti dhāyyācyutā 7 bhi tvā ṣūra nonuma iti rathaṃtarasya yonim anu nivartayati, rāthaṃtaraṃ hy etad ahar āyatanena 8 mo shu tvā vāghataṣ canoti sāmapragātho 'dhyāsavān paṣurūpam pañcame 'hani pañcamasyāhno rūpam 9 tyam ū shu vājinam devajūtam iti tārkshyo 'cyutaḥ || 7 || 2 ||

1 Predam brahma vṛitratūryeshv āvitheti sūktam pāṅktam pañcapadam pañcame 'hani pañcamasyāhno rūpam 2 indro madāya vāvṛidha iti sūktam madvat pāṅktam pañcapadam pañcame 'hani pañcamasyāhno rūpam 3 satrā madāsas tava viṣvajanyā iti sūktam madvat traishṭubham. tena pratishṭhitapadena savanam dādhārāyatanād evaitena na pracyavate 4 tam indram vājayāmasīti paryāsaḥ, sa vṛishā vṛishabho bhuvad iti paṣurūpam pañcame 'hani pañcamasyāhno rūpam 5 tā u gāyatryo. gāyatryo vā etasya tryahasya madhyaṃdinam vahanti. tad vai tac chando vahati yasmin nivid dhīyate. tasmād gāyatrīshu nividam dadhāti 6 tat savitur vṛiṇīmahe, 'dyā no deva savitar iti vaiṣvadevasya pratipadanucarau. rāthaṃtare 'hani pañcame 'hani pañcamasyāhno rūpam 7 ud u shya devaḥ savitā damūnā iti sāvitram, ā dāṣushe suvati bhūri vāmam iti vāmam paṣurūpam pañcame 'hani pañcamasyāhno rūpam 8 mahī dyāvāpṛithivī iha jyeshṭhe iti dyāvāpṛithivīyam, ruvad dhokshcti paṣurūpam pañcame 'hani pañcamasyāhno rūpam 9 ṛibhur vibhvā vāja indro no acheṭy ārbhavam. vājo vai paṣavaḥ, paṣurūpam pañcame 'hani pañcamasyāhno rū-

paṃ 10 stusho janaṃ suvṛntaṃ navyasībhir iti vaiṣvadevam adhyāsavat paṣurūpam pañcame 'hani pañcamasyāhno rūpaṃ 11 havish pāntam ajaraṃ svarvidīty āgnimārutasya pratipad. dhavishmat pañcame 'hani pañcamasyāhno rūpaṃ 12 vapur nu tac cikitusho cid astv iti mārutaṃ vapushmat pañcame 'hani pañcamasyāhno rūpaṃ 13 jātavedase sunavāma somam iti jātavedasyācyutā 14 gnir hotā gṛihapatiḥ sa rājeti jātavedasyam adhyāsavat paṣurūpam pañcame 'hani pañcamasyāhno rūpam || 8 || 3 ||

1 Devakshetraṃ vā etad yat shashṭham ahar. devakshetraṃ vā eta āgachanti ye shashṭham ahar āgachanti 2 na vai devā anyonyasya gṛihe vasanti, nartur ṛitor gṛihe vasatīty āhus. tad yathāyatham ṛitvijn ṛituyājān yajanty asampradāyaṃ. tad yathartv ṛitūn kalpayanti, yathāyathaṃ janatās 3 tad āhur: nartupraishaiḥ preshitavyaṃ nartupraishair vashaṭkṛityaṃ. vāg vā ṛitupraishā, āpyate vai vāk shashṭhe 'hanīti 4 yad ṛitupraishaiḥ preshyeyur yad ṛitupraishnir vashaṭkuryur, vācam eva tad āptāṃ ṣrāntām ṛikṇavahīṃ vaharāviṇīm ṛiccheyur 5 yad v ebhir na preshyeyur yad v ebhir na vashaṭkuryur, acyutād yajñasya cyaveran, yajñāt prāṇāt Prajāpateḥ paṣubhyo jihmā īyus 6 tasmād ṛigmebhya evādhi preshitavyam, ṛigmebhyo 'dhi vashaṭkṛityaṃ. tan na vācam āptāṃ ṣrāntām ṛikṇavahīṃ vaharāviṇīm ṛichanti, nācyutād yajñasya cyavante, na yajñāt prāṇāt Prajāpateḥ paṣubhyo jihmā yanti || 9 || 4 ||

1 Pārucchepīr upadadhati pūrvayoḥ savanayoḥ purastāt prasthitayājyānāṃ. rohitaṃ vai nāmaitac chando yat pārucchepam. etena vā Indraḥ sapta svargāñl lokān arohad 2 rohati sapta svargāñl lokān ya evaṃ veda 3 tad āhur: yat pañcapadā eva pañcamasyāhno rūpaṃ shaṭpadāḥ shashṭhasyātha kasmāt saptapadāḥ shashṭhe 'han chasyanta

iti 4 shaḍbhir eva padaiḥ shashṭham ahar āpnuvanty apachidyevaitad ahar yat saptamam, tad eva saptamena padenābhyārabhya vasanti. vācam eva tat punar upayanti, saṃtatyai 5 saṃtatais tryahair avyavachinnair yanti ya evaṃ vidvāṅso yanti || 10 || 5 ||

1 Devāsurā vā esha lokeshu samuyatanta. te vai devāḥ shashṭhenaivābhyaibhyo lokebhyo 'surān prāṇudanta. teshāṃ yāny antarhastīnāni vasūny āsaṅs, tāny ādāya samudram prāupyanta. ta etenaiva chandasānubhāyāntarhastīnāni vasūny ādadata. tad yad etat padam punaḥpadaṃ, sa evāṅkuṣa āsañjanāyā 2 dvishato vasu datte, nir enam ebhyaḥ sarvebhyo lokebhyo nudate, ya evaṃ veda || 11 || 6 ||

1 Dyaur vai devatā shashṭham ahar vahati, trayastriṅṣaḥ stomo raivataṃ sāmātichandās chando. yathādevatam enena yathāstomaṃ yathāsāma yathāchandasaṃ rādhnoti ya evaṃ veda 2 yad vai samānodarkaṃ, tat shashṭhasyāhno rūpaṃ. yad dhy eva tṛitīyam ahas tad etat punar yat shashṭhaṃ. yad aṣvavad yad antavad yat punarāvṛittaṃ yat punarninṛittaṃ yad ratavad yat paryastavad yat trivad yad antarūpaṃ, yad uttame pade devatā nirucyate, yad asau loko 'bhyudito 3 yat pārucchepaṃ yat saptapadaṃ yan nārāṣaṅsaṃ yan nābhānedishṭhaṃ yad raivatanī yad atichandā yat kṛitaṃ yat tṛitīyasyāhno rūpaṃ: etāni vai shashṭhasyāhno rūpāṇy 4 ayaṃ jāyata manusho dharīmaṇīti shashṭhasyāhna ājyam bhavati pārucchepam atichandāḥ saptapadaṃ shashṭhe 'hani shashṭhasyāhno rūpaṃ 5 stīrṇam barhir upa no yāhi vītaya, ā vāṃ ratho niyutvān vakshad avase, sushumā yātam adribhir, yuvāṃ stomebhir devayanto aṣvinā, var mahn indra, vṛishann indrā, stu sranshaḷ, o shū ṇo agne sriṇuhi tvam īḷito, ye devāso divy ekādaṣa sthe, yam aduṇdād rabhasam ṛiṇacyutam iti praügam pārucchepam

atichandāḥ saptapadaṃ shashṭhe 'hani shashṭhasyāhno rūpaṃ 6 sa pūrvyo mahānām iti marutvatīyasya pratipad. anto vai mahad, antaḥ shashṭham ahaḥ shashṭhe 'hani shashṭhasyāhno rūpaṃ 7 traya indrasya somā, indra nedīya ed ihi, pra nūnam brahmaṇas patir, agnir netā, tvaṃ soma kratubhiḥ, pinvanty apo, nakiḥ sudāso ratham iti tritīyenāhnā samānaṃ ātānaḥ shashṭho 'hani shashṭhasyāhno rūpaṃ 8 yaṃ tvaṃ ratham indra medhasātaya iti sūktam pāruccbepam atichandāḥ saptapadaṃ shashṭhe 'hani shashṭhasyāhno rūpaṃ 9 sa yo vṛishā vṛishṇyebhiḥ samokā iti sūktaṃ samānodarkaṃ shashṭhe 'hani shashṭhasyāhno rūpam 10 indra marutva iha pāhi somam iti sūktaṃ, tebhiḥ sākam pibatu vṛitrakhāda ity: anto vai khādo, 'ntaḥ shashṭham ahaḥ shashṭhe 'hani shashṭhasyāhno rūpaṃ 11 tad u traishṭubhaṃ. tena pratishṭhitapadena savanaṃ dādhārāyatanād evaitena na pracyavate 12 'yaṃ ha yena vā idam iti paryāsaḥ, svar marutvatā jitam ity: anto vai jitam, antaḥ shashṭham ahaḥ shashṭhe 'hani shashṭhasyāhno rūpaṃ 13 tā n gāyatryo. gāyatryo vā etasya tryahasya madhyaṃdinaṃ vahanti. tad vai tac chando vahati yasmin nivid dhīyate. tasmād gāyatrīshu nividaṃ dadhāti 14 revatīr naḥ sadhamāde, revāṁ id revata stoteti raivatam pṛishṭham bhavati. bārhato 'hani shashṭhe 'hani shashṭhasyāhno rūpaṃ 15 yad vāvāneti dhāyyācyutā 16 tvām id dhi havāmahe iti bṛihato yonim anu nivartayati: bārhataṃ hy etad ahar āyatanene 17 ndram id devatātaya iti sāmapragātho nivṛittavān shashṭho 'hani shashṭhasyāhno rūpaṃ 18 tyam ū shu vājinaṃ devajūtam iti tārkshyo 'cyutaḥ || 12 || 7 ||

1 Endra yāhy upa naḥ parāvata iti sūktam pāruccbepam atichandāḥ saptapadaṃ shashṭhe 'hani shashṭha-

syāhno rūpam 2 pra ghā nv asya mahato mahānīti sūktaṃ samānodarkaṃ shashṭho 'hani shashṭhasyāhno rūpam 3 abhūr eko rayipate rayīṇām iti sūktaṃ, ratham ā tishṭha tuvinrimṇa bhīmam ity: anto vai sthitam, antaḥ shashṭham ahaḥ shashṭhe 'hani shashṭhasyāhno rūpaṃ 4 tad u traishṭubham. tena pratishṭhitapadena savanaṃ dādhārāyatanād evaitena na pracyavata 5 upa no haribhiḥ sutam iti paryāsaḥ samānodarkaḥ shashṭhe 'hani shashṭhasyāhno rūpaṃ 6 tā u gāyatryo. gāyatryo vā etasya tryahasya madhyaṃdinaṃ vahanti. tad vai tac chando vahati yasmin nivid dhīyate. tasmād gāyatrīshu nividaṃ dadhāty 7 abhi tyaṃ devaṃ savitāram oṇyor iti vaiṣvadevasya pratipad atichandāḥ shashṭhe 'hani shashṭhasyāhno rūpaṃ 8 tat savitur vareṇyaṃ, dosho āgād ity anucaro. 'nto vai gatam, antaḥ shashṭham ahaḥ shashṭhe 'hani shashṭhasyāhno rūpam 9 ud u shya devaḥ savitā savāyeti sāvitraṃ, ṣaṣvattamaṃ tadapā vahnir asthād ity: anto vai sthitam, antaḥ shashṭham ahaḥ shashṭhe 'hani shashṭhasyāhno rūpaṃ 10 katarā pūrvā katarāparāyor iti dyāvāpṛithivīyaṃ samānodarkaṃ shashṭhe 'hani shashṭhasyāhno rūpaṃ 11 kim u ṣreshṭhaḥ kiṃ yavishṭho na ājagann, upa no vājā adhvaram ṛibhukshā ity ārbhavaṃ nārāṣaṅsaṃ trivat shashṭhe 'hani shashṭhasyāhno rūpam 12 idam itthā raudraṃ gūrtavacā, ye yajñena dakshiṇayā samaktā iti vaiṣvadevam || 13 || 8 ||

1 Nābhānedishṭhaṃ ṣaṅsati 2 Nābhānedishṭhaṃ vai Mānavam brahmacaryaṃ vasantam bhrātaro nirabhajan. so 'bravīd etya: kim mahyam abhākteti. etam eva nishṭhāvam avavaditāram ity abruvaṅs. tasmād dhāpy etarhi pitaram putrā: nishṭhāvo 'vavaditety evācakshate 3 sa pitaram etyābravīt: tvāṃ ha vāva mahyaṃ tatābhākshur iti. tam pitā-

bravīn: mā putraka tad ādṛithā. Aṅgiraso vā ime svargāya lokāya satram āsate, te shashṭham-shashṭham evāhar āgatya muhyanti. tān ete sūkte shashṭhe 'hani śaṅsaya, teshām yat sahasram satrapariveshaṇam tat te svar yanto dāsyantīti. tatheti 4 tān upait: prati gṛibhṇīta mānavam sumedhasa iti. tam abruvan: kiṃkāmo vadasīti, idam eva vaḥ shashṭham ahaḥ prajñāpayānīty abravīd, atha yad va etat sahasraṃ satrapariveshaṇaṃ tan me svar yanto datteti. tatheti. tān ete sūkte shashṭhe 'hany aśaṅsayat, tato vai te pra yajñam ajānan pra svargaṃ lokaṃ 5 tad yad ete sūkte shashṭhe 'hani śaṅsati, yajñasya prajñātyai svargasya lokasyānukhyātyai 6 taṃ svar yanto 'bruvann: etat te brāhmaṇa sahasram iti. tad enaṃ samākurvāṇam purushaḥ kṛishṇaśavāsy uttarata upotthāyābravīn: mama vā idam, mama vai vāstuham iti. so 'bravīn: mahyaṃ vā idam adur iti. tam abravīt: tad vai nau tavaiva pitari praśna iti. sa pitaram ait, tam pitābravīn: nanu te putrakādū3r ity. adur eva ma, ity abravīt, tat tu me purushaḥ kṛishṇaśavāsy uttarata upodatishṭhan: mama vā idam, mama vai vāstuham ity āditeti. tam pitābravīt: tasyaiva putraka, tat-taṭ tu sa tubhyaṃ dāsyatīti. sa punar etyābravīt: tava ha vāva kila bhagava idam iti me pitāheti. so 'bravīt: tad ahaṃ tubhyam eva dadāmi ya eva satyam avādīr iti 7 tasmād evaṃ vidushā satyam eva vaditavyaṃ 8 sa esha sahasrasanir mantro yan nābhānedishṭha 9 upainaṃ sahasraṃ namati, pra shashṭhenāhnā svargaṃ lokaṃ jānāti ya evaṃ veda || 14 || ° ||

1 Tāny etāni sahacarāṇy ity ācakshate: nābhānedishṭhaṃ vālakhilyā vṛishākapim evayāmarutaṃ, tāni sahaiva śaṅsed 2 yad eshām antariyāt, tad yajamānasyāntariyād 3 yadi nābhānedishṭhaṃ reto 'syāntariyād, yadi vālakhilyāḥ prāṇān asyāntariyād, yadi vṛishākapim ātmānam asyānta-

riyād, yady evayāmarutam pratishṭhāyā enam cyāvayed daivyai ca mānushyai ca 4 nābhānedishṭhenaiva reto 'siñcat, tad vālakhilyābhir vyakarot, Sukīrtinā Kākshīvatena yonim vyahāpayad: uru yathā tava ṣarman mademe ti. tasmāj jyāyān san garbhaḥ kanīyāṅsam santam yonim na hinasti, brahmaṇā hi sa klipta. evayāmarutaitavai karoti, tenedam sarvam etavai kṛitam eti yad idam kimcā5 haṣ ca krishṇam ahar arjunam ca ety āgnimārutasya pratipad, ahaṣ cāhaṣ ceti punarāvṛittam punarninṛittam shashṭhe 'hani shashṭhasyāhno rūpam 6 madhvo vo nāma mārutam yajatrā iti mārutam bahvabhivyāhṛityam. anto vai bahv, antaḥ shashṭham ahaḥ shashṭhe 'hani shashṭhasyāhno rūpam 7 jātavedase sunavāma somam iti jātavedasyāeyatā 8 sa pratnathā sahasā jāyamāna iti jātavedasyam samānodarkam shashṭhe 'hani shashṭhasyāhno rūpam 9 dhārayan-dhārayann iti ṣaṅsati, prasraṅsād vā antasya bibhāya. tad yathā punarāgrantham punarnigrantham antam badhnīyān mayūkham vāntato dhāraṇāya aihanyāt, tādṛik tad yad dhārayan-dhārayann iti ṣaṅsati samtatyai 10 samtatais tryahair avyavachinnair yanti ya evam vidvāṅso yanti yanti || 15 || 10 ||

Iti pañcamapañcikāyām dvitīyo 'dhyāyaḥ.

Iti dvāviṅṣādhyāye daṣamaḥ khaṇḍaḥ.

1 Yad vā eti ca preti ca tat saptamasyāhno rūpam 2 yad dhy eva prathamam ahas tad evaitat punar yat saptamam 3 yad yuktavad yad rathavad yad āṣumad yat pibavad, yat prathame pade devatā nirucyate, yad ayam loko 'bhyudito 4 yaj jātavad yad aniruktam 5 yat karishyad yat prathamasyāhno rūpam: etāni vai saptamasyāhno rūpāṇi 6 samudrād ūrmir madhumāñ ud ārad iti saptamasyāhna ājyam bhavaty aniruktam saptame 'hani saptamasyāhno rūpam 7 vāg vai samudro. na vai vāk kshīyate, na samu-

draḥ kshīyate. tad yad etat saptamasyāhna ājyam bhavati, yajñād eva tad yajñaṃ tanvate, vācam eva tat punar upayanti saṃtatyai 8 saṃtatais tryahair avyavachinnair yanti ya evaṃ vidvāṅso yanty 9 āpyante vai stomā, āpyante chandāṅsi shashṭhe 'hani. tad yathaivāda ājyenāvadānāni punaḥ pratyabhighārayanty ayātayāmatāyā, evam evaitat stomāṅś ca chandāṅsi ca punaḥ pratyupayanty ayātayāmatāyai yad etat saptamasyāhna ājyam bhavati 10 tad u traishṭubham. trishṭupprātaḥsavana esha tryaha 11 ā vāyo bhūsha śucipā upa naḥ, pra yābhir yāsi dāśvāṅsam acb,ā no niyudbhiḥ śatinībhir adhvaram, pra sotā jīro adhvareshv asthād, ye vāyava indramādanāso, yā vāṃ śataṃ niyuto yāḥ sahasram, pra yad vām mitrāvaruṇā spūrdhann, ā gomatā nāsatyā rathena,ā no deva śavasā yāhi śushmin, pra vo yajñeshu devayanto arcan, pra kshodasā dhāyasā sasra eshcti praügam. eti ca preti ca saptame 'hani saptamasyāhno rūpaṃ. tad u traishṭubhaṃ. trishṭupprātaḥsavana esha tryaha 12 ā tvā rathaṃ yathotaya, idaṃ vaso sutam andha, indra nedīya ed ihi, praitu brahmaṇas patir, agnir netā, tvaṃ soma kratubhiḥ, pinvanty apaḥ, pra va indrāya bṛhata iti prathamenāhnā samāna ātānaḥ saptame 'hani saptamasyāhno rūpaṃ 13 kayā śubhā savayasaḥ sanīḷā iti sūktaṃ, na jāyamāno naśate na jāta iti jātavat saptame 'hani saptamasyāhno rūpaṃ 14 tad u kayāśubhīyam. etad vai saṃjñānaṃ saṃtani sūktaṃ yat kayāśubhīyam. etena ha vā Indro 'gastyo Marutas te samajānata.' tad yat kayāśubhīyaṃ śaṅsati, saṃjñātyā eva 15 tad v āyushyaṃ. tad yo 'sya priyaḥ syāt, kuryād evāsya kayāśubhīyaṃ 16 tad u traishṭubhaṃ. tena pratishṭhitapadena savanaṃ dādhārāyatanād evaitena na pracyavate 17 tyaṃ su mesham

mabayā svarvidam iti sūktam, atyaṃ na vājaṃ ha-
vanasyadaṃ ratham iti rathavat saptamc 'hani sapta-
masyāhno rūpaṃ 18 tad u jāgataṃ. jagatyo vā ctasya
tryahasya madhyaṃdinaṃ vahanti. tad vai tac chaudo
vahati yasmin nivid dhīyate. tasmāj jagatīshu nividaṃ da-
dhāti 19 mithunāni sūktāni sasyante traishṭubhāni ca jāga-
tāoi ca. mithonaṃ vai paṣavaḥ paṣavaṣ chaodomāḥ, paṣū-
nām avaruddhyai 20 tvām id dhi havāmahc, tvaṃ hy
ehi ccrava iti brihatprishṭhaṃ bhavati saptamc 'hani
21 yad cva shashṭhasyāhnas tad 22 yad vai rathaṃtaraṃ
tad vairōpaṃ yad brihat tad vairājaṃ, yad rathaṃtaraṃ
tac chākvaraṃ yad brihat tad raivataṃ 23 tad yad brihat-
prishṭhaṃ bhavati, brihataiva tad brihat pratyuttabhnuva-
uty astomakṛintatrāya 24 yad rathaṃtaraṃ syāt, kṛintatraṃ
syāt 25 tasmād brihad cva kartavyaṃ 26 yad vāvāncti
dhāyyācyotā 27 bhi tvā ṣūra nonnma iti rathaṃtarasya
yonim anu nivartayati. rāthaṃtaraṃ hy etad ahar āyata-
nena 28 pibā sutasya rasina iti sāmapragāthaḥ pihavāo
saptamc 'haoi saptamasyāhno rūpaṃ 29 tyam ū shu vā-
jinaṃ devajūtam iti tārkshyo 'cyutaḥ || 16 || 1 ||

1 Indrasya nu vīryāoi pra vocam iti sūktam.
preti saptamc 'hani saptamasyāhno rūpaṃ 2 tad u traishṭu-
bham. tena pratishṭhitapadena savanaṃ dādhārāyatanād
cvaitena na pracyavato 3 'bhi tyam mesham puruhū-
tam ṛigmiyam iti sūktam. yad vāva preti tad abhīti sa-
ptamo 'hani saptamasyāhno rūpaṃ 4 tad u jāgataṃ. jaga-
tyo vā ctasya tryahasya madhyaṃdinaṃ vahanti. tad vai
tac chaodo vahati yasmin nivid dhīyate. tasmāj jagatīshu
nividaṃ dadhāti 5 mithuoāni sūktāni sasyante trnishṭubhāoi
ca jāgatāni ca. mithuoaṃ vai paṣavaḥ paṣavaṣ chaudomāḥ,
paṣūoām avaruddhyai 6 tat savitur vṛiṇīmahc, 'dyā
no deva savitar iti vaiṣvadevasya pratipadaoucaran.

râthaṃtare 'hani saptame 'hani saptamasyâhno rûpam 7 abhi tvâ deva savitar iti sâvitram. yad vâva preti tad abhîti saptame 'hani saptamasyâhno rûpam 8 protâṃ yajñasya ṣambhuveti dyâvâpṛthivîyam. preti saptame 'hani saptamasyâhno rûpam 9 ayaṃ devâya janmana ity ârbhavaṃ jâtavat saptame 'hani saptamasyâhno rûpam 10 â yâhi vanasâ saheti dvipadâḥ ṣaṅsati. dvipâd vai purushaṣ catushpâdâḥ paṣavaḥ paṣavaṣ chandomâḥ, paṣûnâm avaruddhyai. tad yad dvipadâḥ ṣaṅsati, yajamânam eva tad dvipratishṭhaṃ catushpâtsu paṣushu pratishṭhâpayaty 11 aibhir agne duvo gira iti vaiṣvadevam. eti saptame 'hani saptamasyâhno rûpaṃ 12 tâny u gâyatrâṇi. gâyatratṛitîyasavana esha tryaho 13 vaiṣvânaro ajîjanad ity âgnimârutasya pratipaj. jâtavat saptame 'hani saptamasyâhno rûpam 14 pra yat vas trishṭubham isham iti mârutam. preti saptame 'hani saptamasyâhno rûpaṃ 15 jâtavedase sunavâma somam iti jâtavedasyâcyutâ 16 dûtaṃ vo viṣvavedasam iti jâtavedasyam aniruktaṃ saptame 'hani saptamasyâhno rûpaṃ 17 tâny u gâyatrâṇi. gâyatratṛitîyasavana esha tryahaḥ || 17 || 2 ||

1 Yad vai neti na preti yat sthitaṃ, tad ashṭamasyâhno rûpaṃ 2 yad dhy eva dvitîyam ahas tad evaitat punar yad ashṭamaṃ 3 yad ûrdhvavad yat prativad yad antarvad yad vṛishaṇvad yad vṛidhanvad, yan madhyame pade devatâ nirucyate, yad antariksham abhyuditaṃ 4 yad dvyagni yan mahadvad yad dvihûtavad yat punarvad yat kuvad 5 yad dvitîyasyâhno rûpam: etâni vâ ashṭamasyâhno rûpâṇy 6 agniṃ vo devam agnibhiḥ sajoshâ ity ashṭamasyâhna âjyam bhavati dvyagny ashṭame 'hany ashṭamasyâhno rûpaṃ 7 tad u traishṭubhaṃ. trishṭupprâtaḥsavana esha tryahaḥ 8 kuvid aṅga namasâ ye vṛidhâsaḥ, pîvoanuâṃ rayivṛidhaḥ sumedhâ, uchann ushasaḥ

sudinā ariprā, usantā dūtā na dabhāya gopā, yāvat taras tanvo yāvad ojaḥ, prati vāṃ sūra udite sūktair, dhenuḥ pratnasya kāmyaṃ duhānā, brahmā ṇa indropa yāhi vidvān, ūrdhvo agniḥ sumatiṃ vasvo aṣred, uta syā naḥ sarasvatī jushāṇeti praügam pratīvad antarvad dvihūtavad ūrdhvavad ashṭamo 'hany ashṭamasyāhno rūpaṃ 9 tad u traishṭubhaṃ. trishṭupprātaḥsavana esha tryaho 10 viṣvānarasya vas patim, indra it somapā eka, indra nedīya ed ihy, ut tishṭha brahmaṇas pate, 'gnir netā, tvaṃ soma kratubhiḥ, pinvanty apo, bṛihad indrāya gāyateti dvitīyenāhnā samāna ātāno 'shṭame 'hany ashṭamasyāhno rūpaṃ 11 ṣaṅsā mahām indraṃ yasmin viṣvā iti sūktam mahadvad ashṭame 'hany ashṭamasyāhno rūpam 12 mahaṣ cit tvam indra yata etān iti sūktam mahadvad ashṭame 'hany ashṭamasyāhno rūpam 13 pibā somam abhi yam ugra tarda iti sūktam, ūrvaṃ gavyam mahi gṛiṇāna indreti mahadvad ashṭame 'hany ashṭamasyāhno rūpam 14 mahāṅ indro nṛivad ā carshaṇiprā iti sūktam mahadvad ashṭame 'hany ashṭamasyāhno rūpaṃ 15 tad u traishṭubhaṃ. tena pratishṭhitapadena savanaṃ dādhārāyatanād evaitena na pracyavate 16 tam asya dyāvāpṛithivī sacetaseti sūktaṃ, yad ait kṛiṇvāno mahimānam indriyam iti mahadvad ashṭame 'hany ashṭamasyāhno rūpaṃ 17 tad u jāgataṃ. jagatyo vā etasya tryahasya madhyaṃdinaṃ vahanti. tad vai tac chaudo vahati yasmin nivid dhīyate. tasmāj jagatīshu nividaṃ dadhāti 18 mithunāni sūktāni ṣasyante traishṭubhāni ca jāgatāni ca. mithunaṃ vai paṣavaḥ paṣavaṣ chandomāḥ, paṣūnām avaruddhyai 19 mahadvanti sūktāni ṣasyante. mahad vā antariksham, antarikshasyāptyai 20 pañca sūktāni ṣasyante. pañcapadā paūktiḥ pāṅkto yajñaḥ pāṅktāḥ paṣavaḥ paṣavaṣ chandomāḥ, paṣūnām avaruddhyā 21 abhi tvā ṣūra nonumo, 'bhi tvā pūrvapītaya iti rathaṃtaram prishṭham bhavaty ashṭame 'hani 22 yad vāvāneti dhāyyācyutā 23 tvām id dhi havāmaha iti brihato yonim anu nivartayati. bārhatam hy etad ahar āyatanena 24 ubhayaṃ ṣriṇavac ca na iti sāmapragātho. yac cedam adya yad u ca hya āsīd iti bārhate 'hany ashṭame 'hany ashṭamasyāhno rūpam 25 tyam ū shu vājinaṃ devajūtam iti tārkshyo 'cyutaḥ || 18 || 3 ||

1 Apūrvyā purutamāny asmā iti sūktam, mahe vīrāya tavase turāyeti mahadvad ashṭame 'hany ashṭamasyāhno rūpam. tām su te kīrtim maghavan mahitveti sūktam mahadvad ashṭame 'hany ashṭamasyāhno rūpam. tvam mahāṅ indra yo ha ṣushmair iti sūktam mahadvad ashṭame 'hany ashṭamasyāhno rūpam. tvam mahāṅ indra tubhyaṃ ha kshā iti sūktam mahadvad ashṭame 'hany ashṭamasyāhno rūpam 2 tad u traishṭubham. tena pratishṭhitapadena savanaṃ dādhārāyatanād evaitena na pracyavante 3 divaṣ cid asya varimā vi papratha iti sūktam, indraṃ na mahneti mahadvad ashṭame 'hany ashṭamasyāhno rūpam 4 tad u jāgatam. jagatyo vā etasya tryahasya mādhyaṃdinam vahanti. tad vai tac chando vahati yasmin nivid dhīyate. tasmāj jagatīshu nividaṃ dadhāti 5 mithunāni sūktāni ṣasyante traishṭubhāni ca jāgatāni ca. mithunaṃ vai paṣavaḥ paṣavaṣ chandomāḥ, paṣūnām avaruddhyai 6 mahadvanti sūktāni ṣasyante. mahad vā antariksham, antarikshasyāptyai. pañca-pañca sūktāni ṣasyante. pañcapadā pāṅktiḥ pāṅkto yajñaḥ pāṅktāḥ paṣavaḥ paṣavaṣ chandomāḥ, paṣūnām avaruddhyai 7 tāni dvedhā, pañcānyāni pañcānyāni, daṣa sampadyante: sā daṣinī virāṭ. annaṃ virāḍ annaṃ paṣavaḥ paṣavaṣ chandomāḥ, paṣūnām avaruddhyai 8 viṣvo devasya netus, tat savitur

vareṇyam, ā viṣvadevam satpatim iti vaiṣvadevasya pratipadanucarau. bārhate 'hany ashṭame 'hany ashṭamasyāhno rūpam 9 hiraṇyapāṇim ūtaya iti sāvitram ūrdhvavad ashṭame 'hany ashṭamasyāhno rūpam 10 mahī dyauḥ pṛithivī ca na iti dyāvāpṛithivīyam mahadvad ashṭame 'hany ashṭamasyāhno rūpam 11 yuvānā pitarā punar ity ārbhavam punarvad ashṭame 'hany ashṭamasyāhno rūpam 12 imā nu kam bhuvanā sīshadhāmeti dvipadāḥ ṣaṅsati. dvipād vai purushaş catushpādāḥ paṣavaḥ paṣavaş chandomāḥ, paṣūnām avaruddhyai. tad yad dvipadāḥ ṣaṅsati, yajamānam eva tad dvipratishṭham catushpātsu paṣushu pratishṭhāpayati 13 devānām id avo mahad iti vaiṣvadevam mahadvad ashṭame 'hany ashṭamasyāhno rūpam 14 tāny u gāyatrāṇi. gāyatratṛitīyasavana esha tryaha 15 ṛitāvānam vaiṣvānaram ity āgnimārutasya pratipad, agnir vaiṣvānaro mahān iti mahadvad ashṭame 'hany ashṭamasyāhno rūpam 16 krīḷam vaḥ ṣardho mārutam iti mārutam, jambhe rasasya vāvṛidha iti vṛidhanvad ashṭame 'hany ashṭamasyāhno rūpam 17 jātavedase sunavāma somam iti jātavedasyācyutā 18 gne mṛiḷa mahāṅ asīti jātavedasyam mahadvad ashṭame 'hany ashṭamasyāhno rūpam 19 tāny u gāyatrāṇi. gāyatratṛitīyasavana esha tryaha esha tryahaḥ || 19 || 4 ||

Iti pañcamapañcikāyām tṛitīyo 'dhyāyaḥ.

Iti trayoviṅṣādhyāyo antarthaḥ khaṇḍaḥ.

1 Yad vai samānodarkam, tan navamasyāhno rūpam 2 yad dhy eva tṛitīyam ahas tad evaitat punar yan navamam 3 yad aşvavad yad antavad yat punarāvṛittam yat punarninṛittam yad ratavad yat paryastavad yat trivad yad antarūpam, yad uttame pade devatā nirucyate, yad asau loko 'bhyudito 4 yad ọ chucivad yat satyavad yat kshetivad yad gatavad yad okavad 5 yat kṛitam yat tṛitīyasyā-

hno rūpam: etāni vai navamasyāhno rūpāṇy 6 aganma mahā namasā yavishṭham iti navamasyāhnn ājyam bhavati gatavan navame 'hani navamasyāhno rūpaṃ 7 tad u traishṭubham. trishṭupprātaḥsavana esha tryahaḥ 8 pra vīrayā ṣucayo dadrire te, te satyena manasā dīdhyānā, divi kshayantā rajasaḥ prithivyām, ā viṣvavārāṣvinā gatam no, 'yaṃ soma indra tubhyaṃ sunva ā tu, pra brahmāṇo aṅgiraso nakshanta, sarasvatīṃ devayanto havanta, ā no divo brihataḥ parvatād ā, sarasvaty abhi no neshi vasya iti praügnm ṣucivat satyavat kshetivad gatavad okavan navamo 'hani navamasyāhno rūpaṃ 9 tad u traishṭubham. trishṭupprātaḥsavana esha tryahas 10 taṃ-tnm id rādhase mahe, traya indrasya somā, indra nedīya ed ihi, pra nūnam brahmaṇas patir, agnir netā, tvaṃ soma kratubhiḥ, pinvanty apo, nakiḥ sudāso ratham iti tritīyenāhnā samāna ātāno navame 'hani navamasyāhno rūpam 11 indraḥ svāhā pibatu yasya soma iti sūktam. anto vai svāhākāro, 'nto navamam ahar navame 'hani navamasyāhno rūpaṃ 12 gāyat sāma nabhanynṃ yathā ver iti sūktam, arcāma tad vāvridhānaṃ svarvad ity: anto vai svar, anto navamam ahar navame 'hani navamasyāhno rūpaṃ 13 tishṭhā harī ratha ā yujyamāneti sūktam. anto vai sthitam, anto navamam ahar navame 'hani navamasyāhno rūpam 14 imā u tvā purutamasya kāror iti sūktaṃ, dhiyo ratheshṭhām ity: anto vai sthitam, anto navamam ahar navame 'hani navamasyāhno rūpaṃ 15 tad u traishṭubhaṃ. tena pratishṭhitapadena savanaṃ dādhārāyatanād evaitena na pracyavate 16 pra mandino pitumad arcatā vaca iti sūktaṃ samānodarkaṃ navame 'hani navamasyāhno rūpaṃ 17 tad u jāgataṃ. jagatyo vā etasya tryahasya madhyaṃdinaṃ vahanti. tad vai tac chando vahati yasmin nivid dhīyate. tasmāj jagatīshu nividaṃ dadhāti 18 mithunāni sūktāni ṣasyante traishṭubhāni ca jāgatāni ca. mithunaṃ vai paṣavaḥ paṣavaṣ chandomāḥ, paṣūnām avaruddhyai 19 pañca sūktāni ṣasyante. pañcapadā paṅktiḥ pāṅkto yajñaḥ pāṅktāḥ paṣavaḥ paṣavaṣ chandomāḥ, paṣūnām avaruddhyai 20 tvām id dhi havāmahe, tvaṃ hy ehi cerava iti bṛihatpṛishṭham bhavati navame 'hani 21 yad vāvāneti dhāyyācyutābhi tvā ṣūra nonuma iti rathaṃtarasya yonim anu nivartayati. rāthaṃtaraṃ hy etad ahar āyatanenendra tridhātu ṣaraṇam iti sāmapragāthas trivān navame 'hani navamasyāhno rūpaṃ. tyam ū shu vājinaṃ devajūtam iti tārkshyo 'cyutaḥ || 20 || 1 ||

1 Saṃ ca tve jagmur gira indra pūrvīr iti sūktaṃ gatavan navame 'hani navamasyāhno rūpaṃ 2 kadā bhuvan rathakshayāṇi brahmeti sūktaṃ kshetivad antarūpaṃ. kshetīva vā antaṃ gatvā, navame 'hani navamasyāhno rūpam 3 ā satyo yātu maghavāñ ṛijīshīti sūktaṃ satyavan navame 'hani navamasyāhno rūpaṃ 4 tat ta indriyam paramam parācair iti sūktam. anto vai paramam, anto navamam ahar navame 'hani navamasyāhno rūpaṃ 5 tad u traishṭubhaṃ. tena pratishṭhitapadena savanaṃ dādhārāyatanād evaitena na pracyavate 6 'ham bhuvaṃ vasunaḥ pūrvyas patir iti sūktam, ahaṃ dhanāni saṃ jayāmi ṣaṣvata ity: anto vai jitam, anto navamam ahar navame 'hani navamasyāhno rūpaṃ 7 tad u jāgataṃ. jagatyo vā etasya tryahasya madhyaṃdinaṃ vahanti. tad vai tac chando vahati yasmin nivid dhīyate. tasmāj jagatīshu nividaṃ dadhāti 8 mithunāni sūktāni ṣasyante traishṭubhāni ca jāgatāni ca. mithunaṃ vai paṣavaḥ paṣavaṣ chandomāḥ, paṣūnām avaruddhyai. pañcapañca sūktāni ṣasyante. pañcapadā paṅktiḥ pāṅkto yajñaḥ

pāṅktāḥ paṣavaḥ paṣavaṣ chandomāḥ, paṣūnām avaruddhyai. tāni dvedhā, pañcānyāni pañcānyāni, daṣa sampadyante: sā daṣinī virāḷ. annaṃ virāḷ annam paṣavaḥ paṣavaṣ chandomāḥ, paṣūnām avaruddhyai 9 tat savitur vṛiṇīmahe, 'dyā no deva savitar iti vaiṣvadevasya pratipadanucarau. rāthaṃtare 'hani navame 'hani navamasyāhno rūpaṃ 10 dosho āgād iti sāvitram. anto vai gatam, anto navamam ahar navame 'hani navamasyāhno rūpam 11 pra vām mahi dyavī abhīti dyāvāpṛithivīyaṃ, ṣucī upa praṣastaya iti ṣucivan navame 'hani navamasyāhno rūpam 12 indra ishe dadātu nas, te no ratnāni dhattanety ārbhavaṃ, trir ā sāptāni sunvata iti trivan navame 'hani navamasyāhno rūpam 13 babhrur eko vishuṇaḥ sūnaro yuveti dvipadāḥ ṣaṅsati. dvipād vai purushaṣ catushpādāḥ paṣavaḥ paṣavaṣ chandomāḥ, paṣūnāṃ avaruddhyai. tad yad dvipadāḥ ṣaṅsati, yajamānam eva tad dvipratishṭhaṃ catushpātsu paṣushu pratishṭhāpayati 14 ye triṅṣati trayas para iti vaiṣvadevaṃ trivan navame 'hani navamasyāhno rūpaṃ 15 tāny u gāyatrāṇi. gāyatratṛitīyasavana esha tryaho 16 vaiṣvānaro na ūtaya ity āgnimārutasya pratipad, ā pra yātu parāvata ity: anto vai parāvato, 'nto navamam ahar navame 'hani navamasyāhno rūpam 17 maruto yasya hi kshaya iti mārutaṃ kshetivad antarūpaṃ. kshetīva vā antaṃ gatvā, navame 'hani navamasyāhno rūpaṃ 18 jātavedase sunavāma somam iti jātavedasyācyutā 19 prāgnaye vācam īrayeti jātavedasyaṃ samānodarkaṃ navame 'hani navamasyāhno rūpaṃ 20 sa naḥ parshad ati dvishaḥ sa naḥ parshad ati dvisha iti ṣaṅsati. bahu vā etasmin navarātre kiṃca-kiṃca vāraṇaṃ kriyate, ṣāntyā eva.. tad yat: sa naḥ parshad ati dvishaḥ sa naḥ parshad ati dvisha iti ṣaṅsati, sarvasmād evainā̃s tad enasaḥ pramuñcati 21 tāny u gāyatrāṇi. gāyatratṛitīyasavana esha tryahaḥ || 21 || 9 ||

1 Pṛishṭhyaṃ shaḷaham upayanti. yathā vai mukham evaṃ pṛishṭhyaḥ shaḷahas. tad yathāntaram mukhasya jihvā tālu dantā, evaṃ chandomā. atha yenaiva vācaṃ vyākaroti yena svādu cāsvādu ca vijānāti, tad daśamam ahar 2 yathā vai nāsike evaṃ pṛishṭhyaḥ shaḷahas. tad yathāntaraṃ nāsikayor, evaṃ chandomā. atha yenaiva gandhān vijānāti, tad daśamam ahar 3 yathā vā akshy evam pṛishṭhyaḥ shaḷahas. tad yathāntaram akshṇaḥ kṛishṇam, evaṃ chandomā. atha yaiva kanīnikā yena paśyati, tad daśamam ahar 4 yathā vai karṇa evaṃ pṛishṭhyaḥ shaḷahas. tad yathāntataṃ karṇasyaivaṃ chandomā. atha yenaiva śṛiṇoti, tad daśamam ahaḥ 5 śrīr vai daśamam ahaḥ, śriyaṃ vā eta 'āgachanti ye daśamam ahar āgachanti. tasmād daśamam ahar avivākyam bhavati: mā śriyo 'vavādishmeti, duravavadaṃ hi śreyasas 6 te tataḥ sarpanti 7 te mārjayante 8 te patnīśālāṃ samprapadyante 9 teshāṃ ya etām āhutiṃ vidyāt, sa brūyāt: samanvārabhadhvam iti. sa juhuyād 10 iha rameha ramadhvam, iha dhṛitir iha svadhṛitir, Agne vāṭ, svāhā vāḷ iti 11 sa yad iha ramety āhāsminn evainān̄s tal loke ramayatīha ramadhvam iti yad āha, prajām evaishu tad ramayatīha dhṛitir iha svadhṛitir iti yad āha, prajāṃ caiva tad vācaṃ ca yajamāneshu dadhāty. Agne vāḷ iti rathaṃtaraṃ, svāhā vāḷ iti bṛihad 12 devānāṃ vā etan mithunaṃ yad bṛihadrathaṃtare, devānām eva tan mithunena 'mithunam avarundhate, devānām mithunena mithunam prajāyante prajātyai 13 prajāyate prajayā paśubhir ya evaṃ veda 14 te tataḥ sarpanti, te mārjayante, ta āgnīdhraṃ samprapadyante. teshāṃ ya etām āhutiṃ vidyāt, sa brūyāt: samanvārabhadhvam iti. sa juhuyād 15 upasṛijan

dharuṇam mātaraṃ dharuṇo dhayanu | rāyas posham isham ūrjam asmāsu dīdharat svāheti 16 rāyas posham isham ūrjam avarunddha ātmane ca yajamānebhyaș ca yatraivaṃ vidvān etāṃ āhutiṃ juhoti || 22 || 3 ||

1 Te tataḥ sarpanti, te sadaḥ samprapadyante. yathāyathaṃ anya ṛitvijo vyutsarpanti, saṃsarpanty udgātāras, te Sarparājñyā ṛikshu stuvata 2 iyaṃ vai Sarparājñīyaṃ hi sarpato rājñīyaṃ vā alomikevāgra āsīt. saitaṃ mantram apaşyad: āyaṃ gauḥ pṛiṣnir akramīd iti. tāṃ ayam pṛiṣnir varṇa āviṣan nānārūpo, yaṃ-yaṃ kāmam akāmayata yad idaṃ kiṃcaushadhayo vanaspatayaḥ sarvāṇi rūpāṇi 3 pṛiṣnir enaṃ varṇa āviṣati nānārūpo, yaṃ-yaṃ kāmaṃ kāmayate ya evaṃ veda 4 manasā prastauti manasodgāyati manasā pratiharati, vācā șaṅsati 5 vāk ca vai manaș ca devānāṃ mithunaṃ. devānām eva tan mithunena mithunam avarundhate, devānāṃ mithunena mithunam prajāyante prajātyai. prajāyate prajayā paşubhir ya evaṃ vedā 6 tha caturhotṛīn hotā vyācashṭe, tad eva tat stutam anuşaṅsati 7 devānāṃ vā etad yajñiyaṃ guhyaṃ nāma yac caturhotāras. tad yac caturhotṛīn hotā vyācashṭe, devānām eva tad yajñiyaṃ guhyaṃ nāma prakāșaṃ gamayati, tad enam prakāșaṃ gataṃ prakāșaṃ gamayati. 8 gachati prakāșaṃ ya evaṃ veda 9 yaṃ brāhmaṇaṃ anūcānaṃ yașo narched, iti ha smāhāraṇyam paretya darbhastambān udgrathya dakshiṇato brahmāṇam upaveșya caturhotṛīn vyācakshīta 10 devānāṃ vā etad yajñiyaṃ guhyaṃ nāma yac caturhotāras. tad yac caturhotṛīn vyācakshīta, devānām eva tad yajñiyaṃ guhyaṃ nāma prakāșaṃ gamayati, tad enam prakāșaṃ gataṃ prakāșaṃ gamayati. gachati prakāșaṃ ya evaṃ veda || 23 || 4 ||

1 Athaudumbarīṃ samanvārabhanta 2 isham ūrjam

anvārabha ity 3 ūrg vā annādyam udumbaro 4 yad vai tad devā isham ūrjam vyabhajanta, tata udumbaraḥ samabhavat. tasmāt sa triḥ saṃvatsarasya pacyate 5 tad yad audumbarīṃ samanvārabhanta, isham eva tad ūrjam annādyaṃ samanvārabhante 6 vācaṃ yachanti. vāg vai yajño, yajñam eva tad yachanty 7 ahar niyachanty. ahar vai svargo lokaḥ, svargam eva tal lokaṃ niyachanti 8 na divā vācaṃ visṛjeran. yad divā vācaṃ visṛjerann, ahar bhrātrivyāya pariṣiṅshyur 9 na naktaṃ vācaṃ visṛjeran. yan naktaṃ vācaṃ visṛjeran, rātrīm bhrātṛivyāya pariṣiṅshyuḥ 10 samayāvishitaḥ sūryaḥ syād, atha vācaṃ visṛjerañs. tāvantam 'eva tad dvishate lokam pariṣiṅshanty 11 atho khalv astamita eva vācaṃ visṛjerañs, tamobhājam eva tad dvishantam bhrātṛivyaṃ kurvanty 12 āhavanīyam parītya vācaṃ visṛjeran. yajño vā āhavanīyaḥ svargo loka āhavanīyo, yajñenaiva tat svargeṇa lokena svargaṃ lokaṃ yanti 13 yad ihonam akarma yad atyarīricāma | Prajāpatiṃ tat pitaram 'apyetv iti vācaṃ visṛjante 14 Prajāpatiṃ vai prajā anuprajāyante, Prajāpatir ūnātiriktayoḥ pratishṭhā, nainān ūnaṃ nātiriktaṃ hinasti 15 Prajāpatim evonātiriktāny abhyatyurjanti ya evaṃ vidvāñsa etena vācaṃ visṛjante 16 tasmād evaṃ vidvāñsa etenaiva vācaṃ visṛjeran || 24 || 5 ||

1 Adhvaryo ity āhvayate caturhotṛishu vadishyamāṇas, tad āhāvasya rūpam 2 om hotas tathā hotar ity adhvaryuḥ pratigṛiṇāty avasite-'vasite daśasu padeshu 3 teshām cittiḥ srug āsī3t | 4 cittam ājyam āsī3t | 5 vāg vedir āsī3t | 6 ādhītam barhir āsī3t | 7 keto Agnir āsī3t | 8 vijñātam agnīd āsī3t | 9 prāṇo havir āsī3t | 10 sāmādhvaryur āsī3t | 11 Vācaspatir hotāsī3t | 12 mana upavaktāsī3t | 13 te vā etaṃ graham agṛihṇata: Vācaspate vidhe nāman | vidhema te nāma | vidhes tvam asmākaṃ nāmnā dyāṃ

gacha | yāṃ devāḥ prajāpatigṛihapataya ṛiddhim arādhnuvaṅs tāṃ ṛiddhiṃ rātsyāmo 14 'tha Prajāpates tanūr anudravati brahmodyaṃ cā15nnādā cānnapatnī cānnādā tad Agnir, annapatnī tad Ādityo 16 bhadrā ca kalyāṇī ca. bhadrā tat Somaḥ, kalyāṇī tat paṣavo 17 'nilayā cāpabhayā cānilayā tad Vāyur, na hy esha kadā canelayaty. apabhayā tan mṛityuḥ, sarvaṃ hy etasmād bībhāyā 18 nāptā cānāpyā cānāptā tat pṛithivy, anāpyā tad dyaur 19 anādhṛishyā cāpratidhṛishyā cānādhṛishyā tad Agnir, apratidhṛishyā tad Ādityo 20 'pūrvā cābhrātṛivyā cāpūrvā tan mano, 'bhrātṛivyā tat saṃvatsara 21 etā vāva dvādaṣa Prajāpates tanva, esha kṛitsnaḥ Prajāpatis. tat kṛitsnam Prajāpatim āpnoti daṣamam ahar 22 atha brahmodyaṃ vadanty. Agnir gṛihapatir iti haika āhuḥ, so 'sya lokasya gṛihapatir. Vāyur gṛihapatir iti haika āhuḥ, so 'ntarikshalokasya gṛihapatir. asau vai gṛihapatir yo 'sau tapaty. esha patir, ṛitavo gṛihā. yeshāṃ vai gṛihapatiṃ devaṃ vidvān gṛihapatir bhavati, rādhnoti sa gṛihapatī, rādhnuvanti te yajamānā. yeshāṃ vā apahatapāpmānaṃ devaṃ vidvān gṛihapatir bhavaty, apa sa gṛihapatiḥ pāpmānaṃ hate, 'pa te yajamānāḥ pāpmānaṃ ghnate. 'dhvaryo arātsmārātsma || 25 || 6 ||

Iti pañcamapañcikāyāṃ caturtho 'dhyāyaḥ.

Iti caturviṅṣādhyāye shashṭhaḥ khaṇḍaḥ.

1 Uddharāhavanīyam ity aparāhṇa āha. yad evāhnā sādhu karoti, tad eva tat prāñ uddhṛitya tadabhaye nidhatta 2 uddharāhavanīyam iti prātar āha. yad eva rātryā sādhu karoti, tad eva tat prāñ uddhṛitya tadabhaye nidhatte 3 yajño vā āhavanīyaḥ, svargo loka āhavanīyo 4 yajña eva tat svarge loke svargaṃ lokaṃ nidhatte ya evaṃ veda 5 yo vā agnihotraṃ vaiṣvadevaṃ shoḷaṣakalaṃ paṣu-

shu pratishṭhitaṃ veda, vaiṣvadevenāgnihotreṇa shoḷaṣakalena paṣushu pratishṭhitena rādhnoti 6 raudraṃ gavi sad, vāyavyam upāvasṛishṭam, āṣvinaṃ duhyamānaṃ, saumyaṃ dugdhaṃ, vāruṇam adhiṣritam, paushṇaṃ samudantam, mārutaṃ vishyandamānaṃ, vaiṣvadevam binduman, maitraṃ ṣarogṛihītaṃ, dyāvāpṛithivīyam udvāsitaṃ, sāvitram prakrāntaṃ, vaishṇavaṃ hriyamāṇam, bārhaspatyam upasannam, Agneḥ pūrvāhutiḥ, Prajāpater uttarāhutiṃ hutam 7 etad vā agnihotraṃ vaiṣvadevaṃ shoḷaṣakalam paṣushu pratishṭhitaṃ 8 vaiṣvadevenāgnihotreṇa shoḷaṣakalena paṣushu pratishṭhitena rādhnoti ya evaṃ veda ‖ 26 ‖ 1 ‖

1 Yasyāgnihotry upāvasṛishṭā duhyamānopaviṣet, kā tatra prāyaṣcittir iti. tām abhimantrayeta 2 yasmād bhīshā nishīdasi tato no abhayaṃ kṛidhi | paṣūn naḥ sarvān gopāya namo rudrāya mīḷhusha iti 3 tām utthāpayed 4 ud asthād devy aditir āyur yajñapatāv adhāt | indrāya kṛiṇvatī bhāgam mitrāya varuṇāya cety 5 athāsyā udapātram ūdhasi ca mukhe copagṛihṇīyād, athainām brāhmaṇāya dadyāt. sā tatra prāyaṣcittir 6 yasyāgnihotry upāvasṛishṭā duhyamānā vāṣyeta, kā tatra prāyaṣcittir ity. aṣanāyāṃ ha vā eshā yajamānasya pratikhyāya vāṣyate. tām annam apy ādayec chāntyai, ṣāntir vā annaṃ. sūyavasād bhagavatī hi bhūyā iti. sā tatra prāyaṣcittir 7 yasyāgnihotry upāvasṛishṭā duhyamānā syandeta, kā tatra prāyaṣcittir iti. sā yat tatra skandayet, tad abhimṛiṣya japed 8 yad adya dugdham pṛithivīm asṛipta yad oshadhīr atyasṛipad yad āpaḥ | payo gṛiheshu payo aghnyāyām payo vatseshu payo astu tan mayīti. 9 tatra yat pariṣishṭaṃ syāt, tena juhuyād yad alaṃ homāya syād 10 yady u vai sarvaṃ siktaṃ syād, athānyām āhūya

tāṃ dugdhvā tena juhuyād, ā tv eva śraddhāyai hotavyam. sā tatra prāyaścittiḥ 11 sarvaṃ vā asya barhishyaṃ sarvam parigṛihītaṃ ya evaṃ vidvān agnihotraṃ juhoti || 27 || 2 ||

1 Asau vā asyādityo yūpaḥ, pṛithivī vedir, oshadhayo barhir, vanaspataya idhmā, āpaḥ prokshaṇyo, diśaḥ paridhayo 2 yad dha vā asya kiṃca naśyati yan mriyate yad apājanti, sarvaṃ haivainaṃ tad amushmiṅl loke yathā barhishi dattam āgached evam āgachati ya evaṃ vidvān agnihotraṃ juhoty 3 ubhayān vā esha devamanushyān viparyāsaṃ dakshiṇā nayati sarvaṃ cedaṃ yad idaṃ kiṃca 4 manushyān vā esha sāyamāhutyā devebhyo dakshiṇā nayati sarvaṃ cedaṃ yad idaṃ kiṃca. ta ete pralīnā nyokasa iva śere manushyā devebhyo dakshiṇā nītā 5 devān vā esha prātarāhutyā manushyebhyo dakshiṇā nayati sarvaṃ cedaṃ yad idaṃ kiṃca. ta ete vividānā ivotpatanty: ado 'haṃ karishye, 'do haṃ gamishyāmīti vadanto 6 yāvantaṃ ha vai sarvam idaṃ dattvā lokaṃ jayati, tāvantaṃ ha lokaṃ jayati ya evaṃ vidvān agnihotraṃ juhoty 7 Agnaye vā esha sāyamāhutyāśvinam upākaroti, tad vāk pratigṛiṇāti: vāg-vāg ity 8 Agninā hāsya rātryāśvinaṃ śastam bhavati ya evaṃ vidvān agnihotraṃ juhoty 9 Ādityāya vā esha prātarāhutyā mahāvratam upākaroti, tat prāṇaḥ pratigṛiṇāty: annam-annam ity. Ādityena hāsyāhnā mahāvrataṃ śastam bhavati ya evaṃ vidvān agnihotraṃ juhoti 10 tasya vā etasyāgnihotrasya sapta ca śatāni viṅśatiś ca saṃvatsare sāyamāhutayaḥ, sapta co eva śatāni viṅśatiś ca saṃvatsare prātarāhutayas. tāvatyo 'gner yajushmatya ishṭakāḥ 11 saṃvatsareṇa hāsyāgninā cityeneshṭam bhavati ya evaṃ vidvān agnihotraṃ juhoti || 28 || 3 ||

1 Vṛishaśushmo ha Vātāvata uvāca Jātūkarṇyo: vaktāsmo vā idaṃ devebhyo, yad vai tad agnihotraṃ ubhaye-

dyur abhûyatânyedor vâva tad etarhi hûyata ity 2 etad u haivovâca kumârî gandharvagrihîtâ: vaktâ smo vâ idam pitribhyo, yad vai tad agnihotram ubhayedyur abhûyatânyedur vâva tad etarhi hûyata ity 3 etad vâ agnihotram anyedyur hûyate, yad astamite sâyam juhoty anudite prâtar. athaitad agnihotram ubhayedyur hûyate, yad astamite sâyam juhoty udite prâtas 4 tasmâd udite hotavyam 5 caturvinse ha vai samvatsare 'nuditahomî gâyatrîlokam âpnoti dvâdaśa uditahomî. sa yadâ dvau samvatsarâv anudite juhoty atha hâsyaiko hoto bhavaty, atha ya udite juhoti samvatsareṇaiva samvatsaram âpnoti ya evam vidvân udite juhoti. tasmâd udite hotavyam 6 esha ha vâ ahorâtrayos tejasi juhoti yo 'stamite sâyam juhoty udite prâtar. Agninâ vai tejasâ râtris tejasvaty, Âdityena tejasâhas tejasvad 7 ahorâtrayor hâsya tejasi hutam bhavati ya evam vidvân udite juhoti 8 tasmâd udite hotavyam || 29 || 4 ||

1 Ete ha vai samvatsarasya cakre yad ahorâtre, tâbhyâm eva tat samvatsaram eti. sa yo 'nudite juhoti, yathaikataścakreṇa yâyât tâdrik tad. atha ya udite juhoti, yathobhayataścakreṇa yâu kshipram adhvânam samaśnuvîta tâdrik tat 2 tad eshâbhi yajñagâthâ gîyate 3

bribadrathamtarâbhyâm idam eti yuktam
yad bhûtam bhavishyac câpi sarvam |
tâbhyâm iyâd agnîn âdhâya dhîro
divaivânyaj juhuyân naktam anyad

iti 4 râthamtarî vai râtry, ahar bârhatam. Agnir vai rathamtaram Âdityo brihad, ete ha vâ enam devate bradhnasya vishṭapam svargam lokam gamayato ya evam vidvân udite juhoti. tasmâd udite hotavyam 5 tad eshâbhi yajñagâthâ gîyate 6

yathâ ha vâ sthûriṇaikena yâyâd
akritvânyad upayojanâya |

evaṃ yanti te bahavo janāsaḥ
purodayāj juhvati ye 'gnihotram

iti 7 tāṃ vā etāṃ devatām prayatīṃ sarvam idam anupraiti yad idaṃ kiṃcaitasyai hīdaṃ devatāyā anucaraṃ sarvaṃ yad idaṃ kiṃca, saishānucaravatī devatā 8 vindate ha vā anucaram, bhavaty asyānucaro ya evaṃ veda 9 sa vā esha ekātithiḥ, sa esha juhvatsu vasati 10 tad ycd ado gāthā bhavaty 11

anenasam enasā so 'bhiṣastād
enasvato vāpaharād enaḥ |
ekātithim upa sāyaṃ ruṇaddhi
bisāni steno apa so jahārety

12 esha ha vai sa ekātithiḥ, sa esha juhvatsu vasaty. etāṃ vāva sa devatām aparuṇaddhi, yo 'lam agnihotrāya san nāgnihotraṃ juhoti. tam eshā devatāparuddhāparuṇaddhy asmāc ca lokād amushmāc cobhābhyāṃ, yo 'lam agnihotrāya san nāgnihotraṃ juhoti 13 tasmād yo 'lam agnihotrāya syāj juhuyāt 14 tasmād āhur: na sāyam atithir aparudhya ity 15 etad dha sma vai tad vidvān Nagarī Jānaśruteya uditahominam Aikādaśākshaṃ Mānutantavyam uvāca: prajāyām enaṃ vijñātā smo yadi vidvān vā juhoty avidvān veti. tasyo haikādaśākshe rāshṭram iva prajā babhūva. rāshṭram iva ha vā asya prajā bhavati ya evaṃ vidvān udite juhoti. tasmād udite hotavyam || 30 || 5 ||

1 Udyann u khalu vā Āditya āhavanīyena raśmīn saṃdadhāti. sa yo 'nudite juhoti, yathā kumārāya vā vatsāya vājātāya stanam pratidadhyāt tādṛk tad. atha ya udite juhoti, yathā kumārāya vā vatsāya vā jātāya stanam pratidadhyāt tādṛk tat. tam asmai pratidhīyamānam ubhayor lokayor annādyam anu pratidhīyate 'smāc ca lokād amushmāc cobhābhyāṃ 2 sa yo 'nudite juhoti, yathā purushāya vā hastine vāprayate hasta ādadhyāt tādṛk tad.

atha ya udite juhoti, yathā purushāya vā hastine vā prayate basta ādadhyāt tādṛik tat. tam esha etenaiva hastenordhvaṃ hṛitvā svarge loka ādadhāti ya evaṃ vidvān udite juhoti. tasmād udite hotavyam 3 udyann u khalu vā Ādityaḥ sarvāṇi bhūtāni praṇayati, tasmād enam prāṇa ity ācakshate. prāṇe hāsya samprati hutam bhavati ya evaṃ vidvān udite juhoti. tasmād udite hotavyam 4 esha ha vai satyaṃ vadan satye juhoti, yo 'stamite sāyaṃ juhoty udite prātar. bhūr bhuvaḥ svar o3m Agnir jyotir jyotir Agnir iti sāyaṃ juhoti, bhūr bhuvaḥ svar o3ṃ Sūryo jyotir jyotiḥ Sūrya iti prātaḥ. satyaṃ hāsya vadataḥ satye hutam bhavati ya evaṃ vidvān udite juhoti. tasmād udite hotavyaṃ 5 tad eshābhi yajñagāthā gīyate 6

prātaḥ-prātar anṛitaṃ te vadanti
purodayāj juhvati ye 'gnihotram |
divā kīrtyam adivā kīrtayantaḥ
Sūryo jyotir na tadā jyotir eshām

iti || 31 || 6 ||

1 Prajāpatir akāmayata: prajāyeya bhūyān syām iti. sa tapo 'tapyata, sa tapas taptvemāṁl lokān asṛijata: pṛithivīm antariksham divam. tāṁl lokān abhyatapat, tebhyo 'bhitaptebhyas trīṇi jyotīṅshy ajāyantāgnir eva pṛithivyā ajāyata, Vāyur antarikshād, Ādityo divas. tāni jyotīṅshy abhyatapat, tebhyo 'bhitaptebhyas trayo vedā ajāyanta: ṛigveda evāgner ajāyata, yajurvedo Vāyoḥ, sāmaveda Ādityāt. tān vedān abhyatapat, tebhyo 'bhitaptebhyas trīṇi śukrāṇy ajāyanta: bhūr ity eva ṛigvedād ajāyata, bhuva iti yajurvedāt, svar iti sāmavedāt 2 tāni śukrāṇy abhyatapat, tebhyo 'bhitaptebhyas trayo varṇā ajāyantākāra ukāro makāra iti. tān ekadhā samabharat, tad etad o3m iti. tasmād om-om iti praṇauty. om iti vai svargo loka, om ity asau yo 'sau tapati 3 sa Prajāpatir yajñam atanuta, tam

ābarat, tenāyajata. sa ṛicaiva hautram akarod, yajushādhvaryavaṃ, sāmnodgīthaṃ. yad etat trayyai vidyāyai ṣukraṃ, tena brahmatvam akarot 4 sa Prajāpatir yajñaṃ devebhyaḥ saṃprāyachat, te devā yajñam atanvata, tam āharanta, tenāyajanta. ta ṛicaiva hautram akurvan, yajushādhvaryavaṃ, sāmnodgīthaṃ. yad evaitat trayyai vidyāyai ṣukraṃ, tena brahmatvam akurvaṅs 5 te devā abruvau Prajāpatiṃ: yadi no yajña ṛikta ārtiḥ syād yadi yajushṭo yadi sāmato yady avijñātā sarvavyāpad vā, kā prāyaṣcittir iti. sa Prajāpatir abravīd devān: yadi vo yajña ṛikta ārtir bhavati, bhūr iti gārhapatye juhavātha; yadi yajushṭo, bhuva ity āgnīdhrīye 'nvāhāryapacane vā haviryajñesbu; yadi sāmataḥ, svar ity āhavanīye; yady avijñātā sarvavyāpad vā, bhūr bhuvaḥ svar iti sarvā anudrutyāhavanīya eva juhavāthety 6 etāni ha vai vedānām antaḥṣleshaṇāni yad etā vyāhṛitayas. tad yathātmanātmānaṃ saṃdadhyād, yathā parvaṇā parva yathā ṣleshmaṇā carmaṇyaṃ vānyad vā viṣlishṭaṃ saṃṣleshayed: evam evaitābhir yajñasya viṣlishṭaṃ saṃdadhāti. saishā sarvaprāyaṣcittir yad etā vyāhṛitayas, tasmād eshaiva yajñe prāyaṣcittiḥ kartavyā ‖ 32 ‖ 7 ‖

1 Tad āhur mahāvadā3ḥ | yad ṛicaiva hautraṃ kriyate yajushādhvaryavaṃ sāmnodgīthaṃ, vyārabdhā trayī vidyā bhavaty: atha kena brahmatvaṃ kriyata iti. trayyā vidyayeti brūyād 2 ayaṃ vai yajño yo 'yam pavate. tasya vāk ca manaṣ ca vartanyau, vācā ca hi manasā ca yajño vartata. iyaṃ vai vāg ado manas, tad vācā trayyā vidyayaikam paksham saṃskurvanti, manasaiva brahmā saṃskaroti 3 te haike brahmāṇa upākṛite prātaranuvāke stomabhāgān japitvā bhāshamāṇā upāsate. tad dhaitad uvāca brāhmaṇa upākṛite prātaranuvāke brahmāṇam bhāshamāṇam dṛishṭvārdham asya yajñasyāntaragur iti. tad yathai-

kapāt purusho yann ekataṣcakro vā ratho vartamāno bhresham nyety, evam eva sa yajño bhresham nyeti, yajñasya bhresham anu yajamāno bhresham nyeti 4 tasmād brahmopākṛite prātaranuvāke vācamyamaḥ syād opāṅṣvantaryāmayor homād, upākṛiteshu pavamāneshv odṛico. 'tha yāni stotrāṇi saṣastrāṇy, ā teshāṃ vashaṭkārād vācaṃyama eva syāt. tad yathobhayataḥpāt purusho yann ubhayataṣcakro vā ratho vartamāno na rishyaty, evam eva sa yajño na rishyati, yajñasyārishṭim anu yajamāno na rishyati || 33 || 8 ||

1 Tad āhur: yad grahān me 'grahīt prācārīn ma āhutīr me 'haushīd ity adhvaryave dakshiṇā nīyanta, udagāsīn ma ity udgātre, 'avavocan me 'ṣaṅsīn me 'yākshīn ma iti hotre: kiṃ svid eva cakrushe brahmaṇe dakshiṇā nīyante, 'kṛitvābo svid eva haratā iti 2 yajñasya haisha bhishag yad brahmā, yajñāyaiva tad bheshajaṃ kṛitvā haraty 3 atho yad bhūyishṭhenaiva brahmaṇā chandasāṃ rasenārtvijyaṃ karoti yad brahmā, tasmād brahmā,rdhabhāg gha vā esha itareshām ṛitvijām agra āsa yad brahmā,rdham eva brahmaṇa āsārdham itareshām ṛitvijāṃ 4 tasmād yadi yajña ṛikta ārtiḥ syād yadi yajushṭo yadi sāmato yady avijñātā sarvavyāpad vā, brahmaṇa eva nivedayante. tasmād yadi yajña ṛikta ārtir bhavati, bhūr iti brahmā gārhapatye juhuyād; yadi yajushṭo, bhuva ity āgnīdhrīye 'nvāhāryapacane vā haviryajñeshu; yadi sāmataḥ, svar ity āhavanīye; yady avijñātā sarvavyāpad vā, bhūr bhuvaḥ svar iti sarvā anudrutyāhavanīya eva juhuyāt 5 sa prastotopākṛite stotra āha: brahman stoshyāmaḥ praṣāstar iti. sa bhūr iti brahmā prātaḥsavane brūyād, indravantaḥ studhvam iti; bhuva iti mādhyaṃdine savane brūyād, indravantaḥ studhvam iti; svar iti tṛitīyasavane brūyād, indravantaḥ studhvam iti; bhūr bhuvaḥ svar ity ukthe vātirātre vā brūyād, indravantaḥ

studhvam iti 6 sa yad āhendravantaḥ studhvam ity, aindro vai yajña, Indro yajñasya devatā. seudram eva tad udgītham karotīndrān mā gād, indravantaḥ studhvam ity evaināṅs tad āha tad āha ‖ 34 ‖ o ‖

Iti pañcamapañcikāyām pañcamo 'dhyāyaḥ.

Iti pañcaviṅśādhyāyo navamaḥ khaṇḍaḥ.

1 Devā ha vai sarvacaraṇ satram nishedus, te ha pāpmānam nāpajaghnire. tān hovācārbudaḥ Kādraveyaḥ sarpaṛishir mantrakṛid: ekā vai vo hotrākṛitā, tām vo 'ham karavāṇy, atha pāpmānam apahanishyadhva iti. te ha tathety ūcus. teshām ha sma sa madhyaṃdine-madhyaṃdina evopodāsarpad, grāvṇo 'bhishṭauti 2 tasmān madhyaṃdine-madhyaṃdina eva grāvṇo 'bhishṭuvanti tadanukṛiti 3 sa ha sma yenopodāsarpat, tad dhāpy etarhy Arbudodāsarpaṇī nāma prapad asti 4 tān ha rājā madayāṃ cakāra, te hocur: āṣīvisho vai no rājānam avekshate, hantāsyoshṇīshe-ṇākshyāv apinahyāmeti. tatheti. tasya hoshṇīsheṇākshyāv apinahyus, tasmād ushṇīsham eva paryasya grāvṇo 'bhishṭuvanti tadanukṛiti 5 tān ha rājā madayām eva cakāra, te hocuḥ: svena vai no mantreṇa grāvṇo 'bhishṭautīti, hantāsyānyābhir ṛigbhir mantram āpṛiṇacāmeti. tatheti. tasya hānyābhir ṛigbhir mantram āpapṛicus, tato hainān na madayāṃ cakāra. tad yad asyānyābhir ṛigbhir mantram āpṛiñcanti, ṣāntyā eva 6 te ha pāpmānam apajaghnire. teshām anv apahatim sarpāḥ pāpmānam apajaghnire, ta ete 'pahatapāpmāno hitvā pūrvām jīrṇām tvacam navayaiva prayanty. 7 apa pāpmānam hate ya evam veda || 1 || ¹ ||

1 Tad āhuḥ: kiyatībhir abhishṭuyād iti. ṣateneti āhuḥ. ṣatāyur vai purushaḥ ṣatavīryaḥ ṣatendriya, āyushy evainam tad vīrya indriye dadhāti 2 trayastriṅṣatyā vety āhus. trayastriṅṣato vai sa devānām pāpmano 'pāhaṅs, trayastriṅṣad vai tasya devā ity 3 aparimitābhir abhishṭuyād. aparimito vai Prajāpatiḥ. Prajāpater vā eshā hotrā yad grāvastotrīyā, tasyām sarve kāmā avarudhyante. sa yad apa-

rimitābhir abhishṭauti, sarveshām kāmānām avaruddhyai 4 sarvān kāmān avarunddhe ya evam veda 5 tasmād aparimitābhir evābhishṭuyāt 6 tad āhuḥ: katham abhishṭuyād ity. aksharaṣā3ḥ | caturaksharaṣā3ḥ | pacchā3ḥ | ardharcaṣā3ḥ | ṛiksā3ḥ iti | tad yad ṛikso na tad avakalpate, 'tha yat paccho no eva tad avakalpate, 'tha yad aksharaṣaṣ caturaksharaṣo vi tathā chandāṅsi lupyeran bahūni tathākshararāṇi hīyerann. ardharcaṣa evābhishṭuyāt, pratishṭhāyā eva 7 dvipratishṭho vai purushaṣ catushpādāḥ paṣavo, yajamānam eva tad dvipratishṭham catushpātsu paṣusha pratishṭhāpayati. tasmād ardharcaṣa evābhishṭuyāt 8 tad āhur: yan madhyamdine-madhyamdina eva grāvṇo 'bhishṭauti, katham asyetarayoḥ savanayor abhishṭutam bhavatīti. yad eva gāyatrībhir abhishṭauti, gāyatram vai prātaḥsavanam, tena prātaḥsavane; 'tha yaj jagatībhir abhishṭauti, jāgatam vai tritīyasavanam, tena tritīyasavana 9 evam u hāsya madhyamdine-madhyamdina eva grāvṇo 'bhishṭuvataḥ sarveshu savaneshv abhishṭutam bhavati ya evam veda 10 tad āhur: yad adhvaryur evānyān ṛitvijaḥ sampreshyaty, atha kasmād esha etām asampreshitaḥ pratipadyata iti. mano vai grāvastotrīyāsampreshitam vā idam manas, tasmād esha etām asampreshitaḥ pratipadyate || 2 || ¹ ||

1 Vāg vai subrahmaṇyā, tasyai somo rājā vatsaḥ. some rājani krite subrahmaṇyām āhvayanti yathā dhenum upahvayet, tena vatsena yajamānāya sarvān kāmān duhe 2 sarvān hāsmai kāmān vāg duhe ya evam veda 3 tad āhuḥ: kim subrahmaṇyāyai subrahmaṇyātvam iti. vāg eveti brūyād, vāg vai brahma ca subrahma ceti 4 tad āhur: atha kasmād enam pumāṅsam santam strīm ivācakshata iti. vāg ghi subrahmaṇyeti brūyāt, teneti 5 tad āhur: yad antarvedītara ṛitvija ārtvijyam kurvanti bahirvedi subrahmaṇyā, katham asyāntarvedy ārtvijyam kritam bhavatīti. veder

vā utkaram utkiranti; yad evotkare tishṭhann āhvayatīti brūyāt, teneti 6 tad āhur: atha kasmād utkare tishṭhan subrahmaṇyām āhvayatity. ṛishayo vai satram āsata. teshāṃ yo varshishṭha āsīt tam abruvan: subrahmaṇyām āhvaya, tvaṃ no nedishṭhād devān hvayishyasīti. varshishṭham evainaṃ tat kurvanty, atho vedim eva tat sarvāṃ prīṇāti 7 tad āhuḥ: kasmād asmā ṛishabhaṃ dakshiṇām abhyājantīti. vṛishā vā ṛishabho yoshā subrahmaṇyā tan mithunaṃ, tasya mithunasya prajātyā ity 8 upāṅṣu pātnīvatasyāgnīdhro yajati. reto vai pātnīvata, upāṅṣv iva vai retasaḥ siktir 9 nānuvashaṭkaroti. saṃsthā vā eshā yad anuvashaṭkāro: ned retaḥ saṃsthāpayānīty. asaṃsthitaṃ vai retasaḥ samṛiddhaṃ. tasmān nānuvashaṭkaroti 10 neshṭur upastha āsīno bhakshayati. patnībhājanaṃ vai neshṭāgniḥ patnīshu reto dadhāti prajātyā, Agninaiva tat patnīshu reto dadhāti prajātyai 11 prajāyate prajayā paṣubhir ya evaṃ veda 12 dakshiṇā anu subrahmaṇyā saṃtishṭhate. vāg vai subrahmaṇyānnaṃ dakshiṇānnādya eva tad vāci yajñam antataḥ pratishṭhāpayanti pratishṭhāpayanti || 3 || 3 ||

Iti shashṭhapañcikāyām prathamo 'dhyāyaḥ.

Iti shaḍviṅṣadhyāyo tṛitīyaḥ khaṇḍaḥ.

1 Devā vai yajñam atanvata, tāṅs tanvānān asurā abhyāyan: yajñavesasam eshāṃ karishyāma iti. tān dakshiṇata upāyan, yata eshāṃ yajñasya tanishṭham amanyanta. te devāḥ pratibudhya Mitrāvaruṇau dakshiṇataḥ paryauhaṅs, te Mitrāvaruṇābhyām eva dakshiṇataḥ prātaḥsavane 'surarakshāṅsy apāghnata. tathaivaitad yajamānā Mitrāvaruṇābhyām eva dakshiṇataḥ prātaḥsavane 'surarakshāṅsy apaghnate. tasmān maitrāvaruṇam maitrāvaruṇaḥ prātaḥsavane ṣaṅsati, Mitrāvaruṇābhyāṃ hi devā dakshiṇataḥ prātaḥsavane 'surarakshāṅsy apāghnata 2 te vai dakshiṇato 'pahatā asurā madhyato yajñaṃ prāviṣaṅs. te devāḥ

pratibudhyendram madhyato 'dadhus, ta Indreṇaiva madhyataḥ prātaḥsavane 'surarakshāṅsy apāghnata. tathaivaitad yajamānā Indreṇaiva madhyataḥ prātaḥsavane 'surarakshāṅsy apaghnate. tasmād aindram brāhmaṇācchaṅsī prātaḥsavane śaṅsatīndreṇa hi devā madhyataḥ prātaḥsavane 'surarakshāṅsy apāghnata 3 te vai madhyato 'pahatā asurā uttarato yajñam prāviśaṅs. te devāḥ pratibudhyendrāgnī uttarataḥ paryauhaṅs, ta Indrāgnibhyām evottarataḥ prātaḥsavane 'surarakshāṅsy apāghnata. tathaivaitad yajamānā Indrāgnibhyām evottarataḥ prātaḥsavane 'surarakshāṅsy apaghnate. tasmād aindrāgnam achāvākaḥ prātaḥsavane śaṅsatīndrāgnibhyāṃ hi devā uttarataḥ prātaḥsavane 'surarakshāṅsy apāghnata 4 te vā uttarato 'pahatā asurāḥ purastāt paryadravan samanīkatas. te devāḥ pratibudhyāgnim purastāt prātaḥsavane paryauhaṅs, te 'gninaiva purastāt prātaḥsavane 'surarakshāṅsy apāghnata. tathaivaitad yajamānā Agninaiva purastāt prātaḥsavane 'surarakshāṅsy apaghnate. tasmād āgneyam prātaḥsavanam 5 apa pāpmānaṃ hate ya evaṃ veda 6 te vai purastād apahatā asurāḥ paścāt parītya prāviśaṅs. te devāḥ pratibudhya Viśvān devān ātmānam paścāt tṛtīyasavane paryauhaṅs, te Viśvair eva devair ātmabhiḥ paścāt tṛtīyasavane 'surarakshāṅsy apāghnata. tathaivaitad yajamānā Viśvair eva devair ātmabhiḥ paścāt tṛtīyasavane 'surarakshāṅsy apaghnate. tasmād vaiśvadevaṃ tṛtīyasavanam 7 apa pāpmānaṃ hate ya evaṃ veda 8 te vai devā asurān evam apāghnata sarvasmād eva yajñāt. tato vai devā abhavan, parāsurā 9 bhavaty ātmanā, parāsya dvishan pāpmā bhrātṛvyo bhavati, ya evaṃ veda 10 te devā evaṃ kḷptena yajñenāpāsurān pāpmānam aghnatājayan svargaṃ lokam 11 apa ha vai dvishantam pāpmānam bhrātṛvyaṃ hate, jayati svar-

gaṃ lokaṃ ya evaṃ veda yaṣ caivaṃ vidvān savanāni ka-
lpnyati || 4 || ı ||

1 Stotriyaṃ stotriyasyānurūpaṃ kurvanti prātaḥsavane,
'har eva tnd ahno 'nurūpaṃ kurvanty, avarepaiva tad ahnā
param ahar abhyārabhante 2 'tha tathā na mudhyaṃdine.
śrīr vai pṛishṭhāni, tāni tasmai na tatsthānāni yat sto-
triyaṃ stotriyasyānurūpaṃ kuryus 8 tayaiva vibhaktyā
tṛitīyasavane na stotriyaṃ stotriyasyānurūpaṃ kurvanti
|| 5 || ə ||

1 Athāta ārambhaṇīyā eva 2 ṛijunītī no varuṇa iti
maitrāvaruṇasya, mitro nayatn vidvān iti. praṇetā vā
esha hotrakāṇāṃ yan maitrāvarṇṇas, tasmād eshā praṇetri-
matī bhavatī 3 ndraṃ vo viṣvatas parīti brāhmaṇācchaṃ-
ḋsino, havāmahe janebhya itīndram evaitayāhar-ahar
nihvayante 4 na haishāṃ vihave 'nya Indraṃ vṛiñkte ya-
traivaṃ vidvān brāhmaṇācchaṃsy etāṃ ahar-ahaḥ ṣaṅsati
5 yat soma ā sate nara ity achāvākasyendrāgnī ajo-
havur itīndrāgnī evaitayāhar-ahar nihvayante. na haishāṃ
vihave 'nya indrāgnī vṛiñkte yatraivaṃ vidvān achāvāka
etāṃ ahar-ahaḥ ṣaṅsati 6 tā vā etāḥ svargasya lokasya
nāvaḥ saṃpāriṇyaḥ, svargaṃ evaitābhir lokam nbhisaṃ-
taranti || 6 || ə ||

1 Athātaḥ paridhānīyā eva 2 te syāma deva varu-
ṇeti maitrāvaruṇasyeshaṃ svaṣ ca dhīmahīty. ayaṃ vai
loka ishaṃ ity asau lokaḥ svar ity, ubhāv evaitayā lokāv
ārabhante 3 vy antariksham atirad iti brāhmaṇācchaṃ-
ḋsino, vivattṛicaṃ svargam evaibhya etayā lokaṃ vivṛiṇoti
4 made somasya rocanā | indro yad abhinad valam
iti 5 sishāsavo vā ete yad dikshitās, tasmād eshā valavatī
bhavaty 6 ud gā ājad aṅgirobhya āvish kṛiṇvan
guhā satīḥ | arvāñcam nunude valam iti, sanim evai-
bhya etayāvarnuddha 7 indreṇa rocanā diva iti, svargo

vai loka indreṇa rocanā divo 8 dṛiḷhāni dṛiṅhitāni ca | sthirāṇi na parāṇuda iti 9 svarga evaitayā loke 'harahaḥ pratitishṭhanto yanty 10 ahaṃ sarasvatīvator ity achāvākasya. vāg vai Sarasvatī, vāgvator iti haitad āhe-ndrāgnyor avo vṛiṇa ity. etad dha vā Indrāgnyoḥ priyaṃ dhāma yad vāg iti, priyeṇaivainau tad dhāmnā samardhayati 11 priyeṇa dhāmnā samṛidhyate ya evaṃ veda || 7 || 4 ||

1 Ubhayyaḥ paridhānīyā bhavanti hotrakāṇām prātaḥsavane ca mādhyaṃdine cāhīnāś caikāhikāś ca 2 tata aikāhikābhir eva maitrāvaruṇo paridadhāti, tenāsmāl lokān na pracyavate 3 'hīnābhir achāvākaḥ, svargasya lokasyāptyā 4 ubhayībhir brāhmaṇāchaṅsī. teno sa ubhau vyanvārabhamāṇa etīmaṃ cāmuṃ ca lokam, atho maitrāvaruṇaṃ cāchāvākaṃ cātho ahīnaṃ caikāhaṃ cātho saṃvatsaraṃ cāgnishṭomaṃ caivam u sa ubhau vyanvārabhamāṇa ety 5 atha tata aikāhikā eva tṛitīyasavane hotrakāṇām paridhānīyā bhavanti. pratishṭhā vā ekāhaḥ, pratishṭhāyām eva tad yajñam antataḥ pratishṭhāpayanty 6 anavānam prātaḥsavane yajed 7 ekāṃ dve na stomam atiśaṅset. tad yathābhiheshate pipāsate kshipraṃ prayachet, tādṛik tad. atho kshipraṃ devebhyo 'nnādyaṃ somapītham prayachāmīti. kshipraṃ hāsmiṅl loke pratitishṭhaty 8 aparimitābhir uttarayoḥ savanayor. aparimito vai svargo lokaḥ, svargasya lokasyāptyai 9 kāmaṃ tad dhotā śaṅsed yad dhotrakāḥ pūrvedyuḥ śaṅseyur, yad vā hotā tad dhotrakāḥ. prāṇo vai hotāṅgāni hotrakāḥ, samāno vā ayam prāṇo 'ṅgāny anusaṃcarati. tasmāt tat kāmaṃ hotā śaṅsed yad dhotrakāḥ pūrvedyuḥ śaṅseyur, yad vā hotā tad dhotrakāḥ 10 sūktāntair hotā paridadhad ety, atha samānya eva tṛitīyasavane hotrakāṇām paridhānīyā bhavanty. ātmā vai hotāṅgāni hotrakāḥ. samānā vā ime 'ṅgānām antās, tasmāt

samānya eva tritīyasavane hotrakāṇām paridhānīyā bhavanti bhavanti || 8 || 8 ||

Iti shashṭhapañcikāyāṃ dvitiyo 'dhyāyaḥ.

Iti saptaviṅṣādhyāye pañcamaḥ khaṇḍaḥ.

1 Ā tvā vahantu haraya iti prātaḥsavana unnīyamānebhyo 'nvāha vrishaṇvatīḥ pītavatīḥ sutavatīr madvatī rūpasamriddhā 2 aindrīr anvāhaindro vai yajño 3 gāyatrīr anvāha, gāyatraṃ vai prātaḥsavanaṃ 4 nava nyūnāḥ prātaḥsavane 'nvāha, nyūne vai retaḥ sicyate 5 daṣa madhyaṃdine 'nvāha, nyūne vai retaḥ siktam madhyaṃ striyai prāpya sthavishṭham bhavati 6 nava nyūnās tritīyasavane 'nvāha, nyūnād vai prajāḥ prajāyante 7 tad yad etāni kevalasūktāny anvāha, yajamānam eva tad garbham bhūtam prajanayati yajñād devayonyai 8 te haike sapta-saptānvāhuḥ sapta prātaḥsavane sapta mādhyaṃdine sapta tritīyasavane: yāvatyo vai puronuvākyās tāvatyo yājyāḥ, sapta vai prāñco yajanti sapta vashaṭkurvanti, tāsām etāḥ puronuvākyā iti vadantas 9 tat tathā na kuryād. yajamānasya ha te reto vilumpanty atho yajamānam eva, yajamāno hi sūktaṃ 10 navabhir vā etam maitrāvaruṇo 'smāl lokād antarikshalokam abhi pravahati, daṣabhir antarikshalokād amuṃ lokam abhy — antarikshaloko hi jyeshṭho — navabhir amushmāl lokāt svargaṃ lokam abhi 11 na ha vai te yajamānaṃ svargaṃ lokam abhi voḍhum arhanti ye saptasaptānvāhus 12 tasmāt kevalasa eva sūktāny anubrūyāt || 9 || 1 ||

1 Athāha: yad aindro vai yajño, 'tha kasmād dvāv eva prātaḥsavane prasthitānām pratyakshād aindrībhyāṃ yajato hotā caiva brāhmaṇācchaṅsī ca, daṃ te somyam madhv iti hotā yajatī, ndra tvā vrishabhaṃ vayam iti brāhmaṇācchaṅsī, nānādevatyābhir itare: katham teshām aindryo bhavantīti 2 mitraṃ vayaṃ havāmaha iti mai-

trāvaruṇo yajati, varuṇaṃ somapītaya iti. yad vai kiṃca pītavat padaṃ tad aindraṃ rūpaṃ, tenendram prīṇāti 3 maruto yasya hi kshaya iti potā yajati, sa sugopātamo jana itīndro vai gopās, tad aindraṃ rūpaṃ, tenendram prīṇāty 4 agne patnīr ihā vaheti neshṭā yajati, tvashṭāraṃ somapītaya itīndro vai Tvashṭā, tad aindraṃ rūpaṃ, tenendram prīṇāty 5 ukshānnāya vaśānnāyety āgnīdhro yajati, somapṛishṭhāya vedhasa itīndro vai vedhās, tad aindraṃ rūpaṃ, tenendram prīṇāti 6 prātaryāvabhir ā gataṃ devebhir jenyāvasū | indrāgnī somapītaya iti svayaṃ samṛiddhācchāvākasyai-7vaṃ u haitā aindryo bhavanti 8 yan nānādevatyās, tenānyā devatāḥ prīṇāti 9 yad u gāyatryas, tenāgneyya 10 etad u haitābhis trayam upāpnoti || 10 || 2 ||

1 Asāvi devaṃ goṛijīkam andha iti madhyaṃdina unnīyamānebhyo 'nvāha vṛishaṇvatīḥ pītavatīḥ sutavatīr madvatī rūpasamṛiddhā 2 aindrīr anvāhaindro vai yajñas. trishṭubho 'nvāha, traishṭubhaṃ vai mādhyaṃdinaṃ savanaṃ 3 tad āhur: yat tṛitīyasavanasyaiva rūpam madvad, atha kasmān madhyaṃdine madvatīr anu cāha yajanti cābhir iti 4 mādyantīva vai madhyaṃdine devatāḥ, sam eva tṛitīyasavane mādayante. tasmān madhyaṃdine madvatīr anu cāha yajanti cābhis 5 te vai khalu sarva eva mādhyaṃdine prasthitānām pratyakshād aindrībhir yajanty 6 abhitṛiṇṇavatībhir eke 7 pibā somam abhi yam ugra tarda iti hotā yajati 8 sa īm pāhi ya ṛijīshī tarutra iti maitrāvaruṇo yajaty 9 evā pāhi pratnathā mandatu tveti brāhmaṇācchaṅsī yajaty 10 arvāṅ ehi somakāmam tvāhur iti potā yajati 11 tavāyaṃ somas tvam ehy arvāṅ iti neshṭā yajati 12 indrāya somāḥ pradivo vidānā ity achāvāko yajaty 13 āpūrṇo asya kalaśaḥ svāhety āgnīdhro yajati 14 tāsām etā abhitṛiṇṇavatyo bhavantīndro

vai prātaḥsavane na vyajayata, sa etābhir eva mādhyaṃdinaṃ savanam abhyatriṇad. yad abhyatriṇat, tasmād etā abhitriṇṇavatyo bhavanti || 11 || 3 ||

1 Ihopa yāta çavaso napāta iti tritīyasavana unnīyamānebhyo 'nvāha vrishaṇvatīḥ pītavatīḥ sutavatīr madvatī rūpasamriddhās. tā aindrārbhavyo bhavanti 2 tad āhur: yan nārbhavīshu stuvate, 'tha kasmād ārbhavaḥ pavamāna ity ācakshata iti 3 Prajāpatir vai pitā Ṛibhūn martyān sato 'martyān kritvā tritīyasavana ābhajat, tasmān nārbhavīshu stuvate, 'thārbhavaḥ pavamāna ity ācakshate 4 'thāha: yad yathāchandasam pūrvayoḥ savanayor anvāha gāyatrīḥ prātaḥsavane trishṭubho mādhyaṃdine, 'tha kasmāj jāgate sati tritīyasavane trishṭubho 'nvāheti 5 dhītarasaṃ vai tritīyasavanam, athaitad adhītarasaṃ çukriyaṃ chando yat trishṭup savanasya sarasatāyā iti brūyād, atho Indram evaitat savane 'nvābhajatīty 6 athāha: yad aindrārbhavaṃ vai tritīyasavanam, atha kasmād esha eva tritīyasavane prasthitānām pratyakshād aindrārbhavyā yajatī, udra ṛibhubhir vājavadbhiḥ samukshitam iti hotaiva, nānādevatyābhir itare, kathaṃ teshām aindrārbhavyo bhavantītī7ndrāvaruṇā sutapāv imaṃ sutam iti maitrāvaruṇo yajati, yuvo ratho adhvaraṃ devavītaya iti bahūni vāha. tad Ṛibhūṇāṃ rūpam 8 indraç ca somam pibatam brihaspata iti brāhmaṇācchaṅsī yajaty, ā vāṃ viçantv indavaḥ svābhuva iti bahūni vāha. tad Ṛibhūṇāṃ rūpam 9 ā vo vahantu saptayo raghushyada iti potā yajati, raghupatvānaḥ pra jigāta bāhubhir iti bahūni vāha. tad Ṛibhūṇāṃ rūpam 10 ameva naḥ suhavā ā hi gantaneti neshṭā yajati, gantaneti bahūni vāha. tad Ṛibhūṇāṃ rūpam 11 indrāvishṇū pibatam madhvo asyety achāvāko yajaty, ā vām andhāṅsi madirāṇy agmann iti bahūni vāha. tad Ṛibhūṇāṃ rūpam

12 imaṃ stomam arhate jātavedasa ity āgnīdhro yajati, ratham iva sam mahemā manīshayeti bahūni vāha. tad Ṛibhūṇāṃ rūpam 13 evam u haitā aindrārbhavyo bhavanti 14 yan nānādevatyās, tenānyā devatāḥ prīṇāti 15 yad u jagatprāsāhā, jāgataṃ vai tritīyasavanaṃ, tritīyasavanasyaiva samṛiddhyai || 12 || 4 ||

1 Athāha: yad ukthinyo 'nyā hotrā anukthā anyāḥ, katham asyaitā ukthinyaḥ sarvāḥ samāḥ samṛiddhā bhavantīti 2 yad evaināḥ sampragīrya hotrā ity ācakshate, tena samā 3 yad ukthinyo 'nyā hotrā anukthā anyās, teno vishamā 4 evam u hāsyaitā ukthinyaḥ sarvāḥ samāḥ samṛiddhā bhavanty 5 athāha: śaṅsanti prātaḥsavane śaṅsanti mādhyaṃdine hotrakāḥ, katham eshāṃ tritīyasavane śastam bhavatīti 6 yad eva mādhyaṃdine dve-dve sūkte śaṅsantīti brūyāt, teneti 7 athāha: yad dvyuktho hotā, katham hotrakā dvyukthā bhavantīti 8 yad eva dvidevatyābhir yajantīti brūyāt, teneti || 13 || 5 ||

1 Athāha: yad etās tisra ukthinyo hotrāḥ, katham itarā ukthinyo bhavantīty 2 ājyam evāgnīdhrīyāyā uktham, marutvatīyam potrīyāyai, vaiśvadevaṃ neshṭrīyāyai. tā vā etā hotrā evaṃnyaṅgā eva bhavanty 3 athāha: yad ekapraishā anye hotrakā, atha kasmād dvipraishaḥ potā dvipraisho neshṭeti 4 yatrādo gāyatrī suparṇo bhūtvā somam āharat, tad etāsāṃ hotrāṇām Indra ukthāni parilupya hotre pradadau: yūyam mābhyahvayadhvaṃ yūyam asyāvedishṭeti. te hocur devā: vācemc hotre prabhāvayāmeti, tasmāt te dvipraishe bhavata. ṛicāgnīdhrīyām prabhāvayāṃ cakrus, tasmāt tasyaikayarcā bhūyasyo yājyā bhavanty 5 athāha: yad dhotā yakshad dhotā yakshad iti maitrāvaruṇo hotre preshyaty, atha kasmād ahotṛibhyaḥ sadbhyo hotrāśaṅsibhyo hotā yakshad dhotā yakshad iti preshyatīti 6 prāṇo vai hotā prāṇaḥ sarva ṛitvijaḥ, prāṇo yakshat prāṇo ya-

kshad ity eva tad āhā7thāhāsty udgātṛṇām praishā3ḥ | nā3ñ iti | astīti brūyād. yad evaitat praśāstā japaṃ japitvā studhvam ity āha, sa eshām praisho 8 'thāhāsty achāvākasya pravarā3ḥ | nā3ñ iti | astīti brūyād. yad evainam adhvaryur āhāchāvāka vadasva yat te vādyam ity, esho 'sya pravaro 9 'thāha: yad aindrāvaruṇam maitrāvaruṇas tṛitīyasavane śaṅsaty, atha kasmād asyāgneyau stotriyānurūpau bhavata ity. Agninā vai mukhena devā asurān ukthebhyo nirjaghnus, tasmād asyāgneyau stotriyānurūpau bhavato 10 'thāha: yad aindrābārhaspatyam brāhmaṇācchāṅsī tṛitīyasavane śaṅsaty aindrāvaishṇavam achāvākaḥ, katham enayor aindrāḥ stotriyānurūpā bhavantītī,ndro ha sma vā asurān ukthebhyaḥ prajigāya, so 'bravīt: kaś cāhaṃ cety. ahaṃ cāhaṃ ceti ha sma devatā anvavayanti. sa yad Indraḥ pūrvaḥ prajigāya, tasmād enayor aindrāḥ stotriyānurūpā bhavanti. yad v ahaṃ cāhaṃ ceti ha sma devatā anvavayans, tasmān nānādevatyāni śaṅsataḥ || 14 || ¤ ||

1 Athāha: yad vaiśvadevaṃ vai tṛitīyasavanam, atha kasmād etāny aindrāṇi jāgatāni sūktāni tṛitīyasavana ārambhaṇīyāni śasyanta itī,ndram evaitair ārabhya yantīti brūyād. atho yaj jāgataṃ vai tṛitīyasavanaṃ, taj jagatkāmyaiva. tad yat kiṃcāta ūrdhvaṃ chandaḥ śasyate, tad dha sarvaṃ jāgatam bhavaty etāni ced aindrāṇi jāgatāni sūktāni tṛitīyasavana ārambhaṇīyāni śasyante 2 'tha traishṭubham achāvāko 'ntataḥ śaṅsati: saṃ vāṃ karmaṇeti. yad eva panāyyaṃ karma, tad etad abhivadati 3 sam isha ity. annaṃ vā isho, 'nnādyasyāvaruddhyā 4 arishṭair naḥ pathibhiḥ pārayanteti, svastitāyā evaitad aharahaḥ śaṅsaty 5 athāha: yaj jāgataṃ vai tṛitīyasavanam, atha kasmād eshāṃ trishṭubhaḥ paridhānīyā bhavantīti. vīryaṃ vai trishṭub, vīrya eva tad antataḥ pratitishṭhanto yanti. Gyam indraṃ varuṇam ashṭa me gīr iti maitrā-

varuṇasya, bṛihaspatir naḥ pari pātu paṣcād iti brāhmaṇācchaṅsina, ubhā jigyathur ity achāvākasyo 7 bhau hi tau jigyatur 8 na parā jayethe na parā jigya iti 9 na hi tayoḥ kataraṣ cana parājigya 10 indraṣ ca vishṇo yad apaspṛidhethāṃ tredhā sahasraṃ vi tad airayethām itī11ndraṣ ca ha vai Vishṇuṣ cāsurair yuyudhāte, tān ha sma jitvocatuḥ: kalpāmahā iti. te ha tathety asurā ūcuḥ. so 'bravīd Indro: yāvad evāyaṃ Vishṇus trir vikramate, tāvad asmākam, atha yushmākam itarad iti. sa imāṅl lokān vicakrame 'tho vedān atho vācaṃ. tad āhuḥ: kiṃ tat sahasram itī,me lokā ime vedā atho vāg iti brūyād 12 airayethām-airayethām ity achāvāka ukthye 'bhyasyati, sa hi tatrāntyo bhavaty 13 agnishṭome hotātirātre ca, sa hi tatrāntyo bhavaty 14abhyasyet shoḍaṣinī3m | nābhyasye3t iti | abhyasyed, ity āhuḥ, katham anyeshv ahassv abhyasyati katham atra nābhyasyed iti. tasmād abhyasyet || 15 || 7 ||

1 Athāha: yan nārāṣaṅsaṃ vai tṛitīyasavanam, atha kasmād achāvāko 'ntataḥ ṣilpeshv anārāṣaṅsīḥ ṣaṅsatīti 2 vikṛitir vai nārāṣaṅsaṃ. kim iva ca vai kim iva ca reto vikriyate, tat tadā vikṛitam prajātam bhavaty. athaitan mṛidv iva chandaḥ ṣithiraṃ yan nārāṣaṅsam. athaisho 'ntyo yad achāvākas: tad dṛiḷhatāyai dṛiḷhe pratishṭhāsyāma iti 3 tasmād achāvāko 'ntataḥ ṣilpeshv anārāṣaṅsīḥ ṣaṅsati: dṛiḷhatāyai dṛiḷhe pratishṭhāsyāma iti dṛiḷhe pratishṭhāsyāma iti || 16 || 8 ||

Iti shashṭhapañcikāyāṃ tṛitīyo 'dhyāyaḥ.
Ity ashṭāviṅṣadhyāye 'shṭamaḥ khaṇḍaḥ.

1 Yaḥ ṣvaḥstotriyas, tam anurūpaṃ kurvanti prātaḥsavane 'hīnasaṃtatyai 2 yathā vā ekāhaḥ suta, evam ahīnas. tad yathaikāhasya sutasya savanāni saṃtishṭhamānāni yanty, evam evāhīnasyāhāni saṃtishṭhamānāni yanti. tad

yac chvaḥstotriyam naurūpaṃ kurvanti prātaḥsavane 'hīnasaṃtatyā, ahīnam eva tat saṃtanvanti 3 te vai devāş ca ṛishnyaş cādriyanta: samānena yajñaṃ saṃtanavāmeti, ta etat samānaṃ yajñasyāpaşyan: samānān pragāthān samānīḥ pratipadaḥ samānāni sūktāny 4 okaḥsārī vā Indro. yatra vā Indraḥ pūrvaṃ gachaty, aiva tatrāparaṃ gachati, yajñasyaiva sendratāyai || 17 || 1 ||

1 Tān vā etān sampātān Vişvāmitraḥ prathamam apaşyat, tān Vişvāmitreṇa dṛishṭān Vāmadevo 'sṛijata, eva tvām indra vajrinn atra, yan na indro jujushe yac ca vashṭi, kathā mahām avṛidhat kasya hotur iti, tān kshipraṃ samapatad. yat kshipraṃ samapatat, tat sampātānāṃ sampātatvaṃ 2 sa ikshāṃ cakre Vişvāmitro: yān vā ahaṃ sampātān apaşyaṃ tān Vāmadevo 'sṛishṭa, kāni nv ahaṃ sūktāni sampātāṅs tatpratimān sṛijeyeti. sa etāni sūktāni sampātāṅs tatpratimān asṛijata: sadyo ha jāto vṛishabhaḥ kanīna, indraḥ pūrbhid ātirad dāsam arkair, imām ū shu prabhṛitiṃ sātaye dhā, ichanti tvā somyāsaḥ sakhāyaḥ, şāsad vahnir duhitur naptyaṃ gād, abhi tashṭeva dīdhayā manīshām iti 3 ya eka id dhavyaş carshaṇīnām iti Bharadvājo; yas tigmaşṛiñgo vṛishabho na bhīma, ud u brahmāṇy airata şravasyeti Vasishṭho, 'smā id u pra tavase turāyeti Nodhās 4 ta ete prātaḥsavane shaḷahastotriyāñ chastvā mādhyaṃdine 'hīnasūktāni şaṅsanti 5 tāny etāny ahīnasūktāny: ā satyo yātu maghavāñ ṛijīshīti satyavan maitrāvaruṇo; 'smā id u pra tavase turāye, ndrāya brahmāṇi rātatama | indra brahmāṇi gotamāso akrann iti brahmaṇvad brāhmaṇācchaṅsī; şāsad vahnir — janayanta vahnim iti vahnivad achāvākas 6 tad āhuḥ: kasmād achāvāka vahnivad etat sūktam ubhayatra şaṅsati parāñcishu caivāhassv abhyāvartishu ceti

7 vīryavān vā esha bahvṛico, vahnivad etat sūktaṃ. vahati ha vai vahnir dhuro yāsu yujyate. tasmād achāvāko vahnivad etat sūktam ubhayatra ṣaṅsati parāñcishu caivāhassv abhyāvartishu ca 8 tāni pañcasv ahassu bhavanti: caturviṅṣe 'bhijiti vishuvati viṣvajiti mahāvrate. 'hīnāni ha vā etāny ahāni, na hy eshu kiṃ cana hīyate. parāñcīni ha vā etāny ahāny anabhyāvartīni, tasmād enāny eteshv ahassu ṣaṅsanti 9 yad enāni ṣaṅsanty: ahīnān svargāṅl lokān sarvarūpān sarvasamṛiddhān avāpnavāmeti 10 yad evaināni ṣaṅsantīndram evaitair nihvayante, yatha ṛishabhaṃ vāṣitāyai 11 yad v evaināni ṣaṅsanty, ahīnasya saṃtatyā, ahīnam eva tat saṃtanvanti || 18 || 2 ||

1 Tato vā etāṅs trīn sampātān maitrāvaruṇo viparyāsam ekaikam ahar-ahaḥ ṣaṅsaty 2 evā tvām indra vajrinn atreti prathame 'hani, yan na indro jujushe yac ca vashṭīti dvitīye, kathā mahām avṛidhat kasya hotur iti tṛitīye 3 trīn eva sampātān brāhmaṇācchaṅsī viparyāsam ekaikam ahar-ahaḥ ṣaṅsatīndraḥ pūrbhid ātirad dāsam arkair iti prathame 'hani, ya eka id dhavyaṣ carshaṇīnām iti dvitīye, yas tigmaṣṛiṅgo vṛishabho na bhīma iti tṛitīye 4 trīn eva sampātān achāvāko viparyāsam ekaikam ahar-ahaḥ ṣaṅsatī, mām ū shu prabhṛitiṃ sātaye dhā iti prathame 'hanī, ehanti tvā somyāsaḥ sakhāya iti dvitīye, ṣāsad vahnir duhitur naptyaṃ gād iti tṛitīye 5 tāni vā etāni nava 6 trīṇi cāharahaḥṣasyāni 7 tāni dvādaṣa sampadyante: dvādaṣa vai māsāḥ saṃvatsaraḥ, saṃvatsaraḥ Prajāpatiḥ, Prajāpatir yajñas. tat saṃvatsaram Prajāpatiṃ yajñam āpnuvanti, tat saṃvatsare Prajāpatau yajñe 'har-ahaḥ pratitishṭhanto yanti 8 tāny antareṇāvāpam āvaperann 9 anyūṅkhyā virājo vaimadīṣ caturthe 'hani, pañktīḥ pañcame, pārucchepīḥ shashṭhe 10 'tha yāny ahāni mahāsto-

māni syuḥ: ko adya naryo devakāma iti maitrāvaruṇa āvapeta, vane na vā yo ny adhāyi cākann iti brāhmaṇācchaṅsy, ā yāhy arvāṅ upa vandhureshṭhā ity achāvāka 11 etāni vā āvapanāny. etair vā āvapanair devāḥ svargaṃ lokam ajayann etair ṛishayas. tathaivaitad yajamānā etair āvapanaiḥ svargaṃ lokaṃ jayanti || 19 || 3 ||

1 Sadyo ha jāto vṛishabhaḥ kanīna iti maitrāvaruṇaḥ purastāt sūktānām ahar-ahaḥ ṣaṅsati 2 tad etat sūktaṃ svargyam. etena vai sūktena devāḥ svargaṃ lokam ajayann etena ṛishayas. tathaivaitad yajamānā etena sūktena svargaṃ lokaṃ jayanti 3 tad u vaiṣvāmitraṃ. viṣvasya ha vai mitraṃ Viṣvāmitra āsa 4 viṣvaṃ hāsmai mitram bhavati ya evaṃ veda yeshāṃ caivaṃ vidvān etan maitrāvaruṇaḥ purastāt sūktānām ahar-ahaḥ ṣaṅsati 5 tad ṛishabhavat paṣumad bhavati, paṣūnām avaruddhyai 6 tat pañcarcam bhavati. pañcapadā paṅktiḥ, paṅktir vā annam, annādyasyāvaruddhyā 7 ud u brahmāṇy airata ṣravasyeti brāhmaṇācchaṅsī brahmaṇvat samṛiddhaṃ sūktam ahar-ahaḥ ṣaṅsati 8 tad etat sūktaṃ svargyam. etena vai sūktena devāḥ svargaṃ lokam ajayann etena ṛishayas. tathaivaitad yajamānā etena sūktena svargaṃ lokaṃ jayanti 9 tad u vāsishṭham. etena vai Vasishṭha Indrasya priyaṃ dhāmopāgachat, sa paramaṃ lokam ajayad 10 upendrasya priyaṃ lokaṃ gachati, jayati paramaṃ lokaṃ ya evaṃ veda 11 tad vai shaḍṛicaṃ. shaḍ vā ṛitava, ṛitūnām āptyai 12 tad uparishṭāt sampātānāṃ ṣaṅsaty. āptvaiva tat svargaṃ lokaṃ yajamānā asmiṅl loke pratitishṭhanty 13 abhi tashṭeva dīdhayā manīshām ity achāvāko ahar-ahaḥ ṣaṅsaty abhivat tatyai rūpam 14 abhi priyāṇi marmṛiṣat parāṇīti. yāny eva parāṇy ahāni tāni priyāṇi, tāny eva tad abhimarmṛiṣato yanty abhyārabhamāṇāḥ. paro vā asmāl lokāt svargo lokas, tam eva tad abhivadati 15 ka-

vīñr ichāmi saṃdṛiṣe sumedhā iti 16 ye vai te na ṛi-
shayaḥ pūrve pretās te vai kavayas, tān eva tad abhyati-
vadati 17 tad u vaisvamitram. viṣvasya ha vai mitraṃ Vi-
ṣvāmitra āsa. viṣvaṃ hāsmai mitraṃ bhavati ya evaṃ
veda 18 tad aniruktam prājāpatyaṃ ṣaṅsaty. anirukto vai
Prajāpatiḥ, Prajāpater āptyai 19 sakṛid Indraṃ nirāha, te-
naindrād rūpān na pracyavate 20 tad vai daṣarcaṃ. daṣā-
ksharā virāḷ, annaṃ virāḷ, annādyasyāvaruddhyai 21 yad
eva daṣarcā3ṃ | daṣa vai prāṇāḥ, prāṇān eva tad āpnuva-
nti, prāṇān ātman dadhate 22 tad uparishṭāt sampātānāṃ
ṣaṅsaty. āptaiva tat svargaṃ lokam yajamānā asmiṅl loke
pratitishṭhanti || 20 || ∢ ||

1 Kas tam indra tvāvasuṃ, kan navyo atasī-
nāṃ, kad ū nv asyākṛitaṃ iti kadvantaḥ pragāthā
ārambhaṇīyā ahar-ahaḥ ṣasyante 2 ko vai Prajāpatiḥ, Pra-
jāpater āptyai 3 yad eva kadvantā3ḥ | annaṃ vai kaṃ,
annādyasyāvaruddhyai 4 yad v eva kadvantā3ḥ | ahar-ahar
vā ete sāntāny ahīnasūktāny upayuñjānā yanti, tāni ka-
dvadbhiḥ pragāthaiḥ samayanti. tāny ehhyaḥ sāntāni kaa
bhavanti, tāny euāā ehāntāni svargaṃ lokam abhi vahanti
5 trishṭubhaḥ sūktapratipadaḥ ṣaṅseyns 6 tā haiko purastāt
pragāthānāṃ ṣaṅsanti dhāyyā iti vadantas ˙7 tat tathā na
kuryāt 8 kshatraṃ vai hotā viṣo hotrāṣaṅsinaḥ, kshatrā-
yaiva tad viṣaṃ pratyudyāminīṃ kuryuḥ, pāpavasyasaṃ
9 trishṭubho ma imāḥ sūktapratipada ity eva vidyāt 10 tad
yathā samndram praplaveranu, evaṃ haiva te praplavante
ye samvatsaraṃ vā dvādaṣāham vāsate. tad yathā sairā-
vatīṃ nāvam pārakāmāḥ samārohcyur, evam evaitās tri-
shṭnbhaḥ samārohanti 11 na ha vā etao chando gamayitvā
svargaṃ lokam upāvartate, vīryavattamaṃ hi 12 tābhyo
na vyāhvayīta, samānaṃ hi chando, 'tho ned dhāyyāḥ ka-
ravāṇīti 13 yad enāḥ ṣaṅsanti: prajñātābhiḥ sūktapratipa-

dbhiḥ sūktāni samārohāmeti 14 yad evainān̄ ṣaṅsantīndram evaitābhir nihvayante, yatha rishabhaṃ vāṣitāyai. yad v evainān̄ ṣaṅsanty, ahīnasya saṃtatyā, ahīnam eva tat saṃtanvanti || 21 || 8 ||

1 Apa prāca indra viṣvāñ amitrān iti maitrāvaruṇaḥ purastāt sūktānām ahar-ahaḥ ṣaṅsaty 2 apāpāco abhibhūte nudasva | apodīco apa ṣūrādharāca urau yathā tava ṣarman madema ity 3 abhayasya rūpam, abhayam iva hi yann icchati 4 brahmaṇā te brahmayujā yunajmīti brāhmaṇācchaṅsy ahar-ahaḥ ṣaṅsati. yunajmīti yuktavatī, yukta iva hy ahīno, 'hīnasya rūpam 5 uruṃ no lokam anu neshi vidvān ity achāvāko 'harahaḥ ṣaṅsaty. anu neshīty, etīva hy ahīno, 'hīnasya rūpaṃ 6 neshīti satrāyaṇarūpaṃ 7 tā vā etā ahar-ahaḥ ṣaṅsyante 8 samānībhiḥ paridadhyur 9 okaḥsārī haishām Indro yajñam bhavatī 10 | yatha rishabho vāṣitāṃ yathā vā gauḥ prajñātaṃ goshṭham, evaṃ haishām Indro yajñam aiva gachati 10 na ṣunaṃbuvīyayāhīnasya paridadhyāt. kshatriyo ha rāshṭrāc cyavate, yo haiva paro bhavati, tam abhihvayati || 22 || 9 ||

1 Athāto 'hīnasya yuktiṣ ca vimuktiṣ ca 2 vy antariksham atirad ity ahīnaṃ yuñkta, eved indram iti vimuñcaty 3 ābhaṃ sarasvatīvator, nūnaṃ sā ta ity ahīnaṃ yuñkte 4 te syāma deva varuṇa, nū shṭuta iti vimuñcaty 5 esha ha vā ahīnaṃ tantum arhati ya enaṃ yoktuṃ ca vimoktuṃ ca veda 6 tad yac caturviṅṣe 'han yujyante sā yuktir, atha yat purastād udayanīyasyātirātrasya vimucyante sā vimuktis 7 tad yac caturviṅṣe 'hann aikāhikābhiḥ paridadhyur, atrāhaiva yajñaṃ saṃsthāpayeyur, nāhīnakarma kuryur. atha yad ahīnaparidhānīyābhiḥ paridadhyur, yathā ṣrānto 'vimucyamāna utkṛityetaivaṃ yajamānā utkṛityerann. ubhayībhiḥ paridadhyus 8 tad

yathā dīrghādhva upavimokaṃ yāyāt, tādṛik tat 9 saṃtato haishāṃ yajño bhavatī3ū | vy ā muñcanta 10 ekāṃ dve na dvayoḥ savanayoḥ stomam atiṣaṅsed 11 dīrghāraṇyāni ha vai bhavanti yatra bahvībhiḥ stomo 'tiṣasyate 12 'parimitābhiḥ tṛitīyasavane. 'parimito vai svargo lokaḥ, svargasya lokasyāptyai 13 saṃtato hāsyābhyārabdho 'visrasto 'hīno bhavati ya evaṃ vidvān ahīnaṃ tanute || 23 || 7 ||

1 Devā vai vale gāḥ paryapaṣyaṅs, tā yajñenaivepsaṅs, tāḥ shashṭhenāhnāpnuvaṅs. te prātaḥsavane Nabhākena valam anabhayaṅs. taṃ yad anabhayā3u | aṣrathayann evainaṃ tat. ta u tṛitīyasavane vajreṇa vālakhilyābhir vācaḥ kūṭenaikapadayā valaṃ virujya gā udājaṅs 2 tathaivaitad yajamānāḥ prātaḥsavane Nabhākena valaṃ nabhayanti. taṃ yan nabhayantī3ū | ṣrathayanty evainaṃ tat. tasmād dhotrakāḥ prātaḥsavane nābhākāṅs tṛicāṅ chaṅsanti 3 yaḥ kakubho nidhāraya iti maitrāvaruṇaḥ, pūrvīsh ṭa indropamātaya iti brāhmaṇācchaṅsī, tā bi madhyam bharāṇām ity achāvākas 4 ta u tṛitīyasavane vajreṇa vālakhilyābhir vācaḥ kūṭenaikapadayā valaṃ virujya gā āpnuvanti 5 pacchaḥ prathamaṃ shaḍ vālakhilyānāṃ sūktāni viharaty, ardharcaṣo dvitīyam, ṛikṣas tṛitīyaṃ. sa paccho viharan pragāthe-pragātha evaikapadāṃ dadhyāt, sa vācaḥ kūṭas 6 tā etāḥ pañcaikapadāṣ. catasro daṣamād ahna, ekā mahāvratād 7 athāshṭāksharāṇi māhānāmnāni padāni. teshāṃ yāvadbhiḥ sampadyeta tāvanti ṣaṅsen, netarāṇy ādriyeta 8 thārdharcaṣo viharaṅs tāṣ caivaikapadāḥ ṣaṅset tāni caivāshṭāksharāṇi māhānāmnāni padāny 9 atha ṛikṣo viharaṅs tāṣ caivaikapadāḥ ṣaṅset tāni caivāshṭāksharāṇi māhānāmnāni padāni 10 sa yat prathamaṃ shaḍ vālakhilyānāṃ sūktāni viharati, prāṇaṃ ca tad vācaṃ ca viharati. yad dvitīyaṃ, cakshuṣ ca tan manaṣ ca viharati. yat tṛitīyaṃ, ṣrotraṃ ca tad ātmānaṃ ca viharati. tad

upāpto vihāre kāma, upāpto vajre vālakhilyāsūpāpto vācaḥ kūṭa ekapadāyām, upāptaḥ prāṇakḷiptyām 11 avihṛitān eva caturthaṃ pragāthāñ chaṅsati. paṣavo vai pragāthāḥ, paṣūnām avaruddhyai 12 nātraikapadāṃ vyavadadhyād 13 yad atraikapadāṃ vyavadadhyād, vācaḥ kūṭena yajamānāt paṣūn nirhaṇyād. ya enaṃ tatra brūyād: vācaḥ kūṭena yajamānāt paṣūn niravadhīr, apaṣum enam akar iti, ṣaṣvat tathā syāt 14 tasmāt tatraikapadāṃ na vyavadadhyād 15 vy evottame sūkte paryasyati, sa eva tayor vihāras 16 tad etat Saubalāya Sarpir Vātsiḥ ṣaṣaṅsa. sa hovāca: bhūyishṭhān ahaṃ yajamāne paṣūn paryagrahaisham, akanishṭhā u mām āgamishyantīti. tasmai ha yathā mahadbhya ṛitvigbhya evaṃ ninAya. tad etat paṣavyaṃ ca svargyaṃ ca ṣastraṃ, tasmād etac chaṅsati || 24 || 8 ||

1 Dūrohaṇaṃ rohati, tasyoktaṃ brāhmaṇam 2 aindre paṣukāmasya rohed, aindrā vai paṣavas 3 taj jāgataṃ syāj, jāgatā vai paṣavas 4 tan mahāsūktaṃ syād, bhūyishṭheshv eva tat paṣushu yajamānam pratishṭhāpayati 5 Baran rohet, tan mahāsūktaṃ ca jāgataṃ cai 6 ndrāvaruṇe pratishṭhākāmasya rohed. etaddevatā vā eshā hotraitatpratishṭhā yad aindrāvaruṇā, tad enat svāyām eva pratishṭhāyām antataḥ pratishṭhāpayati 7 yad evaindrāvaruṇā3i | eshā ha vā atra nivin, nividā vai kāmā āpyante. sa yady aindrāvaruṇo rohet, sauparṇe rohet. tad upāpta aindrāvaruṇe kāma, upāptaḥ sauparṇe || 25 || 9 ||

1 Tad āhuḥ: saṃṣaṅset shashṭhe 'hā3n | na saṃṣaṅse3t iti | 2 saṃṣaṅsed ity āhuḥ 3 katham anyeshv ahassu saṃṣaṅsati, katham atra na saṃṣaṅsed ity 4 atho khalv āhur: naiva saṃṣaṅset 5 svargo vai lokaḥ shashṭham ahar, asamāyī vai svargo lokaḥ, kaṣcid vai svarge loke sametīti. sa yat saṃṣaṅset, samānaṃ tat kuryād. atha yan na saṃṣaṅsati3n | tat svargasya lokasya rūpaṃ. tasmān na saṃ-

ṣaṅsed. yad eva na saṃṣaṅsati3ṅ | 6 ātmā vai stotriyaḥ
prāṇā vālakhilyāḥ. sa yat saṃṣaṅsed, etābhyāṃ devatā-
bhyāṃ yajamānasya prāṇān vīyād. ya enaṃ tatra brūyād:
etābhyāṃ devatābhyāṃ yajamānasya prāṇān vyagāt, prāṇa
enaṃ hāsyatīti, ṣaṣvat tathā syāt. tasmān na saṃṣaṅset
7 sa yad īkshetāṣaṅsisham vālakhilyā hanta purastād dūro-
haṇasya saṃṣaṅsānīti, no eva tasyāṣām iyāt 8 taṃ yadi
darpa eva vinded, uparishṭād dūrohaṇasyāpi bahūni ṣatāni
ṣaṅsed. yasyo tat kāmāya tathā kuryād, atraiva tad upāptam
9 aindryo vālakhilyās, tāsāṃ dvādaṣāksharāṇi padāni, tatra
sa kāma upāpto ya aindre jāgate. 'thedam aindrāvaruṇaṃ
sūktam, aindrāvaruṇī paridhānīyā. tasmān na saṃṣaṅset
10 tad āhur: yathā vāva stotram evaṃ ṣastram. vihṛitā
vālakhilyāḥ ṣasyante, vihṛitāṃ stotrā3m | avihṛitā3m iti |
11 vihṛitam iti brūyād, ashṭākshareṇa dvādaṣāksharam iti
12 tad āhur: yathā vāva ṣastram evaṃ yājyā. tisro deva-
tāḥ ṣasyante 'gnir Indro Varuṇa ity athaindrāvaruṇyā ya-
jati, katham Agnir anantarita iti 13 yo vā Agniḥ sa Varu-
ṇas. tad apy etad ṛishiṇoktaṃ: tvam agne varuṇo jā-
yase yad iti. tad yad evaindrāvaruṇyā yajati, tenāgnir
anantarito 'nantaritaḥ || 26 || 10 ||

Iti shashṭhapañcikāyāṃ caturtho 'dhyāyaḥ.

Ity ekonatriṅṣādhyāye daṣamaḥ khaṇḍaḥ.

1 Ṣilpāni ṣaṅsanti 2 devaṣilpāny, eteshāṃ vai ṣilpānām
anukṛitīha ṣilpam adhigamyate. hastī kaṅso vāso hira-
ṇyam aṣvatarīrathaḥ ṣilpaṃ 3 ṣilpaṃ hāsminn adhigamyate
ya evaṃ veda 4 yad eva ṣilpāni3ṅ | 5 ātmasaṃskṛitir vāva
ṣilpāni, chandomayaṃ vā etair yajamāna ātmānaṃ saṃ-
skurute 6 nābhānedishṭhaṃ ṣaṅsati 7 reto vai Nābhānedi-
shṭho, retas tat siñcati 8 taṃ aniruktaṃ ṣaṅsaty. aniruktaṃ
vai reto guhā yonyāṃ sicyate 9 sa retomiṣro bhavati:
kshmayā retaḥ saṃjagmāno ni shiñcad iti, retaḥ-

samṛiddhyā eva 10 taṃ sanārāṣaṅsaṃ ṣaṅsati. prajā vai naro vāk ṣaṅsaḥ, prajāsv eva tad vācaṃ dadhāti. tasmād imāḥ prajā vadantyo jāyante 11 taṃ haike purastāc chaṅsanti: purastādāyatanā vāg iti vadanta 12 uparishṭād eka: uparishṭādāyatanā vāg iti vadanto 13 madhya eva ṣaṅset. madhyāyatanā vā iyaṃ vāg 14 uparishṭān nedīyasīvoparishṭān nedīyasīva vā iyaṃ vāk 4 taṃ hotā retobhūtaṃ siktvā maitrāvaruṇāya samprayachaty: etasya tvam prāṇān kalpayeti || 27 || 1 ||

1 Vālakhilyāḥ ṣaṅsati. prāṇā vai vālakhilyāḥ, prāṇān evāsya tat kalpayati 2 tā vihṛitāḥ ṣaṅsati. vihṛitā vā ime prāṇāḥ: prāṇenāpāno, 'pānena vyānaḥ 3 sa pacchaḥ prathame sūkte viharaty, ardharcaṣo dvitīye, ṛikṣas tṛitīye 4 sa yat prathame sūkte viharati, prāṇaṃ ca tad vācaṃ ca viharati. yad dvitīye, cakshuṣ ca tan manaṣ ca viharati. yat tṛitīye, ṣrotraṃ ca tad ātmānaṃ ca viharati 5 te haike saha bṛihatyau saha satobṛihatyau viharanti. tad upāpto vihāre kāmo, net tu pragāthāḥ kalpante 6 'timarṣam eva viharet, tathā vai pragāthāḥ kalpante. pragāthā vai vālakhilyās, tasmād atimarṣam eva vihared. yad evātimarṣā3m | 7 ātmā vai bṛihatī, prāṇāḥ satobṛihatī. sa bṛihatīm aṣaṅsīt, sa ātmātha satobṛihatīṃ, te prāṇā; atha bṛihatīm atha satobṛihatīṃ, tad ātmānam prāṇaiḥ paribṛihann eti. tasmād atimarṣam eva vihared 8 yad v evātimarṣā3m | ātmā vai bṛihatī, paṣavaḥ satobṛihatī. sa bṛihatīm aṣaṅsīt, sa ātmātha satobṛihatīṃ, te paṣavo; 'tha bṛihatīm atha satobṛihatīṃ, tad ātmānam paṣubhiḥ paribṛihann eti. tasmād atimarṣam eva vihared 9 vy evottame sūkte paryasyati, sa eva tayor vihāras 10 tasya maitrāvaruṇaḥ prāṇān kalpayitvā brāhmaṇācchaṅsine samprayachaty: etaṃ tvaṃ prajanayeti || 28 || 2 ||

1 Sukīrtiṃ ṣaṅsati. devayonir vai Sukīrtis, tad yajñād

devayonyai yajamānam prajanayati 2 Vṛishākapiṃ śaṅsaty. ātmā vai Vṛishākapir, ātmānam evāsya tat kalpayati 3 taṃ nyūṅkhayaty. annaṃ vai nyūṅkhas, tad asmai jātāyānnādyam pratidadhāti yathā kamārāya stanaṃ 4 sa pāṅkto bhavati. pāṅkto 'yam purushaḥ pañcadhā vihito: lomāni tvaā māṅsam asthi majjā. sa yāvān eva purushas, tāvantaṃ yajamānaṃ saṃskaroti 5 taṃ brāhmaṇācchaṅsī janayitvāchāvākāya saṃprayachaty: etasya tvam pratishṭhāṃ kalpayeti || 29 || 3 ||

1 Evayāmarutaṃ śaṅsati. pratishṭhā vā evayāmarut, pratishṭhām evāsya tat kalpayati 2 taṃ nyūṅkhayaty. annaṃ vai nyūṅkho, 'nnādyam evāsmiṅs tad dadhāti 3 sa jāgato vātijāgato vā. sarvaṃ vā idaṃ jāgataṃ vātijāgataṃ vā 4 sa u mārata. āpo vai Maruta āpo 'nnam, abhipūrvam evāsmiṅs tad aanādyaṃ dadhāti 5 tāny etāni sahacarāṇīty ācakshate: nābhānedishṭhaṃ vālakhilyā vṛishākapim evayāmarutam. tāni saha vā śaṅset saha vā na śaṅsed 6 yad enāni nāaā śaṅsed, yathā purushaṃ vā reto vā vicbindyāt tādṛik tat. tasmād enāni saha vā śaṅset saha vā na śaṅset 7 sa ha Bulila Āśvatara Āśvir vaiśvajito hotā sann īkshāṃ cakra: eshāṃ vā eshāṃ śilpānāṃ viśvajiti sāṃvatsarike dve madhyaṃdinam abhi pratyetor hantāham ittham evayāmarutaṃ śaṅsayānīti. tad dha tathā śaṅsayāṃ cakāra 8 tad dha tathā śasyamāne Gauśla ājagāma, sa hovāca: hotaḥ kathā te śastraṃ vicakram plavata iti 9 kiṃ hy abhūd ity 10 evayāmarad ayam uttarataḥ śasyata iti sa hovācaindro vai madhyaṃdinaḥ, kathendram madhyaṃdināa ninīshasīti 11 nendram madhyaṃdinān ninīshāmīti hovāca 12 chandas tv idam amadhyaṃdinasāc. ayaṃ jāgato vātijāgato vā. sarvaṃ vā idaṃ jāgataṃ vātijāgataṃ vā. sa u māruto. maiva śaṅsishṭeti 13 sa hovācāramāchāvākety. atha hāsminn anuśāsanam īshe 14 sa hovācaindram

esha vishṇunyaṅgaṃ śaṅsatv, atha tvam etaṃ hotar uparishṭād raudryai dhāyyāyai purastān mārutasyāpyasyāthā iti 15 tad dha tathā śaṅsayāṃ cakāra. tad idam apy etarhi tathaiva śasyate || 30 || 4 ||

1 Tad āhur: yad asmin viśvajity atirātra evaṃ shashṭhe 'hani kalpate yajñaḥ kalpate yajamānasya prajātiḥ, katham atrāśasta eva Nābhānedishṭho bhavaty atha maitrāvaruṇo vālakhilyāḥ śaṅsati, te prāṇā — reto vā agre 'tha prāṇā — evam brāhmaṇācchaṅsy: aśasta eva Nābhānedishṭho bhavaty atha Vṛishākapiṃ śaṅsati, sa ātmā — reto vā agre 'thātmā — katham atra yajamānasya prajātiḥ, katham prāṇā aviklṛiptā bhavantīti 2 yajamānaṃ ha vā etena sarveṇa yajñakratunā saṃskurvanti. sa yathā garbho yonyām antar, evaṃ sambhavañ chete. na vai sakṛid evāgre sarvaḥ sambhavaty, ekaikaṃ vā aṅgaṃ sambhavataḥ sambhavatīti 3 sarvāṇi cet samāne 'han kriyeran, kalpata eva yajñaḥ kalpate yajamānasya prajātir. athaitaṃ hotaivayāmarutaṃ tṛitīyasavane śaṅsati, tad yāsya pratishṭhā tasyām evainaṃ tad antataḥ pratishṭhāpayati || 31 || 5 ||

1 Chandasāṃ vai shashṭhenāhnāptānāṃ raso 'tyanedat. sa Prajāpatir abibhet: parāṅ ayaṃ chandasāṃ raso lokān atyeshyatīti. tam parastāc chandobhiḥ paryagṛihṇān: nārāśaṅsyā gāyatryā, raibhyā trishṭubhaḥ, pārikshityā jagatyāḥ, kāravyayānushṭubhas. tat punaś chandassu rasam adadhāt 2 sarasair hāsya chandobhir ishṭam bhavati, sarasaiś chandobhir yajñaṃ tanute ya evaṃ veda 3 nārāśaṅsīḥ śaṅsati. prajā vai naro vāk śaṅsaḥ, prajāsv eva tad vācaṃ dadhāti. tasmād imāḥ prajā vadatyo jāyante. ya evaṃ veda yad eva nārāśaṅsīḥ | 4 śaṅsanto vai devāś ca ṛishayaś ca svargaṃ lokam āyaṅs, tathaivaitad yajamānāḥ śaṅsanta eva svargaṃ lokaṃ yanti 5 tāḥ pragrāhaṃ śaṅsati yathā Vṛishākapiṃ, vārshākapaṃ hi, Vṛishākapes tan nyā-

yam eti 6 tāsu na nyūṅkhayen, nī vīva nardet, sa hi tāsāṃ nyūṅkho 7 raibhīḥ ṣaṅsati 8 rebhanto vai devāṣ ca rishayaṣ ca svargaṃ lokam āyaṅs, tathaivaitad yajamānā rebhanta eva svargaṃ lokaṃ yanti 9 tāḥ pragrāhaṃ ṣaṅsati yathā Vṛishākapiṃ, vārshākapaṃ hi, Vṛishākapeṣ tan nyāyam eti. tāsu na nyūṅkhayen, nī vīva nardet, sa hi tāsāṃ nyūṅkhaḥ 10 pārikshitīḥ ṣaṅsaty 11 Agnir vai parikshid, Agnir hīmāḥ prajāḥ parikshety, Agniṃ hīmāḥ prajāḥ parikshiyanty 12 Agner eva sāyujyaṃ sarūpatāṃ salokatām aṣnute ya evaṃ veda 13 yad eva pārikshitīḥ | 14 saṃvatsaro vai parikshit, saṃvatsaro hīmāḥ prajāḥ parikshetí, saṃvatsaraṃ hīmāḥ prajāḥ parikshiyanti 15 saṃvatsarasyaiva sāyujyaṃ sarūpatāṃ salokatām aṣnute ya evaṃ veda. tāḥ pragrāhaṃ ṣaṅsati yathā Vṛishākapiṃ, vārshākapaṃ hi, Vṛishākapes tan nyāyam eti. tāsu na nyūṅkhayen, nī vīva nardet, sa hi tāsāṃ nyūṅkhaḥ 16 kāravyāḥ ṣaṅsati 17 devā vai yat kiṃca kalyāṇaṃ karmākurvaṅs tat kāravyābhir āpnuvaṅs, tathaivaitad yajamānā yat kiṃca kalyāṇaṃ karma kurvanti tat kāravyābhir āpnuvanti 18 tāḥ pragrāhaṃ ṣaṅsati yathā Vṛishākapiṃ, vārshākapaṃ hi, Vṛishākapes tan nyāyam eti. tāsu na nyūṅkhayet, nī vīva nardet, sa hi tāsāṃ nyūṅkho 19 diṣāṃ kḷiptīḥ ṣaṅsati. diṣa eva tat kalpayati 20 tāḥ pañca ṣaṅsati. pañca vā imā diṣaṣ, catasras tiraṣcya, ekordhvā 21 tāsu na nyūṅkhayen naivaiva ca ninarden: ned imā diṣo nyūṅkhayānīti 22 tā ardharcaṣaḥ ṣaṅsati, pratishṭhāyā eva 23 janakalpāḥ ṣaṅsati. prajā vai janakalpā, diṣa eva tat kalpayitvā tāsu prajāḥ pratishṭhāpayati 24 tāsu na nyūṅkhayen naivaiva ca ninarden: ned imāḥ prajā nyūṅkhayānīti. tā ardharcaṣaḥ ṣaṅsati, pratishṭhāyā eve 25 ndragāthāḥ ṣaṅsatīndragāthābhir vai devā asurān abhigāyāthainān atyāyaṅs, tathaivaitad yajamānā indragāthābhir evāpriyam bhrātṛivyam abhigāyāthainam atiyanti 26 tā ardharcaśaḥ śaṅsati, pratishṭhāyā eva || 32 || 6 ||

1 Aitaśapralāpaṃ śaṅsaty 2 Aitaśo ha vai munir agner āyur dadarśa, yajñasyāyātayāmam iti haika āhuḥ. so 'bravīt putrān: putrakā agner āyur adarśam, tad abhilapishyāmi, yat kiṃca vadāmi tan me mā parigāteti. sa pratyupadyatai, tā usvā ā plavante pratīpam prātisatvanam iti 3 tasyābhyagnir Aitaśāyana etyākāle 'bhihāya mukham apyagṛihṇād: adṛipan naḥ piteti 4 taṃ hovācāpehy, alaso 'bhūr yo me vācam avadhīḥ. śatāyuṃ gām akarishyaṃ sahasrāyum purusham, pāpishṭhāṃ te prajāṃ karomi yo metthaṃ asakthā iti 5 tasmād āhur: Abhyagnaya Aitaśāyanā Aurvāṇām pāpishṭhā iti 6 taṃ haike bhūyāṅsaṃ śaṅsanti 7 sa na nishedhed, yāvatkāmaṃ śaṅsety eva brūyād. āyur vā aitaśapralāpa 8 āyur eva tad yajamānasya pratārayati ya evaṃ veda 9 yad evaitaśapralāpā3ḥ | 10 chandasāṃ haisha raso yad aitaśapralāpaś, chandassv eva tad rasaṃ dadhāti 11 sarasair hāsya chandobhir ishṭam bhavati, sarasaiś chandobhir yajñaṃ tanute ya evaṃ veda 12 yad v evaitaśapralāpā3ḥ | 13 ayātayāmā vā akshitir aitaśapralāpo, 'yātayāmā me yajñe 'sad akshitir me yajñe 'sad iti 14 taṃ vā etam aitaśapralāpaṃ śaṅsati padāvagrāhaṃ yathā nividaṃ 15 tasyottamena padena praṇauti yathā nividaḥ 16 pravalhikāḥ śaṅsati. pravalhikābhir vai devā asurān pravalhyāthainān atyāyaṅs, tathaivaitad yajamānāḥ pravalhikābhir evāpriyam bhrātṛivyam pravalhyāthainam atiyanti 17 tā ardharcaśaḥ śaṅsati, pratishṭhāyā evā 18 jijñāsenyāḥ śaṅsaty. ājijñāsenyābhir vai devā asurān ājñāyāthainān atyāyaṅs, tathaivaitad yajamānā ājijñāsenyābhir evāpriyam bhrātṛivyam ājñāyāthainam atiyanti. tā ardharcaśaḥ śaṅsati, pratishṭhāyā eva 19 pratirādhaṃ śaṅsati. pratirādhena vai devā asurān pratirādhyāthainān atyāyaṅs,

tathaivaitad yajamānāḥ pratirādhenaivāpriyam bhrātṛivyam pratirādhyāthainam atiyanty 20 ativādam ṣaṅsaty. ativādena vai devā asurān atyudyāthainān atyāyaṅs, tathaivaitad yajamānā ativādenaivāpriyam bhrātṛivyam atyudyāthainam atiyanti. tam ardharcaṣaḥ ṣaṅsati, pratishṭhāyā eva || 33 || 7 ||

1 Devanītham ṣaṅsaty 2 Ādityāṣ ca ha vā Aṅgirasaṣ ca svarge loke 'spardhanta: vayam pūrva eshyāmo vayam iti. te hāṅgirasaḥ pūrve ṣvaḥsutyām svargasya lokasya dadṛiṣus, te 'gnim prajighyur — Aṅgirasām vā eko 'gniḥ — parehy, Ādityebhyaḥ ṣvaḥsutyām svargasya lokasya prabrūhīti. te hādityā Agnim eva dṛishṭvā sadyaḥsutyām svargasya lokasya dadṛiṣus. tān etyābravīc: ṣvaḥsutyām vaḥ svargasya lokasya prabrūma iti. te hocur: atha vayam tubhyam sadyaḥsutyām svargasya lokasya prabrūmas, tvayaiva vayam hotrā svargam lokam eshyāma iti. sa tathety uktvā pratyuktaḥ punar ājagāma 3 te hocuḥ: prāvocā3ḥ iti | prāvocam iti hovācātho me pratiprāvocann iti. no hi na pratyajñāsthā3ḥ iti | prati vā ajñāsam iti hovāca 4 yaṣasā vā esho 'bhyaiti ya ārtvijyena, tam yaḥ pratirundhed yaṣaḥ sa pratirundhet, tasmān na pratyarautsīti 5 yadi tv asmād apojjigāṅsed, yajñenāsmād apodiyāt | yadi tv ayājyaḥ, svayam apoditam tasmāt || 34 || 8 ||

1 Te hādityān Aṅgiraso 'yājayaṅs, tebhya yājayadbhya imām pṛithivīm pūrṇām dakshiṇānām adadus. tān iyam pratigṛihītātapat, tām nyavṛiñjan, sā siṅhī bhūtvā vijṛimbhantī janān acarat. tasyāḥ ṣocatyā ime pradarāḥ prādīryanta ye 'syā ime pradarāḥ, sameva haiva tataḥ purā 2 tasmād āhur: na nivṛittadakshiṇām pratigṛihṇīyān: nen mā ṣucā viddhā ṣucā vidhyād iti 3 yadi tv enām pratigṛihṇīyād, apriyāyainām bhrātṛivyāya dadyāt, parā haiva bhavaty 4 atha yo 'sau tapatī3ṅ | esho 'ṣvaḥ ṣveto rūpam kṛitvāṣvābhidhānyapihitenātmanā praticakrama. imam vo

nayāma iti, sa esha devanītho 'nūcyata 5 ādityā ha jaritar aṅgirobhyo dakshiṇām anayan | 6 tāṃ ha jaritar na praty āyann iti. na hi ta imām pratyāyaṅs 7 tām u ha jaritaḥ praty āyann iti. prati hi te 'mum āyaṅs 8 tāṃ ha jaritar na praty agribhṇann iti. na hi ta imām pratyagribhṇaṅs 9 tām u ha jaritaḥ praty agribhṇann iti. prati hi te 'mum agribhṇann 10 ahā neta sann avicetanānīty. esha ha vā ahnāṃ vicetayitā 11 jajñā neta sann apurogavāsa iti. dakshiṇā vai yajñānām purogavī. yathā ha vā idam ano 'purogavaṃ rishyaty, evaṃ haiva yajño 'dakshiṇo rishyati. tasmād āhur: dātavyaiva yajñe dakshiṇā bhavaty apy alpikāpy 12 uta śveta āśupatvā | 13 uto padyābhir javishṭhaḥ | 14 utem āśu mānam piparti | 15 ādityā rudrā vasavas tvelate | 16 idaṃ rādhaḥ prati gṛibhṇīhy aṅgira iti. pratigraham eva tad rādhasa aichann 17 idaṃ rādho bṛihat pṛithu | 18 devā dadatv ā varam | 19 tad vo astu sucetanam | 20 yushme astu divo-dive | 21 praty eva gṛibhāyateti. praty evainaṃ tad ajagrabhaishaṃ 22 taṃ vā etaṃ devanīthaṃ śaṅsati padāvagrāhaṃ yathā nividaṃ. tasyottamena padena praṇauti yathā nividaḥ || 35 || o ||

1 Bhūtechadaḥ śaṅsati 2 bhūtechadbhir vai devā asurān upāsacantoteva yuddhenoteva māyayā. teshāṃ vai devā asurāṇām bhūtechadbhir eva bhūtaṃ chādayitvāthainān atyāyaṅs, tathaivaitad yajamānā bhūtechadbhir evāpriyasya bhrātṛivyasya bhūtaṃ chādayitvāthainam atiyanti 3 tā ardharcaśaḥ śaṅsati, pratishṭhāyā evā 4 hanasyāḥ śaṅsaty 5 āhanasyād vai retaḥ sicyate, retasaḥ prajāḥ prajāyante, prajātim eva tad dadhāti 6 tā daśa śaṅsati. daśākshharā virāḷ, annaṃ virāḷ, annād retaḥ sicyate, retasaḥ prajāḥ prajāyante, prajātim eva tad dadhāti 7 tā ayūākhayaty. annaṃ vai ayūākho, 'nnād retaḥ sicyate, retasaḥ prajāḥ

prajāyante, prajātim eva tad dadhāti 8 dadhikrāvṇo akārisham iti dādhikrīṃ śaṅsati. devapavitraṃ vai dadhikrā idaṃ vā idaṃ vyāhannsyāṃ vācam avādīt, tad devapavitreṇa vācam punīte 9 sānushṭub bhavati. vāg vā anushṭup, tat svena ćhandasā vācam punīte 10 sutāso madhumattamā iti pāvamānīḥ śaṅsati 11 devapavitraṃ vai pāvamānya. idaṃ vā idaṃ vyāhanasyāṃ vācam avādīt, tad devapavitreṇaiva vācam punīte. tā anushṭubho bhavanti. vāg vā anushṭup, tat svenaiva chandasā vācam punīte 12 'va drapso aṅśumatīm atishṭhad ity aindrābārhaspatyaṃ tṛicaṃ śaṅsati 13 viṣo adevīr abhy ācarantīr bṛihaspatinā yujendraḥ sasāha ity 14 asuraviṣaṃ ha vai devān abhy udācārya āsīt, sa Indro Bṛihaspatinaiva yujāsuryaṃ varṇam abhidāsantam apāhaṅs. tathaivaitad yajamānā Indrābṛihaspatibhyām eva yujāsuryaṃ varṇam abhidāsantam apaghnate 15 tad āhuḥ: saṃśaṅset shashṭhe 'hā3u | na saṃśaṅse3t iti | saṃśaṅsed ity āhuḥ. katham anyeshv ahassu saṃśaṅsati, katham atra na saṃśaṅsed ity. atho khalv āhur: naiva saṃśaṅset. svargo vai lokaḥ shashṭham ahar, asaṃmāyī vai svargo lokaḥ, kaṣcid vai svarge loke sametīti. sa yat saṃśaṅset, samānaṃ tat kuryād. atha yan na saṃśaṅsatī3ū | tat svargasya lokasya rūpaṃ. tasmān na saṃśaṅsed. yad eva na saṃśaṅsatī3ū | 16 etāni vā atrokthāni: nābhānedishṭho vālakhilyā vṛishākapir evayāmarut. sa yat saṃśaṅsed, apniva sa eteshu kāmaṃ rādhnuyād 17 aindro vṛishākapiḥ, sarvāṇi chandāṅsy aitaṣapralāpas. tatra sa kāma upāpto ya aindre jāgate. 'thedam aindrābarhaspatyaṃ sūktaṃ, aindrābārhaspatyā paridhānīyā. tasmān na saṃśaṅsen na saṃśaṅset || 36 || 10 ||

Iti shashṭhapañcikāyāṃ pañcamo 'dhyāyaḥ.

Iti triṅśādhyāye daśamaḥ khaṇḍaḥ.

1 Athātaḥ paṣor vibhaktis, tasya vibhāgaṃ vakshyāmo
2 hanū sajihve prastotuḥ, ṣyenaṃ vaksha udgātuḥ, kaṇṭhaḥ
kākudraḥ pratihartur, dakshiṇā ṣroṇir hotuḥ, savyā bra-
hmaṇo, dakshiṇaṃ sakthi maitrāvaruṇasya, savyam brā-
hmaṇācchaṅsino, dakshiṇam pārṣvaṃ sāṅsam adhvaryoḥ,
savyam upagātṛīṇāṃ, savyo 'ṅsaḥ pratiprasthātur, dakshi-
ṇaṃ dor neshṭuḥ, savyam potur, dakshiṇa ūrur achāvāka-
sya, savya āgnīdhrasya, dakshiṇo bāhur ātreyasya, savyaḥ
sadasyasya, sadaṃ cānūkaṃ ca gṛihapater, dakshiṇau pā-
dau gṛihapater vratapradasya, savyau pādau gṛihapater
bhāryāyai vratapradasyau,shṭha enayoḥ sādhāraṇo bhavati,
taṃ gṛihapatir eva praṣiṅshyāj. jāghanīm patnībhyo hara-
nti, tāṃ brāhmaṇāya dadyuḥ. skandhyāṣ ca maṇikās ti-
sraṣ ca kīkasā grāvastutas, tisraṣ caiva kīkasā ardhaṃ ca
vaikartasyonnetur, ardhaṃ caiva vaikartasya klomā ca ṣa-
mitus. tad brāhmaṇāya dadyād, yady abrāhmaṇaḥ syāc.
chiraḥ subrahmaṇyāyai, yaḥ ṣvaḥsutyām prāha tasyājinam,
iḍā sarveshāṃ hotur vā 3 tā vā etāḥ shaṭtriṅṣatam ekapadā
yajñaṃ vahanti. shaṭtriṅṣadaksharā vai bṛihatī, bārhatāḥ
svargā lokāḥ. prāṇāṅṣ caiva tat svargāṅṣ ca lokān āpnu-
vanti, prāṇeshu caiva tat svargeshu ca lokeshu pratiti-
shṭhanto yanti 4 sa esha svargyaḥ paṣur ya enam evaṃ
vibhajanty 5 atha ye 'to 'nyathā, tad yathā selagā vā pā-
pakṛito vā paṣuṃ vimathnīraṅs tādṛik tat 6 tāṃ vā etām
paṣor vibhaktiṃ Ṣrautarishir Devabhāgo vidāṃ cakāra,
tām u hāprocyaivāsmāl lokād uccakrāmat 7 tāṃ u ha

Girijāya Bābhravyāyāmanushyaḥ provāca. tato hainām etadarvāñ manushyā adhīyate 'dhīyate || 1 || ¹ ||

Iti saptamapañcikāyām prathamo 'dhyāyaḥ.

Ity ekatriṅṣādhyāye prathamaḥ khaṇḍaḥ.

1 Tad āhur: ya āhitāgnir upavasathe mriyeta, katham asya yajñaḥ syād iti. nainaṃ yājayed, ity āhur, anabhiprāpto hi yajñam bhavatīti 2 tad āhur: ya āhitāgnir adhiṣrite 'gnihotre sāṃnāyye vā havishshu vā mriyeta, kā tatra prāyaṣcittir ity. atraivaināny anuparyādadhyād yathā sarvāṇi saṃdahyeran. sā tatra prāyaṣcittis 3 tad āhur: ya āhitāgnir āsannesbu havishshu mriyeta, kā tatra prāyaṣcittir iti. yābhya eva tāni devatābhyo havīṅshi gṛhītāni bhavanti, tābhyaḥ svāhety evaināny āhavanīye sarvahunti juhuyāt. sā tatra prāyaṣcittis 4 tad āhur: ya āhitāgniḥ pravasan mriyeta, katham asyāgnihotraṃ syād ity. abhivānyavatsāyāḥ payasā juhuyād. anyad ivaitat payo yad abhivānyavatsāyā, anyad ivaitad agnihotraṃ yat pretasyā5pi vā yata eva kutaṣca payasā juhuyur 6 athāpy āhur: evam evainān ajasrān ajuhvata indhīrann ā ṣarīrāṇām āhartor iti 7 yadi ṣarīrāṇi na vidyeran, parṇaṣarāḥ shashṭis trīṇi ca ṣatāny āhṛitya teshām purusharūpakam iva kṛitvā tasmiṅs tām āvṛitaṃ kuryur, athainān charīrair āhṛitaiḥ saṃsparṣyodvāsayeyur 8 adhyardhaṣataṃ kāye, sakthinī dvipañcāṣe ca viṅṣe co,rū dvipañcaviṅṣe, ṣeshaṃ tu ṣirasy upari dadhyāt 9 sā tatra prāyaṣcittiḥ || 2 || ¹ ||

1 Tad āhur: yasyāgnihotry upāvasṛishṭā duhyamānopaviṣet, kā tatra prāyaṣcittir iti. tām abhimantrayeta 2 yasmād bhīshā nishīdasi tato no abhayaṃ kṛidhi | paṣūn naḥ sarvān gopāya namo rudrāya mīḷhushe iti. tām utthāpayed: ud asthād devy aditir āyur yajñapatāv adhāt | indrāya kṛiṇvatī bhāgam mitrāya varuṇaya cety. athāsyā udapātram ūdhasi ca mukhe copa-

gṛihṇīyād, athainām brāhmaṇāya dadyāt. sā tatra prāyaṣcittis 3 tad āhur: yasyāgnihotry upāvasṛishṭā duhyamānā vāṣyeta, kā tatra prāyaṣcittir ity. aṣanāyām ha vā eshā yajamānasya pratikhyāya vāṣyate. tām annam apy ādayec chāntyai, ṣāntir vā annam. sūyavasād bhagavatī hi bhūyā iti. sā tatra prāyaṣcittis 4 tad āhur: yasyāgnihotry upāvasṛishṭā duhyamānā syandeta, kā tatra prāyaṣcittir iti. sā yat tatra skandayet, tad abhimṛiṣya japed: yad adya dugdham pṛithivīm asṛipta yad oshadhīr atyasṛipad yad āpaḥ | payo gṛiheshu payo aghnyāyām payo vatseshu payo astu tan mayīti. tatra yat pariṣishṭaṃ syāt, tena juhuyād yady alaṃ homāya syād. yady u vai sarvaṃ siktaṃ syād, athānyām āhūya tāṃ dugdhvā tena juhuyād, ā tv eva ṣraddhāyai hotavyaṃ. sā tatra prāyaṣcittiḥ || 3 || 2 ||

1 Tad āhur: yasya sāyaṃdugdhaṃ sāṃnāyyaṃ dushyed vāpahared vā, kā tatra prāyaṣcittir iti. prātardugdhaṃ dvaidhaṃ kṛitvā tasyānyatarām bhaktim ātacya tena yajeta: sā tatra prāyaṣcittis 2 tad āhur: yasya prātardugdhaṃ sāṃnāyyaṃ dushyed vāpahared vā, kā tatra prāyaṣcittir ity. aindraṃ vā māhendraṃ vā puroḍāṣaṃ tasya sthāne nirupya tena yajeta. sā tatra prāyaṣcittis 3 tad āhur: yasya sarvam eva sāṃnāyyaṃ dushyed vāpahared vā, kā tatra prāyaṣcittir ity. aindraṃ vā māhendraṃ veti samānam. sā tatra prāyaṣcittis 4 tad āhur: yasya sarvāṇy eva havīṃshi dushyeyur vāpahareyur vā, kā tatra prāyaṣcittir ity. ājyasyaināni yathādevatam parikalpya tayājyahavisheshṭyā yajetāto 'nyām ishṭim anulbaṇāṃ tanvīta. yajño yajñasya prāyaṣcittiḥ || 4 || 3 ||

1 Tad āhur: yasyāgnihotram adhiṣritam amedhyam āpadyeta, kā tatra prāyaṣcittir iti. sarvam evainat srucy abhiparyāsicya prāṅ udetyāhavanīye haitāṃ samidham

abhyādadhāty, athottarata āhavanīyasyoshṇam bhasma nirūhya juhuyān manasā vā prājāpatyayā varcā. tad dhutam cāhutam ca. sa yady ekasminn unnīte yadi dvayor, esha eva kalpas. tac ced vyupanayitum ṣaknuyān, nishshicyaitad dushṭam adushṭam abhiparyāsicya tasya yathonnītī syāt tathā juhuyāt. sā tatra prāyaṣcittis 2 tad āhur: yasyāgnihotram adhiṣritam skandati vā vishyandate vā, kā tatra prāyaṣcittir iti. tad adbhir upaninayec chāntyai, ṣāntir vā āpo. 'thainad dakshiṇena pāṇinābhimṛiṣya japati 3 divam tṛitīyam devān yajño 'gāt tato mā draviṇam āshṭāntarikshaṃ tṛitīyam pitṛīn yajño 'gāt tato mā draviṇam āshṭa, pṛithivīm tṛitīyam manushyān yajño 'gāt tato mā draviṇam āshṭa 4 yayor ojasā skabhitā rajāṅsīti vaishṇavavāruṇīm ṛicam japati. Vishṇur vai yajñasya durishṭam pāti Varuṇaḥ svishṭam, tayor ubhayor eva ṣāntyai 5 sā tatra prāyaṣcittis 6 tad āhur: yasyāgnihotram adhiṣritam prāñ udāyan skhalate vāpi vā bhraṅṣate, kā tatra prāyaṣcittir iti. sa yady upanivartayet, svargāl lokād yajamānam āvartayed. atraivāsmā upavishṭāyaitam agnihotraparīṣesham āhareyus, tasya yathonnītī syāt tathā juhuyāt. sā tatra prāyaṣcittis 7 tad āhur: atha yadi srug bhidyeta, kā tatra prāyaṣcittir ity. anyām srucam āhṛitya juhuyād, athaitām srucam bhinnām āhavanīye 'bhyādadhyāt prāgdaṇḍām pratyakpushkarām. sā tatra prāyaṣcittis 8 tad āhur: yasyāhavanīye 'gnir vidyetātha gārhapatya upaṣāmyet, kā tatra prāyaṣcittir iti. sa yadi prāñcam uddharet prāyatanāc cyaveta, yat pratyañcam asuravad yajñam tanvīta, yan manthed bhrātṛivyam yajamānasya janayed, yad anugamayet prāṇo yajamānam jahyāt. sarvam evainam sabhasmānam samopya gārhapatyāyatane nidhāyātha prāñcam āhavanīyam uddharet. sā tatra prāyaṣcittiḥ || 5 || 4 ||

1 Tad āhur: yasyāgnāv agnim uddhareyuḥ, kā tatra prāyaṣcittir iti. sa yady anupaṣyed, udūhya pūrvam aparaṃ nidadhyād. yady u nānupaṣyet, so 'gnaye 'gnivate 'shṭākapālam puroḷāṣaṃ nirvapet. tasya yājyānuvakye: agnināgniḥ sam idhyate, tvaṃ hy agne agninety. āhutiṃ vāhavanīye juhuyād: agnaye 'gnivate svāheti. sā tatra prāyaṣcittis 2 tad āhur: yasya gārhapatyāhavanīyau mithaḥ saṃsṛjyeyātāṃ, kā tatra prāyaṣcittir iti. so 'gnaye vītaye 'shṭākapālam puroḷāṣaṃ nirvapet. tasya yājyānuvākye: agna ā yāhi vītaye, yo agniṃ devavītaya ity. āhutiṃ vāhavanīye juhuyād: agnayo vītaye svāheti. sā tatra prāyaṣcittis 3 tad āhur: yasya sarva evāgnayo mithaḥ saṃsṛjyeran, kā tatra prāyaṣcittir iti. so 'gnaye viviciye 'shṭākapālam puroḷāṣaṃ nirvapet. tasya yājyānuvākye: svar ṇa vastor ushasām aroci, tvām agne mānushīr īḷate viṣa ity. āhutiṃ vāhavanīye juhuyād: agnaye viviciye svāheti. sā tatra prayaṣcittis 4 tad āhur: yasyāgnayo anyair agnibhiḥ saṃsṛjyeran, kā tatra prāyaṣcittir iti. so 'gnaye kshāmavate 'shṭākapālam puroḷāṣaṃ nirvapet. tasya yājyānuvākye: akrandad agni stanayann iva dyauḥ, adhā yathā naḥ pitaraḥ parāsa ity. āhutiṃ vāhavanīye juhuyād: agnaye kshāmavate svāheti. sā tatra prāyaṣcittiḥ ‖ 6 ‖ 5 ‖

1 Tad āhur: yasyāgnayo grāmyeṇāgninā saṃdahyeran, kā tatra prāyaṣcittir iti. so 'gnaye saṃvargāyāshṭākapālam puroḷāṣaṃ uirvapet. tasya yājyānuvākye: kuvit su no gavishṭaye, mā no asmin mahādhana ity. āhutiṃ vāhavanīye juhuyād: agnayo saṃvargāya svāheti. sā tatra prāyaṣcittis 2 tad āhur: yasyāgnayo divyenāgninā saṃsṛjyeran, kā tatra prāyaṣcittir iti. so 'gnaye 'psumate 'shṭākapālam puroḷāṣaṃ nirvapet. tasya yājyānuvākye: apsv agne sadhish ṭava, mayo dadho medhiraḥ pū-

tadaksha ity. āhutiṃ vāhavanīye juhuyād: agnaye 'psumate svāheti. sā tatra prāyaşcittis 3 tad āhur: yasyāgnayaḥ şavāgninā saṃsṛijyeran, kā tatra prāyaşcittir iti. so 'gnaye şucaye 'shṭākapālam puroḷāşaṃ nirvapet. tasya yājyānuvākye: agniḥ şucivratatama, ud agne şucayas tavety. āhutiṃ vāhavanīye juhuyād: agnaye şucaye svāheti. sā tatra prāyaşcittis 4 tad āhur: yasyāgnaya āraṇyenāgninā saṃdahyeran, kā tatra prāyaşcittir iti. sam evāropayed araṇī volmukaṃ vā mokshayed yady āhavanīyād yadi gārhapatyād. yadi na şaknuyāt, so 'gnaye saṃvargāyāshṭākapālam puroḷāşaṃ nirvapet. tasyokte yājyānuvākye. āhutiṃ vāhavanīye juhuyād: agnaye saṃvargāya svāheti. sā tatra prāyaşcittiḥ || 7 || 6 ||

1 Tad āhur: ya āhitāgnir upavasathe 'şru kurvīta, kā tatra prāyaşcittir iti. so 'gnaye vratabhṛite 'shṭākapālam puroḷāşaṃ nirvapet. tasya yājyānuvākye: tvam agne vratabhṛic chucir, vratāni bibhrad vratapā adabdha ity. āhutiṃ vāhavanīye juhuyād: agnaye vratabhṛite svāheti. sā tatra prāyaşcittis 2 tad āhur: ya āhitāgnir upavasathe 'vratyam āpadyeta, kā tatra prāyaşcittir iti. so 'gnaye vratapataye 'shṭākapālam puroḷāşaṃ nirvapet. tasya yājyānuvākye: tvam agne vratapā asi, yad vo vayam praminānma vratānīty. āhutiṃ vāhavanīye juhuyād: agnaye vratapataye svāheti. sā tatra prāyaşcittis 3 tad āhur: ya āhitāgnir amāvāsyām paurṇamāsīṃ vātīyāt, kā tatra prāyaşcittir iti. so 'gnaye pathikṛite 'shṭākapālam puroḷāşaṃ nirvapet. tasya yājyānuvākye: vetthā hi vedho 'dhvana, ā devānām api panthām aganmety. āhutiṃ vāhavanīye juhuyād: agnaye pathikṛite svāheti. sā tatra prāyaşcittis 4 tad āhur: yasya sarva evāgnaya upaşāmyeran, kā tatra prāyaşcittir iti. so 'gnaye tapasvate janadvate pāvakavate 'shṭākapālam pu-

roḍāśaṃ nirvapet. tasya yājyānuvākye: ā yāhi tapasā janeshv, ā no yāhi tapasā janeshv ity. āhutiṃ vāhavanīye juhuyād: agnaye tapasvate janadvate pāvakavate svāheti. sā tatra prāyaścittiḥ || 8 || 7 ||

1 Tad āhur: ya āhitāgnir āgrayaṇenāniṣhṭvā navānnam prāśnīyāt, kā tatra prāyaścittir iti. so 'gnaye vaiśvānarāya dvādaśakapālaṃ puroḍāśaṃ nirvapet. tasya yājyānuvākye: vaiśvānaro ajījanat, pṛishṭo divi pṛishṭo agniḥ pṛithivyām ity. āhutiṃ vāhavanīye juhuyād: agnaye vaiśvānarāya svāheti. sā tatra prāyaścittis 2 tad āhur: ya āhitāgnir yadi kapālaṃ naśyet, kā tatra prāyaścittir iti. so 'śvibhyāṃ dvikapālaṃ puroḍāśaṃ nirvapet. tasya yājyānuvākye: aśvinā vartir asmad ā gomatā nāsatyā rathenety. āhutiṃ vāhavanīye juhuyād: aśvibhyāṃ svāheti. sā tatra prāyaścittis 3 tad āhur: ya āhitāgnir yadi pavitraṃ naśyet, kā tatra prāyaścittir iti. so 'gnaye pavitravate 'shṭākapālaṃ puroḍāśaṃ nirvapet. tasya yājyānuvākye: pavitraṃ te vitatam brahmaṇas pate, taposh pavitraṃ vitataṃ divas pada ity. āhutiṃ vāhavanīye juhuyād: agnaye pavitravate svāheti. sā tatra prāyaścittis 4 tad āhur: ya āhitāgnir yadi hiraṇyaṃ naśyet, kā tatra prāyaścittir iti. so 'gnaye hiraṇyavate 'shṭākapālaṃ puroḍāśaṃ nirvapet. tasya yājyānuvākye: hiraṇyakeśo rajaso visāre, ā te suparṇā aminantañ evair ity. āhutiṃ vāhavanīye juhuyād: agnaye hiraṇyavate svāheti. sā tatra prāyaścittis 5 tad āhur: ya āhitāgnir yadi prātar asnāto 'gnihotraṃ juhuyāt, kā tatra prāyaścittir iti. so 'gnaye Varuṇāyāshṭākapālaṃ puroḍāśaṃ nirvapet. tasya yājyānuvākye: tvaṃ no agne varuṇasya vidvān, sa tvaṃ no agne 'vamo bhavotīty. āhutiṃ vāhavanīye juhuyād: agnaye varuṇāya svāheti. sā tatra prāyaścittis 6 tad āhur: ya āhitāgnir yadi sūtakā-

nnnm prāṣnīyāt, kā tatra prāyaṣcittir iti. so 'guaye tantumate 'shṭākapālam puroḷāṣaṃ nirvapet. tasya yājyānuvākye: tantuṃ tanvan rajaso bhānum anv ihy, akshṇaho nahyatanota somyā ity. āhutiṃ vāhavanīye juhuyād: agnaye tantumate svāheti. sā tatra prāyaṣcittis 7 tad āhur: ya āhitāgnir jīve mṛitaṣabdaṃ ṣrutvā, kā tatra prāyaṣcittir iti. so 'guaye surabhimate 'shṭākapālam puroḷāṣaṃ nirvapet. tasya yājyānuvākye: agnir hotā ny asīdad yajīyān, sādhvīm akar devavītiṃ no adyety. āhutiṃ vāhavanīye juhuyād: agnaye surabhimate svāheti. sā tatra prāyaṣcittis 8 tad āhur: ya āhitāgnir yasya bhāryā gaur vā yamau janayet, kā tatra prāyaṣcittir iti. so 'guaye marutvate trayodaṣakapālam puroḷāṣaṃ nirvapet. tasya yājyānuvākye: maruto yasya hi kshaye, 'rā ived acaramā ahevety. āhutiṃ vāhavanīye juhuyād: agnaye marutvate svāheti. sā tatra prāyaṣcittis 9 tad āhur: apatnīko 'py agnihotram āhare3t | nāhare3t iti | 10 āhared ity āhur 11 yadi nāhared, anaddhāpurushaḥ 12 ko 'naddhāpurusha iti. na devān na pitṝn na manushyān iti 13 tasmād apatnīko 'py agnihotram āharet 14 tad eshābhi yajñagāthā gīyate 15

yajet sautrāmaṇyām apatnīko 'py asomapaḥ |
mātāpitṛibhyām anṛiṇārthād yajeti vacanāc chrutir

iti 16 tasmāt saumyaṃ yājayet || 9 || 8 ||

(1 Tad āhur: vācāpatnīko 'gnihotraṃ katham eva juhoti 2 nivishṭe mṛitā patnī nashṭā vāgnihotraṃ katham agnihotraṃ juhoti 3 putrān pautrān naptṝn ity āhur: asmiṅṣ ca loke 'mushmiṅṣ cāsmiṅl loke 'yaṃ svargo 'svargeṇa svargaṃ lokam ārohety. amushyaiva lokasya saṃtatiṃ dhārayati yasyaishām patnīṃ naichet. tasmād apatnīkasyādhānaṃ kurvanty 4 apatnīko 'gnihotraṃ katham agnihotraṃ juhoti. ṣraddhā patnī satyaṃ yajamānaḥ. ṣraddhā

satyaṃ tad ity uttamam mithunaṃ, ṣraddhayā satyena mithunena svargāñl lokāñ jayatīti || 10 || 9 ||)

(1 tad āhur: yad darṣapūrṇamāsayor upavasati, na ha vā avratasya devā havir aṣnanti. tasmād upavasaty: uta me devā havir aṣnīyur iti 2 pūrvām paurṇamāsīm upavased iti Paiñgyam, uttarām iti Kaushītakam. yā pūrvā paurṇamāsī sānumatir, yottarā sā Rākā 3 yā pūrvāmāvāsyā sā Sinīvālī, yottarā sā Kuhūr 4 yām paryastamiyād abhyudiyād iti sā tithiḥ 5 pūrvām paurṇamāsīm upavased. anirjñāya purastād amāvāsyāyāṃ candramasaṃ yad upaiti yad yajate, tena somaṃ krīṇanti tenottarām. uttarām upavased. uttarāṃ ha vai somo yajate somam anu daivatam. etad vai devasomaṃ yac candramās, tasmād uttarām upavaset || 11 || 10 ||)

1 Tad āhur: yasyāgnim anuddhṛitam Ādityo 'bhyudiyād vābhyastamiyād vā praṇīto vā prāg ghomād upaṣāmyet, kā tatra prāyaṣcittir iti 2 hiraṇyam puraskṛitya sāyam uddharej. jyotir vai ṣukraṃ hiraṇyaṃ, jyotiḥ ṣukram asau; tad eva taj jyotiḥ ṣukram paṣyann uddharati. rajatam antardhāya prātar uddhared, etad rātrirūpam. purā sambhedāc chāyānām āhavanīyam uddharen. mṛityur vai tamaṣ chāyā, tenaiva taj jyotishā mṛityuṃ tamaṣ chāyāṃ tarati. sā tatra prāyaṣcittis 3 tad āhur: yasya gārhapatyāhavanīyāv antareṇāno vā ratho vāṣvā vā pratipadyeta, kā tatra prāyaṣcittir iti. nainan manasi kuryād, ity āhur, ātmany asya hitā bhavantīti. tac cen manasi kurvīta, gārhapatyād avichinnām udakadhārām haret, tantuṃ tanvan rajaso bhānum anv ihīty āhavanīyāt. sā tatra prāyaṣcittis 4 tad āhuḥ: katham agnīn anvādadhāno 'nvāhāryapacanam āhāraye3t | nāhāraye3t iti | 5 āhārayed ity āhuḥ. prāṇān vā esho 'bhyātmaṃ dhatte yo 'gnīn ādhatte. teshām esho 'nnādatamo bhavati yad anvāhāryapacanas.

tasminn etām āhutim juhoty: agnaye 'naādāyānnapataye svāhety 6 annādo hānnapatir bhavaty, aṣnate prajayānnādyam ya evam vedā7uttareṇa gārhapatyāhavanīyau boshyan samcaretaitena ha vā enam samcaramāṇam agnayo vidur: ayam asmāsu boshyatīty. etena ha vā asya samcaramāṇasya gārhapatyāhavanīyau pāpmānam apahataḥ, so 'pahatapāpmordhvaḥ svargam lokam etīti vai brāhmaṇam udāharanti 8 tad āhuḥ: katham agnīn pravatsyann upatishṭheta, proshya vā pratyetyāhar-ahar veti. tūshṇīm ity āhus. tūshṇīm vai ṣreyasa ākāṅkshante. 'thāpy āhur: ahar-ahar vā ete yajamānasyāṣraddhayodvāsanāt praplāvanād bibhyati. tān upatishṭhetaivābhayam vo 'bhayam me 'stv ity. abhayam haivāsmai bhavaty abhayam haivāsmai bhavati || 12 || 11 ||

Iti saptamapañcikāyām dvitīyo 'dhyāyaḥ.

Iti dvātriṅṣādhyāya ekādaṣaḥ khaṇḍaḥ.

1 Hariṣcandro ha Vaidhasa Aikshvāko rājāputra āsa. tasya ha ṣatam jāyā babhūvus, tāsu putram na lebhe. tasya ha Parvatanāradau gṛiha ūshatuḥ, sa ha Nāradam papracha 2

yam nv imam putram ichanti ye vijānanti ye ca na |
kim svit putreṇa vindate tan ma ācakshva Nāradeti

3 sa ekayā pṛishṭo daṣabhiḥ pratyuvāca 4

ṛiṇam asmin samnayaty amṛitatvam ca gachati |
pitā putrasya jātasya paṣyec cej jīvato mukham ||

5 yāvantaḥ pṛithivyām bhogā yāvanto jātavedasi |
yāvanto apsu prāṇinām bhūyān putre pitus tataḥ ||

6 ṣaṣvat putreṇa pitaro 'tyāyan bahulam tamaḥ |
ātmā hi jajña ātmanaḥ sa irāvaty atitāriṇī ||

7 kim nu malam kim ajinam kim u ṣmaṣrūṇi kim tapaḥ |
putram brahmāṇa ichadhvam sa vai loko 'vadāvadaḥ ||

8 annam ha prāṇaḥ ṣaraṇam ha vāso

rūpaṃ hiraṇyam paṣavo vivāhāḥ |
sakhā ha jāyā kṛpaṇaṃ ha duhitā
jyotir ha putraḥ parame vyoman ||
9 patir jāyām praviṣati garbho bhūtvā sa mātaram |
tasyām punar navo bhūtvā daṣame māsi jāyate ||
10 taj jāyā jāyā bhavati yad asyāṃ jāyate punaḥ |
ābhūtir eshābhūtir bījam etan nidhīyate ||
11 devāṣ caitām ṛishayaṣ ca tejaḥ samabharan mahat |
devā manushyān abruvann eshā vo jananī punaḥ ||
12 nāputrasya loko 'stīti tat sarve paṣavo viduḥ |
tasmāt tu putro mātaraṃ svasāraṃ cādhirohati ||
13 esha panthā urugāyaḥ suṣevo
yam putriṇa ākramante viṣokāḥ |
tam paṣyanti paṣavo vayāṃsi ca
tasmāt te mātrāpi mithunībhavantī 14 ti
ha smā ākhyāya || 13 ||

1 Athainam uvāca: Varuṇaṃ rājānam upadhāva: putro me jāyatām, tena tvā yajā iti 2 tatheti. sa Varuṇaṃ rājānam upasasāra: putro me jāyatām, tena tvā yajā iti. tatheti. tasya ha putro jajñe Rohito nāma 3 taṃ hovācājani vai te putro, yajasva māneneti. sa hovāca: yadā vai paṣur nirdaṣo bhavaty, atha sa medhyo bhavati. nirdaṣo nv astv, atha tvā yajā iti. tatheti 4 sa ha nirdaṣa āsa. taṃ hovāca: nirdaṣo nv abhūd, yajasva māneneti. sa hovāca: yadā vai paṣor dantā jāyante, 'tha sa medhyo bhavati. dantā nv asya jāyantām, atha tvā yajā iti. tatheti 5 tasya ha dantā jajñire. taṃ hovācājñata vā asya dantā, yajasva māneneti. sa hovāca: yadā vai paṣor dantāḥ padyante, 'tha sa medhyo bhavati. dantā nv asya padyantām, atha tvā yajā iti. tatheti 6 tasya ha dantāḥ pedire. taṃ hovācāpatsata vā asya dantā, yajasva māneneti. sa hovāca: yadā vai paṣor dantāḥ punar jāyante, 'tha sa me-

dhyo bhavati. dantā nv asya punar jāyantām, atha tvā yajā iti. tatheti 7 tasya ha dantāḥ punar jajñire. taṃ hovācājñata vā asya punar dantā, yajasva mānena iti. sa hovāca: yadā vai kshatriyaḥ sāṃnāhuko bhavaty, atha sa medhyo bhavati. saṃnāhaṃ nu prāpnotv, atha tvā yajā iti. tatheti 8 sa ha saṃnāham prāpat. taṃ hovāca: saṃnāhaṃ nu prāpnod, yajasva mānena iti. sa tathety uktvā putram āmantrayām āsa: tatāyaṃ vai mahyaṃ tvām adadād, dhanta tvayāham imaṃ yajā iti 9 sa ha nety uktvā dhanur ādāyāraṇyam apātasthau, sa saṃvatsaram araṇye cacāra || 14 || ² ||

1 Atha haikshvākaṃ Varuṇo jagrāha, tasya hodaraṃ jajñe. tad u ha Rohitaḥ śuśrāva, so 'raṇyād grāmam eyāya. tam Indraḥ purusharūpeṇa paryetyovāca:

nānā śrāntāya śrīr astīti Rohita śuśruma |
pāpo nrishadvaro jana Indra ic carataḥ sakhā ||

caraiveti 2 caraiveti vai mā brāhmaṇo 'vocad, iti ha dvitīyaṃ saṃvatsaram araṇye cacāra. so 'raṇyād grāmam eyāya, tam Indraḥ purusharūpeṇa paryetyovāca:

pushpiṇyau carato jaṅghe bhūshṇur ātmā phalagrahiḥ |
śere 'sya sarve pāpmānaḥ śrameṇa prapathe hatāś ||

caraiveti 3 caraiveti vai mā brāhmaṇo 'vocad, iti ha tṛtīyaṃ saṃvatsaram araṇye cacāra. so 'raṇyād grāmam eyāya, tam Indraḥ purusharūpeṇa paryetyovāca:

āste bhaga āsīnasyordhvas tishṭhati tishṭhataḥ |
śete nipadyamānasya carāti carato bhagaś ||

caraiveti 4 caraiveti vai mā brāhmaṇo 'vocad, iti ha caturthaṃ saṃvatsaram araṇye cacāra. so 'raṇyād grāmam eyāya, tam indraḥ purusharūpeṇa paryetyovāca:

Kaliḥ śayāno bhavati saṃjihānas tu Dvāparaḥ |
uttishṭhaṃs Tretā bhavati Kṛitaṃ sampadyate caraṃś ||

caraiveti 5 caraiveti vai mā brāhmaṇo 'vocad, iti ha pañcamaṃ saṃvatsaram araṇye cacāra. so 'raṇyād grāmam eyāya, tam Indraḥ purusharūpeṇa paryetyovāca:

caran vai madhu vindati caran svādum udumbaram |
sūryasya paṣya ṣremāṇaṃ yo na tandrayate caraṃṣ ||

caraiveti 6 caraiveti vai mā brāhmaṇo 'vocad, iti ha shashṭhaṃ saṃvatsaram araṇye cacāra. so 'jīgartaṃ Sauyavasim ṛishim aṣanāyāparītam araṇya upeyāya 7 tasya ha trayaḥ putrā āsuḥ: Ṣunaḥpucchaḥ Ṣunaḥṣepaḥ Ṣunolāṅgūla iti. taṃ hovāca: ṛishe 'haṃ te ṣataṃ dadāmy, aham eshām ekenātmānaṃ nishkriṇā iti. sa jyeshṭhaṃ putraṃ nigṛhṇāna uvāca: na nv imam iti, no evemam iti kanishṭham mātā. tau ha madhyame sampādayāṃ cakratuḥ Ṣunaḥṣepe. tasya ha ṣataṃ dattvā sa tam ādāya so 'raṇyād grāmam eyāya 8 sa pitaram etyovāca: tata hantāham anenātmānaṃ nishkriṇā iti. sa Varuṇaṃ rājānam upasasārānena tvā yajā iti. tatheti, bhūyān vai brāhmaṇaḥ kshatriyād iti Varuṇa uvāca. tasmā etaṃ rājasūyaṃ yajñakratum provāca. tam etam abhishecanīye purusham paṣum ālebhe || 15 || 3 ||

1 Tasya ha Viṣvāmitro hotāsīj, Jamadagnir adhvaryur, Vasishṭho brahmāyāsya udgātā. tasmā upākṛitāya niyoktāraṃ na vividuḥ. sa hovācājīgartaḥ Sauyavasir: mahyam aparaṃ ṣataṃ dattāham enaṃ niyokshyāmīti. tasmā aparaṃ ṣataṃ dadus, taṃ sa niniyoja 2 tasmā upākṛitāya niyuktāyāprītāya paryagnikṛitāya viṣasitāraṃ na vividuḥ. sa hovācājīgartaḥ Sauyavasir: mahyam aparaṃ ṣataṃ dattāham enaṃ viṣasishyāmīti. tasmā aparaṃ ṣataṃ daduḥ, so 'siṃ niḥṣāna eyāyā 3 tha ha Ṣunaḥṣepa īkshāṃ cakre: 'mānusham iva vai mā viṣasishyanti, hantāhaṃ devatā upadhāvāmīti. sa Prajāpatim eva prathamaṃ devatānām upasasāra: kasya nūnaṃ katamasyāmṛitānām ity etayarcā 4 tam Prajāpatir uvācāgnir vai devānāṃ nedishṭhas,

tam evopadhāveti. so 'gniṃ upasasārāgner vayaṃ prathamasyāmṛitānām ity etayarcā 5 tam Agnir uvāca: Savitā vai prasavānām īṣe, tam evopadhāveti. sa Savitāram upasasārābhi tvā deva savitar ity etena tṛicena 6 taṃ Savitovāca: Varuṇāya vai rājñe niyukto 'si, tam evopadhāveti. sa Varuṇaṃ rājānam upasasārāta uttarābhir ekatriṅṣatā 7 taṃ Varuṇa uvācāgnir vai devānāṃ mukhaṃ suhṛidayatamas, taṃ nu stuhy atha tvotsrakshyāma iti. so 'gniṃ tushṭāvāta uttarābhir dvāviṅṣatyā 8 tam Agnir uvāca: Viṣvān nu devān stuhy, atha tvotsrakshyāma iti. sa Viṣvān devāṅs tushṭāva: namo mahadbhyo namo arbhakebhya ity etayarcā 9 taṃ Viṣve devā ūcur: Indro vai devānām ojishṭho balishṭhaḥ sahishṭhaḥ sattamaḥ pārayishṇutamas, taṃ nu stuhy, atha tvotsrakshyāma iti. sa Indraṃ tushṭāva: yac cid dhi satya somapā iti caitena sūktenottarasya ca pañcadaṣabhis 10 tasmā Indraḥ stūyamānaḥ prīto manasā hiraṇyarathaṃ dadau. taṃ etayā pratyāya: ṣaṣvad indra iti 11 tam Indra uvācāṣvinau nu stuhy, atha tvotsrakshyāma iti. so 'ṣvinau tushṭāvāta uttareṇa tṛicena 12 tam Aṣvinā ūcatur: Ushasaṃ nu stuhy, atha tvotsrakshyāma iti. sa Ushasaṃ tushṭāvāta uttareṇa tṛicena 13 tasya ha smarcy-ṛicy uktāyāṃ vi pāṣo mumuce, kanīya Aikshvākasyodaram bhavaty; uttamasyām evarcy uktāyāṃ vi pāṣo mumuce, 'gada Aikshvāka āsa | 16 || 4 ||

1 Taṃ ṛitvija ūcus: tvam eva no 'syāhnaḥ saṃsthām adhigachety. atha haitaṃ Ṣunaḥṣepo 'ñjaḥsavaṃ dadarṣa, tam etābhiṣ catasṛibhir abhisushāva: yac cid dhi tvaṃ gṛihe-gṛiha ity. athainaṃ droṇakalaṣam abhyavanināyoc chishṭaṃ camvor bharety etayarcātha hāsminn anvārabdhe pūrvābhiṣ catasṛibhiḥ sasvāhākārābhir juhavāṃ cakārāthainam avabhṛitham abhyavaninâya: tvaṃ no agne varuṇasya vidvān ity etābhyām. athainam ata ūrdhvam

agnim āhavanīyam upasthāpayāṃ cakāra: ṣunaṣ cic chepaṃ uiditaṃ sahasrād ity 2 atha ha Ṣunaḥṣepo Viṣvāmitrasyāñkam āsasāda. sa hovācājīgartaḥ Sauyavasir: ṛishe punar me putraṃ dehīti. neti hovāca Viṣvāmitro, devā vā imam mahyam arāsateti. sa ha Devarāto Vaiṣvāmitra āsa. tasyaite Kāpileyabābhravāḥ 3 sa hovacājīgartaḥ Sauyavasis: tvaṃ vehi vihvayāvahā iti. sa hovācājīgartaḥ Sauyavasir:

Āñgiraso janmanāsy Ājīgartiḥ ṣrutaḥ kaviḥ |
ṛishe paitāmahāt tantor māpagāḥ punar ehi mām ||

iti. sa hovāca Ṣunaḥṣepo:

'darṣas tvā ṣāsahastaṃ na yac chūdreshv alapsata |
gavāṃ trīṇi ṣatāni tvam avṛiṇīthā mad Añgira

iti 4 sa hovācājīgartaḥ Sauyavasis:

tad vai mā tāta tapati pāpaṃ karma mayā kṛitam |
tad ahaṃ nihnave tubhyam pratiyantu ṣatā gavām ||

iti. sa hovāca Ṣunaḥṣepo:

yaḥ sakṛit pāpakaṃ kuryāt kuryād enat tato 'param |
nāpāgāḥ ṣaudrān nyāyād asaṃdheyaṃ tvayā kṛitam ||

ity 5 asaṃdheyam iti ha Viṣvāmitra upapapāda. sa hovāca Viṣvāmitro:

bhīma eva Sauyavasiḥ ṣāsena viṣiṣāsishuḥ |
asthāu, maitasya putro bhūr mamaivopehi putratām ||

iti 6 sa hovāca Ṣunaḥṣepaḥ:

sa vai yathā no jñapayā rājaputra tathā vada |
yathaivāñgirasaḥ sann upeyāṃ tava putratām ||

iti. sa hovāca Viṣvāmitro:

jyeshṭho me tvam putrāṇāṃ syās tava ṣreshṭhā prajā syāt |
upeyā daivam me dāyaṃ tena vai tvopamantraya

iti 7 sa hovāca Ṣunaḥṣepaḥ:

saṃjñānāneshu vai brūyāt sauhardyāya me ṣriyai |
yathāham bharatarishabhopeyāṃ tava putratām ||

ity. atha ha Viṣvāmitraḥ putrān āmantrayām āsa:

Madhuchandāḥ ṣriṇotana Ṛishabho Reṇur Ashṭakaḥ |
ye kee ca bhrātaraḥ sthanāsmai jyaishṭhyāya kalpadhvam ||
iti || 17 || 5 ||

1 Tasya ha Viṣvāmitrasyaikaṣataṃ putrā āsuḥ pañcāṣad eva jyāyāṅso Madhuchandasaḥ pañcāṣat kanīyāṅsas 2 tad ye jyāyāṅso, na te kuṣalaṃ menire. tān anuvyājahārāntān vaḥ prajā bhakshīshṭeti. ta ete 'ndhrāḥ Puṇḍrāḥ Ṣabarāḥ Pulindā Mūtibā ity udantyā bahavo bhavanti Vaiṣvāmitrā dasyūnām bhūyishṭhāḥ 3 sa hovāca Madhuchandāḥ pañcāṣatā sārdhaṃ:

yan naḥ pitā saṃjānīte tasmiṅs tishṭhāmahe vayam |
puras tvā sarve kurmahe tvām anvañco vayaṃ smasī-
ty 4 atha ha Viṣvāmitraḥ pratītaḥ putrāṅs tushṭāva 5
te vai putrāḥ paṣumanto vīravanto bhavishyatha |
yo mānaṃ me 'nugṛihṇanto vīravantaṃ akarta mā ||
6 puraetrā vīravanto Devarātena Gāthināḥ |
sarve rādhyāḥ stha putrā, esha vaḥ sadvivācanam ||
7 esha vaḥ Kuṣikā vīro Devarātas, taṃ anvita |
yushmāṅṣ ca dāyaṃ ma upetā vidyāṃ yām u ca vidmasi ||
8 te samyañco Vaiṣvāmitrāḥ sarve sākaṃ sarātayaḥ |
Devarātāya tasthire dhṛityai ṣraishṭhyāya Gāthināḥ ||
9 adhīyata Devarāto rikthayor ubhayor ṛishiḥ |
Jahnūnāṃ cādhipatye daive vedo ca Gāthinām ||

10 tad etat parariksatagāthaṃ ṣaunaḥṣepam ākhyānaṃ 11 tad dhotā rājñe 'bhishiktāyācashṭe 12 hiraṇyakaṣipāv āsīna ācashṭe, hiraṇyakaṣipāv āsīnaḥ pratigṛiṇāti. yaṣo vai hiraṇyaṃ, yaṣasaivainaṃ tat samardhayaty 13 om ity ṛicaḥ pratigara, evaṃ tatheti gāthāyā. om iti vai daivaṃ, tatheti mānushaṃ. daivena caivainaṃ tan mānushena ca pāpād enasaḥ pramuñcati 14 tasmād yo rājā vijitī syād, apy ayajamāna ākhyāpayetaivaitae chaunaḥṣepam ākhyānaṃ,

na hāsminn alpaṃ canainaḥ pariṣishyate 16 sahasram ākhyātre dadyāc chatam pratigaritra ete caivāsane, ṣvetaṣ cāṣvatarīratho hotuḥ 16 putrakāmā hāpy ākhyāpayerañl, labhante ha putrāñl labhante ha putrān || 18 || 6 ||

Iti saptamapañcikāyāṃ tṛitīyo 'dhyāyaḥ.

Iti trayastriṃṣādhyāye shashṭhaḥ khaṇḍaḥ.

1 Prajāpatir yajñam asṛijata, yajñaṃ sṛishṭam anu brahmakshatre asṛijyetām. brahmakshatre anu dvayyaḥ prajā asṛijyanta hutādaṣ cāhutādaṣ ca, brahmaivānu hutādaḥ kshatram anv ahutāda. etā vai prajā hutādo yad brāhmaṇā, athaitā ahutādo yad rājanyo vaiṣyaḥ ṣūdras 2 tābhyo yajña udakrāmat, tam brahmakshatre anvaitāṃ. yāny eva brahmaṇa āyudhāni tair brahmānvaid, yāni kshatrasya taiḥ kshatram. etāni vai brahmaṇa āyudhāni yad yajñāyudhāny, athaitāni kshatrasyāyudhāni yad aṣvarathaḥ kavaca ishudhanva 3 taṃ kshatram ananvāpya nyavartatā,yudhebhyo ha smāsya vijamānaḥ parāñ evaity. athainam brahmānvait, tam āpnot, tam āptvā parastān nirudhyātishṭhat. sa āptaḥ parastān niruddhas tishṭhañ jñātvā svāny āyudhāni brahmopāvartata. tasmād dhāpy etarhi yajño brahmaṇy eva brāhmaṇeshu pratishṭhito 4 'thainat kshatram anvāgachat, tad abravīd: upa māsmin yajñe hvayasveti. tat tathety abravīt, tad vai nidhāya svāny āyudhāni brahmaṇa evāyudhair brahmaṇo rūpeṇa brahma bhūtvā yajñam upāvartasveti. tatheti. tat kshatraṃ nidhāya svāny āyudhāni brahmaṇa evāyudhair brahmaṇo rūpeṇa brahma bhūtvā yajñam upāvartata. tasmād dhāpy etarhi kshatriyo yajamāno nidhāyaiva svāny āyudhāni brahmaṇa evāyudhair brahmaṇo rūpeṇa brahma bhūtvā yajñam upāvartate || 19 || 1 ||

1 Athāto devayajanasyaiva yācñyas. tad āhur: yad brāhmaṇo rājanyo vaiṣyo dīkshishyamāṇaḥ kshatriyaṃ

devayajanaṃ yācati, kaṃ kshatriyo yāced iti 2 daivaṃ kshatraṃ yāced, ity āhur. Ādityo vai daivaṃ kshatram, Āditya eshām bhūtānām adhipatiḥ 3 sa yad ahar dīkshishyamāṇo bhavati, tad ahaḥ pūrvāhṇa evodyantam Ādityam upatishṭhete,daṃ ṣreshṭhaṃ jyotishāṃ jyotir uttamam | deva savitar devayajanam me dehi devayajyāyā iti devayajanaṃ yācati 4 sa yat tatra yācita uttarāṃ sarpaty, oṃ tathā dadāmīti haiva tad āha 5 tasya ha na kā cana rishṭir bhavati devena Savitrā prasūtasyottarottariṇīṃ ha ṣriyam aṣnute, 'ṣnute ha prajñānām aiṣvaryam ādhipatyaṃ, ya evam upasthāya yācitvā devayajanam adhyavasāya dīkshate kshatriyaḥ san || 20 || ² ||

1 Athāta ishṭāpūrtasyāparijyāniḥ kshatriyasya yajamānasya. sa purastād dīkshāyā āhutiṃ juhuyāc caturgṛihītam ājyam āhavanīya ishṭāpūrtasyāparijyānyai 2 punar na indro maghavā dadātu | brahma punar ishṭam pūrtaṃ dāt svāhety 3 athānūbandhyāyai samishṭayajushām uparishṭāt: punar no agnir jātavedā dadātu | kshatram punar ishṭam pūrtaṃ svāheti 4 saisheshṭāpūrtasyāparijyāniḥ kshatriyasya yajamānasya yad ete āhutī, tasmād ete hotavye || 21 || ³ ||

1 Tad u ha smāha Saujāta Ārāḷhir: ajītapunarvaṇyaṃ vā etad yad eto āhutī iti. yathā ha kāmayeta tathaite kuryād, ya ito 'nuṣāsanaṃ kuryād itīme tv eva juhuyād 2 brahma prapadye brahma mā kshatrād gopāyatu brahmaṇe svāheti 3 tat-tad itī3ṅ | 4 brahma vā esha prapadyate, yo yajñam prapadyate. brahma vai yajño; yajñād u ha vā esha punar jāyate yo dīkshate. tam brahma prapannaṃ kshatraṃ na parijināti. brahma mā kshatrād gopāyatv ity āha, yathainam brahma kshatrād gopāyed. brahmaṇe svāheti, tad enat prīṇāti. tad enat prītaṃ kshatrād gopāyaty 5 athānūbandhyāyai samishṭayajushām

uparishṭāt 6 kshatram prapadye kshatram mā brahmaṇo gopāyatu kshatrāya svāheti. tat-tad itī3ṅ | kshatraṃ vā esha prapadyate, yo rāshṭram prapadyate. kshatraṃ hi rāshṭraṃ. taṃ kshatram prapannam brahma na parijināti. kshatram mā brahmaṇo gopāyatv ity āha, yathainaṃ kshatram brahmaṇo gopāyet. kshatrāya svāheti, tad enat prīṇāti. tad enat prītam brahmaṇo gopāyati 7 saishesḥṭāpūrtasyaivāparijyāniḥ kshatriyasya yajamānasya yad ete āhutī, tasmād ete eva hotavyo ‖ 22 ‖ 4 ‖

1 Athaindro vai devatayā kshatriyo bhavati, traishṭubhaṣ chandasā, pañcadaṣaḥ stomena, somo rājyena, rājanyo bandhunā. sa ha dīkshamāṇa eva brāhmaṇatām abhyupaiti yat kṛishṇājinam adhyūhati, yad dīkshitavratam carati, yad enam brāhmaṇā abhisaṃgacchante. tasya ha dīkshamāṇasyendra evendriyam ādatte, trishṭub vīryam, pañcadaṣaḥ stoma āyuḥ, somo rājyam, pitaro yaṣas kīrtim: anyo vā ayam asmad bhavati, brahma vā ayam bhavati, brahma vā ayam upāvartata iti vadantaḥ 2 sa purastād dīkshāyā āhutiṃ hutvāhavanīyam upatishṭheta 3 nendrād devatāyā emi, na trishṭubhaṣ chandaso, na pañcadaṣāt stomān, na somād rājño, na pitryād bandhor. mā ma Indra indriyam ādita, mā trishṭub vīryam, mā pañcadaṣaḥ stoma āyur, mā somo rājyam, mā pitaro yaṣas kīrtiṃ. sahendriyeṇa vīryeṇāyushā rājyena yaṣasā bandhunāgnim upaimi gāyatrīṃ chandas trivṛitaṃ stomaṃ somaṃ rājānam, brahma prapadye brāhmaṇo bhavāmīti 4 tasya ha nendra indriyam ādatte na trishṭub vīryaṃ na pañcadaṣaḥ stoma āyur na somo rājyaṃ na pitaro yaṣas kīrtiṃ, ya evam etām āhutiṃ hutvāhavanīyam upasthāya dīkshate kshatriyaḥ san ‖ 23 ‖ 5 ‖

1 Athāgneyo vai devatayā kshatriyo dīkshito bhavati,

gāyatraṣ chandasā, trivṛit stomena, brāhmaṇo bandhunā. sa hodavasyann eva kshatriyatām abhyupaiti. tasya hodavasyato 'gnir eva teja ādatte, gāyatrī vīryam, trivṛit stoma āyur, brāhmaṇā brahma yaṣas kīrtim: anyo vā ayam asmad bhavati, kshatram vā ayam bhavati, kshatram vā ayam upāvartata iti vadantaḥ 2 so 'nūbandhyāyai samishṭayajushām uparishṭād dhutvāhutim āhavanīyam upatishṭheta 3 nāgner devatāyā emi, na gāyatryāṣ chandaso, na trivṛitaḥ stomān, na brahmaṇo bandhor. mā me 'gnis teja ādita, mā gāyatrī vīryam, mā trivṛit stoma āyur, mā brāhmaṇā brahma yaṣas kīrtim. saha tejasā vīryeṇāyushā brahmaṇā yaṣasā kīrtyendram devatām upaimi trishṭubham chandaḥ pañcadaṣam stomam somam rājānam, kshatram prapadye kshatriyo bhavāmi | devāḥ pitaraḥ pitaro devā yo 'smi sa san yaje | svam ma idam ishṭam svam pūrtam svam ṣrāntam svam hutam | tasya me 'yam Agnir upadrashṭāyam Vāyur upaṣrotāsāv Āditye 'nukhyātodam aham ya evāsmi so 'smīti 4 tasya ha nāgnis teja ādatte na gāyatrī vīryam na trivṛit stoma āyur na brāhmaṇā brahma yaṣas kīrtim, ya evam etām āhutim hutvāhavanīyam upasthāyodavasyati kshatriyaḥ san || 24 || 6 ||

1 Athāto dīkshāyā āvedanasyaiva. tad āhur: yad brāhmaṇasya dīkshitasya brāhmaṇo 'dīkshishṭeti dīkshām āvedayanti, katham kshatriyasyāvedayed iti 2 yathaivaitad brāhmaṇasya dīkshitasya: brāhmaṇo 'dīkshishṭeti dīkshām āvedayanty, evam evaitat kshatriyasyāvedayet, purohitasyārsheyeṇeti 3 tat-tad iti3ā | 4 nidhāya vā esha svāny āyudhāni brahmaṇa evāyudhair brahmaṇo rūpeṇa brahma bhūtvā yajñam upāvartata. tasmāt tasya purohitasyārsheyeṇa dīkshām āvedayeyuḥ, purohitasyārsheyeṇa pravaram pravṛiṇīran || 25 || 7 ||

1 Athāto yajamānabhāgasyaiva. tad āhuḥ: prāṣnīyāt kshatriyo yajamānabhāgā3m | na prāṣnīyā3t iti | 2 yat prāṣnīyād ahutād dhutam prāṣya pāpīyān syād; yan na prāṣnīyād yajñād ātmānam antariyād, yajño vai yajamānabhāgaḥ 3 sa brahmaṇe parihṛityaḥ 4 purohitāyatanaṃ vā etat kshatriyasya yad brahmā,rdhātmo ha vā esha kshatriyasya yat purohita. upāha parokshenaiva prāṣitarūpam āpnoti, nāsya pratyaksham bhakshito bhavati 5 yajña u ha vā esha pratyakshaṃ yad brahmā. brahmaṇi hi sarvo yajñaḥ pratishṭhito, yajñe yajamāno. yajña eva tad yajñam apyatyarjanti yathāpsv āpo yathāgnāv agnim. tad vai nātiricyate, tad enaṃ na hinasti. tasmāt sa brahmaṇe parihṛityo 6 'gnau haike juhvati: prajāpater vibhān nāma lokas, tasmiṅs tvā dadhāmi saha yajamānena svāheti. tat tathā na kuryād. yajamāno vai yajamānabhāgo, yajamānaṃ ha so 'gnau pravṛiṇakti. ya enaṃ tatra brūyād: yajamānam agnau prāvārkshīḥ, prāsyāgniḥ prāṇān dhakshyati, marishyati yajamāna iti: ṣaṣvat tathā syāt. tasmāt tasyāṣāṃ neyād āṣāṃ neyāt || 26 || 8 ||

Iti saptamapañcikāyāṃ caturtho 'dhyāyaḥ.

Iti catustriṅṣādhyāyo 'shṭamaḥ khaṇḍaḥ.

1 Viṣvaṃtaro ha Saushadmanaḥ Ṣyāparṇān paricakshāṇo viṣyāparṇaṃ yajñam ājahre. tad dhānubudhya Ṣyāparṇās taṃ yajñam ājagmus, te ha tadantarvedy āsāṃ cakrire. tān ha dṛishṭvovāca: pāpasya vā ime karmaṇaḥ kartāra āsate 'pūtāyai vāco vaditāro ya Chyāparṇā, imān utthāpayateme me 'ntarvedi māsishateti. tatheti. tān utthāpayāṃ cakrus 2 te hotthāpyamānā ruruviro: ye tebhyo Bhūtavīrebhyo 'sitamṛigāḥ Kaṣyapānāṃ somapītham abhijigyuḥ Pārikshitasya Janamejayasya vikaṣyape yajñe, tais te tatra vīravanta āsuḥ. kaḥ svit so 'smākāsti vīro, ya imaṃ somapītham abhijeshyatīty 3 ayam aham asmi vo

vīra, iti hovāca Rāmo Mārgaveyo 4 Rāmo hāsa Mārgaveyo 'nūcānaḥ Şyāparṇīyas. teshāṃ hottishṭhatām uvācāpi nu rājanu itthaṃvidaṃ veder utthāpayantīti. yas tvaṃ kathaṃ vettha brahmabandhav iti || 27 || 1 ||

1 Yatrendraṃ devatāḥ paryavṛiñjan: Viṣvarūpaṃ Tvāshṭram abhyamaṅsta, Vṛitram astṛita, yatīu sālāvṛikebhyaḥ prādād, arurmaghān avadhīd, Bṛihaspateḥ pratyavadhīd iti: tatrendraḥ somapīthena vyārdhyatendrasyānu vyṛiddhiṃ kshatraṃ somapīthena vyārdhyatāpīndraḥ somapīthe 'bhavat Tvashṭur āmushya somaṃ. tad vyṛiddham evādyāpi kshatraṃ somapīthena. sa yas tam bhakshaṃ vidyād yaḥ kshatrasya somapīthena vyṛiddhasya yena kshatraṃ samṛidhyate, kathaṃ taṃ veder utthāpayantīti 2 vettha brāhmaṇa tvaṃ tam bhakshā3m | veda hīti. taṃ vai no brāhmaṇa brūhīti. tasmai vai te rājanu, iti hovāca || 28 || 2 ||

1 Trayāṇām bhakshāṇām ekam āharishyanti: somaṃ vā dadhi vāpo vā 2 sa yadi somam, brāhmaṇānāṃ sa bhaksho: brāhmaṇāṅs tena bhaksheṇa jinvishyasi, brāhmaṇakalpas te prajāyām ājanishyata ādāyy āpāyy āvasāyī yathākāmaprayāpyo. yadā vai kshatriyāya pāpam bhavati, brāhmaṇakalpo 'sya prajāyām ājāyata, īṣvaro hāsmād dvitīyo vā tritīyo vā brāhmaṇatām abhyupaitoḥ, sa brahmabandhavena jijyūshito 3 'tha yadi dadhi, vaiṣyānāṃ sa bhaksho: vaiṣyāṅs tena bhaksheṇa jinvishyasi, vaiṣyakalpas te prajāyām ājanishyate 'nyasya balikṛid anyasyādyo yathākāmajyeyo. yadā vai kshatriyāya pāpam bhavati, vaiṣyakalpo 'sya prajāyām ājāyata, īṣvaro hāsmād dvitīyo vā tritīyo vā vaiṣyatām abhyupaitoḥ, sa vaiṣyatayā jijyūshito 4 'tha yady apaḥ, ṣūdrāṇāṃ sa bhakshaḥ: ṣūdrāṅs tena bhaksheṇa jinvishyasi, ṣūdrakalpas te prajāyām ājanishyate 'nyasya preshyaḥ kāmotthāpyo yathākāmavadhyo. yadā vai kshatriyāya pāpam bhavati, ṣūdrakalpo 'sya pra-

jāyām ājāyata, īşvaro hāsmād dvitīyo vā tṛitīyo vā şūdratām abhyupaitoḥ, sa şūdratayā jijyūshitaḥ ‖ 29 ‖ ³ ‖

1 Ete vai te trayo bhakshā rājann, iti hovāca, yeshām āṣām neyāt kshatriyo yajamāno 2 'thāsyaisha svo bhaksho: nyagrodhasyāvarodhāṣ ca phalāni caudumbarāṇy āṣvatthāni plākshāṇy abhishuṇuyāt tāni bhakshayet, so 'sya svo bhaksho 3 yato vā adhi devā yajñenoshṭvā svargaṃ lokam āyaṅs, tatraitāṅṣ camasān nyubjaṅs, te nyagrodhā abhavan. nyubjā iti hāpy enān etarhy ācakshate Kurukshetre. te ha prathamajā nyagrodhānām, tebhyo hānye 'dhijātās 4 te yan nyañco 'rohaṅs tasmān nyañ rohati nyagroho, nyagroho vai nāma. taṃ nyagrohaṃ santaṃ nyagrodha ity ācakshate parokshena, parokshapriyā iva hi devāḥ ‖ 30 ‖ ⁴ ‖

1 Teshāṃ yaṣ camasānāṃ raso 'vāṅ ait te 'varodhā abhavann, atha ya ūrdhvas tāni phalāny 2 esha ha vāva kshatriyaḥ svād bhakshān naiti, yo nyagrodhasyāvarodhāṅṣ ca phalāni ca bhakshayaty. upāha parokshenaiva somapītham āpnoti, nāsya pratyaksham bhakshito bhavati. paroksham iva ha vā esha somo rājā yan nyagrodhaḥ, paroksham ivaisha brahmaṇo rūpaṃ upanigachati yat kshatriyaḥ: purodhayaiva dīkshayaiva pravareṇaiva 3 kshatraṃ vā etad vanaspatīnāṃ yan nyagrodhaḥ, kshatraṃ rājanyo. nitata iva hīha kshatriyo rāshṭre vasan bhavati pratishṭhita iva, nitata iva nyagrodho 'varodhair bhūmyām pratishṭhita iva 4 tad yat kshatriyo yajamāno nyagrodhasyāvarodhāṅṣ ca phalāni ca bhakshayaty, ātmany eva tat kshatraṃ vanaspatīnām pratishṭhāpayati kshatra ātmānaṃ 5 kshatra ha vai sa ātmani kshatraṃ vanaspatīnām pratishṭhāpayati, nyagrodha ivāvarodhair bhūmyām prati rāshṭre tishṭhaty, ugraṃ hāsya rāshṭram avyathyam bhavati ya evam etam bhaksham bhakshayati kshatriyo yajamānaḥ ‖ 31 ‖ ⁵ ‖

1 Atha yad audumbarāṇy. ūrjo vā esho 'nnādyād vanaspatir ajāyata yad udumbaro, bhaujyaṃ vā etad vanaspatīnām; ūrjam evāsmiṅs tad annādyaṃ ca bhaujyaṃ ca vanaspatīnāṃ kshatre dadhāty 2 atha yad āṣvatthāni. tejaso vā esha vanaspatir ajāyata yad aṣvatthaḥ, sāmrājyaṃ vā etad vanaspatīnāṃ; teja evāsmiṅs tat sāmrājyaṃ ca vanaspatīnāṃ kshatre dadhāty 3 atha yat plākshāṇi. yaṣaso vā esha vanaspatir ajāyata yat plakshaḥ, svārājyaṃ ca ha vā etad vairājyaṃ ca vanaspatīnāṃ; yaṣa evāsmiṅs tat svārājyavairājye ca vanaspatīnāṃ kshatre dadhāty 4 etāny asya purastād upakḷptāni bhavanty, atha somaṃ rājānaṃ krīṇanti. te rājña evāvṛitopavasathāt prativeṣaiṣ caranty, athaupavasathyam ahar etāny adhvaryuḥ purastād upakalpayetādhishavaṇaṃ carmādhishavaṇe phalake droṇakalaṣaṃ daṣāpavitram adrīn pūtabhṛitam ādhavanīyaṃ ca sthālīm udañcanaṃ camasaṃ ca. tad yad etad rājānam prātar abhishuṇvanti, tad enāni dvedhā vigṛihṇīyād: abhy anyāni sunuyād, mādhyaṃdināyānyāni parishiṅshyāt ‖ 32 ‖ 6 ‖

1 Tad yatraitāṅṣ camasān unnayeyus, tad etaṃ yajamānacamasam unnayet. tasmin dve darbhataruṇake prāste syātāṃ. tayor vashaṭkṛite 'ntaḥparidhi pūrvam prāsyed: dadhikrāvṇo akārisham ity etayarcā sasvāhakārayā, nuvashaṭkṛite 'paraṃ: ā dadhikrāḥ ṣavasā pañca kṛishṭīr iti 2 tad yatraitāṅṣ camasān āhareyus, tad etaṃ yajamānacamasam āharet. tān yatrodgṛihṇīyus, tad enam upodgṛihṇīyāt. tad yadeḷāṃ hotopahvayeta, yadā camasam bhakshayed, athainam etayā bhakshayed 3 yad atra ṣishṭaṃ rasinaḥ sutasya yad indro apibac chacībhiḥ | idaṃ tad asya manasā ṣivena somaṃ rājānam iha bhakshayāmīti 4 ṣivo ha vā asmā esha vānaspatyaḥ ṣivena manasā bhakshito bhavaty, ugraṃ hāsya rāshṭram avyathyam bhavati ya evam etam bhaksham bha-

kshayati kshatriyo yajamānaḥ 5 saṃ na edhi hṛide pī-
taḥ pra ṇa āyur jīvase soma tārīr ity ātmanaḥ pra-
tyabhimarṣa 6 īṣvaro ha vā esho 'pratyabhimṛishṭo manu-
shyasyāyuḥ pratyavahartor: anarhan mā bhakshayatīti.
tad yad etenātmānam abhimṛiṣaty, āyur eva tat pratirata
7 ā pyāyasva sam etu te, saṃ te payāṅsi sam u
yantu vājā iti camasam āpyāyayaty abhirūpābhyāṃ. yad
yajñe 'bhirūpaṃ tat samṛiddham || 33 || 7 ||

1 Tad yatraitāṅṣ camasān sādayeyus, tad etaṃ yaja-
mānacamasaṃ sādayet. tān yatra prakampayeyus, tad
enam anuprakampayed. athainam āhṛitam bhakshayeu:
narāṣaṅsapītasya deva soma te matividа ūmaiḥ
pitṛibhir bhakshitasya bhakshayāmīti prātaḥsavane
nārāṣaṅso bhaksha, ūrvair iti mādhyaṃdine, kāvyair iti
tṛitīyasavane 2 ūmā vai pitaraḥ prātaḥsavana ūrvā mā
dhyaṃdine kāvyās tṛitīyasavane, tad etat pitṝn evāmṛitān
savanabhājaḥ karoti 3 sarvo haiva so 'mṛita, iti ha smāha
Priyavrataḥ Somāpo, yaḥ kaṣca savanabhāg ity 4 amṛitā
ha vā asya pitaraḥ savanabhājo bhavanty, ugraṃ hāsya
rāshṭram avyathyam bhavati ya evaṃ etaṃ bhaksham bha-
kshayati kshatriyo yajamānaḥ 5 samāna ātmanaḥ pratya-
bhimarṣaḥ, samānam āpyāyanaṃ camasasya 6 prātaḥsava-
nasyaivāvṛitā prātaḥsavane careyur, mādhyaṃdinasya mā-
dhyaṃdine, tṛitīyasavanasya tṛitīyasavane 7 tam evam etam
bhaksham provāca Rāmo Mārgaveyo Viṣvaṃtarāya Sausha-
dmanāya 8 tasmin hovāca prokte: sahasram u ha brāhmaṇa
tubhyaṃ dadmaḥ, saṣyāparṇa u me yajña ity 9 etam u haiva
provāca Turaḥ Kāvasheyo Janamejayāya Pārikshitāyaitam
u haiva procatuḥ Parvatanāradau Somakāya Sāhadevyāya,
Sahadevāya Sārñjayāya, Babhrave Daivāvṛidhāya, Bhī-
māya Vaidarbhāya, Nagnajite Gāndhārāyaitam u haiva
provācāgniḥ Sanaṣrutāyārimdamāya, Kratuvide Jānakaya,

etam u haiva provāca Vasishṭhaḥ Sudāse Paijavanāya. te ha te sarva eva mahaj jagmur etam bhaksham bhakshayitvā, sarve haiva mahārājā āsur, Āditya iva ha sma ṣriyām pratishṭhitās tapanti sarvābhyo digbhyo balim āvahanta Āditya iva ha vai ṣriyām pratishṭhitas tapati, sarvābhyo digbhyo balim āvahaty, ugraṃ hāsya rāshṭram avyathyam bhavati ya evam etam bhaksham bhakshayati kshatriyo yajamāno yajamānaḥ || 34 || 8 ||

Iti saptamapañcikāyām pañcamo 'dhyāyaḥ.

Iti pañcatriṅṣadhyāyo 'shṭamaḥ khaṇḍaḥ.

1 Athātaḥ stutaçastrayor evai2kāhikam prātaḥsavanam, aikāhikaṃ tṛitīyasavanam. ete vai çānte kḷipte pratishṭhite savane yad aikāhike, çāntyai kḷiptyai pratishṭhityā apracyutyā 3 ukto mādhyaṃdinaḥ pavamāno ya ubhayasāmno bṛihatpṛishṭhasyobhe hi sāmanī kriyete 4 ā tvā ratham yathotaya, idaṃ vaso sutam andha iti rāthaṃtarī pratipad rāthaṃtaro 'nucaraḥ. pavamānokthaṃ vā etad. yan marutvatīyam. pavamāne vā atra rathaṃtaraṃ kurvanti bṛihat pṛishṭhaṃ, savīvadhatāyai. tad idaṃ rathaṃtaraṃ stutam ābhyām pratipadanucarābhyām anuçaṅsaty 5 atho brahma vai rathaṃtaraṃ kshatram bṛihad, brahma khalu vai kshatrāt pūrvam: brahmapurastān ma ugraṃ rāshṭram avyathyam asad ity. athānnaṃ vai rathaṃtaram, annam evāsmai tat purastāt kalpayaty. atheyaṃ vai pṛithivī rathaṃtaram, iyaṃ khalu vai pratishṭhā, pratishṭhām evāsmai tat purastāt kalpayati 6 samāna indranihavo 'vibhaktaḥ, so 'hnām. udvān brāhmaṇaspatya ubhayasāmno rūpam, ubhe hi sāmanī kriyete 7 samānyo dhāyyā avibhaktās, tā ahnām 8 aikāhiko marutvatīyaḥ pragāthaḥ || 1 || 1 ||

1 Janishṭhā ugraḥ sahase turāyeti sūktam ugravat sahasvat, tat kshatrasya rūpam. mandra ojishṭha ity ojasvat, tat kshatrasya rūpam. bahulābhimāna ity abhivad, abhibhūtyai rūpaṃ. tad ekādaçarcam bhavaty, ekādaçāksharā vai trishṭup, traishṭubho vai rājanya, ojo vā indriyaṃ vīryaṃ trishṭub, ojaḥ kshatraṃ vīryaṃ rāja-

nyas; tad enam ojasā kshatreṇa vīryeṇa samardhayati. tad gaurivītam bhavaty. etad vai marutvatīyaṃ samṛiddhaṃ yad gaurivītaṃ, tasyoktam brāhmaṇam 2 tvām id dhi havāmaha iti bṛihatpṛishṭham bhavati. kshatraṃ vai bṛihat, kshatreṇaiva tat kshatraṃ samardhayaty. atho kshatraṃ vai bṛihad, ātmā yajamānasya nishkevalyaṃ. tad yad bṛihatpṛishṭham bhavati, kshatraṃ vai bṛihat, kshatreṇaivainaṃ tat samardhayaty. atho jyaishṭhyaṃ vai bṛihaj, jyaishṭhyenaivainaṃ tat samardhayaty. atho ṣraishṭhyaṃ vai bṛihac, chraishṭhyenaivainaṃ tat samardhayaty 3 abhi tvā ṣūra nonuma iti rathaṃtaram anurūpaṃ kurvanty. ayaṃ vai loko rathaṃtaram, asau loko bṛihad; asya vai lokasyāsau loko 'nurūpo, 'mushya lokasyāyaṃ loko 'nurūpas. tad yad rathaṃtaram anurūpaṃ kurvanty, ubhāv eva tal lokau yajamānāya sambhoginau kurvanty. atho brahma vai rathaṃtaraṃ kshatram bṛihad, brahmaṇi khalu vai kshatram pratishṭhitaṃ kshatre brahmātho sāmna eva sayonitāyai 4 yad vāvāneti dhāyyā, tasyā uktam brāhmaṇam 5 ubhayaṃ ṣṛiṇavac ca na iti sāmapragātha ubhayasāmno rūpam, ubhe hi sāmanī kriyete || 2 || 2 ||

1 Tam u shṭuhi yo abhibhūtyojā iti sūktam abhivad abhibhūtyai rūpam 2 ashāḷham ugraṃ sahamānam ābhir ity ugravat sahamānavat, tat kshatrasya rūpaṃ 3 tat pañcadaṣarcam bhavaty. ojo vā indriyaṃ vīryam pañcadaṣa, ojaḥ kshatraṃ vīryaṃ rājanyas, tad enam ojasā kshatreṇa vīryeṇa samardhayati 4 tad bhāradvājam bhavati. bhāradvājaṃ vai bṛihad, ārshoyeṇa salomai 5 sha ha vāva kshatriyajñaḥ samṛiddho, yo bṛihatpṛishṭhas. tasmād yatra kvaca kshatriyo yajeta, bṛihad eva tatra pṛishṭhaṃ syāt. tat samṛiddham || 3 || 3 ||

1 Aikāhikā hotrā. etā vai ṣāntāḥ kḷiptāḥ pratishṭhitā hotrā yad aikāhikāḥ, ṣāntyai kḷiptyai pratishṭhityā apra-

cyatyai. tāḥ sarvarūpā bhavanti sarvasamṛiddhāḥ, sarvarūpatāyai sarvasamṛiddhyai: sarvarūpābhir hotrābhiḥ sarvasamṛiddhābhiḥ sarvān kāmān avāpnavāmeti. tasmād yatra kvacaikāhā asarvastomā asarvapṛishṭhā, aikāhikā eva tatra hotrāḥ syus. tat samṛiddham 2 ukthya evāyam pañcadaṣaḥ syād, ity āhur. ojo vā indriyaṃ vīryam pañcadaṣa, ojaḥ kshatraṃ vīryaṃ rājanyas, tad enam ojasā kshatreṇa vīryeṇa samardhayati 3 tasya triṅṣat stutaṣastrāṇi bhavanti. triṅṣadaksharā vai virāḍ, virāḷ annādyaṃ, virājy evainaṃ tad annādye pratishṭhāpayati. tasmāt tadukthyaḥ pañcadaṣaḥ syād, ity āhur 4 jyotishṭoma evāgnishṭomaḥ syād 5 brahma vai stomānāṃ trivṛit kshatram pañcadaṣo, brahma khalu vai kshatrāt pūrvam: brahmapurastān ma ugraṃ rāshṭram avyathyam asad iti. viṣaḥ saptadaṣaḥ ṣaudro varṇa ekaviṅṣo, viṣaṃ caivāsmai tac chaudraṃ ca varṇam anuvartmānau kurvanty. atho tejo vai stomānāṃ trivṛid vīryam pañcadaṣaḥ prajātiḥ saptadaṣaḥ pratishṭhaikaviṅṣas, tad enaṃ tejasā vīryeṇa prajātyā pratishṭhayāntataḥ samardhayati. tasmāj jyotishṭomaḥ syāt 6 tasya caturviṅṣatiḥ stutaṣastrāṇi bhavanti. caturviṅṣatyardhamāso vai saṃvatsaraḥ, saṃvatsare kṛitsnam annādyaṃ, kṛitsna evainaṃ tad annādye pratishṭhāpayati. tasmāj jyotishṭoma evāgnishṭomaḥ syād agnishṭomaḥ syāt || 4 || 4 ||

Ity ashṭamapañcikāyām prathamo 'dhyāyaḥ.

Iti shaṭtriṅṣādhyāye caturthaḥ khaṇḍaḥ.

1 Athātaḥ punarabhishekasyaiva 2 sūyate ha vā asya kshatraṃ, yo dīkshate kshatriyaḥ san. sa yadāvabhṛitād udetyānūbandhyayeshṭvodavasyanty, athainam udavasānīyāyāṃ saṃsthitāyām punar abhishiñcanti 3 tasyaite purastād eva sambhārā upakḷiptā bhavanty: audumbary āsandī: tasyai prādeṣamātrāḥ pādāḥ syur, aratnimātrāṇi ṣīrshaṇyānūcyāni. mauñjaṃ vivayanaṃ, vyāghracarmāstaraṇam, an-

dumbaraṣ camasa, udumbaraṣākhā. tasminn etasmiṅs camase 'shṭātayāni nishutāni bhavanti: dadhi madhu sarpir ātapavarshyā āpaḥ ṣashpāṇi ca tokmāni ca surā dūrvā 4 tad yaishā dakshiṇā sphyavartanir veder bhavati, tatraitām prācīm āsandīm pratishṭhāpayati. tasyā antarvedi dvau pādau bhavato bahirvedi dvāv. iyaṃ vai ṣrīs. tasyā etat parimitaṃ rūpaṃ yad antarvedy, athaisha bhūmāparimito yo bahirvedi. tad yad asyā antarvedi dvau pādau bhavato bahirvedi dvā, ubhayoḥ kāmayor upāptyai yaṣ cāntarvedi yaṣ ca bahirvedi || 5 || 1 ||

1 Vyāghracarmaṇāstriṇāty uttaralomnā prācīnagrīveṇa. kshatraṃ vā etad āraṇyānāṃ paṣūnāṃ yad vyāghraḥ kshatraṃ rājanyaḥ, kshatreṇaiva tat kshatraṃ samardhayati. tām paṣcāt prāṅ upaviṣyāeya jānu dakshiṇam abhimantrayata ubhābhyām pāṇibhyām ālabhyā3gnish ṭvā gāyatryā sayuk chandasārohatu Savitoshṇihā Somo 'nushṭubhā Bṛihaspatir bṛihatyā Mitrāvaruṇau paṅktyendras trishṭubhā Viṣve devā jagatyā. tān aham anu rājyāya sāmrājyāya bhaujyāya svārājyāya vairājyāya pārameshṭhyāya rājyāya māhārājyāyādhipatyāya svāvaṣyāyātishṭhāyārohāmi4ty etām āsandīm ārohed dakshiṇenāgre jānunātha savyena 5 tat-tad itī3ṅ | 6 caturuttarair vai devāṣ chandobhiḥ sayug bhūtvaitāṃ ṣriyam ārohan yasyām eta etarhi pratishṭhitā: Agnir gāyatryā Savitoshṇihā Somo 'nushṭubhā Bṛihaspatir bṛihatyā Mitrāvaruṇau paṅktyendras trishṭubhā Viṣve devā jagatyā 7 te ete abhyanūcyete: agner gāyatry abhavat sayugvoti 8 kalpate ha vā asmai yogakshema, uttarottariṇīṃ ha ṣriyam aṣnute, 'ṣnute ha prajānām aiṣvaryam ādhipatyaṃ ya evam etā anu devatā etām āsandīm ārohati kshatriyaḥ sann 9 athainam abhishekshyann upāṃṣ ṣāntiṃ vācayati 10 ṣivena mā cakshushā paṣyatāpaḥ ṣivayā

tanvopa spṛiṣata tvacam me | sarvāñ agnīñr apsushado huve vo mayi varco balam ojo ni dhatteti 11 naitasyābhishishicānasyāṣāntā āpo vīryam nirhaṇann iti || 6 || 2 ||

1 Athainam udumbaraṣākhām antardhāyābhishiñcatī2mā āpaḥ ṣivatamā imāḥ sarvasya bheshajīḥ | imā rāshṭrasya vardhanīr imā rāshṭrabhṛito 'mṛitāḥ || 3 yābhir indram abhyashiñcat prajāpatiḥ somam rājānam varuṇam yamam manum | tābhir adbhir abhishiñcāmi tvām aham rājñām tvam adhirājo bhaveha || 4 mahāntam tvā mahīnām samrājam carshaṇīnām devī janitry ajījanad bhadrā janitry ajījanad 5 devasya tvā savituḥ prasave 'ṣvinor bāhubhyām pūshṇo hastābhyām agnes tejasā sūryasya varcasendrasyendriyeṇābhishiñcāmi | balāya ṣriyai yaṣase 'nnādyāya 6 bhūr iti ya ichhed imam eva praty: annam adyād ity, atha ya ichhed dvipurusham bhūr bhuva ity, atha ya ichet tripurusham vāpratimam vā bhūr bhuvaḥ svar iti 7 tad dhaika āhuḥ: sarvāptir vā eshā yad etā vyāhṛitayo, 'tisarveṇa hāsya parasmai kṛitam bhavatīti; tam etenābhishiñced: devasya tvā savituḥ prasave 'ṣvinor bāhubhyām pūshṇo hastābhyām agnes tejasā sūryasya varcasendrasyendriyeṇābhishiñcāmi | balāya ṣriyai yaṣase 'nnādyāyeti 8 tad u punaḥ paricakshate: yad asarveṇa vāco 'bhishikto bhavatīṣvaro ha tu purāyushaḥ praitor, iti ha smāha Satyakāmo Jābālo, yam etābhir vyāhṛitibhir nābhishiñcantīti 9 ṣvaro ha sarvam āyur aitoḥ, sarvam āpnod vijayenety u ha smāhoddālaka Āruṇir, yam etābhir vyāhṛitibhir abhishiñcantīti. tam etenaivābhishiñced: devasya tvā savituḥ prasave 'ṣvinor bāhubhyām pūshṇo hastābhyām agnes tejasā sūryasya varcasendra-

syendriyeṇābhishiñcāmi | balāya sriyai yaṣaso 'nnādyāya bhūr bhuvaḥ svar ity 10 athaitāni ha vai kshatriyād ūjānād vyutkrāntāni bhavanti: brahmakshatre ūrg annādyam apām oshadhīnāṃ raso brahmavarcasam irā pushṭiḥ prajātiḥ. kshatrarūpaṃ tad, atho annasya rasa oshadhīnāṃ kshatram pratishṭhā. tad yad evāmū purastād āhutī juhoti, tad asmin brahmakshatre dadhāti || 7 || 8 ||

1 Atha yad audumbary āsandī bhavaty audumbaraṣ camasa udumbaraṣākhorg vā annādyam udumbara; ūrjam evāsmiṅs tad annādyaṃ dadhāty 2 atha yad dadhi madhu ghṛitam bhavaty, apāṃ sa oshadhīnāṃ raso; 'pām evāsmiṅs tad oshadhīnāṃ rasaṃ dadhāty 3 atha yad ātapavarshyā āpo bhavanti, tejaṣ ca ha vai brahmavarcasaṃ cātapavarshyā āpas; teja evāsmiṅs tad brahmavarcasaṃ ca dadhāty 4 atha yac chashpāṇi ca tokmāni ca bhavantīrāyai tat pushṭyai rūpam atho prajātyā; irām evāsmiṅs tat pushṭiṃ dadhāty atho prajātim 5 atha yat surā bhavati, kshatrarūpaṃ tad atho annasya rasaḥ; kshatrarūpam evāsmiṅs tad dadhāty atho annasya rasam 6 atha yad dūrvā bhavati, kshatraṃ vā etad oshadhīnāṃ yad dūrvā kshatraṃ rājanyo. nitata iva hīha kshatriyo rāshṭre vasan bhavati pratishṭhita iva, nitateva dūrvāvarodhair bhūmyām pratishṭhiteva. tad yad dūrvā bhavaty, oshadhīnām evāsmiṅs tat kshatraṃ dadhāty atho pratishṭhām 7 etāni ha vai yāny asmād ūjānād vyutkrāntāni bhavanti, tāny evāsmiṅs tad dadhāti, tair evainaṃ tat samardhayaty 8 athāsmai surākaṅsaṃ hasta ādadhāti 9 svādishṭhayā madishṭhayā pavasva soma dhārayā | indrāya pātave suta 10 ity ādhāya ṣāntiṃ vācayati 11 nānā hi vāṃ devahitaṃ sadas kṛitam mā saṃ sṛikshāthām parame vyomani | surā tvam asi ṣushmiṇī soma esha rājā mainaṃ hiṅsishṭaṃ svāṃ yonim āviṣantāv iti 12 soma-

pīthasya caishā surāpīthasya ca vyāvṛittiḥ 13 pītvā yaṃ
rātim manyeta tasmā cnāṃ prayachet, tad dhi mitrasya
rūpaṃ. mitra evaināṃ tad autataḥ pratishṭhāpayati, ta-
thā hi mitre pratitishṭhati 14 pratitishṭhati ya evaṃ veda
|| 8 || 4 ||

1 Athodumbaraṣākhāṃ abhi pratyavarohaty. ūrg vā
annādyaṃ udumbara, ūrjam eva tad annādyaṃ abhi pra-
tyavarohaty 2 upary evāsīno bhūmau pādan pratishṭhāpya
pratyavaroham āha 3 pratitishṭhāmi dyāvāpṛithivyoḥ,
pratitishṭhāmi prāṇāpānayoḥ, pratitishṭhāmy aho-
rātrayoḥ, pratitishṭhāmy annapānayoḥ, prati bra-
hmau prati kshatre praty eshn trishu lokeshu ti-
shṭhāmīty 4 aatataḥ sarveṇātmanā pratitishṭhati. sarva-
smin ba vā etasmia pratitishṭhaty, uttarottariṇīṃ ha śriyam
aṣnute, 'ṣnute ha prajānām aiṣvaryam ādhipatyaṃ ya evaṃ
etena punarabhishekeṇābbishiktaḥ kshatriyaḥ pratyavaro-
haty 5 etena pratyavarohena pratyavarūhyopasthaṃ kṛitvā
prāñ āsīno: namo brahmaṇe namo brahmaṇe namo
brahmaṇa iti trishkṛitvo brahmaṇe namaskṛitya: varaṃ
dadāmi jityā abhijityai vijityai saṃjityā iti vācaṃ
visṛijate 6 sa yan: namo brahmaṇe namo brahmaṇe
namo brahmaṇa iti trishkṛitvo brahmaṇe namaskaroti,
brahmaṇa eva tat kshatraṃ vaṣam eti. tad yatra vai bra-
hmaṇaḥ kshatraṃ vaṣam eti, tad rāshṭraṃ samṛiddham tad
vīravad, ā hāsmin vīro jāyate 7 'tha yad: varaṃ dadāmi
jityā abhijityai vijityai saṃjityā iti vācaṃ visṛi-
jate, etad vai vāco jitaṃ yad dadāmīty āha. yad eva vāco
jitā3m | tau ma idam anu karma saṃtishṭhātā iti 8 visṛijya
vācam apotthāyābavanīye samidham abhyādadhāti 9 s a m i d
asi sam v eūkshvendriyoṇa vīryeṇa svāhetī 10ndri-
yeṇaiva tad vīryeṇātmānam autataḥ samardhayaty 11 ādbāya
samidhaṃ trīṇi padāni prāñ udañū abhyutkrāmati 12 kḷi-

ptir asi diṣām mayi devebhyaḥ kalpata | kalpatām me yogakshemo 'bhayam me 'stv 13 ity aparājitām diṣam upatishṭhate jitasyaivāpunaḥparājayāya. tat-tad itī3ū || 9 || 5 ||

1 Devāsurā vā eshu lokeshu samyetire. ta etasyām prācyām diṣi yetire, tāṅs tato 'surā ajayaṅs. te dakshiṇasyām diṣi yetire, tāṅs tato 'surā ajayaṅs. te pratīcyām diṣi yetire, tāṅs tato 'surā ajayaṅs. ta udīcyām diṣi yetire, tāṅs tato 'surā ajayaṅs. ta etasminn avāntaradeṣe yetire ya esha prāṅ udaṅ, te ha tato jigyus 2 tam yadi kshatriya upadhāvet senayoḥ samāyatyos: tathā me kuru yathāham imām senām jayānīti: sa yadi tatheti brūyād, vanaspate vīḍvaṅgo hi bhūyā ity asya rathopastham abhimṛiṣyāthainam brūyād 3 ātishṭhasvaitām te diṣam abhimukhaḥ samnaddho ratho 'bhipravartatām, sa udaṅ sa pratyaṅ sa dakshiṇā sa prāṅ so 'bhy amitram ity 4 abhīvartena havishety evainam āvartayed, athainam anvīkshetāpratirathena ṣāsena sauparṇeneti 5 jayati ha tām senām 6 yady u vā enam upadhāvet samgrāmam samyatishyamāṇas: tathā me kuru yathāham imam samgrāmam samjayānīty, etasyām evainam diṣi yātayej. jayati ha tam samgrāmam 7 yady u vā enam upadhāved rāshṭrād aparudhyamāṇas: tathā me kuru yathāham idam rāshṭram punar avagachānīty, etām evainam diṣam upanishkramayet. tathā ha rāshṭram punar avagachaty 8 upasthāyāmitrāṇām vyapanuttim bruvan gṛihān abhyety: apa prāca indra viṣvāṅ amitrān iti, sarvato hāsmā anamitram abhayam bhavaty, uttarottariṇīm ha ṣriyam aṣnute, 'ṣnute ha prajānām aiṣvaryam ādhipatyam ya evam etām amitrāṇām vyapanuttim bruvan gṛihān abhyety 9 etya gṛihān paṣcād gṛihyasyāgner upavishṭāyānvārabdhāya ṛitvig antataḥ kaṅsena caturgṛihītās tisra ājyāhutīr ain-

drīḥ prapadaṃ juhoty anārtyā arishṭyā ajyānyā abhayāya || 10 || 6 ||

1 Pary ū shu pra dhanva vājasātaye pari vṛitrā — bhūr brahma prāṇam amṛitam prapadyate 'yam asau ṣarma varmābhayaṃ svastaye | saha prajayā saha paṣubhir — ṇi sakshaṇir dvishas taradhyā ṛiṇayā na īyase svāhā || 2 anu hi tvā sutaṃ soma madāmasi mahe sama — bhuvo brahma prāṇam amṛitam prapadyate 'yam asau ṣarma varmābhayaṃ svastaye | saha prajayā saha paṣubhi — ryarājye vājāñ abhi pavamāna pra gāhase svāhā || 3 ajījano hi pavamāna sūryaṃ vidhāre ṣa — svar brahma prāṇam amṛitam prapadyate 'yam asau ṣarma varmābhayaṃ svastaye | saha prajayā saha paṣubhiḥ — kmanā payo gojīrayā raṅhamāṇaḥ puraṃdhyā svāhety 4 anārto ha vā arishṭo 'jītaḥ sarvato guptas trayyai vidyāyai rūpeṇa sarvā diṣo 'nusaṃcaraty aindre loke pratishṭhito, yasmā etā ṛitvig antataḥ kaṅsena caturgṛihītās tisra ājyāhutīr aindrīḥ prapadaṃ juhoty 5 athāntataḥ prajātim āṣāste gavām aṣvānām purushāṇām: iha gāvaḥ pra jāyadhvam ihāṣvā iha pūrushāḥ | iho sahasradakshiṇo vīras trātā ni shīdatv iti 6 bahur ha vai prajayā paṣubhir bhavati ya evam etām antataḥ prajātim āṣāste gavām aṣvānām purushāṇām 7 esha ha vāva kshatriyo 'vikṛishṭo, yam evaṃvido yājayanty 8 atha ha taṃ vy eva karshante — yathā ha vā idaṃ nishādā vā selagā vā pāpakṛito vā vittavantam purusham araṇye gṛihītvā kartam anvasya vittam ādāya dravanty, evam eva ta ṛitvijo yajamānaṃ kartam anvasya vittam ādāya dravanti — yam anevaṃvido yājayanty 9 etad dha sma vai tad vidvān āha Janamejayaḥ Pārikshitaḥ: evaṃvidaṃ hi vai mām evaṃvido yājayanti, tasmād ahaṃ

jayāmy abhītvarīṃ senāṃ, jayāmy abhītvaryā senayā. na mā divyā na mānushya ishava richanty, eshyāmi sarvam āyuḥ, sarvabhūmir bhavishyāmīti 10 na ha vā enaṃ divyā na mānushya ishava richanty, eti sarvam āyuḥ, sarvabhūmir bhavati, yam evaṃvido yājayanti yājayanti || 11 || 7 ||

Ity ashṭamapañcikāyāṃ dvitīyo 'dhyāyaḥ.

Iti saptatriṅṣadhyāye saptamaḥ khaṇḍaḥ.

1 Athāta aindro mahābhishekas 2 te devā abruvan saprajāpatikā: ayaṃ vai devānām ojishṭho balishṭhaḥ sahishṭhaḥ sattamaḥ pārayishṇutama, imam evābhishiñcāmahā iti. tatheti. tad vai tad Indram eva 3 tasmā etām āsandīṃ samabharann ricaṃ nāma. tasyai brihac ca rathaṃtaraṃ ca pūrvau pādāv akurvan, vairūpaṃ ca vairājaṃ cāparau, śākvararaivate śīrshaṇye, naudhasaṃ ca kāleyaṃ cānūcye, ricaḥ prācīnātānān, sāmāni tiraṣcīnavāyān, yajūṅshy atikāṣān, yaṣa āstaraṇaṃ, ṣriyam upabarhaṇaṃ. tasyai Savitā ca Brihaspatiṣ ca pūrvau pādāv adhārayatāṃ, Vāyuṣ ca Pūshā cāparau, Mitrāvaruṇau ṣīrshaṇye, Aṣvināv anūcye. sa etām āsandīm ārohad 4 Vasavas tvā gāyatreṇa chandasā trivritā stomena rathaṃtareṇa sāmnārohantu, tān anv ārohāmi sāmrājyāya. Rudrās tvā traishṭubhena chandasā pañcadaṣena stomena brihatā sāmnārohantu, tān anv ārohāmi bhaujyāyā,dityās tvā jāgatena chandasā saptadaṣena stomena vairūpeṇa sāmnārohantu, tān anv ārohāmi svārājyāya. Viṣve tvā devā ānushṭubhena chandasaikaviṅṣena stomena vairājena sāmnārohantu, tān anv ārohāmi vairājyāya. Sādhyāṣ ca tvāptyāṣ ca devāḥ pāṅktena chandasā triṇavena stomena ṣākvareṇa sāmnārohantu, tān anv ārohāmi rājyāya. Mārutaṣ ca tvāṅgirasaṣ ca devā atichandasā chandasā trayastriṅṣena stomena rai-

vatena sāmnārohantu, tān anv ārohāmi pārameshṭhyāya māhārājyāyādhipatyāya svāvaṣyāyātishṭhāyārohāmīty etām āsandīm ārohat 5 tam etasyām āsandyām āsīnam viṣve devā abruvan: na vā anabhyutkrushṭa Indro vīryaṃ kartum arhaty, abhy enam utkroṣāmeti. tatheti. taṃ viṣve devā abhyudakroṣann: imaṃ devā abhyutkroṣata saṃrājaṃ sāmrājyam bhojam bhojapitaraṃ svarājaṃ svārājyaṃ virājaṃ vairājyaṃ rājānaṃ rājapitaram parameshṭhinam pārameshṭhyaṃ. kshatram ajani, kshatriyo 'jani, viṣvasya bhūtasyādhipatir ajani, viṣām attājani, purām bhettājany, asurāṇāṃ hantājani, brahmaṇo goptājani, dharmasya goptājanīti 6 tam abhyutkrushṭam Prajāpatir abhishekshyann etayarcābhyamantrayata || 12 || 1 ||

1 Ni shasāda dhṛitavrato varuṇaḥ pastyāsv ā | sāmrājyāya bhaujyāya svārājyāya vairājyāya pārameshṭhyāya rājyāya māhārājyāyādhipatyāya svāvaṣyāyātishṭhāya sukratur iti 2 tam etasyām āsandyām āsīnam Prajāpatiḥ purastāt tishṭhan pratyaṅmukha audumbaryārdrayā ṣākhayā sapalāṣayā jātarūpamayena ca pavitreṇāntardhāyābhyashiñcad imā āpaḥ ṣivatamā ity etena tṛicena, devasya tveti ca yajushā, bhūr bhuvaḥ svar ity etābhiṣ ca vyāhṛitibhiḥ || 13 || 2 ||

1 Athainam prācyāṃ diṣi Vasavo devāḥ shaḍbhiṣ caiva pañcaviṅṣair ahobhir abhyashiñcann etena ca tṛicenaitena ca yajushaitābhiṣ ca vyāhṛitibhiḥ sāmrājyāya 2 tasmād etasyām prācyāṃ diṣi ye keca prācyānāṃ rājānaḥ sāmrājyāyaiva te 'bhishicyante, samrāḷ ity enān abhishiktān ācakshata etām eva devānāṃ vihitim anv 3 athainaṃ dakshiṇasyāṃ diṣi Rudrā devāḥ shaḍbhiṣ caiva pañcaviṅṣair ahobhir abhyashiñcann etena ca tṛicenaitena ca yajushaitābhiṣ

ca vyāhṛitibhir bhaujyāya. tasmād etasyāṃ dakshiṇasyāṃ diṣi ye keca Satvatāṃ rājāno bhaujyāyaiva te 'bhishicyante, bhojety enān abhishiktān ācakshata etām eva devānāṃ vihitim anv. athainam pratīcyāṃ diṣy Ādityā devāḥ shaḍbhiṣ caiva pañcaviṅṣair ahobhir abhyashiñcann etena ca tṛiccnaitena ca yajushaitābhiṣ ca vyāhṛitibhiḥ svārājyāya. tasmād etasyāṃ pratīcyāṃ diṣi ye keca nīcyānāṃ rājāno ye 'pācyānāṃ svārājyāyaiva te 'bhishicyante svarāḷ ity enān abhishiktān ācakshata etām eva devānāṃ vihitim anv. athainam udīcyāṃ diṣi Viṣve devāḥ shaḍbhiṣ caiva pañcaviṅṣair ahobhir abhyashiñcann etena ca tṛiccnaitena ca yajushaitābhiṣ ca vyāhṛitibhir vairājyāya. tasmād etasyāṃ udīcyāṃ diṣi ye keca pareṇa Himavantaṃ janapadā Uttarakurava Uttaramadrā iti vairājyāyaiva te 'bhishicyante, virāḷ ity enān abhishiktān ācakshata etām eva devānāṃ vihitim anv. athainam asyāṃ dhruvāyāṃ madhyamāyāṃ pratishṭhāyāṃ diṣi Sādhyāṣ cāptyāṣ ca devāḥ shaḍbhiṣ caiva pañcaviṅṣair ahobhir abhyashiñcann etena ca tṛiccnaitena ca yajushaitābhiṣ ca vyāhṛitibhī rājyāya. tasmād asyāṃ dhruvāyāṃ madhyamāyāṃ pratishṭhāyāṃ diṣi ye keca Kurupañcālānāṃ rājānaḥ savaṣoṣīnarāṇāṃ rājyāyaiva te 'bhishicyante, rājety enān abhishiktān ācakshata etām eva devānāṃ vihitim anv. athainam ūrdhvāyāṃ diṣi Marutaṣ cāṅgirasaṣ ca devāḥ shaḍbhiṣ caiva pañcaviṅṣair ahobhir abhyashiñcann etena ca tṛiccnaitena ca yajushaitābhiṣ ca vyāhṛitibhiḥ pārameshṭhyāya māhārājyāyādhipatyāya svāvaṣyāyātishṭhāyeti. sa parameshṭhī prājāpatyo 'bhavat 4 sa etena mahābhishekeṇābhishikta Indraḥ sarvā jitīr ajayat, sarvāṅl lokān avindat, sarveshāṃ devānāṃ ṣraishṭhyam atishṭhām paramatām agachat, sāmrājyam bhaujyaṃ svārājyaṃ vairājyam pārameshṭhyaṃ rājyam māhārājyam ādhipatyaṃ jitvāsmiṅl loke svayaṃbhūḥ svarāḷ amṛito, 'mushmin svarge loke sarvān kāmān āptvāmṛitaḥ samabhavat samabhavat || 14 || 3 ||

Ity ashṭamapañcikāyāṃ tṛitīyo 'dhyāyaḥ.

Ity ashṭatriṃśadhyāyo tṛitīyaḥ khaṇḍaḥ.

1 Sa ya iched evaṃvit kshatriyam: ayaṃ sarvā jitīr jayetāyaṃ sarvāṃl lokān vindetāyaṃ sarveshāṃ rājñāṃ ṣraishṭhyam atishṭhāṃ paramatāṃ gacheta sāmrājyam bhaujyaṃ svārājyaṃ vairājyam pārameshṭhyaṃ rājyam mahārājyam ādhipatyam, ayaṃ samantaparyāyī syāt sārvabhaumaḥ sārvāyusha, āntād ā parārdhāt pṛithivyai samudraparyantāyā ekarāḷ iti: tam etenaindreṇa mahābhishekeṇa kshatriyaṃ ṣāpayitvā 'bhishiñced 2 yāṃ ca rātrīm ajāyethā yāṃ ca pretāsi, tad ubhayam antareṇeshṭāpūrtaṃ te lokaṃ sukṛitam āyuḥ prajāṃ vṛiñjīyaṃ yadi me druhyer iti 3 sa ya iched evaṃvit kshatriyo: 'haṃ sarvā jitīr jayeyam, ahaṃ sarvāṃl lokān vindeyam, ahaṃ sarveshāṃ rājñāṃ ṣraishṭhyam atishṭhām paramatāṃ gacheyaṃ sāmrājyam bhaujyaṃ svārājyaṃ vairājyam pārameshṭhyaṃ rājyam mahārājyam ādhipatyam, ahaṃ samantaparyāyī syāṃ sārvabhaumaḥ sārvāyusha, āntād ā parārdhāt pṛithivyai samudraparyantāyā ekarāḷ iti: sa na vicikitset, sa brūyāt saha ṣraddhayā: yāṃ ca rātrīm ajāye 'haṃ yāṃ ca pretāsmi, tad ubhayam antareṇeshṭāpūrtam me lokaṃ sukṛitam āyuḥ prajāṃ vṛiñjīthā yadi te druhyeyam iti || 15 || 1 ||

1 Atha tato brūyāc: catushṭayāni vānaspatyāni sambharata, naiyagrodhāny audumbarāṇy āṣvatthāni plākshāṇīti 2 kshatraṃ vā etad vanaspatīnāṃ yan nyagrodho: yan naiyagrodhāni sambharanti, kshatram evāsmiṅs tad dadhāti. bhaujyaṃ vā etad vanaspatīnāṃ yad udumbaro: yad audumbarāṇi sambharanti, bhaujyam evāsmiṅs tad dadhāti. sāmrājyaṃ vā etad vanaspatīnāṃ yad aṣvattho:

yad āṣvatthāni sambharanti, sāmrājyam evāsmiṅs tad dadhāti. svārājyaṃ ca ha vā etad vairājyaṃ ca vanaspatīnāṃ yat plaksho: yat plākshāṇi sambharanti, svārājyavairājye evāsmiṅs tad dadhāty 3 atha tato brūyāc: catushṭayāny aushadhāni sambharata, tokmakṛitāni vrīhīṇām mahāvrīhīṇām priyaṃgūnāṃ yavānām iti 4 kshatraṃ vā etad oshadhīnāṃ yad vrīhayo: yad vrīhīṇāṃ tokma sambharanti, kshatram evāsmiṅs tad dadhāti. sāmrājyaṃ vā etad oshadhīnāṃ yan mahāvrīhayo: yan mahāvrīhīṇāṃ tokma sambharanti, sāmrājyam evāsmiṅs tad dadhāti. bhaujyaṃ vā etad oshadhīnāṃ yat priyaṃgavo: yat priyaṃgūnāṃ tokma sambharanti, bhaujyam evāsmiṅs tad dadhāti. sainānyaṃ vā etad oshadhīnāṃ yad yavā. yad yavānāṃ tokma sambharanti, sainānyam evāsmiṅs tad dadhāti || 16 || 2 ||

1 Athāsmā audumbarīm āsandīṃ sambharanti, tasyā uktam brāhmaṇam. audumbaraṣ camaso vā pātrī vodumbaraṣākhā. tān etān sambhārān sambhṛityaudumbaryām pātryāṃ vā camase vā samāvapeyus, teshu samopteshu dadhi madhu sarpir ātapavarshyā āpo 'bhyānīya pratishṭhāpyaitām āsandīm abhimantrayeta 2 bṛihac ca te rathaṃtaraṃ ca pūrvau pādau bhavatāṃ, vairūpaṃ ca vairājaṃ cāparau, ṣākvararaivate ṣīrshaṇye, naudhasaṃ ca kāleyaṃ cānūcye, ṛicaḥ prācīnātānāḥ, sāmāni tiraṣcīnavāyā, yajūṃshy atīkāṣā, yaṣa āstaraṇaṃ, ṣrīr upabarhaṇaṃ. Savitā ca te Bṛihaspatiṣ ca pūrvau pādau dhārayatāṃ, Vāyuṣ ca Pūshā cāparau, Mitrāvaruṇau ṣīrshaṇye, Aṣvināv anūcye ity 3 athainam etām āsandīm ārohayed 4 Vasavas tvā gāyatreṇa chandasā trivṛitā stomena rathaṃtareṇa sāmnārohantu, tān anv āroha sāmrājyāya. Rudrās tvā traishṭubhena chandasā pañcadaṣena stomena bṛihatā sāmnārohantu, tān anv

āroha bhaujyāyā,dityās tvā jāgatena chaadasā saptadaşcaa stomena vairūpeṇa sāmnārohaatu, tān anv āroha svārājyāya. Vişve tvā devā āanshṭubhena chaadasaikaviñşena stomena vairājena sāmnārohantu, tāa anv āroha vairājyāya. Marutaş ca tvāñgirasaş ca devā atichandasā chandasā trayastriñşcaa stomena raivatena sāmaārohantu, tāa anv āroha pārameshṭhyāya. Sādhyāş ca tvāptyāş ca devāḥ pāñktena chandasā triṇavcaa stomena şākvarcaa sāmnārohantu, tān anv āroha rājyāya māhārājyāyādhipatyāya svāvaşyāyātishṭhāyārohety etām āsandīm ārohayet 5 tam etasyām āsandyām āsīnaṃ rājakartāro brūyur: na vā anabhyutkrushṭaḥ kshatriyo vīryaṃ kartum arhaty, abhy enam utkroşāmeti. tatheti. taṃ rājakartāro 'bhyutkroşantī,maṃ janā abhyutkroşata samrājaṃ sāmrājyaṃ bhojam bhojapitaraṃ svarājaṃ svārājyaṃ virājaṃ vairājyam paramoshṭhinam pārameshṭhyaṃ rājānaṃ rājapitaraṃ. kshatram ajani, kshatriyo 'jani, viṣvasya bhūtasyādhipatir ajani, viṣām attājany, amitrāṇāṃ hantājani, brāhmaṇānāṃ goptājani, dharmasya goptājanīti 6 tam abhyutkrushṭaṃ evaṃvid abhishekshyann etayarcābhimantrayeta || 17 || 3 ||

1 Ni shasāda dhṛitavrato varuṇaḥ pastyāsv ā | sāmrājyāya bhaujyāya svārājyāya vairājyāya pārameshṭhyāya rājyāya māhārājyāyādhipatyāya svāvaşyāyātishṭhāya sukratur iti. tam etasyām āsandyām āsīnam evaṃvit purastāt tishṭhan pratyañmukha audumbaryārdrayā şākhayā sapalāşayā jātarūpamayena ca pavitreṇāntardhāyābhishiñcati mā āpaḥ şivatamā ity etean tṛiceaa, devasya tveti ca yajushā, bhūr bhuvaḥ svar ity etābhiş ca vyāhṛitibhiḥ || 18 || 4 ||

1 Prācyām tvā diśi Vasavo devāḥ shaḍbhiś caiva pañcaviṅśair ahobhir abhishiñcantv etena ca tricenaitena ca yajushaitābhiś ca vyāhṛitibhiḥ sāmrājyāya. dakshiṇasyām tvā diśi Rudrā devāḥ shaḍbhiś caiva pañcaviṅśair ahobhir abhishiñcantv etena ca tricenaitena ca yajushaitābhiś ca vyāhṛitibhir bhaujyāya. pratīcyām tvā diśy Ādityā devāḥ shaḍbhiś caiva pañcaviṅśair ahobhir abhishiñcantv etena ca tricenaitena ca yajushaitābhiś ca vyāhṛitibhiḥ svārājyāyo,dīcyām tvā diśi Viśve devāḥ shaḍbhiś caiva pañcaviṅśair ahobhir abhishiñcantv etena ca tricenaitena ca yajushaitābhiś ca vyāhṛitibhir vairājyāyo,rdhvāyām tvā diśi Marutaś cāṅgirasaś ca devāḥ shaḍbhiś caiva pañcaviṅśair ahobhir abhishiñcantv etena ca tricenaitena ca yajushaitābhiś ca vyāhṛitibhiḥ pārameshṭhyāyā,syām tvā dhruvāyām madhyamāyām pratishṭhāyām diśi Sādhyāś cāptyāś ca devāḥ shaḍbhiś caiva pañcaviṅśair ahobhir abhishiñcantv etena ca tricenaitena ca yajushaitābhiś ca vyāhṛitibhī rājyāya māhārājyādhipatyāya svāvaśyāyādhishṭhāyeti. sa parameshṭhī prājāpatyo bhavati 2 sa etenaindreṇa mahābhishekeṇābhishiktaḥ kshatriyaḥ sarvā jitīr jayati, sarvāṅl lokān vindati, sarveshām rājñām śraishṭhyam atishṭhām paramatām gachati, sāmrājyam bhaujyam svārājyam pārameshṭhyam rājyam māhārājyam ādhipatyam jitvāsmiṅl loke svayambhūḥ svarāḷ amṛito, 'mushmin svarge loke sarvān kāmān āptvāmṛitaḥ sambhavati yam etenaindreṇa mahābhishekeṇa kshatriyam śāpayitvābhishiñcati || 19 || 6 ||

1 Indriyam vā etad asmiṅl loke yad dadhi: yad dadhnābhishiñcatīndriyam evāsmiṅs tad dadhāti. raso vā esha

oshadhivanaspatishu yan madhu: yan madhvābhishiñcati, rasam evāsmiṅs tad dadhāti. tejo vā etat paṣūnām yad ghṛitam: yad ghṛitenābhishiñcati, teja evāsmiṅs tad dadhāty. amṛitam vā etad asmiñl loke yad āpo: yad adbhir abhishiñcaty, amṛitatvam evāsmiṅs tad dadhāti 2 so 'bhishikto 'bhishektre brāhmaṇāya hiraṇyam dadyāt, sahasram dadyāt, kshetram catushpād dadyād. athāpy āhur: asaṃkhyātam evāparimitam dadyād; aparimito vai kshatriyo 'parimitasyāvaruddhyā ity 3 athāsmai surākaṅsam hasta ādadhāti: svādishṭhayā madishṭhayā pavasva soma dhārayā | indrāya pātave suta iti 4 tām pibed: yad atra ṣishṭam rasinaḥ sutasya yad indro apibac chacībhiḥ | idam tad asya manasā ṣivena somam rājānam iha bhakshayāmi || abhi tvā vṛishabhā sute sutam sṛijāmi pītaye | tṛimpā vy aṣnuhī madam iti 5 yo ha vāva somapīthaḥ surāyām pravishṭaḥ, sa haiva tenaindreṇa mahābhishekeṇābhishiktasya kshatriyasya bhakshito bhavati na surā 6 tām pītvābhimantrayeta,- pāma somam, ṣam no bhaveti 7 tad yathaivādaḥ priyaḥ putraḥ pitaram priyā vā jāyā patim sukham ṣivam upaspṛiṣaty ā visrasa, evam haivaitenaindreṇa mahābhishekeṇābhishiktasya kshatriyasya surā vā somo vānyad vānnādyam sukham ṣivam upaspṛiṣaty ā visrasaḥ || 20 || c ||

1 Etena ha vā aindreṇa mahābhishekeṇa Turaḥ Kāvasheyo Janamejayam Pārikshitam abhishishecca. tasmād u Janamejayaḥ Pārikshitaḥ samantam sarvataḥ pṛithivīm jayan parīyāyāṣvena ca medhyeneje 2 tad eshābhi yajñagāthā gīyate | 3

Āsandīvati dhānyādam rukmiṇam haritasrajam |
aṣvam babandha sārañgam devebhyo Janamejaya

ity 4 etena ha vā aindreṇa mahābhishekeṇa Cyavano Bhārgavaḥ Ṣāryātam Mānavam abhishisheca. tasmād u Ṣāryāto

Mānavaḥ samantam sarvataḥ pṛithivīṃ jayan parīyāyāṣvena ca medhyeneje, devānām hāpi satre gṛihapatir āsa 5 tena ha vā aindreṇa mahābhishekeṇa Somaṣushmā Vājaratnāyanaḥ Ṣatānīkaṃ Sātrājitam abhishishecca. tasmād u Ṣatanīkaḥ Sātrājitaḥ samantaṃ sarvataḥ pṛithivīṃ jayan parīyāyāṣvena ca medhyeneja 6 etena ha vā aindreṇa mahābhishekeṇa Parvatanāradāv Āmbāshṭhyam abhishishicatus. tasmād v Āmbāshṭhyaḥ samantaṃ sarvataḥ pṛithivīṃ jayan parīyāyāṣvena ca medhyeneja 7 etena ha vā aindreṇa mahābhishekeṇa Parvatanāradau Yudhāṃṣraushṭim Augrasainyam abhishishicatus. tasmād u Yudhāṃṣraushṭir Augrasainyaḥ samantaṃ sarvataḥ pṛithivīṃ jayan parīyāyāṣvena ca medhyeneja 8 etena ha vā aindreṇa mahābhishekeṇa Kaṣyapo Viṣvakarmāṇam Bhauvanam abhishishecca. tasmād u Viṣvakarmā Bhauvanaḥ samantaṃ sarvataḥ pṛithivīṃ jayan parīyāyāṣvena ca medhyeneje 9 bhūmir ha jagāv, ity udāharanti 10

na mā martyaḥ kaṣ cana dātum arhati
Viṣvakarman Bhauvana māṃ didāsitha |
nimaṅkshye 'haṃ salilasya madhye
moghas ta esha Kaṣyapāyāsa saṃgara

ity 11 etena ha vā aindreṇa mahābhishekeṇa Vasishṭhaḥ Sudāsam Paijavanam abhishishecca. tasmād u Sudāḥ Paijavanaḥ samantaṃ sarvataḥ pṛithivīṃ jayan parīyāyāṣvena ca medhyeneja 12 etena ha vā aindreṇa mahābhishekeṇa Saṃvarta Āṅgirasa Maruttam Āvikshitam abhishishecca. tasmād u Marutta Āvikshitaḥ samantaṃ sarvataḥ pṛithivīṃ jayan parīyāyāṣvena ca medhyeneje 13 tad apy esha ṣloko 'bhigīto 14

Marutaḥ parivesḥṭāro Maruttasyāvasan gṛihe |
Āvikshitasya Kāmaprer viṣve devāḥ sabhāsada

iti || 21 || 7 ||

1 Etena ha vā aindreṇa mahābhishekenodamaya Ātreyo 'ñgam abhishisheca. tasmād u Añgaḥ samantaṃ sarvataḥ pṛithivīṃ jayan parīyāyāṣvena ca medhyeneje 2 sa hovācālopāñgo: daṣa nāgasahasrāṇi daṣa dāsīsahasrāṇi dadāmi te brāhmaṇopa māsmin yajñe hvayasveti 3 tad apy ete ṣlokā abhigītāḥ | 4

yābhir gobhir Udamayam Praiyamedhā ayājayan |
dve-dve sahasre badvānām Ātreyo madhyato 'dadāt ||
5 ashṭāṣītisahasrāṇi ṣvetān Vairocano hayān |
prashṭīn niṣcṛitya prāyachad yajamāne purohite ||
6 deṣād-deṣāt samoḍhānāṃ sarvāsām āḍhyaduhitṛiṇām |
daṣādadāt sahasrāṇy Ātreyo nishkakaṇṭhyaḥ ||
7 daṣa nāgasahasrāṇi dattvātreyo 'vacatnuke |
ṣrāntaḥ pārikuṭān praipsad dānenāñgasya brāhmaṇaḥ ||
8 ṣataṃ tubhyaṃ ṣataṃ tubhyam iti smaiva pratāmyati |
sahasraṃ tubhyam ity uktvā prāṇān sma pratipadyata
iti || 22 || ° ||

1 Etena ha vā aindreṇa mahābhishekeṇa Dīrghatamā Māmateyo Bharataṃ Dauḥshantim abhishisheca. tasmād u Bharato Dauḥshantiḥ samantaṃ sarvataḥ pṛithivīṃ jayan parīyāyāṣvair u ca medhyair īje 2 tad apy ete ṣlokā abhigītāḥ | 3

hiraṇyena parīvṛitān kṛishṇāñ chukladato mṛigān |
Mashṇāre Bharato 'dadāc chataṃ badvāni sapta ca ||
4 Bharatasyaisha Dauḥshanter agniḥ Sācīguṇe citaḥ |
yasmin sahasraṃ brāhmaṇā badvaṣo gā vibhejire ||
5 ashṭāsaptatiṃ Bharato Dauḥshantir Yamunām anu |
Gañgāyāṃ Vṛitraghne 'badhnāt pañcapañcāṣataṃ hayān ||
6 trayastriṃṣacchataṃ rājāṣvān baddhvāya medhyān |
Dauḥshantir atyagād rājño māyām māyāvattaraḥ ||
7 mahākarma Bharatasya na pūrve nāpare janāḥ |
divaṃ martya iva hastābhyāṃ nodāpuḥ pañca mānavā

ity 8 etaṃ ha vā aindram mahābhishekam Bṛihaduktha ṛishir Durmukhāya Pāñcālāya provāca. tasmād u Durmukhaḥ Pāñcālo rājā san vidyayā samantaṃ sarvataḥ pṛithivīṃ jayan parīyāyai 9 taṃ ha vā aindram mahābhishekaṃ Vāsishṭhaḥ Sātyahavyo 'tyarātaye Jānaṃtapayo provāca. tasmād v Atyarātir Jānaṃtapir arājā san vidyayā samantaṃ sarvataḥ pṛithivīṃ jayan parīyāya 10 sa hovāca Vāsishṭhaḥ Sātyahavyo: 'jaishīr vai samantaṃ sarvataḥ pṛithivīm, mahan mā gamayeti. sa hovācātyarātir Jānaṃtapir: yadā brāhmaṇottarakurūñ jayeyam, atha tvam u haiva pṛithivyai rājā syāḥ, senāpatir eva te 'haṃ syām iti. sa hovāca Vāsishṭhaḥ Sātyahavyo: devakshetraṃ vai tad, na vai tan martyo jetum arhaty: adruksho vai ma, āta idaṃ dada iti. tato hātyarātiṃ Jānaṃtapim āttavīryaṃ niḥṣukram Amitratapanaḥ Śushmiṇaḥ Śaibyo rājā jaghāna 11 tasmād evaṃ vidushe brāhmaṇāyaivaṃ cakrushe na kshatriyo druhyen: ned rāshṭrād avapadyeyaṃ, ned vā mā prāṇo jahad iti jahad iti || 23 || 9 ||

Ity ashṭamapañcikāyāṃ caturtho 'dhyāyaḥ.

Ity ekonacatvāriṃśadhyāyo navamaḥ khaṇḍaḥ.

1 Athātaḥ purodhāyā eva 2 na ha vā apurohitasya rājño devā annam adanti. tasmād rājā yakshyamāṇo brāhmaṇam purodadhīta: devā me 'nnam adann ity 3 agnīn vā esha svargyān rājoddharate yat purohitaṃ 4 tasya purohita evāhavanīyo bhavati, jāyā gārhapatyaḥ, putro 'nvāhāryapacanaḥ. sa yat purohitāya karoty āhavanīya eva taj juhoty, atha yaj jāyāyai karoti gārhapatya eva taj juhoty, atha yat putrāya karoty anvāhāryapacana eva taj juhoti. ta enaṃ śāntatanavo 'bhihutā abhiprītāḥ svargaṃ lokam abhivahanti kshatraṃ ca balaṃ ca rāshṭraṃ ca viśaṃ ca 5 ta evainam aśāntatanavo 'nabhihutā anabhiprītāḥ svargāl lokān nudante kshatrāc ca balāc ca rāshṭrāc ca viśaś cā-

6gnir vā esha vaiṣvānaraḥ pañcamenir yat purohitas. tasya vācy evaikā menir bhavati pādayor ekā tvacy ekā hṛidaya ekopastha ekā. tābhir jvalantībhir dīpyamānābhir upodeti rājānam. sa yad āha: kva bhagavo 'vātsīs, triṇāny asmā āharateti, tenāsya tām ṣamayati yāsya vāci menir bhavaty. atha yad asmā udakam ānayanti pādyam, tenāsya tām ṣamayati yāsya pādayor menir bhavaty. atha yad enam alamkurvanti, tenāsya tām ṣamayati yāsya tvaci menir bhavaty. atha yad enam tarpayanti, tenāsya tām ṣamayati yāsya hṛidaye menir bhavaty. atha yad asyānāruddho veṣmasu vasati, tenāsya tām ṣamayati yāsyopasthe menir bhavati 7 sa enam ṣāntatanur abhihuto 'bhiprītaḥ svargam lokam abhivahati kshatram ca balam ca rāshṭram ca viṣam ca. sa evainam aṣāntatanur anabhihuto 'nabhiprītaḥ svargāl lokān nudate kshatrāc ca balāc ca rāshṭrāc ca viṣaṣ ca || 24 || 1 ||

1 Agnir vā esha vaiṣvānaraḥ pañcamenir yat purohitas, tābhī rājānam parigṛihya tishṭhati samudra iva bhūmim 2 ayavam āryasya rāshṭram bhavati, nainam purāyushaḥ prāṇo jahāty, ājarasam jīvati, sarvam āyur eti, na punar mriyate yasyaivam vidvān brāhmaṇo rāshṭragopaḥ purohitaḥ 3 kshatreṇa kshatram jayati, balena balam aṣnute yasyaivam vidvān brāhmaṇo rāshṭragopaḥ purohitas 4 tasmai viṣaḥ samjānate saṃmukhā ekamanaso yasyaivam vidvān brāhmaṇo rāshṭragopaḥ purohitaḥ || 25 || 2 ||

1 Tad apy etad ṛishiṇoktam 2 sa id rājā pratijanyāni viṣvā ṣushmeṇa tasthāv abhi vīryeṇeti 3 sapatnā vai dvishanto, bhrātṛivyā janyāni, tān eva tac chushmeṇa vīryeṇādhitishṭhati 4 Bṛihaspatim yaḥ subhṛitam bibhartīti. Bṛihaspatir ha vai devānām purohitas, tam anv anye manushyarājñām purohitā. Bṛihaspatim yaḥ subhṛitam bibhartīti yad āha, purohitam yaḥ su-

bhṛitam bibhartīty eva tad āha 5 valgūyati vandate pūrvabhājam ity, apacitim evāsmā etad āha 6 sa it ksheti sudhita okasi sva iti. gṛihā vā okaḥ, sveshv eva tad gṛiheshu suhito vasati 7 tasmā iḷā pinvate viṣvadānīm ity. annaṃ vā iḷānnam evāsmā etad ūrjasvac chaṣvad bhavati 8 tasmai viṣaḥ svayam evā namanta iti. rāshṭrāṇi vai viṣo, rāshṭrāṇy evainam tat svayam upanamanti 9 yasmin brahmā rājani pūrva etīti. purohitam evaitad āhā 10 pratīto jayati saṃ dhanānīti. rāshṭrāṇi vai dhanāni, tāny apratīto jayati 11 pratijanyāny uta yā sajanyeti. sapatnā vai dvishanto bhrātṛivyā janyāni, tān apratīto jayaty 12 avasyave yo varivaḥ kṛiṇotīti yad āhāvasīyase yo vasīyaḥ karotīty eva tad āha 13 brahmaṇe rājā tam avanti devā iti, purohitam evaitad abhivadati || 26 || 3 ||

1 Yo ha vai trīn purohitāṅs trīn purodhātṛīn veda, sa brāhmaṇaḥ purohitaḥ. sa vadeta purodhāyā: Agnir vāva purohitaḥ pṛithivī purodhātā, Vāyur vāva purohito 'ntariksham purodhātādityo vāva purohito dyauḥ purodhātai,sha ha vai purohito ya evaṃ vedātha sa tirohito ya evam na veda 2 tasya rājā mitram bhavati, dvishantam apabādhate yasyaivaṃ vidvān brāhmaṇo rāshṭragopaḥ purohitaḥ 3 kshatreṇa kshatraṃ jayati, balena balam aṣnute yasyaivaṃ vidvān brāhmaṇo rāshṭragopaḥ purohitas. tasmai viṣaḥ saṃjānate sammukhā ekamanaso yasyaivaṃ vidvān brāhmaṇo rāshṭragopaḥ purohito 4 bhūr bhuvaḥ svar om, amo 'ham asmi sa tvaṃ sa tvam asy amo 'haṃ, dyaur aham pṛithivī tvaṃ, sāmāham ṛik tvaṃ, tāv eha saṃvahāvahai | purāṇy asmān mahābhayāt | tanūr asi tanvam me pāhi | 5 yā oshadhīḥ somarājñīr bahvīḥ ṣatavicakshaṇāḥ | tā mahyam asminn āsane 'chidraṃ ṣarma yachata ||

6 yā oshadhīḥ somarājñīr vishṭhitāḥ pṛithivīm anu | tā mahyam asmin āsane 'chidraṃ ṣarma yachata || 7 asmin rāshṭre ṣriyam ā veṣayāmy ato devīḥ prati paṣyāmy āpaḥ || 8 dakshiṇam pādam ava nenije 'smin rāshṭra indriyaṃ dadhāmi | savyam pādam ava nenije 'smin rāshṭra indriyaṃ vardhayāmi | pūrvam anyam aparam anyam pādāv ava nenijo | devā rāshṭrasya guptyā abhayasyāvaruddhyai || 9 āpaḥ pādāvanejanīr dvishantaṃ nir dahantu me || 27 || • ||

1 Athāto brahmaṇaḥ parimaro. yo ha vai brahmaṇaḥ parimaraṃ veda, pary enaṃ dvishanto bhrātṛivyāḥ pari sapatnā mriyante 2 'yaṃ vai brahma yo 'yam pavate. tam etāḥ pañca devatāḥ parimriyante: vidyud vṛishṭiṣ candramā āditya 'gnir 3 vidyud vai vidyutya vṛishṭim anupraviṣati, sāntardhīyate, tāṃ na nirjānanti 4 yadā vai mriyate, 'thāntardhīyate, 'thainaṃ na nirjānanti 5 sa brūyād vidyuto maraṇe: dvishan me mriyatām, so 'ntardhīyatām, tam mā nirjñāsishur iti 6 kshipraṃ haivainaṃ na nirjānanti 7 vṛishṭir vai vṛishṭvā candramasam anupraviṣati, sāntardhīyate, tāṃ na nirjānanti. yadā vai mriyate, 'thāntardhīyate, 'thainaṃ na nirjānanti. sa brūyād vṛishṭer maraṇe: dvishan me mriyatām, so 'ntardhīyatām, tam mā nirjñāsishur iti. kshipraṃ haivainaṃ na nirjānanti 8 candramā vā amāvāsyāyām ādityam anupraviṣati, so 'ntardhīyate, taṃ na nirjānanti. yadā vai mriyate, 'thāntardhīyate, 'thainaṃ na nirjānanti. sa brūyāc candramaso maraṇe: dvishan me mriyatām, so 'ntardhīyatām, tam mā nirjñāsishur iti. kshipraṃ haivainaṃ na nirjānanty 9 ādityo vā astaṃ yann agnim anupraviṣati, so 'ntardhīyate, taṃ na nirjānanti. yadā vai mriyate, 'thāntardhīyate, 'thainaṃ na nirjānanti. sa brūyād ādityasya maraṇe: dvishan

me mriyatāṃ, so 'ntardhīyatāṃ, tam mā nirjñāsishur iti. kshipraṃ haivainaṃ na nirjānanty 10 agnir vā udvān vāyum anupraviśati, so 'ntardhīyate, taṃ na nirjānanti. yadā vai mriyate, 'thāntardhīyate, 'thainaṃ na nirjānanti. sa brūyād agner maraṇe: dvishan me mriyatāṃ, so 'ntardhīyatāṃ, tam mā nirjñāsishur iti. kshipraṃ haivainaṃ na nirjānanti 11 tā vā etā devatā ata eva punar jāyante 12 vāyor agnir jāyate, prāṇād dhi balān mathyamāno 'dhijāyate. taṃ drishṭvā brūyād: agnir jāyatām, mā me dvishañ jany, ata eva parāñ prajighyatv iti. ato haiva parāñ prajighyaty 13 agner vā ādityo jāyate. taṃ drishṭvā brūyād: ādityo jāyatām, mā me dvishañ jany, ata eva parāñ prajighyatv ity. ato haiva parāñ prajighyaty 14 ādityād vai candramā jāyate. taṃ drishṭvā brūyāc: candramā jāyatām, mā me dvishañ jany, ata eva parāñ prajighyatv iti. ato haiva parāñ prajighyati 15 candramaso vai vrishṭir jāyate. tāṃ drishṭvā brūyād: vrishṭir jāyatām, mā me dvishāñ jany, ata eva parāñ prajighyatv ity. ato haiva parāñ prajighyati 16 vrishṭer vai vidyuj jāyate. tāṃ drishṭvā brūyād: vidyuj jāyatām, mā me dvishañ jany, ata eva parāñ prajighyatv ity. ato haiva parāñ prajighyati 17 sa esha brahmaṇaḥ parimaras 18 tam etam brahmaṇaḥ parimaram Maitreyaḥ Kaushāravaḥ Sutvane Kairiśaye Bhārgāyaṇāya rājñe provāca, taṃ ha pañca rājānaḥ parimamrus, tataḥ Sutvā mahaj jagāma 19 tasya vrataṃ: na dvishataḥ pūrva upaviśed; yadi tishṭhantam manyeta, tishṭhetaiva. na dvishataḥ pūrvaḥ saṃviśed; yady āsīnam manyetāsītaiva. na dvishataḥ pūrvaḥ prasvapyād: yadi jāgratam manyeta, jāgriyād evā 20 pi ha yady asyāśmamūrdhā dvishan bhavati, kshipraṃ haivainaṃ striṇute striṇute ‖ 28 ‖ 5 ‖

Ity ashṭamapañcikāyām pañcamo 'dhyāyaḥ.
Iti catvāriṁśadhyāyo pañcamaḥ khaṇḍaḥ.

Zu 7, 11.

Śāṅkhāyanabrāhmaṇa 3, 1.

Yad darṣapūrṇamāsayor upavasati, na ha vā avratasya devā havir aṣnauti, tasmād upavasaty: uta me devā havir aṣnīyur iti. pūrvām paurṇamāsīm upavased iti Paiṅgyam, uttarām iti Kaushītakam. yām pary astamayam utsarped iti sā sthitir. uttarām paurṇamāsīm upavased. anirjñāya purastād amāvāsyāyāṃ candramasaṃ yad upavasati tena pūrvām prīṇāti, yad yajate tenottarām. uttarām upavased, uttarām u ha vai samudro vijate somam anu daivatam. etad vai devasatyaṃ yac candramās, tasmād uttarām upavaset ||

Anhang.

1. Auszüge aus dem Commentare von Sāyaṇācārya.
2. Verzeichniss der erwähnten Verse.
3. Namenverzeichniss.
4. Anmerkungen.

I. Auszüge aus dem Commentare von Sāyaṇācārya.

Pañcikā I.

1.

2. **nirvapanti** | śakaṭāvasthāpitavrīhisaṃghān nishkṛishya mushṭicatushṭayaparimitānāṃ vrīhīṇāṃ śūrpe prakshepo nirvāpaḥ | tatpūrvako yāgo 'tra nirvāpaśabdenopalakshyate |

dīkshaṇīyam | somayāge pravṛittasya yajamānasya saṃskāro dīkshaṇam | tasya ca saṃskārasya hetuḥ karmaviśesho dīkshaṇīyāśabdavācyaḥ | tasya karmaviśeshasya vācakena śabdena tatkarmasādhanam upalakshyate | tato dīkshaṇīyākhyakarmasādhanam puroḍāśam iti sāmānādhikaraṇyam upapannam |

11. **prajāyate** | tāv etau puroḍāśacarupakshāv Āpastambena darśitau | dīkshaṇīyāyās tantraṃ prakramayati | āgnāvaishṇavam ekādaśakapālaṃ nirvapaty, āgnāvaishṇavaṃ vā ghṛite carum | puroḍāśo brahmavarcasakāmasya, ghṛite caruḥ prajākāmasya paśukāmasya vā | ādityaṃ ghṛite caruṃ dvitīyam paśukāmasyaike samāmanantīti |

12. **āmāvāsyena** | tad āhāśvalāyanaḥ | darśapūrṇamāsābhyām ishṭveshṭipaśucāturmāsyair atha somena (4, 1, 1) iti | yajeteti śeshaḥ | ishṭir āgrayaṇeshṭiḥ | paśur nirūḍhapaśubandhaḥ | Āpastambo 'py āha | atha darśapūrṇamāsāv ārabhate | tābhyāṃ saṃvatsaram ishṭvā somena paśunā vā yajeta iti |

esho ekā dīkshā | eshāpy ekā dīkshā | evam ukte saty anyāpi kācid dīkshāstīti sūcitaṃ bhavati | ata evāśvalāyana ishṭipūrvatvaṃ somapūrvatvaṃ cety ubhau pakshāv udājahāra | ūrdhvaṃ darśapūrṇamāsābhyāṃ yathopapatty eke | prāg api somenaike (4, 1, 2) iti | upapattir dravyādisampattiḥ | tām anatikramyeti yathopapatti | darśapūrṇamāsābhyām ūrdhvaṃ dravyādisampattau satyāṃ somena yajeteti keshāṃcin matam | tābhyāṃ prāg api sampattau somayāgam ity apareshām matam | Taittirīyāś ceshṭipūrvatvam abhipretya vāsantādikālaviśesheshv ādhānam āmnāya punaḥ somapūrvatvam abhipretya kālaniyamam antareṇādhānam āmananti | atho khalu yad evainaṃ yajña upanamed athādadhīta saivāsyarddhir (Tb. 1, 1, 2, 8) iti | Āpastambo 'pīdam eva somādhānam abhipretya vasantādikālaviçeshapratīkshāṃ vārayati | nartūn sūrkshen na nakshatram iti | tasmāt pakshadvayam |

14. saptadaça sāmidhenīḥ | pra vo vājā abhidyava ityādyā ekādaçasaṃkhyākā ṛico vahnisamindhanahetutvāt sāmidhenya ity ucyante | Āçvalāyana 1, 2, 7 | tāsu: triḥ prathamām anvāha trir uttamām iti vacanāt, tāḥ pañcadaça sampadyante | prakṛitāv eva vihitāsu pañcadaçasv ṛikshu codakaprāptāsu, ye samidhyamānasamiddhavatyau dve ṛicau tayor madhye dhāyyābhidheye ṛicau prakshe ptavye | tathā cāçvalāyanaḥ | dīkshaṇīyāyāṃ dhāyye virājau (4, 2, 1) iti | tatra pṛithupājā amartya ity ekā, taṃ sabādho yatasruca iti dvitīyā | etac ca Prayogasaṃgrahakāreṇodāhṛitam | atha dīkshaṇīyāyāṃ dhāyye bhavataḥ | çocishkeçaṃ tam īmahe pṛithupājās taṃ sabādha iti |

3.

5. ājyam | ājyaghṛitayor bhedaḥ pūrvācāryair udāhṛitaḥ | sarpir vilīnam ājyaṃ syād ghanībhutaṃ ghṛitaṃ vidur iti | īshad vilīnam āyutam |

10. dīkshitavimitam | dīkshitasya praveçārthaṃ viçeshena nirmitaḥ prācīnavaṃço dīkshitavimitaḥ |

11. yoniḥ | Āpastambo 'py āha | ā vo devāsa īmaha iti | pūrvayā dvārā prāgvaṃçam praviçyeti |

19. mushṭī kuruto | yajamāno hastayor mushṭiṃ kuryāt | tatprakāra Āpastambena spashṭam abhihitaḥ | athāṅgulīr nyacati | svāhā yajñam manasceti dve svāhā diva iti dve svāhā pṛithivyā iti dve svāhoror antarikshād iti dve svāhā yajñaṃ vātād ā rabha iti mushṭī karotīti |

21. na pūrvadīkshiṇaḥ | dvayor vā bahūnāṃ vā yajamānānāṃ sambhuya somābhishavaḥ saṃsavaḥ | sa ca mahān doshaḥ | tasmin eva deçe tasminn eva kāle matsaragrastair yajamānaiḥ pravartitatvāt | nadyā vā parvatena vā vyavadhānarahitayoḥ saṃnipravartinoḥ parasparamantradhvaniçravaṇayogyayor deçayoḥ spardhamānābhyāṃ yajamānābhyām pravartitau yau somayāgau tayor ayaṃ saṃsavākhyo doshaḥ | tathā ca Sutrakāra āha | saṃsavo 'nantarhiteshu nadyā vā parvatena vā (6, 6, 11) iti | so 'yaṃ doshaḥ pūrvadīkshiṇo nāsti | ekasminn eva divase dvayor yajamānayor madhye yaḥ pūrvaṃ dīkshaṇīyeshṭiṃ karoti sa pūrvadīkshī |

* saṃveçāya tvopaveçāya tvetyādimantreṇa yeyaṃ saṃsavaprāyaçcittāhutiḥ seyam aparadīkshiṇaiva kartavyā na pūrvadīkshiṇety arthaḥ |

4.

1. puronuvākyo | tad ubhayam adhvaryuṇā preshito hotānubrūyāt |

8. yājyānuvākyo | yady apy arthānusāreṇānuvākyāyājye bhavata iti vidhātavyaṃ, tathāpy alpāctaram iti vyākaraṇasūtrānusāreṇa yājyāçabdasya pūrvanipāto drashṭavyaḥ |

5.

1. gāyatryau | sa havyavāḷ amartya ity ekā gāyatrī, agnir hotā purohita ity aparā gāyatrī | te ubhe svishṭakṛidyāgasya saṃyājye kuryāt |

saṃyājyāçabdārtham Āçvalāyana āha | svishṭakṛitaḥ saṃyājye ity ukte sauvishṭakṛitī pratīyād (2, 1, 21) iti |

2. gāyatrī | tat savitur vareṇyam ity asyām ṛici yad gāyatrīchandas, tasya tejobrahmavarcasasādhanatvena tadrūpatvaṃ loke prasiddham |

4. ushṇihau | agne vājasya gomata ity ekoshṇik, sa idhāno vasush kavir ity aparā |

7. anushṭubhau | tvam agne vasūn iti dve anushṭubhau |

10. bṛihatyau | enā vo agnim iti dve bṛihatyau |

13. paṅktī | agniṃ tam manya iti dve paṅktī |

16. trishṭubhau | dve virūpe carata iti dve trishṭubhau |

19. jagatyau | janasya gopā iti dve jagatyau |

23. virājau | preddho agna, imo agna iti dve virājau |

6.

2. na vā ekena | tatra preddho agna ity asyām ṛicy ekonatriṃçad aksharāṇy, imo agna ity asyām ṛici dvātriṃçad aksharāṇy, ataḥ tayor na virāṭtvam iti cet | maivam | na vā ekenākshareṇeti vākyenaiva parihṛitatvāt |

8. vicakshaṇavatīm | vicakshaṇety aksharacatushṭayātmako 'yam mantraḥ | tadyuktaṃ vākyam prayuñjīta | Devadattavicakshaṇa gām ānaya, Yajñadattavicakshaṇa gām badhānety evaṃ tatprayogaḥ | tad āhāpastambaḥ | canasitavicakshaṇa iti nāmadheyānteshu dadhāti, canasiteti brāhmaṇam vicakshaṇeti rājanyavaiçyāv iti |

7.

8. tasmād dakshiṇataḥ | yasmād atra devānām digviçeshajñāpanāya dakshiṇasyām diçy avasthitam Agniṃ yajati, tasmāt kāraṇād Vindhyaparvatasya dakshiṇabhāge vrīhyādyoshadhayo 'gre pacyamānā āyanti | tattatsvāmigṛiheshv āgachanti | Vindhyasyottarabhāgo yava-

godhūmacaṇakādidhānyaprācuryaṃ | tāni ca dhānyāni māghaphālgunayoḥ pacyanta iti paścādbhāvīni | dakshiṇadigbhāge tu yavādiprācuryāhhāvāt pracurāṇi ca vrīhyādīni kārttikamārgaśīrshayoḥ pacyamānatvād agre pāko 'bhihitaḥ |

14. yad uttamām | atra Pathyādīnāṃ catasṛiṇāṃ devatānām ājyena yāgaḥ | Aditea tu caruṇeti drashṭavyam | tad āhāpastambaḥ | catura ājyabhāgān pratidiśaṃ yajati, Pathyaṃ svastim purastād Agniṃ dakshiṇataḥ Somaṃ paścāt Savitāram uttarato madhye 'ditiṃ havisheti |

8.

1. prayājāhutibhiḥ | samidho yajati, Tanūnapātaṃ yajatītyādinā vihitāḥ pañca prayājahutayaḥ | tāsāṃ prakṛitāv anushṭhānaprakāra Āpastambena darsitaḥ | pañca prayājān prāco yajati pratidiśaṃ vā | samidhaḥ purastāt Tanūnapātaṃ dakshiṇata idām paścād barhir uttarataḥ svāhākāram madhya iti | .

10.

7. yajñamukho | yajñamukhaṃ yajñopakramaḥ | sa ca sutyādine prātaranuvākādinā bhavishyati | tadapekshayā prāyaṇīyeshṭiḥ prathamaṃ yajñamukham |

11.

1. prayājavat | prāyaṇīyeshṭer darśapūrṇamāsavikṛitatvāc codakena prayājā anuyājāś ca prāptāḥ | samidho agua ājyasya (Āśvalāyana 1, 5, 15) ityādyā mantrasādhyāḥ prayājā, devam barhir (Āśvalāyana 1, 8, 7) ityādyā mantrasādhyās trayo 'nuyājāḥ | prāyaṇīyākhyaṃ karma prayājopetam anuyājavarjitaṃ kartavyam iti śākhāntarīyā āhuḥ |

6. tāvataiva | tadānīṃ yajñasya samāptatvād uttarakālīnaṃ somakrnyādikaṃ ua pravarteta | eteshām anauushṭhānamātreṇa yajño 'samāpto bhavati, tata uttartnushṭhānaṃ nirvighnaṃ pravartate |

7. nishkāsam | bhāṇḍagato leparūpo havihṣesho nishkāsaḥ | prāyaṇīyakarmasambandhinaṃ nishkāsaṃ kasmiñścit pātre sthāpayet | tataḥ sutyādine somayāgasyāvasāna udayanīyeshṭigatcua havishā saha taṃ nishkāsam abhinirvapet |

9. amushmin vā etcua | atra brahmavādinaḥ kaṃcid dosham āhuḥ | prāyaṇīyam ity evaṃvidhanāmopetaṃ yat karmāsty, etcua karmaṇā yajamānaḥ svargaloka eva samṛiddhiṃ prāpnuvanti uāsmiñl loke | kathaṃ iti cet | prāyaṇīyam ity etan nāma manasā kṛitvā nirvapanti, caraṇakāle 'pi tathaiva caranti | caraṇaṃ āhutiprakshepaḥ | tasya ca nāmno 'yam arthaḥ | anena karmaṇā yajamānā asmāl lokāt prayanty eva, ua tv asmiñl loke kaṃcit kālam pratitishṭhanti | ta-

smāt prāyaṇīyanāma sampannam iti | śrauta itiśabdo brahmavādyudbhāvitadoshasamāptyarthaḥ |

13. barsanaddhyai | barso maṇyākāro granthiviśeshaḥ | tasya granther naddhir bandhanam | tatsiddhyartham |

14. tejanyāḥ | tejanī rajjuḥ |

12.

2. nānuvidyato | śubhakarmānukūlo nāsti | meshādisaṃkrāntyādivirahitatvān malamāsa ity abhipretya tasmin māse śishṭāḥ śubhakarmāṇi varjayanti | ata evedānīm api somavikrayī śishṭācārasyānukūlo naiva vidyate |

13.

11. yo vai bhavati | yaḥ pumān prauḍhe yajñe pravṛitto bhavati, tatrāpi yaḥ śreshṭhatām prayogapāṭavābhimānam aśnute prāpnoti, sa tādṛiśaḥ purushaḥ karmasamāptivyagratayā paṇḍitammanyatvena vā vaikalyaṃ kurvan kilbisham bhavati | pāpam prāpnoti |

12. mānuvocaḥ | tasmād yajamānā evam āhuḥ | he hotas tvam mānuvocaḥ | anyacittaḥ san puronuvākyām mā paṭha | he adhvaryo mā pracārīḥ | vyagratayā pracāram anyathānushṭhānam mā kārshīḥ | na kshipraṃ kurvanto bhavantaḥ kilbisham mā yātayan | mā prāpnuvata |

26. varuṇadevatyaḥ | yāvatkālaṃ soma upanaddha vastrādinā baddhaḥ syāt | yāvac ca pariśritāni prācīnavaṃśādisthānāni prapadyate | tāvad esha somo varuṇadevatākaḥ | bandhanasya varuṇapāśādhīnatvād, āvaraṇasyāpi varuṇādhīnatvāt |

14.

1. anyataro 'naḍvān | krayadeśe somaṃ śakaṭe prakshipya prācīnavaṃśasamīpe samānīya śakaṭabaddhayor anaḍuhor madhye kaṃcid anaḍvāhaṃ vimucyetaram avimucya rājānaṃ śakaṭād adhastād ṛitvija upāvahareyuḥ |

4. cakriyāṇām | laukikīnāṃ vaidikīnāṃ ca prajānāṃ svarūpam | yadvā cakri śakaṭam | tena cakriṇa yāntīti śakaṭam āruhya gachantyaḥ prajāḥ cakriyāḥ |

6. prāci tishṭhati | etat sarvam abhipretyāpastambaḥ saṃjagrāha | pra cyavasva bhuvas pata iti prāñco 'bhiprayāya pradakshiṇam āvartanta iti | agreṇa prāgvaṃśam prāgīsham udagīshaṃ vā śakaṭam avasthāpyeti |

15.

4. svena chandasā | te ca yājyānuvākye Āśvalāyanena darśite | idaṃ vishṇur vi cakrame, tad asya priyam abhi pātho aśyām (4, 5, 3) iti |

6. agnim manthanti | atrātithyeshṭimadhye 'gnimanthanam Āpastamba āha | ātithyam āsādya sambhārayajūṅshi vyācashṭe | yajamānaṃ vācayatīty eke | paçuvan nirmanthyaḥ sāmidhenyaç ceti | Āçvalāyano 'py āha | ātithyeḍāntā | tasyā agnimanthanam (4, 5, 1. 2) iti |

16.

20. prahriyamāṇāya | āhavanīye prakshipyamāṇo 'yam mathito 'gniḥ prahriyamāṇaḥ |

35. yajñena yajñam | uttamayā cānayā paridadhāti | anuvācanaṃ samāpayet | yad āhāçvalāyanaḥ | yajñena yajñam ayajanta devā iti paridadhyāt | sarvatrottamām paridhānīyeti vidyād (2, 16, 7. 8) iti |

40. abrāhmaṇoktaḥ | athavā smṛitishv abrāhmaṇatvena pratipādito yo 'sti so 'yam abrāhmaṇoktaḥ | tad yathā | abrāhmaṇās tu shaṭ proktā iti Çātātapo 'bravīt | ādyas tu rājabhṛityaḥ syād dvitīyaḥ krayavikrayī || tṛitīyo bahuyājyākhyaç caturtho 'çrautayājakaḥ | pañcamam prāhur eteshāṃ grāmasya nagarasya ca || anāgatāṃ tu yaḥ pūrvāṃ sādityāṃ caiva paçcimām | nopāsīta dvijaḥ saṃdhyāṃ brahmabandhuḥ sa garhitaḥ ||

17.

6. jushāṇena | prakṛitāv āmnātau: jushāṇo 'gnir ājyasya vetu, jushāṇaḥ soma ājyasya havisho vetv iti | tenaiva mantreṇa yajeta |

15. atiriktaṃ tat | yo cema çirasi yogyāḥ prāṇā yo 'py amī nīcadeçasthitāḥ prāṇās te sarve sam u vidre | sambhūyaikatra çirasy avatishṭheran | tac cātiriktam | yogyasthānīyād adhikam | çirorūpam ātithyaṃ karma cakshurādīnām eva prāṇānāṃ yogyasthānaṃ, na tv adhodeçavartinām apānādīnāṃ tatrāvakāço 'stīty arthaḥ |

19.

4. abhi tyaṃ devam | tā etāç catasra ṛicaḥ çākhāntaragatā Āçvalāyanapaṭhitā drashṭavyāḥ (4, 6, 3) |

5. saṃ sīdasva | anena mantreṇainam pravargyākhyam mahāvīraṃ kharaçabdābhidheye saṃtāpanasthāne samasādayan | sthāpayeyur ity arthaḥ |

7. pataṃgam | pataṃgam iti saṃhitāyām āmnātayor dvayoḥ pratīke, yo naḥ sanutya iti dvayoḥ pratīke, bhavā no agna iti dvayoḥ |

9. catasra ekapātinyaḥ | ekasya mantrasya pāṭhaḥ pratīkam ekapātaḥ | so 'yaṃ yāsv ṛikshu tā ekapātinyaḥ | ekaikasyā ṛicaḥ pratīkāny etāni militvā catasra iti tātparyārthaḥ |

20.

3. ayaṃ vai venaḥ | ṣarīramadhye 'vasthitaṃ nābhiṃ hastenābhinīya pradarṣayann ayaṃ vai vena ity ucyate | tasya nābher venatvaṃ katham iti cet | ucyate | asmān nābher ūrdhvā anye prāṇāṣ cakshurādayaḥ kecit prāṇaviṣeshā venanti | caranti | tathā nābher avāñco 'pānavyānādayaḥ kecid venanti | caranti | tasmād venanty asmād avadhibhūtān nābher iti vyutpattyā venaṣabdavācyo nābhiḥ | nābhiṣabdavācyatvaṃ katham iti cet | tad ucyate | ayaṃ nābhiḥ prāṇādhāratvena svayam prāṇarūpaḥ sann itarān ūrdhvavartino 'dhovartinaṣ ca prāṇān uddiṣya pratyekaṃ nābher nābhaiṣhīr ity evaṃ vadann iva maryādārūpatvenāvasthitaḥ | tasmād ayaṃ dehamadhyavartī nābhir bhavati | naiva bhītiṃ kurv ity abhipretya maryādātvenāvasthānam eva nābher nābhiṣabdapravṛittinimittam |

4. vi yat pavitram | Āṣvalāyana 4, 6, 3 |

21.

4. apaṣyaṃ tvā | etatsūktagatānāṃ tisṛiṇām ṛicām pṛithagviniyogam Āṣvalāyana āha | apaṣyaṃ tvety etasyādyayā yajamānam īkshato dvitīyayā patnīṃ tṛitīyayātmānam (4, 6, 3) iti |

16. yābhir amum āvatam | Dieses bezieht sich auf die zweite Hälfte der Verse I, 112, 1—23.

17. arūrucat | tasyāḥ pūrvoktasūkte sthānaviṣesha Āṣvalāyanena darṣitaḥ | prāg uttamāyā arūrucad ushasaḥ pṛiṣnir agriya ity āvapetottarepārdharcena patnīm īksheta (4, 6, 3) iti |

20. iti nu pūrvam paṭalam | brahma jajñānam (1, 19) ity ārabhya pṛithivī uta dyaur ityantenoktaprakāreṇābhishṭavasya pūrvo bhāgo varṇitaḥ | atra bhāgadvayakalpanam ekaikasmin bhāge prathamottamayor ṛicor āvṛittyartham | ata evoktam | ādyantyātritvasiddhyartham paṭaladvitayaṃ kṛitam | anyathābhishṭavasyaikyāt tritvaṃ tatraiva vai bhaved iti |

22.

1. athottaram | paṭalaṣabdaḥ samūhavācī | uttarabhāgastho mantrasamūhaḥ kathyata iti ṣeshaḥ |

2. samiddho agnir aṣvinā, samiddho agnir vṛishaṇāratir divaḥ. Āṣvalāyana 4, 7, 4.

ut tishṭha | tasya viniyogam Āṣvalāyana āha | ut tishṭha brahmaṇas pata ity etām uktvāvatishṭhate (4, 7, 4) iti |

adhukshad iti saptadaṣī | tadviniyogam āha | dugdhāyām adhukshad (4, 7, 4) iti |

upa drava | tadviniyogaṃ cāha | āhriyamāṇa upa drava (4, 7, 4) iti | seyaṃ ṣākhāntaragatatvād Āṣvalāyanena paṭhitā |

ā suta ity ekonaviṅśī | ā nūnam iti viṅśī | anayor vyatyayena prayogam āha | āsicyamānā ā nūnam aṣvinor ṛishir iti gavya, ā sute siñcata ṣriyam ity ājo (4, 7, 4) iti ||

sam u tya ity ekaviṅśī | tad viniyogaṃ cāha | āsiktayor sam u tyo (4, 7, 4) iti | seyam ṛicām ekaviṅṣatir gharmaduho dhenor dohanasyānurūpā, tāsv ṛikshu dohanocitānāṃ (ṣabdānāṃ) dṛiṣyamānatvāt |

3. ud u shya devaḥ | mahāvīram ādāyottishṭhatsv anyeshu hotod u shya deva ity anena mantreṇa tān anūttishṭhet | teshu gachatsu mantreṇānugachet |

kharam | kharaḥ pravṛiñjanasthānam |

tapto vām ity eshā ṣākhāntaragatatvāt Sūtrakāreṇa paṭhitā. 4, 7, 4.

4. agno vīhiti | pūrvoktayor yājyayoḥ pāṭhānte vaushaḍ iti yad uccāraṇaṃ so 'yam prathamo vashaṭkāraḥ | tata ūrdhvam agno vīhīty uccārya vaushaḍ iti yat paṭhanaṃ so 'yam anuvashaṭkāraḥ | etam mantraṃ hotā paṭhet | he agne vīhi | khāda | bhakshayety arthaḥ | gharmasya yajety adhvaryuṇā preshito hotā pūrvoktaṃ yājyādvayaṃ savashaṭkāraṃ yadā paṭhati tadānīm adhvaryur aṣvinā gharmam pātam iti mantreṇa juhoti | punar apy agno vīhīti hotrā paṭhite saty adhvaryuḥ svāhendrāya vaḍ iti juhoti | tad etat sarvam Āpastamba āha | āṣrāvya pratyāṣrāvite sampreshyati gharmasya yajety, aṣvinā gharmam pātam iti vashaṭkṛite juhoti, svāhendrāya vaḍ ity anuvashaṭkṛita iti |

5. yad usriyāsu | Āṣvalāyana 4, 7, 4.

6. trayāṇām | somo vallīraso, gharmaḥ pravargyahavir, vājinam āmikshānunishyādi nīram | eteshāṃ svishṭakṛidartham avadānaṃ na kuryuḥ |

7. viṣvā āṣā | Āṣvalāyana 4, 7, 4.

8. svāhākṛitaḥ | Āṣvalāyana 4, 7, 4.

9. pāvakaṣoce | hotur ekayarcā pravargyahaviḥṣeshabhakshaṇapratīkshāṃ vidhatte |

11. ā yasmin | Āṣvalāyana 4, 7, 4.

12. havir havishmaḥ | bahushu dineshu pūrvāhṇāparāhṇayoḥ pravargyākhyaṃ karmānushṭhīyate | tatrottamo dine 'parāhṇakāline pravargyākhyo kāṃcid ṛicam adhikāṃ vidhatte: havir havishma iti |

13. sūyavasāt | antimāt prācīneshu pravargyeshu pūrvoktām adhikām aprakshipyaivānayā paridadhyāt | antime tu tām prakshipya paṣcād anayā paridadhyāt | tad āhāṣvalāyanaḥ | sūyavasād bhagavatī hi bhūyā iti paridadhyād, uttamo prāg uttamāyā havir havishmo mahi sadma daivyam ity āvapeta (4, 7, 4. 5) iti |

14. yo gharmaḥ | pravargyahavirāṣrayabhūto mahāvīrākhyo

mṛinmayapātraviçesho yo 'sāv asti tac chiçnam | prajananendriyarupam | taptasya mahāvīrasya hastābhyāṃ grahītum açakyatvāt tadgrahaṇasamarthodumbarakāshṭhanirmitau çaphau çaphanāmānau yau vidyete, tau prajananendriyasya pārçvavartinau çaphāv iva saṃdṛiçyete ca | udumbarakāshṭhābhyāṃ çaphanāmakābhyām mahāvīrasya madhyabhāge dhṛitatvāt | tasyādhastād ādhārārtham udumbarakāshṭhanirmitopayamanīçabdavācyā darvī yā vidyate, seyaṃ çarīrasambandhinī te çroṇikapāle çroṇidvayamadhyagatam asthidvayam |

15. *vedamayo brahmamayaḥ* | vedaçabdenātharvavedaḥ sarvavedasamashṭiyuktir vocyate | brahmaçabdena hiraṇyagarbhaḥ | amṛitaçabdena paramātmā |

23.

2. *upasadā vai* | parakīyadurgasamīpāvasthānena durgāvarodharūpeṇaiva mahatyā senayā durgaveshṭanena |

prathamām upasadam | tatra *yā te agne 'yāçayā tanur* ity anena mantreṇa sādhyopasat prathamadine 'nushṭhitatvāt prathamā | *yā te agne rajāçayā tanūr* ity anena mantreṇa sādhyā dvitīyadine 'nushṭheyatvād dvitīyā | *yā te agne harāçayeti* mantreṇa sādhyā tṛitīyadine 'nushṭheyatvāt tṛitīyā |

7. *tāvantam eva* | evaṃ sati yāvān ahorātrayos saṃdhikālas tāvantam eva dvishate dveshiṇe lokaṃ sthānaviçesham pariçinashṭi | itarasmāt kālān niḥsāritatvena saṃdhyākāla evāsurāṇām pariçishyate | atraikaikasmin dine dvir-dvir anushṭheyā upasado jyotishṭome trishu dineshv anushṭheyāḥ | agnicayane shaṭsu dineshu | ahīnasatrayor dvādaçasu dineshu | tathā ca Taittirīyair āmnātam | tisra eva sāhnasyopasado dvādaçāhīnasya yajñasya savīryatvāya (Ts. 6, 2, 5, 1) iti | tathā shaḍ upasado 'gneç cityasya bhavantīti çrutyantaraṃ drashṭavyam | Āçvalāyanas tv evam āha | ekāhīnānāṃ tisraḥ shaḍ vā | ahīnānāṃ dvādaça caturviṃçatiḥ saṃcare (4, 8, 13) iti | gavāmayanākhye saṃcara ity arthaḥ |

24.

6. *tat tānūnaptram* | tasmād idam ājyaspārçanākhyaṃ tānūnaptraṃ karmābhavat | idaṃ ca karmāpastambena vispashṭam abhihitam | ātithyāyā dhrauvāt sruci camase vā tānūnaptraṃ samavadyati caturavattam pañcāvattaṃ vāpataye tvā gṛihṇāmīty etaiḥ pratimantram anādhṛishṭam asīti yajamānasaptadaçā ṛitvijas tānūnaptraṃ samavamṛiçanty anu me dīkshām iti yajamāna iti |.

8. *tasmāt* | yady apy etat tānūnaptrīkarmopasadbhyaḥ pūrvam anushṭheyaṃ, tathāpy upasatprayuktavijayaprasaṅgena buddhisthatvād atrābhihitam |

25.

1. **samānabarhishī** | ātithyākarmaṇy āstīrṇam barhir nāgnau prabṛitam | iḍāntatvena tatra karmasamāpanāt | tac cāpastambenoktam | iḍāntā saṃtishṭhate dhārayanti dhrauvam ājyam iti | çākhāntare ca barhishor anavṛittir āmnātā | yad ātithyāyām barhis tad upasadāṃ tad agnīshomīyasyeti |

2. **Varuṇaḥ parṇāni** | Varuṇo 'tra praçaṅsārtham evopadīyate na tu devatātvena, tadīyayor yājyānuvākyayor anabhidhāsyamānatvāt |

4. **vratam upaiti** | vrataçabdenātra payaḥpānam ucyate |

5. **trīn stanān** | etāsāṃ stanasaṃkhyānām uktāḥ kālaviçeshā Āpastambenodāhṛitāḥ | caturaḥ sāyaṃ duhyāt trīn prātar dvau sāyam ekam uttama iti |

6. **paro varīyāṅsaḥ** | ime pṛithivyantarikshadyusaptalokāḥ paro varīyāṅsaḥ | parastād ūrdhvabhāge 'tiçayena varā atyantavistṛitāḥ | arvāg adhobhāge 'ṅhīyāṅsaḥ | atiçayenāṇuvat saṃkucitāḥ | satyalokād aṇur dyulokaḥ | tasmād apy aṇur antarikshalokaḥ | tasmād apy aṇur bhūlokaḥ | evaṃ saty upasado 'pi parastād ūrdhvalokasthānīyāt prathamadinād ārabhya tattaddināntaradineshu stanasaṃkhyāhrāsenārvāciīr upaity anutishṭhatīti yad asti, tad eshām eva lokānām abhijayāya bhavati |

7. **upasadyāya** | upasadyāyetyādyā āmnātās tisra ṛicaḥ pūrvāhṇe sāmidhenyaḥ | imām me agna ityādikā āmnātās tisra ṛico 'parāhṇe sāmidhenyaḥ |

8. **jaghnivatīḥ** | hantidhātvarthayuktā jaghnivatīḥ | tathāvidhā ṛica udāharati |

13. **grīvāsu** | grīvāsthānīyāsūpasatsu gaṇḍamālākhyarogasthānīyaṃ doshaṃ dadhyāt | utpādayet | tathā sati hotā yajamānasya glāniviçeshān janitor utpādayitum īçvaraḥ samartho bhavet |

15. **tad u ha** | tasminn evoktārthe kaçcid vṛittānta ucyata iti çeshaḥ | Upāvināmakaḥ kaçcid ṛishiḥ | sa tu Jānaçruteyo Janaçrutāyāḥ striyo 'patyam | sa pumān upasadāṃ kila vā upasannāmakānāṃ karmaṇām eva vidhāyake brāhmaṇe tad vākyam āha sma | kim āheti | tad ucyate | yasmāt kāraṇād açlīlasyāpi kurūpasya çrotriyasya vedaçāstravido mukhaṃ tṛiptam iva dainyahīnatayā tṛiptiyuktam eva sambhavatīva vedaçāstrapāṭhopetatvāc chaṅsad iva vy eva jñāyate | viçesheṇāvaçyam pramīyate | ity etad ṛisher vacanam | tasya vacanasyābhiprāya ucyate | grīvāsthānīyā upasada ājyahavishkāḥ | ata eva çobhamānāḥ | loke 'pi çobhamānāsu grīvāsv adhyāhitam āçritam mukhaṃ çrotriyasambandhi tṛiptyādyupetaṃ dṛiçyate | tasmāt kāraṇāc chobhanagrīvāhitamukhasāmyam ājyahavishkatvam ity abhipretya sa ṛishis tad vākyam āha |

26.

1. aprayājam | tathā cāçvalāyana āha | svishṭakṛidādi lupyate prayājā ājyabhāgau ca (4, 8, 6) iti | svishṭakṛidādishv antarbhāvād anuyājalopo yukta eva |

atrāgnīshomavishṇurūpāṇām devānām bahutvenāçrāvaṇārtham uttarasmād deçād āhavanīyasya dakshiṇadeçam praty asakṛid atikramaṇam prāptam | tad vārayitum āha | sakṛid etc.

2. sakṛit | vedyāhavanīyayor madhye sakṛid evātikramya dakshiṇadiçy avasthito bahushu yāgeshu pratyekam āçrāvaṇam kuryāt | evaṃ saty upasādyajñasya sarvata ākramaṇam bhavati | sthairyam bhavati | anyathā punaḥ-punar uttarasyāṃ diçi gamane labdhāvasaraḥ san yajño 'py apakrāmet | tasmāt sakṛid evātikramaṇaṃ yuktam | tad āhāpastambaḥ | dhrauvād ashṭau juhvāṃ gṛihṇāti catur upabhṛiti | ghṛitavati çabde juhūpabhṛitāv ādāya dakshiṇā sakṛid atikrānta upāṅçuyājavat pracaratīti |

3. krūram iva | somasya rājño 'nte samīpe ghṛitena dravyeṇa tānūnaptrasaṃjnakaṃ karma caranty anutishṭhantīti yad asti, tad etat somasya rājñaḥ samīpe krūram iva vai ugram eva karma caranti |

4. āpyāyayanti | jalena prokshaṇam āpyāyanam | çamayanti |

udṛicam açīya | ud uttamā samāptivishayā ṛig yasyāṃ sutyāyāṃ seyam udṛik | vighnam antareṇa samāptiparyantam anutishṭheyam iti |

5. prastare nihnavate | yad yasmād evaṃ tat tasmād garbharakshārtham prastara etannāmake darbhamushṭau nihnavate | sampraṇamanti | namaskāropacāraṃ kuryur ity arthaḥ | nihnavaprakāra Āpastambena darçitaḥ | atha nihnavate | dakshiṇe vedyante prastaraṃ nidhāya dakshiṇān pāṇīn uttānān kṛitvā savyān nīca eshṭā rāya iti |

28.

1. agnaye | prācīnavaṅçagata āhavanīyo 'vasthitasyāgneḥ sannikyām uttaravedyāṃ nayanaṃ yad asti, tad etad atrāgnipraṇayanam |

16. ayam u syā | brāhmaṇagato 'yaṃçabde 'tra strīliṅgatvena pariṇeyaḥ |

28. paitudāravāḥ | pītudāruḥ khadiravṛiksha ity eke | devadāruvṛiksha ity anye | guggulu prasiddhaṃ dhūpasādhanam | ūrṇāstukā avisaṃbandhiromaviçeshāḥ | sugandhitejanaṃ tṛiṇaviçesho, yasya mūlāni gharmakāle pānīyamadhye sthāpyante |

29.

1. havirdhānābhyām | haviḥ somarūpaṃ dhatto dhārayata iti havirdhāne dve çakaṭe | tayoḥ svarūpam Āpastambo darçayati |

prayuktapūrve çakaṭe naddhayuge apratihitaçamye prakshālya tayoḥ prathamagrathitāu granthīn visrasya navāu prajñātān kṛitvāgreṇa prāgvaṅçam abhitaḥ pṛishṭhyām avyavanayan pariçrite sachadishī avasthāpayatīti | tayor havirdhānayoḥ prācīnavaṅçasya purobhāgam upakramyottaradoçaparyantaṃ nayanam pravartanaṃ tad api sa evāha | prācī pretam adhvaram ity udgṛihṇantaḥ pravartayantīti |

5. prabāhuk | parasparasādṛiçyena sahaiva vartamāno |

8. adhi dvayoḥ | havirdhānākhyayoḥ çakaṭayor upari somasyāvasthānāya gṛihākāreṇa parito veshṭanaṃ upary āchādanaṃ yat kriyate, tad etad āchādanaṃ chadiḥçabdavācyam | tādṛiçe dve chadishī tayor havirdhānayor avasthāpya tayoç chadishor upari tṛitīyaṃ chadir havirdhānayor udāhṛitayor avasthāpyate |

15. rarāṭyām | havirdhānamaṇḍapasya cikīrshitasya prācyāṃ dvāri bandhanīyā darbhamālā rarāṭī | dvitīyārthe saptamī |

21. yajushā | tad etad Āpastambo darçayati | vishṇoḥ pṛishṭham asīti teshu madhyamaṃ chadir adhyūhati | aratnivistāram navāyāmam iti |

22. tau yadaiva | adhvaryur dakshiṇasya havirdhānasya methīm īshāgrabhāgāvasthāpanakāshṭhaṃ sthāpayati | uttarasya tu pratiprasthātā karoti | tad etad ubhayam Āpastambo darçayati | divo vā vishṇa ity adhvaryur dakshiṇasya havirdhānasya karṇātardam anu methīṃ nihanti tasyām īshāṃ ninahyaty evam uttarasya pratiprasthātā vishṇor nu kam ity uttarasyottaraṃ karṇātardam anv iti | tasmin methīnihananakāle paridadhyad iti | yady apy ayaṃ kālaḥ pariçrayaṇakālāt prācīnaḥ | tathāpi tatsamīpavartitvāt pūrvavidhinā saha nātyantaṃ virodha ity etad darçayati | atra hi te etc.

30.

1. agnīshomābhyām | yo 'yam agnih prācīnavaṅçākhyāyāḥ çālāyā mukhe dvārabhāge pūrvasiddhāhavanīyarūpeṇāvatishṭhate | tasmāc chālāmukhīyād agneḥ sakāçāt kiyān apy āgnīdhrīye dhishṇye netavyaḥ | somaç ca pūrvaṃ çālāmukhīyasamīpe 'vasthitas tenāgninā sahānītaḥ san punar api havirdhānamaṇḍapa netavyaḥ | tad idam agnīshomapraṇayanam | tadarthaṃ hotāram praty adhvaryuḥ praishamantram brūyāt | tad etat sarvam Āpastamba āha | çālāmukhīyo praṇayanīyam idhmam ādīpya sikatābhir upayamya | Agnīshomābhyām anubrūhīti sampreshyatīti | agniprathamāḥ somaprathamā vā prācīm abhipravrajanty āgnīdhrīyo 'gnim pratishṭhāpyeti | sa ca somo jigāti gātuvid ity aparayā dvārā havirdhānaṃ rājānam prapādayatīti ca |

2. sāvīr hi | Āçvalāyana 4, 10, 1.

12. āhutyām | āhutis tu Yajurvedo vihitā | nayavatyarcāgnīdhre juhoti suvargasya lokasyābhinītyai (Ts. 6, 3, 2, 3) iti | sā cāpastam-

hena apashṭikṛita | āgnīdhrīyo 'gnim pratishṭhāpyāgno nayety ardham ājyaçeshasya juhotīti |

23. hiraṇmayam | havirdhānasya çakaṭasyopari somasthāpanārthe kṛishṇājinam āstṛiṇanti | tathā cāpastamba āha | dakshiṇasya havirdhānasya nīḍe pūrvavat kṛishṇājināstaraṇaṃ rājñaḥ sādanam iti |

Pañcikā II.

1.

12. tasmāt palāçasyaiva | tasmād yonitvāt palāçākhyasyaiva vṛikshasya sambandhinā palāçaçabdena sarvavṛikshāṇām patram ācakshate | vyavaharanti | amushya nyagrodhasya palāçam patram, amushya cūtavṛikshasya palāçam patram |

2.

1. añjmo yūpam | ca sa praisho vikalpenāpastambena darçitaḥ | yūpāyājyamānāyānubrūhīti sampreshyati | ajyamānāyānubrūhīti | añjmo yūpam anubrūhīti vati |

añjanaṃ tv Āpastambena darçitam | athninnm asaṃskṛitenājyena yajamāno 'grataḥ çakalenāaakty aindram asīti cashālam añktvā supippalābhyas tvaushadhībhya iti pratimucya devas tvā savitā madhvānaktv iti sruveṇa saṃtatam avichiudann agnishṭhām açrim anaktīti |

6. uc chrayasva | tad etad ucchrayaṇam Āpastambena darçitam | yūpāyocchrīyamāṇāyānubrūhīti sampreshyaty, ucchrīyamāṇāyānubrūhīti vod divaṃ stabhānāntariksham pṛiṇety ucchrayatīti |

10. samiddhasya | ardham antarvedy ardham bahirvedi yupasthāpanād āhavanīyapurvadigāçrayaṇam |

22. yadi ha vā api | yady api yajamāno mṛityunā nīta eva bhavati | tathāpi tatpādapāṭhena mṛityum parihṛityainaṃ saṃvatsarāyāyuḥpradāya kalātmane dadāti |

32. taṃ dhīrāsaḥ | atra prathamam añjmo yūpam anubrūhīti preshito yathāñjanti tvām iti prathamām anvāha | tathā yūpāyocchrīyamāṇāyānubrūhīti preshita uc chrayasvetyādyā ṛicaḥ pañcānubrūyāt | tathā yūpāya parivīyamāṇāyānubrūhīti preshito yuvā suvāsā ity etām anubrūyāt |

3.

1. tishṭhed yūpā3ḥ | karmaṇi samāpte sati paçcād ayaṃ yūpaḥ kiṃ svasthāne tishṭhet | kiṃ vā taṃ yūpaṃ vahnau prahared ity evaṃvidhaṃ vicāram brahmavādina āhuḥ |

7. prastaraḥ | prastarākhyo darbhamushṭiḥ |

8. atha yo tebhyaḥ | pūrvasiddhebhyo 'nushṭhātṛibhya ṛi-

ebhyo 'vare ye kecid arvācīnā idānīṃtanā yajamānā āsan | te sarve yūpasya pratinidhitvena yūpaśakalam etaṃ svarunāmakaṃ svalpaṃ kāshṭhakhaṇḍam apaśyan | tasmād idānīṃtano yajamānas tasmin yūpapraharaṇakāle taṃ svarum anuprahareta | etac ca śākhāntare śrūyate | devā vai saṃsthite some pra sruco 'haran pra yūpam | te 'manyanta: yajnaveśasaṃ vā idaṃ kurma iti | te prastaraṃ srucāṃ nishkrayaṇam apaśyan svaruṃ yūpasya | saṃsthite some pra prastaraṃ harati, juhoti svarum, ayajñaveśasāya (Ts. 6, 3, 4, 9) iti |

tad etat svarupraharaṇam Āpastambena darśitam | juhvām svarum avadāyānūyājānte juhoti dyām te dhūmo gachatv iti |

9. sarvābhyo vā eshaḥ | yo yajamāno dīkshate somayāge dīkshām prāpnoti | sa yajamānaḥ sarvadevatārtham ātmānam eva paśutvenālabdhum upakramate |

10. dvirūpaḥ | śuklakṛishṇādivarṇadvayopetaḥ |

pīva iva | kiṃtu pīva iva śarīrapushṭyā sthūla eva paśuḥ kartavyaḥ | loke hi paśavaḥ pīvorūpā vai | medovṛiddhyā vai prāyeṇa sthūlarūpā eva bhavanti | yajamānas tu paśvanushṭhānadine kṛiśita iva | upasaddineshu svalpakshīrāhāreṇa tadānīṃ kṛiśa eva bhavati |

12. anyutaḥ | avaśyaṃ kartavyaḥ |

līpsitavyam | bhakshaṇāt pūrvam ādareṇa mahatā labdhum eshṭavyam api | tāv etau pūrvottarapakshau śākhāntare saṃgṛihītau | tasmāt tasya nāśyam | purushā nishkrayaṇa iva hy. atho khalv āhur: Agnīshomābhyāṃ vā Indro Vṛitram ahann iti. yad agnīshomīyam paśum ālabhate, vārtraghna evāsya sa, tasmād v āśyam (Ts. 6, 1, 11, 6) iti |

4.

1. āprībhiḥ | teshām prayājādīnāṃ yājyāḥ prītihetutvād āprīśabdenocyante | etac ca śākhāntare śrutam | āprībhir āpnuvaṃs tad āprīṇām āprītvam (Th. 2, 2, 8, 6) iti | tābhir āprīsaṃjñakābhiḥ prayājādibhir āprīṇāti | devatāḥ sarvatra prīṇayet | tatprītyartham yājyāḥ paṭhed ity arthaḥ |

3. samidho yajati | saminnāmakadevatātvād yāgo 'pi samidha ity anena śabdenocyate | saminnāmakayāgaṃ kuryād ity arthaḥ | yadvā hautraprakaraṇatvāt samiddevatāvishayāṃ yājyām paṭhed ity arthaḥ | tatprakāram Baudhāyana āha | yad ājānāti samidbhyaḥ preshyeti, tam maitrāvaruṇaḥ preshyati hotā yakshad Agniṃ samidhā sushamidhā samiddham ity, atha hotā yajati: samiddho adya manusho duroṇe | tāv evam eva vyatishaṅgam uttareṇa maitrāvaruṇaḥ preshyati | uttareṇottareṇa hotā yajatīti || asyāyam arthaḥ | samidbhyaḥ preshyeti mantreṇādhvaryur maitrāvaruṇam preshyati | tadānīm ayam maitrāvaruṇaḥ praishasūktagatena hotā yakshad Agniṃ samidhety

anena prathamamantreṇa hotāram preshyati | hotāpy āprīsūkte samiddho adyety otām prathamayājyām paṭhati | evam uttaratrādhvaryuḥ | maitrāvaruṇahotārau parasparasaṃnidhau evasvamantrayāgaṃ kuryātām iti |

4. samindhate | prakāṣayanti |

atra prayājānāṃ kramoṇa samidhas tanūnapān narāṣaṅsa iḷo barhir dura ushāsānaktā daivyā hotārā tisro devyas tvashṭā vanaspatiḥ svāhākṛitaya ity etā devatāḥ | Vasishṭhaṣunakātrivadhryaṣvarājanyānāṃ narāṣaṅso dvitīyā | anyeshāṃ tanūnapād dvitīyā |

5. Tanūnapātam | atrādhvaryupraishaprakāram Āpastamba āha | samidbhyaḥ preshyeti prathamaṃ sampreshyati preshya preshyatītarān iti || ato 'smin dvitīyaparyāye preshyeti mantreṇādhvaryur maitrāvaruṇam preshyati | sa ca maitrāvaruṇaḥ praishasūktagatena hotā yakshat Tanūnapātam ity anena dvitīyamantreṇa hotāram preshyati | sa tu hotāprīsūktagatāṃ Tanūnapād ity etāṃ dvitīyāṃ yājyām paṭhet |

6. Narāṣaṅsam | adhvaryupreshito maitrāvaruṇo hotā yakshan Narāṣaṅsam iti mantreṇa hotāram preshyati | hotā Narāṣaṅsasyeti yājyām paṭhet |

anayor ubhayor mantrayor adhikāribhedena vyavasthām Āpastamba āha | Narāṣaṅso dvitīyaḥ prayājo Vasishṭhaṣunakānāṃ [1]) Tanūnapād itareshāṃ gotrāṇām iti |

7. iḷaḥ | hotā yakshad Agnim iḷa īḷita iti preshito hotā ājuhvāna iḷy etāṃ yājyām paṭhet | ishyanta iti vyutpattyānnam iṭsabdavācyam |

8. barhiḥ | hotā yakshad barhiḥ sushṭarīmeti mantreṇa preshito hotā prācīnam barhir ity etāṃ yājyām paṭhet |

9. duraḥ | hotā yakshad dura ṛishvā ityādinā mantreṇa preshito vyacasvatīr urviyety etāṃ yājyām paṭhet |

10. ushāsānaktā | hotā yakshad ushāsānakteti mantreṇa preshita ā sushvayantī ityādikāṃ yājyām paṭhet |

11. daivyā hotārā | hotā yakshad daivyā hotāreti mantreṇa preshito daivyā hotārā prathameti yājyām paṭhet |

12. tisro devīḥ | hotā yakshat tisra ityādimantreṇa preshita ā no yajñam iti yājyām paṭhet |

13. Tvashṭāram | hotā yakshat Tvashṭāram iti mantreṇa preshito hotā ya ime dyāvāpṛithivī iti yājyām paṭhet |

14. vanaspatim | hotā yakshad vanaspatim ityādimantreṇa preshita upāvasṛijeti yājyām paṭhet |

---

1) Kātyāyana 10, 6, 8.

15. svāhākṛitīḥ | hotā yakshad Agniṃ svāheti mantreṇa preshitaḥ sadyo jāta iti yājyām paṭhet |

5.

1. paryagnaye | paryagnikaraṇasya svarūpam Āpastambo darṣayati | āhavanīyād ulmukam ādāyāgnīdhraḥ pari vājapatiḥ kavir iti triḥ pradakshiṇam paryagni karoti paṣum iti || evam paritaḥ kriyamāṇāyāgnaye yagyā ṛico he maitrāvaruṇa tvam anubrūhi | anenaiva mantreṇādhvaryuḥ preshayet |

3. agnir hotā | paṣoḥ parito 'gnir ity asminn artho paryagnīty ucyate | tasmin kriyamāṇe ṭricam maitrāvaruṇo 'nubrūyāt | tad āhāṣvalāyanaḥ | preshito maitrāvaruṇo 'gnir hotā na iti ṭricam paryagnaye 'nvāha (S, 2, 9) iti |

6. ata upapreshya | ataḥ paryagnikaraṇānuvacanād ūrdhvam adhvaryur upapreshyetyādikam praishamantram paṭhet | hotar devebhyo havīṃshy upapreshya prerayeti tasyārthaḥ | atra maitrāvaruṇasya hotṛisamīpe varaṇīyatvād dhotṛiṣabda upalakshakaḥ | tathā sati maitrāvaruṇam praty adhvaryor mantro bhavishyati |

7. ajaid agniḥ | atra ṣāmitradeṣam prati nīyamānasya paṣoḥ purato ya ulmukākāro 'gnir gachati so 'gnir ajait | jayatu | paṣoḥ purastād agner gamanaṃ ṣākhāntare ṣrūyate | agninā purastād eti rakshasām apahatyai (Ts. 6, 3, 8, 2) iti |

6.

1. daivyāḥ | maitrāvaruṇopapraishād ūrdhvaṃ hotur adhrigupraisho Baudhāyanena darṣitaḥ | yad ajñāsaty upapreshya hotar havyā devebhya iti tam maitrāvaruṇaḥ preshyaty ajaid agnir ity, atha hotādhrigum anvāha daivyāḥ ṣamitāra iti || adhriguḥ kaṣcid devaḥ paṣuviṣasanasya kartā | tam prati hotā daivyāḥ ṣamitāra ityādikam praishamantram anubrūyād iti tasya sūtravākyasyārthaḥ |

3. upanayata | madhyā medhārhā dṛḍhā dvāra havirmārgān viṣasanahetūr vopanayata | sampādayata | medhapatibhyāṃ yajñasvāmipatnīyajamānārtham agnīshomadevatārthaṃ vā medhaṃ yajñam āṣāsānāḥ prārthayamānā he ṣamitāro yūpam upanayata |

11. stṛiṇīta barhiḥ | saṃjñapanasthānaṃ nītasya paṣor adhastād upākaraṇasādhanayor barhishor anyatarad barhir he ṣamitāra upakshipata | paṣubhakshitānām oshadhīnām paṣvanvayatvena pariṇatatvāt paṣor oshadhyātmatvam | atas tadbhāgapāṭhena paṣuṃ sarvaushadhyātmānaṃ karoti |

12. janitraiḥ | tadbhāgapāṭhenainam paṣuṃ janitrais tajjanmasambandhibhiḥ paṣvantarair anujñātaṃ kṛitvā paṣcād ālabhante |

14. ekadhā | ekavidhayā vichedarāhityenāsya tvacam āchya-

tāt | samantāc chinnām kuruta | nābhyā apiṣeaṣ chedāt pūrvam eva vapām utkhidatāt | uddharata | ūshmāṇam ucchvāsam antar eva vārayadhvāt | nivārayata | pihitāsyam saṃjñapayatety arthaḥ |

15. ṣyenam | ṣyenākṛitikam asya paṣor vakshaḥ kuruta | bāhū 'praṣasā prakṛishṭachedanau kuruta | doshaṇī prakoshṭhau ṣalā kṛiṇutāt | ṣalākākārau kuruta | ubhāv apy aṅsau kaṣyapākārau (kachapākārau) kuruta | ṣroṇī ubha apy achidre anūne kuruta | kavasborū kavasbākārāv ūrū | srekaparṇā karavīrapatrākārāv ashṭhīvantāv ūrū mūlayuktau kuruta | asya paṣor vaṅkrayo vakrāṇi pārṣvāsthīni shaḍviṅṣatir bhavanti | tāḥ sarvā anushṭhyānukrameṇa svasthānagatāny uccyāvayatāt | uddharata | gātraṃ-gātraṃ sarvam apy adanīyam aṅgam anūnaṃ kṛiṇutāt | avikalaṃ kuruta |

16. ūvadhyagoham | ūvadhyagoham purīshagūhanasthānam pārthivaṃ khanatāt | pṛithivīsambandham eva khanata | atrāvadhyaṣabdenaushadham evocyate | purīshasya paṣubhakshitaushadhivikāratvāt | oshadhīnām ceyam eva bhūmiḥ pratishṭhāṣrayaḥ | tat tathā saty enad ūvadhyaṃ svakīyāyām eva pratishṭhāyām bhūmirūpāyām antataḥ paṣuviṣasanānte pratishṭhāpayati |

7.

1. tushaiḥ | purā devās tushair vrīhigatair hayamāṣaiḥ phalīkaraṇais taṇḍulaleṣaiṣ ca darṣapūrṇamāsādihaviryajñeshu samāgatāni rakshāṅsi toshayitvā tebhyo yajñebhyo nirabhajan | havirbhāgarahitāny akurvan | mahāyajñe jyotishṭomādike samāgatāni rakshāṅsi paṣuraktena toshayitvā tasmād yajñān nirabhajan | niḥsāritavantaḥ | haviryajñebhyo niḥsāraṇaṃ ṣākhāntare darṣapūrṇamāsaprakaraṇa mantravyākhyāne samāmnātam | rakshasām bhāgo 'sīty āha tushair eva rakshāṅsi niravadayate (Tb. 3, 2, 5, 11) iti | tad etad Āpastambenoktam | madhyame puroḍāṣakapālo tushān opya rakshasām bhāga 'sīty adhastāt kṛishṇājinasyopavapatīti | mahāyajñān niḥsāraṇam agnīshomīyapaṣuprakaraṇe Taittirīyair āmnātam | rakshasām bhāgo 'sīti sthavimato barhir aktvāpāsyaty asnaiva rakshāṅsi niravadayate (Ts. 6, 3, 9, 2) iti | sthavimataḥ sthaulyayukte barhirmūlabhāga ity arthaḥ | etad api Sūtrakāreṇa spashṭīkṛitam | barhisho 'gram savyena pāṇinādatto 'tha madhyaṃ yata ārohati tad ubhayato lohitenāktvā rakshasām bhāgo 'sīty uttaram aparam avāntaradeṣaṃ nirasyetī |

6. īṣvaraḥ | athopāṅṣuvailakshaṇyena yady uccaiḥ kīrtayed asya kīrtayituḥ sambandhinīr vāco rakshobhāsho janitor janayitum ayam īṣvaro bhavati | rakshobhir bhāshyata iti rakshobhāsh ity asya strīliṅgasya dvitīyābahuvacanaṃ rakshobhāsha iti | tad etad vāca ity asya viṣeshaṇam | asyoccaiḥ kīrtayitur yā vācaḥ santi tāḥ sarvā rakshaḥproktavāgrūpeṇotpādayitum ayaṃ saṃkīrtayitā samartho bhavatīti |

10. vanishṭhum | he çamitāro daivyā manushyāç ca vanishṭhum vapāyāḥ samīpavartinam māṅsakhaṇḍam asya paçoḥ sambandhinam, urūkam ulūkākhyapakshisadṛiçam manyamānā viçeshākāreṇa vijānanto, mā rāvishṭa | maiva lavanaṃ kuruta | ulūkasadṛiço vanishṭhur yathā vartate tathaivoddharata, na tu madhyataç chinnaṃ kurutety arthaḥ | evaṃ kurvatām vo yushmākaṃ saṃbandhini toke putra tanaye tadīyāpatye ca ravitā çabdayitā net naiva ravat | ruyāt | yathāçāstraṃ chedane kriyamāṇe bhavatāṃ gṛiha putrapautrādikaṃ nimittīkṛitya roditā na bhavishyatīty arthaḥ |

11. adhrigo | he adhrigo evaṃnāmakadeveshu çamitṛishu mukhyadevā yūyaṃ sarve çamīdhvam | viçasanādinā paçuṃ saṃskurudhvam | punar api viçeshākāreṇocyate | suçami sushṭhu çamanaṃ çāstrīyaṃ viçasanaṃ yathā bhavati tathā çamīdhvaṃ çamayata | saṃjñapayata |

triḥ | tad etad Āçvalāyana āha | adhrigvādi trir uktvā (3, 3, 4) iti |

12. tad yad arvāk | tathā sati paçor arvāgbhāge yat kṛintanti, yac ca paraḥ parabhāga uttamāṅga kṛintanti | tasminn ubhayasminn api chedana yad ulbaṇaṃ çāstrārthād atiriktaṃ kriyate, yac ca vidhuraṃ nyūnaṃ kriyate tat sarvam etat paçuçamitṛibhyo nigrahītṛibhyaç ca samanudiçati | tena mantrajapena samyak kathayati |

8.

1. kimpurushaḥ | kiṃnaravānarajātīyaḥ |

3. gauramṛigaḥ | yasya çṛiṅgāv api lomaçau bhavataḥ |

6. çarabhaḥ | ashṭabhiḥ pādair upataḥ siṅhaghātī mṛigaviçeshaḥ |

9.

2. kiṃçārūṇi | tasya vrīhibījasya sambandhīni yāni kiṃçārūṇi busapalālādīni tāni paçuromasthānīyāni | ye tushās taṇḍulaveshṭanarūpāḥ prathamāvaghātena parityājyāḥ sā tushasamashṭiḥ paçutvaksthānīyā | ye phalīkaraṇās taṇḍulaçvaityārthenāvaghātena heyā aṅçās tat sarvam asṛik paçuraktasthānīyam | yat pishṭaṃ taṇḍulapeshaṇena nishpannam piṇḍayogyaṃ rūpaṃ ye ca kiknasāḥ sukshmāḥ pishṭāvayavās tat sarvam paçumāṅsasthānīyam | yat kiṃcitkaṃ sāraṃ | svārtha kapratyayaḥ | kiṃcid anyad vrīhisambandhi kāṭhinyarūpaṃ sāraṃ tad asthi | tat paçor asthisthānīyam |

4. puroḍāçasatram | tasmāt puroḍāçānushṭhānaṃ lokyam prekshaṇīyam iti yājñikā āhuḥ | ata eva praishamantre puroḍāçāñ alaṃ kuru (Ts. 6, 3, 1, 2) ity āmnātam |

6. sarvābhiḥ | yaḥ pumān yajñārthe dīkshito bhavati | esha sarvābhir api devatābhiḥ svakīyahavirdānārtham ālabdhaḥ svīkṛito

bhavati | tasmād etadīyasya dravyasya devatābhir avaruddhatvād dīkshitasya gṛihe nāçnīyād ity eva pūrvapakshiṇa āhuḥ | tatra hotā yady agnīshomāv amuñcatam ity etāṃ yājyāyāç caturthapādam paṭhet | tadā tena pāṭhena sarvābhyo devatābhyo yajamānaṃ hotā mocayati | tasmāt kāraṇād vapāhoma nishpanne sati tadgṛihe bhoktavyam | tarhi tasmin vapāhomottarakāle sa dīkshito yajamāno bhavati | pūrvaṃ tu dīkshita eva na tu yajamānaḥ | idānīṃ yāgasya nishpannatvād ayaṃ yajamānaḥ | tathā sati devatāvarodhāu moktasya gṛihe bhoktuṃ çakyam iti siddhāntina āhuḥ |

8. ita iva ca | esha medho yajñayogyaḥ puroḍāço 'pīta iva ceta iva ca asmān manushyād asmād açvād gor aver ajāc ca bhūmyāḥ samābhṛitaḥ | evaṃ sati itas tata ānayanasāmyāt puroḍāçasyeyam agnīshomapratipādikā yājyā yogyety arthaḥ |

9. puroḷāçasvishṭakṛitaḥ | puroḍāçasambandhisvishṭakṛito yājyāṃ vidhatte | svadasva etc.

11. iḷām | iḷopahutā saha divetyādinā sūtragatena (Āçvalāyana 1, 7, 7), upahūtaṃ rathaṃtaraṃ saha pṛithivyā (Tb. 3, 5, 8, 1) ityādinā çākhāntarāmnātena mantreṇa vā, iḷākhyāṃ devatām upahvayato | gāur vā asyai çarīram (Ts. 1, 7, 2, 1) iti çrutyantarād ishṭadevatāyāḥ paçurūpatvam |

10.

1. Manotāyai | atha hṛidayādyaṅgarūpasya pradhānahavisho 'vadānakāle kiṃcit sūktaṃ vidhātuṃ praishamantraṃ vidhatte | Manotāyai etc. | devānām manāṃsy otāni dṛiḍham pravishṭāni yasyāṃ devatāyāṃ sā Manotā | tadarthaṃ hṛidayādyekādaçāṅgarūpaṃ havir avadīyate |

2. tvaṃ hy agne | tvaṃ hy agna ityādikaṃ trayodaçarcaṃ sūktam | tan maitrāvaruṇo brūyāt | tad āha Baudhāyanaḥ | yad ājānāti Manotāyai havisho 'vadīyamānasyānubrūhīti tadā maitrāvaruṇo Manotām anvāha tvaṃ hy'agne prathama iti |

8. vanaspatim | vanaspatir vṛikshaḥ | tathāvidhaçarīrayuktāṃ devatāṃ yajet | tatprakāra Āpastambena darçitaḥ | juhvām upastīrya sakṛit pṛishadājyasyopahṛitya dvir abhighārya vanaspataye 'nubrūhi vanaspataye preshyeti sampraishau vashaṭkṛite juhotīti |

11. iḷām | pūrvavad vyākhyeyam | puroḍāçeḍā pūrvakhaṇḍa (2, 9, 11) 'bhihitā | iha tu paçviḍeti viçeshaḥ |

11.

1. atha saptamādhyāye paçupraishaprātaranuvākau vaktavyau | tatra paryagnikaraṇastutyartham ākhyāyikām āha |

yajñaveçasam | yajñavighātam |

āprīto | paçāv āprīta prayājais tarpite sati |

2. paryagni | tatra paryagnikaraṇam Āpastambo vipashṭayati | āhavanīyād ulmukam ādāyāgnīdhraḥ pari vājapatiḥ kavir iti triḥ pradakshiṇam paryagni karoti paçum iti || anuvacanam pūrvam evāgnir hotā na (2, 5, 2) ityādinā darçitam | paryagnikaraṇād ūrdhvam paçoḥ çāmitradeçam praty ānayanaṃ vidhatte | taṃ vā etc.

4. tasyolmukam | tad etad ubhayam Āpastambena spashṭīkṛitam | āhavanīyād ulmukam ādāyāgnīdhraḥ pūrvaḥ pratipadyate çamitā paçuṃ nayati | uror antarikshety antarā cātvālotkarāv udañcam paçuṃ nayatīti |

5. nidānena | sūkshmadṛishṭinirūpaṇena |

6. barhir adhastāt | tad etac chākhāntare samantrakam āmnātam | pṛithivyāḥ sampṛicaḥ pāhīti barhir upāsyaty askandāyāskannaṃ hi tad yad barhishi skandaty, atho barhishadam evainaṃ karoti (Ts. 6, 3, 8, 2) iti | tad etad Āpastambena spashṭīkṛitam | abhiparyagnikṛite deça ulmukaṃ nidadhāti | sa çāmitras taṃ dakshiṇena pratyañcam paçum avasthāpya pṛithivyāḥ sampṛicaḥ pāhīti barhir upāsyaty upākaraṇayor anyatarat tasmin saṃjñapayanti pratyakçirasam udīcīnapādam iti |

8. ūvadhyagoham | ūvadhyam purīsham | tasya gohaṃ gopānasthānaṃ tat kuryuḥ | paçoḥ purīshasthāpanārthakhananasya kāla Āpastambena darçitaḥ | ūvadhyagoham pārthivaṃ khanatād ity abhijñāyovadhyagohaṃ khanatīti || hotā tv adhrigupraishamantre yadovadhyagoham iti vākyam paṭhati tadā khaned ity arthaḥ |

10. kushṭhikāḥ | udaravartino bhakshitās tṛiṇādayaḥ |

12.

1. vapām | tasya paçor vapām udaragatāṃ vastrasadṛiçīm utkhidyoddhṛitya homārtham āharanti | tāṃ ca vapām adhvaryur abhighārayan praishamantram brūyāt | tad etad Āpastambo viçadayati | tvām u te dadhire havyavāham iti sruveṇa vapām abhijuhoti | prādurbhūteshu stokeshu stokebhyo 'nubrūhīti sampreshyatīti |

2. tad yat stokāḥ | tat tasyāṃ vapāyāṃ tadānīm eva klinnāyām ārdrāyāṃ çrapyamāṇāyāṃ yadā stokā nirabindavaḥ çcotanti nirgatyādhaḥ patanti | tadānīṃ sarvadevānām priyatvād ime stokāḥ svayam anabhiprītā asmān prītirahitā devān gachān gamishyanti | tathā sati mahad etad asmākam bhayakāraṇam | tan mā bhūd ity abhipretya stokaprīṇanārtham idam praishānuvacanam |

3. jushasva | tasyānuvacanasya kāla Āçvalāyanena darçitaḥ | vapāyāṃ çrapyamāṇāyām preshitaḥ stokebhyo 'nvāha jushasva (3, 4, 1) iti | atrānuvacanavaktā maitrāvaruṇaḥ | tad āha Baudhāyanaḥ | yad ājānāti stokebhyo 'nubrūhīti tadā maitrāvaruṇaḥ stokīyā anvāha jushasva saprathastamam iti |

13.

1. svāhākṛitīnām | svāhākṛitiṣabdenāntimaprayājadevatā ucyante |

2. yā evaitāḥ | vapāsambandhistokārtham preshito maitrāvaruṇo jushasvetyādyā yā evaitā anvāha, etā eva svāhākṛitīnām puronuvākyā bhavanti | na tv anyāḥ santi | anena vapāpraṣaṅsā sūcitā | praishasūkte hotā yakshad Agniṃ svāhājyasyeti prayājāntimo yaḥ praisha āmnātaḥ sa esha praishaḥ | āprīsūkte yeyam uttamā yājyārūpeṇāmnātā saiva svāhākṛitidevatānāṃ yājyā |

5. paṣoḥ paryagnikaraṇāt pūrvam prayājakāle daṣaiva prayājā ishṭāḥ | antimaprayājas tv avasthāpitaḥ | tad uktam Āpastambena | daṣeshṭvaikādaṣam ayājyam [1]) avaṣinashṭīti | so 'yam avaṣishṭo 'ntimaprayājo jushasva saprathastamam ityādi stokānuvacanād ūrdhvaṃ vapāhomāt prāg ijyate | ato vyavahitatvād antimaprayājavishayaḥ | puronuvākyāpraishayājyāpraṣno yuktaḥ | vapāsamīpavartitvād eva stokānuvacanamantrāṇām etadīyapuronuvākyātvaṃ copapannam | anushṭhānasya vyavadhāne 'pi praishayājye tattadanuvākokte evokte eveti sāmarthyato |

14.

3. pañcāvattā | dvividhā yajamānāṣ caturavattinaḥ pañcāvattinaṣ ceti | caturbhir avadānair yuktaṣ caturavattī | pañcabhir yuktāḥ pañcāvattinaḥ | evaṃ sthite vapā pañcabhir avadānair yuktā kartavyā | tatra pañcāvattino yajamānasya svata eva pañcāvadānāni prāptāni | yas tu caturavattī tasyāpi pañcāvadānāni vapāyāṃ kuryāt |

4. ājyasya | ājyasyājyenety arthaḥ | tad etad Āpastambena spashṭam uktam | juhvām upastīrya hiraṇyaṣakalam avadhāya kṛitenāṃ vapām avadāya hiraṇyaṣakalam uparishṭāt kṛitvābhighārayati | evam pañcāvattā bhavati | caturavattino 'pi pañcāvattaiva syād iti |

15.

2. saptabhiḥ-saptabhiṣ chandobhiḥ | tāṣ ca ṛicaḥ sarvā Āṣvalāyanenāpo revatīḥ kshayatha (4, 13, 7) ityādigranthenodāhṛitāḥ | tatropaprayanta ityādishu chando gāyatram | tvam agne vasūn ityādishv anushṭup chandaḥ | abodhy agnir ityādishu trishṭup chandaḥ | enā vo agnim ityādishu bṛihatī chandaḥ | agne vājasyetyādishūshṇik chandaḥ | janasya gopā ityādishu jagatī chandaḥ | agniṃ tam manya ityādishu paṅktiṣ chandaḥ | tāny etāni sapta chandāṅsy āgneye kratau prātaranuvāke drashṭavyāni || prati shyā sūnarītyādishu gāyatrī chandaḥ | usho bhadrebhir ityādishv anushṭup | idaṃ ṣreshṭham ityā-

1) °kādaṣāyājyam die Handschriften.

dishu trishṭop | praty u adarṣityādishu bṛihatī | ushas tac citram ā bharetyādishūshṇik | etā u tyā ityādishu jagatī | mahe no adyetyādishu paṅktiḥ | tāny etāny ushasye prātaranuvāke sapta chandāṅsi || esho ushā ityādishu gāyatrī | yad adyetyādishv anushṭup | ā bhāty agnir ityādishu trishṭup | imā u vām ityādishu bṛihatī | aṣvinā vartir ityādishūshṇik | abodhy agnir jma ityādishu jagatī | prati priyatamam ityādishu paṅktiḥ | tāny etāny āṣvine prātaranuvāke sapta chandāṅsi |

5. abhavan | bhūtim utkarshum prāptāḥ |

6. mahati rātryai | rātryāḥ pūrvasyaupavasathyākhyasya dinasyāgnīshomīyapaṣvanushṭhānayuktasya yā rātriḥ | tasyā rātreḥ sambandhini ṣeshe mahaty avatishṭhamāne sati prātaranuvākākhya ṛiksamūho vaktavyaḥ | tad uktam bhavati | yasmin kāle prārabdhaḥ prātaranuvākas tamasopaghātāt puraiva samāpayitum ṣakyaḥ syāt tadā prārabdhavya iti |

13. Nirṛitiḥ | Nirṛitiḥ kācid rākshasarūpā mṛityudevatā | yāni vayāṅsi ye ca ṣakunayaḥ | etat sarvam mṛityudevatāyā mukham | atra vayaḥṣabdena pakshisāmānyam ucyate ṣakuniṣabdena pakshiviṣeshaḥ | yeshām saṃcārād adhvanīshṭānishṭasūcakatayā manushyā vyavaharanti te ṣakunayaḥ |

14. upākuryāt | adhvaryor upākaraṇam praishamantrapāṭhaḥ |

15. atra kālaviṣeshaḥ ṣākhāntare 'py āmnātaḥ | purā vācaḥ pravaditoḥ prātaranuvākam upākaroti | yāvaty eva vāk tām ava runddhe (Ta. 6, 4, 3, 1) iti | upākaraṇam cāpastambena spashṭīkṛitam | purā vācaḥ purā vā vayobhyaḥ pravaditoḥ prātaranuvākam upākaroti | prātaryāvabhyo devebhyo 'nubrūhi, brahman vācam yaccha, pratiprasthātaḥ savanīyān nirvapa, subrahmaṇya subrahmaṇyām āhvayeti sampreshyatīti |

16.

1. ādishṭam | kenacin mantreṇa pratipāditam |

3. sarvābhiḥ | tad etad Āṣvalāyanenābhihitam | antareṇa yugadhurāv upaviṣya preshitaḥ prātaranuvākam anubrūyān mandreṇāpo revatīḥ kshayathā hi vasva upaprayantu iti sūkte (4, 13 6) iti |

4. prātaryajñam | prātaranuvākarūpam |

6. tvir anūktā | iyam trishṭubrūpatvāc catuṣcatvāriṅṣadaksharā | tasyām trir āvṛittāyām dvātriṅṣadadhikaṣatāksharāṇi sampadyante | teshu jagatyādīny adhikāksharāṇi gāyatryādīni nyūnāksharāṇi sarvachandāṅsi sampādayitum ṣakyante |

17.

6. duroktoktaḥ | duruktenāpavādena janair vyavahṛitaḥ | ṣamalagṛihīto malinena lokaviruddhena svīkṛitaḥ |

8. sahasrāçvinaḥ | prabalo 'çva ekenāhnā yāvanti yojanāni gachati tāvadyojanaparimito deça āçvinaḥ | sa ca sahasrasaṃkhyayā guṇitaḥ sahasrāçvīnaḥ |

9. aparimitām | çataṃ sahasram ityādisaṃkhyāparimāṇaṃ parityajya madhyarātrād urdhvam upakramya sūryodayāt prācīnakālo yāvatīr anuvaktuṃ çaktir asti tāvatīr anubrūyāt |

12. saptāgneyāni | prātaranuvāke trayo bhāgāḥ | tatra prathamo bhāga āgneyaḥ | tasmiṅç ca gāyatry anushṭup trishṭub bṛihaty ushṇig jagatī paṅktir iti saptabhiç chandobhir yuktā ṛico 'nubrūyāt |

14. saptoshasyāni | yathā prathamabhāgasyāgnir devatā tathā dvitīyabhāgasyoshā devatā | tasmād ushaḥpratipādikāsv ṛikshu pūrvavad gāyatryādīni sapta chandāṅsi drashṭavyāni | grāmo bhavā grāmyāḥ paçavas te ca sapta | tathā ca Baudhāyanaḥ | sapta grāmyāḥ paçavo 'jāçvo gaur mahishī varāho hasty açvatarī ceti | Āpastambamatānusāriṇas tv evaṃ varṇayanti | ajāvikaṃ gavāçvaṃ ca gardabhoshṭranaras tathā | sapta vai grāmyapaçavo gīyante kavisattamair iti |

16. saptāçvināni | tṛitīyabhāgasyāçvinau devatā | tatsambandhinīḥ saptachandoyuktā ṛico 'nubrūyāt | loke gānarūpā yā vāg asti sā saptadhāvadat | shaḍjaṛishabhādisvaropetā pravṛittā | tāvad eva vaidikavāg apy avadat sāmni kṛishṭaprathamadvitīyādīnāṃ saptasvarāṇām adhīyamānatvāt |

17. trivṛitaḥ | yathā guṇatrayamelanarūpā rajjus trivṛit | evam ete pṛithivyantarikshadyulokāḥ parasparamilitās trivṛitaḥ |

18.

1. katham anūcyaḥ | kim ekaikasmin bhāge gāyatryādīni chandāṅsy anukrameṇaivānuvaktavyāni | āho svid anyathety ekaḥ saṃçayaḥ | anukramapakshe 'pi kim pāde-pāde 'vasānaṃ kṛitvānuvacanīyam | āho svit tattadardhe 'vasānaṃ kṛitveti dvitīyaḥ saṃçayaḥ |

2. yathāchandasam | anukrameṇāvasthitāni gāyatryādīni chandāṅsy anatikramyeti yathāchandasaṃ chandaḥkrameṇaivāyam anuvacanīyaḥ |

3. paccaḥ | ekaikasmin pāde 'vasāyety arthaḥ |

4. ardharcaçaḥ | ekaikasminn ṛico 'rdhe 'vasāyāvasāya prātaranuvāko 'nūcyaḥ | avakāraḥ pūrvapakshavyāvṛittyarthaḥ | yathaivetyādinārdharcaça ity etad eva spashṭīkriyate | etam ardhaṃ yathaiva yenaiva prakāreṇaitad anv adhyayanakālīnaṃ gurūccāraṇam anu | yathādhyayanakāle pratyardham avasāyāha paṭhati | tathaiva prātaranuvākānushṭhānakāle 'pi | na tv atra ṛigante praṇavaprakshepādivat kiṃcin nūtanaṃ kartavyam asti |

5. yad vyūḍhaḥ | chandasāṃ yo 'yam anukramaḥ so 'yam Anu-

kramaṇikākāreṇa darçitaḥ | atha chandāṅsi gāyatryushṇiganushṭubbṛihatīpaṅktitrishṭubjagatyatijagatīçakvaryatiçakvaryashṭyatyashṭidhṛityatidhṛitayaç caturviṅçatyaksharādīni caturuttarāṇīti | caturviṅçatyaksharopetāṃ gāyatrīm ārabhyottarottaraṃ chandaç caturbhiç-caturbhir aksharair adhikam ity arthaḥ | tam etaṃ chandasāṃ kramaṃ viparyasya prātaranuvāke kramāntaram āhitam | gāyatry anushṭup trishṭub bṛihaty ushṇig jagatī paṅktir iti | so 'yaṃ kramo 'smābhir Āçvalāyanoktakrameṇa pūrvam evodāhṛitaḥ (2, 15, 2) | tasmāt prātaranuvākoktakramasya viparyayeṇohanād ayaṃ vyūḍhaḥ sampannaḥ | so 'yam anucitaḥ | tasmāt katham avyūḍho bhavatīti praçna ākshepe vā yad evetyādikam uttaram bhavati | yasmād eva kāraṇāc chandaḥkrame 'nushṭhānakrame vāsya prātaranuvākasya madhyād bṛihatīchando naiti nāpagachatīty abhijño brūyāt | tena kāraṇenāyam avyūḍhaḥ sampanna ity avagantavyam |

8. somapāḥ | Vasvādīnāṃ Vashaṭkārāntānāṃ devatānāṃ somayāgena prītiḥ | hotā yakshad Agnim ityādimaitrāvaruṇapraishamantreshu samiddho adyetyādiyājyāsu cābhihitāḥ samidādyā ekādaça prayājadevatāḥ | devam barhiḥ sudevam ityādimaitrāvaruṇapraishamantreshu devam barhir vasuvane ityādiyājyāsu cābhihitā barhirādyā ekādaçānuyājadevatāḥ | samudraṃ gacha svāhetyādimantroktāḥ samudrādaya ekādaçopayājadevatāḥ sarvā api somapānavarjitāḥ paçum eva bhajante | tāsām paçunā tṛiptiḥ |

11. kratūn | kratuçabdaḥ somayāgasambandhinaḥ prātaranuvākabhāgān upalakshayati |

19.

1. satram | dvādaçāham ārabhya uparitanam trayodaçarātrādikam bahuyajamānakaṃ karma satram ity ucyate |

5. saṃtatam | tasminn apounaptrīyasūkte prātaranuvākavat prasaktam ardharce 'vasānaṃ nivārayituṃ nairantaryaṃ vidhatte |

6. saṃtatavarshī | parjanyo megho nairantaryeṇa vṛishṭimān | yāvatī vṛishṭir apekshitā sā sampūrṇā bhavatīty arthaḥ |

7. avagrāham | tasmiṅs-tasminn ardharce pāde vā avagṛihyāvagṛihya punaḥ-punar avasānaṃ kṛitvā yady anubrūyāt | tadā prajopakārārtham pravṛittaḥ parjanyaḥ jīmūtavarshī syāt | jīmūtaḥ parvataḥ | jīmūtān meghaparvatāv ity uktatvāt | anupayukte parvata eva varshati na tūpayukteshu sasyeshv ity arthaḥ | yasmād evaṃ tasmād avagraho na kāryaḥ kiṃtu saṃtatam evānūcyam || tasmin sūkte prathamāyā ṛica āvṛittisahitaṃ sāṃtatyaṃ vidhīyate |

8. tasya | asya sūktasya prathamāyās trir āvṛittiḥ, sāṃtatyena sarvasyāpi sūktasya sāṃtatyaṃ sidhyati | prathamāyāṃ sāṃtatyam Āçvalāyano darçayati | adhyardhakāram prathamām ṛigāvānām utta-

rāḥ (5, 1, 2) iti | trir āvṛittāyāḥ prathamāyā ardhatrayeṇāvasānaṃ kṛitvā paṭhet | uttarāsām ṛicām avasānaṃ kṛitvā pāṭhaḥ kartavya ity arthaḥ |

20.

1. tā etāḥ | pra devatrety ārabhya navasaṃkhyākā ṛico yāḥ santi tāsāṃ dvayor ṛicor madhyo 'ntarāyo vichedo yathā na bhavati tathānubrūyāt |

2. hinotā | adhyayanakrameṇāvarvṛitatīr iti daṣamī | tām parityajya taduttarabhāvinīṃ hinotā na iti daṣamīṃ kṛitvānubrūyāt || parityaktāyās tasyā anuvacane kālaviṣesham vidhatte |

3. āvarvṛitatīḥ | atrāyam prayogakramaḥ | sutyādināt pūrvasmin dine 'gnīshomīyam paṣum anushṭhāya, vasatīvarīsaṃjñitāḥ somābhishavakāle savanīyā apa ānīya, vedyām avasthāpya, madhyarātrād ūrdhvam nidrām parityajya, āgnīdhradhishṇyādīṅs tattanmantrair abhimṛiṣya, somādīnām pātrāṇy āsādya, prātaranuvākārtham hotāraṃ sampreshya, prātaranuvākānte ṣṛiṇotv agnir iti mantreṇa hutvā, tata ekadhanā apa ānetuṃ gachann apānaptrīyasūktārtham hotāraṃ sampreshyaty: ekadhanā apa ānayeti | so 'yam prayogakrama ādhvaryavasūtreshu drashṭavyaḥ | tatra hotāram praty apoṇaptrīyavishayo praisham Āpastambo darṣayati | yatrābhijānāty abhūd ushā ruṣatpaṣur iti tat pracaraṇyā juhoti, ṣṛiṇotv agniḥ samidhā havam ma ity aparaṃ caturgṛihītaṃ gṛihītvā sampreshyaty apa ishya hotar maitrāvaruṇasya camasādhvaryav ādravaikadhanina ādravata nealṭaḥ patnīm udānayonnetar hotṛicamasena vasatīvarībhiṣ ca cātvālam praty āsveti || asmāt praishād ūrdhvaṃ hotā sūktam anubrūyāt | tad āhāṣvalāyanaḥ | parihito 'pa ishya hotar ity ukto 'nabhihiṃkṛityāponaptrīyā anvāha (5, 1, 1) iti | tatra pūrvoktadaṣamīsahitā ṛico 'nūcyaikadhaninaḥ purushāḥ preshitāḥ santa ekadhanākhyā apa ghaṭair gṛihītvā yadā jalasamīpād āvartante tadānīṃ tāsv ekadhanāsv apsv āvṛittāsu satīshu tadāvṛittim pratīkshamāṇo hotā pūrvam parityaktām āvarvṛitatīr ity etām ṛicaṃ tasmin kāle 'nubrūyād ity arthaḥ |

4. prati yad āpaḥ | tā ekadhanākhyā āpo grahaṇasthānāt pratinivṛitya taiḥ purushair ānīyamānā yadā hotrā dṛiṣyante | tadānīm prati yad āpā ity etām ṛicam anubrūyāt |

5. ā dhenavaḥ | hotrā dṛishṭās tā ekadhanākhyā āpo yadā cātvālasamīpam praty āgachanti | tadānīm upāyatīshu samīpam āgachantīshu tāsv ā dhenava ity etām ṛicam brūyāt |

6. sam anyāḥ | pūrvatronnetar hotṛicamasena vasatīvarībhiṣ ca cātvālam praty āsvety Āpastambasūtroktaḥ praisha udāhṛitaḥ | tata unnetā hotṛisambandhinaṃ camasaṃ vasatīvaryākhyāḥ pūrvadinānītā apaṣ cātvālasamīpe samānayati | maitrāvaruṇasya camasādhva-

ryav ādravoti preshitatvān maitrāvaruṇasya paricārakaḥ camasādhvaryur api tadīyaṃ camasaṃ cātvālasamīpe samānayati | tena hotṛicamasena vasatīvaryo gṛihyante maitrāvaruṇacamasenaikadhanāś ca gṛihyante | tato vasatīvarīsahite hotṛicamase maitrāvaruṇacamasagatāsv ekadhanāsv adhvaryuṇā samīpanītāsu saṃyojayituṃ samāgatāsu sam anyā yantītyādikām ṛicam anubrūyāt | tam etam anuvacanakālam Āpastambo viṣadayati | hotṛicamasena vasatīvarībhyo nishicyopari cātvāle hotṛicamasaṃ ca maitrāvaruṇacamasaṃ ca saṃsparśya vasatīvarīr vyānayati sam anyā yantīty abhijñāya hotṛicamasān maitrāvaruṇacamasā ānayati | maitrāvaruṇacamasād dhotṛicamasa etad vā viparītam iti |

7. āpo vai | pūrvedyuḥ sampāditā vasatīvaryākhyā yā āpo yāś ca paredyuḥ sampāditā ekadhanākhyās tā ubhayavidhā api yajñanirvahaṇe pūrvabhāvitvārtham anyonyaṃ spardhāṃ kṛitavatyaḥ |

samajñapayat | saṃjñānam parasparam aikamatyam prāpayat |

10. aver apaḥ | he adhvaryo dvividhā apaḥ kim avoḥ | labdhavān asi |

14. tīvrāntam | tīvram avaśyambhāvi phalam ante yasya somasya so 'yaṃ tīvrāntaḥ | avighnena somayāge samāpte sati sarvathā phalaty evety arthaḥ | bahuramadhyam | bahulam aṅgādikam anushṭhānam madhye prārambhasamāptyor antarāle yasyāsau bahuramadhyaḥ | ṛitvigvaraṇam ārabhyodavasānīyeshṭeḥ pūrvaṃ dīkshaṇīyādyaṅgakarmabhir upāṃśvantaryāmagrahādibhiś ca pradhānair anushṭhānabāhulyam prasiddham |

16. anuparyāvṛityāḥ | anu pṛishṭhataḥ paryāvṛityāḥ paritaḥ saṃcaraṇayogyā dvividhā āpaḥ |

18. īśvaro ha | nanu yāgakartṛitvād yajamānasyaivānuvrajanaṃ yuktaṃ na tu hotur ity āśaṅkyāha | īśvaro etc. | yady api hotā yāgakartā na bhavati | athāpy anavrajantaṃ hotāraṃ yaśaḥ kīrtir artor īśvaro ha | prāptuṃ samarthaiva | tasmāt kīrtihetutvād anubruvataiva hotrā tāsām apām anugamanaṃ kartavyam |

21. yo 'madhavyaḥ | yaḥ pumān pūrvam amadhavyo madhurarasāṃ somaṃ nārhati sa yadi yaśo 'rtoḥ somayāganimittāṃ kīrtim prāptuṃ samartho bhavitum icchet | sa pumān pūrvoktām anubruvann anuprapadyeteti anvayaḥ |

21.

1. śiro vā etat | pūrvasmin khaṇḍe dvividhāsv apsu vedyāṃ sāditāsv aponaptrīyānuvacanasya samāpanam uktam | tatra sādanaprakāra Āpastambena darśitaḥ | aparayā dvārā havirdhānam āpaḥ prapādayati pūrvayā gataśriyaḥ pūrvayā yajamānaḥ prapadyate | dakshiṇasya havirdhānasya pradhure pracaraṇīyaṃ sādayati | yaṃ ka-

mayeta paṇḍakaḥ syād iti tam pracaraṇyopasṛiped otasyaiva havirdhānasyādhastāt puro'ksham maitrāvaruṇacamasam uttarasyām vartanyām purastcakram hotṛicamasam uttarasya havirdhānasyādhastāt puro'ksham vasatīvarīḥ paṣcādaksham ekadhanā etad vā viparītam | sado yajamāno 'nuprapadyata iti || evam sāditāsv apsv aponaptrīyā ṛicaḥ samāpya hotāvatishṭhate | tato 'dhvaryur dadhigraheṇāṅṣugraheṇādābhyagraheṇopāṅṣugraheṇāntaryāmagraheṇa kramāt pracarati | tāvad ayam hotā vācam niyamyaivāste | tad idam vidhatte | ṣiro vā etc.

prāṇāpānau | upāṅṣvantaryāmagrahau prāṇāpānasthānīyau | esha te yoniḥ prāṇāya tvā | esha te yonir apānāya tvā (Ts. 1, 4, 2. 3) iti tadīyamantrayoḥ ṣravaṇāt |

2. ṣaṣvat tathā syāt | avaṣyam yajamānaprāṇavigamo hotus tadvadhapratyavāyaṣ ca bhavet |

3. anumantrayata | anvīkshya mantraṇam anumantraṇam | tutas tam abhiprāṇet | tam upāṅṣugraham abhilakshyocchvāsam kuryāt |

22.

1. tad āhuḥ | antaryāmagrahahomād ūrdhvam mahābhishavam kṛitvaindravāyavam ārabhya pavamatyautargrahārtham (?) tattatpātreshu somam gṛihītvā sāditeshu vaiprushān homān hutvā bahishpavamānārtham prasarpayeyuḥ | prasarpaṇaprakāram Āpastamba āha | saptahotāram manasānudrutyāhavanīya saṃgraham hutvodañcaḥ prahvā bahishpavamānāya pañcartvijaḥ samanvārabdhāḥ sarpanti | adhvaryum prastotānvārabhate prastotāram pratihartā pratihartāram udgātodgātāram brahmā brahmāṇam yajamāna iti | Āṣvalāyano 'py āha | adhvaryumukhāḥ samanvārabdhāḥ sarpanty ā tīrthadeṣāt | tatstotrayopaviṣanty udgātāram abhimukhāḥ | tān hotānumantrayate 'traivāsīno yo devānām iha (5, 2, 6) iti | tato hotuḥ sarpaṇam nivārayitum pūrvapaksham upanyasyati | tad āhuḥ etc.

bahishpavamānaḥ | udgātṛibhir geyam upāsmai gāyatā nara ityādikam stotram bahishpavamānaṣabdenocyate |

3. yat sarpet | yady ayam hotā taiḥ saha sarpet | tadānīm svakīyām ṛicam eva sāmno 'nuvartmānam pṛishṭhagāminīm kuryāt | tac cāyuktam | ṛica ādhāratvāt sāmna ādheyatvāt paṣcādbhāvitvam | ata eva Chandogā āmananti | tad etasyām ṛicy adhyūḍham sāma | tasmād ṛicy adhyūḍham sāma gīyate (Chāndogya 3, 6, 1) iti | tataḥ purogāminyā ṛicaḥ paṣcādgāmitvam ayuktam |

10. āsurī | atha savanīyapuroḍāṣeshu yoyam maitrāvaruṇī payasyāsti tatsadbhāva Āpastambena darṣitaḥ | prāgvaṅṣe pratiprasthātā savanīyām nirvapati | sarvo yavā bhavanti lājārthān paribāpyendrāya

harivate dhānā Indrāya pūshaṇvate karambham Sarasvatyai Bhāratyai parivāpam Indrāya puroḍāçam Mitrāvaruṇābhyām payasyām iti |

Dīrghajihvī | dīrghā jihvā yasyāḥ sā Dīrghajihvī | asurajātāv utpannatvād āsurī | tathā ca Talavakārā āmananti | Dīrghajihvī vā āsury āseti |

tad vyamādyat | tatra prātaḥsavanaṃ vishajihvālehanena vyamādyat | vividham mattam abhūt | sarvasyāpi savanaprayogasya viparyāso jātaḥ |

payasyām | payasi bhavāmikshā payasyā |

23.

5. ekādaçakapālān | Āpastambas tv asyaçākhābhedam anuçritya pakshadvayam apy udāharati | ashṭau puroḍāçakapālāny ekādaça mādhyaṃdine dvādaça tṛitīyasavane sarvān aindrān ekādaçakapālān anusavanam eke samāmanantīti |

8. svadhāḥ | annam |

24.

1. havishpaṅktim | havishāṃ dhānādidravyarūpāṇām paṅktiḥ samūho yasmin somayāge so 'yaṃ havishpaṅktiḥ | tādṛiçaṃ yajñaṃ yo veda sa tathaiva tādṛiçena yajñena samṛiddho bhavati | bhṛishṭā yavataṇḍulā dhānāḥ | tad āhāpastambaḥ | kapālānām upadhānakāle prathamakapālamātreṇa dhānārthaṃ lājārthaṃ kapāle adhiçritya taṇḍulān opya dhānāḥ karoti vrīhīn opya lājān karoti puroḍāçam adhiçrityāmikshāvat payasyāṃ karoti | udvāsanakāle dhānā udvāsya vibhāgamantreṇa vibhajyārdhā ājyena saṃyauty ardhā pishṭāä ātmāvṛitā saktūn karoti | manthaṃ saṃyutaṃ karambha ity ācakshate lājān parivāpa iti | na vai lājebhyaḥ sruvāā saṃharātīti |

2. aksharapaṅktim | pañcasaṃkhyākānām aksharāṇāṃ samūho 'ksharapaṅktiḥ | su ity ekam aksharam, mad iti dvitīyam aksharam, pad iti tṛitīyam aksharaṃ, vag iti caturtham aksharaṃ, de iti pañcamam aksharam | tāny etāny aksharāṇi hotṛijapādau prayoktavyāni | tathā ca sampradāyavida āhuḥ | etad dhotṛijapākhyasya cādito 'ksharapañcakam | ekaikam aksharaṃ cātra parasya brahmaṇo vapuḥ || su pūjitam mat prahṛishṭam pat sarvavyāpi tac ca vak | sarvasya vaktṛi brahmaiva de phaladam pradātṛi tad iti |

3. nārāçaṅsapaṅktim | bhakshitāpyāyitānāṃ sāditānāṃ camasānāṃ nārāçaṅsaḥ saṃjñā | ata uktam ācāryeṇa | āpyāyitāṅç camasān sādayanti te nārāçaṅsā bhavantīti || bhakshiteshu camaseshu punaḥpūraṇam āpyāyanam |

4. savanapaṅktim | paredyur yakshyamāṇasya yajamānasya samīpe pūrvedyur devatās tadīyaṃ yajñam pratīkshamāṇā vasanti |

tasmād upa samīpe vasanty asmin divasa iti pūrvadivasa upavasathaḥ | upavasathākhye pūrvadivaso yaḥ paçur agnīshomīyaḥ so 'py atra savanasamīpavartitvāt savanatvena gaṇyato | prātaḥsavanādīni tu trīṇi prasiddhāny eva savanāni | savanebhya ūrdhvam anushṭheyo 'nubandhyākhyaḥ paçur api pūrvavat savanatvena gaṇyato | ataḥ pañcānāṃ savanānāṃ paṅktyā samūhena yukto yo yajña saha eva savanapaṅktiḥ |

5 pañcamahavihsvarūpāyāḥ payasyāyāḥ (nämlich yājyā) çākhāntarād upasaṃhartavyā |

11. puroḍāçasvishṭakṛitaḥ | savanīyapuroḍāçasambandhinaḥ svishṭakṛito yājyāṃ vidhatte | havir etc.

25.

2. saha nau | he Vāyo nāv āvayor ubhayoḥ saha somapānam astu | tavārdham mamārdham |

4. indraturīyaḥ | Indrasya turīyabhāgo yasmin graho so 'yam indraturīyaḥ |

6. tasmād dhāpi | yasmāt sārathirūpasyendrasya caturthabhāgaḥ pūrvam prattaḥ | tasmād dha tata eva kāraṇād etarhy apīdānīm api bharantāḥ | bharaḥ saṃgrāmaḥ | taṃ tanvanti vistārayantīti bharatā yoddhāraḥ | satvanāṃ sārathīnāṃ vittiṃ vetanāṃ jīvitarūpām prayanti | prakarshena sampādayanti | te ca saṃgrahītāraḥ sārathayas turīyo haiva yuddhalabdhasya dravyasya caturthabhāga eva vadanto | asmākam etāvad ucitam iti kathayanti | tadaucitye yuktim āha | amunaiva pūrvoktenānūkāçena dṛishṭāntena | sa eva dṛishṭānto yad ada ityādinā spashṭīkriyate | yasmāt kāraṇād Indro Vāyoḥ sārathir iva bhūtvā adaç caturthāṃçarūpaṃ somātmakaṃ dhanam udajayat | tasmāt loko 'pi tathaiva pravṛittam ity arthaḥ |

26.

5. vyṛiddham | yasmin karmaṇi yājyāyāḥ sakāçāt puronuvākyākshharair abhyadhikā | tat karma vyṛiddhaṃ samṛiddhirahitam | pūrvapakshiṇaç catra nyūnāṃ yājyām puronuvākyām adhikāṃ kurvanti | tasmād etan matam ayuktam | yatra vai yasmiṅs tu karmaṇi puronuvākyāyāḥ sakāçād abhyadhikā yājyā bhavati | tat karma samṛiddham | api ca yatra karmaṇi yājyānuvākye same bhavataḥ | tad api karma samṛiddham | sāmyapakshe 'nyo 'pi guṇo 'sti | tat katham iti | tad ucyate | prāṇasya ca vācaç ca prāṇavācor madhyo yasya yasya vastunaḥ kāmāyāpekshitaphalasiddhaye tat tathā kuryāt | tena pūrvoktaprakāreṇānushṭubgāyatrījanyam anushṭhānam pūrvapakshī kurvīta | tat sarvaṃ viphalam | tatraiva yājyānuvākyayoḥ sāmyānushṭhāna eva upāptam | çīghram prāptam bhavati | tasmāt sāmyapa-

ksha evādaraṇīya ity arthaḥ | sāmyapaksho pūrvapakshyabhipretam prayojanaṃ kathaṃ sidhyed ity āçaṅkyāha | vāyavyā etc.

6. vāyavyā | dvayoḥ puronuvākyayor madhye yā pūrvā puronuvākyā sā vāyavyā vāyudevatākā | vāyav ā yāhi darçatety asyām ṛici Vāyoḥ çravaṇāt | yā tūttarā puronuvākyā seyam aindravāyavī | indravāyū ime sutā ity asyām ṛicīndravāyvoḥ çravaṇāt | evam yājyayor api drashṭavyam | ubhayor yājyayor madhye yā pūrvā sā vāyavyā | agram pibā madhūnām ity asyām ṛici sutaṃ vāyo divishṭishv iti Vāyoḥ çravaṇāt | yottarā yājyā saindravāyavī | çatenā no abhishṭibhir ity asyām ṛici niyutvāñ indrasārathir itīndraḥ çrūyate | vāyo sutasyeti Vāyur api çrūyate | tasmād iyam aindravāyavī |

27.

1. dvidevatyāḥ | dve devate yugmarūpe yeshāṃ grahāṇāṃ te dvidevatyāḥ | Indraç ca Vāyuç cety ekaṃ yugmam | Mitraç ca Varuṇaç ceti dvitīyaṃ yugmam | yāv Açvinau tau tṛitīyaṃ yugmam | ta ete dvidevatyagrahāḥ prāṇā vai | indriyarūpā eva | vāg va aindravāyavaç cakshor maitrāvaruṇaḥ çrotram āçvinaḥ | (Ts. 6, 4, 9, 4) iti çrutyantarāt | te ca grahā ekapātrā grahītavyāḥ | Indravāyvor ekasmin pātre grahaṇam Mitrāvaruṇayor ekasminn Açvinor ekasminn iti | yasmāt prāṇarūpāṇāṃ grahāṇām ekapātratvam | tasmād vākcakshuḥçrotrarūpāḥ prāṇā ekanāmānaḥ | prāṇā ity evam eteshāṃ nāma | te ca grahā homakāle dvipātrā hotavyāḥ | tattadgrahapātreṇādhvaryur juhoti, pratiprasthātā pātrāntareṇa juhoti | yasmād dhomakāle pātradvayam | tasmāc cakshurādayaḥ prāṇāḥ svasvagolakeshu dvaudam | dvau-dvau bhūtvā vartante | ayam arthaḥ çrutyantare praçnottarābhyām āmnātaḥ | brahmavādino vadanti kasmāt satyād ekapātrā dvidevatyā gṛihyante dvipātrā hūyanta iti | yad ekapātrā gṛihyante tasmād eko 'ntarataḥ prāṇo, dvipātrā hūyante tasmād dvaudvau bahishṭāt prāṇāḥ (Ts. 6, 4, 9, 3) iti || homakāle dvipātratvam Āpastambena spashṭīkṛitam | havirdhānaṃ gachan sampreshyati Vāyava Indravāyubhyām anubrūhīty upayāmagṛihīto 'si vārkshasadasīty ādityapātreṇa pratiprasthātā droṇakalaçād aindravāyavasya pratinigrāhyaṃ gṛihītvā na sādayaty aindravāyavam ādāyādhvaryur droṇakalaçāc ca pariplavayā rājānam | ubhau nishkramya dakshiṇato 'vasthāya dakshiṇam paridhisaṃdhim anvavahṛityādhvaro yajño 'yam astu devā iti pariplavayāghāram āghārayaty āçrāvya pratyāçrāvite sampreshyati Vāyava Indravāyubhyām preshyeti vashaṭkṛite juhoti punar vashaṭkṛite juhutaḥ | evam uttarābhyāṃ grahābhyam pracarata iti |

2. yenaivādhvaryuḥ | adhvaryoḥ pradānamantra Āpastambena darçitaḥ | graham adhvaryur ādāya kshipraṃ hotāram abhidru-

tya mayi vasuḥ purovasur iti graham hotre prayacbati | etenaiva botā pratigṛihya dakshiṇa ūrāv āsādya hastābhyām nigṛihyāsta iti |

8. sarvataḥ parihāram | sarvāsu dikshu parito haraṇam kṛitvā | çiraḥ pradakshiṇīkṛityety arthaḥ | yasmāc chrotrarūpasyāçvinasya parito baraṇam | tasmāc chrotreṇa sarvataḥ çṛiṇvanti | purataḥ pṛishṭhataḥ pārçvayor vācam vadantīm svārtham abhidadhānām vācam çṛiṇvanti | yathā hotur īdṛiçam bhakshaṇam tathādhvaryor api çākhāntare çrutam | vāg vā aindravāyavaç cakshur maitrāvaruṇaḥ çrotram āçvinaḥ | purastād aindravāyavam bhakshayati tasmāt purastād vācā vadati | purastān maitrāvaruṇam tasmāt purastāc cakshushā paçyati | sarvataḥ parihāram āçvinam tasmāt sarvataḥ çrotreṇa çṛiṇoti (Ts. 6, 4, 9, 4) iti |

28.

1. anavānam | dvidevatyagraheshu yājyām paṭhan hotānavānam yajet | mantramadhya ucchvāsam akṛitvā yajet | dvidevatyānām prāṇarūpatvād ayam nairantaryapāṭbaḥ prāṇānām saṃtatāvasthāpanāya bhavati | tatas teshām vyavachedo na bhavati | saṃtatir avyavachedaç cety eka evārtho 'nvayavyatirekābhyām ucyate || itareshu graheshu yājyānte vashaṭkāreṇa sakṛid dhutvā somasyāgne vīhīty anuvashaṭkāreṇa punar yajanti | ataḥ prasaktam anuvashaṭkāramantram nishedhati | prāṇā vai etc.

4. dvir āgūrya | āgūḥçabdena pratijñābhidhīyate | maitrāvaruṇo dvir āgūrya dviḥ pratijñāya dviḥ preshyati | dvāv asya praishamantrau | hotā yakshad Vāyum agregām ity eko, hotā yakshad Indravāyū arhanteti dvitīyaḥ | Āçvalāyanaḥ 5, 5, 3 | tayor ubhayor apy ādāv ayam hotā yakshad iti dviḥ pratijānāti | dvayor mantrayor ante hotar yaja hotar yajeti dviḥ preshyati | hotā tv agram pibā madhūnām ityādike dve yājye paṭhitum ādau ye yajāmaha iti sakṛid eva pratijānīte dvayor yājyayor ante vaushaḍ vaushaḍ iti dvir vashaṭkaroti | tac ca nyāyena dvitīyamantrādāv api ye yajāmaha ity āgūḥkaraṇam apekshitam tac ca na kriyate | tasmād dhotur dvitīyayājyādāv āgūḥ kā nāma syād iti praçnaḥ || dvitīyayājyādau mā bhūd evāgūr ity etad uttaram vipakshabādhapūrvakam darçayati | prāṇā vai etc.

29.

1. ṛituyājāḥ | madhumādhavādaya ṛitudevā yatrejyanto ta ete ṛituyājāḥ |

ṛitugrahāç ca dvādaçasaṃkhyākāḥ | tatrādyeshu shaṭsu kaṃcid viçesham vidhatte |

2. shaḷ ṛituneti | adhvaryuṇā preshito maitrāvaruṇaḥ praishasūktagatair mantraiḥ krameṇa hotrādīn preshyati | tena preshitā

hotrādaya ṛitunā somam ity evaṃ yajeyuḥ | eteshāṃ shaṇṇām ṛituyājānām prāṇasvarūpatvād dhotrādayaḥ shaḍ api yajamāne prāṇaṃ sthāpayanti || saptamam ārabhya daçamānto viçeshaṃ vidhatte |

3. catvāra ṛitubhiḥ | adhvaryuṇā preshito maitrāvaruṇaḥ praishasūktagataiḥ saptamādibhiç caturbhir mantrair hotrādīn krameṇa caturaḥ preshyati | ta ṛitubhiḥ somam iti bahuvacanāntaprayogeṇa catvāro 'pi yajeyuḥ |

4. dvir ṛituneti | adhvaryupreshito maitrāvaruṇaḥ praishasūktagatābhyām ekādaçadvādaçābhyām mantrābhyām preshyati | tena preshitau dvāv adhvaryuyajamānāv ṛitunā somam ity evam ekavacanāntaprayogeṇa yajetām | antyayor dvayor yāgayor vyānasvarūpatvāt tadyāgena vyānam eva yajamāne sarvo 'py ṛitvijaḥ sthāpayanti | anenaiva krameṇa maitrāvaraṇam praty adhvaryoḥ praisha Āpastambena darçitaḥ | ṛitunā preshyati trishv ādyeshv adhvaryuḥ sampreshyaty evam pratiprasthātā | pātrayor mukhe paryāvṛityartubhiḥ preshyati dvayor adhvaryur evam pratiprasthātā | punaḥ paryāvṛityartunā preshyati sakṛid adhvaryur evam pratiprasthāteti |

30.

1. prāṇā vai | savanīyapaçupuroḍāçapracārād ūrdhvaṃ tadaṅgam iḍopahvānam avasthāpya dvidevatyagrahapracāraḥ kṛitaḥ | tata ūrdhvaṃ tadgrahaçeshabhakshaṇam api prāptam | tatreḍopahvānagrahaçeshabhakshaṇayoḥ kim pūrvaṃ kim aparam iti kramasya jñātum açakyatvāt taṃ kramaṃ vidhatte | prāṇā vai etc.

dvidevatyānāṃ vāgādiprāṇarūpatvam pūrvam evoktam | iḍādevatā ca gaur vā asyai çarīram (Ta. 1, 7, 2, 1) iti çruteḥ paçurūpā | tatraivaṃ sthite prathamato dvidevatyagrahaçeshān bhakshayitvā paçcād iḍopahvānaṃ kuryāt |

tad etad iḍāpātre bhāgam avadāya kriyamāṇam upahvānam | yā tu hotur haste sampāditāvāntareḍā tatprāçanasya hotṛicamasabhakshaṇasya ca paurvāparyaṃ vicārya niçcinoti | tad āhur etc.

5. prāṇā vai | dvidevatyagrahaçeshasya bindor hotṛicamase prakshepaṃ vidhatte | prāṇā vai etc.

saṃsravān | saṃsravā bindavaḥ | tatprakshepeṇa dvidevatyarūpān prāṇān ātmany eva çarīre hotṛicamasarūpe hotā prakshipati |

31.

1. na vyāvartanta | ekasya vargasya sāmarthyādhikyam itarasya nyūnam ity evaṃ vyāvṛittiṃ na prāptāḥ |

tūshṇīṃçaṅsam | sarveshv api çastreshv ṛicaḥ paṭhyante | asmiṅs tu çastre na paṭhyanta iti tūshṇīṃçaṅsaḥ | ṛikpāṭharāhityena gūḍham eshāṃ devānāṃ taṃ tūshṇīṃçaṅsam asurā nānvavāyan | nānugatavantaḥ | etadanushṭhānam avijñāya na kṛitavanta ity arthaḥ |

5. tūshṇīṃçaṅsam | tatprakāra Āçvalāyanena darçitaḥ | su mat pad vag do pitā mātariçvāchidrā padā dhād achidrokthā kavayaḥ çaṅsan | somo viçvavin nīthāni neshad bṛihaspatir ukthamadāni çaṅsishat | vāg āyur viçvam āyuḥ | ka idaṃ çaṅsishyati sa idaṃ çaṅsishyatīti japitvānabhihiṃkṛitya çoṅsāvam ity uccair āhūya tūshṇīṃçaṅsaṃ çaṅsed upāṅçu sapraṇavam asaṃtanvan | esha āhāvaḥ prātaḥsavane çastrādishu (5, 9, 1) iti | asyāyam arthaḥ | ṛitupātrabhakshaṇānantaraṃ hotur mukhata āsīno 'dhvaryuḥ parāṅmukhaḥ sann āvartate | tadānīṃ hotā sumadityādi sa idaṃ çaṅsishyatītyantaṃ mantraṃ japitvābhihiṃkāram akṛitvā çoṅsāvom ity anena mantreṇādhvaryum uccair āhūya bhūr agnir ityādikam praṇavasahitam upāṅçu paṭhet | praṇavena sahāsaṃtatam avichedanaṃ kuryāt | esha çoṅsāvom iti mantro 'dhvaryor āhvānarūpatvād āhāva ity ucyate | sa ca prātaḥsavane çastrādishu pravartata iti |

6. upa vā vadet | yaḥ ka 'py anyaḥ purusha nindeo chaped vā | upavāda nindā | auuvyāhāraḥ çāpaḥ |

33.

1. āhāvaḥ | çoṅsāvom ity anena mantreṇa çaṅsanakālo hotādhvaryum āhvayati | so 'yam āhāvaḥ | agnir deveddha ityādībhir dvādaçabhir vakshyamāṇaiḥ padair yuktā tatsamudāyarūpā nivit | pra vo devāyāgnaya ityādikaṃ saptarcaṃ sūktam |

yaḥ pūrvam uktas tūshṇīṃçaṅso ye ca nivitsūkte tad etat trayam ājyanāmakaçastrasya rūpam | tad uktaṃ sampradāyavidbhiḥ | tūshṇīṃçaṅsanivitsūktair ājyaçastraṃ triparvakam iti |

34.

7. rathīr adhvarāṇām | çākhāntare tu tadīyarathapradarçanapūrvakam eva mantro vyākhyātaḥ | rathīr adhvarāṇām ity āha | esha hi devarathaḥ (Ts. 2, 5, 9, 2) iti |

8. atūrtaḥ | bhūlokavartī vahnir atūrtaḥ | ko 'py atīrṇaḥ | mārgamadhye tiryañcam mārgasyāvarodhakatvenāvasthitam prauḍhaṃ dāvāgniṃ kaçcid api tarituṃ na samarthaḥ |

35.

2. viharati | viharaṇam pṛithakkaraṇam | dvayoḥ pādayor madhye vihāraṃ vichedaṃ kṛitvā paṭhet |

5. parovarīyāṅsam | paraḥ parasminn uttarabhāge 'tiçayena sthūlam īdṛiçaṃ vajraṃ sūktapaṭhanena sampādayati | prathamāyā ṛica uttarārdhe pāde | tatpādayoḥ samasanam | tad api vajrasādṛiçyārtham | vajrasya hy ārambhaṇato 'çimā mūlo saukshmyam ity arthaḥ | vajraçabdena khaḍgādirūpam āyudham abhidhīyate | tasya hi mūle mushṭibandhanasthāne sūkshmatā bhavati | upari tu vistāraḥ |

daṇḍaçabdena gadā vivakshitā | āpi hastagrahaṇasthāne mūle sūkshmā prahārasthāne 'gro sthūlā | paraçur api tathāvidhaḥ | yathāyaṃ trividho vajra evam idam api sūktam prathamapādaviharaṇena sūkshmam uttarārdharcapādasamāsena sthūlam |

36.

1. sadaḥ | tadānīṃ devāḥ saumikavedyām prāgvaṅçasya pūrvasyāṃ diçi yeyaṃ sado'bhidhānā çālā tām eva svasya nivāsasthānaṃ kṛitavantaḥ |

āgnīdhram | tato devā nirgatāḥ santa āgnīdhrābhidhāṃ çālām prāptavantāḥ |

3. te vai prātaḥ | ta eva devāḥ prātaḥsavane yāny ājyanāmakāni çastrāṇi tair evā samantāj jayam prāpnuvanta āgachan | yasmād evaṃ tasmād ā samantāj jayanty ebhir iti vyutpattyā çastrāṇām ājyanāma sampannam | anenaiva nyāyena Sāmavede pañcadaçāny ājyānīti vākyena vihitānām pañcadaçastomayuktānāṃ stotrāṇām ājyanāmatvaṃ drashṭavyam |

4. tāsāṃ vai hotrāṇām | praçāstā brāhmaṇācchaṅsy achāvāka ity ete çastriṇo hotrakā yady api purushās tathāpi tadīyatanuvivakshayā tāsām ityādi strīliṅganirdeçaḥ | yās tanavaḥ pūrvam asurān apāghnata | tāsām eva hotrāṇāṃ hotrakatanūnām āyatīnāṃ sadaḥ praveshṭum āgachantīnāṃ sarvato jayam prāpnuvatīnām madhye 'chāvākīyāchāvākasambandhinī tanur ahīyata | hīnābhūt | sadaḥ samāgantuṃ nāçaknod ity arthaḥ | tadanugrahārthaṃ tasyāṃ tanvām Indrāgnī adhyastām | adhishṭhāya nivāsaṃ kṛitavantau |

aindrāgnam | indrāgnī ā gatam ityādikaṃ tacchastram |

6. achāvākīyām | so 'sya yajamānasyāchāvākīyāṃ kuryāt | achāvākasambaddham aindrāgnaçastram paṭhet | tenaiva pāṭhena sā tadīyā tanur ahīnā vyavahartuṃ samarthā bhavati |

37.

1. devarathaḥ | uthājyaçastrasya bahishpavamānastotrottaratvam praügaçastrasyājyastotrottaratvaṃ vidhatte | devaratho etc. yo yajño 'sty esha devānāṃ ratha eva | tasya rathārūpasya yajñasyājyam praügaṃ ca yac chastradvayaṃ tad antarau raçmī | açvabandhanarajjū | rathasyopary avasthitena sārathinā dhāriyamāṇatvāt tayor abhyantaratvam | yasmād evaṃ tasmād yady ājyaçastreṇa bahishpavamānam anu paçcāc chaṅset | praügaçastreṇa ājyastotram anuçaṅset | tadānīṃ devarathasyaiva sambandhināv abhyantarau raçmī pragrahau viharati | viçesheṇa sampādayati | tac cālobhāya vyāmohārāhityāya sampadyate | raçmirāhityo dushṭābhyām açvābhyām yatra kvāpi durgame deçe rathanayane sati rathabhaṅgarūpo vyāmohaḥ syāt | tan mā bhūd iti çastradvayaṃ krameṇa prayoktavyam |

4. tad āhuḥ | tat tasminn ājyaśastre brahmavādina āhuḥ | codayanti | yathaiva stotraṃ sāmagair uktaṃ tathaiva bahvṛcaiḥ śastraṃ vaktavyam | stutam anuśaṃsatīti vidhānāt | atra tu sāmagā upāsmai gāyatā naraḥ pavamānāyetyādishu pāvamānīshu pavamānadevatākāsv ṛikshu bahishpavamānākhyena stotreṇa stuvate | bahvṛcas tu hotā pra vo devāyāgnaye ityādikam ājyaśastraṃ śaṅsati | tathā sati katham asya hotuḥ pāvamānya ṛico 'nuśastā bhaveyuḥ | na hi Pavamānaḥ śastradevatā kiṃtv Agnir iti codyam |

9. sampadā | anushṭupsu gāyatrītve sampādite sati tayā sampadā vaiyadhikaraṇyaparihārād anukūlaśaṅsanam bhavatīti parihāraṃ brūyāt || sampādanaprakāraṃ darśayati |

10. saptaitāḥ | ādyāntyayor ṛicos trir āvṛittau satyāṃ svabhāvataḥ saptānām anushṭubhām ekādaśatvaṃ sampadyate | agna indraś ceti yājyā virāṭchandaskā sā dvādaśy anushṭub iti gaṇanīyā | yady api tasyā virājas trayastriṅśadaksharatvād ekam aksharam anushṭuptvād atiricyate | tathāpy alpena vaikalyena chandastvaṃ nāpaitīti nyāyaḥ pūrvam (1, 6) apy udāhṛitaḥ | evaṃ sati dvādaśasv anushṭupsu dvādaśa pādān apanīyāvaśishṭaiḥ pādais tripadā gāyatryo dvādaśa sampādanīyāḥ | apanītaiś ca pādaiś catasro gāyatrya ity anena prakāreṇa shoḍaśasaṃkhyākā gāyatrya eva sampadyante |

38.

2. upāṅśu | oshṭhaspandanam eva parair dṛiśyate na tu śabdaḥ śrūyate tādṛiśam upāṅśutvam |

3. purāhāvāt | adhvaryur āhvayate yena śoṅsāvom iti mantreṇa tasmāt pūrvabhāvī hotṛijapaḥ | tathā cāśvalāyanenodāhṛitam | japitvānabhihiṃkṛitya śoṅsāvom ity uccair āhūya (5, 9, 1) iti || āhāvād ūrdhvaṃ yat kiṃcit paṭhyate tat sarvaṃ śastrasyaiva sambandhi bhavet | āhāvamantreṇa śastrānujñānasya pṛishṭatvāt | ato hotṛijapasya śastrāntarbhāvaṃ nivārayitum pūrvakālīnatvam |

4. parāṅcam | asmin kāle 'dhvaryuḥ parāṅ bhavati | hotur vimukho bhavati | tathā catushpadī gaur iva hastau bhūmāv avasthāpyāsīno bhavati | tādṛiśam adhvaryuṃ sambodhyābhimukho yathā bhavati tathā hotā śoṅsāvom iti mantreṇāhvayate | yasmād āhvānakāla īdṛiśo 'dhvaryus tasmāl loke 'pi catushpādo gavādayaḥ parāñcaḥ sambhogāvasthāyām parasparābhimukhyarahitā bhūtvā retaḥ siñcanti || āhāvād ūrdhvam adhvaryoś catushpattvam parityajya samyagutthānaṃ vidhatte | samyaṅ etc.

5. samyaṅ | ūrdhvatvenāvasthānaṃ samyaktvam |

39.

3. tira iva | yathā kuḍyagṛihādivyavahitam anyair adhīyamānaṃ vākyam īshat pratīyate na tu spashṭam | tadvat tūshṇīṃśaṅso

'py aspashṭo yathā bhavati tathā çaṅset | tad idam tira ivety ucyate | hotṛijapād īshad uccair ity arthaḥ |

4. shaṭpadam | shaṭpadam shaḍbhāgam | bhūr Agnir jyotir ity eko bhāgaḥ | jyotir Agnir iti dvitīyo bhāgaḥ | evam uttaratrāpi drashṭavyam | tathāvidhaçaṅsane purushasāmyam bhavati | purushasya shaḍvidhatvam eva shaḷaṅga ity anena spashṭīkriyate | purushāvayavashaṭkam çākhāntare darçitam | shoḍhāvihito vai purusha ātmā ca çiraç ca catvāry aṅgāni (Ts. 5, 6, 9, 1) iti | dvau hastau dvau pādāv ity aṅgacatushṭayam | ātmaçabdo madhyadehavācī | bhāgatrayopete tūshṇīṃçaṅse tattadbhāgamadhyeshv avasāne shaḍbhāgatvam Āçvalāyana āha | bhūr Agnir jyotir jyotir Agnom | Indro jyotir bhuvo jyotir Indrom | Sūryo jyotir jyotiḥ svaḥ Sūryom iti tripadas tūshṇīṃçaṅsaḥ | yady u shaṭpadaḥ pūrvaiḥ jyotiḥçabdair agre 'vasyet (5, 9, 11) iti |

6. purorucam | pra vo devāyetyādisūktāt purato rocate dīpyate iti purorukçabdena nivid ucyate |

9. jātavedasyām | jātavedā devatā yasyāḥ purorucaḥ sā jātavedasyā | jātavedaḥçabdarūpaṃ nyaṅgaṃ nitarām aṅgaṃ cihnaṃ yasyāḥ purorucaḥ sā jātavedonyaṅgā | tasyāḥ puroruco 'ntime bhāge so adhvarā karati jātavedā iti jātavedaḥçabdaḥ paṭhyate |

10. tad āhuḥ | tṛitīyasavanasya jātavedasam praty āyatanatvam āgnimārutaçastre devatvād avagantavyam | tathā ca sampradāyavida āhuḥ | jātavedās tu devo 'yaṃ vartata āgnimāruta iti |

40.

2. dīdivāṅsam | yady apy adhyayanakrameṇeyam ṛik pañcamī tathāpi dvitīyātvena prayoktavyā | brāhmaṇakramasyānushṭhānārthatvāt |

atrādhyayanakramād anyam anushṭhānakramam abhipretyāçvalāyana āha | anubrāhmaṇaṃ vānnpūrvyam (5, 9, 23) iti || adhyayanakrameṇa caturthīm anushṭhānāya tṛitīyātvena vidhatte | sa naḥ etc.

3. çarmavad āsmā ayāṅsi | So alle Handschriften ausser I. O. 697, welche āyāṅsi hat. I. O. 1077 liest ayāṅsi mit zwei wagerechten Strichen über dem ersten a. Sāyaṇa las āsmā āyāṅsi. Denn er sagt: āṅpūrvasya yama uparama ity asya dhātoç chāndasaṃ rūpam | āsmā ity ākāraç ca chāndasaḥ |

8. yājyayā | agna indraç ceti yeyaṃ yājyā pūrvam uktā tayā yajati | yāgārthaṃ yājyām paṭhet | yājyā ca prattir vai pradānarūpaiva | tathā ca havisha adāno pradāne krameṇa puronuvākyāyājyādhīne çrutyantare çrūyete | puronuvākyayā datte pra yachati yājyayā (Ts. 2, 6, 2, 5) iti |

11. ity adhyātmam | ātmānaṃ çarīram adhikṛitya vartata

ity adhyātmam | asmin khaṇḍa śarīrarūpatvena praśaṅsanam ājyaśastrasyoktam | uttarakhaṇḍe tv adhidaivatam devatāvishayam ājyaśastrapraśaṅsanam ucyate |

Pañcikā III.

1.

1. grahoktham | praügākhyam yac chastram asti tad grahoktham vai | aindravāyavādigrahāṇām uktham grahoktham | tadīyadevatāpraśaṅsārūpam ity arthaḥ | navetyādinā grahasambandha eva spashṭīkriyate | prātaḥsavana aindravāyavamaitrāvaruṇādayo dhārāgrahā navasaṃkhyākā gṛihyante | grahītā tv adhvaryuḥ | tathā bahishpavamānākhye stotra udgātāro navabhir navasaṃkhyākābhir ṛigbhiḥ stuvate | upāsmai gāyatoty ekas tṛicaḥ | davidyutatyeti dvitīyaḥ | pavasveti tṛitīyaḥ | eteshu trishu tṛiceshu navasaṃkhyākā ṛico vidyante | tā āvṛittirahitā gīyante | evam stoma bahishpavamānastotra udgātṛibhiḥ stute saty adhvaryur daśamam graham āśvinākhyam gṛihṇāti | yady apy ādhvaryavayor mantrabrāhmaṇakāṇḍayor āśvinagraho dhārāgraheshu tṛitīyatvenāmnātaḥ | tathāpy asau daśamatvena grahītavyaḥ | āśvino daśamo gṛihyate tam tṛitīyam juhvata iti śrutyantaravacanāt | tathā ca graheshu daśamaḥ sampannaḥ | tathaivetarāsām bahishpavamānastotragatānām ṛicām hiṃkāro daśamatvena gaṇanīyaḥ | tathā sati grahāṇām stotrāṇām ca saṃkhyāsāmyam bhavati | tad idam so sā sammeti vākyenocyate | ukāro nipātaḥ samuccayārthaḥ san strīliṅgābhyām tacchabdābhyām sambadhyate | tathā sati sātra grahasaṃkhyā sā ca stotriyasaṃkhyety uktam bhavati | sammety atra dvitīyo makāraś chāndasaḥ | tasminn apagate sati samā tulyety uktam bhavati | evam sati yathā bahishpavamānastotrasya grahasambandhaḥ | tathā praügaśastrasyāpi grahasambandho drashṭavya ity abhiprāyaḥ |

2. vāyavyam | Vāyur devatā yasya tṛicasya so 'yam vāyavyaḥ | vāyav ā yāhi darśatetyādikaḥ | tam śaṅset | tena śaṅsanena vāyavyo graha ukthavān chastravān bhavati | yady api vāyavyaḥ pṛithaggraho nāsti tathāpy aindravāyavasya grahasya pūrvo bhāgo vāyavya ity ucyate | sa ca prathamam ā vāyo bhushety anena kevalavāyudevatākena mantreṇa gṛihyate, tena vāyavyo bhavati | paścād indravāyū ity anenaindrasahitavāyudevatākena gṛihyate, tenaindravāyavo 'pi bhavati | ata eva Vāyave dvir grahaṇam Taittirīyā adhīyate | sakṛid Indrāya madhyato gṛihyate dvir Vāyavo (Ts. 6, 4, 7, 3) iti | tatra prathamabhāgarūpo vāyavyo grahaḥ kevalena vāyavyatṛicena śastravān sampadyate |

3. aindravāyavam | Indraś ca Vāyuś ca militvā devatā yasya tṛicasya so 'yam aindravāyavaḥ | indravāyū ime sutā ityādikaḥ | taṃ śaṅset | tacchaṅsanenaindravāyavagrahasyottarabhāgaḥ śastravān bhavāti |

4. maitrāvaruṇam | Mitro Varuṇaś ca militvā devatā yasya tṛicasya so 'yam maitrāvaruṇaḥ | mitraṃ huve pūtadaksham ityādikaḥ |

5. āśvinam | Aśvinau militvā devatā yasya tṛicasya so 'yam āśvinaḥ | aśvinā yajvarīr isha ityādikaḥ |

6. aindram | Indro devatā yasya tṛicasya so 'yam aindraḥ | indrā yāhi citrabhānav ityādir aindras tṛicaḥ | tena śukragrahamanthigrahayor ubhayoḥ śastravattvam |

7. vaiśvadevam | omāsaś carshaṇīdhṛita ity esha vaiśvadevas tṛicaḥ | tenāgrayaṇagrahasya śastravattvam | tathāpi viśvedevadevatākatvād vaiśvadevam | evaṃ sarvatra grahaśastrayor ekadevatākatvaṃ drashṭavyam |

8. sārasvatam | pāvakā naḥ sarasvatītyādikaḥ sārasvatas tṛicas || nanu pūrvavad atrāpi grahasya śastravattvaṃ kuto nopanyasyata ity āśaṅkyāha |

9. na sārasvataḥ | ādhvaryavamantrakāṇḍe sārasvatamantrasyāpaṭhitvād brāhmaṇe vidhyabhāvāc ca grahābhāvaḥ || tarhi grahokthe 'smin asya sārasvatasya tṛicasya kimarthaṃ śaṅsanam āmnātam ity āśaṅkyāha |

10. vāk tu | Sarasvatī hi vāgdevatā grahāṇāṃ ca vācā gṛihyamāṇatvāt sārasvatatvam | tena sarve 'pi grahāḥ śastokthāḥ paṭhitaśastrā bhavanti |

3.

2. kiṃ sa | asya yajamānasya yo hotā syāt sa tasya pāpabhadraṃ kim ādriyeta | pāpam anishṭaphalam bhadram ishṭaphalam | tādṛiśaṃ kim phalaṃ sampādayituṃ samartha iti praśnaḥ | atraiva jñamany enaṃ yajamānam prati yathā hotā kāmayeta tathā kartuṃ śaknotīty uttaram |

3. vāyavyam | evaṃ kāmayamāno hotāsya yajamānasya sambandhinaṃ vāyavyaṃ tṛicaṃ lubdhaṃ vyāmūḍhaṃ yathā bhavati tathā śaṅset | lubha vimohana iti dhātuḥ | vyāmohaprakāra ucyate | ekām ṛicaṃ vā tadīyam ekam padaṃ vātīyāt | stambhayet | na paṭhed ity arthaḥ | tāvatā tattṛicasvarūpaṃ lubdhaṃ vyāmūḍham bhavati |

10. etad evāsya | hotāsya yajamānasya sambandhi tad eva praügaśastraṃ yathāpūrvaṃ guroḥ samīpe purā yena krameṇa paṭhitaṃ tathaiva ṛiju kḷiptam | kasyacid avayavasyānayathātvābhāvād ṛijutvam | tathā kḷiptaṃ sampāditaṃ kṛitvā śaṅset |

4.

1. tad āhuḥ | sāmagānāṃ yāny ājyastotrāṇi tadṛica āgneyya āmnātāḥ | agna ā yāhītyādishu sāmagair ājyastotrapāṭhāt | hotā tu vāyav ā yāhīty anayā vāyavyayā praügaçastram prārabhate | atas tena vilakshaṇadevatākena çastreṇāgneyya ṛicaḥ katham anuçastā bhavanti | anukūlaçaṅsanābhāve stutam anuçaṅsati (Tb. 2, 2, 6, 3) iti çākhāntaraṃ virudhyetety ākshepaḥ |

3. pravān iva | prakarshavān eva sann adhikajvālayā dahaty agnir iti yad asti tat prakarshātmakaṃ vāyusambandhi rūpam | vāyunā jvālādhikyodayā |

4. dvaidham iva | jvālādvayam iva kṛitvā yadā dahati | tadā dvitvasāmyāt taj jvālādvayam indravāyusambandhi rūpam bhavati |

5. yad uc ca bṛishyati | jvalato 'gner unnatyam uddharshaḥ | jvālāçāntyā nīcatvaṃ niharshaḥ | tad ubhayam mitrāvaruṇasambandhi rūpam | mitraṃ dṛishṭavato harsheṇonnatatvāt tan mitrarūpam | varuṇasambandhinīnām apāṃ nīcagāmitvād itarad Varuṇasya rūpam |

6. sa yad Agniḥ | so 'gnir ghorasaṃsparça ugrasaṃsparça iti yad asti tad asyāgner varuṇasambandhi rūpam | Varuṇasyogratvāt | ghorasaṃsparçaṃ santaṃ sprashṭum açakyam api tam Agniṃ çītārtāḥ prāṇino mitrakṛityā | mitrasya kṛitiḥ kāryaṃ samīpe 'vasthānām | tenaivainam upāsate | çītaparihārāya hastāv udaram pṛishṭhaṃ ca vahnisamīpe pratāpayanto vahniṃ sevante | tad etat sevanam asyāgner mitrasambandhi rūpam |

9. yad enam ekaṃ santam | agner āhavanīyādisthāneshv āgnīdhrādidhishṇyeshu ca bahudhā viharaṇaṃ yad asti tad Viçveshāṃ devānāṃ rūpam | teshām api bahutvāt |

5.

1. devapātram | atha çastrayājyānte paṭhanīyaṃ vashaṭkāraṃ vidhatte | devapātram etc.

vaushaṭ iti mantro vashaṭkāraḥ | sa ca devapātram | devānām pānasādhanam |

2. anuvashaṭkaroti | somasyāgne vīhīty ayam mantro 'nuvashaṭkāraḥ | tam paṭhet | tatra loke 'daḥ kiṃcid idaṃ nidarçanam asti | katham iti | tad ucyate | yathā manushyāḥ svakīyān açvān vā svakīyā gā vā punarabhyākāram paunaḥpunyena tṛiṇodakādibhir abhimukhīkṛityābhimukhīkṛitya tarpayanti | kaṇḍūyanena priyaçabdena vā lālayitvā yatheshṭaghāsam prayacchanti | evam evaitenānuvashaṭkāreṇa punaḥ-punar devatā abhimukhīkṛitya yajamāno havishā tarpayati |

5. asaṃsthitān | yeshāṃ dvidevatyagrahāṇām arthe hotā na-

anvashaṭkaroti | te dvidevatyāḥ soma asaṃsthitā asamāptāḥ | devatārthahomasyāsamāpteḥ | katham ṛitvijas tān dvidevatyān bhakshayantīty eke codyam āhuḥ | darçapūrṇamāsādishu svishṭakṛidbhāgena tataḥ pūrveshāṃ havishāṃ saṃskāro bhavati | tataḥ somasyāpi saṃskārāya ko nāma svishṭakṛidbhāga iti dvitīyaṃ codyam |

7.

2. sa yam evoccaiḥ | sa hatā yam eva mantram uccair yathā bhavati bali ca yathā bhavati tathā vashaṭkaroti | sa mantrarūpa vashaṭkāra vajra ity ucyate | atroccaiḥçabdena dhvaner ādhikyam ucyate baliçabdenākshārapūraṇam | taduhhayayukta vajraḥ |

4. atha yaḥ samaḥ | ya vashaṭkāraḥ pūrvaktabalitvādidasharahito yathādhītas tathoccāritaḥ | saṃtato yājyayā saha vichedarahitaḥ | niḥçeshena hānam parityāga yasyā ṛicaḥ sā nirhāṇā | tathāvidhā kācid ṛig yājyārūpā yasya vashaṭkārasya sa 'yaṃ nirhāṇarcaḥ | yājyāpāṭhabhīna ity arthaḥ | tadvailakshaṇyād anirhāṇarcaḥ | sampūrṇayājyāpāṭhapeta ity arthaḥ | kīdṛiço vashaṭkāraḥ | dhāmachad iti | dhāma yajñasthānam | tatra yathā rakshāṃsi na praviçanti tathā chādayati sa dhāmachat |

6. yenaiva shaṭ | shaṭçabdo vashaṭkāram abhidhatte | Bhīmasena Bhīma itivad ekadeçena vyavahārāt | yenaivoccāraṇena shaḍ avarādhnati vashaṭkāra 'varādhaṃ samṛiddhyabhāvam prāpnoti | nīcoccāraṇena vashaṭkārasya samṛiddhyabhāvaḥ | sa tathoccārito vashaṭkāra rikta ity ucyate | uccadhvaniyogye tadabhāve riktaprāyatvāt |

7. tasyāçāṃ neyāt | tasmāt tasya vashaṭkārasyāçāṃ neyāt | na prāpnuyāt | icchām api na kuryāt kim uta prayagam ity arthaḥ |

10. yathaivāsya | asya yajamānasya yena svareṇa yājyām brūyāt tenaiva svareṇa vashaṭkāram api brūyāt | tathā saty enaṃ kṛitayajñaṃ yajñarahitena sadṛiçam phalarahitaṃ karoti |

8.

2. vāg ity eva | uparishṭād vakshyamāṇasya mantrasya pratīkam idam | vāg oja ityādika ya mantraḥ sa eva çamanopāya na tv anya kaçcid asti |

3. mā pramṛikshaḥ | pramṛishṭaṃ vinashṭam mā kārshīḥ |

4. tad u ha smāha | tad u ha tatraivānumantraṇa brahmavādī kaçcid āha sma | kim āheti | tad ucyate | etat pūrvaktam mantravākyaṃ dīrghaṃ sad api vajraṃ çamayitum aprabhu | na kshamam |

9.

1. tam praishaiḥ | tadānīm utkrāntaṃ yajñam praishair hatā yakshad Agniṃ samidhety evam ādyaiḥ praishamantrais tasya yajñasya praisham āhvānam aichan |

2. tam purorughbhiḥ | Vāyur agregāḥ (Āçvalāyana 5, 10, 4) ityādyāḥ sapta purorucaḥ | praūgatṛicānām saptānām prarocanahetutvāt |

6. mahad vāva | nashṭam vastu prayatnena tatra-tatrānvishyatīti nashṭaishī | tādṛiçaḥ purusho dvividhaḥ | tatra kaçcin mahad vāva nashṭād vastuno 'dhikam evābhīchati | nashṭād alpam vānyaḥ kaçcid ichati | tayor madhye yataro vāva eva purusho jyāya iva mahad evechati | sa eva purushas tayor madhye sādhīyo 'tyantam sādhu vastv ichati | alpam kāmayamānas tu na tathety arthaḥ || astv evam laukikanyāyaḥ kim prakṛita ityāçaṅkyāha |

7. ya u eva | ya u eva yas tu praishavaktā praishamantrān varshīyaso-varshīyaso 'tipravṛiddhān veda | sarveshu praishamantreshu pravṛiddhatvārtham vīpsā prayuktā | praishamantrāḥ kasmāt pravṛiddhā iti cet | puronuvākyānām samnihitatvāt tābhyo 'dhikā varshīyāṅsa ity avagantavyam | sa u eva dīrghatvābhijña eva tān praishamantrān sādhīyo veda | atiçayena samyag veda | nanu laukikanyāyodāharaṇe nashṭavastuno 'nveshaṇam udāhṛitam, iha tu praishamantrāṇām abhivṛiddhir uktety ato laukikenāsamgatam iti cet | samgatam evaitat | hi yasmād ye praishāḥ santi te nashṭaishyam | nashṭasya yajñasyānveshaṇahetavaḥ |

10.

3. yad antataḥ | antataḥ çastrasyāntime deçe | ekām ṛicam çishṭvā nividaḥ paṭhitavyāḥ | yasmād etā antimadeçabhāginyaḥ | tasmāl loke 'pi garbhā amuto nivāsasthānān mātur udaramadhyād arvāñco 'dhobhāgagatāḥ prajāyante |

5. peçā vā ete | peçā alamkārāḥ | vañ tantusamtāna iti dhātor vayanaçabdotpattiḥ | kuvindasya yat prārambhe vayanam tat pravaṇam | loke yathaiva vāsasaḥ pravayaṇato vayanaprārambhe peço 'lamkāram kuryāt | varṇāntaropetais tantubhir alamkāraḥ | tathaiva prātaḥsavane çastrāṇām purato nivitpaṭhanam bhavati | tac ca vastrasthānīyānām ukthānām prathamabhāge 'lamkārāya sampadyate | çastramadhye tatpaṭhanam vastramadhye varṇāntareṇālamkārasamam | avaprajjane vastrasyāntabhāgaḥ | tatra yathā varṇāntareṇālamkāras tādṛig ukthānām ante nivitpaṭhanam |

11.

2. pacchaḥ | tāsām nividām dvādaçapadarūpāṇām ekaikasmin pāde 'vasānam vidhatte | paccho vai etc.

devāḥ purā yajñam pacchaḥ pādaçaḥ samabharan | ekaikam bhāgam krameṇa sampāditavanta ity arthaḥ | tasmād etā nivido 'pi pādaçaḥ çaṅsanīyāḥ |

4. na nividaḥ | dvādaṣasu oivitpadeshu kasyāpi padasyātikramaṃ nishedhati | na nividaḥ etc.

ekam api padaṃ na parityajed ity arthaḥ |

6. na nividaḥ pade | viparihāro viparyāsaḥ | nividaḥ sambandhi yat padadvayaṃ tan na vipariharet | viparītatayā na paṭhet |

7. samasyet | padayoḥ saṃṣleshaṇe yajñasyāyuḥ saṃhṛitam bhavet | yajño vinaṣyed ity arthaḥ | tato yajamāno mriyeta | tasmāt padadvayaṃ na saṃṣleshayet || anena nishedhena sarveshām padānām parasparaviṣleshaṇaprāptau madhyamayor dvayoḥ saṃṣleshaṃ vidhatta | predam etc.

9. na tṛicam | oivitpadānām prakshepasyāṣrayasūkte kaṃcin oiyamaṃ vidhatta |

tisra ṛico yasmin sūkte tat tṛicam | catasra ṛico yasmin sūkte tac caturṛicam | tādṛiṣam ubhayavidhaṃ sūktam atikramya nividdhāoaṃ nivitpadānām prakshepaṃ na manyeta | na cintayet | etad uktam bhavati | tricaturmātrarcāt sūktād arvācīna sukta nividaṃ na dadhyāt | kiṃtūbhayasminn eva dadhyād iti | nividaḥ sambandhi yad ekaikam eva padaṃ tad eva praty ṛicam prati sūktaṃ ca samartham bhavati | yasmād īdṛiṣaṃ sāmarthyam ity uktārthopasaṃhāraḥ | adhika sūkte nivitpadeshu prakshipteshu nividaiva stotrātiṣaṅsanaṃ kṛitam bhavati | ṛicaṃ nāpekshetа tad ity arthaḥ |

10. akām pariṣishya | sūkte yayam ṛig antyā tām avasthāpya tataḥ pūrvam eva tṛitīyasavane nividam prakshipet |

12. na sūktena | yat sūktaṃ nividdhānārhaṃ nividam atikramya tena sūktena na padyeta | nivitprakshepam parityajya kevalaṃ tat sūktaṃ na paṭhed ity arthaḥ || pramādāo nivitprakshepavismṛitau punas tatsūkte nividam prakshipya pāṭho bhrāotyā prasaktaḥ | taṃ nishedhati |

13. yena sūktena | nividam atikramya parityajya oivitprakshepayogyena yena sūktena padyeta aoushṭhānam prāponyāt | tad vismṛitanivitkaṃ sūktam punar nopanivarteta | bhūyo nividam prakshipya na paṭhet | tatra hotur ucyate | tad vismṛitaoivitkaṃ sūktaṃ vāstuham eva | vāstuṣabdena nividaḥ sthānam ucyate | tasya sthānasya ghātakaṃ tat sūktaṃ tataḥ punaḥpāṭhasya oa yogyam |

13.

2. athāsya | athāgnyādīnāṃ vasvādīnāṃ ca chandovibhāgāoantaram asya Prajāpateḥ svabhūtam anushṭubākhyaṃ yac chanda āsīt | tām anushṭubham udantam abhi yajñasya kaṃcit prāntadeṣam abhilakshyodanhat | apasāritavān | kutra deṣa iti | tad ucyate | achāvākīyām abhīti | achāvāka vadasvety evam adhvaryuṇokto 'chāvāko yām brūta seyam ṛig achāvākīyā | tām abhilakshyodūḍhavān | aooshṭubham achāvākīyāṃ kṛitavān ity arthaḥ |

paryāharat | sa tu tasmin somayāga 'graṃ çreshṭham prārambharūpaṃ yan mukham asti tad abhilakshyānushṭubham paryāharat | tatra nītavān ity arthaḥ |

4. sva vai | yasmāt sa Prajāpatiḥ svakartṛika eva somayāga tatsavaneshv anushṭubho mukhyatām akalpayat | tasmād idānīm api yatra kvāpi yāga yajño yajamānavaço bhavati sa yajño 'pi kalpata eva | avaikalyanānushṭhāsyāmīty abhipretyānushṭubhaḥ savanānām ādau prayoge sati yajñasya yajamānavaçatvam | tatra yajño vaikalyarahito bhavatīty arthaḥ |

5. vaçī | svavaçaḥ |

14.

1. bahishpavamāna | bahishpavamānākhye stotre prātaḥsavana sambandhiny upāsmai gāyatā nara ityādyṛigāçrayaṇena sāmagaiḥ stūyamāna sati so 'yam Agner mṛityuprāptikālaḥ | tadānīm Agnir mṛityum parihartum anushṭupchandaskayā pra vo devāyāgnaya ity etayarcājyaçastram prārabdhavān | tat tanānushṭupprayogeṇa so 'gnis tadānīm eva mṛityum paryakrāmat | atikrāntavān | tato 'gninā hotrājyaçastre çasyamāno sati tam Agnim mṛityur asīdat | prāptavān | tadā so 'gnir mṛityum parihartum vāyav ā yāhītyādikena saptatṛicātmakena praūgaçastreṇānushṭhānam pratyapadyata | prārabdhavān |

2. tam mādhyaṃdine | prātaḥsavanān nirākṛito mṛityur uccā te jātam andhasa ityādike mādhyaṃdinapavamānastotre gīyamāne sati tasmin kāla tam Agniṃ hotāram asīdat | prāptavān | tadānīṃ so 'gnir hotā mṛityuparihārāyānushṭupchandaskayā ā tvā ratham ity etayarcā marutvatīyaçastram prārabdhavān | tat tanānushṭupprayogeṇa tadānīm eva mṛityum atikrāntavān | mādhyaṃdinapavamānān nirākṛito mṛityur mādhyaṃdinasavanasambandhini marutvatīyaçastre çasyamāne sati çaṅsitāram Agniṃ hotāram prāpsyāmīti vicārya tatra bṛihatīchandaskāsv ṛikshu gīyamānāsu tam Agniṃ sattum prāptuṃ nāçaknot | tatra hetur ucyate | bṛihatīchandaskā ṛicaḥ prāṇasvarūpā eva | tat tena kāraṇena prāṇān eva vyavaitum viyojayitum mṛityur nāçaknot | prāṇābhimānibhir bṛihatībhiḥ prāṇānāṃ rakshitatvāt | bṛihatyaç ca marutvatīyaçastrānantarabhāvini nishkevalyaçastre bahavo vidyante tāç ca sarvasminn eva mādhyaṃdina savane mṛityupraveçaṃ nivārayanti | yasmād evam bṛihatyo mṛityupraveçaṃ nivārayituṃ samarthāḥ | tasmān mādhyaṃdinaprayoga hotā bṛihatīchandaskāsv ṛikshu stotriyeṇaiva tṛicena çastram prārabheta | yasmiṅs tṛica sāmagaiḥ stotraṃ gīyata so 'yaṃ tṛicaḥ stotriyaḥ | tena tṛicena prārambho sati tatratyānām bṛihatīnām prāṇarūpatvāt prāṇān evābhilakshya çastraprārambhaṃ kṛitavān bhavati |

3. taṃ tṛitīyapavamāne | trishu pavamāneshu bahishpava-

mānaḥ prathamo mādhyaṃdinapavamāno dvitīya ārbhavapamānas tṛtīyaḥ | mādhyaṃdinasavane praveshṭum aṣakto mṛityuḥ svādishṭhayety etasminn ārbhavākhye tṛitīyapavamānastotre tṛitīyasavanagate sāmagair gīyamāne sati tam Agnim mṛityur asīdat | so 'py Agnis taṃ vārayitum anushṭupchandaskayā tat savitur vṛiṇīmaha ity etayarcā vaiṣvadevākhyaṃ ṣastram prārabhata |

yajñāyajñīye | yajñā-yajñā vo agnaya ity asyām ṛicy utpannaṃ sāma yajñāyajñīyam | tatsāmasādhye tannāmake stotre sāmagair gīyamāne sati tṛitīyapavamānān nirākṛito mṛityus tam Agniṃ hotāram prāptavān | tato 'gnir hotā mṛityuparihārāya vaiṣvānarāya pṛithupājase vipa ityādinā vaiṣvānarīyeṇa sūktena marutvatīyaṣastraprārambhaṃ kṛitavān |

15.

1. Indro vai | atha marutvatīyaṣastram ārabhyate | tatrāyaṃ saṃgrahaṣlokaḥ || pratipadanucarāv anupragātho harinibavo 'tha Bṛihaspatar dhruvaṣ ca | dhruvavidhivihitās tathātha dhāyyā vitanaoam atra marutvatīyasūkte || tatrā tva ratham iti marutvatīyasya pratipadanushṭuptām praṣaṅsitum āha | Indro vai etc.

tasmāt | yasmād evaṃ tasmāl loke 'pi pūrvedyur amāvāsyāyām pitṛibhyaḥ kriyate | uttaram ahar uttarasmion ahani pratipaddine darṣapūrṇamāsayāgadine devān yajante |

2. te 'bruvan | Indraṃ labdhvāvasthitās te devāḥ parasparam idam abruvan | abhishuṇavāmaiva | vayaṃ sarvathā somasyābhishavaṃ karavāma | tathā vāva tenaiva prakāreṇāṣishṭham āṣutamam atiṣīghraṃ yathā bhavati tathā no 'smān Indra āgamishyatīti | tad vacanam aṅgīkṛitya te sarve 'bhyashuṇvan | abhishavaṃ kṛitavantaḥ | tādṛiṣās te devā ā tvā rathaṃ yathotaya ity anenaiva mantreṇa tam Indram anushṭubhaḥ sakāṣād abhishavadeṣam praty āvartayan | atra kiṃcid āvṛittivācakam ā vartayāmasīti padadvayaṃ ṣrūyate | tatsāmarthyād Indrasyāvṛittir abhūt | idaṃ vaso sutam andha ity asmin mantrapāde sutakīrtyām abhishavavācinā sutaṣabdenaibhyo devebhya Indra āvir abhūt | prakaṭo 'bhūt | indra nedīya ed ihīti mantragatena samīpāgamanavācinā nedīya ihīti padadvayenainam Indraṃ yāgadeṣamadhyam prāpitavantaḥ | anenārthavādena tattanmantravidhir unneyaḥ | etad evābhipretyāṣvalāyana āha | marutvatīyaṃ ṣastraṃ ṣaṅsed adhvaryo ṣoṅsāvom iti mādhyaṃdine ṣastrādishv āhāvaḥ | ā tvā ratham yathotaya idaṃ vaso sutam andha iti marutvatīyasya pratipadanucarāv indra nedīya ed ihītīndranihavaḥ pragāthaḥ (5, 14, 12) iti || yena tṛicena ṣastram prārabhyate so 'yaṃ tṛicaḥ pratipad ucyate | tadanantarabhāvī tṛico 'nucaraḥ | atrā tvā ratham idaṃ vasav ity etau tṛicau pratipadanucarau drashṭavyau | tata ūrdhvam indrani-

havākhya indra nedīya iti pragātha ṛigdvayātmako drashṭavya ity arthaḥ |

16.

1. Indraṃ vai | pūrvoktam indra nedīya ityādikam pragāthaṃ śaṅsitum ākhyāyikām āha | Indraṃ vai etc.

17.

1. brāhmaṇaspatyam | athāsmin marutvatīyaśastre pra nūnam brahmaṇas patir ityādikaṃ pragāthaṃ vidhatte | brāhmaṇaspatyam etc.

dvayor ṛicoḥ samūhaḥ pragāthaḥ | tathā cāśvalāyana āha | tṛicāḥ pratipadanucarā dvṛicāḥ pragāthāḥ (5, 14, 7) iti | ṛigdvayam evānushṭhānakāle tṛicarūpeṇa pragrathyate, tasmād ayam pragātha ity ucyate |

3. tau vā etau | samāmnāte dva eva ṛicau pragrathanena tṛicarūpatayā sampādyete | pragrathanaprakāra ucyate | pra nūnam ity eshā bṛihatīchandaskā | dvādaśākshareṇa tṛitīyapādenāshṭākshharaiś cānyair yuktatayā shaṭtriṅśadaksharasampatteḥ | seyam ṛik sakṛit paṭhanīyā | punar api tatratyam ashṭāksharaṃ caturthapādaṃ dvir āmnāya shoḍaśākshara 'rdharcaḥ sampādanīyaḥ | itarasyām ṛici prathamapādo dvādaśāksharo dvitīyapādo 'shṭāksharaḥ | etat sarvam militvā dvitīyā bṛihatī sampadyate || tatratyam antimam ashṭāksharapādaṃ dvir abhyasya samāmnāta uttarārdhe dvādaśāksharam prathamapādam ashṭāksharam uttarapādaṃ ca paṭhitvā tṛitīyā bṛihatī ca sampādanīyā | ayam eva pragrathanaprakāra indra nedīya ed ihity atrāpi pragāthe yojanīyaḥ || tāv etau pragāthau punarādāyam punaḥpunaḥ paṭhitam eva pādam ādāyādāya śasyete | sāmagais tu mādhyaṃdinapavamāne pragāthāv etāv astutau | tair astutayor hotra śaṅsanaṃ ayuktam | na hy atra kvacid api sāmagair astutam mantrajātam punaḥ-punar ādāya śasyamānaṃ dṛishṭam | evaṃ sati kasmāt kāraṇād astutayor atra śaṅsanam iti codyavādina āhuḥ || etac codyam anāsthāya parihāram anuktvaiva codyāntaram udbhāvayati |

4. pavamānoktham | marutvatīyaśastraṃ yad asti tad etat pavamānoktham mādhyaṃdinapavamānasambandhi śastram | atra mādhyaṃdinapavamānastotra uccā te jātam andhasa ityādishu shaṭsu gāyatrīshu prathamaṃ stuvate | tataḥ punānaḥ sometyādishu shaṭsu bṛihatīshu stuvate | yady api dvṛicātmakaḥ pragāthas tathāpi pūrvoktanyāyena pragrathya tisro bṛihatyaḥ sampādanīyāḥ | tāsu ca rauravasāma prāg udgātavyaṃ tata upari yaudhājayasāma gātavyam | evaṃ sati tisro bṛihatyaḥ sāmadvayārthaṃ dvir āvartyamānāḥ shaṭ sampadyante | tathā pra tu dravetyādishu tisṛishu trishṭupsu stuvate |

evaṃ sati sa esha mādhyaṃdinapavamānas tricchandā bhavati | gāyatrībṛihatītrishṭubrūpāṇāṃ trayāṇāṃ chandasāṃ sadbhāvāt | tathā sa pavamānaḥ pañcadaṣastomopetaḥ | tasya ca stomasya prakāraṣ Chandogabrāhmaṇa evam āmnāyate | pañcabhyo hiṃkaroti sa tisṛibhiḥ sa ekayā sa ekayā | pañcabhyo hiṃkaroti sa ekayā sa tisṛibhiḥ sa ekayā | pañcabhyo hiṃkaroti sa ekayā sa ekayā sa tisṛibhiḥ (Tāṇḍya 2, 4, 1) iti | asyāyam arthaḥ | tṛicātmakam ekaṃ sūktaṃ trir āvartanīyam | tatra prathamāvṛittau prathamāyā ṛicas trir abhyāso vidheyaḥ | dvitīyāvṛittau madhyamāyāḥ | tṛitīyāvṛittau caramāyāḥ | evam pratisāma sāvṛittābhiḥ pañcadaṣabhir ṛigbhir upetatvāt pañcadaṣastoma iti || evaṃ saty atra codyavādinn āhuḥ | he hotas ta esha yathoktalakshaṇaḥ pavamānaḥ katham marutvatīyaṣastreṇānuṣasto bhavati | anuṣaṅsanaṃ ca nyāyyam | yathā vāva stotram evaṃ ṣastram iti nyāyāt | ato 'tra stotraṣastrayor vailakshaṇyam ayuktam iti codyāntaram || tatra dvitīyasya codyasya tāvad uttaraṃ darṣayati |

5. ya eva | ā tvā ratham ity asmin marutvatīyaṣastrasya pratipadrūpe tṛice prathamā ṛig anushṭup | ye evottare pratipadaḥ pratipadrūpe dve ṛicau gāyatryau vidyeto yaṣ cānya idaṃ vaso sutam andha ity anucarākhyas tṛico gāyatraḥ | etābhir eva pañcabhir gāyatrībhir asya hotuḥ pavamānastotragatā gāyatryo 'nuṣastā bhavanti | indra nedīya iti yo 'yam indranihavaḥ pragātho yaṣ ca pra nūnam brahmaṇas patir iti brāhmaṇaspatyaḥ pragāthaḥ | etābhyām uttarābhyām pavamānastotragatā bṛihatyo 'nuṣastā bhavanti | pragrathanena bṛihatīsampādanasyobhayatra samānatvāt | yatra trishṭubhām anuṣaṅsanaṃ tad uparishṭād abhidhāsyato || atha prasaṅgāt prathamacodyasyāpi parihāraṃ darṣayan punaḥ-punarādānasyopayogaṃ darṣayati |

6. tāsu vā etāsu | punānaḥ somety asmin pragāthe yā bṛihatyaḥ pragrathanena sampāditās tāsv evaitāsu bṛihatīshu rauravākhyena yaudhājayākhyena ca sāmnā punaḥ-punaḥ paṭhitam eva padam ādāya stuvate | tasmād etāv indranihavabrāhmaṇaspatyapragāthau sāmagair astutāv api santau hotrā punaḥ-punaḥ paṭhitam eva padam ādāya ṣaṃsyete | tathā ca saty ayaṃ hotā svakīyena ṣastreṇa stotram anugachati || idānīṃ trishṭubhām anuṣaṅsanaṃ darṣayati |

7. ya eva trishṭubhaḥ | yathā sāmidhenīshu prakshipyamāṇānām ṛicāṃ dhāyyeti saṃjñā | evam atrāpi | tathā saty agnir netā bhaga iva kshitīnām ity ekā dhāyyā, tvaṃ soma kratubhir ity aparā | ye eva trishṭupchandaske dhāyye vidyete yac ca trishṭupchandaskaṃ janishṭhā ugra ityādikaṃ nividdhānaṃ sūktam | nividām padāni dhīyante prakshipyante yasmin sūkte tan nividdhānam | tābhir eva sūktagatābhir dhāyyāsahitābhis trishṭubbhir asya hotuḥ stotragatās trishṭubho 'nuṣastā bhavanti |

18.

1. dhāyyāḥ | marutvatīyaçastre prakshopaṇīyā ṛico vidhatte | dhāyyāḥ etc.

agnir netety ekā | tvaṃ soma kratubhir iti dvitīyā | pinvanty apa iti tṛitīyā | tāḥ çaṅset |

9. tad dhaike | tad dha tatraiva tṛitīyadhāyyāvishaye kecid evam āhuḥ | tān vo maho maruta ity etāṃ vaishṇavīṃ tṛitīyāṃ dhāyyāṃ çaṅset | na tu pinvanty apa ity etām |

13. vṛishṭivani | atra pinvanty apa iti padaṃ çrūyate | tat secanārtham | pivi secana ity asmād dhātor utpannatvāt | ata idam padaṃ vṛishṭivani | vṛishṭisambhajanakārīty arthaḥ | pinvanty apo maruta ity atra maruta iti padam mārutam Marutāṃ vācakam padam | tad api vṛishṭyanukūlam | purovātasya vṛishṭyaṅgatvāt | atyaṃ na mihe vi nayanti vājinam iti tṛitīyapāde vinītavat padam asti | vinayantīty asya nayatidhātujanyatvāt | tena ca vinayena vṛishṭipātanaṃ lakshyate | kiṃca yad vinītavat padaṃ tad vikrāntavad ity amum artham ācashṭe | dhātūnām anekārthatvāt | tathā sati yad vikrāntavat padaṃ tad vaishṇavam | vishṇusambandhi | idaṃ vishṇur vi cakrama iti çrutyantarāt | tathā sati vaishṇavyās tṛitīyasyā upasadaḥ sambaddham api bhavatīty arthaḥ | tasminn eva tṛitīyapāde vājinam iti padaṃ vidyate | tatrendro vājiçabdārthaḥ | vṛishṭidvārānnapradatvena vājo 'nnam asyāstīti vaktuṃ çakyatvāt | uktena prakāreṇa tasyām evaitasyām pinvanty apa ity ṛici catvāri padāni vṛishṭer anukūlāni vṛishṭivani mārutaṃ vaishṇavam aindraṃ ceti | tasmād atra pūrvoktadosho nāstīty arthaḥ |

14. sā vā esha | yeyam pinvanty apa ity ṛig asti saishaiva tṛitīyasavanabhājanā | jagatīchandaskatvāj jagatasya tṛitīyasavanasya yogyā | tādṛiçī satī hotrā madhyaṃdine çasyate | tasmād eva kāraṇād idaṃ loke dṛiçyate | sāyaṃkāle goshṭhe vraje ye paçavas tishṭhanti te sāyaṃgoshṭhāḥ | bharatānām ṛitvijām paçavas tādṛiçaḥ santo madhyaṃdine saṃgavinīṃ saṃgavakālayogyāṃ çālām āyanti | prāpnuvanti | ye paçavaḥ kshīraṃ duhanti te sāyaṃ gṛihe samāgachanti | ye tu na duhanti te sāyaṃ vraja eva nivasanti | ubhayavidhā api te madhyāhnakāle gharmakālīnasaṃtāpanivāraṇāya nirmitāṃ saṃgavakālayogyāṃ çālām āgachanti | tad etan madhyāhnapāṭhanimittam iti |

19.

1. marutvatīyam | yasmin pragātho Marutaḥ çrūyante so 'yam marutvatīyaḥ pragāthaḥ | pra va indrāya maruto brahmārcatety asmin pragātho Marutaḥ çrūyante | tam imaṃ çaṅset | paçūnām prāvaraṇarāhitye 'py araṇye saṃcārakāle vāyavo 'nugṛihya na tān bādhante | tatsambandhād Marutām paçutvam |

5. **tasyārdhāḥ** | tasya sūktasya sambandhinīshv ṛikshu bhāgadvayaṃ kṛitvā dvayor bhāgayor madhya indro marutvān ity etāṃ nividam prakshipet | nanv etasminn ekādaçarce sūkte sambhāgo na sambhavatīti cet | tarhi prathamabhāge kāṃcid adhikāṃ çastvā tata ūrdhvam prakshipet | ekām bhūyasīshu [1]) çastvety uktatvāt |

7. **svargasya** | yeyaṃ nivid asti tad etat svargākramaṇam | sopānasthānīyam | tasmād yathā loke sopānārohaṇe çrameṇa punaḥ-punaḥ çvāsaṃ karoti tadanukāriṇaṃ svaraṃ kṛitvā tathaiva paṭhet | evampāṭhe saty asya yajamānasya yaḥ pumān priyaḥ syāt sa pumān enaṃ yajamānam upary eva samīpa eva nigṛihṇīta | svīkuryāt || iti nu esha eva prayogaḥ svargakāmasyāvagantavyaḥ | vakshyamāṇaprayogeṇa sāṃkāryaparihārāya svargakāmasyety uktiḥ |

8. **yaḥ kāmayeta** | kshatriyajātyā vaiçyajāter vadhaṃ kāmayamāno yajamāno nividā sūktaṃ trir viçaṅset | tad uktam bhavati | sūktasyādau madhye ante ca nividaṃ dadhyāt | tad uktaṃ sūktavichedakaṃ çaṅsanam iti |

10. **ya u kāmayeta** | yas tu hotā enaṃ yajamānam ubhayataḥ pūrvottarabhāgayoḥ sambandhinīr viçaḥ prajāḥ paryavachinadāni parito vichinnāḥ karavāṇīti kāmayeta | svasmāt pūrvabhāvinyaḥ pitṛipitṛivyamātulādayo yāḥ prajāḥ, svasyottarabhāvinyaḥ putrajāmātrādayo yāḥ prajās tāsāṃ sarvāsām avachedaṃ karavāṇīty arthaḥ | yadvā | ubhayato mātṛipakshe pitṛipakshe ca vidyamānānām prajānām avachedaṃ virodhaṃ karavāṇīty evaṃ yo hotā yajamānaṃ dveshṭi | sa hotā nividam ubhayato nividā ādāv ante ca vyāhvayīta | vividham āhvānaṃ kuryāt | ādāv api çoṅsāvom ity etam āhvānamantram paṭhed ante 'pi tathā paṭhed ity arthaḥ | tathā saty enaṃ yajamānam pūrvāparabhāgayor mātṛipakshapitṛipakshayoç ca prajābhiḥ sahāvachinatti |

20.

1. **atha haite** | athānantaraṃ tarhi tadā prabhṛity ete ha Marutā eva çastrabhāgino 'bhāvann iti çeshaḥ | tataḥ pūrvam mādhyaṃdinasavane nishkevalyanāmake çastre kevalendradevatāke ubhe āsatuḥ | na tu tatra Marutām praveça āsīt | tasmād idānīm praveça indrakṛita upakāraḥ | Der Text besagt: "bisher waren diese beide çastra ausschliesslich dem Indra angehörige gewesen", d. h. es war kein besonderes Marutvatīyaçastra vorhanden.

2. **marutvatīyam** | Maruto 'sya santīti taiḥ sahito marutvān | tadīyaṃ graham adhvaryur gṛihṇāti | hotā pra va indrāya bṛihata ity etam marutvatīyam pragātham çaṅsati, janishṭhā ugra ityādikām

---

1) ekabhūyasīḥ, Āçvalāyana 5, 14, 20.

marutvatīyaṃ sūktaṃ śaṅsati; indro marutvān ityādikām marutvatīyām nividaṃ sūkte prakshipati | grahagrahaṇādisūktaśaṅsanānto marutsambaddhā sā Marutām bhaktir bhāgaḥ |

21.

1. Indro vai | atha nishkevalyākhyaṃ śastraṃ vidhātavyaṃ | tasya cāyaṃ saṃgrahaślokaḥ || stotre yo-yo 'nurūpaś ca dhāyyā prāgāthikaṃ tathā | nividdhānīyasūktaṃ ca nishkevalye prakīrtitam iti |

sa Prajāpatiḥ | tataḥ Prajāpatir idam abravīt | madīye mahattve tvayā svīkṛite saty anantaram ahaṃ ko nāma bhavishyāmīti | tata Indra idam abravīt | he Prajāpate svātmānam uddiśya nivedanena ka iti yad evaitad avocas tad eva tvam bhaveti | tata ārabhya Ka ity etannāmavān Prajāpatir abhūt | etat kaśabdavācyatvaṃ sarvatra prasiddham | ata eva śrutyantare pratigrahamantrabrāhmaṇe evam āmnāyate | ka idaṃ kasmā adād ity āha | Prajāpatir vai kaḥ | Prajāpataya eva tad dadāti (Tb. 2, 2, 5, 1) iti | kaśabdasya sukhavācitvāt tena Prajāpater vyavahāre sati sukhī Prajāpatir ity uktam bhavati | prajāpatigatam mahattvaṃ svīkṛityendro yasmān mahān abhavat tasmān mahendranāma sampannam | śrutyantare 'py etad āmnātam | Indro Vṛitram ahan, taṃ devā abruvan: mahān vā ayam abhūd yo Vṛitram avadhīd iti, tan mahendrasya mahendratvam (Ts. 6, 5, 5, 3) iti |

2. uddhāram | he devā uddhāraṃ | utkarshaṃ nimittīkṛitya yaḥ puṅsām pūjāviśesho kriyate sampādyate so 'yaṃ satkāra uddhāraḥ | taṃ satkārabhāgam me madartham uddharata | pṛithak kuruteti | yathetyādinā laukikadṛishṭānta ucyate | yo vai bhavati yaḥ pumān bhavaty aiśvaryam prāpnoti, yaś ca śreshṭhatāṃ vidyācārādiprayuktavaiśishṭyam aśnute | sa prāptaiśvaryo viśishṭaś ca sarveshām madhye mahān bhavati | sa tādṛiśaḥ purusha etarhy apīdānīm api yathā viśishṭapūjārūpam bhāgam icbati tathāyam Indro 'pīty adhyāhāraḥ |

pṛishṭham | sāmnām madhye pṛishṭhastotranishpādakaṃ bṛihadrathaṃtaravairūpādikam | tato devā asmā Indrāya tam uddhāram māhendragrahādikaṃ yajñād udaharan | tad etac chākhāntare 'py āmnātam | sa etam māhendram uddhāram ud aharata Vṛitraṃ hatvānyāsu devatāsv adhi. yan māhendro gṛihyate, uddhāram eva taṃ yajamāna ud dharate 'nyāsu prajāsv adhi (Ts. 6, 5, 5, 3) iti |

4. tān īkshataiva | anugrahadṛishṭyāvalokitavān eva |

22.

1. vāvātā | madhyamajātīyā | rājñāṃ hi trividhāḥ striyaḥ | ta-

trottamajāter mahishīti nāma | madhyamajāter vāvāteti | adhamajātoḥ parivṛiktir iti | ata evāçvamedhe 'çvam prati rājastrīṇām kartavyaviçesha etair nāmabhir āmnātāḥ | bhūr iti mahishī bhuva iti vāvātā suvar iti parivṛiktī (Th. 3, 9, 4, 5) iti |

tasmāt striyaḥ | tasmāl loke 'pi priyāḥ striyaḥ sarvam avagantavyam vṛittāntam patyāv avagantum ichanto | yasmād viviktāvasare sarvam avagantum sushkam | tasmād u tasmād eva kāraṇāt priyā stry anurātram rātrisamayo viviktavelāyām patyau sarvam avagantum ichate |

6. tasmāt | yasmād vāvātāyāḥ sambandhaḥ kṛitaḥ | tasmāt kāraṇād yad vāvānety eshāpy ṛiñ nishkevalyaçastre dhāyyātvena çaṅsanīyā |

7. senā | pūrvatrāsyendrasya priyā jāyā vāvātā Prāsahā nāmeti yeyam uktā seyam lokavyavahāre senā vai yuddhārthodyatasenārūpeṇa vartate | indrajāyāyāḥ senābhimānitvāt | tac ca çākhāntare samāmnātam | Indrāṇī vai senāyai devatā (Ts. 2, 2, 8, 1) iti | Ko nāma Ka ity anena nāmnā yuktaḥ Prajāpatis tasyā Indrajāyāyāḥ çvaçuraḥ | Prajāpater indrotpādakatvāt | tathā cānyatra çrūyate | Prajāpatir Indram asṛijatānujāvaram devānām (Th. 2, 2, 10, 1) iti | tat tathā sati yasya laukikasya purushasya yuddhārthino yā svakīyā senā jayatv iti kāmo bhavati | etasmin kāme sati sa pumāṅs tasyāḥ svakīyāyāḥ senāyā ardhāt tishṭhann ardhabhāge 'tīte bhūmāv avasthitaḥ kiṃcit tṛiṇam madhya ādāya mūlato 'grata ubhayataḥ parichidyetarām parakīyām senām abhilakshyāsyet | hṛiṇavat kshipet | tatrāyam mantraḥ | Prāsahe Kas tvā paçyatīti | he prāsahākhya indrajāye Kaḥ Prajāpatis tvadīyaḥ çvaçuras tvām cakshushā paçyatīti | anena mantreṇa tṛiṇe kshipte sati parasenāyā bhaṅge dṛishṭānta ucyate | tat tasmin vivakshitārthe yathaivādo nidarçanam bhavati tathā kathayāmaḥ | anūcānānām īçānām vā gṛiheshu yuvatiḥ snushā çvaçuram dṛishṭvā tasmāl lajjamānā lajjām prāpnuvatī nilīyamānā vastrāvaguṇṭhanahastādyaṅgasaṃkocena tirohiteva satī yathā gṛihābhyantaram āgachati | evam eva sā parakīyā senābhimantritatṛiṇarūpāstraprakshepeṇa bhajyamānā satī tatratatrāraṇyaparvatādishu nilīyamānā tirohitā satī svakīyam deçam eti | kutrāyam itarasenābhaṅga ity āçaṅkya yatraivam ityādinā pūrvokta evārthaḥ spashṭīkṛitaḥ |

8. virāḍ yājyāstu | tato devās trayastriṅçadaksharām virāṭchandaskām pibā somam ity etām yājyām prārthitavantaḥ || yady apy asyā yājyāyās trayastriṅçad aksharāṇi sākshān na dṛiçyante tathāpi saṃyogāksharādivibhāgena saṃkhyā pūraṇīyā |

10. avirājā | hotā virāḍvyatiriktagāyatryādichandoyuktām yājyām paṭhitvā tadante vashaṭkuryāt |

23.

1. tisṛibhiḥ stuvanti | yasmāt saṃyogaḥ sambhūtas tasmāt sāma yuktābhis. tisṛibhir ṛigbhiḥ sāmagāḥ stuvanti | yajñe stotraṃ kurvanti | tasyaiva vyākhyānaṃ tisṛibhir udgāyantīti | audgātraṃ karma kurvantīty arthaḥ | ata eva çākhāntare çrūyate | ekaṃ sāma tṛice kriyata stotriyam iti | yady api chandaḥsāmanāmaka grantha ekasyām ṛici sāmotpannaṃ tathāpy uttarākhye grantha āmnāteshu tṛiceshu prayogakāle sāma gātavyam | tatra prathamāyām ṛici yonirūpāyāṃ yat sāmotpannaṃ chandaḥsāmagranthe samāmnātaṃ tad avalokya tatsādṛiçyena dvitīyatṛitīyayor ṛicor gānaṃ samūhanīyam | etad api çākhāntare vihitam | yad yonyāṃ tad uttarayor gāyatīti | tasmād audgātraṃ karma tisṛibhir nishpadyate |

2. sāman bhavati | ṛiksāmayor ekatvaveditā yaḥ sa sarvair abhyarhitaiḥ sadṛiço bhavati |

3. yo vai | yaḥ pumān bhūtim aiçvaryam prāpnoti yaç ca vidyāvṛittābhyāṃ çreshṭhatvam prāpnoti sa sarvo 'pi sāman bhavati | sarveshu svakīyatvabuddhyā samadṛishṭir bhavati | anyathā sarve janās tam asāmanyaḥ pakshapātīti nindanti |

4. te vai | ta eva vakshyamāṇāḥ çastrāvayavāḥ pañcasaṃkhyākā anyat pṛithag eva çastrarūpam bhūtvā vartanta | tathā hiṃkārādayaḥ pañca sāmāñçā vaiçvadevāvayavā anyat pṛithag eva sāmasvarūpam bhūtvā vartante | te ca çastrasāmanī svasvāvayavopete ubhe kalpetām | svavyāpārasamarthe bhavataḥ | āhāvaḥ çoṅsāvom iti mantraḥ | stotriye tṛice prathamamadhyamottamās tisra ṛicaḥ | yājyānte paṭhitavyo vashaṭkāraḥ | tad etat pañcakaṃ çastrasvarūpam | udgātrā paṭhitavyaḥ sāmna ādau him ity evaṃ çabdo hiṃkāraḥ | prastotrā gātavyaḥ sāmāvayavaḥ prastāvaḥ | udgātrā gātavya udgīthaḥ | pratihartrā gātavyaḥ pratihāraḥ | ante sarvair gātavyo bhāgo nidhanam | tad etat pañcakaṃ stotrasvarūpam | ataḥ sāmasādṛiçyena nishkevalyaçastram praçastam |

7. ātmā vai | yena tṛicena sāmagāḥ stuvanti sa stotriyas tṛico nishkevalyaçastrasya prārambhe çaṅsanīyaḥ | sa cātmā vai gṛihasthasthānīya eva | stotriyaṃ tṛicam anu dvitīyo yas tṛicaḥ çasyate so 'yam anurūpaḥ | sa ca prajā putrapautrādisthānīyaḥ | yeyaṃ dhāyyā çastre prakshepaṇīyā sā patnīsthānīyā | yaḥ pragāthaḥ sa paçusthānīyaḥ | yan nividdhānīyaṃ sūktaṃ tad gṛihasthānīyam |

24.

1. stotriyam | abhi tvā çūra nonuma ity asmin pragāthe tṛicaṃ sampādya sāmagāḥ stuvanti | so 'yaṃ stotriyaḥ | tam ādau çaṅset |

2. madhyamayā | atyuccatvam atinīcatvaṃ ca yasyāṃ vāci nāsti sā madhyamā | yāvatā dhvaninā devayajanadeçasthāḥ çriṇvanti, na tadbahirdeçasthās, tāvantaṃ dhvaniṃ kuryāt |

3. anurūpam | stotriyeṇa sadṛiças tṛico 'nurūpaḥ | sa cātrābhi tvā pūrvapītaya indra stomebhir āyava ity esha pragāthaḥ | ubhayoḥ pragāthayoḥ samānachandastvāt samānadevatākatvāc cānurūpatvam |

5. dhāyyām | tato yad vāvānety etasyā dhāyyāyāḥ çaṅsanaṃ vidhatte |

7. apratīvādinī | patyuḥ pratikūlaṃ vadatīti prativādinī | tadviparyayeṇānukūlavādinī bhavati || pibā sutasya rasina ity etam pragāthaṃ vidhatte | pragātham etc.

13. pratishṭhitatamayā | drutavilambitatvādidosharahitayā çrāvyeṇa dhvaninopetayā vācā |

25.

1. Sauparṇam | tasmād etat somābaraṇapratipādakaṃ granthajātaṃ Sauparṇam ākhyānam iti paurāṇikā ākhyānavidaḥ kathayanti |

2. jagatā hi | na ca dīkshātapasor jagatyā samānītayoḥ satoḥ paçūnāṃ tadubhayakāraṇatvaṃ katham iti çaṅkanīyam | paçūnāṃ jāgatatvena jagatīdvārā dīkshāsambandhasambhavāt | jāgatatvaṃ katham iti cet | jagatyā paçūnām ānītatvād iti drashṭavyam | ata eva çākhāntare jagatīm prakṛityaivam āmnātam | sā paçubhiç ca dīkshayā cāgachat, tasmāj jagatī chandasām paçavyatamā, tasmād uttamā, tasmāt paçumantaṃ dīkshopa namati (Ts. 6, 1, 6, 2) iti |

3. trishṭubho loke | sthāne |

26.

1. proti | praçabda eko mantraḥ | āçabdo dvitīyo mantraḥ | tadubhayapradarçanārtham itiçabdadvayam | ubhayasamuccayārthaṃ cakāradvayam | kshemeṇa somam prāpnuhi punar api kshemeṇāgachety ayam āçīrvādo mantradvayasyārthaḥ |

2. sā patitvā | gāyatrī patitvotpatanena somam prāpya Gandharvān svānabhrājādīn somarakshakān āsphoṭanāyudhapradarçanādinā bhīshayitvā bhītyā teshv apasṛiteshu svayam pakshirūpā satī svakīyābhyām padbhyām mukhena ca somaṃ samyag gṛihītavatī | svānabhrājādīnāṃ somapālakatvam ādhvaryave somaprakaraṇe mantratadbrāhmaṇābhyām avagamyate | Svāna Bhrājāṅghāre Bambhāre Hasta Suhasta Kṛiçānav, ete vaḥ somakrayaṇās tān rakshadhvam (Ts. 1, 2, 7) iti mantraḥ | Svāna Bhrājety āhaite vā amushmiṅl loke somam arakshan (Ts. 6, 1, 10, 4) iti brāhmaṇam |

3. ṣalyakaḥ | tac ca nakhaṃ ṣalyako markaṭaṣarīraparimitaḥ ṣalalyākhyo mṛiga āsīt | yasya mṛigasya puchasamīpo bahavo romaviṣeshāḥ prādeṣaparimitās tīkshṇāgrā lohamayā utpadyante sa ṣalyakaḥ | yasmād ayaṃ nakhād utpannas tasmāt sa nakham iva | tīkshṇāgraromopetaḥ | tatra chinnanakhapādapradeṣe yad vaṣam medo 'sravat sā vaṣā medhyā kācid ajā avyādipaṣushv āsīt | tasmād gāyatryā utpannatvāt sā vaṣā havir iva | devatāyogyaṃ havir evāsīt | tac ca havishṭvaṃ ṣākhāntare ṣrūyate | tām aviṃ vaṣām Ādityebhyaḥ kāmāyālabhanta (Ts. 2, 1, 2, 3) iti | atha nakhachedanasya Gandharveṇa visṛishṭo bāṇaḥ so 'pi nākhasaṃghaṭṭanena kuṇṭhitāgro bahudhā bhagno bhūmau patitaḥ | tasya bāṇasya yaḥ ṣalyaḥ kṛishṇāyasanirmito bāṇāgre sthāpitaḥ | tasya ca ṣalyasya yad anīkam mukhaṃ saṃghaṭṭanena kuṇṭhitam āsīt | so 'yaṃ ṣalyatadanīkobhayātmako bāṇabhāgo nirdaṅṣī daṅṣanāsamarthaḥ sarpo 'bhavat | jalamadhye saṃcarato dundubhākhyasya sarpasya visharahitatvād daṅṣanasāmarthyaṃ nāsti | tasya kuṇṭhitāgrasya lohasya yo 'yaṃ saho vegas tasmāt sahaso bāṇavegāt svaja ubhayataḥṣirāḥ sarpo 'bhavat | tasya bāṇasya mūle yāni parṇāni kaṅkapatrāṇi te manthāvalā abhavan | ye jīvaviṣeshā vṛikshaṣākhāsv adhomukhā avalambante te manthāvalāḥ | tasmin bāṇe yāni snāvāni patrabandhanārthāḥ snāyuviṣeshās te gaṇḍūpadā abhavan | avaskarādisthāneshu ye sarpavaj jāyante te gaṇḍūpadāḥ | tasmin bāṇe yat tejanaṃ lohapatravyatiriktaṃ kāshṭhaṃ so 'ndhāhir abhavat | dṛishṭirahitaḥ sarpo 'bhūt |

27.

1. samāvajjāmībhyām | jāmīṣabdo jātivācī | tulyajātibhyām ity arthaḥ |

2. pūrvābhyāṃ savanābhyām | ayam arthaḥ sarvo 'pi ṣākhāntare saṃgṛihyamāṇaḥ | brahmavādino vadanti: kasmāt satyād gāyatrī kanishṭhā chandasāṃ satī yajñamukham parīyāyeti. yad evādaḥ somam āharat, tasmād yajñamukham pary ait, tasmāt tejasvinītamā. padbhyāṃ dve savane samagṛihṇān, mukhenaikam. yan mukhena samagṛihṇāt tad adhayat, tasmād dve savane ṣukravatī: prātaḥsavanaṃ ca mādhyaṃdinaṃ ca. tasmāt tṛitīyasavana ṛijīsham abhi shuṇvanti. dhītam iva hi manyanta. āṣiram ava nayati saṣukratvāya (Ts. 6, 1, 6, 3) iti |

28.

3. etad vai tat | ko 'sau gāyatryā labdho bhāga iti | sa ucyate | marutvatīyasya ṣastrasyottare pratipadau | ā tvā ratham ity asmin prārambharūpe tṛice prathamāyā uttare ye dve ṛicau pratipadau prārambharūpe vidyete | yaṣ ca idaṃ vaso sutam ity anucararūpas tṛi-

caḥ | tad evaitad ṛikpañcakam mādhyaṃdinasavane gāyatryai trishṭubhā dattam | tāç ca pañcarco gāyatrīchandaskāḥ | tato gāyatrīpraveçāt sā trishṭuh ekādaçākshahrā bhūtvā mādhyaṃdinasavanaprayogam udayachat | niravahat | Vgl. 3, 17, 5.

29.

1. te devāḥ | evaṃ tāvat tṛitīyasavanam avatārayitum somāharaṇakathā varṇitā | atha tṛitīyasavanam ucyate | tatra vaiçvadevāgnimārutayoḥ kḷiptiḥ saṃgṛihyate || syād vaiçvadeve Savituḥ punas tu dyāvāpṛithivyārbhavavaiçvadevikā | vaiçvānarīyam Marutāṃ ca çaṅsanaṃ syur jātavedasyam ihāgnimārute || tṛitīyasavanasyādāv ādityagrahaṃ vidhatte | te devā etc.

4. ta Ādityāḥ | vaiçvadevaçastrasya tat savitur vṛiṇīmaha ity eshā savitṛidevatākā pratipat prārambharūpā kartavyā, damūnā deva ityādikā grahasya yājyā | sā ca saṃhitāyām anāmnātatvāt Sūtrakāreṇa (5, 18, 2) paṭhitā | tasyāṃ ca amadann enam ishṭaya iti madidhatuḥ prayuktaḥ | tasmād iyam madvatī |

5. pibavat | savitā devaḥ somam pibatv ity etan nivida ādau prayujyamānam padam pibavat padam | tathānte prayujyamānaṃ savitā deva iha çravad iha somasya matsad iti madvat padam apy udāharantyam | tayor ubhayoḥ padayoḥ savanadvayarūpayor vilakshaṇatvāt Savituḥ pānam iti vilakshaṇam iti drashṭavyam |

atha tasmin vaiçvadevaçastra ekayā ca daçabhiç ca svabhūta ity etāṃ vāyudevatākām ṛicaṃ vidhatte | bahvyaḥ etc.

30.

1. ārbhavam | pra dyāvā yajñaiḥ pṛithivī ṛitāvṛidhety etad dyāvāpṛithivīyaṃ sūktaṃ takshan rathaṃ suvṛitam ity etad ārbhavaṃ sūktaṃ vidhatte | ārbhavam etc.

2. tebhyaḥ prātaḥsavane | sa Prajāpatir anyā devatāç ca tebhya Ṛibhubhyaḥ prātaḥsavane vāci kalpayishan | somapānaṃ kalpayitum aichan |

3. anirukto | niḥçeshenokto devo niruktaḥ | tādṛiço yayor dhāyyayor nāsti te anirukte | na khalv anayor ṛicor īdṛiço deva iti sahasā nirṇetuṃ çakyate |

tasmād u çreshṭhī | tasmād u tasmād eva kāraṇāl loke 'pi çreshṭhī kaçcid dhanapatir yaṃ svakīyam bhṛityam itarair anaṅgīkṛitam api sarvebhyo rocayituṃ kāmayate taṃ bhṛityam ācārahīnam pātre pratigrahayogyasthāne halāt sarvebhyo rocayaty eva |

4. tebhyo vai | agnivasvādayo devās tebhya Ṛibhubhyo 'paiva svayam apagatā eva santo 'bībhatsantaiva | manasi bībhatsāṃ kṛitavantaḥ | kasmāt kāraṇād iti | tad ucyate | manushyagandhād iti | ete

manushyā asmatpaṅktiyogyā na hhavantīti ṣaṅkayety arthaḥ | hibhhatsām prāpyaite vakshyamāṇo dve dhāyye antaradadhata | Ribhuṇām agnyādināṃ ca madhye 'ntardhānaṃ vyavadhānam akurvata | ke te dhāyyo iti | ucyate | yebhyo matā madhumad ity ekā | evā pitre vishvadevāyety aparā | ayaṃ vena ity etasmāt pūrvam etad uhhayaṃ ṣaṅsed ity arthaḥ |

31.

1. **vaiṣvadevam** | atha viṣvedevadevatākam ā no hhadrā ity etat sūktaṃ vidhatte |

2. **tad uhhayataḥ** | tathā saty araṇyasthānīyāṃ dhāyyām uhhayataḥ paryāhvayate | ṣaṅsāvom ity esha mantraḥ paryāhvaḥ |

6. **havinaḥ** | hotuṃ kuṣalaḥ purushaḥ |

13. **dviḥ paochaḥ** | triḥ prathamāṃ trir uttamām anvāheti vidheḥ sārvatrikatvād asyāḥ paridhānīyāyās trir āvṛittiḥ prāptā | tatra dvayor āvṛittyoḥ pacchaḥ ṣaṅset | ekaikasmin pāde 'vaṣāvaṣāya ṣaṅsanaṃ kuryāt | tatra pādānāṃ catushṭayena paṣuṣāmyāt paṣuprāptir bhavati ·| tṛitīyasyāṃ āvṛittāv ardharcaṣaḥ ṣaṅset | ardharce 'vaṣāya paṭhed ity arthaḥ |

32.

1. **agneyī** | saumyacaror uhhayato ghṛitasādhyan dvan yāgav anushṭheyau | tatrāgnidevatākā vishṇudevatākā ceti dvo yājye | ghṛitāhavano ghṛitaprishṭho agnir ity agneyī prathamā yājyā | uru vishṇo vi kramasveti vaishṇavī dvitīyā ghṛitayājyā | asti kaṣcit somadevatākaṣ caruḥ | tasya tvaṃ someti saumī yājyā | tatra pitṛibbiḥ saṃvidāna iti ṣrutatvād iyaṃ pitṛimatī | tāṃ yājyāṃ saumyacarau paṭhet | tasya caroḥ purastād agneyayājyayā ghṛitayāgaḥ | tad yājyādvayam Āṣvalāyanona (5, 19, 3) paṭhitam |

2. **ghnanti** | ṛitvijaḥ somam abhishuṇvantīti yad asti so 'yaṃ somasya vadha eva | tatra yaḥ saumyaṣ carur asty, etāṃ sanmyacarurūpāṃ tasya mṛitasya somasyānnstaraṇīṃ kurvanti | mṛitasya dīkshitasya dahanakāle kaṃcid vṛiddhāṃ gāṃ hatvā dīkshitāvayavoshu gor avayavān avasthāpya dahet | seyaṃ gaur mṛitaṃ dīkshitam ann mṛitatvād dhiṅsitatvāc cānustaraṇīty ucyate | yasmāt sā pitṛibhyo yogyā tasmāt pitṛimatyā yājyayā sanmyayāgasya havir yajet |

5. **pratigṛihya** | hutaṣeshaṃ saumyaṃ carum adhvaryuṇā dattaṃ hotā pratigṛihya carumadhye sikte hahnīe ghṛite chandogebbya ṇdgātṛihbyaḥ svayam pūrvabhāvī san svakīyāṃ dehachāyām aveksheta |

33.

1. **esha devaḥ** | esha iti hastena pradarṣya Rudro 'bhidhīyate |

tat tasmād eva kāraṇād asya Rudrasyaital lokaprasiddham bhūtaṣabdopetaṃ nāma sampannam | Bhūtapatir iti bhūtavan nāma |

34.

1. yad dvitīyam | dvitīyaṃ yat piṇḍarūpam āsīt tad ṛishir Bhṛigur abhavat | tam Bhṛiguṃ Varuṇo nyagṛihṇīta | nigṛihya svaputratvena svīkṛitavān | tasmāt sa Bhṛigur Vāruṇir ity ucyate | Varuṇasyāpatyaṃ Vāruṇiḥ | etad evābhipretya Taittirīyā āmananti | Bhṛigur vai Vāruṇir Varuṇam pitaram upasasāra (Taittirīyopanishad 3, 1) iti |

2. parushyam | utrāgnisthāne yad bhasmāsīt tat parushyam purushaṣarīrajātam bhūtvā vyasarpat | vividham araṇyādāv agachat |

3. vāstuham | vāstau yajñabhūmau hīnaṃ yad dravyam asti tat sarvam mameti ṣrutyantare 'pi prasiddham | tathā ca Taittirīyā rudravākyam āmananti | yad yajñavāstau hīyate mama vai tad (Ts. 3, 1, 9, 5) iti |

8. so anirukta | Meine Verbesserung für so niruktā aller Handschriften. so sāpy ṛig aniruktā rudravācakapadābhāvād aspashṭadevatākā | tata eva raudrī rudradevatākā saty api ghorārthavācakarudrapadābhāvād iyaṃ ṣāntā | tāṃ ṣaṅset |

35.

1. vaiṣvānarīyeṇa | atha vaiṣvānarāya pṛithupājase vipa ity anena sūktenāgnimārutaṣastrasya prārambhaṃ vidhatte | vaiṣvānarīyeṇa etc.

3. adhīyan | ṣuṅsanakāle pramādikasya varṇādiloparūpasyāparādhasya pratīkāraṃ darṣayati |

adhīyann adhīyānaḥ ṣaṅsanaṃ kurvan hotā yady upahanyād upaghātaṃ varṇalopaṃ kuryāt | tadānīm anyaṃ kaṃcit purushaṃ vivaktāraṃ vivicya vaktuṃ samartham ichet | samīpe 'vasthāpayet | tadānīṃ tam eva purusham uparādhaparaṇopāyaṃ setuṃ kṛitvā tam uparādham ullaṅghayati || ayam paksho 'nukalpaḥ | mukhyapakshaṃ darṣayati |

4. tasmāt | yasmāt pramādaṃ kṛitvā vivaktṛipurushasampādanaṃ na mukhyam | tasmād agnimārute ṣastre na vyucyam | na paṣcād vivaktavyam | kiṃtu prathamam eva vivaktā vivicya vaktuṃ samartho hotaishṭavyaḥ | prayatnena sampādanīyaḥ || atha pratvakshasaḥ pratavasa ity etan maruddevatākaṃ sūktaṃ vidhatte | mārutam etc.

6. yajñā-yajña va ity ekaḥ pragāthaḥ | devo va iti dvitīyaḥ | tatra prathame pragāthe tṛicaḥ sampadyate | so 'yaṃ stotriyaḥ | tasmiṅs tṛice sāmagaiḥ stūyamānatvāt | ata evāsan dvayor madhye pra-

thamabhāvitvād yonir ity ucyate | dvitīyapragātho samutpannas tṛico 'nurūpaḥ | yādṛiçaḥ stotriyas tādṛiçam anurūpatvam | tad etad ubhayaṃ çastramadhye çaṅsanīyam | na tu çastrāntareshv iva stotriyānurūpayor ādau çaṅsanīyam |

36.

1. jātavedasyam | atha pra tavyasīm ity etaj jātavedodevatākaṃ sūktaṃ vidhatte |

4. tasmāt tat | yasmād āpohishṭhīyaṃ tāpaçamanakāraṇam | tasmāt tac chamayateva hotrā çaṅsanīyam | yathā vahniṃ çamayan purushaḥ çanaiḥ-çanaiḥ krameṇa jalaṃ siñcati | evam anenāpi çanaiḥ çaṅsanaṃ kartavyam | tataḥ sa Prajāpatiḥ tāḥ prajā adbhir abhishicya nijā eva svakīyā eva tāḥ prajā ity amanyata | syāçabdas tacchabdaparyāyaḥ | ekavacanānto 'pi bahuvacanāntatvena pariṇamayitavyaḥ | tathā sati tāḥ prajā ity uktam bhavati | tasmāc chanaiḥçaṅsanena çastrasya svakīyatvaṃ sampadyata ity arthaḥ |

5. tāsu vai | uta no 'hir budhnya ity asyā ṛicaḥ çaṅsanaṃ taddevatāstutidvāreṇonnayati | tāsu etc.

37.

1. devānām | atha devānām patnīr uçatīr avantu na ity ṛigdvayaṃ devapatnīdevatākaṃ vidhatte | devānām etc.

6. Rākām | rākām aham ity ṛigdvayaṃ vidhatte | devatāvācirākāçabdena tadabhidhāyiny ṛig abhidhīyate | tāṃ çaṅset | purushasya çiçne 'dhi çiçnasyopari sthitā gudabilaparyantaṃ yaishā sevanī etacchabdopasthapadābhidheyā sirāsti | tāṃ sirāṃ rākākhyā devatā sīvyati | dṛiḍhabaddhāṃ karoti |

8. Pāvīravīm | pāvīravī kanyety etām ṛicaṃ vidhatte |

9. tad āhuḥ | imaṃ yama prastaram ity eshā yamadevatākatvād yāmyā | ud īratām avara ity eshā pitṛidevatākatvāt pitryā |

12. ud īratām | atha tisraḥ pitṛidevatākā ṛico vidhatte | ud etc.

19. vyāhāvam | tatra pṛithak-pṛithag āhāva eva siddhāntaḥ | tatreyam upapattiḥ | pitṛiyajñasya yad aṅgam asaṃsthitam eva vartate 'samāptaṃ tishṭhati tad aṅgaṃ sādhu | samāptaṃ kartavyam | yo hotā pṛithagāhāvaṃ kṛitvā çaṅsaty esha hotā pūrvam asaṃsthitam asamāptam pitṛiyajñaṃ saṃsthāpayati |

38.

1. svādush kila | atha catasra ṛico vidhatte | svādush kila etc. anupānīyāḥ | bhojanād ūrdhvaṃ yat pānaṃ tat paçcādbhāvitvād anupānam | tatsthānīyā etā ṛicaḥ |

2. mādyantīva | etacchaṅsanakāle 'dhvaryoḥ pratigaramantre viśesham vidhatte |

tasminn anupānīyānām ṛicām śaṅsanakāle hotuḥ śaṅsanam śrutvā devatāḥ sarvā mādyantīva vai | sarvathā hṛishyanty eva | tasmāt kāraṇād etāsv ṛikshu śasyamānāsv adhvaryuṇā madvat pratigīryam | madidhātuyuktam pratigaraṇam paṭhanīyam | madāmodaivety ayam madidhātuyuktaḥ pratigaraṇamantraḥ |

3. yayor ojasā | Āśvalāyana 5, 20, 6.

39.

4. sā vā eshā | yo 'yam pūrvokto 'gnishṭomo 'sti sā vā eshā gāyatry eva | agnishṭomagāyatryoḥ saṃkhyāsāmyāt | gāyatrīgateshv akshareshv yā saṃkhyā saivāgnishṭomagateshu stotraśastreshu | tathā hi | bahishpavamāno mādhyaṃdinapavamāna ārbhavaḥ pavamāna iti trīṇi pavamānastotrāṇi | catvāry ājyastotrāṇi | catvāry pṛishṭhastotrāṇi | ekaṃ yajñāyajñīyaṃ stotram | evam etāni dvādaśa sampannāni | śastrāṇy api tāvanty eva | ājyapraüge nishkevalye marutvatīye vaiśvadevāgnimārute iti hotuḥ śastrāṇi shaṭ | tathā hotrakāṇām api shaṭ | evaṃ stotraśastrasaṃkhyayāgnishṭomasya gāyatrīrūpatvam |

40.

2. pākayajñāḥ | pākayajñāś ca saptasaṃkhyākāḥ | hutaḥ prahuta āhutaḥ śūlagavo baliharaṇam pratyavarohaṇam ashṭakāhoma iti | so 'yaṃ sūtrāntarakārasya [1]) pakshaḥ | Āśvalāyanas tu (Gṛihyasūtra 1, 1, 1) hutādīṅs trīn eva pākayajñān āha || te ca pākayajñā iḍāvidhāḥ | iḍāsadṛiśāḥ | iḍā khalu vai pākayajñaḥ (Ts. 1, 7, 1, 1) iti śrutyantarāt |

3. sāyamprātaḥ | yathā pratidinaṃ kāladvaye 'gnihotrahomas tathā dīkshitasya kāladvaye kshīrapānarūpaṃ vratādānam | Agnir jyotir jyotir Agniḥ svāheti yathā svāhākāreṇāgnihotrahomas tathā te naḥ pāntu te no 'vantu tebhyo namas tebhyaḥ svāhā (Ts. 1, 2, 3, 1) iti svāhākāreṇa dīkshito vratapradānam ācarati |

7. payasā | darśapūrṇamāsayor eva guṇavikṛitirūpaḥ kaścid dākshāyaṇākhyo yajñaḥ | tathā ca śākhāntare darśapūrṇamāsasaṃnidhau śrūyate | dākshāyaṇayajñena suvargakāmo yajeta (Ts. 2, 5, 5, 4) iti | tasya ca pravargyasya ca kshīradravyeṇa sāmyam |

9. iḍādadhaḥ | darśapūrṇamāsavikṛitirūpa eva kaścid iḍādadhanāmako [2]) yajño 'sti | ata evāpastambo darśapūrṇamāsasaṃnidhāv

---

1) So Baudhāyana.

2) Von iḍā und dadhi.

evam āha | etenelādadbaḥ sārvaseniyajño vasishṭhayajñaḥ ṣaunakayajñaṣ ca vyākhyātā iti | dadhigharmanāmakas tv agnishṭomagataḥ | tayor ubhayor dadhidravyeṇa sāmyam |

41.

1. iti nu | pūrvakhaṇḍoktaprakāreṇaiva purastād agnishṭomāt prācīnasya karmajātasyāgnishṭomapraveṣa ukta iti ṣeshaḥ | athānantaram uparishṭād itareshāṃ kratūnāṃ tatpraveṣa ucyate | tatra yo 'yam ukthyaḥ kratos tasya pañcadaṣasaṃkhyākāni stotrāṇi | agnishṭomavikṛitatvāt tadīyāni dvādaṣa stotrāṇy atidiṣyante | tata ūrdhvaṃ trīṇy ukthasaṃjñakāni stotrāṇi | evaṃ pañcadaṣa sampadyante | ṣastreshv apy ayaṃ nyāyo yojyaḥ |

ukthyam apiyantam | tam praviṣantam ukthyam anu vājapeyākhyo 'pi kratur agnishṭomam apyeti | prāpnoti | sa hi vājapeyo 'tyukthyo bhavati | ukthyākhyaṃ kratum atikramya vartamānatvāt | ukthye yāni pañcadaṣa stotrāṇi tata ūrdhvaṃ vājapeye stotradvayam | so 'yam ukthyātikramaḥ | tasmād ukthyadvārā vājapeyasya tatprāptiḥ |

2. dvādaṣa | atirātrayāge dvādaṣasaṃkhyākā rātreḥ paryāyāḥ | te cāpastambenaiva spashṭīkṛitāḥ | atirātram eva shoḍaṣinam amī munayas tatra trayodaṣabhyaṣ camasagaṇebhyo rājānam abhirecayati | shoḍaṣinā pracarya rātriparyāyaiḥ pracarati | hotṛicamasamukhyaḥ prathamo gaṇo maitrāvaruṇacamasamukhyo dvitīyo brāhmaṇācchaṅsicamasamukhyas tṛitīyo 'chāvākhacamasamukyaṣ caturthaḥ | prathamābhyāṃ gaṇābhyām adhvaryuṣ caraty uttarābhyām pratiprasthātaisha prathamaḥ paryāya evaṃ vihito dvitīyas tṛitīyaṣ ceti || asyāyam arthaḥ | atirātrākhyaṃ kratuṃ yadānutishṭhati tadānīṃ codakaprāptaṃ sarvam anushṭhāyānantaraṃ sāyaṃkālo shoḍaṣigrahasambandhinaṣ camasān pūrayitvā tata ūrdhvaṃ trayodaṣacamasagaṇaparyāptaṃ somam avasthāpya shoḍaṣigrahapracāraṃ kṛitvā tata ūrdhvaṃ rātriparyāyaiḥ pracaret | teshu paryāyeshu ca hotṛicamasam ādiṃ kṛitvā yaṣ camasagaṇaḥ pravartate so 'yam prathamaḥ | maitrāvaruṇacamasasyāditvo dvitīyaṣ camasagaṇo bhavati | brāhmaṇācchaṅsicamasasyāditve tṛitīyaṣ camasagaṇo bhavati | achāvākacamasasyāditve caturthaṣ camasagaṇo bhavati | teshu caturshu gaṇeshu prathamadvitīyābhyāṃ gaṇābhyām adhvaryur anutishṭhet | tṛitīyacaturthābhyāṃ tu pratiprasthātānutishṭhet | evaṃ gaṇacatushṭayānushṭhānam ekaḥ paryāyo bhavati | punar api dvitīyatṛitīyaparyāyau tathaivānushṭheyau | teshu paryāyeshu dvādaṣa gaṇāḥ sampadyante || etat sarvam abhipretya dvādaṣa rātreḥ paryāyā ity uktam | te sarve 'pi pañcadaṣāḥ | tadīyastotreshu tṛicagatānām ṛicām āvṛittiviṣesheṇa pañcadaṣastomasya sāmagaiḥ sampāditatvāt | pañcadaṣa-

stomayuktā dvādaśa paryāyā ye santi teshu dvau-dvau paryāyau sampādya militvā pañcadaśasaṃkhyāyā dvirāvṛittyā triṃśatsaṃkhyāyāṃ te sarve paryavasyanti | kiṃca shoḍaśastotro yat sāmāsti tad ekaviṃśam bhavati | tadīyatṛicagatānām ṛicām āvṛittyā sāmagair ekaviṃśastomasampādanāt | yo 'yam atirātras tasyānte saṃdhir etannāmakaṃ stotram | tatra trivṛit stomaḥ sāmagaiḥ paṭhyate | tasya ca stomasya trishu tṛiceshv āvṛittirahiteshu nishpannatvād ṛicāṃ navasaṃkhyā sampadyate | ekaviṃśatisaṃkhyā navasaṃkhyā ca militvā triṃśatsaṃkhyā bhavati | anayā triṃśatsaṃkhyayā pūrvoktatriṃśatsaṃkhyayā vā māsarātrisāmyān māsaḥ sampadyate | māsadhetyādi pūrvavad yojanīyam | evaṃ sati saṃvatsaradvārātirātro 'gnishṭomam praviśati | praviśantam atirātram anu taddvāreṇāptoryāmo 'pi praviśati | sa hy atirātram atilaṅghya stotrādhikyena vartamānatvād atyatirātraḥ | ekonatriṃśat stotrāṇy atirātre 'ptoryāmo tu trayastriṃśad ity ādhikyam | ato 'tirātradvārāptoryāmasyāgnishṭome praveśaḥ |

3. etad vai | etenaivoktaprakāreṇāgnishṭomasya pūrvabhāvina ishṭyagnihotrādayo ye yajñakratavo, ye cottarabhāvina ukthyavājapeyādayo yajñakratavas te sarve 'gnishṭomam prāpnuvanti |

4. tasya saṃstutasya | tasyāgnishṭomasyodgātṛibhiḥ saṃstutasya stotriyāḥ stotrasambandhinya ṛico navatyadhikaṃ śataṃ sampadyante | katham iti cet | tad ucyate | prātaḥsavane bahishpavamānākhyaṃ yat stotraṃ tasya trivṛit stomaḥ kriyate | trivṛitaś cāvṛittirahitatvād vidyamāneshu trishu tṛiceshu vidyamānā navarcaḥ stotriyā bhavanti | tata ūrdhvaṃ catvāry ājyastotrāṇi | teshv ekaikasminn api vidyamānānāṃ tisṛiṇāṃ ṛicām āvṛittiviśeshena pañcadaśastomaḥ sampādanīyaḥ | tathā saty ekaikasmin stotre pañcadaśarca ity | evaṃ caturshu stotreshu militā shashṭiḥ sampadyate | evam prātaḥsavana ekonasaptatiḥ || mādhyaṃdine savane mādhyaṃdinapavamānākhyam ekaṃ stotram | tasyāpi pañcadaśastomayuktatvāt stotriyāḥ pañcadaśa sampadyante | catvāri pṛishṭhastotrāṇi | teshu saptadaśastome kṛite saty ashṭashashṭisaṃkhyākāḥ stotriyā bhavanti | ubhayam militvā mādhyaṃdinasavane tryaśītiḥ sampadyate || tṛitīyasavana ārbhavapavamānastotrasya saptadaśastomopetatvāt tasmin saptadaśarcaḥ | yajñāyajñīyastotrasyaikaviṃśastomopetatvāt tatraikaviṃśatiḥ | militvā tṛitīyasavane 'shṭātriṃśat | evaṃ savanatraye militvā navatyadhikaśatasaṃkhyākāḥ stotriyā bhavanti || tatra yā navatis te daśasaṃkhyākās trivṛitaḥ stomāḥ sampadyante | ekaikasmin daśake 'ntimām ekām parityajyāvaśishṭānām ṛicāṃ navasaṃkhyopetatvāt trivṛitstomatvam | tato navasu daśakeshu nava trivṛitstomāḥ | yās tu teshu navakeshu parityaktā navarcaḥ sa ekas trivṛitstomaḥ | evaṃ daśasaṃkhyākās trivṛitstomāḥ | athānantaraṃ yac chatam asti tasminn api yā navatis te pūrvoktanyāyena daśa trivṛitstomā gaṇanīyāḥ | atha nava-

ter ūrdhvabhāvinyo yā ṛicas tāsāṃ daṣānām ṛicām madhya ekā stotriyodeti | atiricyate | avaṣishṭāsu stotriyāsu trivṛitstomaḥ pariṣishyate | evaṃ saty ekaviṅṣatisaṃkhyākās trivṛitstomāḥ | tebhyo 'tiriktā kācid ṛig ity etāvat sampannam | tatraikaviṅṣatitrivṛitstomasaṃgho yo 'sti sa sarvo 'py asau maṇḍale dṛiṣyamāna ekaviṅṣatisaṃkhyāpūrako 'dhyāhito maṇḍale sthāpita Ādityas tapati | prakāṣate | Ādityasyaikaviṅṣatisaṃkhyāpūrakatvam anyatra ṣrutam | dvādaṣa māsāḥ pañcartavas traya ima lokā asav Āditya ekaviṅṣaḥ (1, 30) iti || yat tu satraṃ gavāmayanākhyaṃ tatra yāny ekaviṅṣatyahāni tatsādṛiṣyād api yathoktas trivṛitstomasaṃghaḥ praṣastaḥ | kathaṃ sādṛiṣyam iti | tad ucyate | tasmin satre yan madhyamam ahas tad vishuvannāmakaṃ divākīrtyam | tasya purastād daṣāhāny upariṣhṭād daṣāhāni | evam atrāpi pūrvoktarītyā sampāditānām ekaviṅṣatisaṃkhyākānāṃ trivṛitstomānām madhye yas trivṛitstomaḥ sa eva vishuvān bhavishyati | etasmād vishuvadrūpāt stomād arvāñcaḥ pūrvabhāvino daṣa trivṛitstomāḥ | parāñca uttarabhāvino 'pi daṣa trivṛitstomāḥ | ubhayor daṣakayor madhya esha ekaviṅṣatisaṃkhyāpūrakas trivṛitstoma ubhayato 'dhyāhitaḥ pārṣvadvaya daṣakavyāptaḥ san tapati | ādityavat prakāṣate | tat tatraikaviṅṣatitrivṛitstomebhya ūrdhvaṃ yāsāv ṛig ekā stotriyodety atiriktā bhavati | seyam etasminn ekaviṅṣatisaṃgha 'dhyūḍhā | adhikatvenāvasthāpitā | sa yajamānaḥ | atiriktastotriyārūpaṃ yajamānatvenāvagantavyam | kiṃca tat stotriyārūpaṃ daivaṃ kshatraṃ devasambandhinī kshatriyajātir indravaruṇādirūpā | tat kshatraṃ sahaḥ parābhibhavakshamam balaṃ sainyam | evam agnishṭomaḥ stotriyadvārā praṣastaḥ |

42.

1. devā vai | atha trivṛidādistomacatushṭayadvāreṇāgnishṭomaṃ stotum ākhyāyikām āha | devā vai etc.

trivṛitā stomena | tasya ca stomasya vidhāyakaṃ Chandogabrāhmaṇam evam āmnāyate | tisṛibhyo hiṃkaroti sa prathamayā | tisṛibhyo hiṃkaroti sa madhyamayā | tisṛibhyo hiṃkaroti sa uttamayodyatī trivṛito vishṭutiḥ (Tāṇḍya 2, 1, 1) iti | asyāyam arthaḥ | upāsmai gāyatā nara iti yaḥ prathamas tṛico davidyutatyā ruceti yo dvitīyas tṛicaḥ pavamānasya te kava iti yas tṛitīyas tṛica eteshu trishu tṛicātmakeshu sūkteshu vidyamānānāṃ navānām ṛicāṃ tribhiḥ paryāyair gānaṃ kartavyam | tatra prathamaparyāya trishu sūkteshu ādyās tisra ṛico gātavyāḥ | dvitīyaparyāya madhyamā ṛico gātavyāḥ | tṛitīyaparyāya uttamā ṛico gātavyāḥ | tisṛibhya iti tṛitīyārtha pañcamī | hiṃkarotīty anena gānam upalakshyate | seyaṃ yathoktaprakāropetā gītis trivṛitstomasya vishṭutiḥ stutiprakāraviṣeshaḥ | tasyā vishṭuter udyatīty evaṃ nāmadheyam iti |

2. **pañcadaçena stomena** | Siehe 3, 17, 4.

3. **saptadaçena stomena** | saptadaçastomasya svarūpam Chandogair evam āmnāyate | pañcabhyo hiṃkaroti sa tisṛibhiḥ sa ekayā sa ekayā | pañcabhyo hiṃkaroti sa ekayā sa tisṛibhiḥ sa ekayā | saptabhyo hiṃkaroti sa ekayā sa tisṛibhiḥ sa tisṛibhiḥ (Tāṇḍya 2, 7, 1) iti | atra prathamāvṛittau prathamāyām ṛici trir abhyāsaḥ | dvitīyāvṛittau madhyamāyām | tṛitīyāvṛittau madhyamottamayoḥ | ṣo 'yaṃ saptadaçastoma iti |

4. **ekaviṅçena stomena** | ekaviṅçastomasya svarūpam Chandogair evam āmnāyate | saptabhyo hiṃkaroti sa tisṛibhiḥ sa tisṛibhiḥ sa ekayā | saptabhyo hiṃkaroti sa ekayā sa tisṛibhiḥ sa tisṛibhiḥ | saptabhyo hiṃkaroti sa tisṛibhiḥ sa ekayā sa tisṛibhiḥ (Tāṇḍya 2, 14, 1) iti | prathamaparyāye tṛicasyottamāyā ṛicaḥ sakṛit pāṭhaḥ | dvitīyaparyāye prathamāyāḥ sakṛit pāṭhaḥ | tṛitīyaparyāye madhyamāyāḥ sakṛit pāṭhaḥ | atha çishṭānāṃ tu sarvatra trir āvṛittiḥ | so 'yam ekaviṅçastoma iti |

43.

5. **ahar iva** | çākalaçabdaḥ sarpaviçeshavācī | çākalanāmno 'heḥ sarpaviçeshasya yathā sarpaṇaṃ gamanaṃ tathaivāyam agnishṭomaḥ | sa ca sarpaṇakāle mukhena puchasya daṅçanaṃ kṛitvā valayākāro bhavati | tatra kim mukhaṃ kiṃ vā pucham iti na jñāyate | evam atrāpy aditidevatākasya caroḥ sāmye sati prāyaṇīyodayanīyayor yatarat karma parastāt paçcādbhāvi yatarac ca pūrvabhāvi kim api na vijānanti || asyā gāthāyās tātparyaṃ saṃkshipya darçayati |

6. **yathā hy eva** | asyāgnishṭomasya prāyaṇam prārambho yādṛiça, evam udayanaṃ samāptir asat | asti | bhavatīty arthaḥ || tatra kaṃcid ākshepam udbhāvayati |

7. **tad āhuḥ** | pūrvodāhṛitatrivṛitstomaḥ prātaḥsavanādau prayojyatvāt prāyaṇam upakramarūpam | ekaviṅçastomas tu tṛitīyasavanānte prayojyatvād udayanaṃ samāptirūpam | kena kāraṇena te prāyaṇodayane same bhavetām ity ākshepaḥ || tatra parihāraṃ darçayati |

8. **yo vai** | yo 'yam ekaviṅçaḥ stomo 'sti sa eva trivṛid avagantavyaḥ | stomatvākāreṇa tayor ekavidhatvāt | atho api ca yad yasmāt kāraṇāt stomadvayāçrayabhūtāv ubhau tṛicau tṛicinau | tṛicatvadharmayuktau | tatra trivṛitstomāçrayasyopāsmai gāyatā nara iti sūktasya tṛicatvadharmaḥ prasiddha eva | ekaviṅçastomāçrayasya yajñā-yajñā vo agnaya iti sūktasya pragātho dve evā tasminn ṛicāv āmnāyete | tathāpi stotrakāle pragrathanena pādān āvartya tṛicatvaṃ sampādyate | tena tṛicatvadharmopetatvakāraṇena dvayoḥ stomayor ekavidhatvam ity uttaram brūyāt |

44.

1. yo vā eshaḥ | ya eva prasiddha esho 'smatpratyaksha ādityas tapaty esho 'gnishṭomaḥ | tayor ādityāgnishṭomayor sadṛiśatvāt | katham sāmyam iti | tad ucyate | esho 'gnishṭoma ādityavat sāhnaḥ | ādityo 'hnā saha vartate tathāyam api | tam agnishṭomam yata ekenāhnā samāpayeyus tasmād ādityasyeva sāhna iti krator nāma sampannam |

7. tam yad astam | yad yadā prāṇinaḥ sūryodayād ūrdhvam yāmacatushṭayānantaram sūryo 'stam etīti tam sūryam astamitam manyante tat tadānīm sūryas tatprāṇiyukte deśe prakāśarūpasyāhna evāntam itvā samāptim prāpyāthānantaram svātmānam viparyasyate | viparyastam karoti | katham viparyāsa iti | sa ucyate | avastād atīte deśe rātrim eva kurute parastād āgāmini deśe 'haḥ kurute | ayam arthaḥ | Meroḥ pradakshiṇam kurvann ādityo yaddeśavāsinām prāṇinām dṛishṭipatham āgachati taddeśavāsibhir ayam udetīti vyavahriyate | yaddeśavāsinām dṛishṭipatham atikramya sūrye gate sati sūryo 'stam etīti taddeśavāsibhir vyavahriyate | atas tasmin deśe rātrir bhavati | ādityena gantavye deśāntare taddeśavāsiprāṇibhiḥ sūryasya dṛishṭatvād ahar bhavati | evam ca sati sūryasya vināśarūpo 'stamayaḥ kadācid api nāstīti siddham |

45.

1. api patnīḥ | tam yajñam anushṭhāya patnīnāmikā devatā api samayājayan | patnīsamyājānushṭhānam api kṛitavanta ity arthaḥ | yasmād evam devaiḥ kṛitam tasmād eva kāraṇād idānīm api dīkshaṇīyāyām ishṭau codakaprāptam yajñam samāptiparyantam anutishṭhanti | patnīsamyājān apy anutishṭhanti | uttarakālīnāṅgavyāvṛittaye patnīsamyājagrahaṇam | patnīsamyājair eva samāptir ity abhipretyāntam ity uktam | tam devaiḥ kṛitam anu nyāyam anukramagatam anushṭhānam anu paścān manushyā apy anvavāyan | avagatavantaḥ | anushṭhitavanta ity arthaḥ |

4. tisraḥ sāmidhenīḥ | tisraḥ sāmidhenya Āśvalāyanena darśitāḥ | upasadyāya mīḷhusha iti tisra ekaikām trir anavānam tāḥ sāmidhenyaḥ (4, 8, 5) iti | Agniḥ Somo Vishṇuś cety etās tisro devatāḥ |

5. ta upavasatham | upavasathaśabdena somayāgasamīpavāsitvāt pūrvasminn ahany anushṭheyo 'gnīshomīyapaśur vivakshitaḥ | tam paśum devā upavasathye 'hani somayāgadināt pūrvedyuḥ prāpnuvan |

7. anūtsāram | uttarottarabhāvī sāra utsāraḥ | tam anusṛityānusṛityeti tasyārthaḥ | dīkshaṇīyeshṭeḥ sārabhūtā prāyaṇīyeshṭiḥ |

tadapekshayā somayāgasya saṃpavartitvāt | evam ātithyādishu drashṭavyam | īdṛiṣam uttarottarasāram anusṛitya te devās taṃ somayāgam āyan | prāptavantaḥ |

46.

6. vāmadevyasya stotre | Vāmadevamaharshiṇā dṛishṭaṃ sāma vāmadevyam | kayā naṣ citra ā bhuvad ity etasyām ṛicy utpannam | tac ca sāma tṛice gāyanta udgātāraḥ pṛishṭhastotram anutishṭhanti | tatra kaṣcit prayogaviṣeshaḥ prāyaṣcittiḥ |

8. tat tribhir aksharaiḥ | tad vāmadevyaṃ sāma tribhir aksharair nyūnam | kayā naṣ citra ityādikas tṛico gāyatrīchandaskaḥ | tasya ca chandasas trishu pādeshu pratyekam ashṭāv aksharāṇy apekshitāni | abhī shu ṇa ity etasyāṃ tṛitīyasyām ṛici pratipādaṃ saptaivāksharāṇi | atas tribhir aksharair nyūnatvam | tasya vāmadevyasya sāmnaḥ sambandhini stotra upasṛipya gānam prakramyātmānaṃ svavācakam purusha iti ṣabdaṃ tredhā vigṛihṇīyāt | pratyaksharaṃ vibhajyaikaikasmin pāde prakshipet | tad yathā | abhī shu ṇoḥ sakhīnām pu | avitā jaritṝṇāṃ ru | ṣatam bhavāsy ūtibhiḥ sha iti prakshipya gāyet |

47.

1. tebhya etam | kasmin kālo nirvāpa iti | tad ucyate | yajñasyāvasāne yo 'yam anūbandhyākhyaḥ paṣubandhas tasya paṣoḥ sambandhi mitrāvaruṇadevatāko yaḥ puroḍāṣas tam anu | tasminn anushṭhite paṣcān nirvapet |

8. andhāyām | vājo 'nnaṃ havirlakshaṇam | tadyukto jyotishṭomo vājī | sa ca suhitaḥ samyag anushṭhitaḥ andhāyām amṛite svarge dadhāti | yajamānaṃ sthāpayatīti ṣeshaḥ |

9. ananudhyāyinam | manasā dhyātum anarham atyapūrvasukhopetaṃ lokam prāpnoti |

11. tad u vai | tatraiva pūrvoktavishaye kecid abhijñā evam āhuḥ | yatra yasmin prayoge samānībhyām ekavidhābhyām ṛigbhyāṃ samāno 'hann ekasminn evāhani yajati tad etad anushṭhānaṃ yajñe jāmi vā ālasyam eva kriyate | sampādyate | prayuktayor evarcoḥ punaḥprayogasya carvitacarvaṇasadṛiṣatvāt | dhātṛidevatāke puroḍāṣe dhātā dadātu dāṣusha iti puronuvākyā dhātā prajānām (Āṣvalāyana 6, 14, 16) iti yājyā | tatra yady uparitanānām api caturṇāṃ havishām purastād ājyena Dhātāraṃ yajet | tadānīm idam ṛigdvayam punar api caturvāram āvartanīyam | tathā sati nīraso yajñaḥ phalaṃ dātuṃ samartho na bhaved ity arthaḥ |

48.

6. tā ubhayīḥ | anūcānādīnām madhye kaṣcid gataṣrīḥ | tathā

ca çrutyantare çrūyate | trayo vai gataçriyaḥ: çuçruvān grāmaṇī rājanyaḥ (Ts. 2, 5, 4, 4) iti | tadṛiço gataçrīr yadi prajām prajotpādanasāmarthyaṃ kāmayate tadānīṃ tasya tā devikā devīç cobhayīḥ saṃnirvapet | samuccitya nirvapet |

7. eshishyamāṇasya | dhanam apekshamāṇasya tu naiva saṃnirvapet | ubhayavidhānāṃ samuccitya nirvāpo na kāryaḥ |

9. rathagṛitsaḥ | tatprasādād ayaṃ Rathagṛitso rājaputraḥ krīḍārthaṃ jale gāhata iti |

49.

1. agnishṭomam | jyotishṭomas tāvat saptasaṃsthaḥ | samāptibhedāt saptavidhaḥ | agnishṭomo 'tyagnishṭoma ukthyaḥ shoḍaçī vājapeyo 'tirātro 'ptoryāma iti sapta saṃsthāḥ (6, 11, 1) ity Āçvalāyanenābhihitatvāt | tatrāgnishṭomasāmnā yajñāyajñīyākhyena yatra samāptiḥ so 'yam prathamarūpo 'gnishṭomaḥ | sa sarvo 'pi pūrvatroktaḥ | athokthyasaṃsthārūpo jyotishṭomo vaktavyaḥ | tadartham ākhyāyikām āha | agnishṭomam etc.

50.

1. te vā asurāḥ | ukthyasya kratur agnishṭomavikṛitatvād atidishṭam agnishṭomaprayogam anushṭhāya tata ūrdhvam ukthyaparyāyās trayo 'nushṭheyāḥ | tathā cāpastamba āha | ukthyaç ced agnishṭomam avasāyātha tribhyaç camasagaṇebhyo rājānam atirecayatīti |

aindrāvaruṇam | yasmād evaṃ tasmād ubhayor melanena teshām asurāṇām apanodārtham aindrāvaruṇaṃ sūktaṃ tṛitīyasavane maitrāvaruṇanāmaka ṛitvik çaṅset | indrāvaruṇā yuvam adhvarāya na ity etad daçarcaṃ sūktam |

2. aindrābārhaspatyam | udapruto na vayo rakshamāṇā ity etad bṛihaspatidevatākaṃ dvādaçarcaṃ sūktam | acha ma indram matayaḥ svarvida ity ekādaçarcaṃ aindraṃ sūktam | tad ubhayam militaṃ sad aindrābārhaspatyaṃ sampadyate |

3. aindrāvaishṇavam | saṃ vāṃ karmaṇā sam ishety ashṭarcam aindrāvaishṇavaṃ sūktam |

6. atha haite | praishagranthe pañcame sūkte hotā yakshad ityādikau dvitīyāshṭamau mantrau potur dvāv ṛituyājau | tathā tatraiva tṛitīyanavamau mantrau neshṭur dvāv ṛituyājau | ity evaṃ catvāra ṛituyājāḥ | te militvā potṛisambandhān neshṭṛisambandhāc ca potrīyā neshṭrīyāç ca bhavanti | tathā prasthitayājyāḥ potus tisra ṛico neshṭuç ca tisra ṛicaḥ | ity evaṃ shaḍ ṛico bhavanti | tad etan mantradaçakam praçaṅsati | sā virāḍ ityādinā |

Pañcikā IV.

1.

1. devā vai | agnishṭomokthyādisaṃsthāsaṃsthāviṣeshaḥ svatantraḥ kratutvād yathā pṛithag anushṭhātuṃ yogyas tathā shoḍaṣī svatantraḥ kratuḥ | tathā ca ṣākhāntare paṭhanti | na vai shoḍaṣī nāma yajño 'sti, yad vāva shoḍaṣaṃ stotraṃ shoḍaṣaṃ ṣastraṃ tena shoḍaṣī (Ts. 6, 6, 11, 1) iti | tathā saty ayaṃ saṃsthāviṣeshaḥ pṛishṭhyashaḍahasya caturthe 'hani prayujyate | atas tatraiva tacchaṅsanavidhānam || devāḥ purā pṛishṭhyashaḍahe prathamenāhnā prathamadivasanishpādyena somaprayogeṇendrārthaṃ vajraṃ samabharan | sampāditavantaḥ | atra sarvatrāhaḥṣabdo 'hnā nishpādyasomaprayogam abhidhatte | tatra sampāditaṃ vajraṃ dvitīyenāhnāsiñcan | secanaṃ nāma lohamayānāṃ ṣaṅkukuṭhārādīnāṃ tīkshṇatvāya dārḍhyāya cāgnau pratāpya yathocitaṃ nīre sthāpanam | tad idaṃ secanaṃ vajre kṛitavantaḥ | kṛitvā ca tṛitīyenāhnā taṃ vajram Indrāya prāyachan | dattavantaḥ | sa cendras taṃ vajraṃ caturthe 'hani ṣatror upari prāharat | tasmāt pṛishṭhyashaḍahasya caturtha 'hani shoḍaṣinaṃ ṣastraṃ ṣaṅset | asāvi soma indra ta ityādikaṃ shoḍaṣyākhyaṃ ṣastram | tathā cāṣvalāyana āha | atha shoḍaṣī | asāvi soma indra ta iti stotriyānurūpau (6, 2, 1) iti |

4. taṃ yat | yad uktam parastād ukthānām paryasya ṣaṅsatīti tatrokthyaṣastrebhya uttarakālāvasthānam eva paryasyeti ṣabdena vivakshitam iti vyākhyātam | athavottarakālasya parastād iti ṣabdenaiva siddhatvāt paryasyeti ṣabdena ṣastragatānām ṛicām adhyayanapāṭhād viparyāso 'bhidhīyate | dvividhaṃ shoḍaṣiṣastraṃ vihṛitam avihṛitaṃ ca | tatrāvihṛitaṃ nāmādhyayanakrameṇaiva ṣaṅsanam | vihṛitaṃ ca ṛicām parasparavyatishaṅgaḥ | sa tv Āṣvalāyanena darṣitaḥ | ūrdhvaṃ stotriyānurūpābhyāṃ tad eva ṣasyaṃ viharet | pādān vyavadhāyārdharcaṣaḥ ṣaṅset | pūrvāsām pūrvāṇi padāni | gāyatryaḥ paṅktibhiḥ | paṅktīnāṃ tu dve-dve pade ṣishyete tābhyām praṇuyāt (6, 3, 2) iti | tad etad udāhṛitya pradarṣyate | imā dhānā ghṛitasnuvo harī ihopa vakshataḥ | indraṃ sukhatama ratha ity eshā gāyatrī | susaṃdṛiṣaṃ tvā vayam maghavan vandishīmahi | pra nūnam pūrṇavandhura stuto yāhi vaṣāñ anu yojā nv indra te harī ity eshā paṅktiḥ | yo 'yam adhyayanapāṭhaḥ so 'vihṛitaḥ | vihṛitapāṭhas tūcyate | imā dhānā ghṛitasnuvaḥ susaṃdṛiṣaṃ tvā vayam | harī ihopa vakshato maghavan vandishīmahom | indraṃ sukhatame ratha pra nūnam pūrṇavandhuraḥ | stuto yāhi vaṣāñ anu yojā nv indra te harom iti | anena prakāreṇa viparyasya ṣaṅset |

5. tad āhuḥ | shoḍaṣiṣabdo grahaviṣeshaṃ stotraviṣeshaṃ ṣa-

atraviçesham cābhidhatto | teshām ekaikasvarūpavatām shoḍaçiçabdavācyatvam ayuktam, tacchabdapravṛittau nimittāntaram tu na paçyāma iti brahmavādinām abhiprāyaḥ | shoḍaçasaṃkhyāyuktatvāt shoḍaçitvam ity uttaram | tatra katham iti | tad ucyate | agnishṭomasaṃstho jyotishṭomo dvādaçastotropetaḥ | tathā ca çākhāntare çrūyate | dvādaçāgnishṭomasya stotrāṇi (Tb. 1, 2, 2, 1) iti | tadgarbbita ukthyasaṃsthas tribhiḥ stotrair atiricyate | tasmāt pañcadaça stotrāṇi bhavanti | tadgarbhitaḥ shoḍaçisaṃstha ekena stotreṇātiricyate | tataḥ stotrāṇām madhya etatstotraprayogaḥ shoḍaçasaṃkhyāpūrako bhavati | tathā çastrāṇām madhye 'py etacchastraprayogaḥ shoḍaçasaṃkhyāpūrakaḥ | kiṃcāsmiñ chastre hotā sampāditāyā anushṭubhaḥ pūrvārdhagatāni shoḍaçākshurāṇy uccāryāvasyati | uttarārdhagatāni shoḍaçākshurāṇy uccārya praṇauti | praṇavam uccārayati | kiṃcāsya made jaritar ityādikā shoḍaçapadopetā nivic chastramadhye prakshipyate | ato bahudhā shoḍaçasaṃkhyāyogād ayam prayogaḥ shoḍaçināmopetaḥ || prakārāntareṇa shoḍaçinam praçaṅsati |

6. dve vā akshare | yo 'yaṃ shoḍaçī so 'yaṃ dvyaksharādhikām anushṭubham yadā samprāpto bhavati tadānīṃ dve evākshare adhike bhavataḥ | tathā hi Sūtrakāro (6, 3, 1) vihṛitasyety upakramya çākhāntarīyām indra jushasvetyādikā ṛicaḥ paṭhitavān | tasyāḥ pūrvasminn ardharce shoḍaçākshurāṇy uttare 'rdharce 'shṭādaça | tato 'ksharadvayādhikyam | vāg vā anushṭup (1, 28, 15) iti çrutyantareṇa vāco 'nushṭubavayatvāt tadātmikāyā vāgdevatāyāḥ atrirūpāyā adhikākshararūpau stenau sampadyete | yad etal loke satyavadanaṃ yac cānṛitavadanaṃ tad ubhayam api vācaḥ stenarūpam | ato 'dhikākshurāyāḥ satyānṛitarūpatvam |

2.

1. gaurivītam | kenacin maharshiṇā gaurivītināmnā dṛishṭatvāt sāmāpi gaurivītanāmakam | tat tv abhi pra gopatiṃ girety asyām ṛicy utpannam |

2. nānadam | nānadākhyaṃ kiṃcit sāma | tat ta praty asmai pipīshata ity asyām ṛicy utpannam |

3.

2. yad indra | yad indretyādikās tisra ushṇikchandaskā ṛicaḥ | ayaṃ te astv ityādikās tisro bṛihatīchandaskāḥ | upantiaḥ purusho vyāhṛityaksharacatushṭayopetāṃ caturviṅçatyaksharāṃ gāyatrīṃ vyatishajati | ushṇik cāshṭaviṅçatyaksharā | tataḥ purushasyaushṇihatvam | paçūnām bārhatatvaṃ çākhāntare çrūyate | chandāṅsi paçushv ājim ayus, tān bṛihaty udajayat, tasmād bārhatāḥ paçava ucyante (Ts. 5, 3, 2, 3) iti | bṛihatī ca shaṭtriṅçadaksharā | tasyā ushṇigyoge sati catuḥshashṭyaksharasampatter anushṭubdvayam |

4.

1. mahānāmnīnām | vidā maghavan (Ait. ā. 4, 1, 1) ity asminn anuvāke proktā ṛco mahānāmnyaḥ | tāsām sambandhina upasargāḥ pañcavidhāḥ | te cāçvalāyanena darçitāḥ | pracetana pra cetayā yāhi piba matsva | kratuç chanda ṛitam bṛihat sumna ā dhehi no vasav ity anushṭup (6, 2, 9) iti | tatra pracetanety ekaḥ prathama upasargaḥ pra cetayeti dvitīyaḥ | tāv ubhāv api dvitīyasyām mahānāmnyām āmnātau | ā yāhi piba matsveti tṛitīya upasargas tṛitīyasyām mahānāmnyām āmnātaḥ | kratuç chanda ṛitam bṛihad ity ayaṃ caturtha upasargaḥ sa ca shashṭhyām mahānāmnyām āmnātaḥ | sumna ā dhehi no vasav iti pañcama upasargaḥ sa cāshṭamyām mahānāmnyām āmnātaḥ | eteshu pañcasūpasargeshu militvā dvātriṅçadaksharasadbhāvād iyam ekānushṭub iti sūtrasyārthaḥ | iyam cānushṭub avihṛitashoḍaçini tathaiva paṭhanīyā | anyatra tu vihṛitashoḍaçini pañcāpy upasargāḥ vibhajyātichandassu pañcasu yojanīyāḥ | ata evopasṛijyamānatvād upasargā ity ucyante | tad etat saṃyojanam atropasṛijatīti çabdena vidhīyate | trikadrukeshv iti yeyam prathamātichandās, tasyāç catuḥshashṭyaksharatvāt parānapekshayaivānushṭubdvayasampattiḥ çakyeti | dvitīyasyām ṛici tad anushṭubdvayam pūrayitum pracetanety aksharacatoshṭayaṃ yojanīyam | tṛitīyasyām ṛici pra cetayeti yojanīyam | pro shv asmā ityādishu tisṛishv avaçishṭās trayā upasargāḥ krameṇa yojanīyāḥ | so 'yam prakāra Āçvalāyanenoktaḥ | ānushṭubham [1]) atichandassv avadadhyāt | dvitīyatṛitīyayos tṛitīyayoḥ pādayor avasāneta āpadadhyāt | pracetaneti pūrvasyām pra cetayety uttarasyām | uttarāsv itarān pādān shashṭhān kṛitvānushṭopkāraṃ çaṅset (6, 3, 11) iti |

4. pra-pra | pra-pra va ity ekas tṛicaḥ prathamaḥ | arcateti dvitīyaḥ | yo vyatīn iti tṛitīyaḥ |

5. noc chandasām | chandasāṃ kṛichrāt pūrvoktānāṃ gāyatryādīnāṃ viharaṇakleçād avapadyai | avapattim āpadam prāpnuyām | tan mā bhūd iti |

5.

1. ahar vai | athātirātro vaktavyaḥ | tatrendrasya chandasāṃ ca prādhānyaṃ kathayitum itihāsam āha | ahar vai etc.

2. tasmāt | yasmād evaṃ tasmād Indraç chandāṅsy evāṅgatayātirātraprayoge rātrīṃ vahanti | atirātraprayogasya nirvāhakāṇi bhavanti |

---

1) sānushṭubham alle vier Hss., dieselben lassen das zweite tṛitīyayoḥ aus.

3. tān vai paryāyaiḥ | tān vai rātrim āṣritān asurān paryāyaiṣ camasagaṇānāṃ kramānushṭhānair ava paryāyais tatra-tatra yāgabhūman parītyānudanta | nirākṛitavantaḥ |

6.

1. pāntam | Indrasya chandasāṃ ca prādhānyam abhihitam | atha ṣastram vidhātavyam | shoḍaṣiparyantam pūrvavad anushṭhāya shoḍaṣina ūrdhvaṃ rātriparyāyāḥ ṣaṅsanīyāḥ | trayas-trayaḥ paryāyāḥ | tatraikaparyāyeṣ catuḥṣastropetaḥ | hotur ekaṃ ṣastraṃ hotrakāṇāṃ ca trayāṇām ekaikam iti catushṭayam | atra prathamaparyāye hotuḥ ṣastraṃ vidhatte | pāntam etc.

2. ānushṭubhī | gāyatrītrishṭubjagatyanushṭubhām madhya gāyatryādīnāṃ trayāṇāṃ savanatrayagatānām ahani prayuktatvād anushṭubhaḥ prayogāya rātrir eva kālaḥ pariṣishyata | tasmād rātrer anushṭupsambaddhatvād iyam anushṭuh rātreḥ svarūpam |

3. andhasvatyaḥ | andhaḥṣabdo yāsv ṛikshv asti tā andhasvatyaḥ | tādṛiṣyaṣ catasra ṛicaḥ prathamaparyāyo hotrādīnāṃ caturṇāṃ ṣastrayājyāḥ kartavyāḥ | tāṣ ca trishṭupchandaskā eva | tatrādhvaryavo bharatandrāya somam ity eshā hotuḥ ṣastrayājyā | sā cāndhasvatī trishṭupchandaskā ca | tasyā dvitīyapāda siñcatā madyam andha ity andhaḥṣabdaḥ ṣrūyate | evam itareshāṃ trayāṇāṃ ṣastrayājyā udāharaṇīyāḥ | pibatidhātur yāsv ṛikshv asti tāḥ pītavatyaḥ-tādṛiṣyo madhyaparyāya yājyāḥ kartavyāḥ | apāyy asyāndhaso madāyati hotuḥ ṣastrayājyā | tatrāpāyīti pibatidhātuḥ ṣrūyate | madidhātur yāsv ṛikshv asti tā madvatyaḥ | tādṛiṣyas tṛitīyaparyāya yājyāḥ kartavyāḥ | tishṭhā harī ity eshā hotuḥ ṣastrayājyā | tasyā avasāne rarimā te madāyeti madidhātuḥ ṣrūyata | evaṃ sarvam udāhāryam | rātrāv annabhojanād andhasvatīnām ānurūpyaṃ kshīrapānāt pītavatīnāṃ tata ūrdhvaṃ harshān madvatīnām | evam ānurūpye sati tat-tat karma samṛiddham bhavati |

4. prathamena | yadā sāmagāḥ prathamena paryāyeṇa stuvate tadānīṃ stotriyāṇām prathamapādān dvir abhyasyanti | evaṃ ṣastre 'pi puruhūtam purushṭutam ityādikāḥ prathamapādā dvir abhyasanīyāḥ | yathā vāva stotram evaṃ ṣastram ity uktatvāt |

5. madhyamena | ayaṃ ta indra soma ity asyām ṛici nipūto adhi barhishi | nipūto adhi barhishīty evam madhyamaḥ pādo dvir abhyasanīyaḥ |

6. uttamena | idaṃ hy anv ojasā sutam ity asyām ṛici pibā tv asya girvaṇaḥ | pibā tv asya girvaṇa ity uttamasya pādasya dvir abhyāsaḥ | ātmānaṃ ṣarīram adhikṛitya vartata ity adhyātmam asurāṇāṃ ṣarīre 'vasthitaṃ vāso hiraṇyam maṇir ity evam ādikam sarvaṃ gṛihītam bhavati |

8. pavamānavat | bahishpavamāno mādhyaṃdinaḥ pavamāna ārbhavaḥ pavamānaś cety evam ahani pavamānastotratrayaṃ vidyate na tu rātrau tad asti | ato ubhayoḥ pavamānatvaṃ katbaṃ sidhyati tadasiddhau ca kenopāyenāhaś ca rātriś cety ete samāvadbhājau bhavataḥ samānabhāgayukte bhavata iti praṣnavādina āhuḥ || tatrottaram āha |

9. yad evendrāya | yad evendrāya madvane sutam, idaṃ vaso sutam andha, idaṃ hy anv ojasā sutam iti tābhir etābhis tisṛbhir udgātāraḥ stuvanti hotāraḥ śaṅsanti | ahani yathā trishv api pavamānastotranāmasu pavamānaśabdo 'nuvṛitta, evam atrāpi tisṛishv ṛikshu sutaśabdo 'nuvṛittaḥ | ataḥ pavamānasāmyād rātriḥ pavamānavatī | tena prakāreṇobhayoḥ pavamānavattve sāmye sati tulyabhāgatvaṃ sidhyati]

10. pañcadaśastotram | agnishṭomastotrāṇi dvādaśa | ukthyastotrāṇi trīṇi | etāny ahani prayujyante | tasmād ahaḥ pañcadaśastotropetam | rātrau tu na tāni vidyante | katham pañcadaśastotrasāmyena tayor bhāgasāmyaṃ sidhyetīti praśnaḥ || tatrottaram āha |

11. dvādaśa | dvādaśasu camasagaṇaparyāyeshu dvādaśa stotrāṇi vidyante | tāny apiśarvarāṇi | rātrāv anushṭheyānāṃ chandasām apiśarvarasaṃjñā pūrvam uktā | taiś chandobhir nishpādyatvāt stotrāṇy api tannāmakāni | rathaṃtarasāmnā nishpādyaṃ yat saṃdhistotraṃ tatra tisro devatāḥ śrūyante | tābhiḥ stotavyābhis tisṛbhir devatābhiḥ stotram api tredhā bhidyate | tena kāraṇena rātriḥ pañcadaśastotrā sampannā | tathā saty ubhayor ahorātrayoḥ stotrasaṃkhyāsāmyāt samānabhāgopetatvaṃ sidhyati |

12. parimitam | udgātāraḥ parimitaṃ yathā bhavati tathā stuvanti | trivṛit pañcadaśaḥ saptadaśa ekaviṅśa ity evaṃ caturbhir eva stomair atra sarvastotranishpatteḥ | hotā tv aparimitaṃ yathā bhavati tathānuśaṅsati | śaṅsanīyā ṛica otāvatya eveti sarvatrānugatasya saṃkhyāniyamasya kasyacid abhāvāt | pūrvabhāvinaḥ stotrasya parimitatvam uttarabhāvinaḥ śastrasyāparimitatvaṃ ca laukikanyāyānusāri | loke bhūtam pūrvaṃ sampāditaṃ dhanam parimitam | iyad eveti niyatir asti | bhavyam itaḥ paraṃ sampādanīyaṃ dhanam aparimitam | tṛishṇāyā niravadhikatvenaitāvad eva sampādayishyāmi na tv adhikam iti niyater abhāvāt | tasmād uparitanaśaṅsabāhulyam aparimitadhanaprāptyai bhavatīty abhipretya hotur aparimitam anuśaṅsanam |

13. atiśaṅsati | stotragatām ṛiksaṃkhyām atilaṅghya hotā śaṅsatīti yad asti tad yuktam eva | loke hy ātmānam atilaṅghya prajānāṃ cāvasthitatvāt | svayam eka eva, putrādayas tu bahavo gavāśvadipaśavaś ca bahavaḥ |

7.

1. vahatum | vahanasya vivāhasyālaṃkārārtham māṅgalyārthaṃ ca varasya purato vahanīyo haridrāguḍādimaṅgaladravyasaṃgho vahatuḥ | yad etad ṛikshasaram yājñikā āṣvinasahasram ity ācakshate tat sahasram eva vahaturūpeṇa pratyabhijñātavān |

3. ṣakunir iva | yathā loka ṣakuniḥ kaṣcit pakshī padbhyām bhūmiṃ dṛiḍham avashṭabhyotpatishyann ūrdhvamukhotpatanaṃ kartum ichan pakshyantaram abhilakshya dhvaniṃ karoti | evam asau hotā tadākāraṃ ghaṭanaṃ kurvann āhāvam paṭhet | tad etad Āṣvalāyanācāryaiḥ spashṭīkṛitam | prāṣya pratiprasṛipya paṣcāt svasya dhishṇyasyopavishet samastajaṅghorur aratnibhyāṃ jānubhyāṃ copasthaṃ kṛitvā yathā ṣakunir utpatishyan | upasthakṛitas tv evāṣvinaṃ ṣaṅset (6, 5, 4) iti |

4. tasmin | tasminn āṣvinaṣastre devāḥ parasparam na samajānata | saṃjñānam pratipattiṃ nākurvan |

8.

1. tasmād āgneyam | Āṣvalāyana 6, 5, 2.

9.

1. akūḷayat | dagdhavān |

10.

1. tad āhuḥ | tat tasminn āṣvinaṣastre kecid abhijñā evam āhuḥ | devānām madhya yo 'yaṃ Sūryo 'sti sa nātiṣasyaḥ | Sūryam atilaṅghya ṣaṅsanaṃ na kartavyam | tathā chandasām madhye bṛihatīm atilaṅghya ṣaṅsanaṃ na kartavyam | Sūryasyopāsakeshu brahmavarcasapradatvāt tadatilaṅghane brahmavarcasaṃ naṣyet | bṛihatyāḥ prāṇarūpatvāt tadatilaṅghane prāṇo vinaṣyed iti teshām abhiprāyaḥ |

5. yad u bārhataḥ | atrottarasyā ṛico vishṭārapaṅktitve 'pi pragrathanena bṛihatīsampādanād bṛihatīm atilaṅghya ṣaṅsanaṃ na bhavishyatīty etad darṣayati |

asmin pragātha pūrvasyā ṛicaḥ shaṭtriṅṣadaksharatvāt pādacatushṭayopetatvāc ca sā svabhāvata eva bṛihatī | punar api tasyāṣ caturthapādam ashṭāksharaṃ dvir āvartyetarasyā ṛicaḥ prathamārdhena viṅṣatyaksharena saha pragrathya shaṭtriṅṣadakshara dvitīyā bṛihatī sampādanīyā | tatrāpy antimam pādam ashṭāksharaṃ dvir āvartyottarārdhena viṅṣatyaksharena saha pragrathya tṛitīyā bṛihatī sampādanīyā | evaṃ sati bṛihatyā atikramo na bhavati |

15. citaidham | yad etad āṣvinaṃ ṣastram asti tad etac citaidham uktham iti rahasyābhijñā ācakshate | citā edhāḥ kāshṭhasamūhā

manushyaṃ dagdhuṃ yasmiñ chmaçānasthāne tat sthānaṃ citaidbam | tatsadṛiçam idam ukthaṃ çastram |

11.

1. brāhmaṇaspatyayā | bṛihaspate ati yad arya ity eshā brāhmaṇaspatyā |

13. yad u trishṭubham | triḥ prathamāṃ trir uttamām iti nyāyena paridhānīyāyās trir āvṛittir asti | iyaṃ trishṭup trir āvartyamānā dvātriñçadadhikaçatākshara sampadyate | tadaksharesho sarvachandasām antarbhāvayitum çakyatvād iyaṃ sarvāṇi chandāṅsy abhito vyāpnoti | ato bṛihatyā api tadvyāptatvān nāsty atikramaḥ || yad uktam Sūtrakāreṇa | āçvinena graheṇa sapuroḍāçena caranti (6, 5, 23) iti, tatrobhayārthaṃ yājyāṃ vidhatte |

14. gāyatryā | ubhā pibatam açvineti gāyatrī | açvinā vāyuneti trishṭup | tābhyām vashaṭkuryāt | yājyātvena tad ubhayam paṭhed ity arthaḥ |

12.

1. caturviñçam | agnishṭoma ukthyaḥ shoḍaçy atirātraç cety evaṃ catuḥsaṃstho jyotishṭomaḥ sārdhenādhyāyashoḍaçakenābhihitaḥ | athaitac catushṭayam upajīvya pravartamānaṃ gavāmayananāmakaṃ saṃvatsarasatram abhidhātavyam | saṃvatsaragateshu shashṭyadhikaçatatrayadivaseshv ekaikasmin divase pūrvoktānāṃ catasṛiṇāṃ saṃsthānām madhye kayācit saṃsthayā yuktaḥ somaprayogaḥ sarvo 'py anushṭheyaḥ | so 'yam ekaikadinasādhyaḥ somaprayogo vedeshv ahaḥçabdena vyavahriyate | saṃvatsarasyādye divase kaçcid atirātrasaṃsthaḥ somaprayogo 'nushṭheyaḥ | tadanantarabhāvini dvitīyadivase 'nushṭheyaṃ somaprayogaṃ vidhatte |

caturviñçanāmakaḥ kaçcit stomaviçeshaḥ | sa ca Chandugair evam āmnāyate | ashṭābhyo hiṃkaroti sa tisṛibhiḥ sa catasṛibhiḥ sa ekayā | ashṭābhyo hiṃkaroti sa ekayā sa tisṛibhiḥ sa catasṛibhiḥ | ashṭābhyo hiṃkaroti sa catasṛibhiḥ sa ekayā sa tisṛibhiḥ (Tāṇḍya 3, 8, 1) iti | asyāyam arthaḥ | stotrasyādhārabhūte tṛice vidyamānās tisra ṛica āvṛittiviçesheṇa caturviñçatisaṃkhyākā ṛicaḥ kartavyāḥ | sā cāvṛittis tribhiḥ paryāyaiḥ sampadyate | tatra prathame paryāye prathamām ṛicaṃ trir abhyasya sa udgātā tābhis tisṛibhir gāyet | dvitīyām ṛicaṃ caturvāram abhyasya tābhiç catasṛibhir gāyet | tṛitīyāyā ṛicaḥ sakṛid eva pāṭho na cāvṛittiḥ | evam prathamaparyāye 'shṭāv ṛicaḥ sampadyante | tābhir hiṃkaroti | udgāyet | dvitīyaparyāye prathamāyāḥ sakṛit pāṭhaḥ | dvitīyāyās trir āvṛittiḥ | tṛitīyāyāç catur āvṛittir ity evam atrāpy ashṭau sampadyante | tṛitīyaparyāye prathamāyāç catur āvṛittiḥ | dvitīyāyāḥ sakṛit pāṭhaḥ | tṛitīyāyās trir āvṛittir ity evam atrāpy ashṭau sampadyanto | tat sarvam militvā caturviṅṣatisaṃkhyā ṛico bhavanti | so 'yaṃ caturviṅṣastomaḥ || anena stomena stotrāṇi yasminn ahani nishpadyante tad ahaś caturviṅṣam | tādṛiṣam etad ahar upayanti | anutishṭheyuḥ | atra satreshu sarvatropayanty āsata iti ṣabdāv anushṭhānaparau | etābhyāṃ vidhānnm eva satratvaliṅgam | tatra ye yajamānās ta ṛitvija iti ṣrutyantarād ṛitvijāṃ sarveshāṃ yajamānatvenopayantīti bahuvacanam | tasyaitasyāhna ārambhaṇīyam iti nāmadheyam |

2. yady apy etasmād ahnaḥ pūrvabhāvini prāyaṇīyākhye 'hani satram prārabdham | tathāpi [1]) prāyaṇīyasyātirātrasaṃyuktasya saṃvatsaropakramasādhāraṇatvād asya satrasya viṣesheṇa prārambho 'sminn eva bhavatīty abhipretyaitasyārambhaṇīyatvam eva yuktam |

7. tasya shashṭiṣ ca | ekaikasya stotrasya caturviṅṣatisaṃkhyayāvṛittatvāt tatratyāḥ stotrayogyā ṛicaṣ caturviṅṣatiḥ sampadyanto | tathā sati daṣasu stotreshu catvāriṅṣadadhikaṃ ṣatadvayam | pañcasu stotreshu viṅṣatyadhikam ekaṃ ṣatam | etad ubhayam militvā shashṭyadhikaṣatatrayasaṃkhyākāḥ stotriyāḥ sampadyanto |

8. agnishṭomaḥ | yad idaṃ dvitīyam ahnḥ so 'gnishṭomaḥ kartavyaḥ | agnishṭomasya saṃvatsarasatrarūpatvāt | katham iti cet | tad ucyate | agnishṭomād anya ukthyādirūpaḥ kaṣcid api kratuḥ saṃvatsarasatrāvayavabhūta etad ahar naiva dādhāra | naiva dhārayituṃ ṣaktaḥ | anupadishṭāny aṅgāni sarvāṇy agnishṭomād atidiṣyante | tad etad agnishṭomasya dhārayitṛitvam | tasmād agnishṭomavyatiriktaḥ kratur etad ahar na vivyāca | vivektum anushṭhāpayituṃ na ṣaktaḥ | ity evam pakshāntaravādinām abhiprāyaḥ || asmin pakshe stomaviṣeshaṃ vidhatte |

9. sa yadi | agnishṭomapakshe bahishpavamānamādhyaṃdinapavamānārbhavapavamāneshu trishu stotreshv ashṭācatvāriṅṣanāmakaḥ stomaḥ kartavyaḥ | sa ca Chandogair evam āmnātaḥ | shoḍaṣabhyo hiṃkaroti sa tisṛibhiḥ sa dvādaṣabhiḥ sa ekayā | shoḍaṣabhyo hiṃkaroti sa ekayā sa tisṛibhiḥ sa dvādaṣabhiḥ | shoḍaṣabhyo hiṃkaroti sa dvādaṣabhiḥ sa ekayā sa tisṛibhiḥ (Tāṇḍya 3, 12, 1) iti | prathame paryāyo prathamāyā ṛicas trir āvṛittiḥ | dvitīyāyā dvādaṣakṛitva āvṛittiḥ | tṛitīyāyāḥ sakṛit pāṭhaḥ | dvitīyaparyāye prathamāyāḥ sakṛit pāṭhaḥ | dvitīyāyās trir āvṛittiḥ | tṛitīyāyā dvādaṣakṛitva āvṛittiḥ | tṛitīyaparyāye prathamāyā dvādaṣakṛitva āvṛittiḥ | dvitīyāyāḥ sakṛit pāṭhaḥ | tṛitīyāyās trir āvṛittiḥ | militvāshṭācatvāriṅṣat stotriyāḥ sampadyanto | so 'yam ashṭācatvāriṅṣastomaḥ || tam etam pavamāneshu trishu kṛitvā ṣishṭeshu navasu stotreshu caturviṅṣastomaṃ kuryāt | tathā sati pavamānastotreshu catuṣcatvāriṅṣadadhikaṣatasaṃ-

---

1) tathāpy tayā alle vier Hss.

khyākāḥ stotriyāḥ sampadyante | itarastotreshu shoḍaṣādhikaṣatadvayasaṃkhyākāḥ | tato militvā shashṭyadhikaṣatatrayasaṃkhyākā bhavanti |

13.

1. bṛihadrathaṃtare | tvām id dhi havāmaha ity asyām ṛicy utpannaṃ sāma bṛihat | abhi tvā ṣūra nonuma ity asyām ṛicy utpannaṃ rathaṃtaram | ete ubhe api yajñākhyasya samudrasya samyak paratīrasādhanabhūte nāvau | saṃvatsarasatrasya samudrarūpatvaṃ ṣākhāntare darṣitam | samudraṃ vā ete pra plavante ye saṃvatsaram upayanti (Ts. 7, 5, 1, 2) iti | tathā sati tatpāranayanahetvoḥ sāmnor nauṛūpatvaṃ yuktam | ato bṛihadrathaṃtararūpābhyāṃ naubhyām eva saṃvatsaraṃ satrarūpaṃ samudraṃ taranti | gavāmayanasya pāraṃ gachantīty arthaḥ |

4. te ubhe | ubhe sāmanī na samavasṛijye | na parityājye | ekasyāpy ananushṭhānam ubhayaparityāgaḥ |

ye sāmadvayam api parityajanti teshām evāyaṃ dosha iti darṣayitum ubhe samavasṛijeyor iti punar abhidhānam | ubhayoḥ sāmnor vikalpitatvād ekaparityāge dosho nāstīty etad darṣayati |

5. tad yadi | tat tayoḥ sāmnor madhye yadā rathaṃtaram parityajeyur bṛihad evānutishṭheyuḥ | tadā bṛihataiva prayogasampūrteḥ phalata ubhayam apy aparityaktam eva bhavati | evam bṛihatparityāgapakshe rathaṃtareṇaiva saṃpūrtiḥ |

6. yad vai | pṛishṭhyashaḍahe shaṭsv api divaseshu krameṇa pṛishṭhastotranishpādakāni shaṭ sāmāni: rathaṃtaraṃ vairūpam bṛihad vairājaṃ ṣākvaraṃ raivatam iti | tatra rathaṃtarasya bṛihataṣ cotpattisthānam pūrvam uktam | yad dyāva indra te ṣatam ity asyām ṛicy utpannaṃ vairūpaṃ sāma | pibā somam indra mandatu tvety asyām ṛicy utpannaṃ vairājaṃ sāma | pro shv asmai puroratham ity asyāṃ gīyamānaṃ ṣākvaraṃ sāma | revatīr naḥ sadhamāda ity asyāṃ gīyamānaṃ raivataṃ sāma | tatra bṛihadrathaṃtarayor evottarasthānīyatvād aṣeshasāmaphalasiddhyartham ete ubhe aparityakte eva bhavataḥ | ubhayaparityāgaḥ sarvathā na yogya ity arthaḥ |

8. ye vā ataḥ | ye vai ke cana mandabuddhayaḥ satriṇo 'ta ārambhaṇīyaṃ caturviṅṣam ahaḥ prārabhyordhvam ā soulomyensitat saṃvatsarasatram upayanty anutishṭhanti te satriṇo gurum vai prauḍham eva bhāram abhinidadhate | svasyopari sthāpayanti | sa vai gurur bhāraḥ sam eva ṣṛiṇāti | bhāravāhakān satriṇo vināṣayati | atha pūrvoktavailakshaṇyena ye satriṇa enaṃ saṃvatsaraṃ parastād ādita ārabhya vihitaiḥ karmabhiḥ pūrvapakshagatair āptvānushṭhāyottarapakshe 'vastāt pratyavarohakrameṇopaity upayanty anutishṭhanti | sa vai ta eva satriṇaḥ svasti kshemeṇa saṃvatsarasatrasya

pāraṃ samāptim aṣnute | prāpnuvaoti || ayam arthaḥ | asti kiṃcid vishuvannāmakaṃ saṃvatsarasatrasya madhye pradhānam ahaḥ | tasyādhastāt shaṇ māsāḥ | so 'yam prathamaḥ pakshaḥ | uparishṭād api shaṇ māsāḥ | so 'yam uttaraḥ pakshaḥ | yathā loke kasyāṣcic chālāyāḥ stambhayoḥ pūrvaṃ dīrghaṃ vaṅṣam prauḍham prasāryobhayoḥ pārṣvayoḥ pakshadvayaṃ kurvanty, evaṃ saṃvatsarasatrasyāpi | tathā ca ṣākhāntare ṣrūyate | yathā ṣālāyai pakshasī madhyamaṃ vaṅṣam abhi samāyachati | evaṃ saṃvatsarasya pakshasī divākīrtyam abhi saṃ tanvanti (Tb. 1, 2, 3, 1) iti | divaiva mantrāṇāṃ kīrtanīyatvād vishuvannāmakam ekaṃ divākīrtyam | tatra pūrvapaksharūpe māsashaṭke yaḥ prayogakramaḥ | evam uttarapakshe 'pi māsashaṭke tenaiva krameṇa sa prayogo yady anushṭhīyeta tadānīm atibhāraḥ syāt | nūtanānushṭhānaviṣeshābhāvenālasye sati vaikalyaṃ bhavati | sa eva bhāra ity ucyate | atas tatparihārārtham pūrveshu shaṭsu māseshu yāni karmāṇi yenānupūrvyeṇānushṭhitāni, tāni karmāṇy uttareshu māseshu tadviparītakrameṇānushṭheyāni | tathā saty ālasyābhāvād avighnenaiva saṃvatsarasatraṃ samāpyata iti |

14.

1. yad vai | athāsminn ārambhaṇīye caturviṅṣe 'hani nishkevalyaṣastre kaṃcid viṣeshaṃ vidhatte |

yad etad dvitīyaṃ caturviṅṣam ahaḥ | tad eva saṃvatsarasyopāntyam mahāvratākhyam ahar bhavati | ārohakrameṇa. caturviṅṣākhyam pūrvapakshagataṃ dvitīyam ahaḥ | avarohakrameṇa mahāvratākhyam upāntyatvād dvitīyam ahar bhavati | anena dvitīyatvasāmyena tayoḥ parasparaikyam upacaryate | kiṃcobhayatra bṛihaddivasāmyam asti | tad id āsa bhuvaneshu jyeshṭham ity etat sūktam bṛihaddivaṣabdena vivakshitam prauḍhasya dyulokasya prāptihetutvāt | etad evobhayatra nishkevalyaṣastre kriyate | tathā saty asmin dvitīye 'hni caturviṅṣanāmake bṛihaddivanāmnā tad id āsetyādinā nishkevalyaṣastragatasūktayuktena hotā retaḥ siñcati tad ahaḥ | tad etat sūktaṃ reto mahāvratīyenopāntyenāhnā bṛihaddivākhyanishkevalyasūktayuktena prajanayati | atra satrasaṃvatsaramadhya eva retaḥsekaḥ prajananaṃ ca dvitīyopāntyadivasayoḥ sampannam | tato loke 'py ekaikasmin saṃvatsare retaḥseka utpattiṣ cety ubhayaṃ sampadyate | yasmād dvitīyopāntyayor ahnor ubhayor api militvā prāṇino janmarūpam ekaṃ kāryam apekshitam | tasmād bṛihaddivanāmakena sūktenobhayatra nishkevalyaṣastraṃ samānam ekarūpaṃ kartavyam |

3. yo vai | yaḥ pumān saṃvatsarasatrasya samudrasthānīyasyāvāram arvāktīrasthānīyam prathamam ahaḥ, pāram paratīrasthānīyam antimam aho yo veda, tayor ahnor anushṭheyaṃ kartavyaṃ niṣcinoti | sa pumān avighnenaiva saṃvatsarasatrasya pāraṃ samāptim

prāpnoti | yo 'yam atirātrasaṃsthaḥ sa ovāsya prāyaṇīyaḥ | ārambho 'nushṭheyatvād arvāktīrasthānīyaḥ | sa evātirātraḥ punar udayanīyaḥ | samāptāv anushṭheyatvāt paratīrasthānīyaḥ |

5. yo vai | avarudhyate svādhīnaṃ kriyate yena prārambharūpeṇa karmaṇā tat karmāvarodhanam | udrudhyata samāpyate yena karmaṇā tad udrodhanam | anyat pūrvavat |

7. yo vai | prāyaṇīyo 'tirātraḥ prasabdasāmānyāt prāṇa ity ucyate | ucchabdasāmānyād udayanīyo 'tirātra udānaḥ |

15.

1. jyotiḥ | atha māsaklṛptividhānāyābhiplavashaḍahe pūrvabhāgarūpāṇi trīṇy ahāni vidhatte |

stomaṣabdo jyotirādibhiḥ pratyekam abhisambadhyate | tathā sati jyotishṭomo goshṭoma āyushṭoma ity etair ebhhir yanti | anutishṭheyur ity arthaḥ | tad etad ahastrayaṃ tritvasāmyāt krameṇa lokatrayarūpam | ṣākhāntare 'py etad darṣitam | jyotishṭomam prathamam upa yanty, asminn eva tena loke prati tishṭhanti. goshṭomaṃ dvitīyam upa yanty, antariksha eva tena prati tishṭhanty. āyushṭomaṃ tṛitīyam upa yanty, amushminn eva tena loke prati tishṭhanti (Ts. 7, 4, 11, 1) iti |

2. sa evaishaḥ | trayāṇām pūrvoktānām evāhnāṃ samūhaḥ punar anushṭhīyamāna uttaras tryaho bhavati |

16.

6. annādyam | pratimāsam annādyam prāpnuvanto lokadvayārthaṃ gachanti | pratimāsaṃ shaḍahapañcakam anutishṭheyur iti tātparyārthaḥ | tatra catvāro 'bhiplavāḥ shaḍahāḥ pañcamas tu pṛishṭhyaḥ shaḍaha iti Sūtrakārair abhidhānāt | ayaṃ viṣeshaḥ ṣākhāntaro drashṭavyaḥ | Vgl. Ts. 7, 5, 3.

17.

1. Ādityānām | gamanasāmyād gavām ādityatvam |

6. yathā vā | athādityāyane 'haḥklṛptiṃ vidhatte |

atra vāṣabdo na vikalpārthaḥ kiṃtu gavāmayanaprakāravyāvṛittyarthaḥ | gavāmayane prāyaṇīyākhyam prathamam aho, 'tirātrasaṃsthaṃ caturviṅṣam ukthyam ahar dvitīyam | tatra yathā tathaivādityānām ayane 'pi, tata ūrdhvaṃ viṣesho 'sti | sarve 'bhiplavāḥ shaḍahāḥ, pūrvoktābhyām prathamadvitīyābhyām ahobhyām anyāni sarvāṇy ahāny ākshyanti | vyāptiṃ karishyanti | gavāmayane tv ekaikasmin māsi catvāra evābhiplavashaḍahāḥ | ata idaṃ vaishamyam | tad idam Ādityānām ayanam |

7. prāyaṇīyaḥ | prathamadvitīyam atikrāntāni sarvāṇy ahāni

pṛishṭhyashaḍahair vyāptānīty etāvān atra viçeshaḥ | athavā | ākshyantiçabdo 'harviçeshanāmadheyam | tathā ca Baudhāyana āha | abhijid vishuvān viçvajid daçamam ahar mahāvratam udayanīyo 'tirātra ity etāny ākshyanti bhavantīti | tad etad Baudhāyanasya matam | anyad api yāny anyāni pṛishṭhyābhiplavebhyo iti Çālikācaryo mene: yāni cānyāni pṛishṭhyābhiplavebhyo daçamāo ca ety Aupamanyava iti | tathā sati prāyaṇīyārambhaṇīyābhyām abhiplavashaḍahebhyaç cānyāni yāny ahāni santi tāny ākshyanty etannāmakānīty ubhayatra vyākhyānam | sarvathāpy asty enayor ubhayor api gavāmayanād viçeshaḥ | gavāmayane hy ekasmin māsi catvāro 'bhiplavāḥ shaḍahāḥ pañcamaḥ pṛishṭhyaḥ shaḍahaḥ | tathā cāçvalāyana āha | atha gavāmayanam sarvakāmāḥ | prāyaṇīyacaturviṅça upetya caturabhiplavān pṛishṭhyapañcamān pañca māsān upayanti (11, 7, 1) iti | Ādityānām ayane pṛishṭhyaḥ shaḍaho nāstīti | Aṅgirasām ayane 'bhiplavaḥ shaḍaho nāstīti vaishamyam |

8. paryāṇaḥ | parito 'yanasya gamanasya sādhanabhūtaḥ |

18.

1. ekaviṅçam | Chandogabrāhmaṇa saptabhyo hiṃkarotītyādinā vihito yo 'yam ekaviṅçaḥ stomas tenaiva stomenāsya sarvastotrapravṛitter idam ahar ekaviṅçam ity ucyate | tatra vishuvannāmakasaṃvatsarasatrasya ye pūrva shaṇ māsā ye cottara tayor māsashaṭkayor ubhayato vartamānayor madhye tad etad ahar anushṭheyam | etac ca nobhayor māsashaṭkayor antar bhavati kiṃtv atiriktam ekam | tathā cāçvalāyana āha | atha vishuvān ekaviṅço na pūrvasya pakshaso nottarasya (11, 7, 7) iti |

2. etena | purā devā teozhoā svargalokākhyaṃ lokam Ādityam udayachan | ita ūrdhvam prāpitavantaḥ | tathā ca çākhāntare paṭhyate | ekaviṅça esha bhavati | etena vai devā ekaviṅçena | Ādityam ita uttamaṃ suvargaṃ lokam ārohayann (Th. 1, 2, 4, 1) iti |

3. sa eshaḥ | yo 'yam Ādityo 'sti sa esha ito bhūlokād ārabhya gaṇyamāna ekaviṅçatisaṃkhyāpūrako bhavati | tathā cānyatrāmnāyate | dvādaça māsāḥ pañcartavas traya ima lokā asāv Āditya ekaviṅça iti || athavā | atraiva vishuvataḥ purastāt paçcāo ca vakshyamāṇam ahardaçakadvayam apekshya vishuva ekaviṅça ity ucyate | asmin paksha idaṃ vākyam uttaraçeshatvena yojanīyam |

4. tasya daça | divaiva kīrtanīyam mantrajātaṃ yasmin vishuvaty ahani tad ahar divākīrtyam | tasyāhno 'vastād adhobhāga daçāhāni bhavanti | parastād ūrdhvabhāge 'pi daçāhāni bhavanti | tayor daçakayor madhya esha ekaviṅço vishuvān vartate | tasya vishuvato 'dhastāt pūrvapakshe shashṭhe māse svarasāmāno 'harviçeshās trayas tebhyaḥ pūrvam abhijidākhya ekāhas tataḥ pūrvam pṛishṭhyaḥ shaḍ-

ḍaha iti | daçâhâni vishuvadûrdhvam tu pratyavarohakrameṇa trayaḥ svarasâmânas tata viçvajidâkhya ekâhas tata ûrdhvam pṛishṭhyaḥ shaḍaha iti daçâhâni | evam ubhayoḥ pârçvayor ahnâṃ daçasaṃkhyopetatvâd virâṭ | atasyâm ubhayato 'vasthitâyâṃ virâjy ayam ekaviṅçaḥ pratishṭhitaḥ | yathoktagaṇanayâ virâji pratishṭhâm eva hiçabdopetena vâkyena spashṭîkaroti | tasmâd ubhayato virâḍdvayena rakshitatvâd esha Âdityo vishuvadahaḥsthânîya imâṅl lokân antaraishâṃ lokânâṃ sarveshâṃ madhya yan gachann api na vyathate | vyathâṃ na prâpnoti | vishuvân apy ekaviṅça, Âdityo 'py ekaviṅçaḥ | tasmâd ubhayor ekatve sati vishuvato yad virâḍdvayapetatvaṃ tad evâdityasyobhayata virâṭtvam bhavati | Âdityasya vyathârâhityena vishuvato vaikalyarâhityaṃ sidhyati | athavâ | vishuvato yathâ virâḍdvayam ubhayato rakshakam evam Âdityasyâpy adhastâd uparishṭâc ca vartamânaṃ lokadvayam | etad evâbhipretya çâkhântare çrûyate | tasmâd antareman lokau yan sarveshu suvargeshu lokeshv abhitapann eti (Tb. 1, 2, 4, 1) iti || atha vishuvata ubhayataḥ samîpavartinaḥ svarasâmâkhyân aharviçeshân praçaṅsati | tasya vai etc.

5. stomâ vai | saptadaçastamayuktâḥ svarasâmâna 'harviçeshâḥ stamaçabdenâtra vivakshitâḥ |

atrârthavâdena pûrveshûttareshu ca trishv ahassu saptadaçastomavidhir unneyaḥ | tathâ ca çâkhântare çrûyate | ukthyâ eva saptadaçâḥ paraḥsâmânaḥ kâryâḥ (Tb. 1, 2, 2, 1) iti | svarasâmâkhyânâm eva paraḥsâmeti nâmântaram |

19.

3. raçmayo vai | ye bandhanahetavo raçmayas tatsthânîyâny asmin vishuvati divâkîrtyâni divaiva paṭhanîyâni pañca sâmâni | teshâm madhye mahâdivâkîrtyanâmakam ekaṃ sâma | tan ca vibhrâḍ bṛihat pibatu somyam madhv ity asyâm ṛiy utpannam | tatsâmayuktam pṛishṭhastotraṃ kartavyam | tathâ vikarṇâkhyam akaṃ sâma | tac ca pṛikshasya vṛishṇo arushasya nû saha ity asyâṃ ṛicy utpannam | tad etad brahmasâma kartavyam | brâhmaṇâcchaṅsinam abhilakshya gîyamânam brahmasâma | tathâ bhâsâkhyam aparaṃ sâma | tad api pṛikshasyety asyâm evotpannam | tac câgnishṭomasâma kartavyam | yena sâmnâgnishṭomasaṃsthâ samâpyate tad agnishṭomasâma | bṛihadrathaṃtara prasiddho bhavataḥ | mâdhyaṃdinârbhavapavamânayoḥ kartavyatvât |

4. udita Âditya | prakṛitâv âdityodayât prâg eva prâtaranuvâkaḥ paṭhyate | atra tu sarvasyâhna divâkîrtyatvasiddhyartham adayâd ûrdhvam anubrûyât |

5. sauryam | Sûrya devatâ yasya paçaḥ sa 'yaṃ sauryaḥ | nyaṅgaṃ varṇâtareṇa saṃpâditaṃ cihnam | tad yasya nâsti sa 'nya-

ñgaḥ | tādṛiças[1]) cāsan çvetaç ca so 'yam anyañgaçvetaḥ | varṇāntarenāmiçritaḥ sarvaçveta ity arthaḥ |

6. ekaviñçatim | etad vishuvannāmakam ahar ekaviñçastomayuktatvāt pratyakshād dhi sākshād eva mukhyam evaikaviñçam | tasmāt sāmidhenīnām ekaviñçatisaṃkhyā yuktā | atra codakaprāptāḥ pañcadaça, dhāyyāḥ shaṭsaṃkhyākā ity ekaviñçatiḥ | tathā cāçvalāyana āha | vishuvān divākīrtyaḥ | udite prātaranuvākaḥ | pṛithupājā amartya iti shaḍ dhāyyāḥ sāmidhenīnām | sauryaḥ savanīyasyopālambhyaḥ (8, 6, 1) iti |

7. ekapañcāçatam | tasmin chastre stotriyānurūpayos tṛicayoḥ shaḍ ṛicaḥ | yad vāvānety ekā dhāyyā | bṛihadrathaṃtarayor yonī dve | uttamasāmapragāthasya pragrathanena tisraḥ | nṛiṇām u tvā nṛitamam iti tisraḥ | yas tigmaçṛiñga ity ekādaçarcaḥ | abhi tyam iti pañcadaçarcaḥ | ity evam ekacatvāriñçat | tatra prathamayā trir abhyastayā saha tricatvāriñçat | indrasya nu vīryāṇīty asmin pañcadaçarco sūkte 'shṭau nava vā çañsanīyāḥ | tatrāshṭatvapaksha ekapañcāçad bhavanti | navapakshe dvipañcāçat | tacchañsanād ūrdhvam indrasya nu vīryāṇīty asya sūktasya madhya aindrīṃ nividaṃ dadhyāt | tata ūrdhvam punar api tāvatīr ṛicaḥ çañset | tathā sati çatasaṃkhyāsampattyā purushāyuḥsāmyam bhavati | indriyāṇi ca çatasaṃkhyāsu nāḍīshu saṃcārāc chatam bhavanti tadīyavyāpārāç ca tathā çatasaṃkhyākāḥ | evaṃ sati yajamānaṃ sampūrṇam āyushi vīrya indriyeshv avasthāpayati |

20.

1. dūrohaṇam | duḥçañkaṃ rohaṇaṃ yasminn ādityamaṇḍale tad dūrohaṇam | tatrārohaṇasya sādhanatvān mantrasvarūpam api dūrohaṇaṃ ity ucyate | tad rohati | ārohaṇārthaṃ çañsed ity arthaḥ | yadvā | mantrasya duḥçañka uccāraṇaviçesho dūrohaṇam | sa ca viçeshaḥ sūtra (Āçvalāyana 8, 2, 14) 'vagantavyaḥ | taṃ rohati | viçishṭam uccāraṇaṃ kuryād ity arthaḥ |

29. ime evaitat | etatpāṭhena hotā āmeshyañç ca āgamishyann api parāmeshyañç ca punar api parāvṛitya gamishyann api ime eva dyāvāpṛithivyāv evānumantrayate |

21.

2. sa pacchaḥ | dvedhā sūktasya çañsanam ārohakrameṇāvarohakrameṇa veti | tac cārohe caturvāram āvartanīyam | prathamāvṛittau pacchaḥ pādaçaḥ paṭhet | ekaikasmin pāde 'vasānaṃ kṛitvā çañset | dvitīyasyām āvṛittāv ardharcaça ekaikasminn ardhe 'vasānaṃ

---

1) Alle vier Hss. cihnam anyañgaṃ tādṛiças.

kṛitvā paṭhet | tṛitīyasyām āvṛittau tripadyāvṛittyā pādatraye 'vasānaṃ kṛitvā paṭhet | caturthyām āvṛittāv avasānarahitatayā sampūrṇatayā ṣaṅset |

3. tripadyā | pratyavarahakramo prathamāvṛittau pādatraye 'vasānam | dvitīyāvṛittāv ardharce 'vasānam | tṛitīyāvṛittau pāde 'vasānam |

4. atha ya | ekasmin eva loke kāmo yeshāṃ ta ekakāmāḥ | svargaṃ lokam eva kāmayante na tv imaṃ lokam | teshām parāñcam eva pratyavarohitam ava rohet | ṣastram paṭhet |

6. mithunāni | mithunaṣabda ekatvanivārakaḥ | tato bahūnīty uktam bhavati | yas tigmaṣṛiṅga ityādīni traishṭubhāni | divaṣ cid asya varimetyādīni jāgatāni | tad etac chandadvayam mithunasadṛiṣam | paṣavo 'pi mithunātmakāḥ | chandāṅsi paṣusādhanatvāt paṣavaḥ | atas teshāṃ ṣaṅsanam paṣuprāptyai bhavati |

22.

1. yathā vai | yathā loke purusho dakshiṇavāmabhāgābhyām bhāgadvayamadhye ṣirasā ca yuktaḥ | tathā vishuvataḥ shaṇmāsātmakaḥ pūrvabhāgaḥ purushasambandhidakshiṇabhāgasthānīyaḥ | tatrāvarohārūpamāsashaṭkātmaka uttarārdho vāmabhāgasthānīyaḥ | tasmād vāmabhāgasādṛiṣyād uttara ity ācakshate | na tv aaushṭhānādhikyavivakshayā | prabāhuk sato vāmadakshiṇabhāgau samau kṛitvāvasthitasya purushasya ṣiro yathonnataṃ san madhye 'vatishṭhate | evam māsashaṭkayar madhye vishuvān utkṛishṭo 'vatishṭhate | bidalam bhāgaḥ | tābhyām bidalābhyāṃ dakshiṇavāmabhāgābhyāṃ saṃhitaḥ saṃyojita eva loke purusha bhavati | tad dhāpi tasmād eva bhāgadvayasaṃdhānarūpatvāt kāraṇāc chirshṇo madhyo syūmeva vijñāyate | syūma syūtam | yathā vastrayaḥ saṃdhiḥ sūcyā syūtaḥ saṃyojita bhavati | evaṃ ṣirasi dakshiṇottarakapālayoḥ saṃdhau syūteva kācid rekhā dṛiṣyate | etac ca bhūmau patite ṣushke māṅsarahite ṣiraḥkapāladvayasamūharūpe 'sthani vispashṭam upalabhyata | ataḥ sarvātmanā purushasādṛiṣyāt praṣasto 'yaṃ vishuvān |

2. tad āhuḥ | vishuvannāmaka mukhye 'hani yas chastraṃ vihitaṃ tat tasmiñ chastre pūrvapakshiṇa evam āhuḥ | dakshiṇāyanasyottarāyaṇasya ca madhye vishuvannāmakas tulāmeshasaṃkrāntidvayarūpo yaḥ kālaviṣeshaḥ so 'yaṃ vishuvacchabdābhidheyaḥ | sa ca vyavahāraḥ smṛitishu pracuraḥ | asmin eva vishuvati kāla etad ahaḥ ṣaṅset | etasminn ahani vihitaṃ ṣastram ahaḥṣabdenopalakshyate | etat saṃkrāntidvayam uktham ahar ukthānām [1]) ahnām

1) uktam und uktānām alle vier Hss.

madhye | ukthyaçastropetaçastrayogyam ity arthaḥ | ata eva vishuvān vishuvaunāmakaçastravān eva saṃkrāntikālaviçeshaḥ | tat katham iti | ucyate | taṃ saṃkrāntikālaṃ vishuvān vishuvān ity eva sarve vyavaharanti | atas tasmin kāle çastrapāṭhe sati yajamānā vishuvanto yogyaçastrayuktā bhavanti | sarveshv anushṭhātṛishu çreshṭhatām prāpnuvantīti pūrvapakshiṇām āçayaḥ |

8. tat-tat | karmāntareshv api vishuvākhyasaṃkrāntiyukte kāle samāgate sati çastram etac chaṅsanīyam iti yat pūrvapakshiṇām matam, tasmiñ chastre tan mataṃ nādaraṇīyam | kiṃtu saṃvatsarasatra eva gavāmayane tat pūrvoktaṃ çastraṃ çaṅset | evaṃ sati yajamānā atyantasaṃyogena saṃvatsarakālam etad ṛeto dhārayanto yanti | anutishṭhanti |

8. vaiçvakarmaṇam | viçvakarmadevatākam ṛishabham puṃgavaṃ savanīyasya codakaprāptasya paçoḥ sthāna upālambhanīyaṃ dvirūpaṃ varṇadvayopetam ubhayata etaṃ dakshiṇottarapārçvayor vilakshaṇavarṇena lāñchitam paçum mahāvrataprayogayukte çastrasyopāntye 'hany ālabheran |

23.

1. atha dvādaçāho vaktavyaḥ |

2. bhavaty ātmanā | anenārthavādena dvādaçarātrayāgavidhir [1]) unneyaḥ | tathā ca çākhāntare vidhiḥ çrūyate | yaḥ kāmayeta prajāyeyeti, sa dvādaçarātreṇa yajeta, praiva jāyate (Ts. 7, 2, 9, 1) iti |

6. gāyatryā | yathoktālaṃkḷiptir Āçvalāyanācāryair darçitā | atha bharatadvādaçāhaḥ | imam evaikāham pṛithaksaṃsthābhir upeyuḥ | atirātram agre 'tishṭhav ukthyān athāgnishṭomam athātirātram (10, 5, 8) iti |

24.

1 trayaç ca | bharatadvādaçāhaṃ vidhāya vyūḍhadvādaçāhaṃ vidhatte |

yo 'yaṃ vyūḍhadvādaçāho 'sti so 'yam etādṛiçaḥ | tatrādyantau yau dvāv atirātrau prathamadvādaçau yaç ca daçamam ahas, tat parityajyāvaçishṭeshv ahassu navasaṃkhyākeshu trayas tryahāḥ kartavyāḥ | trirātraḥ kaçcit karmaviçeshaḥ | so 'yaṃ trivāram āvartanīyaḥ | ā daçamam ity atra yo 'yam ākāraḥ sa varjanārthaḥ | nipātānām anekārthatvāt | yadvā maryadāyām ayam ān bhavishyati | ādyantāv atirātrau daçamam ahaç ca maryādāṃ kṛitvāvaçishṭo navarātras trir āvṛittās tryahātmaka ity arthaḥ |

---

1) dvādaçāhayāgavidhir alle vier Hss.

tatra codakena dîkshâdivikalpo prâptaḥ | ekâ dîkshâ tisro dîkshâ ityâdivikalpasya prakṛitau çrutatvât | taṃ vikalpam apavaditum niyamaviçeshaṃ vidhatte | dvâdaçâhâni etc.

3. dvâdaça râtrîḥ | prakṛitau tisra evopasadaḥ | tâç caikaikâṃ caturshu dineshv âvartya dvâdaça sutyâdinesbûpasado 'nutishṭhati | tâbhir dvâdaçabhir upasadbhiḥ çarîram eva dhûnute | kampayati | çarîragatamâṅsâdidhâtuçoshaṇena pâpakshayo bhavati | tathâ ca Sûtrakâreṇopasaṃhṛitam | yadâ vai dîkshitaḥ kṛiço bhavaty atha medhyo bhavatîti | upasaddinesbv asya kshîramâtrâhâratvâd bhavaty eva kârçyam | tad idaṃ sarvaṃ dhûnuta ity anena vivakshitam || atha dvâdaçasu dineshu somâbhishavaṃ vidhatte |

4. dvâdaçâham prasutaḥ | bhaved iti çeshaḥ | dîkshopasadâv aṅgakarmaṇî | abhishavas tu pradhânakarma |

5. bhûtvâ | dvâdaçâham prasuta iti padadvayam anuvartanîyam | uditâ dvâdaçasu dineshu somâbhishavayukto bhûtvâ pûrvoktâbhir upasadbhiḥ çarîraṃ dhûtvâ çarîragatam pâpam parityajyâta eva çuddha ihaloke bhutvâ paraloke 'pi pûtaḥ sarvadevatâḥ prâpnoti |

25.

1. anapakramam | tam Prajâpatim dîkshayitvâ tatrâdhvânam anapakramaṃ nirgamanarahitaṃ gamayitvâbruvan | na hi yajñaṃ saṃkalpya dîkshâṃ kṛitvâ tadanavabhṛthânam antareṇa devayajanân nirgantuṃ çakyate |

10. ûrdhvo vai | yo 'yaṃ navarâtre prathamas tryahaḥ so 'yam ûrdhvo vai | ârohaprakâra eva | tad yathâ | gâyatram prâtaḥsavanaṃ traishṭubham mâdhyaṃdinaṃ savanaṃ jâgataṃ tṛitîyasavanam ity ayaṃ svabhâvasiddhaḥ kramaḥ | tasya vyatyâsâbhâvâd ûrdhva ity ucyate | yas tu madhyamas tryahaḥ so 'yaṃ tiryaṅ vartate | tad yathâ | jâgatam prâtaḥsavanaṃ gâyatram mâdhyaṃdinaṃ traishṭubhaṃ tṛitîyam ity atra nâtyantam anukramo nâpy atyantaṃ vyutkramaḥ | tasmâd ayaṃ tiryaṅ | ya uttamas tryahaḥ so 'rvâṅ adhomukhaḥ | tad yathâ | traishṭubham prâtaḥsavanaṃ jâgatam mâdhyaṃdinaṃ gâyatraṃ tṛitîyasavanam ity etadaharavâktvam | prathamo jâgatânto dvitîyas traishṭubhântas tṛitîyo gâyatrânta ity evam ûrdhvatvatiryaktvârvâktvâni trishv api tryaheshu drashṭavyâni |

26.

4. sa purastât | yo dîkshâṃ vâñchati sa pumân dîkshopakramât purâ prajâpatidevatâkam paçum âlabheta | dvividho hi dvâdaçâhaḥ sâgnicityo niragnicityaç ca | tatrâgnicayanayuktapaçur ayam avagantavyaḥ |

5. saptadaṣa sāmidhenīḥ | dvayor dhāyyayoḥ prakshepeṇa saptadaṣasaṃkhyā sampadyate || āprīyājyāsu viṣeshaṃ vidhatte |

6. tasyāpriyaḥ | paṣoḥ prāptihetutvāt prayājā āpriya ity ucyante | tad atra Jamadagninā dṛishṭāḥ samiddho adya manusha ityādisūkto samāmnātā drashṭavyāḥ ||. atra codyam udbhāvayati |

7. tad āhuḥ | uktaprājāpatyavyatirikteshu sarveshu paṣushv āpriyo yathārishi bhavanti | yasya yajamānasya gotrapravartako ya ṛishir bhavati tam anatikramya tena dṛishṭā evāpriyo bhavanti | evaṃ saty atrāpi jamadagnigotrajānām eva samiddho adyety āpriya ṛico yuktā na tv anyeshām |

13. satram | pūrvam bharatadvādaṣāho vyūḍhadvādaṣāhaṣ ceti dvau bhedāv uktau | prakārāntareṇāpi satrarūpo 'hīnarūpaṣ cety evaṃvidho dvādaṣāhaḥ | tatra satrapakshe viṣeshaṃ vidhatte |

yady ayaṃ dvādaṣāhaḥ satrarūpo bhavet | tadānīṃ satrasya bahuyajamānatvāt sarveshāṃ yajamānānām agnīn saṃnyupya sambhūyaikatvenāvasthāpya tasmin sarve yajeran | yajamānatvād eva sarve 'pi dīksheran | dīkshāṃ kuryuḥ | ya eva yajamānās ta eva ṛitvija ity uktatvena sarve yajamānāḥ sunuyuḥ | ṛitvikkāryam abhishavaṃ kuryuḥ | vasantartum abhilakshyodavasyati | udavasānīyāṃ samāptikālīnām ishṭim anutishṭhet | vasantartau samāpayed ity arthaḥ |

27.

1. chandāṅsi | atha vyūḍhadvādaṣāhe yad etad vyūḍhatvaṃ tad etat praṣaṅsitum ākhyāyikām āha | chandāṅsi etc.

vyūḻhachandasam | svasvasthānaviparītatvenoḍhāni sthānāntare prakshiptāni chandāṅsi yasmin dvādaṣāho so 'yaṃ vyūḍhachandāḥ |

3. chandāṅsi vyūhati | gāyatryādīni chandāṅsi vyūhati | tattadāyatanaviparyāsenāvasthāpayet | tac ca vyūhanam asāratvaprayuktakālasya parihārāya bhavati |

6. naudhasena | imam indra sutam pibety asyām ṛicy utpannaṃ sāma naudhasam | tvām idā hyo nara ity asyām ṛicy utpannaṃ sāma ṣyaitaṃ | .

9. usbān | asau dyuloko 'syām bhūmāv ushān | ādadhātīty adhyāhāraḥ | deṣāntaraprasiddhim upajīvya paṣuṣabdasyoshaṣabdena vyākhyānam |

28.

5. tāni trīṇi | tāni pūrvoktāni rathaṃtaravairūpaṣākvarāṇi trīṇi sāmāny anyānuttarebhyo vilakshaṇāni pṛishṭhyākhye shaḍahe prathamatṛitīyapañcameshv ayugmeshv ahassu pṛishṭhastotranishpādakāny āsan | tathā bṛihadvairājaraivatarūpāṇi trīṇi sāmany anyāni rathaṃ-

tarādibhyo vilakshaṇāni bhūtvā dvitīyacaturthashashṭheshu yugmarūpeshv ahassu pṛishṭhastotranishpādakāny āsan |

6. tāni tathākalpanta | tataḥ shaṭsaṃkhyākāni pṛishṭhasāmāni dhārayituṃ tāni shaṭ chandāṅsi tathākalpanta | tenaiva krameṇa samarthāny abhavan | prathamadvitīyatṛitīyeshv ahassu gāyatrītrishṭubjagatyaḥ pṛishṭhastotranishpādakāḥ | caturthapañcamashashṭheshv ahassv anushṭuppaṅktyatichandāṅsi stotranishpādakāni | evaṃ sati yajño 'pi pṛishṭhyashaḍahākhyaḥ kalpate | svaprayojanāya samartho bhavati |

29.

1. Agnir vai | idānīṃ dvādaśāhakratau prāyaṇīyodayanīyāv atirātrau yac ca daśamam ahaḥ | tat tritayaṃ varjayitvā madhyagato yo navarātras taṃ vidhātum upakramata | Agnir vai etc.

3. eti ca preti ca | ā prety anayor upasargayor anyatara upasargo yasmin mantre 'sti tan mantrasvarūpam prathamasyāhno rūpam | lakshaṇam ity arthaḥ |

karishyat | karoter dhātor bhavishyatpratyayāntam īdṛiśaṃ yad asti |

7. ā tvā ratham | ā tvā ratham iti tṛico marutvatīyaśastrasya pratipat | tac ca rathaśabdopetam | idaṃ vaso sutam iti tasya śastrasyānucaraḥ | tac ca pibavat | pibā supūrṇam iti dvitīyapādo śrutatvāt |

10. tyam ū shu | atha nividdhānīyasya sūktasyādau kiṃcit sūktāntaraṃ vidhatte | tyam etc.

30.

1. ā na indraḥ | yasya sūktasya purastāt tārkshyaśaṅsanaṃ vihitaṃ tasmin nividdhānasūkta ākārarūpaṃ lakshaṇaṃ darśayati | ā na etc.

2. idānīṃ nishkevalyamarutvatīyayoḥ śastrayor nividdhāne sūkte stotum āha |

sampātau | sampatanti prāpnuvanty ābhyāṃ yajamānāḥ sarvalokān iti sampātau | nishkevalyamarutvatīyanividdhānayoḥ sūktayor vaikṛitayoḥ sampāta iti saṃjñā | ā yātv indro 'vasa iti marutvatīyaśastrasya nividdhānaṃ sūktam | ā na indra iti nishkevalyasya nividdhānaṃ sūktam |

6. yad vā eti | ākārapraśabdādikaṃ lakshaṇam mantre nāstīty āśaṅkya yad vā ityādinā tatsadbhāve hādha upanyasyate | yad etad eti ca preti ceti tad etat prathamasyāhno rūpaṃ lakshaṇam iti pūrvam uktam | tat tathā sati yadi prety anena lakshaṇena yuktaṃ sarvaṃ sūktaṃ jāgatam abhavishyat | tadānīṃ yajamānā asmāl lokāt

praishyan praishyanti marishyanty eveti bādhopanyāsaḥ | tad yad ityādinā samādhānam upanyasyate | yasmāt praṣabdayoge bādho 'sti tasmāt kāraṇād ihaheti sūktam yadi prathame 'hani ṣaṅset | tadānīm ihehaṣabdenāsya bhūlokasya vivakshitatvād asminn eva bhūloke tatsūktapāṭhenainān yajamānān ramayati | ciraṃ krīḍayati | tataḥ praṣabdaprayukto maraṇabādho 'pi parihṛito bhavati |

15. samānam | asmin prathame 'hani yad āgnimārutaṃ ṣastram uktaṃ, yac cāgnishṭome pūrvaṃ nirūpitam āgnimārutaṣastraṃ tad ubhayaṃ samānam ekavidham | nyūnādhikamantrāṇām abhavat |

31.

3. yad vai neti | prathamasyāhna eti preti liṅgadvayaṃ yad vai yad evoktaṃ tad atra dvitīyasyāhno liṅgaṃ na bhavatīti nakāradvayenobhayaṃ nishidhyate | yat sthitaṃ tishṭhatidhāturūpavad bahushu sthāneshv apracyutatvenāvasthitam mantre dṛiṣyate tad dvitīyasyāhno rūpaṃ | liṅgam |

kurvat | vartamānārthapratyayayuktaṃ karotidhāturūpam |

4. agniṃ dūtam | atra kurvad iti liṅgopanyāsaḥ | yady apy agniṃ dūtam ityādau sākshāt kurvacchabdo na ṣrūyate | tathāpi karotyarthasya sarvadhātugatasāmānyatvād vartamānārthavācipratyayāntaṃ dhātumātraṃ kurvacchabdena vivakshitam | atrāpi vṛiṇīmahe iti vartamānārthavācipratyayānto dhātuḥ ṣrūyate | tasmād dvitīye 'hany etat sūktaṃ viniyoktuṃ yogyam |

7. indra nedīyaḥ | indra nedīya ityādikaḥ pragāthaḥ prathamo 'hany api vihitaḥ | uttaratrāpi vidhāsyate | tasmād atra vidhīyamāno 'cyuto bhavati pracyutor abhāvāt | tad idam acyutatvaṃ sthitaṣabdārthatvāt sthitaval liṅgam |

11. tvām id dhi | atha nishkevalyaṣastrasya stotriyānurūpayoḥ pragāthayor bṛihatsāmasambandharūpaṃ liṅgaṃ darṣayati |

tvām id dhīti bṛihatsāmna ādhārabhūtaḥ stotriyaḥ pragāthaḥ | tvaṃ hy ehīty anucaraḥ pragāthaḥ | prathame pragāthe bṛihatsāmayuktam pṛishṭhastotram bhavati | atra pragāthadvayasya bṛihatsāmasambandhād bārhate bṛihatsāmasambandhiny ahani tad ubhayaṃ yogyam | dvitīyasya cāhno bṛihatsāmasambandhitvāt tasminn ahani viniyoktavyam |

32.

2. viṣvo devasya | viṣvo devasyety ekā ṛik | tat savitur iti dve ṛicau | so 'yam ekas tṛico bṛihatsāmasambandhabhūto vaiṣvadevaṣastrasya pratipad bhavati | ā viṣvadevam ity esha tṛicas tasyānucaraḥ | ata ubhayor bṛihatsāmasambandhaḥ |

Pañcikā V.

1.

3. samānodarkam | udarkaḥ samāptiḥ | samāna udarkas tulyā samāptir yasya mantrabhāgasya tat samānodarkam |

punarāvṛittam | paṭhitasyaiva punaḥ pāṭhaḥ punarāvṛittam | punar api nitarāṃ nṛittaṃ nartanam punarninṛittam | svaraviçeshoṇākshrāṇām punaḥ-punar āvartanena vā nartanasādṛiçyam | punarāvṛittam paṭhitasyaiva pādasyāvṛittiḥ | atra tu svarāksharamātrasyeti viçeshaḥ | ratavad iti dhātvarthamātram atra vivakshyate | paryastavad iti paryāsaçabdavat |

kṛitam | bhūtārthapratyayopetaḥ karotidhātur dhātumātraṃ vā |

5. devā vai | yadā devās tṛitīyam ahar anushṭhāya tena svargaṃ lokaṃ gatāḥ | tadānīm asurā rakshāṅsi ca tān devān anugamya svargapraveço yathā na bhavati tathāvārayanta | nivāritavantaḥ | tatas te devās tān asurān prati virūpā viraddharūpopetā bhavateti çapitvā bhavantaḥ svenaiva rūpeṇāvir bhavanta āyan | svargam praty āgachan |

12. vāyav ā yāhi | vāyav ā yāhi vītaya ity ekā | vāyo yāhi çivā diva ityādike dve ṛicau | militvā so 'yam ekas tṛicaḥ | indraç ca vāyav eshāṃ sutānām ityādike dve ṛicau | tṛicatvasampādanāya tayor anyatarā dvir āvartanīyā | ā mitre varuṇe vayam ityādikas tṛicaḥ | sajūr viçvebhir devebhir ityādikas tṛicaḥ | uta naḥ priyā priyāsv ityādikas tṛicaḥ | ta ete sapta tṛicā ushṇikchandaskāḥ | tat sarvam aushṇiham praügaçastraṃ kuryāt | tatra samānodarkatvaṃ tṛitīyasyāhno liṅgam | ā mitre varuṇa iti sūkte tisṛishv apy ṛikshu ni barhishītyādiko 'ntimaḥ pāda eka eva | açvināv eheti sūkte 'pi haṅsāv ityādiko 'ntimaḥ pāda eka eva | ā yāhīti sūkte 'pi vṛishann indrety antimaḥ pāda eka eva | sajūr viçvebhir iti tṛice 'py ā yāhy agna ity antimaḥ pāda eka eva | evaṃ katipayeshu samānodarkatvaṃ liṅgam || atha marutvatīyaçastrasya tṛicadvayaṃ vidhatte |

13. taṃ-tam | taṃ-tam ityādikas tṛico marutvatīyaçastrasya pratipat | tasyopakrame taṃ-tam iti dvir āvṛittaḥ çabdo nṛittagatatālānukaraṇasadṛiçaḥ | ante ca kṛishṭīnāṃ nṛitur iti nartanavācī çabdaḥ çrūyata | tad idaṃ ninṛittaval liṅgam | traya indrasyety ayam anucaras tṛicaḥ | tasyādau triçabdaçravaṇād idaṃ trivad liṅgam |

14. indra nedīyaḥ | indra nedīya iti pragāthasya pūrvayor apy ahnor vihitatvād acyutatvam | atha pragrathanena tṛicatvaṃ sampādayituṃ caturthaḥ pādaḥ shashṭhaḥ pādaç ca tris-trir abhyasyate | tasya nṛittasamānatvād ayam pragātho ninṛittaliṅgavān | evam

brāhmaṇaspatyapragāthe 'pi drashṭavyam | yadvā | yasminn indro varuṇo mitro aryamety okārasya trir abhyāso nṛittasamānnḥ |

20. abhi tvā | abhi tvā çūrety eshā rathaṃtarasāmno yoniḥ | tām pūrvoktāyā dhāyyāyā anu paçcān nivartayati | çaṅsed ity arthaḥ |

2.

1. atha nividdhānīyaṃ sūktaṃ vidhatte |

yo jāta eva | asmin sūkte nṛimṇasya mahnā sa janāsa indra ity antimaḥ pādaḥ sarvāsv ṛikshu samānaḥ | tasmād idaṃ sūktaṃ samānodarkaliṅgopetam |

14. vaiçvānarāya | atra dhishaṇety antaḥkaraṇavācakaḥ çabdaḥ çrūyate | antaḥkaraṇaṃ ca bhūmyāder antam prāptuṃ çaknoti | tathā cānyatra çrūyate | na vā imām açvaratho nāçvatarīrathaḥ sadyaḥ paryāptum arhati | mano vā imāṃ sadyaḥ paryāptum arhati (Ts. 7, 3, 1, 4) iti | ataḥ sahasā bhūmyādyantaprāptihetutvād dhishaṇāçabdo 'ntasyopalakshakaḥ |

15. dhārāvarāḥ | mārutatvam atra vispashṭam | bahuvidham abhivyāhṛityam abhivyāharaṇīyaṃ çaṅsanīyam ṛigjātaṃ yasmin sūkte tad bahvabhivyāhṛityam | atra hi pañcadaçarcaḥ çaṅsanīyā iti bahutvam | bahūnāṃ devānām abhivyāharaṇīyānāṃ vidyamānatvād bahutvam | tasya bahutvasyaikatvadvitvāpekshayāntatvam |

17. purastādudarkam | udarkaçabdo 'vasānavacanaḥ | avasānaṃ ca vichedaḥ | so 'pi dvividhaḥ purastād uparishṭāc ca | upakramāt pūrvaṃ çaṅsanīyasyābhāvād ayam pūrvakālīno vichedaḥ purastādudarka ity ucyate | çaṅsanād ūrdhvakālīno vichedn uparishṭādudarkaḥ | samānodarkatvaṃ ca tṛitīyasyāhno liṅgaṃ yuktam | tatroparishṭādudarkasāmyaṃ sajanīyādishūdāhṛitam (5, 2, 1) | atra purastādudarkasāmyaṃ liṅgatvenodāhriyate | tathā hi | asmin sūkte sarvāsv apy ṛikshu tvam agna iti padadvayaṃ samāmnātam | tad idaṃ samānodarkatvam ekaṃ liṅgam | asakṛid abhidhānād eva punarāvṛittaliṅgaṃ ca vaktuṃ çakyam | kiṃca | loke kaṃcit purushaṃ sambodhyābhimukhīkṛitya tvam iti vadanti | evam atrāpy uttaratryaham abhimukhīkṛityaiva pratyṛicaṃ tvaṃ tvam iti çabdaḥ prayujyate | tac ca prathamadvitīyayos tryahayoç ca saṃtatyai vichedarāhityāya bhavati |

3.

1. dvādaçāhamadhyavartino navarātrasya trayaç ca vā ete tryahāḥ (4, 24, 1) iti yat pūrvam uktaṃ, tatra prathamas tryaho 'bhihitaḥ | sa ca pṛishṭhyashaḍahasya pūrvo bhāgaḥ | atha tasyottaro bhāgo navarātre madhyamas tryaho vaktavyaḥ | tasmiṅç ca yat prathamam ahas tan navarātre caturtham ahar bhavati | tatra çastrakḷiptir upa-

rishṭād vidhāsyate | ādau tāvan nyūṅkho vaktavyaḥ | tadartham prastauti |

āpyante | pūrvokteshu trishv ahassu trivṛitpañcadaçasaptadaçākhyāḥ stomā āpyante | samāptā ity arthaḥ | tathā gāyatrī trishṭub jagatīty etāni chandāṅsy āpyante | samāptāni | tata ūrdhvam etad eva vakshyamāṇam ucchishyate | pūrvam anuktatvād utkarsheṇāvaçishyate | tasyaivāvaçishṭasya vāg iti nirdeçaḥ | evakāras tu pūrvoktadevatāvyāvṛittyarthaḥ | Agnir vā devatendro vai devatā viçve vai devā devatety evaṃ tasya-tasyāhno nirvāhakaṃ devatātrayam pūrvam uktatvān nāvaçishṭam | vāgdevatā pūrvam anuktāvaçishṭā | tasyā vācakaṃ vāg ity etac chabdarūpam | tad etad aksharaṃ vakārādivarṇātmakam punar api tryaksharam | tribhir aksharair upetam | katham etad iti | tad etat spashṭīkriyate | vāg ity ukte saty ekāksharam bhavati | vakāragakārābhyāṃ yuktasyākārāksharasyaikatvāt | tad evāksharam iti vāgdevatānāmnoccāryamāṇaṃ tryaksharam bhavati | ato vāgdevatāyā nāmany ekarūpatvaṃ trirūpatvaṃ ca sampannam |

4. tad yac caturtham | yasmāt kāraṇād vāg eva caturthasyāhno nirvāhikā | tasmāt kāraṇād yadi caturtham ahar upetā nyūṅkhayanty, okārasya sūtroktaprakāreṇoccāraṇaviçeshaṃ kuryuḥ | tadānīm etad eva vāg ity etad aksharaṃ devatāyā vācakam abhilakshyāyachanti | udyamaṃ kurvanti | na kevalam udyamaḥ kiṃtv etad aksharaṃ vardhayanti | vṛiddhiprakāra eva pravibhāvayishantīty[1]) anena spashṭīkriyate | prabhutvaṃ vibhutvaṃ cāksharasya kartum ichanti | prabhutvaṃ sāmarthyaṃ, vibhutvaṃ viçālatvam || nyūṅkhasvarūpam Āçvalāyanena varṇitam | caturthe 'hani prātaranuvākapratipady ardharcādyor nyūṅkhaḥ | dvitīyaṃ svaram okāraṃ trimātram udāttaṃ triḥ | tasya-tasya copárishṭād aparimitān pañca vārdhaukārān anudāttān | uttamasya tu trīn | pūrvam aksharaṃ nihanyate nyūṅkhyamāne (7, 11, 1) iti | asyāyam arthaḥ | caturthe 'hani prāpte sati prātaranuvākasya yeyam ṛik prathamāsti, tasyā ṛico yau dvāv ardharcau tayor ardharcayor yāv ādī tayor ādyor nyūṅkhaḥ kartavyaḥ | nitarām atyantavishamaprakāreṇoṅkhanam uccāraṇaṃ nyūṅkhaḥ | katham iti | tad eva spashṭīkriyate | āpo revatīḥ kshayatheti prātaranuvākasya pratipat | tasyāḥ pūrvārdhasyādau yo 'yaṃ dvitīyasvara okāraḥ pakārād ūrdhvabhāvī, taṃ trimātropetam udāttasvarayuktaṃ trivāram uccārayet | ta ete traya okārāḥ sampadyante | tatraikaikasyaukārasyopari punar apy okārā ardhasvarūpā hrasvamātrā aparimitāḥ pañca voccāraṇīyāḥ | te cārdhaukā-

---

1) pravibhāvayishanti lesen im Texte alle Hss. Die sonderbare Erklärung des Scholiasten zeigt, dass diese Lesart auch ihm vorlag.

rāḥ sarva 'py anudāttāḥ | uttamasya tu trimātrasyaukārasyopari trīn ardhaukārān uccārayet | teshv ardhaukāreshu prathamam aksharaṃ nihanyāt | atyantaṃ nīcasvareṇānudāttaṃ kuryād iti | evaṃ saty udāttās trimātrās traya okārā, ardhaukārās trayodaśety evam okārāḥ shoḍaśa sampadyante | prathamadvitīyayos trimātrayor madhye pañcānudāttā ardhaukārāḥ | dvitīyatṛitīyayos trimātrayor madhye pañcānudāttā ardhaukārāḥ | tṛitīyasya trimātrasyopárishṭād anudāttā ardhaukārās trayaḥ | so 'yam uccāraṇaviśesho nyūṅkha ity ucyate | so 'yaṃ nyūṅkhaś caturthasyāhna udyatyai | udyamanāya sarvasmād utkarshāya bhavati | Dieses lässt sich etwa so darstellen:

āpó3 ŏ ŏ ŏ ŏ ŏ, ó3 ŏ ŏ ŏ ŏ ŏ, ó3 ŏ ŏ ŏ. Vgl. Āśvalāyana 7, 11, 7.

5. annaṃ vai | yo 'yam ukto nyūṅkho 'sti tad etad annaṃ vai | annasādhanatvād annasvarūpam eva | katham etad iti | tad ucyate | iḍāśabdo 'nnavācī | tad yeshāṃ karshakāṇām asti te karshakā iḍavāḥ | te ca varshantam parjanyam abhilakshya geshṇā harsheṇa gāyanto yadā caranti | atha tadānīm annādyam prajāyate | svakālavṛishṭiṃ samṛiddhiṃ ca dṛishṭvā karshakā hṛishyanti hṛishṭāś ca gāyantīti yad asti tatsadṛiśam idaṃ caturthe 'hani nyūṅkharūpam uccāraṇam | ato 'nenoccāraṇenānnam utpādayanti | tad evam annādyasya prajātyā utpādanārthaṃ sampadyate | tasmād annaprajātiyuktatvād eva caturtham ahar jātavad bhavati | jātavattvam etasminn ahani mantraliṅgatvenoparishṭād (5, 4, 2) vakshyate |

6. caturaksharena | mantre yo 'yam ādau caturakshara bhāgas tena nyūṅkhayet | catvāry aksharāṇy uccārya tadante yathoktaṃ nyūṅkham prayuñjyād iti kecid yājñikā āhuḥ |

8. samprati | samyak |

10. mukhataḥ | prātaranuvāke mukhato 'rdharcasyādau dvitīyasminn akshare nyūṅkhayet | prajānāṃ sarvāsām mukhenaivānnādanāt | tathā sati yajamānam annādyasya mukhata eva samīpa eva sthāpayati |

11. ājyaśastre sthānaviśeshaṃ vidhatte |

madhyataḥ | tṛitīyapāda ity arthaḥ | tathā cāśvalāyana āha | agniṃ na svavṛiktibhir ity ājyam | tasyottamāvarjaṃ tṛitīyeshu pādeshu nyūṅkhaḥ (7, 11, 8) iti |

12. mukhataḥ | ardharcādau | tathā cāśvalāyano marutvatīyaṃ nishkevalyaṃ ca nirūpya paścād idam āha | śrudhīhavīyasya tu tṛica ādye 'rdharcādishu nyūṅkhaḥ (7, 11, 28) iti |

4.

2. yad vāco rūpam | vākpratipādakaśabdayuktam | vaimadam vimadākhyena maharshiṇā yuktam | riphatidhātuḥ kleśārthe vartate | viśeshakleśenoccāritaṃ viriphitam | vichandā iti vividhachandasā

yuktam | yad ūnaṃ vātiriktaṃ vonatiriktam | aksharahrāsavṛiddhī ity arthaḥ |

3. viriphitam | nyūnkharūpeṇa viṣeshakleṣenoccāritam | ata eva viriphitasya viṣeshakleṣarūpatayā yuktasya vimadākhyasya maharsheḥ sambandhi |

5. tā u daṣa jagatyaḥ | tā u tās tu sūktagatā ashṭāv ṛico daṣa jagatyaḥ sampadyante | kathaṃ sampattir iti | tad ucyate | sūktasyādyantayor ṛicos trir āvṛittyā dvādaṣa panktayo bhavanti | panktiṣ caiva catvāriṇṣadaksharā | tato militvāṣītyadhikacatuḥṣatākshharāṇi sampadyante | ashṭācatvāriṅṣadaksharāṇāṃ jagatīnāṃ daṣasaṃkhyakānāṃ tāvanty evāksharāṇi | evaṃ jagatīsampattiḥ |

6. tā u pañcadaṣa | tās tu daṣa jagatyaḥ pañcadaṣānushṭubhaḥ sampadyante | tathā hi | ashṭācatvāriṅṣadaksharā jagatī | dvātriṅṣadaksharānushṭup | tathā saty ekaikā jagatī sārdhānushṭub bhavati |

7. tā u viṅṣatiḥ | tās tu daṣa jagatyaḥ punar api pratyekaṃ dvedhā vibhajyamānāṣ caturviṅṣatyaksharā gāyatryo viṅṣatir bhavanti | gāyatrīsambaddhaṃ cānyatra prāyaṇīyam prathamam ahaḥ | gāyatro vā aindravāyavo, gāyatram prāyaṇīyam ahaḥ (Ts. 7, 2, 8, 1) iti ṣrutyantarāt | idaṃ cāhar madhyamo tryahe prathamatvāt punaḥ prāyaṇīyam | ato gāyatrīdvārā sambandhasya vaktuṃ ṣakyatvād etat sūktaṃ caturthasyāhno nirūpakam |

8. tad etat | tad etad agnim ityādi sūktam udgātṛibhiḥ pūrvam astutaṃ, hotṛibhir apy aṣastaṃ tasmād ayātayāma gatasāraṃ na bhavatīti sākshād yajña eva | yajñamadhye sāratvāt | tathā sati yady etat sūktam atrājyam bhavet | tadānīṃ yajñarūpād eva sūktād yajñarūpam ahas tanvato | vistārayanti | kiṃcāhardevatāṃ vācam eva tena sārayuktena punaḥ prāpnuvanti | tac ca madhyamasya tryahasya saṃtatyai vichedarāhityāya bhavati |

10. vāyo ṣukraḥ | atrādyais tribhiḥ pratīkair ekas tṛicaḥ | itaraiḥ shaṭpratīkaiḥ shaṭ tṛicāḥ |

11. taṃ tvā | atra yad etad īmaha iti padam asti, tad yācāmaha ity asminn arthe vartate | yācñā ca dīrghakālena phalapradā | tasmād etad ahar abhyāyāmyam iva | abhito dīrghaṃ kartavyam iva prayogabāhulyena dṛiṣyate | tena yācñārthavācidhātudvāreṇa dīrghatvena sāmyapratīter idam mantravākyaṃ caturthasyāhno nirūpakam |

12. idaṃ vaso | ātānaḥ ṣastrakḷiptiḥ | sā cedaṃ vaso sutam ityādikāsv asmiṅṣ caturtho 'hani pūrvoktena prathamenāhnā samānā | tat sāmyaṃ caikaṃ liṅgam |

15. tad u | tad u tat tu sūktaṃ trishṭupchandaskam | pratishṭhitāni padāni pratiniyatāksharasaṃkhyāyuktāḥ pādā yasmin sūkte tat pratishṭhitapadam | tādṛiṣena tena sūktena savanaṃ mādhyaṃ-

dinasavanagatam marutvatīyaçastram dadhāra | dhāritavān bhavati | etena sūktena svayam āyatanāt svakīyagṛihāt kadācid api na pracyavate |

16. imaṃ nu | imaṃ nv ityādis tṛicaviçeshaḥ paritaḥ pūrvoktānāṃ ante prakshepaṇīyaḥ |

18. tad vai | yasmin chandasi nivitpadasamūhaḥ prakshipyate tad etac chando vahati | savanasya nirvāhakam bhavati | tasmān nirvāhaṇāya tāsu gāyatrīshu nividaṃ dadhyāt |

19. pibā somam | pṛishṭhastotrasādhanasya vairājasāmna ādhāraḥ pibā somam ityādiḥ stotriyas tṛicaḥ | srudhī havam ityādy anurūpaḥ |

21. tvām id dhi | tvām id dhīty asyām ṛici bṛihatsāmotpannam | tasmād etaṃ yonibhūtam pragātham pūrvoktadhāyyām anu paçcāc chaṅset |

5.

11. tā u | tā u tās tu sūktagatā ṛico vichandaso vividhachandoyuktāḥ | tatraikaviṅçatir dvipadāḥ santy, avaçishṭāç catushpadāḥ santi | tena vichandastvenāhno nirūpakam |

6.

1. gaur vai | pūrvatra vāg ekaṃ gaur ekaṃ dyaur ekam (5, 3, 2) iti devatāyā rūpatrayam uktam | tatra vāgātmakaṃ rūpaṃ caturthe 'hany uktam | pañcamasyāhno gaur eva devatā nirvāhikā | stomānām madhyo triṇavo nirvāhakaḥ | tasya triṇavasya stomasya svarūpaṃ Chandogair evam āmnātam | navabhyo hiṃkaroti sa tisṛibhiḥ sa pañcabhiḥ sa ekayā | navabhyo hiṃkaroti sa ekayā sa tisṛibhiḥ sa pañcabhiḥ | navabhyo hiṃkaroti sa pañcabhiḥ sa ekayā sa tisṛibhiḥ | vajro vai triṇavaḥ (Tāṇḍya 3, 1, 1) iti | asyāyam arthaḥ | ekas tṛicas tisṛibhiḥ paryāyair āvartanīyaḥ | tatra prathamaparyāye prathamāyās triḥ paṭho dvitīyāyāḥ pañcakṛitvaḥ pāṭhas tṛitīyasyāḥ sakṛid eva paṭhaḥ | dvitīyaparyāye prathamāyāḥ sakṛit pāṭho dvitīyāyās triḥ pāṭhas tṛitīyasyāḥ pañcakṛitvaḥ pāṭhaḥ | tṛitīyaparyāye prathamāyāḥ pañcakṛitvaḥ pāṭho dvitīyāyāḥ sakṛit pāṭhas tṛitīyasyās triḥ pāṭhaḥ | evam āvṛittābhiḥ saptaviṅçatisaṃkhyābhir ṛigbhis triṇavaḥ stomo bhavati |

5. paçurūpam | tathāvidhaṃ ca paçurūpaṃ yad asti tad api liṅgam | paçurūpasya bahuvidhatvam eva yad adhyāsavad ityādinā prapañcyate | adhikapādasya prakshepo 'dhyāsaḥ | prakṛitau yāvad asti tāvato 'py adhikapādopetam adhyāsavat | paçūnām api caturbhyaḥ pādebhyo 'dhikam mukham ekam parigaṇyate | ato 'dhyāsavat paçurūpam bhavati | tad eva vikshudrā ity anena spashṭīkri-

yato | vividhaḥ kshudrā vikshudrāḥ | ekasmād anyo nyūnas, tasmād apy anyo nyūnaḥ | gajāpekshayāçvaḥ kshudras, tadapekshayā mahishaḥ kshudras, tato gaus, tato 'jety evam paçushu kshudratvaṃ drashṭavyam |

vāmam | yad vāmaṃ ramaṇīyaṃ sūktaṃ svaravarṇādibhiḥ çrāvyam bhavati | tad api paçurūpam | loko 'pi gavāçvādipaçava iti yad asti tad vāmaṃ ramaṇīyaṃ dṛçyate |

yat pañktam | ekaṃ liñgam pañktaṃ yat punarvacanaṃ tat pañcasaṃkhyāyuktam | pūrvatra pañktichandaḥsambaddham iti viçeshaḥ |

6. imam u shu | imam ū shv ityādisūkte jagatīchandoyuktā ādyā navarcaḥ çaṅsanīyāḥ | tatra tṛitīyasyām ṛici jagatīchandaskebhyaç caturthapādebhyo 'dhikaḥ pādo bharadvājāya saprathā ity esha samāmnāyate | ato 'dhikapādayuktatvād idam adbyāsavalliñgam | tatra paçusvarūpam | paçor api pādacatushṭayād adhikasya mukhasya vidyamānatvāt |

7. ā no yajñam iti dve ṛican | ā no vāyav ity ekā | so 'yam prathamas tṛicaḥ | rathenetyādir dvitīyaḥ | babhava ityādis tṛitīyaḥ | imā u vām ityādiç caturthaḥ | pibā sotasyedyādiḥ pañcamaḥ | devam-devam iti shashṭhaḥ | bṛihad iti saptamaḥ | tad etat saptakam bṛihatīchandoyogād bārhatam |

13. marutvān | parito 'nto prakshepaṇīyaḥ paryāsaḥ || tasmiṅs tṛice nividdhānaṃ vidhatte | tā u etc.

7.

1. mahānāmnīshu | S. 4, 4, 1.

3. imān vai | nanu çakvarīshūtpannaṃ sāma çākvaram iti vaktavyam | çakvarī ca saptapādopetā | na caitā ṛicas tathāvidhāḥ kiṃtu pādacatushṭayopetā anushṭubhaḥ | tat katham āsāṃ çakvarītvam ity āçañkya çaktipradatvāc chakvarītvam iti nirvacanaṃ darçayati | imān vai etc.

4. tā ūrdhvāḥ | yā etā mahānāmnyaḥ santi tāḥ sīmna ūrdhvā abhyasṛijata | agnim īḷa ity ārabhya yathā vaḥ susahāsatītyantā dāçatayīnāṃ sīmā | tasyāḥ sīmna ūrdhvabhāvinīḥ kṛitvā Prajāpatir abhitaḥ sṛishṭavān | ata evaitāḥ saṃhitāyāṃ nāmnāyante kiṃtv āraṇyakāṇḍa āmnāyante | athavā | navaitā ṛicas trivedebhya upari sthitatvena prayujyante | tathā cāçvalāyana āha | çākvaraṃ cet pṛishṭham mahānāmnyaḥ stotriyaḥ | tā adhyardhakāraṃ nava prakṛityā tisro bhavanti (7, 12, 10) iti | asyāyam arthaḥ | yadā çākvarasāmnā pṛishṭhastotraṃ nishpādyate tadānīm mahānāmnya ṛicaḥ stotriyas tṛico bhavanti | tās tu prakṛityā svabhāvena navasaṃkhyākās tathāpi tisraḥ kartavyāḥ | adhyardhakāram iti tatropāya ucyate | adhikena-

rdheua yuktām ekām ṛicaṃ ekam ardharcaṃ kṛitvoty uktam bhavati | tatas trayāṇām ardharcānām ekārdhatve sati tisra ṛico bhavantīti[1]) | so 'yaṃ sīmollaṅghanaprakāraḥ | yasmāt sīmna ūrdhvāḥ santīḥ Prajāpatir asṛijata tasmāt simā ity etannāmakā abhavan | mahānāmnīnām anena prakāreṇa simānāmakatvaṃ vijñeyam |

5. svādor itthā | svādor ityādir adhyayanaprakāreṇaikas ṛica, upa na ityādir dvitīya, indraṃ viçvā iti tṛitīyaḥ | etat trayam militvā pūrvoktastotriyassādṛiçyād anurūpas tṛico bhavati |

8. mo shu tvā | ṛigdvayam eva sarvatra pragāthasya svarūpam | atra tu rāyas kāma ity eshā dvipadādhikatvena prakshiptā | tasmād ayam pragātho 'dhyāsavān |

8.

4. tam indram | çastrānte prakshepaṇīyaṃ tṛicaṃ vidhatte | tam indram ate.

10. stushe janam | trishṭupchandaske sūkte viçā ādevīr ity ekaḥ pādo 'dhikaḥ prakshipyate | so 'yam adhyāso liṅgam |

14. agnir hotā | trishṭupchandaskasya tṛicasyāvasāne tā taromety adhikaḥ pādo 'dhyāsaḥ |

9.

2. athāsmin shashṭhe 'hany ṛitupraisheshv ṛituyājasūkte kaṃcid viçeshaṃ vidhātum prastauti |

na vai | devāḥ sarve 'py anyonyasya gṛiha-vāsaṃ naiva kurvanti kiṃtu svasva eva gṛiha | evaṃ ca saty ṛitur apy ṛitor anyasya sthāna na vasati | kiṃtu sarvo 'pi vasantādyṛituḥ svasva eva sthāne nivasati | tasmāt kāraṇād yathāyathaṃ svasvasthānam anatikramya sarva 'py ṛitvija ṛituyājān yajeyuḥ | asampradāyam anyasmā adattvā | ayam arthaḥ | ṛitugrahaṇam pracāro yadā vartate tadānīm maitrāvaruṇaḥ praishasūktagatena mantreṇa hotrādīn preshyati | ante ca yājyayā vashaṭkāraṃ kurvanti | adhvaryuyajamānau tu preshitau svasvayājyāṃ hotre prayachataḥ | tad idam prakṛitāv anushṭhānam | atra tu tau hotre na prayachataḥ kiṃtu svayam eva yājyām paṭhata iti | tathā sati yathartu taṃ-tam ṛitum anatikramya sarvān ṛitūn ṛitvijaḥ kalpayanti | svasvaprayojanasamarthān kurvanti | ṛitūnāṃ tathā kalpane sati janatā janasamūho yathāyathaṃ svaṃ-svaṃ sthānam anatikramya vyavasthitāḥ sukhinyo bhavanti | evam ṛituyājā atra prastutāḥ || tatraitac cintyate | kim ṛituyājeshu praishavashaṭkārau prakṛitivan na kartavyāv uta kartavyau | āho svit prakārāntareṇa kartavyāv iti | tatra tāvad akāraṇapaksham upanyasyati

1) Vgl. Sāyaṇa zu Aitareyāraṇyaka 4, 1, 1.

3. tad āhuḥ | ṛitnyājārtham maitrāvaruṇena paṭhitavyā mantrā ṛitupraishāḥ | taiḥ praishamantrair hotrādīn prati ca na preshitavyam | hotā yakshad Indram ityādibhiḥ praishāṇāṃ na kartavyam | hotrādibhiś ca ṛitupraishamantrair na vashaṭkartavyam | yājyātvena na paṭhitavyā ity arthaḥ | tatreyam upapattiḥ | ya ṛitupraishās te sarve 'pi vāg vai vāgrūpaiva | vāk ca shashṭhe 'hany āpyate | samāpyate | na hi samāptāyāṃ vāci mantraprayogo yujyate | iti nishedhavācinām abhiprāyaḥ || teshām eva matam āśritya vidhivādinām pakshe doshaṃ darśayati |

4. yad ṛitupraishaiḥ | yady ṛitupraishās tatpūrvako vashaṭkāraś cānushṭhīyeran | tadānīm āptāṃ samāptāṃ vācam eva ṛicheyuḥ | kīdṛiśīṃ vācam | ṛikṇavahīm | vaho balīvardasya lāṅgalādivahanapradeśaḥ | vṛikṇo bhagno vaho vahanapradeśo yasyā vācaḥ sā ṛikṇavahī | śrāntatvād yajñabhāraṃ voḍhum aśaktety arthaḥ | vahārāviṇīm | aśakyavahananimitto rāvo rodanarūpo dhvanir yasyāḥ sā vahārāviṇī | tādṛiśīm upadravadvayayuktāṃ vācaṃ vināśayeyuḥ || evam anushṭhānapakshe dosham uktvā nishedhapaksho vyavasthito sati vidhivādī svābhipretam anushṭhānaṃ hṛidi nidhāya nishedhapaksho bādham upanyasyati |

5. yad v ebhiḥ | yad u yadi vā ebhir mantrair na preshyeyur, yadi vā ebhir yājyāmantrair na vashaṭkuryuḥ | tadānīm ṛitvijo yajñasyācyutād avinashṭāt prayogāc cyaveran | vinaśyeyuḥ | yajñaprayogaḥ sāṅgo na bhaved ity arthaḥ | kiṃcaitasmād yajñāt svakīyaprāṇāt Prajāpateḥ svakīyayajamānād gavādipaśubhyaś ca jihmā īyuḥ | ṛitvijaḥ sarve 'pi kuṭilā bhūtvā gaccheyuḥ | yajñaprāṇayajamānapaśubhyo bhrashṭā bhaveyur ity arthaḥ || itthaṃ vidhinishedhapakshayor ubhayor api bādham uktvā prakārāntareṇānushṭhānaṃ siddhāntayati |

6. tasmād ṛigmebhyaḥ | yasmād anushṭhānapaksho śrāntām ityādyuktadoshaḥ parityāgapakshe tv acyutād ityādyuktadoshaḥ | tasmād doshadvayaparihārāya prakārāntareṇānushṭheyam | prakṛitau hi maitrāvaruṇas taṃ-taṃ praishamantram paṭhitvā hotar yajetyādinā preshyati, hotrādayaś ca tata ūrdhvaṃ yājyām praisharūpām eva paṭhitvā tadante vaushaḍ iti vashaṭkurvanti | atra tu na tathā kartavyam | kiṃ tarhy ṛigmebhya evādhy ṛikśiraskebhyo hotrādivishayapraishebhya evordhvam maitrāvaruṇo hotar yajetyādinā preshyet | hotrādayaś ca tathaiva ṛigmebhyo 'dhi vashaṭkṛitya tubhyaṃ hinvānā ityādyṛikśiraskaiḥ praishair yajeyuḥ | tathā sati prakṛitivad anushṭhānābhāvād vācam āptām ityādir anushṭhānapakshe prokto dosho na bhavati | anushṭhānaparityāgasyāpy abhāvāt pratishedhapakshe 'cyutād ityādir dosho 'pi na bhavati |

10.

1. pārucchepīḥ | prātaḥsavane mādhyaṃdinasavane ca yāḥ prasthitayājyāḥ codakena prakṛititaḥ prāptāḥ | tāsām purastāt pārucchepīḥ parucchepākhyena maharshiṇā dṛishṭā ṛica upadadhyuḥ | ekaikām pārucchepīm ṛicam uktvā paṣcād ekaikām prathitayājyām paṭhet | vṛishann indra vṛishapānāsa indava ityādyāḥ, pibā somam indra suvānam adribhir ityādyāṣ ca pārucchepya ṛicaḥ Sūtrakāreṇa (S, 1, 2. 4) vispashṭam adāhṛitāḥ | pārucchepīshv ṛikshv yac chando 'sti tad idaṃ rohitanāmakam |

3. tad āhuḥ | saṃkhyāsāmyāt pañcapadopetā ṛicaḥ pañcame 'hani yuktāḥ | shaṭpadopetāḥ shashṭhe 'hani | pārucchepyas tu saptapadopetāḥ | ataḥ shashṭho 'hani tacchaṅsanam ayuktam iti codyavādinām abhiprāyaḥ || tatrottaram āha |

4. shaḍbhir eva | ekaikasyām ṛici ya ete prathamabhāvinaḥ shaṭ pādās taiḥ sarvair yadā shashṭham ahar āpnuvanti | tadānīm uparitanaṃ yat saptamam ahas tad apachidyaiva pṛithaktvena tasya vichedaṃ kṛitvaiva prāpnoti | tasmād vichinnaṃ saptamam ahas tena saptamena pādenābhimukhyenopakramya vasanti |

11.

1. tad yad etat | samudramadhyasthitānām dhanānām ākarshaṇe kiṃ sādhanam iti | tad ucyate | tat tatra pārucchepīyāsv ṛikshu yad etat padam paṭho 'sti | kīdṛiṣam | punaḥpadam | shaṭsu pādeshu samāpteshu punaḥ paṣcād uccāryamāṇaḥ sumṛiḍīko na ā gahīty evaṃvidhaḥ saptamaḥ pādaḥ | sa eva dhanānām āsañjanāyāsaktāni kṛitvā samākarshaṇāyāṅkuṣo 'bhūt |

12.

1. pūrvatra vāg ekaṃ gaur ekaṃ dyaur ekam iti yat tṛitīyaṃ devatāsvarūpam uktaṃ, seyaṃ devatā shashṭham ahar nirvahati | tathā stomānām madhye trayastriṅṣaḥ stomo nirvāhakaḥ | tasya stomasya svarūpaṃ Chandogair evam āmnāyate | ekādaṣabhyo hiṃkaroti sa tisṛibhiḥ sa saptabhiḥ sa ekayā | ekādaṣabhyo hiṃkaroti sa ekayā sa tisṛibhiḥ sa saptabhiḥ | ekādaṣabhyo hiṃkaroti sa saptabhiḥ sa ekayā sa tisṛibhiḥ | anto vai trayastriṅṣaḥ (Tāṇḍya 3, 4, 1) iti || asyāyam arthaḥ | eka eva tṛicas tribhiḥ paryāyair āvartanīyaḥ | tatra prathame paryāye prathamāyās trir abhyāso madhyamāyāḥ saptakṛitvo 'bhyāsa uttamāyāḥ sakṛit pāṭhaḥ | dvitīyaparyāye prathamāyāḥ sakṛit pāṭho madhyamāyās trir abhyāsa uttamāyāḥ saptakṛitvo 'bhyāsaḥ | tṛitīyaparyāye prathamāyāḥ saptakṛitvo 'bhyāso madhyamāyāḥ sakṛit pāṭha uttamāyās trir abhyāsaḥ | evaṃ trayastriṅṣastomanishpattir iti |

revatīr naḥ sadhamāda ity asyām ṛicy utpannaṃ sāma raivatam | gāyatryādibhyaś chandobhyo 'ksharair adhikatvād atichandā iti kasyacic chandaso nāmadheyam |

5. stīrṇam | stīrṇam barhir ity ādyas tṛicaḥ | ā vāṃ ratha iti dvitīyaḥ | anshumā yātam iti tṛitīyaḥ | yuvāṃ stomebhir iti caturthaḥ | avar maha iti dve ṛicau | vṛishann indrety ekā | ubhābhyām pañcamas tṛicaḥ | astu ṣraushaḍ ity ekā | o shū ṇa ity ekā | ye devāsa ity ekā | etat tritayaṃ shashṭhaḥ | iyam adadād iti saptamaḥ | ity etat sarvam praügaṣastraṃ kuryāt || ṣastrāntarasya pratipadaṃ tṛicaṃ vidhatte |

6. sa pūrvyaḥ | atra mahānām iti mahacchabdaḥ pādasyānte dṛiṣyate | shashṭhaṃ cāhaḥ pṛishṭhyākhyasya shaḍahasyānto bhavati | tasmād antatvaliṅgena shashṭhe 'hani yogyam | yadvā | mahato 'py adhikasyānyasyābhāvān mahad ante ity antatvaṃ vyākhyeyam |

7. traya indrasya | S. 5, 1, 13.

9. sa yo vṛishā | marutvān no bhavatv ity asya caturthasya pādasya sarvāsv ṛikshu vidyamānatvāt samānodarkatvam || tṛicātmakaṃ sūktāntaraṃ vidhatte |

10. indra marutvaḥ | asmin sūkte tebhiḥ sākam ityādis tṛitīyasyām ṛici tṛitīyaḥ pādaḥ | tatra Vṛitraṃ khādati bhakshayatīti vṛitrakhādaḥ | tena bhakshaṇena Vṛitrasyāvasānam maraṇaṃ sampadyate | tasmāt khādo Vṛitrasyāntaḥ | shashṭhasyāntatvam pūrvam evoktam | ato 'ntavattvaṃ liṅgam | yady apīdaṃ sūktaṃ na bhavati tathāpi sūktasthānāpannatvāt sūktam ity uktam |

12. ṣastrasyāntimaṃ tṛicaṃ vidhatte |

ayaṃ ha | svar marutvatā jitam iti dvitīyaḥ pādaḥ | tatra bhūtārthavāciktapratyayānto jayatidhātur ekaṃ liṅgam | kiṃca jayasya yuddhāvasānatvāj jitam iti ṣabdo 'ntapratipādakaḥ | tad etad antavattvam aparaṃ liṅgam |

17. indram it | asya pragāthasya sarveshv api pādeshv indraṣabdāvṛitter tāladhvanisadṛiṣatvān nimittavat liṅgam |

13.

2. pra ghā nu | somasya tā mada indraṣ cakārety asya caturthapādasya bahushv ṛikshu vidyamānatvāt samānodarkatvam |

5. nishkevalyasya ṣastrasyāntimaṃ tṛicaṃ vidhatte |

upa no haribhiḥ | tisṛishv apy ṛikshūpa no haribhir iti pādasyaikatvāt samānodarkatvam |

8. tat savituḥ | tat savitur iti dve ṛicau pratipacchesbabhūtau, dasho 'gād ity esha sūtre paṭhitas tṛico 'nucaraḥ | atra bhūtārthavācī gamidhātur yo 'stī tasyārtha āgād iti ṣabdenocyate | bhūtārthavācitvād gataṃ gamanasamāptir anto bhavati | tad etad antavattvaṃ

liṅgam || yasmād atra Sūtrakāro (8, 1, 16) 'bhi tyam ity ekām ṛicaṃ tat savitur iti dve ṛicau militvā pratipattṛicatvenoktvā dosho āgād ityādikes tṛico 'nucara ity uktavān | tasmād asmābhis tat savitur iti vākyam pūrvaçeshatvena vichedanīyam |

10. katarā | dvitīyasyā ṛicaç caturthe pāde dyāvā rakshatam pṛithivī ity uktatvād idaṃ sūktaṃ dyāvāpṛithivīyam | tatra dyāvā rakshatam iti pādasya bahushv ṛikshu vidyamānatvāt samānodarkatvam |

11. kim u | kim u çreshṭha ity asmin sūkte trayodaçarcaḥ çaṅsanīyāḥ | tatra caturthyā ṛicaḥ prathamapāde cakṛivāṅsa ṛibhava iti çrutatvād idam ārbhavam | upa na iti sūkte catasraḥ | Āçvalāyana 8, 8, 8 | tatra prathamapāde ṛibhukshā iti çrutatvāt tad apy ārbhavam | Ṛibhavo hi naro manushyāḥ | ata eva manushyān sataḥ praveçayitum asmābhiḥ agnivasvādayaḥ somapānavelāyām Ṛibhūn niḥsāritavantaḥ | etac cārbhavaṃ çaṅsaty Ṛibhavo vai devesha (3, 30) ityādāv upākhyāne tulyam avagamyate | te ca narā Ṛibhavaḥ çasyante kathyante yasmin sūkte tan nārāçaṅsam | tad ekaṃ liṅgam | tathaivopa na vājā iti sūktasya tṛitīyasyām ṛici tryudāyam iti triçabdaḥ çrutaḥ | tad etat tritvaṃ dvitīyaṃ liṅgam |

12. idam itthā | idam itthety ekaṃ sūktaṃ, ye yajñeneti aparam |

14.

2. nishṭhāvam | kīdṛiçam Manum | nishṭhāvam | dhanavibhāgāder dharmarahasyaṃ niḥçesheṇa athitir nirṇayo nishṭhā | sā yasmin asti sa nishṭhāvaḥ | tādṛiçam | dharmarahasyanirṇetāram ity arthaḥ | avavaditāram | jyeshṭhaputrasyaitāvad, dvitīyasyaitāvad, anyasyaitāvad ity avachidya vaditaṃ samartho 'vavaditā | tādṛiçam |

3. tān ato sūkta | idam itthetī ye yajñeneti caite ubhe sūkte çaṅsaya | tatas teshām ṛishīṇāṃ yat sahasrasaṃkhyaṃ dhanaṃ satraparivesbaṇaṃ satrārtham paritaḥ sampāditam | tat sarvam anushṭhānād ūrdhvam avaçishṭaṃ te dhanaṃ tubhyam Aṅgiraso maharshayaḥ svargam prāpnuvanto dāsyantīti |

15.

3. pratishṭhāyā enam | avighnena karmasamāptir daivī pratishṭhā | tataḥ dhanabhūtadhanādisampattir mānushī pratishṭhā |

4. Sukīrtinā | Kakshīvān ity abhihitaḥ kaçcid ṛishiḥ | tasya putraḥ sukīrtināmakaḥ | tena dṛishṭam apa prāca indreti sūktam api tannāmakam | tac ca vṛishākapisūktāt prāg eva samīpe çaṅsanīyam | tena Sukīrtinā hotā yoniṃ vyahāpayat | garbhanirgamāya vivṛitam akarot | ata eva tasyā ṛicaç caturthapāda urau yathetyādir āmnāyate |

6. madhvo vo nāma | asmin sūkte marudvishayam abhivyāharaṇīyam arthajātam bahv asti | bahutvam caikatvadvitvāpekshayā saṃkhyāyām avasānatvād-anto bhavati | tad etad antatvam liṅgam |

8. sa pratnathā | devā agnim ity asya caturthapādasya sarvāsv apy ṛikshu paṭhitatvāt samānodarkatvam || dhārayann ity etasya punaḥ-punaḥ paṭhitasyānuvādena tadabhiprāyam sadṛishṭāntam darṣayati |

9. dhārayan-dhārayan | hotāsmin sūkte caturtheshu pādeshu dhārayan-dhārayann iti punaḥ-punaḥ paṭhitvā ṣaṅsati | tasya ko 'bhiprāya iti | so 'bhidhīyate | antaḥ ṣastrasyāvasānapradeṣaḥ | tasya prasraṅsāt prakarsheṇa sraṅsanāc chaithilyād ayaṃ hotā bibhāya | bhītim prāptavān | sraṅsanaparihārārtho dṛishṭānto 'bhidhīyate | yathā loke rajjuṃ nirmimāṇaḥ purushaḥ punarāgrantham punaḥ-punar āgrathyāgrathya punarnigrantham punaḥ-punar nigrathya-nigrathya tasyā rajjor antam badhnīyāt | dīrghāyā rajjvā agraṃ sūkshmam punaḥ pṛishṭhataḥ pratyākṛishya veshṭanaṃ kṛitvāgranthanaṃ nāma | tasyā dṛiḍhībhāvo nigranthanaṃ nāma | ity eko dṛishṭāntaḥ | anyo 'py abhidhīyate | yathā vā loke carmakāra ārdrasya carmaṇaḥ saṃkocanivāraṇāya bhūman tat prasārya dṛiḍham ākṛishya carmaṇo 'nte mayūkhaṃ ṣaṅkuṃ carmaṇo dhāraṇāya bhūman nihanyād, dṛiḍham bhūmipravishṭaṃ kuryāt | hotuḥ punar dhārayann iti ṣaṅsanaṃ yad asti tad etat tādṛiṣam | pūrvoktadṛishṭāntasamānaṃ drashṭavyam | tad etac chaṅsanam yajñasya saṃtatyai bhavati |

16.

1. dvādaṣāhagate navarātre trayas tryahāḥ | tatra prathamadvitīyau tryahāv uktau | tāvatā pṛishṭhyaḥ shaḍahaḥ samāptaḥ | yas tu tṛitīyas tryahas tatra yāni trīṇy ahāni tāni chandomanāmakāni | tatra prathamam, navarātrāpekshayā saptamaṃ yad ahar asti, tatra mantraliṅgaṃ darṣayati | yad vā eti etc.

9. āpyante | trivṛitpañcadaṣasaptadaṣaikaviṅṣatriṇavatrayastriṅṣākhyā ye stomās te sarve 'pi shashṭhe 'hany āpyante | samāptāḥ | gāyatrītrishṭubjagatyanushṭuppaṅktyatichandobhidhāni sarvāṇi chandāṅsi ca samāptāni | tathā sati yathaivādo vakshyamāṇaṃ nidarṣanaṃ tathaiva saptamasyāhnaḥ pravṛittir drashṭavyā | kiṃ nidarṣanam iti | tad ucyate | yathā darṣapūrṇamāsādipuroḍāṣādidravyāṇy avadāya paṣcāt tāny avadānasthānāny ājyasthālyā ājyena punaḥ pratyabhighārayanti | kimartham iti | tad ucyate | ayātayāmatāyai | gatasāratvaparihārāya punar api havishṭvayogyatārtham | evam evaitasmin saptame 'hani stomāñ chandāṅsi ca punar api pratyupayanti | pratipadyānutishṭhanti | tathā saty anushṭhitasya punar anushṭhānaṃ carvitacarvaṇasamānam iti yātayāmatvaṃ gatasāratvam bhavet |

ato yad etat samudrād ūrmir ityādikaṃ saptamasyāhna ājyam bhavati | tad etad ayātayāmatāyai punar api sāratvasiddhyartham bhavati | tasmiñ chastre ghṛitasya nāma guhyam iti ghṛitaçabdasya vidyamānatvāt pratyabhighāraṇasāmyam bhavati | yady api trivṛidādayaḥ stomāḥ saptamo 'hani punar 'nānushṭhīyante, tathāpi caturviṅçādayaç chandomanāmakā anushṭhāsyante | tasmād ayātayāmatvaṃ stomatvasāmyenābhihitam |

11. ā vāyo | atrādyaiḥ shaḍbhir dvau tṛicau | itare pañca tṛicāḥ |

14. tad u | tad u tat sūktaṃ kayāçubhāçabdopetatvāt kayāçubhīyanāmakam | astv evaṃ kiṃ tata iti cet | ucyate | etad eva kayāçubhīyanāmakaṃ sūktaṃ saṃjñānaṃ parasparaikamatyasādhanam | kiṃcaitat saṃtani saṃtānakaram prāṇānām avichedena dīrghāyushyakaraṇam |

19. paçavaç chandomāḥ | caturviṅçacatuçcatvāriṅçāshṭācatvāriṅçākhyāç chandomāḥ paçusādhanatvāt paçurūpāḥ | tasmāc chandomayukte 'smiṅs tryahe chandodvayānushṭhānam paçuprāptyai bhavati | chandobhir gāyatrītrishṭubjagatībhir akaharasaṃkhyādvāreṇopamīyanta iti caturviṅçādayas trayaç chandomāḥ | tatra gāyatryā caturviṅçatyaksharayā sadṛiço. yaç caturviṅçastomas, tasya pratipādakam ashṭābhyo hiṃkarotītyādikaṃ Chandogabrāhmaṇaṃ caturviṅçam etad ahar upayanty ārambhaṇīyam (4, 12) ity atraivodāhṛitam | yac catuçcatvāriṅçastomasya nirūpakaṃ Chandogabrāhmaṇam evam āmnāyate | pañcadaçabhyo hiṃkaroti sa tisṛibhiḥ sa ekādaçabhiḥ sa ekayā | caturdaçabhyo hiṃkaroti sa ekayā sa tisṛibhiḥ sa daçabhiḥ | pañcadaçabhyo hiṃkaroti sa ekādaçabhiḥ sa ekayā sa tisṛibhiḥ (Tāṇḍya 3, 9, 1) iti | asyāyam arthaḥ | tribhiḥ paryāyais tṛicasyāvṛittau prathame paryāye prathamāyā ṛicas trir abhyāso madhyamāyā ṛica ekādaçakṛitvo 'bhyāsa uttamāyā ṛicaḥ sakṛit pāṭhaḥ | dvitīyaparyāye prathamāyāḥ sakṛit pāṭho madhyamāyās trir abhyāsa uttamāyā daçakṛitvo 'bhyāsaḥ | tṛitīyaparyāye prathamāyā ekādaçakṛitvo 'bhyāso madhyamāyāḥ sakṛit pāṭha uttamāyās trir abhyāsaḥ | so 'yaṃ catuçcatvāriṅçastoma iti [1]) || atha bṛihatsāmasādhyapṛishṭhastotrasyādhārabhūtaṃ stotriyam pragāthaṃ tadanurūpaṃ ca vidhatte |

20. tvām it | tvām id dhīty ekaḥ pragāthaḥ | tvaṃ hy ehīti dvitīyaḥ | tad ubhayaṃ saptame 'hani nishkevalyaçastre çaṅsanīyam | nanv ayugmam ahaḥ saptamam | tathā sati rathaṃtarapṛishṭham parityajya bṛihatpṛishṭhaṃ kim ity upādīyata iti cet | vacanabalād iti brūmaḥ | kiṃ hi vacanaṃ na kuryān, nāsti vacanasyātibhāra iti nyāyāt | bṛihatpṛishṭhasvīkāre kāṃcid yuktim āha |

21. yad eva | pūrvasya shashṭhasyāhno yad eva pṛishṭhastotraṃ

1) Ueber den ashṭācatvāriṅça stoma s. 4, 12, 9.

tad evātra kṛitam bhavati | tasya prayojanaṃ tūparishṭād vakshyate | nanu shashṭhe 'hany api raivatam prishṭhaṃ na tu bṛihad iti cet | naisha doshaḥ | bṛihadraivatayoḥ kāryakāraṇabhāvenaikatvād ity abhipretya bṛihac ca vā idam agre rathaṃtaraṃ cāstām (4, 28) ity atra pratipāditam || kāryakāraṇabhāvam iha smārayati |

22. yad vai | vairūpaśākvarayor rathaṃtarajanyatvāt tadrūpatvam | vairājaraivatayor bṛihajjanyatvāt tadrūpatvam | evaṃ ca sati shashṭhe 'hani raivatasya bṛihattvaṃ vyavahartuṃ śakyate || idānīm atra saptame 'hani bṛihatpṛishṭhasvīkāre prayojanam āha |

23. tad yat | tat tasmāt shashṭhe 'hani kṛitasya raivatasya tadrūpatvāt kāraṇād yatra saptame 'hani bṛihatpṛishṭhaṃ kriyate | tad idānīṃ shashṭhe 'hany anushṭhitena bṛihataivāsmin saptame 'hani tad bṛihatpṛishṭham pratyattabhnuvanti | atītatvena shashṭhasya punar uddharaṇam pratyuttambhanam | etac cāstomakṛintatrāya sampadyate | stomānāṃ trivṛitpañcadaśādīnāṃ kṛintatraṃ kṛintanaṃ chedaḥ | tadrāhityam astomakṛintatram | tadartham atra svīkāraḥ || vipakshabādhopanyāsamukhenaiva tad eva spashṭayati |

24. yad rathaṃtaram | shashṭhe 'hany anushṭhitasya bṛihato 'smin saptame 'hany anuvṛittim parityajya yugmadinatvam āśritya yadi rathaṃtarapṛishṭhaṃ svīkriyate | tadānīṃ shashṭhasaptamayor anuvṛittyabhāvāt kṛintatraṃ vichedanaṃ syāt | shashṭhe bṛihat kṛitaṃ saptame tan na kṛitaṃ, kiṃtu rathaṃtaraṃ kṛitam iti vichedaḥ || vipakshabādham upanyasya svapaksham upasaṃharati |

25. tasmāt | yasmād bṛihati kṛite vichedaḥ parihriyate tasmād ity arthaḥ |

27. abhi tvā | nitarāṃ vartanam anushṭhānaṃ nivartanaṃ na tu parityāgaḥ | āyatanenāyugmatvasthānena rathaṃtarasambandhaḥ |

18.

4. yad dvyagni | agniśabdadvayopetaṃ dvyagnīty ucyate | mahacchabdopetam mahadvat | dvayor devatayor hūtam āhvānaṃ yasmiṃs tādṛiśaṃ dvihūtavat | punaḥśabdopetam punarvat |

8. kuvid aṅga | atrādyais tribhiḥ pratīkair ekas tṛicaḥ | caturtho caikā pañcame dve, tad ubhayam militvā dvitīyas tṛicaḥ | itare pañca tṛicāḥ |

21. atha nishkevalyaśastrasya rathaṃtarasāmasādhyapṛishṭhastotrasyādhārabhūtaṃ stotriyam anurūpaṃ ca vidhatte |

abhi tvā | yady api yugmadinatvād nyāyato bṛihatpṛishṭham prāptaṃ tathāpi vacanabalād rathaṃtarapṛishṭhatvaṃ drashṭavyam |

19.

7. tāni dvedhā | pūrvoktāni mahacchabdayuktāni sarvāṇi sū-

ktāni dvedhā vibhaktāni | katham iti | tad ucyate | pañcānyāni marutvatīyaçastragatāni | pañcasaṃkhyākāni pṛithag evāvasthitāni |

8. viçvo devasya | viçvo devasyety ekā | tat savitur vareṇyam iti dve | etat trayam bṛihatsāmasambandhī tṛicaḥ çastrasya pratipat | āviçvadevam iti tṛico 'nucaraḥ | tad ubhayam bṛihatsāmasambandhād bārhatam, yugmatvena bṛihatsāmasambandhiny ashṭame 'hani yogyam || ūrdhvaliñgopetaṃ savitṛidevatākaṃ sūktasthānīyaṃ caturṛicaṃ vidhatte |

9. hiraṇyapāṇim | dvitīyapāde savitāram upa hvaya iti çravaṇāt savitṛidevatākaṃ sūktam | ūrdhvaçabdasyāçravaṇe 'pi savitṛimaṇḍalasyoparideçavartitvād arthata ūrdhvatvam |

10. mahī | mahacchabdopetaṃ sūktasthānīyaṃ tṛicaṃ vidhatte | mahī dyauḥ etc.

11. yuvānā | punaḥçabdopetaṃ sūktasthānīyaṃ tṛicaṃ vidhatte | yuvānā etc.

20.

8. pra vīrayā | atra dadriro ta iti prayogapāṭhaḥ | [1] atrāntimais tribhiḥ pratīkair ekas tṛicaḥ | itaro shaṭ tṛicāḥ |

16. pra mandine | atra sarvāsv ṛikshu marutvantaṃ sakhyāya havāmaha iti caturthasya pādasyaikatvāt samānodarkatvam |

21.

8. pañca-pañca | marutvatīyanishkevalyaçastradvayagatasūktāpekshayā pañca-pañca iti dviruktiḥ |

10. dosho | antaliñgakaṃ tṛicātmakaṃ sūktaṃ vidhatte | dosho etc.

11. pra vām | çuciliñgaṃ sūktasthānīyaṃ tṛicaṃ vidhatte | pra vām etc.

12. indra isho | indra isha ity ṛig ekā | te no ratnānīti dve | tritayaṃ militvā ṛibhudevatākaṃ sūktam |

19. prāgnaye | etadīyāsv ṛikshu sa naḥ parshad ati dvisha iti pādena samāptidarçanāt samānodarkatvam |

20. sa naḥ | sa na ityādipādasya sarvāsv ṛikshu paṭhitasya saṃgrahārthaṃ vīpsārūpeṇa dviruktiḥ | etam eva pādam punaḥ-punaḥ çaṅsatīty atra ko 'bhiprāya iti | so 'bhidhīyate | etasmin navarātre trividhatryahasamashṭirūpeṇa prayogādhikyāt tadā-tadā vismṛitya kim

1) Randbemerkung in Aa: praüge vāyavyatvāya pra vīrayā çucayo dadrire ta iti, vām iti dvivacanasya sthāne ta ity ekavacanapāṭhaḥ kṛitaḥ | vām ity uktāv aindratvaṃ ca syād iti Sarvānukramabhāshyo.

api vāraṇaṃ vāraṇīyaṃ nishiddhānushṭhānam bahu vai, prabhūtam eva kriyate | ataḥ evasya çāntyartham eva punaḥ-punaḥ çasyate |

22.

1. dvādaçāhe prāyaṇīyodayanīyarūpam ādyanta ye ahanī tayor madhye daçarātro 'sti | tasmiṅç ca trayo bhāgāḥ | pṛishṭhyaḥ shaḍaha eko bhāgaḥ | chandomanāmakās trayo 'harviçeshā dvitīyo bhāgaḥ | daçamam ahas tṛitīyo bhāgaḥ | tasya bhāgasya vidheyatayā praçaṅsā kartavyā | itarabhāgayor apy atra yā praçaṅsā pratīyate, sāpi vidheyasya daçamasyāhnaḥ praçaṅsārtham eva | tasminn ahani praçaṅsātiçayasya gamyamānatvāt | tatra catvāro dṛishṭāntā vivakshitāḥ | teshām madhye prathamena dṛishṭāntena praçaṅsati | pṛishṭhyam etc.

5. çrīr vai | yad etad daçamam ahaḥ sā çrīr vai | bhogyavastusamṛiddhisvarūpam eva | ṛidhnoti ha vā ṛitvikshu ya evaṃ dvādaçāhena yajate (Ts. 7, 2, 10, 1) iti çrutyantarāt | ato ye daçamam ahar āgachanty anutishṭhanti, te çriyam eva prāpnuvanti | yasmāc chrīrūpam etad ahas tasmād vivākyarahitam bhavati | yadi pramādān mantre tatra vā karmaṇi kaçcit kiṃcid viruddham ācaret | tadānīṃ tad viruddham anyena vācyaṃ vaktavyam | atra tvayā viruddham anushṭhitaṃ, tad evaṃ samyag anutishṭhaty abhijñena karmāntara vaktavyam | iha tu tasya virudhyamānavacanasya nishiddhatvād idam ahar avivākyam | tathā cāçvalāyana āha | nāsminn ahani kenacit kasyacid vivācyam avivākyam etad ācakshate | saṃçaya bahirvedi svādhyāyaprayogaḥ | antarvedīty eke (8, 12, 10) iti | pareṇa prayujyamānaṃ viruddhaṃ dṛishṭvāpi tan na brūyād iti niyamasyopapattir ucyate | çriyo māvavadishmeti | daçamasyāhnaḥ çrīrūpatvāt tasya yad avavadanaṃ tac chriyā eva bhavati | avamatasya viruddhasya vadanam avavadanaṃ nindā | yadi daçamam ahar avavādishma nindāṃ kurmaḥ | tarhi çriyā eva nindā sampadyeta | ato vayaṃ çriyo māvavādishmu nindām mā kurma iti vivācyam parityajyatām ity abhiprāyaḥ | loke 'pi çreyaso vidyaiçvaryādinādhikasya purushasyācaraṇaṃ duravavadaṃ hi | avavādena nindayā rahitam | ata eva pitrācāryādīnāṃ nindāṃ na kurvanti, dveshibhiḥ kriyamāṇām api na çṛiṇvanti | tad evam avivācyatvadharmo 'tra vihitaḥ | yadvā | vākyadvayam idam | daçamam ahar āgachantītyanto daçamasyāhno vidhis, tasmād ityādir avivākyatvaniyamavidhiḥ | so 'pi çākhāntare 'py evam āmnāyate | tasmād daçame 'hann avivākya upahatāya na vyucyam (Ts. 7, 3, 1, 2) iti || athaitasmin daçame 'hani mānasagrahāya prasarpaṇaṃ vidhatte |

6. te tataḥ | te 'nushṭhātāras tataḥ patnīsaṃyājāntānushṭhānād ūrdhvam prāñca udetya mānasāya prasarpeyuḥ | prasarpaṇam nāma tadarthaḥ prayatnaḥ | sarveshv ahargaṇeshu karmasv antimād

ahna itarāṇy ahāni patnīsaṃyājāntāni | antimaṃ tv ekam avabhṛthāntam | tathā cāçvalāyana āha | prātaranuvākādyudavasānīyāntāny antyāni | patnīsaṃyājāntānītarāṇi (7, 1, 4) iti | tathā saty api vālasyotaratvanyāyena patnīsaṃyājāntatve prāpte vacanena tata ūrdhvam mānasagrahaṃ vidhatte | tadartham prasarpanti | sadaso nirgatya yathāyatham mārgeṇa gacheyuḥ || gatānāṃ teshāṃ tīrthadeçe mārjanaṃ vidhatte |

7. te mārjayante | mārjanād ūrdhvaṃ homārthaṃ sthānaviçeshaprāptiṃ vidhatte |

8. te patnīçālām | patnī hi gārhapatyasya samīpe 'vatishṭhata iti | saiva patnīçālā | tatra gacheyuḥ || gatānāṃ teshāṃ homaṃ vidhatte |

9. teshāṃ yaḥ | teshāṃ homārthaṃ gārhapatyasamīpaṃ gatānām madhye yaḥ pumān etāṃ vakshyamāṇām āhutiṃ jānāti | sa pumān itarān prati samanvārabhadhvaṃ, yūyaṃ sarve 'pi māṃ spṛçenteti brūyāt | taiḥ samanvārabdhaḥ sa pumān āhutiṃ juhuyāt |

23.

1. āgnīdhrīye homād ūrdhvaṃ kartavyāni darçayati |

te tataḥ | te kṛitahomāḥ sarve tata āgnīdhrīyād agneḥ sarpanti | nirgachanti | nirgatās te sadaḥ praviçeyuḥ | praveçavelāyām udgātṛibhyo 'nya ṛitvijo yathāyathaṃ svamārgam anatikramya vyutsarpanti | vividhaṃ gachanti | udgātāras tu saṃsarpanti | sambhūya gacheyuḥ | gatās te sāmagāḥ Sarparājñyāḥ sambandhinīshv ṛikshv āyaṃ gaur ityādishu stotraṃ kuryuḥ | Sarparājñīti bhūmer avatārasvarūpā kācid devatā | tayā dṛishṭā mantrā api sarparājñīçabdenocyante | atra tv ṛikshv iti pṛithag upādānāt Sarparājñyā iti shashṭhyantatvāc ca devatāvācy ayaṃ çabdaḥ | etad evābhipretya tatsambaddhā ṛicas tāṃ ca devatāṃ praçaṅsati |

2. iyaṃ vai | yā bhūmir asti seyam eva devatā çarīraṃ dhṛitvā brahmavādinī bhūtvā sarparājñīçabdenocyate |

4. manasā | udgātṛiṇām madhye prastotuḥ prastāvabhāga, udgātur udgīthabhāgaḥ, pratihartuḥ pratihārabhāgaḥ | tān bhāgān manasaiva te 'nutishṭheyuḥ | hotā tu vācā çaṅset |

24.

10. samayāvishitaḥ | yadā sūryaḥ samayāvishito 'stamayasamayam prāpto 'rdhāstamitaḥ syāt, tadānīṃ vāgvisargaḥ | tathā sati sampūrṇāstamayaparyantam alpam eva kālaṃ dvishate lokaṃ çatroḥ sthānam pariçiṅshanti | prayachanti |

25.

1. caturhotṛivyākhyānārtham āhāvaṃ vidhatte |

adhvaryo | caturhotṛinâmakeshu mantreshûccair uccâraṇaṃ kartum udyukto hotâ he adhvaryav ity âhvânaṃ kuryât | yathâ çastrâdau çoṅsâvom ity âhvânaṃ karoti tadvad atrâpi saṃbodhanam evâhâvasya svarûpam || caturhotṛivyâkhyânakâle 'dhvaryoḥ pratigaraviçeshaṃ vidhatte |

2. om hotaḥ | he hotar om | tvadabhilashitam astu | he hotas tathâ | kriyatâm ity adhyâhâraḥ | anena mantreṇâdhvaryuḥ pratigaraṃ brûyât | hotur utsâhajanakam prativacanam pratigaraḥ | vakshyamâṇeshu hotrâ prayojyeshu daçasaṃkhyâkeshu padeshu madhya ekaikasmin pade 'vasite samâpte sati tadâ-tadâ punaḥ-punar adhvaryur oṃ hotar ityâdimantreṇa pratigaram brûyât | avasitaçabdasya vîpsâ pratipadam pratigaraprayogârtham |

13. so 'yaṃ daçapadâtmakaç caturhotṛisaṃjñako mantrasaṃghâtaḥ || atha grahasaṃjñakam mantraṃ darçayati |

14. atha Prajâpateḥ | caturhotṛigrahamantrapâṭhânantaraṃ hotâ prajâpatitanusaṃjñakân mantrân brahmodyasaṃjñakaṃ ca mantram anudravati | anukrameṇa brûyât |

26.

1. athâgnihotram abhidhîyate | tatrâdhvaryum prati yajamâno 'gnyuddharaṇakartavyatâm brûyât | tad âhâpastambaḥ | uddharety eva sâyam âha yajamâna uddhareti prâtar iti | tatra sâyaṃkâlînaṃ yajamânakartavyaṃ vidhatte |

uddhara | agnihotrasyâdhvaryur eka eva ṛitvig bhavati | tathâ ca çâkhântare çrûyate | tasmâd agnihotrasya yajñakrator eka ṛitvik (Tb. 2, 3, 6, 1) iti | tam adhvaryuṃ yajamânaḥ preshyati | he adhvaryav âhavanîyâkhyaṃ vahnim uddhareti | jvalantam agniṃ gârhapatyâd uddhara | tam prâñcam praṇîyâhavanîyasthâne nidhehîty arthaḥ | tathâ câçvalâyana âha | gârhapatyâd âhavanîyaṃ jvalantam uddhared iti | uddharâhavanîyam ity amum praisham aparâhṇe sâyaṃkâle sûryasyâstamayât prâg yajamâno brûyât | evaṃ saty ahnâ sarveṇâpi yad eva puṇyaṃ yajamânaḥ karoti tat sarvam prâñ uddhṛitya bhayarahita âhavanîyasthâne nihitavân bhavati |

5. shoḍaçakalam | shoḍaçâvasthaṃ | te câvasthâviçeshâ raudraṃ gavîtyâdinâ vakshyante |

6. raudram | homadravyaṃ kshîraṃ gavi sad goçarîre yadâ tishṭhati tadâ rudradevatâkaṃ veditavyam | upâvasṛishṭaṃ vatsena saṃsṛishṭam prasnutaṃ yadâ bhavati tadâ vâyudevatâkam | duhyamânatvadaçâyâm açvidevatâkam | dugdhatvadaçâyâṃ somadevatâkam | adhiçritam pâkârtham agnau sthâpitaṃ varuṇadevatâkam | samudayantam [1]) pâtramadhye sthitvâ saṃtâpavaçena samyag ûrdhvadaçâyâm

1) samudayantam lesen alle Hss. samudanta, überwallend, nach

pūshadevatākam | vishyandamānam ūrdhvam udgatam pātrād bahir vikshepa syandanadaçāpannam maruddevatākam | bindumad budbudavad Viçveshām devānām sambandhi | çarogṛhītam sārapracayabhāvāpannam mitradevatākam | udvāsitam agnisthānād bahir avasthāpitam dyāvāpṛithivīdevatākam | prakrāntam hotur haraṇāyopakrāntam savitṛidevatākam | hriyamāṇam homasthāne nīyamānam vishṇudevatākam | upasannam nītvā vedyām āsāditam bṛihaspatidevatākam | tena dravyeṇa yā pūrvāhutiḥ sāgnisambandhinī | uttarāhutis tu prajāpatisambandhinī | hutam homottarakālīnam indradevatākam | evam havihshoḍaçāvasthās tattaddevatāsambandhāç ca darçitāḥ |

27.

1. athāgnihotre vaikalyanimittam praçnapūrvakam prāyaçcittam vidhīyate [1]) |

yasyāgnihotrī | agnihotrārtham sampāditā gaur agnihotrī | sā copāvasṛishṭā dohanārtham vatsena samyojitā |

10. yady u vai | yadi ca sarvam duhyamānam kshīram siktam bhūman patitam syāt | tadānīm anyām kāmcid gām āhūyānīya tām dugdhvā tadīyena kshīreṇa juhuyāt | yady anyāpi na labhyeta | tadānīm apy agnihotram na parityājyam | kimtv ā çraddhāyai hotavyam | āño 'trābhividhir arthaḥ | ā çraddhāyāḥ çraddhāsahitam sarvam vastujātam homayogyam hotavyam | ayam arthaḥ | dadhiyavāgvādīnām madhye yena kenāpi dravyeṇa hotavyam | sarvālābhe tv antataḥ çraddhām api juhuyāt | aham çraddhām juhomīti samkalpya çraddhāhomaḥ | agnihotrasya nityatvāt sarvātmanā parityāgo na yukta iti |

11. sarvam | viditvānushṭhātur asya purushasya sarvam api dravyam barhishyam | yajñayogyam | ataḥ sarvam dravyam anena homārtham parigṛhītam bhavati |

28.

1. yathā çraddhāhomaḥ pūrvam uktas tathā bhāvanārūpo homo 'gnihotraprasaṅgārtham eva pradarçyate |

asau vā asya | asya bhāvanārūpam yajñam kurvataḥ purushasyāsāv Ādityo yūpasthānīyaḥ | pṛithivī vedisthānīyā | oshadhayo barhiḥsthānīyāḥ | vanaspataya idhmasthānīyāḥ | bhūmau vidyamānā āpaḥ sarvā api samskṛitaprokshaṇīsthānīyāḥ | prācyādidiçaḥ paridhisthānī-

---

Āçvalāyana 2, 3, 8. In Tb. 2, 1, 7, wo die ganze Stelle wiederkehrt, steht dafür udanta. Ebenso bei Kātyāyana Çrautasūtra 25, 2, 3. Das Gopatha Br. 3, 12 hat samudvāntam.

1) Die ersten zehn Abschnitte kehren in 7, 3 wieder. Vgl. Āçvalāyana 3, 11.

yāḥ | īdṛiṣī bhāvanaivāgnihotrahomaḥ | uttarasampattyabhāve 'py etādṛiṣo vā homaḥ kartavyaḥ |

3. ubhayān | esha ṣraddhāhomasya kartā devān manushyāṅṣ cobhayavidhān viparyāsaṃ viparyasya dakshiṇāḥ kṛitvā nayati | ṛitvigbhyaḥ samarpayati | yatra devānāṃ dakshiṇārūpatvaṃ na tatra manushyāṇāṃ tadrūpatvam | yatra tu manushyāṇāṃ dakshiṇātvaṃ na tatra devānām iti viparyāsaḥ | anena viparyāsena deveshu manushyeshu ca dakshiṇātvasaṃkalpaḥ kartavyaḥ | na kevalaṃ devamanushyāṇām eva dakshiṇātvaṃ kiṃ tarhi yat kiṃcedaṃ jagad asti tat sarvam idaṃ ṣraddhāhomī homadakshiṇā nayati | sarvasmiñ jagati dakshiṇeyam iti saṃkalpaḥ kartavyaḥ |

4. manushyān | yeyaṃ ṣraddhāhomo sāyamāhutis tayāhutyā tadāhutinimittaṃ devebhya ṛitviksthānīyebhyo manushyān gosuvarṇasthānīyān dakshiṇāḥ kṛitvā nayati | samarpayati | na kevalam manushyān kiṃtu yat kiṃcid idaṃ jagad asti tat sarvaṃ dakshiṇāḥ kṛitvā samarpayati | katham manushyāṇāṃ rātrau dakshiṇātvam iti | tad ucyate | ete manushyā yasmāt sāyaṃ devebhyo dakshiṇā nītās, tasmād rātrau pralīnāḥ svasvavyāpārarahitā nyokasa iva | nivṛittam okaḥ sthānaṃ gṛiharūpaṃ yeshāṃ te nyokasaḥ | madīyaṃ gṛiham ityabhimānarahitāḥ ṣere ṣerate | sushuptiṃ gachantīty arthaḥ | yathā ṛitvigbhyaḥ samarpitaṃ gavādikaṃ dakshiṇādravyam parādhīnam bhavaty, evaṃ rātrau manushyā devādhīnatvāt svasvavyāpārākshamāḥ | tad idam pāravaṣyaṃ dakshiṇātve liñgam |

5. esha ṣraddhāhomī prātarāhutyā nimittabhūtayā manushyebhya ṛitviksthānīyebhyo devān gavādidravyasthānīyān dakshiṇāḥ kṛitvā samarpayati | yat kiṃcid idaṃ jagad asti tad api sarvaṃ dakshiṇātvena samarpayati | atas ta ete devā dakshiṇārūpeṇa manushyapāravaṣyaṃ gatā vividānā ivotpatanti | svasvāmibhūtānām manushyāṇām abhiprāyaṃ viṣesheṇa jānanta evodyogaṃ kurvanti | kiṃ kurvantaḥ | asya manushyasyādaḥ kāryam ahaṃ karishya ity, ado 'sya manushyasya samīpam ahaṃ gamishyāmīti vadantaḥ | ahani devā manushyaiḥ pūjyamānās tatsamīpaṃ gatvā tadīyam idam āyurārogyādirūpaṃ kāryaṃ karishyāma iti vadanto manushyādhīnā avatishṭhante | tad idaṃ devānāṃ dakshiṇātvam | athavā | ta eta iti vākyam manushyaparatvena yojanīyam | ta ete manushyāḥ prātaḥkāle nidrāpāravaṣyam parityajya devatānugraharūpā dakshiṇā gṛihītvā vividānā iva viṣesheṇa svasvakāryaṃ jānanta evotpatanti | ṣayanād uttishṭhanti | utthāya cāham idaṃ saṃdhyāvandanaṃ karishye, 'ham idaṃ rājagṛihaṃ gamishyāmīty evaṃ vadanto vartante | tad eva manushyāṇāṃ svātantryaṃ devatārūpadakshiṇāpratigrahasya liñgam |

7. Agnaye | yeyam agnihotrasya sāyamāhutir agnidevatārthā, tayāgnihotrī gavāmayanasambaddham āṣvinaṣastram upākaroti | sā-

yaṃhomaḥ çastropakrama ity arthaḥ | asyāḥ sāyamāhuter Agnir devatā | āçvinaçastrasyādāv apy agnir hotā gṛihapatir iti mantre 'gniḥ çrutaḥ | tad idaṃ sādṛiçyam | tac cāhutirūpaṃ çastraṃ vāk pratigṛiṇāti | yathā çastrasya pratigara evam atra vākçabdaḥ prayujyate | tathāgnihotroddharaṇamantre vācā tvā hotreti vākçabdaḥ prayujyate | tad idam pratigarasadṛiçam | vāg-vāg iti vīpsā prayogabāhulyāpekshā | gavāmayanasya prāyaṇīyam aho 'tirātrasaṃstham, atirātre cāçvinaṃ çastraṃ çasyate | tena sāyaṃhomasya gavāmayanaprārambhasādṛiçyam pratipāditam bhavati |

9. sāyamāhutim prāyaṇīyātirātrarūpeṇa praçasya prātarāhutiṃ gavāmayanagatamahāvratarūpeṇa praçaṅsati |

Ādityāya | ādityārthaṃ hūyamānā yeyam prātarāhutiḥ | tayaisho 'gnihotrī mahāvratākhyaṃ gavāmayanasyopāntimam ahaḥ prārabhate | tad id āsety ādityadevatākena mantreṇa tasminn ahani nishkevalyaçastraprārambhāt | tac cāhutirūpaṃ çastram prāṇaḥ pratigṛiṇāti | katham etad iti | tad ucyate | annam payo reto 'smāsv ity agnihotre bhakshaṇamantraḥ | tenānnam-annam ity ucyate | annaṃ ca prāṇatvena saṃstutam | annam prāṇam annam apānam āhuḥ (Th. 2, 8, 8, 3) iti çruteḥ | annam-annam iti vīpsā prayogabāhulyāpekshā | tasmād asti mahāvratasya prātarāhutigatādityasambandhaḥ |

30.

9. sa vā eshaḥ | esha Ādityaḥ svayam ekātithiḥ | yathā loke kaçcid vaideçiko bandhurahitaḥ svayam eka evātithir bhūtvā gṛiheshu gacchaty, evaṃ sa esha Āditya juhvatsv agnihotrishu prātaḥ samāgatya tishṭhati |

11. anenasam | purā kadācit saptarshīṇāṃ saṃvādaprasaṅge kaçcit purusho bisastainyalakshaṇam apavādam prāpya tatparihārārtham ṛishīṇām agre çapathaṃ cakāra | tadīyaçapathoktirūpeyaṃ gāthā | bisāni padmamūlāni | teshām apahartā pratyavāyaparamparām prāpnotu | pāparahite purushe bisavishayam apavādaṃ kṛitavato yaḥ pratyavāyaḥ, pāpinaḥ purushasya sambandhi pāpaṃ avīkurvato yaḥ pratyavāyaḥ | sāyaṃkāla gṛihe samāgacchata ekātither vaideçikasyāparodhana yaḥ pratyavāyaḥ | seyam pratyavāyaparamparā bisastainye sati mama bhūyād ity evaṃ çapathaḥ | aksharārthas tu | sa prasiddho mādṛiçaḥ purushaḥ stenaç coro bhūtvā bisāny apajahāra cet | sa pumān anenasam pāparahitaṃ purushaṃ çrotriyam enasābhiçastāt | pāpenābhiçaṅsanam apavādaṃ kuryāt | tathaiva sa bisāpahāry enasvataḥ pāpayuktasya purushasya yad enaḥ pāpam asti tad apaharāt | svīkuryāt | tathā sa bisāpahārī sāyaṃkāle gṛihe samāgatam ekātithim aparoṇaddhi | bhojanam adattvā niḥsārayet | yadvā | agnihotrārthaṃ sāyaṃ samāgatam ekātithiṃ devam aparuṇaddhi | homarāhityena nirākuryāt |

32.

5. yadi vo yajño | ṛiṅmantravaikalye gārhapatye bhūr iti mantraḥ | yajurmantravaikalye saty āgnīdhrīye dhishṇiye bhuva iti homaḥ | so 'yaṃ somayāge drashṭavyaḥ | haviryāge āgnīdhrīyābhāvād agnyādheyam agnihotraṃ darṣapūrṇamāsāv āgrayaṇaṃ cāturmāsyāni dākshāyaṇayajñaḥ kauṇḍapāyinām ayanam | sautrāmaṇī saptamī vā | ta ete haviryajñāḥ | teshv āgnīdhrīyābhāvād anvāhāryapacano dakshiṇāgnau juhavātha | he devā yūyaṃ juhuta | sāmabhreshe svar ity āhavanīye homaḥ | yady avijñāto bhresho yadi vā vedatrayabhreshasamuccayaḥ | tatrobhayatrāpi bhūr bhuvaḥ svar ity etā vyāhṛitīḥ sarvā anudrutyoccāryāhavanīya eva juhuta |

6. etāni ha vai | yā etā vyāhṛitayaḥ santy etāni ha vai trīṇy eva vyāhṛitirūpāṇi vedānāṃ sambandhīny antaḥṣleshaṇāni | antarasaṃdhānasādhanāni | tatra dṛishṭānto 'bhidhīyate | yathā loka ātmanātmānaṃ saṃdadhyāt | ātmaṣabdaḥ svarūpamātravācitvāt sarvadravyaparaḥ | ekena dravyeṇa dravyāntaraṃ saṃdhīyate | etac Chandogair vispashṭam āmnātam | tad yathā lavaṇena suvarṇaṃ saṃdadhyāt suvarṇena rajataṃ rajatena trapu trapuṇā sīsaṃ sīsena lohaṃ lohena dāru dāru carmaṇā (Chāndogyopanishad 4, 17, 7) iti | kshārādinā suvarṇādīnāṃ saṃdhānaṃ suvarṇakārādishu prasiddham | tad etad abhipretyātmanāt mānaṃ saṃdadhyād ity uktam |

33.

1. vyāhṛitihomaprasaṅgena brahmā buddhisthaḥ | tasya tatkartṛitvāt | tathā cāṣvalāyana āha | juhoti japatīti prāyaṣcitte brahmāṇam (1, 1, 16) iti | ataḥ praṣnottarābhyāṃ brahmatvaṃ nirṇetum upakramate |

tad āhuḥ | tat tatra prāyaṣcittaprasaṅge mahāvadā brahmavādina āhuḥ | codayanti | mahāntam prauḍhaṃ vedaṃ vadantīti mahāvadāḥ | plutis teshāṃ praṣaṅsārthā | yad yasmāt kāraṇād ṛig yajuḥ sāmeti hautrādhvaryavaudgātrāṇāṃ karaṇāt trayī vedatrayarūpā vidyā vyārabdhā vivicya hautrādibhiḥ svīkṛitā bhavati | atharvavedaṣ ca nātra miṣrayituṃ ṣakyate | āhavanīyādikartavyasya tatrābhāvāt | atha tasmāt kāraṇāt kena sādhanena brahmatvaṃ kriyata iti codyam | tasya trayyā vedatrayarūpayā vidyayā brahmatvaṃ kartavyam ity uttaraṃ pratibrūyāt | ata eva sampradāyavida āhuḥ | atharvakshetravān brahmā vedeshv anyeshu bhāgavān | tasmād brāhmaṇam brahmishṭham iti hy āraṇyake (Aitareyāraṇyaka 3, 2, 3) ṣrutam iti |

2. brahmaṇo manasā vaikalyarāhityānusaṃdhānaṃ vidhatte |

ayaṃ vai | yo 'yaṃ vāyuḥ pavate 'ntarikshe saṃcarati | ayam eva yajñasvarūpaḥ | vāyusadṛiṣo yajñaḥ | yathā vāyoḥ saṃcāramārgās, tathā tasya yajñasya vāk ca manaś ca vartanyau pravṛittimārgau | yasmād vācā mantrarūpayā manasā ca prayogānusaṃdhātrā yajño vartata tasmād ubhau mārgau | tatra vāg iyaṃ vai, bhūmisvarūpaiva | manas tv adaḥ, svargarūpam | tat tathā sati vāgrūpayā trayyā vidyayā hotrādayo rathasthānīyasya yajñasyaikam paksham bhāgaṃ saṃskurvanti | samyak sampādayanti | brahmā manasaiva saṃskaroti | samyak sampādayati | anyam bhāgam iti çeshaḥ | hotrādibhir vācānushṭhīyamāneshv añgeshu vaikalyarāhityam manasā brahmānusaṃdadhyād ity arthaḥ | Chandogāḥ caitam artham āmananti | esha eva yajñas, tasya manaś ca vāk ca vartanī | tayor anyatarām manasā saṃskaroti brahmā, vācā hotādhvaryur utgātānyatarām (Chāndogyopanishad 4, 16, 1) iti |

Pañcikā VI.

1.

1. brahmaṇaḥ kartavyavidhānena grāvastud buddhisthaḥ | tasyāgnishṭome kartavyaṃ vidhātam upākhyānam āha |

devā ha vai | purā kadācid devāḥ sarvacaruṇānmka deçaviçesha satraṃ kiṃcid anushṭhitavantaḥ | te devās tena satreṇa svakīyam pāpmānaṃ dāridryahetuṃ aāpajaghnire | na nāçitavantaḥ |

3. sa ha sma | sa ha so 'rhudākhyaḥ sarpadeho maharshir yena mārgeṇopodasarpat, tatsamīpam prati bilād udgamyāgachat | tad dha tasminn eva deça etarhīdānīm apy Arbudodāsarpaṇīty anena nāmadheyena yuktā prapan mārgo 'sti | prapadyate gamyate 'nayeti prapat |

5. tad yad asyānyābhiḥ | tasmāt kāraṇād Arbudasya mantrasūktam anyābhir ṛigbhir ā pyāyasvetyādibhir abhishṭavakāle sampṛiktaṃ kuryuḥ |

2.

6. aksharaçā3ḥ | kim pratyaksharam avasānam, utāksharacatushṭaye 'vasānam, uta pāde-pāde 'vasānam, āho svid ardharca 'vasānam, athavā kṛitsnāyām ṛicy avasānam iti saṃçayaḥ | yady ṛikça iti pakshaḥ syāt tan nāvakalpate | na sambhavati | adhyayanavaiparītyaprasañgāt | adhyayanakāle 'rdharce 'vasānaṃ kurvanti na tu kṛitsnām ṛicam madhye 'vasānarahitām paṭhanti | pādāvasānapakshe 'pi sa eva doshaḥ | ekaikāksharacaturaksharapakshayor doshāntaram apy asti | tathā pakshadvayāñgīkāre chandāṅsi vilupyeran | kathaṃ vilopa iti | tad ucyate | tathā saty aksharāvasānapakshe bahūny aksharāṇi hīyeran | vinaçyeyuḥ | saṃhitākālīnasya dvitvāder abhāvāt | tatsa cha-

udohhangaḥ | ardharcapakshe yathādhyayanam evābhishṭavān na ko 'pi doshaḥ | tasmād ayam eva pakshaḥ siddhāntaḥ |

3.

1. grāvastuta ṛitvijaḥ kartavyam abhidhāya subrahmaṇyākhyasya ṛitvijaḥ kartavyaṃ nirūpayati |

vāg vai | subrahmaṇyāçabdenendrā gacha hariva ā gacha (Lāṭyāyana 1, 3, 1) ityādir nigada ucyate | sā ca subrahmaṇyā vāg eva çabdarūpaiva satī dhenusadṛiçī | tasyāḥ subrahmaṇyāyā dhenoḥ somo rājā vatsasthānīyaḥ | tasmāt somakrayād ūrdhvam ṛitvijas tattatprayogeshu subrahmaṇyām āhvayeyuḥ | uktanigadam paṭheyur ity arthaḥ |

5. tad āhuḥ | adhvaryuhotṛiprabhṛitayaḥ sarve 'py ṛitvijo vedimadhya evārtvijyaṃ kurvanti | veder bahirbhāge subrahmaṇyākhyena ṛitvijā hūyate | tathā sati kena prakāreṇāsya subrahmaṇyānāmna ṛitvijo vedimadhya ārtvijyaṃ kṛitaṃ syād iti praçnaḥ | tasyedam uttaram | vedeḥ sakāçād utkaram uddhartavyam pāṅsum utkiranty, uddhṛitya bahirdeçaṃ veder uttarabhāge prakshipanti | tatra kṛitaṃ subrahmaṇyāhvānaṃ vedimadhya eva kṛitam bhavet | yasmād eva kāraṇād ayaṃ subrahmaṇyotkaradeçe tishṭhan subrahmaṇyām āhvayati, tena kāraṇenety uttaravādino vacanam |

6. teshāṃ yaḥ | teshām ṛishīṇām madhye yo varshishṭho 'tiçayena vṛiddha āsīt, tam praty evam abruvan | he maharshe subrahmaṇyām āhvaya | no 'smākam madhye tvam eva nedishṭhād vayovṛiddhatvena devalokaprāpteḥ pratyāsannatve saty antikatamād devān hvayishyasi | āhvātuṃ samartho 'si | evam ṛishibhir uktatvād atrāpy utkaradeçe tishṭhantaṃ subrahmaṇyāhvānakartāram enaṃ varshishṭham evātiçayena vṛiddham eva kurvanti |

8. upāṅçu | pātnīvatākhyo yo grahaviçeshas, tasya mantre upāṅçu çanair uccāryāgnīdhro yajet |

9. nānuvashaṭkaroti | sarvatra graheshu vashaṭkārānuvashaṭkārābhyāṃ hūyate | atra tu pātnīvatagrahe vashaṭkārahoma eka eva na tv itaraḥ | tatra hetuḥ saṃsthā vā ityādiḥ | yo 'yam anuvashaṭkāro 'sti so 'yaṃ saṃsthā vai | grahasya samāptir eva | tathā sati sa pātnīvatagraharūpaṃ reto net saṃsthāpayāni | sarvathā samāptiṃ na karavāṇity abhipretya tatsamāpter bhīto bhavet | asaṃsthitam asamāptam anuparataṃ retasaḥ secanam apatyotpattyā samṛiddham bhavati | tasmād eva nānuvashaṭkuryāt | tathā ca yajñagāthām paṭhanti | ṛitnyājān dvidevatyān yaç ca pātnīvato grahaḥ | ādityagrahasāvitrau tān sma mānuvashaṭkṛithāḥ (Āçvalāyana 5, 5, 21) iti |

10. neshṭur upasthe | yo 'yam āgnīdhraḥ pātnīvataṃ yajati, so 'yam neshṭur upasthe samīpa āsīnaḥ çesham bhakshayet | neshṭṛināmaka ṛitvik patnībhājanaṃ vai, patnīsthānīyaḥ | neshṭaḥ patnīm

udānaya (Ts. 6, 5, 8, 6) ity eva neshṭṛipatnyor ānayanadvārā sambandhaçravaṇāt | atas tatsamīpe bhakshaṇe saty agnirūpa āgnīdhraḥ patnīshu retaḥ sthāpayati | tac ca prajananāya sampadyate | tat tenānushṭhānena yajamāno 'py Agninaivāgnyanugraheṇaiva patnīshu retaḥ sthāpayati | tad api prajātyai sampadyate |

12. dakshiṇāḥ | dakshiṇāsu nītāsu tā dakshiṇā anu paçcāt subrahmaṇyā saṃtishṭhate | samāpyate |

4.

1. grāvastutsubrahmaṇyākhyayor ṛitvijoḥ kartavyam uktvā maitrāvaruṇabrāhmaṇācchaṅsyachāvākanāmnāṃ hotrakāṇāṃ çastraṃ vidhātum ākhyāyikām āha | devā vai etc.

maitrāvaruṇam | tasmād apasāraṇārtham mitrāvaruṇadevatākaṃ çastram ā no mitrāvaruṇetyādikam maitrāvaruṇākhya ṛitvik prātaḥsavana çaṅset |

2. aindram | ā yāhi sushumā hi ta ityādikam indradevatākaṃ çastram |

3. aindrāgnam | indrāgnī ā gataṃ sutam ityādikam aindrāgnaṃ çastram |

5.

1. atha teshāṃ hotrakāṇām ahargaṇeshu çastreshu prakāraviçeshaṃ vidhatte |

stotriyam | pṛishṭhyashaḍahādishv ahargaṇeshu bahūny ahāni vidyante | teshu prātaḥsavane dvitīyasyāhno yaḥ stotriyas tṛicas, taṃ tṛicam prathame 'hani stotriyasya tṛicasyānurūpaṃ kuryuḥ | sāmagā yasmiṅs tṛice stotraṃ kurvanti sa tṛicaḥ stotriyaḥ | tasya stotriyasya yasya chandodevatādinā sadṛiço 'nyo yas tṛicaḥ so 'nurūpaḥ | tathā sati sarveshv ahassv ekaikasmiṅs tṛice sāmagāḥ stotraṃ kurvanti | te sarve tṛicāḥ stotriyāḥ | tatra sarvatrottaradinagataṃ stotriyam pūrvadine stotriyasyānantarabhāvinam anurūpaṃ kuryāt | ayaṃ ca niyamo hotrakāṇāṃ çastreshu prātaḥsavana drashṭavyaḥ | evam saty uttaram ahar eva pūrvasyāhno 'nurūpaṃ kurvanti | tat tathā saty evareṇaivātītenaiva pūrveṇāhnāparam uttaram ahar abhimukhīkṛityārabhante | upakramante || mādhyaṃdinasavaṇa 'py asya nyāyasya prasaktau taṃ nishedhati |

2. atha tathā | atha prātaḥsavanānantaram mādhyaṃdine tathā na | tena pūrvoktaprakāreṇa na kuryād iti çeshaḥ | tatra hetuḥ | çrīr vai pṛishṭhānīti | yāni mādhyaṃdinasavana pṛishṭhastotrāṇi tāni çrīr vai | sampadrūpaṇy eva | çrīrūpatvena sāmagaiḥ stutatvāt | na hi çrīrūpāṇāṃ svatantrāṇām anyānuvṛittilakshaṇam anurūpatvaṃ yuktam | tasmāt tāni pṛishṭhastotrāṇi tasmai tasmin mādhyaṃdine savana na tatsthānāni | prātaḥsavanasthānāni na bhavanti | tatsadṛi-

ṣāni na bhavantīty arthaḥ | prātaḥsavane hy uttaradinagataṃ stotriyam pūrvadinagatastotriyasyānurūpaṃ kurvanti | yad yasmād kāraṇād atrāpi tathā kuryus, tādṛiṣaṃ kāraṇaṃ nāsti | tulyachandastvādīnām abhāvāt | tasmāt pṛishṭhastotrāṇām pūrvottaradineshu sādṛiṣyābhavāt prātaḥsavananyāyo 'tra na ghaṭate || mādhyaṃdinasavananyāyaṃ tṛitīyasavana 'tidiṣati |

8. tayaiva vibhaktyā | vibhaktiṣabdaḥ prakāravācī | tenaiva mādhyaṃdinoktaprakāreṇa tṛitīyasavane 'py uttaradinagataṃ stotriyam pūrvadinagatasya stotriyasyānurūpaṃ na kurvanti |

6.

1. athātaḥ | atha stotriyānurūpānantaram yasmāc chastrasyottarabhāvina ārambho yukto, 'to 'smāt kāraṇād ārambhaṇīyā ṛico vidhīyante | evakāro 'hargaṇeshu codakaprāptāyā ṛico vyāvṛittyarthaḥ |

7.

1. hotrakāṇāṃ ṣastrārambhaṇasādhanabhūtā ṛico vidhāya samāptisādhanabhūtā ṛico vidhatte |

athātaḥ | atha ṣastraprārambhānantaraṃ yasmāt paridhānaṃ samāpanam apekshitaṃ, tasmāt paridhānīyā ṛico vidhīyante | evakāraḥ prakṛitavyāvṛittyarthaḥ |

3. vivattṛicam | yasmiṅs tṛice vy antariksham ity ṛig eshā ṣrūyate so 'yaṃ viṣabdatvād vivattṛicaṣabdenābhidhīyate | tena tṛicena sādhyo yaḥ svargo lokas tam etayā vy antariksham ity ṛicā yajamānebhyo vivṛiṇoti | vivṛitadvāraṃ karoti |

5. sishāsavaḥ | ye dīkshitāḥ santi te sishāsavo labdhukāmāḥ phalārthinaḥ | tasmāt kāraṇād ṛig eshā valavatī valanāmakāsurabhedapratipādikā kartavyā bhavati | yady apīyam ṛik paridhānīyā na bhavati, tathāpy etadādike tṛice 'ntimāyā ṛicaḥ paridhānīyatvāt tatpradarṣanāya tṛica upakrāntaḥ |

6. ud gāḥ | ayam arthaḥ ṣākhāntare vispashṭam āmnāyate | Indro Valasya bilam apaurṇot sa ya uttamaḥ paṣur āsīt, tam pṛishṭhaṃ prati saṃgṛihyodakhidat. taṃ sahasram paṣavo 'nūdāyan, sa unnato 'bhavat (Ts. 2, 1, 5, 1) iti |

8.

1. ubhayyaḥ | hotrakāṇām maitrāvaruṇabrāhmaṇācchaṅsyachāvākānāṃ savanadvaye paridhānīyā dvividhā bhavanti | katham iti | tad ucyate | ahīnā ahargaṇeshu vihitāḥ | aikāhikā ekāhe prakṛitirūpe vihitāḥ | ity evaṃ dvaividhyam || tatra hotrakaviṣeshasya paridhānīyāviṣeshaṃ darṣayati |

2. tata aikāhikābhiḥ | tatas tāsūbhayavidhāsu maitrāvaruṇā-

khya ṛitvig aikāhikābhir eva paridadhyāt | to syāma deva varuṇeti prakṛitau prātaḥsavane maitrāvaruṇasya paridhānīyā vihitā | mādhyaṃdinasavane nū shṭuta indra nū gṛiṇāna ity eshā vihitā | ahīne vikṛitirūpe 'pi savanadvaye tad eva paridhānīyādvayam maitrāvaruṇasya drashṭavyam | katham iti | tad ucyate | ahargaṇasya prātaḥsavane hi maitrāvaruṇasya prati vāṃ sūra udita ity asya paryāyatṛicasyāntyā te syāma deva varuṇety eshā paridhānīyā | aikāhikāpi saiva paridhānīyā bhavati | tathā hi | prakṛitau maitrāvaruṇasya pra mitrayor varuṇayor iti navā yātam mitrāvaruṇeti yājyā (5, 10, 28) iti Sūtrakāravacanān navānām antyā saivety aikāhikābhir eva maitrāvaruṇaḥ paridadhātīty etad upapannam bhavati | tathā mādhyaṃdinasavane 'py ā satyo yātv ity ahīnasūktam (6, 18, 5) iti vakshyati | yāhīnasūktāntyā sāhīnasya tatra paridhānīyā | ahīnasūktāntam hi mādhyaṃdinasavane maitrāvaruṇaśastram | tasya nū shṭuta indra nū gṛiṇāna ity eshāntyā, tathā prakṛitāv api saiva paridhānīyā | tathā hi | kayā naś citra ā bhuvat, kayā tvaṃ na ūtyā, kas tam indra tvāvasuṃ, sadyo ha jāta, evā tvām indroṣann u shu ṇaḥ sumanā upāka iti yājyā (5, 16, 1) iti Sūtrakāravacanād. evā tvām indra vajrinn atrety etasyaikādaśarcasyāntyā nū shṭuta indra nū gṛiṇāna ity eshaiveti maitrāvaruṇasya prātaḥsavane mādhyaṃdinasavane caikāhikābhiḥ paridhānam upapannam bhavati | aikāhikābhir evety evakāro 'nyatra śaṅkāvyāvṛittyarthaḥ | yā aikāhikāḥ paridhānīyās tā eva cāhargaṇe maitrāvaruṇasya paridhānīyā na tv anyā ity arthaḥ | yady api maitrāvaruṇasya prakṛitau savanayor ubhayor dve eva paridhānīye, tathāpi prayogabahutvāpekshaṃ aikāhikābhir iti bahuvacanam | tena maitrāvaruṇasya prakṛitivikṛityoḥ paridhānīyābhedarāhityenāyam maitrāvaruṇo 'smāl lokāt kadācid api na pracyavate || maitrāvaruṇasya prakṛitivikṛityoḥ paridhānīyām ekām uktvāchāvākasya prakṛitivilakshaṇam savanadvaye paridhānīyādvayaṃ darśayati |

3. ahīnābhiḥ | yo 'yam achāvākaḥ so 'yam ahīnagatābhir ṛigbhiḥ paridadhyān, na tv aikāhikābhiḥ | tathā hi | āhaṃ sarasvatīvator iti pūrvasmin khaṇḍe vihitatvāt, prātaḥsavana eshāhargaṇasambandhinī paridhānīyā | aikāhike tu gomad dhiraṇyavad ity eshaiva paridhānīyā | mādhyaṃdine 'chāvākasya nūnaṃ sā ta ity ahargaṇagatā paridhānīyā | ekāhe tu śunaṃ huvemeti mādhyaṃdine paridhānīyā | evaṃ saty achāvākasyaikāhikaparidhānīyāparityāgenoparitanasyāhargaṇasya sambandhinyāḥ paridhānīyāyāḥ svīkāra uparitanasvargalokaprāptyai sampadyate |

4. ubhayībhiḥ | yo 'yam brāhmaṇācchaṃsī so 'yam ubhayavidhābhir aikāhikābhir ahīnagatābhiś ca ṛigbhiḥ paridadhyāt | prātaḥsavane prakṛitau sa na indraḥ śivaḥ sakheti paridhānīyā | vikṛitau tv indreṇa rocanā diva iti pūrvakhaṇḍe 'bhihitā | mādhyaṃdinasavane

prakṛitau vikṛitau ca eved indraṃ vṛishaṇaṃ vajrabāhum ity ekaiva paridhānīyā | evaṃ ca saty asya brāhmaṇācchaṅsinaḥ prātaḥsavano 'chāvākasāmyam, mādhyaṃdina savane maitrāvaruṇasāmyaṃ sampannam | teno tenaivaikāhikāhīnatobhayavidhaśaṅsanenaiva sa brāhmaṇācchaṅsī bhūlokasvargalokāv ubhāv api vyanvārabhamāṇo spṛiśann ati | gachati | vartata ity arthaḥ | prātaḥsavane prakṛitivikṛityoḥ paridhānīyāvilakshaṇatvāt lokadvayasya pṛithag eva sparśaḥ | mādhyaṃdinasavane prakṛitivikṛityoḥ paridhānīyaikyāl lokadvayasya saha sparśaḥ | ity evaṃ vividhasparśo vyanvārambhaṇaśabdena vivakshitaḥ | atho api cāyam brāhmaṇācchaṅsī maitrāvaruṇaṃ cāchāvākaṃ cobhāv ṛitvijau vyanvārabhamāṇa eti | vividham upaspṛiśan vartate | katham iti | tad ucyate | yathā maitrāvaruṇasya prakṛitivikṛityoḥ paridhānīyaikyaṃ, tathā brāhmaṇācchaṅsino 'pi mādhyaṃdinasavane tadaikyam | yathāchāvākasya prakṛitivikṛityoḥ paridhānīyāvailakshaṇyam, evam brāhmaṇācchaṅsinaḥ prātaḥsavane tadvailakshaṇyam iti | maitrāvaruṇāchāvākavishayo 'yaṃ vividhasparśaḥ | tathaivāhīnaikāhavishaya 'pi vividhasparśa ūhanīyaḥ | katham iti | tad ucyate | prātaḥsavana 'hīnaikāhayor vailakshaṇyena sparśaḥ | mādhyaṃdine savana sādṛiśyena sparśaḥ | ity ubhayavividhatvam | tathā saṃvatsaraṃ gavāmayanamūlaprakṛitipūrvam agnishṭomaṃ ca vividhaṃ spṛiśati | ahīnaikāhasparśavad etadubhayasparśasya yojanīyatvāt || itthaṃ hotrakāṇāṃ savanadvayagatāḥ paridhānīyāḥ praśasya tṛitīyasavanagatāḥ paridhānīyāḥ praśaṅsati |

5. atha tataḥ | ekāhe mūlaprakṛitau jyotishṭomo hotrakāṇāṃ yā eva paridhānīyās, tā eva tṛitīyasavana drashṭavyāḥ | tathā hi | ā vāṃ rājānāv iti nityam aikāhikam (Āçvalāyana 8, 2, 16) iti vacanān maitrāvaruṇasyā vāṃ rājānāv iti sūktasyāntyā paridhānīyā bhavati | tathā brāhmaṇācchaṅsino 'chā ma indram iti nityam aikāhikam (8, 3, 34) iti vacanād achā ma indram iti sūktasyāntyā paridhānīyā bhavati | tathāchāvākasya ṛitur janitrīti nityāny aikāhikāni (8, 4, 3) iti vacanāt saṃ vāṃ karmaṇeti sūktasyāntyā paridhānīyā bhavati | yo 'yam ekāhaḥ sa mūlaprakṛititvāt pratishṭhā | sarvāsāṃ vikṛitīnām ādhāraḥ | atas tenaikāhikaparidhānīyāśaṅsanena yajñam antata 'vasānakāle pratishṭhāyāṃ sarvādhāra pratishṭhāpayanti || ittham paridhānīyāḥ praśasya prātaḥsavanagatānāṃ yājyādīnām madhya 'vasānābhāvaṃ vidhatte |

6. anavānam | anavānem anucchvāso madhye yathā bhavati tathā yājyām paṭhet || stomavṛiddhau niyamaviśeshaṃ vidhatte |

7. ekāṃ dva | trivṛitpañcadaśasaptadaśaikaviṅśatriṇavatrayastriṅśādayaḥ stomā vihitāḥ | vihitasya saptadaśastomasya vivṛiddhyāshṭādaśādistomā nishpadyante | tathā vihitasyaikaviṅśasya vivṛiddhyā dvāviṅśādayaḥ stomāḥ sampadyante | anenaiva dṛishṭāntena śaṅsane

'py âdhikyam prasaktam | yathâ vâva stotram evaṃ çastram iti nyâyât | stomo [1]) vardhamâne sati tâṃ stomagatâm ṛiksaṃkhyâm atikramya çañsanam atiçañsanam | tad yadâ kriyate tadânîm ekasyâ dvayor vâ ṛicor abhyanujñâno tadadhikânâm ṛicâm apavâdaḥ [2]) | aksharârthas tu | yadâ stomam atiçañset, stomasaṃkhyâm atikramya çañsanaṃ kuryât | tadânîm ekâṃ dvo vânatikramya çañset | kiṃtv ekayaiva dvâbhyâm eva vâtiçañset | tathâ ca Sûtrakâra âha | atiçañsanam ekayâ dvâbhyâṃ vâ prâtaḥsavane (7, 12, 3) iti | tato 'dhikânâṃ çañsanâbhâve yuktir dṛishṭântamukhenocyate | tatrâyaṃ dṛishṭânto 'vagantavyaḥ | yathâ loke 'bhiheshate ghâsârtham âbhimukhyena heshâçabdaṃ kurvate, yathâ vâ pipâsate 'tyantaṃ tṛishârtâya purushâyânnâdyam pânîyaṃ ca kshipram prayachet | tâdṛig eva tad ṛigbahulyâbhâvenâtiçañsanam | atho api ca kshipram eva devebhyaḥ somapânarûpam annâdyam prayachânîty abhipretya ṛigbâhulyena vilambam akṛitvaikayâ dvâbhyâṃ vâtiçañsanaṃ kuryât | tathâ sati kshipraṃ çîghram evâsmiñl loke pratishṭhito bhavati || savanântarayor uktavaiparîtyaṃ vidhatte |

8. **aparimitâbhiḥ** | iyatya evety evaṃniyamarahitâbhir atiçañsanaṃ savanadvaye kuryât | svargalokasyeyattârahitatvât prâptyartham idam atiçañsanaṃ sampadyate || yatrâtiçañsanaṃ kartavyam bhavati tatra tadartham ṛicâm âgamanaṃ kartavyam | tâsâm ṛicâṃ deçaviçeshaṃ darçayati |

9. **kâmam** | ahargaṇeshu vartamânadinât pûrvedyur maitrâvaruṇâdayo hotrakâ yat sûktaṃ çañsyus, tad eva sûktam paredyur hotâ kâmam aviçañkayaiva çañset | yadi hotur atiçañsanam prasaktaṃ, tadânîm pûrvedyur hotrakaiḥ çastât sûktâd ṛica ânetavyâḥ | yadi tu hotrakâṇâm atiçañsanam prasaktaṃ, tadânîm pûrvedyur hotâ yat sûktaṃ çañsati, tasmât sûktâd dhotrakair apekshitâ ṛica ânetavyâḥ |

9.

1. **â tvâ** | yadâ camasâ unnîyante somena pûryante | tadânîṃ adhvaryuṇâ prehito maitrâvaruṇa â tvâ vahantv iti sûktam anubrûyât |

2. **aindrîḥ** | indra tvâ sûracakshasa, indraṃ sukhatame ratha iti çravaṇâd indradevatâkâ ṛicaḥ | somayâgaç cendradevatâkaḥ | atas tatra tâ yujyante |

4. **nava nyûnâḥ** | mâdhyaṃdinasavane daçasaṃkhyâkâ vakshyante | tâṃ saṃkhyâm apekshya yâ navasaṃkhyâkâs tâ ekayarcâ

1) Vor stome steht in den Hss. sa tatra prâkṛitâḥ stomâḥ |
2) apavâdaḥ von mir zugefügt.

nyūnāḥ | loke 'pi svalpe garbhadhāraṇasthāne retaḥ sicyate | ato nyūnatvam atra yuktam || atha mādhyaṃdine savane 'svi devaṃ gopijikam andha ity etatsūktagatā daçasaṃkhyākā ṛico vidhatte |

6. tṛitīyasavana ihopa yāta çavaso napāta ity etatsūktagatā navasaṃkhyākā ṛico vidhatte |

nava | pūrvavad daçasaṃkhyāpekshayātra nyūnatvam | loke hi nyūnād alpād yonidvārāt prajā utpadyante | ato garbhotpādanārtham mantranyūnatvaṃ yuktam || eteshu sūkteshu matadvayam asti | sampūrṇasūktānuvacanam ity ekam matam | pratisūktaṃ saptānām evarcām anuvacanam iti dvitīyam matam | tatra prathamam matam praçaṅsati |

7. tad yat | kevalaçabdaḥ sampūrṇavācī | tadanuvacanena sampūrṇagarbham prāptaṃ yajamānam eva yajñarūpād devayonyai devasambandhiyonisthānād utpādayati | ataḥ sampūrṇānuvacanaṃ yuktam |

10. navabhiḥ | prathamasūktagatābhir navabhir ṛigbhir maitrāvaruṇa etaṃ yajamānam bhūlokād antarikshalokam abhilakshya nayati | dvitīyasūktagatābhir daçabhir ṛigbhir antarikshalokād amuṃ lokaṃ nākapṛishṭhākhyaṃ lokam abhilakshya nayati | antarikshasya samīpavartī svargābhāso nākapṛishṭhākhyo lokaḥ | sa ca pravṛiddhād antarikshāj jyeshṭho 'tipravṛiddhaḥ | taṃ daçabhiḥ prāpya tasmān nākapṛishṭhākhyād amushmāt svargāl lokād uparitanam bahubhogayuktaṃ svargaṃ lokaṃ tṛitīyasūktagatābhir navabhir ṛigbhir yajamānam abhivahati |

11.

5. atha tāḥ prasthitayājyā vidhatte |

te vai khalu | te hotrādayaḥ saptartvijaḥ sarve 'pi mādhyaṃdine savane prasthitasomānāṃ sambandhinībhiḥ pratyakshāt pratyakshena paṭhyamānenaivendraçabdena prayuktābhir indradevatākābhir ṛigbhir yajeyuḥ || teshu saptasv ṛitvikshu madhye hotṛimaitrāvaruṇabrāhmaṇācchaṅsinām trayāṇāṃ sambandhinīshu yājyāsu na kevalam aindratvaṃ, kiṃtv abhitṛiṇṇavattvam aparaṃ viçeshaṃ darçayati | abhitṛiṇṇavatībhir etc.

12.

5. dhītarasam | yad etat tṛitīyasavanaṃ tad etad dhītarasam | tadīyo raso gāyatryā pītaḥ | somāharaṇakāle padbhyāṃ savanadvayam mukhena tṛitīyasavanaṃ gṛihītvā tatratyaṃ rasaṃ gāyatrī pītavatī | 3, 27 | tathā cānyatra çrūyate | padbhyāṃ dve savane samagṛibhṇān mukhenaikam. yan mukhena samagṛibhṇāt tad adhayat, tasmād dve savane çukravatī: prātaḥsavanaṃ ca mādhyaṃdinaṃ ca. tasmāt tṛi-

tīyasavana ṛijīsham abhi shuṇvanti, dhītam iva hi manyante (Ts. 6, 1, 6, 4) iti |

7. indrāvaruṇā | indrāvaruṇety asyāṃ yājyāyāṃ yuvo ratha ity asmin pāde devavītaya iti padaṃ vidyate | devānāṃ vītiḥ prāptir devavītir iti tasya samāsaḥ | tasya samāse shashṭhībahuvacanāntena ṣabdena bahūny eva rūpāṇi pratīyante | tatra bahutvam Ribhūṇāṃ svarūpam | manushyarūpāṇāṃ ṛibhuṣabdavācyānām bahutvāt | ṛibhusadbhāvād indraṣabdasya ca sākshāc chravaṇād iyam aindrārbhavī |

15. jagatprāsāhāḥ | jagacchabdena jagatīchando 'bhidhīyate | prāsābaṣabdo bāhulyavācī | jagatyaḥ prāsāhā bahulā yāsūktāsu prasthitayājyāsu tā jagatprāsāhāḥ | tṛitīyasavanaṃ ca jāgatam iti prasiddham | ato yad u yad eva jagatībāhulyam, tena tṛitīyasavanasya samṛiddhir bhavati |

13.

1. athāha | hotrakāṇāṃ yājyākathanānantaraṃ kāṣcid brahmavādī codyam āha | hotrakāṇāṃ kriyā hotrāṣabdena vivakshitāḥ | tāsv anyāḥ kācit kriyā ukthinyaḥ ṣastrayuktāḥ | anyā itarāḥ kriyā anukthāḥ ṣastrarahitāḥ | maitrāvaruṇo brāhmaṇācchaṅsy achāvāka ity eteshāṃ trayāṇāṃ ṣastrasadbhāvād etadīyāḥ kriyā ukthinyaḥ | neshṭṛipotrādīnāṃ ṣastrarāhityāt tadīyāḥ kriyā anukthāḥ | evaṃ vaishamye spashṭe saty asya yajñasya yajmānasya vā sambandhinya etā hotrāḥ sarvā ukthinyaḥ ṣastrayuktā bhūtvā samā vaishamyarahitā ata eva samṛiddhāḥ sampūrṇāḥ katham bhavantīti codyam | tasyottaram āha |

2. yad evaināḥ | yad eva yasmād eva kāraṇād enā maitrāvaruṇādikriyāḥ potṛineshṭrādikriyāṣ ca sampragīrya sambhūya prakarshoṇoktvā hotrā iti ṣabdena yājñikā ācakshate, tena samāḥ | yathā loko chatrayuktās tadrahitāṣ ca sambhūya chatriṇa ity ekainaiva ṣabdena vyavahriyante | evam atrāpi ṣastrayuktā maitrāvaruṇādayaḥ ṣastrarahitāḥ potṛineshṭrādayaṣ ca sambhūyaikenaiva hotrāṣabdena vyavahriyante | ataḥ ṣastribhiḥ samabhivyāhārād aṣastriṇām apy upacaritaṃ ṣastritvam | tena hotrakaṣabdavyavahāraikyena samā bhavanti || na caitāvatā svābhāvikaṃ ṣastritvāṣastritvavaishamyam apagacbati | tad etad vaishamyaṃ darṣayati | yad ukthinyaḥ etc.

6. yad eva mādhyaṃdine | maitrāvaruṇasya sadyo ha jāto vṛishabhaḥ kanīna ity ekaṃ sūktaṃ, evā tvām indra vajrinn iti dvitīyam | brāhmaṇācchaṅsina indraḥ pūrbhid ity ekaṃ sūktam, ud u brahmāṇīti dvitīyam | achāvākasya bhūya id ity ekam, imām u shv iti dvitīyam | evam ete trayo mādhyaṃdine savane pratyekaṃ dvedve sūkte ṣaṅsanti | tatraikam mādhyaṃdinasavanārthaṃ dvitīyaṃ tu tṛitīyasavanārtham ity upacāreṇa tatrāpi ṣaṇṇaṃ sidhyatīty uttaram brūyāt |

7. athâha | atha tritîyasavane çañsanasampâdanânantaram punar api brahmavâdî codyântaram âha | yad yasmât kâraṇâd dhotâ | dvo ukthe çastre yasyâsau dvyukthaḥ | prâtaḥsavana âjyapraüge dve, mâdhyaṃdinasavane marutvatîyanishkevalye dve, tritîyasavane vaiçvadevâgnimârute dve | evaṃ sthite hotṛidṛishṭântena hotrakâṇâm apy ukthadvayopetatvam apekshitam | na cokthadvayaṃ vihitam asti | atas tat kena prakâreṇa sidhyatîti codyam | tatrottaram âha |

8. yad eva | prasthitayâjyânâṃ çrûyamâṇadevatayâ sampâdyamânadevatayâ ca dvidevatyatvam | tâdṛiçîbhir ṛigbhir yasmâd yajanti tena dviçastratvam | tatraikâ devatâ yâjyârthetarâ dvitîyâ çastrârthety evam uttaram brûyât |

14.

2. âjyam | hotuḥ prâtaḥsavane yat prathamam âjyaçastraṃ tad evâgnîdhrîyâyâ âgnîdhreṇa kriyamâṇâyâḥ kriyâyâ ukthaṃ çastram | evam marutvatîyavaiçvadevayor api yojyam | tathâ sati tâ evaitâ hotrâ hotrakâṇâṃ kriyâ evam uktena prakâreṇa nyaṅgâs tattaccihnâ eva bhavanti | Agnim âgnîdhro yajaty, âjyaçastraṃ câgneyam | potâ Maruto yajati, marutvatîye ca mârutâni suktâni çañsati | agne patnîr ihâ vaheti neshṭâ yajati, tatra devânâm patnîr ity atra devânâm iti çravaṇam asti | evaṃ trayâṇâm apy âgnîdhrapotṛineshṭṛiṇâm âgneyatvamârutatvavaiçvadevatvacihnâni vidyante | tasmâd âjyâdibhir ukthair itaresham ukthitvam || teshâm eva hotrakâṇâm ṛituyâjeshu kasyacid viçeshasya praçnam avatârayati |

3. athâha | praishasûkte ye praishâ uktâ neshṭṛipotṛivyatiriktânâṃ hotrakâṇâṃ teshu praisheshv ekaika eva praishaḥ, potur neshṭuç ca dvau-dvau praishau | tathâ ca yajñasampradâyavidaḥ paṭhanti | hoponegnîbrâprahnponecchâdhvaryugṛihapatîti ceti | asyâyam arthaḥ | tatra nâmnâm âdyaksharenaite kratupurushâ nirdiçyante | tathâ ca | hotâ potâ neshṭâgnîdhro brâhmaṇâcchañsî praçâstâ hotâ potâ neshṭâcchâvâko 'dhvaryur gṛihapatiç ca krameṇoktâḥ | eteshâm praishasûkte dvâdaça praishâḥ krameṇa santi | tathâ sati potur dvitîyo 'shṭamaç ca dvau praishau | neshṭus tṛitîyo navamaç ca dvau praishau | hotâ yakshan Marutaḥ potrâd ity ekaḥ praishaḥ | hotâ yakshad devaṃ draviṇodâm potrâd ṛitubhir iti dvitîyaḥ | etau dvau potuḥ praishau | hotâ yakshad grâvo neshṭrâd ity [1]) ekaḥ | hotâ yakshad devaṃ draviṇodâṃ neshṭrâd iti dvitîyaḥ | etau dvau neshṭuḥ praishau | itareshâm âgnîdhrâcchâvâkâdînâm ekaika eva praishaḥ | tathâ sati potṛineshṭror dvipraishatve kiṃ kâraṇam iti praçnaḥ |

4. tasmât | yasmâd evaṃ tasmât tasyâgnîdhrasyaikayarcâ yâ-

1) grâvo neshṭety die Hss.

jyā bhūyasyo 'tyantam adhikā bhavanti | saptānām api hotrakāṇām prasthitayājyās tisra eva bhavanti | āgnīdhrasyaibhir agne suratham ity eshādhikā | sā ca pūtoīvatagrahavartinī | tathā ca sampradāyavida āhuḥ | tisraḥ prasthitayājyās tu saptānām abhavan khalu | agnīdhas tisṛibhiḥ sārdham aibhir agne catarthy abhūd iti | yady apy āgnīdhravishaya brahmavādinā praṣno na kṛitas, tathāpi potṛineshṭṛibhyāṃ samānayogakshematveoa tadvṛittānto 'py abhihitaḥ |

7. athāha | hotrādayo maitrāvaruṇena preshitāḥ svasvavyāpāraṃ kurvanti | taddṛishṭāntenodgātṛīṇām api preshitatvaṃ yuktam | na codgātṛipraishāḥ praishasūkta samāmnātāḥ | tasmād eshām praisho 'sti na veti saṃṣayaḥ | plutidvayaṃ vicārārtham | oakārasya sānunāsikatvaṃ chāndasam | atra praisho 'stīty evam uttaram brūyāt | prakarsheṇa sarvān ṛitvijaḥ ṣāsti praishamantreṇa tattadvyāpāre pravartayatīti praṣāstā maitrāvaruṇaḥ | sa ca stota devona savitretyādimantrajapaṃ japitvā kṛitvānantaraṃ studhvam iti yad evaitad vacanam prāha, sa evaishām udgātṛīṇām praishaḥ |

8. athāha | achāvākavyatiriktānāṃ vashaṭkartṛīṇām pravaraḥ prakarsheṇa varaṇam asti | tathā ca Sūtrakāra āha | pravṛitāhutīr juhvati vashaṭkartāro 'nyo 'chāvākāt (5, 3, 12) iti | sūtrāntare 'py evam uktam | pravṛitaḥ-pravṛitaḥ pravṛitahomau juhotīti | ato 'nyeshām pravarasadbhāvo 'vagato 'chāvākasya nāvagataḥ | nyāyena tv itaradṛishṭāntena pravaro 'pekshitaḥ | ato 'sti na vati saṃṣayaḥ | tatrāstīty uttaram brūyāt | yady apy anyeshām iva spashṭaḥ pravaro nāsti, tathāpi puroḍāṣaṣakalam iva prattam iḍām ivodyamyāsīnam achāvākam achāvāka yat te vādyaṃ vaktavyam asti tad vadasveti so 'yam achāvākasambodhaneoa pravarasamānatvāt pravara ity ucyate || ittham agnishṭomasaṃsthe hotrakavishayavyāpāram parisamāpyādhunokthyasaṃstheshv ahassu praṣnottaro darṣayati |

9. athāha | achāvākapravaraṇasaṃpādanānantaram brahmavādī praṣnam āha | maitrāvaruṇas tṛitīyasavana indrāvaruṇā yuvam ityādikam aindrāvaruṇaṃ sūktaṃ ṣaṃsati | tasya ṣastrādāv ehy ū shv ity āgneyaḥ stotriya āgnir agāmīty āgneyo 'nurūpaḥ | tad etad vyadhikaraṇatvād ayuktam | aindrāvaruṇābhyāṃ stotriyānurūpābhyām bhavitavyam iti praṣnaḥ | Agninetyādinā tasyottaram |

10. athāha | tṛitīyasavana brāhmaṇācchaṃsinaḥ pra maṃhishṭhāyety aindrābārhaspatyaṃ ṣastram | tasyādau stotriyānurūpāv aindrau | vayam u tveti stotriyo, yo na idam ity anurūpaḥ | tathāchāvākasya ṛitor janitrītyādikam aindrāvaishṇavaṃ ṣastram | tasyādāv aindrau stotriyānurūpau | adhā hīndra girvaṇa iti stotriya, iyaṃ ta indra girvaṇa ity anurūpaḥ | tad etad vaiyadhikaraṇyam upajīvya pūrvavat praṣnaḥ | Indro hetyādikam uttaram |

15.

11. kalpāmahai | vibhāgaṃ karavāmahai |

12. yad uktam Āçvalāyanena | uttame çastre paridhānīyāyā uttame vacana uttamaṃ caturaksharaṃ dvir uktvā praṇuyāt (7, 1, 12) iti | tam eva caturaksharābhyāsaṃ vidhatte | airayethām-airayethām etc.

13. agnishṭome | ahargaṇeshūkthyasaṃsthāyāṃ yathāchāvākasyāntime çastre 'bhyāsaḥ | tathāgnishṭomasaṃsthāyām atirātrasaṃsthāyāṃ hotāntime çastre 'ntimaṃ caturaksharabhāgam abhyasyet | sa hi hotā tatrobhayatrāntyaḥ çaṅsitā bhavati | agnishṭome yaj jaritre yaj jaritrom iti caturaksharābhyāsaḥ | atirātre tu dhehi citraṃ dhehi citrom iti caturaksharābhyāsaḥ || shoḍaçisaṃsthāyāṃ vicārapūrvakaṃ caturaksharābhyāsaṃ vidhatte | abhyasyet etc.

17.

1. athāhargaṇeshu hotrakāṇām mādhyaṃdinīyaçastrakḷiptir vidhātavyā | tatra prathamaṃ tāvat sarvatra vihitam artham anūdya praçaṅsati |

yaḥ çvaḥstotriyaḥ | ahargaṇeshu çvaḥ paredyur yasmiṅs tṛice sāmagāḥ stotraṃ kurvanti, taṃ stotriyam pūrvedyur hotāraḥ çastreshv anurūpaṃ kurvanti | etac ca prātaḥsavana eva | tac cānurūpakaraṇam ahīnasaṃtatyai sampadyate | ahnāṃ samūharūpaḥ kratur ahīnaḥ | sa caikaikasminn ahani vicchinno mā bhūd ity ahardvayasaṃdhānārtham bhavishyaty ahani stotriyasya bhūte 'hany anurūpatvakaraṇam | ahnām bhede 'pi phalaikyāt samūhaprayoga eka eva | tataḥ saṃtatir apekshitā | ayam arthaḥ saptaviṅçādhyāye vyākhyātaḥ | stotriyaṃ stotriyasyānurūpaṃ kurvanti prātaḥsavane, 'har eva tad ahno 'nurūpaṃ kurvanti (6, 5) iti | tasya vyākhyānam idam || çvaḥstotriya ity abhipretaviçeshasya vidhānād aharbhede 'pi prayogaikyena saṃtatyaṃ dṛishṭāntenopapādayati |

2. yathā vā ekāhaḥ | ekasminn evāhani nishpanno jyotishṭoma ekāhaḥ | sa yathā sutaḥ somābhishaveṇa kṛitsno nishpādita, evam ahīno 'hargaṇo 'pi somābhishaveṇa nishpādyate | tāv eva dṛishṭantadārshṭāntike tad yathetyādinā spashṭīkriyete | tat tasyaikāhasya sutasya somābhishavayuktasyaiva sataḥ krator avayavabhūtāni prātarmādhyaṃdinatṛitīyasavanāni saṃtishṭhamānāni pṛithak-pṛithak samāptiyuktāni yathā yajamāna anutishṭhanty, evam evāhīnasyāhargaṇasyaikasyaiva sataḥ krator avayavabhūtāny ahāni pṛithak-pṛithak samāptiyuktāni yajamānā anutishṭhanti | tathā sati yady uttaradinasambandhinaṃ stotriyaṃ tṛicam pūrvadine prātaḥsavane 'nurūpaṃ tṛicaṃ kurvanti | tadānīm ahargaṇasyaikasya kratoḥ saṃtatir, madhye vi-

chedarāhityam bhavati | tasmād anyadine gatasyānyadine prayogeṇābhinnaṃ kratuṃ saṃtataṃ kurvanti |

3. samānān | ye kadvatsaṃjñakāḥ pragāthā yāś ca pratipadaḥ prārambhaṇīyā ṛico yāni cāhīnasūktāni, teshāṃ sarveshām ahassu sarveshu samānatvam apaśyan |

4. okaḥsārī | okāṅsi sthānāni gṛihāṇi | teshu sarati sarvadā saṃcaratīty okaḥsārī mārjāraḥ | vaiśabda upamārthaḥ | yathā mārjāraḥ pūrvasmin dine yeshu gṛiheshu saṃcarati teshv eva gṛiheshu paredyur api saṃcaraty, evam ayam Indro 'py avagantavyaḥ | Derselbe Kater stellt sich in 6, 22 ein.

18.

6. tad āhuḥ | gavāmayane hi dvividhāny ahāny: āvṛittirahitāni tatsahitāni ca | tatra vakshyamāṇāni caturviṅśādīny āvṛittirahitāny, abhiplavashaḍahagatāni pṛishṭhyashaḍahagatāni cāvṛittisahitāni | tayoḥ shaḍahayor asakṛid anushṭhānasya vihitatvāt | evaṃ sati parāñcishv āvṛittirahiteshu caturviṅśādishv ahassu vahnivat sūktam achāvākaḥ śaṅsati | tathaivābhyāvartishu shaḍahagateshv ahassu ca tat sūktaṃ śaṅsati | tatrobhayatra śaṅsane kiṃ kāraṇam iti praśnaḥ |

8. tāni pañcasu | gavāmayane caturviṅśam ārambhaṇīyaṃ dvitīyam ahaḥ | mahāvratākhyam upāntyam ahaḥ | vishuvadākhyam madhyavarti pradhānam ahaḥ | abhijidviśvajidākhye vishuvata ubhayabhāgavartinī dve ahanī | eteshu pañcasv ahassu tāni pūrvoktāny ahīnasūktāni hotrakāḥ śaṅsanti |

10. vāśitāyai | garbhagrahaṇam ichantī dhenur vāśitā |

19.

8. tāny antareṇa | yāni viparyāsena śaṅsanīyāni navasaṃkhyākāni sūktāny uktāni, yāni ca pratidinaṃ śaṅsanīyāni trīṇy uktāni, tāny antareṇa teshām ubhayavidhānām antarāle sthāne kaṃcid āvapanīyam ṛiksamūham āvaperan |

9. anyūṅkhyāḥ | uccāraṇaviśeshopetā okārā nyūṅkhāḥ | te ca pūrvam eva mukhato madhyaṃdine nyūṅkhayati (5, 3, 12) ity atrābhihitāḥ | tān arhantīti nyūṅkhyāḥ | tadviparītā anyūṅkhyāḥ | virājo virāṭchandaskā ṛicaḥ | tāḥ pṛishṭhyashaḍahasya caturthe 'hany āvapanīyāḥ | na te giro api mṛishya ityādyās catasra ṛicaḥ, pra vo mahe mahivṛidhe bharadhvam ityādyās tisraḥ | etāḥ sapta virājas trayāṇāṃ hotrakāṇāṃ trayas tṛicā bhavanti | prathamām ārabhyaikas tṛico maitrāvaruṇasya | tṛitīyām ārabhyaikas tṛico brāhmaṇācchaṅsinaḥ | pañcamīm ārabhyaikas tṛico 'chāvākasya | tad evaṃ saptasv ṛikshu trayas tṛicā vibhajya prakshepaṇīyāḥ | so 'yaṃ virājām prakshepa ekaḥ pakshaḥ | vaimadīr āvaperann iti pakshāntaram | vima-

dākhyena maharshiṇā dṛishṭā vaimadyāḥ | tāṃ ca yajāmaha indram ityādyāḥ saptarcaḥ | tā api pūrvavat trayas tṛicāḥ kartavyāḥ | pañcame 'hani yac cid dhi satya somapā ityādyāḥ paṅktichandaskāḥ saptarcaḥ pūrvavad āvapanīyāḥ | tathā shashṭhe 'hani Parucchepena dṛishṭā indrāya hi dyaur ityādyāḥ saptarcaḥ pūrvavad āvapanīyāḥ || stomavṛiddhāv atiśaṅsanārtham āvapanīyāni sūktāni darśayati |

10. atha yāni | atha pūrvoktavirāḍādyāvāpakathanānantaram anya āvāpa ucyata iti śeshaḥ | yāny ahāni mahāstomāni saptadaśaikaviṅśādistomebhyo 'dhikaiś caturviṅśādistomair yuktāni syus, teshv ahassu stomasaṃkhyām atikramyādhikānām ṛicāṃ śaṅsanaṃ kartavyam |

20.

1. evaṃ tāvat prasaktānuprasaktam parisamāpyādhunā prastutam ārabhate |

sadyo ha | pūrvatra trīṇi cāharahaḥśasyānīti yad uktaṃ, tasyaivaitad vyākhyānam | sadyo ha jāta ityādikam maitrāvaruṇaḥ svakīyasya suktasya purastāt pratidinaṃ śaṅset | sūktānām iti bahuvacanaṃ vyatyayena drashṭavyam |

6. paṅktir vā annam | annaṃ ca pañcasaṃkhyopetatvāt paṅktir eva | prāśyam peyaṃ khādyaṃ lehyaṃ nigīryam ity evam annasya pañcasaṃkhyā |

19. sakṛid Indram | kasyāṃ cid ṛici śunaṃ huvema maghavānam indram iti sakṛid Indraṃ nirbrūte |

21.

5. kadvatpragāthebhya urdhvam apa prāca indretyādyās trishṭupchandaskā ṛicaḥ pratidinaṃ śaṅsanīyasuktāditvena vidhatte | trishṭubhaḥ etc.

8. kshatraṃ vai hotā | nishkevalyasya śaṅsako yo hotāsty asau kshatraṃ vai | kshatriyo rājaiva | hotṛitve samutpannāḥ kriyā hotrāḥ | tāḥ śaṅsantīti maitrāvaruṇādayo hotrāśaṅsinaḥ | te ca viśaḥ | rāshṭravartinyaḥ prajāḥ | tat tathā sati hotṛidṛishṭāntena pragāthebhyaḥ pūrvaṃ trishṭubhaḥ śaṅsane sati tāṃ viśam prajāṃ kshatrāyaiva rājña eva pratyudyāminīm pratikūlodyogayuktāṃ kuryuḥ | tac ca pāpavasyasam | atiśayena pāparūpam | svāminā rājñā saha mātsaryasya svāmidroharūpatvāt |

10. sairāvatīm | irānnam | tatsamūha airam | tena saha vartata iti sairaṃ naustham vastujātam | tadṛiśaṃ sairaṃ yasyāṃ nāvy asti seyaṃ nauḥ sairāvatī |

22.

6. ucshiti | satrasyāyanam anushṭhānam satrāyaṇam | ucshi | naya | anushṭhāpayeti tasyārthaḥ | ata eva tat padam satrāyaṇasyānukūlam |

8. samānībhiḥ | samānībhir ekavidhābhir maitrāvaruṇādayo hotrakāḥ paridadhyuḥ | çastrasamāptiṃ kuryuḥ | nū shṭuteti maitrāvaruṇasya paridhānīyā | eved indram iti brāhmaṇācchaṅsinaḥ paridhānīyā | nūnaṃ sā ta ity achāvākasya paridhānīyā | anena sūktasāmānyād etāḥ samānya ity ucyante |

10. tatrābhi tashṭeveti achāvākasyāhar-ahaḥ çasyaṃ sūktam | tasminn antyā çunaṃ huvemety ehā | tayā paridhānaprāptau nishedhati |

na çunaṃhuvīyayā | çunaṃ huvemeti yasyām ṛici çrūyate sā çunaṃhuvīyā | ahargaṇasya çastre tayā na paridadhyāt | paridhāne hi kshatriyo rājā svakīyād rāshṭrāc cyavate | yas tu paras tadīyaḥ çatrur bhavati, tam abhilakshya hvayati | āhvānaṃ karoti | huvemety āhvānasya pratīyamānatvāt | ata eva Sūtrakāro (7, 4, 10) brāhmaṇāntaram āçritya nūnaṃ sā ta ity etām paridhānīyām uktavān |

23.

1. athātaḥ | atha paridhānīyākathanānantaraṃ yatas tadviveko 'pekshitaḥ | ataḥ kāraṇād ahīnasyāhargaṇasya yuktiç ca vimuktiç ca vivekāyobhe vakshyete iti çeshaḥ | yuktir yogaḥ svādhīnatvena kratoḥ sampādanam | vimuktir vimocanaṃ svādhīnatayā nibandhaparityāgaḥ | tad etad ubhayam paridhānīyāvaçena sampadyate |

2. vy antariksham | prātaḥsavane brāhmaṇācchaṅsino vy antariksham iti paryāsas tṛcaḥ | tasyendreṇa rocanā diva ity ṛig uttamā | tayā yat paridhānaṃ tenāhīnaṃ kratuṃ yuṅkte | svādhīnatayā nibadhnāti | mādhyaṃdine savane tv eved indram iti paridhānīyayā vimuñcati | svādhīnatayā nigṛhītam ahīnakratuṃ viçrambhavyavahārāya nigrahaparityāgena vimuñcati | svādhīno hi kratur avaçyam phalaṃ dāsyatīti yukto bandhavimokaḥ || athāchāvākasya paridhānīyayā yogavimokau darçayati |

3. āham | ayaṃ yogo vimokasyāpy upalakshaṇārthaḥ | āham iti prātaḥsavane paridhānīyā | tayā kratur yogo bhavati | nūnaṃ sā ta iti mādhyaṃdinasavane paridhānīyā | tayā kratur vimoko bhavati || atha maitrāvaruṇasya paridhānīyayā yogavimokau darçayati |

4. te syāma | atra vimoko yogasyāpy upalakshaṇārthaḥ | te syāmeti prātaḥsavane paridhānīyā | tayāhīnasya kratur yogaḥ | nū shṭuta iti mādhyaṃdinasavane paridhānīyā | tayā kratur vimokaḥ | yady api tṛtīyasavane viveko vaktuṃ yuktas, tathāpy agnishṭoma-

saṃsthe 'hani hotrakāṇāṃ tṛitīyasavane śastrābhāvāt sarveshv ahassv anogatyartham mādhyaṃdinasavane vimoko 'bhihitaḥ |

6. evam ekaikam ahar apekshya yogavimokāv uktau | athāhaḥsamūham apekshya yogavimokau darśayati |

tad yac caturviṅśe | gavāmayanasya saṃvatsarasatrasyādyante ahanī atirātrasaṃsthe | tatropakramagatasya prāyaṇīyātirātrasyānantarabhāvini caturviṅśākhye ārambhaṇīye 'hani paridhānīyābhiḥ sarve 'harviśeshā yujyante | so 'yaṃ gavāmayanasya yogaḥ | athodayanīyasyātirātrasya purastād vartamāno mahāvratīye 'hani paridhānīyābhiḥ sarve 'py aharviśeshā vimucyanta iti yad asti, seyaṃ gavāmayanasya vimuktiḥ || tatra yogavimokahetūnāṃ paridhānīyānām ekaikavidhatvaṃ ninditvobhayavidhatvaṃ darśayati |

7. tad yat | ahann ahani caturviṅśākhyo yady aikāhikābhiḥ prakṛitibhūta ekāhe jyotishṭome vidyamānābhiḥ paridhānīyābhiḥ paridadhyuḥ | tadānīm atraiva caturviṅśākhye dvitīyasminn ahany eva yajñaṃ gavāmayanaṃ saṃsthāpayeyuḥ | samāptaṃ kuryuḥ | atrāhety ahaśabdaḥ khede | kashṭam etat | atraiva samāptāv ahīnakarma kṛitsnāhargaṇakartavyaṃ na kuryuḥ | etad eva kashṭam | atha pūrvoktavaiparītyenaikāhikāḥ paridhānīyāḥ parityajya yady ahīnaparidhānīyābhir eva sarve hotrakāḥ paridadhyuḥ | tadānīṃ yathā loke rathasakaṭādau yukto 'śvabalīvardādiḥ kiyad dūraṃ gatvā śrāntaḥ san yadi na vimucyeta tadānīm utkṛityeta, ucchidyeta | tathaiva yajamānā utkṛityeran | vinaśyeyuḥ | sarveshāṃ hotrakāṇām aikāhikasvīkāro samāptyabhāvaḥ | ahīnagatasvīkāro yajamānoccheda iti doshadvayaparihārārtham ubhayībhir aikāhikābhir ahīnagatābhiś ca paridhānīyābhiḥ paridadhyuḥ | tatra prakāraviśeshaḥ pūrvam evoktaḥ | maitrāvaruṇa aikāhikābhir eva savanadvaye paridadhyāt | achāvāko 'hīnagatābhir eva savanadvaye paridadhyāt | brāhmaṇācchaṅsī tu prātaḥsavane 'hīnagatābhiḥ paridadhyān mādhyaṃdinasavane caikāhikābhir iti nirṇayaḥ | asya nirṇayasya pūrvam eva siddhatve 'pi prakārāntareṇa praśaṅsārtham atra punar abhidhānam || tad etad ubhayībhiḥ paridhānaṃ dṛishṭāntena praśaṅsati |

8. tad yathā | loke yathā vā dīrghādhve dīrghamārge gachan purusha upavimokaṃ rathaśakaṭādau yojitam aśvabalīvardādikaṃ tatra-tatropavimucyopavimucya yāyāt, śrāntiparihāreṇa śanair gachet | tādṛig eva tad ubhayavidhaparidhānam | yathā mārge vahanaśramo vimokena nivartate. evam ahīnagatābhir āpāditaśrama aikāhikābhir nivartate || ubhayavidhaparidhāne doshaṃ parihṛitya guṇaṃ darśayati |

9. saṃtataḥ | eshām ubhayavidhaparidhānayuktānām purushāṇāṃ yajñaḥ saṃtato vichedarahito bhavati | sāaunāsikā plutiḥ praśaṅsārthā | viśabda uparitana ukāra evakārārthaḥ | tasya dīrghaś cha-

ndasah | yajamānaçramam vimuñcanta eva || atha stamātiçaṅsane kaṃcid viçesham darçayati |

10. ekām dve na | yadā sāmagaiḥ vivṛiddhaḥ stomaḥ kriyate | tadānīṃ hotrakaiḥ stomasaṃkhyām atilaṅghya çaṅsanīyam | tatra dvayoḥ prātarmadhyaṃdinayoḥ savanayor ekām ṛicaṃ vā dve ṛicau vātikramya na çaṅset | kiṃtv ekayā dvābhyāṃ vātiçaṅset | pūrvatrāyam niyamaḥ prātaḥsavana (6, 8, 7) eva uktaḥ | uttarayos tu savanayor aparimitābhir atiçaṅsanam uktam | tathā sati mādhyaṃdinasavano pūrvottaravirodhaḥ prasajyeteti cet | tarhi tatraikayā dvābhyām aparimitābhir vikalpo 'stu |

24.

1. atha pṛishṭhyasya shaḍahasya shashṭhe 'hani dhishṇyākhyaçastrakḷiptiṃ sūktaṃ vidhātum ākhyāyikām āha | devā vai etc.

5. pacchaḥ | vālakhilyanāmakāḥ ke cana maharshayaḥ | teshāṃ sambandhīny ashṭa sūktāni vidyante | tāni vālakhilyanāmako grantho samāmnāyante | teshv ādau yāni shaṭ sūktāni tāni prathamam pacchaḥ pādaço viharet | tato dvitīyasyām āvṛittāv ardharcaço viharet | tṛitīyasyām āvṛittāv ṛikço viharet | yadā paccha viharati tadānīm ekaikasmin pragātha ekaikām ekapadāṃ dadhyāt | sa pragāthaikapadayoḥ samūho vācaḥ kūṭa ity anena çabdenābhidhīyate | tam imaṃ vihāraprakāram Āçvalāyana āha | shaṭ sūktāni vyatimarçam paccho vihared vyatimarçam ardharcaço vyatimarçam ṛikçaḥ | pragāthānteshu cānupasaṃtānam ṛigāvānam ekapadāḥ çaṅset (8, 2, 10) iti | tatra shaṭsūkteshu prathamasūktādāv ṛigdvayam evāmnātam | abhi pra vaḥ surādhasam — sahasreṇeva çikshatom | çatānīko pra jigāti — datrāṇi puruhhojasom iti | dvitīyasūkte 'py ṛigdvayam evāmnātam | pra su çrutaṃ surādhasam — sahasreṇeva maṅhatom | çatānīkā hetayo asya — yad īṃ sutā amandishom iti | tatra prathamasūktagatam ekam pādaṃ ca saṃyojayet | so 'yaṃ vihāraḥ | asmin vihāre vyatimarço nāma kaçcid viçeshaḥ | sa ca yathākramam adhyayanam parityajya prakārāntareṇa yojane sati sampadyate | prathamasūktasya prathamāyām ṛici prathamapādam uktvā dvitīyasuktasya dvitīyāyām ṛici dvitīyapādaṃ tena saṃyojayet | tad yathā |

abhi pra vaḥ surādhasam indrasya samisho mahīr iti |

dvitīyasūktasya dvitīyasyām ṛici prathamapādam uktvā prathamasūktasya prathamāyām ṛici dvitīyapādaṃ tena saṃyojayet | tad yathā |

çatānīkā hetayo asya dushṭarā indram arca yathā vidom iti |

atha prathamasūktasya prathamāyām ṛici tṛitīyapādam uktvā dvitīyasūktasya dvitīyasyām ṛici caturthapādena saṃyojayet | tad yathā |

yo jaritṛibhyo maghavā purūvasur yad īṃ sutā amandishur iti |

dvitīyasūktasya dvitīyasyām ṛici tṛitīyapādam uktvā prathamasūktasya prathamāyām ṛici caturthapādaṃ tena saṃyojayet | tad yathā |

girir na bhujmā maghavatsu pinvate sahasreṇeva çikshatom iti |

tad idam pādayor vihṛitam ṛigdvayam ekaḥ pragāthaḥ sampadyate | tasya pragāthasyānte, indro viçvasya gopatir ity etām ekapadāṃ (Āçvalāyana 8, 2, 21) saṃdadhyāt | so 'yaṃ samūho vācaḥkūṭasaṃjñakaḥ | anenaiva nyāyena sarveshu sūkteshu sarvāsv ṛikshu buddhimatā tādṛiçaṃ vyatimarçaviharaṇam unneyam || athārdharcaço vihāra ucyate | prathamasūktasya prathamāyām ṛici prathamārdharcam uktvā dvitīyasūktasya dvitīyasyām ṛicy uttarārdhaṃ tena saṃyojayet | tad yathā |

abhi pra vaḥ surādhasam indram arca yathā vide |

girir na bhujmā maghavatsu pinvate yad īṃ sutā amandishom

iti | evaṃ sarvaṃ unneyam | ṛikṣo viharet | tatra prathamasūktasya prathamām ṛicam uktvā tayā saha dvitīyasūktasya dvitīyām ṛicaṃ saha yojayet | evaṃ sarvatrohanīyam || atha pragāthānteshu prakshepaṇīyā ekapadā darçayati |

6. tā etāḥ | yā ekapadā ṛicaḥ prakshepṭavyās, tā etā ekapadāḥ pañcasaṃkhyākāḥ | tāsu catasra ekapadāḥ çrutyantareshu daçamo 'hani paṭhitāḥ | tasmād daçamād ahnas tāç catasra ānetavyāḥ | tāsv indro viçvasya gopatir ity eshā prathamā | indro viçvasya bhūpatir ity eshā dvitīyā | indro viçvasyā cetatīty eshā tṛitīyā | indro viçvasya rājatīty eshā caturthī | athāvaçishṭā çrutyantareshu mahāvrate çrutā | sā co-dro viçvaṃ virājatīty etādṛiçī | tasmān mahāvratād ānetavyā | tā etāḥ pañcaikapadāḥ pañcasu pragātheshu prakshipet || avaçishṭeshu pragātheshu prakshepaṇīyān pādān darçayati |

7. athāshṭāksharāṇi | atha pañcasu pragātheshu pañcānām ekapadānām prakshepād anantaram māhānāmnāni | mahānāmnaçabdena vidā maghavann ityādayo mahānāmnīsaṃjñakā ṛico vidhīyante | teshām mahānāmnīnāṃ ṛicāṃ sambandhīny ashṭāksharāṇi padāni pracetana pra cetayety avamādīni yāni santi, teshām madhye yāvadbhir ashṭāksharaiḥ pādair avaçishṭeshu pragātheshu prakshepaḥ sampadyate tāvanty ashṭāksharāṇi padāni çaṅset | itarāṇy ashṭāksharāṇi padāni mahānāmnasambandhīni nādriyeta | na prakshipet || evam pacchaḥ çaṅsane prakshepaṇīyam abhidhāyārdharcaço viharaṇe prakshepaṇīyaṃ darçayati |

8. athārdharcaçaḥ | yathā paccho viharaṇe pragāthānte prakshepa, evam ardharcaço viharaṇe 'pi yojanīyam |

15. vālakhilyānāṃ shaṭsūkteshu vihāram uktvāvaçishṭayoḥ saptamāshṭamayoḥ sūktayoḥ viparyāsena çaṅsanaṃ vidhatte |

vy evottame | ye dve uttame sūkte te viparyasyed eva, na tu viharet | ashṭamaṃ sūktam ādau paṭhitvā paçcāt saptamasya pāṭho viparyāsaḥ | tayor dvayoḥ sūktayoḥ sa esha viparyastapāṭha eva vihārasthānīyaḥ |

25.

1. dūrohaṇam | duḥṣaṅkaṃ rohaṇam uccāraṇaṃ yasya ṣaṅsanasya tad dūrohaṇam | tad rohati | ṣaṅsed ity arthaḥ | tasya dūrahaṇasya vidhāyakam brāhmaṇam pūrvam eva vishuvadahaḥprasaṅga āhāya dūrohaṇam (4, 21) ity atrābhihitam | ata eva pūrvācāryā āhuḥ | svargo vai loka ityādi pūrvaṃ vishuvati kratau | dūrohaṇabrāhmaṇaṃ tu prāg avocāma vai sphuṭam | saptarūpā haṅsavatī dūrohaṇam īritam iti | haṅsavatyāḥ paccho 'rdharcaṣas tripadyā ṛikṣo 'navānam, punar api tripadyā ṛikṣo 'rdharcaṣaḥ paccha iti saptabhiḥ prakāraiḥ paṭhanam iti dūrohaṇam | tad etat pūrvaṃ tārkshyasūkte 'bhihitam |

4. tan mahāsūktam | dvividham sūktaṃ kshudram mahac ca | ata evāraṇyakāṇḍe vakshyati | te kshudrasūktāṣ cābhavan mahāsūktāṣ ca (2, 2, 2, 5) iti | mahāsūktalakshaṇam pūrvācāryair uktam | daṣarcatāyā adhikam mahāsūktaṃ vidur budhā iti |

5. Barau | pra to maha ityādikam barasāmakaṃ sūktam |

6. aindrāvaruṇe | indrāvaruṇā madhumattamasyeti yājyāyā indrāvaruṇadevatākatvāt samāpter indrāvaruṇasambandhaḥ |

7. sauparṇo | imāni vām bhāgadheyānīti sūktaṃ sauparṇam | imāni veti saptarcaṃ sauparṇaṃ khailikaṃ vidur iti | yadvā | pra dhārā yantv iti gṛihyoktaṃ sūktaṃ sauparṇam |

26.

1. tad āhuḥ | tat tatra sauparṇo sūkte dūrohaṇo ṣasto sati paṣcād brahmavādino vicāram āhuḥ | yāny aikāhikāni tadūrdhvaṃ ṣaṅsanīyāni santi, tāny atra shashṭhe 'hany atratyaiḥ sambhūya ṣaṅset kiṃ vā sambhūya na ṣaṅsed iti vicāraḥ |

5. asamāyī | bahubhiḥ sambhūtair etuṃ gantuṃ yogyaḥ samāyī | uktaviparīta bahubhir gantum aṣakya 'samāyī | tādṛiṣa hi svargo lokaḥ | kaṣcid eva puṇyakṛit svargaṃ lokaṃ sameti | samīcīnam bhogam prāpnoti na tu sarvaḥ | svargahetoḥ puṇyasya durlabhatvāt | evaṃ sati maitrāvaruṇo yadi shashṭhe 'hani ṣilpaṣasyāni sūktāni saṃbhūya ṣaṅset | tadānīm īdṛiṣaṃ svargasadṛiṣam uttamaṃ shashṭham ahar itarair ahobhiḥ samānaṃ kuryāt | teshu ṣaṅsanīyānām asmin api ṣaṅsanāt | atha tadvaiparītyena yadi shashṭhe 'hani na saṃṣaṅsati | pūjārthā plutiḥ | tad etad asaṃṣaṅsanaṃ svargalokarūpatvāt pūjyam | tasmāt sambhūya na saṃṣaṅset | na saṃṣaṅsatīti yad asti tad evātipūjyam | pūjārtheyam plutiḥ | .

. 9. aindryaḥ | carshaṇīdhṛitam ityādikaṃ yad etad aindraṃ sūktam aikāhikaṃ tad etan nirākṛitya yat sūktāntaram ā vāṃ rājānāv ity aindrāvaruṇam aikāhikaṃ, tad etad aṅgīkriyate | yā vālakhilyā ṛicas, tā aindrya indradevatākāḥ | tāsām madhye yāni dvādaṣāksharāṇi padāni pādā vidyante | bṛihatīsatobṛihatyātmakeshu pragātheshu bṛihatyās tṛitīyapādau dvau dvādaṣākshharau, satobṛihatyā ādyas tṛitīyaṣ cobhau pādau dvādaṣākshharau | teshām pādānām aksharasaṃkhyayā jāgatatvam asti | evaṃ saty aikāhiko jāgato carshaṇīdhṛitam ity asminn aindre sūkte yaḥ kāmo 'pekshitaḥ | sa kāmas tatra teshv indradevatākavālakhilyāgateshu dvādaṣākshharapādeshūpāpto labdho bhavati | tasmāc carshaṇīdhṛitam ity etad aikāhikam aindraṃ sūktam atra parityājyam | ā vāṃ rājānāv ity etad aindrāvaruṇaṃ sūktam | tatreyam indraṃ varuṇam iti paridhānīyāpy aindrāvaruṇī | tathā saty etasya sūktasyānukūlatayā tad eva ṣaṅset | tasmād anyan na samṣaṅset | anyaṣabdo 'trādhyāhartavyaḥ | ata eva Sūtrakāra aindrāvaruṇaṃ sūktam aṅgīcakāra | ā vāṃ rājānāv iti nityam aikāhikam (8, 2, 16) iti |

11. vihṛitam | agne tvaṃ no antama ityādishu dvipadāsu sāmagāḥ stuvate | tatra cādyāḥ pādā ashṭāksharā, dvitīyāḥ pādā dvādaṣākshharāḥ | evaṃ tatra chando vihṛitam ity uttaram brūyāt |

12. tad āhuḥ | tat tatra ṣastrayājyāyāṃ codyam āhuḥ | ṣastrasya tadīyayājyāyāṣ ca sādṛiṣyam apekshitam | ṣastre ca tisro devatāḥ ṣasyante | Agnir Indro Varuṇaṣ ceti | tatra stotriyānurūpayor Agnir devatā | vālakhilyāsv Indro devatā | ā vāṃ rājānāv iti sūkta Indro Varuṇaṣ ca | evaṃ sati yājyāyām api devatātrayam apekshitam | tat tu nāsti | indrāvaruṇā madhumattamasyeti yājyāyām Indrāvaruṇayor ubhayor api pratipāditatvenāgneḥ parityaktatvāt | katham atrāgnir anantarito 'parityakto bhaved iti codyam |

27.

2. devaṣilpāni | ṣilpaṣabdaṣ cāṣcaryakaraṃ karma brūte | tac ca ṣilpaṃ dvividhaṃ, devaṣilpam manushyaṣilpaṃ ceti | nābhānedishṭhādīni yāni ṣilpāni santi tāni devānām prītihetutvād devaṣilpānīty ucyante | eteshām eva devaṣilpānām anukṛiti sadṛiṣarūpam iha manushyaloke ṣilpam adhigamyate | pratīyate | hastītyādinā tad evodāhriyate | loke ṣilpinaḥ karmakarā mṛiddārvādibhir hastisadṛiṣam ākāraṃ nirmimate | tathānyaiḥ ṣilpibhiḥ kaṅso darpaṇādi nirmīyate | aparair vāso vividhaṃ nirmīyate | aparair anyaiḥ suvarṇamayaṃ kaṭakamukuṭādi nirmīyate |

6. nābhānedishṭham | nābhānedishṭhākhyena maharshiṇā dṛishṭam idam itthetyādi sūktaṃ nābhānedishṭham | tad dhotā ṣaṅset |

14. uparishṭānnedīyasi | uparishṭān nābhānedishṭhasūktasyāvasānabhāge nedīyān atyantasamīpavartī yasya sūktasya madhyabhāgaḥ sa madhyabhāga uparishṭānnedīyān | ivaṣabda evakārārthaḥ |

tathāvidha eva madhyabhāge nārāçaṅsaṃ çaṅset | idam itthety etan nābhānedishṭhaṃ sūktaṃ saptaviṅçatyṛigātmakam | tatrāvasāne dve ṛicāv avaçishya pañcaviṅçyā ūrdhvam eva nārāçaṅsaṃ sūktaṃ çaṅset | tathā cāçvalāyana āha | idam itthā raudram iti | prāg uttamāyā ye yajñenety āvapate (8, 1, 20) iti | vāg apy upārishṭān nedīyasy atyantasamīpavartiny eva çarīramadhyabhāge tālvoshṭhādau vartate | tasmāt sūktasyoktasthānaṃ yuktam |

28.

1. hotuḥ çilpaçastram uktvā maitrāvaruṇasya çilpaçastraṃ vidhatte | vālakhilyāḥ etc.

3. sa pacchaḥ | vālakhilyānām ashṭasu sūkteshu saptamāshṭame sūkte parityajya yāny avaçishṭāni sūktāni teshu trīṇi yugmāni | tatra prathamagate dve sūkte maitrāvaruṇaḥ paccha viharet | prathamasūktagataṃ pādaṃ dvitīyasūktagatena pādena yojayet | dvitīyayugmagate dve sūkte ardharcaço viharet | tasmin yugma ekasūktagatam ardharcaṃ dvitīyasūktagatenārdharcena yojayet | tṛitīyayugmagate dve sūkte ṛikça viharet | tasmin yugma ekasūktagatām ṛicaṃ dvitīyasūktagatayarcā yojayet | tad uktam Āçvalāyanena | atha vālakhilyā viharet | tad uktaṃ shoḍaçinā | sūktānām prathamadvitīye pacchaḥ | tṛitīyacaturthe ardharcaça ṛikçaḥ pañcamashashṭhe (8, 2, 5) iti | yady api pūrvādhyāye pacchaḥ prathamaṃ shaḍ vālakhilyānāṃ sūktāni viharaty ardharcaço dvitīyam ṛikças tṛitīyam (6, 24, 5) iti vihāro 'bhihitas, tathāpy atrāsti viçeshaḥ | tatra hi shaṇṇām api sūktānām pādavihāro 'rdharcavihāra ṛigvihāra iti trir āvṛittir abhihitā | atra tu prathamayugme pādavihāro, dvitīyayugme 'rdharcavihāras, tṛitīyayugma ṛigvihāra iti | tatrāpi sakṛid eva pādādivihāro na tv āvṛittiḥ | tathā vācaḥ kūṭasya bhāvābhāvābhyām apy asti viçeshaḥ | ata evobhayatra nāmabhedo 'sti | mahāvālabhid vihāra iti pūrvasya nāmadheyam | hauṇḍino vihāra ity etasya nāmadheyam | ata eva Sūtrakāro nāmadheyadvayaṃ darçayati | iti nu hauṇḍinau | atha mahāvālabhit (8, 2, 17) iti | huṇḍinākhyena maharshiṇā dṛishṭau dvau vihārau, mahāvālabhidākhyena maharshiṇā dṛishṭa eko vihāraḥ || atroktahauṇḍinavihārau praçaṅsati | sa yat etc.

5. yo 'yam atrokto hauṇḍinavihāras, tasyāpi matabhedena dvau prakārau | tatra prathamaprakāram upanyasya tatra kiṃcid aparitoshaṃ darçayati |

te haike | shaṭtriṅçadaksharā bṛihatī, catvāriṅçadaksharā satobṛihatī | vālakhilyasūkteshu prathamā bṛihatī dvitīyā satobṛihatī tṛitīyā bṛihatī caturthī satobṛihatī | ity evam maṇipravālanyāyenaikāntaritāḥ paṭhitāḥ | tatra prathamādyayujo bṛihatyo, dvitīyācaturthyādiyujaḥ satobṛihatyaḥ | evaṃ sati prathamasūkte dvitīyasūkte cādibhūte dva bṛihatyau saha viharet | tadanantarabhāvinyau dve satobṛi-batyau saha viharet | itthaṃvihāraṃ te prasiddhā yājñikāḥ kecid ichanti | tasmin pakshe vihārasya vidyamānatvād vihāranimitto yaḥ kāmaḥ sa upāpto bhaved eva | kiṃtu pragāthā net kalpante | naiva sampadyanta iti | paribhavadyotanārtho necchabdaḥ | chandodvayam militvaikaḥ pragātho bhavati | svādhyāyapāṭhe pragāthānāṃ vidyamānatvād vihāro 'pi pragāthānta evāpekshitaḥ | te na kevalabṛihatībhyāṃ kevalasatobṛihatībhyāṃ vā sampadyante, kiṃtu chandodvayena sampadyante | pragrathanena dvayor ṛicor bṛihatītvasampādanārtham pragāthāṣrayaṇam | tac ca chandodvaye sukaram | tathā hi | prathamā bṛihatī yathāpāṭham eva paṭhitavyā | tato 'shṭākshara ṃ caturthapādaṃ dvir āvartya ca satobṛihatyāḥ prathamārdhagatena dvādaṣākshara-pādenāshṭāksharapādena ca dvitīyā bṛihatī sampadyate | tam apy ashṭāksharapādaṃ dvir abhyasya satobṛihatyā uttarārdhagatena dvādaṣāksharapādenāshṭāksharapādena ca tṛitīyā bṛihatī sampadyate | ataḥ pragātheshu chandodvayam apekshitam | kevalayor bṛihatyoḥ satobṛihatyor vā yathoktapragrathanāsambhavāt || ittham hauṇḍinavihāre prathamaprakāraṃ nirākṛitya dvitīyavihāraṃ vidhatte |

6. atimarṣam | atimarṣam atimṛiṣyātimṛiṣya prathamasūktasya prathamāyām ṛici prathamapādam uktvā tadanantarabhāvi sarvam atilaṅghya dvitīyasūkte dvitīyasyām ṛici dvitīyapādena yojayet | so 'yam atilaṅghya mṛiṣyamāṇatvād atimarṣa ity ucyate | tatra bṛihatīpādasatobṛihatīpādayor miṣraṇarūpo vihāro bhavati | evakāreṇa pūrvoktavihāro vyāvartyate |

9. vy avottame | S. 6, 24, 15.

29.

1. Sukīrtim | apa prāca ityādisūktaṃ sukīrtiṣabdenocyate | tat sūktam brāhmaṇācchaṅsī ṣaṅset |

30.

3. sa jāgataḥ | sūktavisesho dvādaṣāksharapādatvāj jagatīchandasko bhavati | caturtho pādo shoḍaṣāksharatvād aticchandā atijāgato 'pi bhavati | sarvam apy etat prāṇījātaṃ jagacchabdābhidheyatvāj jāgatam atijāgataṃ vā bhavati | ataḥ sarvarūpatvena chandodvayam praṣastam |

5. tāny etāni | nābhānedishṭhādīni catvāri silpāni yāny uktāni tāni sahacarāṇy ekasminn ahani saha vartanta ity evam abhijñā ācakshate | tasmād yasminn ahani ṣaṅsanīyāni tasmiṅs catvāry api ṣaṅset | yasmin na ṣaṅsanīyāni tasmiṅs catvāry api parityajet |

7. sa ha | ha ṣabda aitihyadyotanārthaḥ | sa prasiddho bulilanāmako maharshir Āṣvatara aṣvataranāmno maharsher gotre samut-

panna Āçvir açvanāmno maharsheḥ putraḥ kadācid vaiçvajito viçvajidyāgnasambandhī hotā san svamanasīkshām cakre | vicāritavān | sāṃvatsarika gavāmayanākhyasaṃvatsarasatrasambandhini viçvajiti vishuvato 'hna ūrdhvam uttarapakshagata viçvajinnāmake caturthe 'hany eshām çilpānām madhye dve çilpe maitrāvaruṇabrāhmaṇācchaṅsinoḥ sambandhinī mādhyaṃdinasavanam abhilakshya pratyetoḥ pratyetum | kuçalo 'smīti çeshaḥ | hanta hṛishṭo 'ham evayāmarutaṃ çaṅsayānīty evam maharshir vicāritavān | ayam arthaḥ | tṛitīyasavanagatāny etāni çilpaçastrāṇi, tāny anyeshv ahassu sambhavanti | viçvajiti tv agnishṭomasaṃsthatvād agnishṭoma tṛitīyasavane hotrakāṇāṃ çastrābhāvāc maitrāvaruṇabrāhmaṇācchaṅsinoḥ sambandhi çastradvayam mādhyaṃdina savane samānetuṃ tāvad achāvākam asmin mādhyaṃdina evayāmarutaṃ çaṅsayāni | tathā sati tataḥ pūrvabhāvinor maitrāvaruṇabrāhmaṇācchaṅsiçastrayor arthān mādhyaṃdine savane samākarshaṇam bhavatīti | ittham Bulilaḥ svamanasi vicārya tad dha tasminn eva mādhyaṃdina savane tathā evavicāritakrameṇaivayāmarutaṃ sūktam achāvākaṃ çaṅsayām cakāra | balād ājñāpya çaṅsanaṃ kāritavān || tatra doshaṃ kathāmukhenodbhāvayati |

8. tad dha | tasminn eva mādhyaṃdine savane tathā tena krameṇa bulilapreritenāchāvākenaivayāmarunnāmake çastre çasyamāne sati tadānīṃ Gauçlanāmakaḥ kaçcin maharshir āgatya bulilanāmakaṃ hotāram praty evam uvāca | he hotas te tvadīyam achāvākaprayuktam evayāmarunnāmakaṃ çastram plavate | vinaçyati | tatra dṛishṭāntaḥ | vicakraṃ cakrarahitaṃ çakaṭam iva | açrāyamāṇo 'pi ivaçabdo 'trādhyāhartavyaḥ | ataḥ kathā tad etad sarvaṃ kathaṃ ghaṭata ity ākshepaḥ || tata ūrdhvam Bulilasya vacanaṃ darçayati |

9. kiṃ hi | atrāchāvākena çasyamāne sati kiṃ vā dushaṇam abhūt | nāsti kaçcid api dosha ity arthaḥ || tata ūrdhvaṃ Gauçlenoktaṃ doshaṃ darçayati |

10. avayāmarut | hotur dhishṇyād uttarato hy achāvākasya dhishṇyam | tatsamīpa 'vasthitenāchāvākenaivayāmarunnāmako yaḥ çastraviçeshaḥ paṭhanīya iti | sa tasyāçraya ity uktvā punar api sa Gauçla evam uvāca | mādhyaṃdinasavanam aindram indradevatākam | tathā sati he hotas tam etam Indram asmān mādhyaṃdinasavanāt kathā ninīshasi | kena prakāreṇāpanetum ichasi | saivam apanayane chā tvadīyāchāvākaçaṅsane dosha iti Gauçlābhiprāyaḥ || tam abhiprāyam ajānato Bulilasya vākyaṃ darçayati |

11. nendram | asmān mādhyaṃdinasavanāt tatsvāminam Indram apanetum ahaṃ nechāmi | tadviruddhasya kasyacid apy ananushṭhitatvād ity evam Bulila uktavān || tato viruddhārthānushṭhānapradarçanārthaṃ Gauçlasya vākyaṃ darçayati |

12. chandaḥ | he hotas tvaṃ svamanasendram apanatuṃ ne-

chasi | kiṃtv idaṃ chando 'chāvākena prayujyamānaṃ śastragatam aṃadhyaṃdinasāci | mādhyaṃdinasavanasambandhārhaṃ na bhavati | katham iti cet | tad ucyate | ayaṃ sūktaviçesho jāgato vātijāgato vā | dvādaçākṣharapādena shoḍaçākṣharapādena copetatvāt | sarvaṃ cedaṃ jāgataṃ cātijāgataṃ ca mantrajātaṃ jāgate tṛitīyasavane yogyaṃ na tu traishṭubhe mādhyaṃdine savane | sa u so 'pi sūktaviçesho māruto maruddevatāko na caindraḥ | ato 'pi kāraṇāt tṛitīyasavana eva yogyaḥ | tasmād ayam achāvāko maiva çaṅsishṭa | çaṅsanam mā karotv iti doshaṃ darçitavān || tata ūrdhvam Bulilakṛityaṃ darçayati |

13. sa hovāca | he 'chāvāka tvam ārama | çaṅsanād uparato bhavety evam Bulila uvāca | athānantaram idam apy uvāca | hā kashṭaṃ sampannam | itaḥ param aham asmin Gauçlo gurāv anuçāsanam anushṭheyopadeçanam īsho | ichāmi[1]) | etasmād avagatya sarvam anushṭhāsyāmīti tasyābhiprāyaḥ || atha Gauçlasyopadeçavākyaṃ darçayati |

14. sa hovāca | sa Gauçla evam uvāca | esho 'chāvāka aindradevatākaṃ vishṇunyaṅgaṃ vishṇuliṅgopetaṃ çaṅsatu | evayāmarutaṃ tyaktvā dyaur na ya indrety aindraṃ sūktaṃ çaṅsatu | tasmin sūkte dvitīyasyām ṛici caturthe pāda evam āmnāyata | haun ṛijīshin vishṇunā sacāna iti | ata idaṃ vishṇucihnopetaṃ sūktaṃ çaṅsatu | he hotur Bulila tvam etam evayāmarutaṃ tvadīye çastre 'syāthāḥ | prakshipaḥ | tatra sthānaviçesha ucyate | tṛitīyasavane çaṃ naḥ karatīti rudradevatākayaṃ dhāyyā | tasyā uparishṭān mārutasūktasya purastāt tayor ubhayor madhye prakshepasthānam | evaṃ Gauçlopadeçaḥ || athānushṭhānaṃ darçayati |

15. tad dha | tad dha Gauçlena yad uktaṃ tat sarvaṃ tathaiva Bulilaḥ çaṅsayāṃ cakāra | mādhyaṃdinasavane 'chāvākam praty evayāmaruccha̐ṅsanam preshitavān svayaṃ tṛitīyasavana āgnimārutaçastramadhye dhāyyāmārutasūktayor madhya evayāmarutam prakshipya çaṅsanaṃ kṛitavān | tasmād idānīm api tad idaṃ sarvaṃ hotrakais tathaiva çasyate |

31.

1. saṃvatsarasatre yad ahar agnishṭomasaṃsthaṃ viçvajidākhyam asti, tatra çilpānāṃ çastrāṇāṃ kḷiptiḥ pūrvatrābhihitā | tatra kiṃcic codyam udbhāvayati |

tad āhuḥ | dvividho hi viçvajid : atirātrasaṃstho 'gnishṭomasaṃsthaç ca | tatrātirātraḥ svatantra ekāhaḥ | tatra tṛitīyasavane hotrakāṇāṃ çastrāṇi vidyante | tathā sati pūrvoktakrameṇa hotā nābhānedishṭhaṃ çastvā retaḥ siñcati | maitrāvaruṇo vālakhilyāḥ çastvā prāṇān avasthāpayati | brāhmaṇācchaṅsī sukīrtiṃ çastvā prajanayati |

---

1) īshe ist selbstverständlich die dritte Person.

achāvāka evayāmarutam ṣastvā pratishṭhām karoti (6, 27—30) ity ayam krama upapannaḥ | evam prishṭhyashaḍahasya yad ahaḥ shashṭham asti, tasyāpy uktasaṃsthātvena tritīyasavane hotrakaṣastrasadbhāvāt pūrvoktayajamānotpattir upapadyate | yathā viṣvajidatirātre shashṭhe 'hani ca ṣastrarūpe yajñaḥ kalpate upapadyate | tadanusāreṇa yajamānasya prajātir jananam apy upapadyate | tathā saṃvatsaragate 'gnishṭomasaṃsthe viṣvajity ahani tad upapādayituṃ na ṣakyate | tathā hi | tatrāgnishṭomasaṃsthe viṣvajiti hotrā nābhānedishṭho mādhyaṃdinasavane 'ṣasta eva bhavati | tritīyasavane vaiṣvadevaṣastre ṣasyamānatvāt | athaivaṃ sati maitrāvaruṇo vālakhilyāḥ prathamaṃ ṣaṅsati | tritīyasavane hotrakāṇāṃ ṣastrābhāve 'pi mādhyaṃdinasavane teshāṃ ṣastrāṇām bulilākhyena maharshiṇā samākrishṭatvāt | te ca vālakhilyātmakāḥ prāṇā ity uktam | loke tu reta evāgre prathamaṃ siktam bhavati, paṣcāt sikta retasi prāṇānām pravrittir iti kramaḥ | iha tu nābhānedishṭharāhityena retaḥseko nāsti, vālakhilyānāṃ sadbhāvena prāṇā vidyante | katham etad upapadyata ity ekaṃ codyam | evaṃ codyāntaram asti | brāhmaṇācchaṅsī mādhyaṃdine vrishākapiṃ ṣaṅsati | vrishākapir yajamānasya prajāyamānasyātmā dehaḥ | atrāpi nābhānedishṭho 'ṣasta eva bhavati | ato reto nāsti | loke tu reta evāgre sicyata 'tha paṣcād ātmā deho jāyate | ato lokavaiparītye sati katham atra yajamānasya prajātir janmeti dvitīyaṃ codyam | yajamānasya janmasambhavo vālakhilyarūpāḥ prāṇā aviklṛiptā viṣeshena sthānaklṛiptirahitāḥ katham bhavanti | kena prakāreṇa vartante | ity evam brahmavādinaṣ codyam āhuḥ || tasya parihāraṃ darṣayati |

2. yajamānam | yajñakratuṣabdena tatsādhanabhūtaḥ ṣilpasamūho vivakshitaḥ | etena sarveṇāpi ṣilpasamūhena yajamānaṃ saṃskurvanti | prāṇaprāptyarhatā saṃskāraḥ | sa evātra kriyata | nanu yajamānasya[1]) janma bahubhiḥ ṣilpaiḥ krameṇa saṃskāre drishṭāntaḥ | yathā yonyām antar madhya sa prasiddho garbho bhavaty, evam ayaṃ yajamānaḥ krameṇa sambhavan saṃskritākāreṇotpadyamānaḥ ṣete | avatishṭhate | loke 'pi garbho 'gre prathamaṃ retaḥsekakāla eva sarvaḥ sampūrṇāṅgaḥ sakrid eva na vai sambhavati | naivotpadyate | kiṃtu ṣambhavata utpadyamānasya purushasyaikaikam aṅgaṃ krameṇa sambhavati | nishpadyate | tathā ca Garbhopanishady āmnātam | ekarātroshitaṃ kalilam bhavati, saptarātroshitam budbudam bhavaty, ardhamāsābhyantareṇa piṇḍo bhavatītyādi | ato garbhavat krameṇa saṃskāro yukta ity arthaḥ || uktam evottaram punar api vispashṭayati |

3. sarvāṇi | sarvāṇi ṣilpaṣastrāṇy ekasminn evāhani kriyeran |

1) maraṇam vor janma die Hss.

tadānīṃ tāvataivāyaṃ yajño yajamānasaṃskārahetuḥ śilpasamūha upapadyate | yajamānasya prajātir jananopacāra upapadyate | ataḥ sarvaśastrānushṭhānam eva saṃskārasādhanam | nanu hotuḥ śastrasya prathamabhāvitvādikramaviśeshaḥ saṃskāropayogī, na tv atra sarvaśastrānushṭhānam asti, mādhyaṃdinasavana evayāmarunnāmnaḥ sūktasyāchāvākenānushṭhānāt | nāyaṃ doshaḥ | tatra tadabhāve 'pi tṛtīyasavane hotur evayāmarucchastram asti | tat tathā sati yajamānasya sarvaśastrānushṭhānena yā pratishṭhāpekshitā, tasyām eva pratishṭhāyām enaṃ yajamānaṃ tad antataḥ śastrāṇām ante pratishṭhāpayati |

32.

1. pūrvatra brāhmaṇācchaṅsinaḥ śilpe śastre sukīrtiṃ śaṅsati vṛishākapiṃ śaṅsati (6, 29) yat sūktadvayaṃ vihitaṃ, tata ūrdhvaṃ kuntāpākhyaṃ sūktaṃ khile kuntāpanāmake granthe samāmnātaṃ triṅśadṛicaṃ vaktavyam | tadartham itihāsam āha |

chandasām | pṛishṭhyashaḍahasya sambandhinām shashṭhenāhnā prāptānāṃ gāyatryādīnāṃ chandasāṃ rasaḥ sāro 'tyanedat | atikramyāgachat | tadānīṃ sa Prajāpatir abibhet | bhītavān | kenābhiprāyeṇeti | so 'bhidhīyate | ayaṃ chandasāṃ rasaḥ parāṅ parāvṛittirahito 'tyashyati | atikramya gamishyatīty anenābhiprāyeṇa | tato bhītaḥ Prajāpatis taṃ rasam parastāt parabhāge chandobhir gāyatryādibhiḥ paryagṛihṇāt | parito niruddhavān | gāyatryādīnām madhye kasyāḥ sambandhirasaṃ kayā paryagṛihṇād iti | tad ucyate | gāyatryāḥ sambandhirasaṃ nārāśaṅsyā paryagṛihṇāt | nārāśaṅsaśabdo yasyām ṛigjātāv asti seyaṃ nārāśaṅsī | tathā trishṭubhaḥ sāraṃ raibhyā rebhaśabdopetayā ṛigjātyā paryagṛihṇāt | jagatyāḥ sāram pārikshityā parikshicchabdopetayā ṛigjātyā paryagṛihṇāt | anushṭubhaḥ sāraṃ kāravyayā kāruśabdopetayā ṛigjātyā paryagṛihṇāt | tat tasmāt parigrahād ūrdhvam punaś chandassu gāyatryādishu taṃ rasam adadhāt | avasthāpitavān |

3. nārāśaṅsīḥ | idaṃ jana ityādyās tisra ṛico nārāśaṅsyaḥ | tatra narāśaṅsa stavishyata iti narāśaṅsaśabdasya śrutatvāt | tās tisra ṛico brāhmaṇācchaṅsī śaṅset |

5. tāḥ pragrāham | tā nārāśaṅsīs tisra ṛicaḥ pragrāham pāde-pāde 'vasāya śaṅset | yathā vṛishākapiṃ pāde-pāda vigṛihya śaṅsati tadvad etat | vṛishākapisūkte pragrahavidhir arthasiddho drashṭavyaḥ | hi yasmāt kāraṇād idam ṛicāṃ śaṅsanaṃ vārshākapaṃ vṛishākapisambandhaṃ kartavyaṃ, tat tasmāt kāraṇād vṛishākaper etannāmakasya sūktasya nyāyam prakāram eti | prāpnoti | vigraha evātra tanuyāyaḥ || vṛishākapisūkta nyūṅkhanisardāv api vidyate | ato 'trāpi tadubhayaprāptau nyūṅkhaṃ nirākṛityataraṃ vidhatte |

6. tāsu na | tāsu nārāçaṅsīshu ayūṅkhaṃ na kuryāt, kiṃtu nī vīva narded eva | viçesheṇa ninardam eva kuryāt | sa eva ninardas tāsāṃ nārāçaṅsīnāṃ nyūṅkhasthānīyaḥ | tṛitīyapādasya dvitīyasvaro trayodaçabhir okārais tatra cāvasānaṃ kṛitvā trayāṇāṃ trimātrāṇām okārāṇām uccāraṇaṃ nyūṅkhaḥ | tṛitīyapādasya prathamākshararn anudāttatvenoccāraṇīyed iti yad asti so 'yaṃ ninardaḥ | Āçvalāyana 7, 1, 11 ffg.

7. raibhīḥ | rebhaçabdopetā ṛico raibhīḥ | vacyasva rebha vacyasvetyādyās tisraḥ | tāḥ çaṅset |

10. pārikshitīḥ | parikshicchabdopetā rājño viçvajanīnasyetyādyāç catasraḥ pārikshityaḥ | tāsu parikshin naḥ kshemam akarad iti parikshicchabdasya çrutatvāt | tā ṛicaḥ çaṅset |

16. kāravyāḥ | kāruçabdopetāḥ kāravyāḥ | indraḥ kārum abūbudhad ityādyāç catasraḥ çaṅset |

19. diçāṃ kḷiptīḥ | yaḥ sabheyo vidathya ityādyā ṛico diçāṃ kḷiptīḥ çaṅset | prācyādidigvat pañcasaṃkhyopetatvāt, te devāḥ prāg akalpayann iti kḷiptidhātuçravaṇāc ca diçāṃ kḷiptitvam | tacchaṅsanena diça eva kalpayati | svaprayojanakshamāḥ kareti |

23. janakalpāḥ | ye 'nāktākshā ityādyāḥ shaḍ ṛico janakalpābhidhāḥ çaṅset |

25. indragāthāḥ | yad indrāde dāçarājña ityādyāḥ pañcarca indragāthābhidhāḥ çaṅset | Indro gāthyate kathyate yāsv ṛikshu tā indragāthāḥ | tābhir devā asurān abhigāya yoddhum abhimukhyena prāpya yuddhenainān atyāyan | atikrāntavantaḥ | jayam prāptā ity arthaḥ |

33.

1. kuntāpanāmakaṃ triṅçadṛicaṃ sūktaṃ vidhāyaitaçapralāpanāmakaṃ saptatisaṃkhyākam padasamūhaṃ vidhatte |

aitaçapralāpam | aitaçākhyena muninā dṛishṭā aitaçapralāpāḥ | ananvitānām arthānāṃ vacasāṃ saṃlāpaḥ pralāpaḥ | tam brāhmaṇācchaṅsī çaṅset |

4. asakthāḥ | yas tvaṃ māṃ ittham asakthā abhibhūtavān asi |

6. taṃ haike | taṃ aitaçapralāpam abhijñāḥ kecid yājñikā atiçayena bahulaṃ çaṅsanti | tathā cāçvalāyana āha | saptatim padāny ashṭādaça vā (8, 3, 14) iti |

16. pravalhikāḥ | vitatau kiraṇau dvāv ityādyāḥ shaḍ anushṭubhaḥ pravalhikāḥ | purā kilaitābhir ṛigbhir devā asurān pravalhyamānaskam priyam uktvā tatas tān asurān atikramyāgachan | pravalhanaṃ nirhṛidayaṃ sāntvavacanam iti Govindasvāmy[1]) uktavān |

---

1) ity uktavān die Hss. Govindasvāmin war der Verfasser eines

amanaḥpūrvakeṇa priyavacanena virodhina 'surān vañcayitvā tadīyadeśam atikramya gatavanta ity arthaḥ |

18. ājijñāsenyāḥ | ākāro 'rvāṇśabdārthe vartate | ajñātum avajñātum ichā ājijñāsā | tām arhantīti tatsādhanībhūtā ṛica ājijñāsenyāḥ | ājñāyāsurāṇām avajñām kṛitvety arthaḥ | anyat pūrvavad vyākhyeyam | ihetthā prāg apāg udag iti śākhāntarapaṭhitāś catasra ṛica ājijñāsenyāḥ |

19. pratirādham | sūtre bhug ity abhigata iti trīṇi padāni (Āśvalāyana 8, 3, 22) ityādinā ya mantra uktaḥ sa 'yam pratirādhaḥ | virodhinām rādham samṛiddhim pratibadhnātīti pratirādhatvam | asurān pratirādhya tadīyām samṛiddhim pratibadhyety arthaḥ |

20. ativādam | vīme devā akraṁsatetyādyanushṭup śākhāntarapaṭhitātivāda ity ucyate | virodhinām satkāram atilaṅghyādhiksheparūpo 'tivādaḥ | tatsamarthyasādhanatvād ṛig apy ativāda ity ucyate | atyudyātikramyoktvā | adhikshipyety arthaḥ |

34.

1. devanītham | Sūtrakāreṇādityā ha jaritar aṅgirobhyo dakshiṇām anayann iti saptadaśa padāni (8, 3, 25) iti ya 'yam padasamūha 'bhihitaḥ sa devanīthaḥ | devalokanayanahetutvāt |

4. Aṅgirasām abhīshṭasyāpi svakīyārtvijyasyāṅgīkāre yuktim darśayati |

yaśasā | yaḥ pumān ārtvijyena caraty, esha purusho yaśasaiva yukto 'bhyaiti | abhitaḥ saṃcarati | ārtvijyam atyantam yaśaskaram ity arthaḥ | yaḥ pumān pareṇa prārthitam ārtvijyam parityajya tam tadīyayāgam pratirundhed, yāgasya pratirādham kuryāt | sa pumān svakīyam yaśa eva pratirundhet | vināśayet | tasmāt kāraṇād aham na pratyarantsi | tadīyayajñasya pratirodham na kṛitavān asmi | kiṃtv ārtvijyam mayāṅgīkṛitam iti || tarhi kīdṛiśa vishaya parihartavyam ārtvijyam ity āśaṅkya parihārayogyam vishayam darśayati |

5. yadi tu | pūrvatrārtvijyam parihartum aśakyam ity uktam | tadvailakshaṇyārthas tuśabdaḥ | yadi kathamcid asmād ārtvijyād apajjigāṃsed, apetyadgantum ichet | tadānīm yajñena svakīyena nimittabhūtenāsmād ārtvijyād apodiyāt | apakramyadgachet | yasmin dine cet tvam yajñam karishyasi, tasminn evāham api karishyāmīty uktvā tadārtvijyam parihartum śakyam | ekakālīnasvakīyānushṭhānam ekam parihāranimittam | nimittāntaram apy ucyate | yadi tu yadi kathamcid ayājyo yāgārthī purushaḥ śāstranishedhād yashṭum ayagyaḥ syāt, tādṛiśād ayājyāt purushāt svakīyam ārtvijyam svayam apaditam | śā-

---

Commentars zum Aitareyabrāhmaṇa, der von Sāyaṇa in der Dhātuvṛitti unter der Wurzel valh citirt wird.

streṇaiva nishiddham | tādṛiṣo vishayo nāsty ārtvijyadoshaparihāra ity arthaḥ |

35.

3. tasmād āhuḥ | yasmād Aṅgirobhir bhūrūpadakshiṇā sarvātmanā parityaktā, tasmād anye 'pi ṣāstrajñā evam āhuḥ | nivṛittadakshiṇāṃ kenāpi kāraṇena parityaktāṃ dakshiṇām punar na pratigṛihṇīyāt | gobhūhiraṇyarūpyādidakshiṇām ṛitvigbhiḥ svīkṛitāṃ yadi kaṃcid dosham dṛishṭvā parityajet | tadānīm punar api dravyalobhena tatpratigraham na kuryāt |

36.

1. atha tvam-indra ṣarma riṇetyādyās tisro 'nushṭubho vidhatte | Āṣvalāyana 8, 3, 25 |

bhūtechadaḥ | bhūtam bhūtiṃ vairiṇām aiṣvaryaṃ chādayanti tiraskurvantīty udāhṛitā anushṭubho bhūtechadaḥ |

4. atha ṣākhāntare samāmnātā yad asyā aṅhubhedyā ityādyā ṛico vidhatte |

āhanasyāḥ | āhanasyaṃ strīpurushayoḥ parasparasaṃyogaḥ | tadvat prajotpattihetutvād ṛico 'py āhanasyāḥ |

8. vyāhanasyām | viṣishṭamaithunayuktām |

14. asuraviṣām | asuraviṣam asuraprajāḥ sainyarūpā devān indrādīn abhilakshyodācarya, ullaṅghanarūpam ācaraṇaṃ kṛitvā tiraskṛityāsīt | devasamīpe 'vasthitāḥ |

15. athātra pra maṅhishṭhāyetyādinā prākṛitena vaikṛitena sambhūya ṣaṅsanaṃ vicārya pūrvottarapakshābhyāṃ niṣcinoti | tad āhuḥ etc. S. 6, 26.

16. etāni | nābhānedishṭhādīni catvāri ṣilpāni yāni santy, etāny evātra shashṭhe 'hany ukthāni pradhānaṣastrāṇi | tathā sati sa pumān yadi prākṛitena pra maṅhishṭhāyety anena sambhūya ṣaṅset | tadānīṃ sa purusha eteshu pradhānaṣastreshu kāmam phalam aparādhnuyāt | vināṣayet || evaṃ tarhi pra maṅhishṭhāyety etasminn aindre labhyaḥ kāmo 'tra na labhyetety āṣaṅkyāha |

17. aindraḥ | brāhmaṇācchaṅsinā ṣaṅsitavyo yo 'yaṃ vṛishākapiḥ so 'yam aindraḥ | aitaṣapralāpaṣ ca sarvachandaḥsthānīyaḥ | tathā sati pra maṅhishṭhāyetyādika indradevatāko jagatīchandaske yaḥ kāmo 'sti, sa kāmas tatra vṛishākapāv aitaṣapralāpe ca prāpto bhavati | athāpi cedam ava drapsa ityādikaṃ sūktam aindrābārhaspatyam | tatretyāntimā paridhānīyā caindrābārhaspatyā | tatrobhayatrendranimittaḥ kāma upāpto bhavati | tasmāt kāraṇāt prākṛitam atra sambhūya na ṣaṅset |

Pañcikā VII.

1.

1. Āṣvalāyanaḥ satriṇām dharmeshv evam āha | sutyāsu havir-ucchishṭabhakshā eva syuḥ | dhānāḥ karambhaḥ parivāpaḥ puroḍāṣaḥ payasyeti teshām yad-yat kāmayeraṅs tat-tad upavigulphayeyuḥ (12, 8, 32) iti | prāṇadhāraṇāya yathā paryāpyate tathā haviḥṣeshasyādhikyena sampādanam upavigulphanam | evam bahuvidhān haviḥṣeshān bhakshān uktvā punar apy anta evam uvāca | api vānyatra siddham gārhapatye punar adhiṣrityopavratayeran | anyān vā pathyān bhakshān ā mūlaphalebhyaḥ | etena vartayeyuḥ paṣunā ca (12, 8, 39) iti | anyatra siddham gṛihe pakvaṁ annam punar api gārhapatye sakṛid avasthāpyopavratayeran | upabhuñjīran | anyān vā laḍḍukamaṇḍakādīn bhakshān pathyān ajīrṇādidosharahitān mūlaphalaparyantam ichayā svīkaryuḥ | eteshu sutyādineshu saṃnihitena savanīyapaṣunā ca vartayeyuḥ | jīvanarūpām vṛittim sampādayeyuḥ | ity evam savanīyapaṣurūpasya havishaḥ ṣeshabhakshaṇena satriṇām jīvanam apy abhihitam | tasmin paṣau kasya ko vibhāga iti jijñāsāyām tadvibhāgakathanam pratijānīte | athātaḥ etc. Āṣvalāyana 12, 9.

2. h a n ū | jihvayā sahitam hanūdvayam prastotur bhāgaḥ | ṣyenākāram vaksha udgātur bhāgaḥ | yaḥ kaṇṭho yaṣ ca kākudraḥ kākudam tad ubhayam pratihartur bhāgaḥ | ṣroṇir ūrumūlam tad ubhayam dakshiṇasavyarūpam krameṇa hotur brahmaṇo bhāgaḥ | ūrvadhobhāgaḥ sakthi | tac cobhayam krameṇa maitrāvaruṇabrāhmaṇācchaṅsinor bhāgaḥ | dakshiṇāṅsena yuktam dakshiṇapārṣvam adhvaryor bhāgaḥ | savyam pārṣvamātram upagātṝīṇām bhāgaḥ | savyo 'ṅsaḥ pratiprasthātur bhāgaḥ | dor bāhuḥ | tac cobhayam krameṇa neshṭṛipotror bhāgaḥ | ūrudvayam krameṇāchāvākāgnīdhrayor bhāgaḥ | sakthiṣabdenādhobhāgasyābhihitatvād ūrdhvabhāga ūruṣabdena vivakshitaḥ | bāhudvayam krameṇātreyasadasyayor bhāgaḥ | dorbāhuṣabdayor arthaikye 'py adhobhāgordhvabhāgābhyām bhedo drashṭavyaḥ | sadānūkaṣabdau pūrvācāryair vyākhyātau | anūkam mūtravastiḥ syāt sāsnety eke vadanti ca | sadam tu pṛishṭhavaṅṣaḥ syād etad gṛihapater dvayam iti | yaḥ pumān gṛihapater vratapradο bhojanadāyī tasya dakshiṇau pādau bhāgaḥ | gṛihapater yā bhāryā tasyaiva vratapradο yaḥ pumāṅs tasyaiva savyau pādau bhāgaḥ | atra purovartinoḥ pādayor bāhutvenābhihitatvāt pāṣcātyāv eva pādaṣabdena vivakshitau | tatraikasminn api dakshiṇe pāde dvivacanam avayavāpeksham | evam itaratrāpi | yo 'yam oshṭhaḥ so 'yam anayor vratapradayoḥ sādhāraṇo bhāgo bhavati | tam bhāgam gṛihapatir eva praṣiṅshyāt | tavāyam iti vibhajya pradadyāt | jāghanīm puchaṃ tām

patnībhyo haranti | dadyoḥ | tāṣ ca patnyas tāṃ jāghanīm brāhmaṇāya kasmaicid dadyuḥ | skandhe bhavaḥ skandhyāḥ | maṇisadṛiṣā māṅsakhaṇḍā maṇikāḥ | ekasmin pārṣve sthitā māṅsaṣalākās tisraḥ kīkasāḥ | maṇikāḥ.kīkasāṣ cety ubhayaṃ grāvastuto bhāgaḥ | itarapārṣvo sthitās tisraḥ kīkasāḥ | vaikartaḥ prauḍho māṅsakhaṇḍaḥ | tasyārdham pūrvoktakīkasātrayaṃ connetur bhāgaḥ | yat tu vaikartasyetarad ardhaṃ yaṣ ca hṛidayapārṣvavartī klomaṣabdābhidho māṅsakhaṇḍas, tad ubhayaṃ ṣamitur bhāgaḥ | oyaṃ ṣamitā yady abrāhmaṇaḥ syāt | tadā sveno svīkṛitaṃ tad ubhayam anyasmai brāhmaṇāya dadyāt | yac chiro 'sti tat sobrahmaṇyāyai subrahmaṇyābhidhānartvije dadyāt | ṣvaḥsutyeti nigadanāma | tāṃ cāgnīdhro bruto | tathā cāṣvalāyana āha | āgnīdhraḥ ṣvaḥsutyām prāha (6, 11, 16) iti | ajinaṃ carma tasyāgnīdhrasya bhāgaḥ | iḍā savanīyapaṣoḥ sambandhī yo 'yam iḍābhāgaḥ, sa sarveshāṃ sādhāraṇaḥ | yadvā hotur asādhāraṇaḥ |

2.

2. tad āhuḥ | agnihotre tatsādhanabhūte payasi pākārthaṃ vahnāv adhiṣrite sati, tathā sāṃnāyye darṣapūrṇamāsārthe kshīre 'dhiṣrite sati, tathā havishshu puroḍāṣādishv adhiṣriteshu yajamānasya maraṇe kiṃ prāyaṣcittam iti praṣnaḥ |

3. sarvahunti | niḥṣeshena yathā sarvāṇi hutāni bhavanti |

4. abhivānyavatsāyāḥ | abhivā anyavatsāyā payasāgnihotraṃ juhuyāt | vā gatigandhanayor iti dhātor abhiprārvasyābhivā iti rūpam | anyaṣ cāsau vatsaṣ cānyavatsaḥ | abhiprāpto 'nyavatso yasyā goḥ, seyam abhivānyavatsā | coshaṇādiprakāreṇa prasnutety arthaḥ[1]) |

6. evam ovo | deṣāntare mṛitasya pretasya ṣarīrāṇām asthyādipretāvayavānām āhartor āharaṇaparyantam ceān āhavanīyādīns trīn agnīn ojasrān upaṣamnrahitān ajuhvato homarahitān evam evāsamāptenaiva prakāreṇendhīran | prajvālayeyur iti |

7. yadi ṣarīrāṇi | yadi kathaṃcic charīrāṇy asthyādīni na vidyeran vinaṣyeyus, tadā parṇaṣaraḥ palāṣavṛikshasya chinnāu vṛintān shashṭyuttaraṣatatrayasaṃkhyākān āhṛitya teshāṃ vṛintānāṃ sambandhi purusharūpakam iva kṛitvā manushyasadṛiṣaṃ kiṃcid rūpaṃ

1) abhivānyā wird zu Ts. 1, 8, 5, 1 und Tb. 1, 6, 8, 4 mit mṛitavatsā erklärt, was nur zum Theil wahr ist. Mit anderem Namen heisst sie auch nivānyā. Befriedigender ist die Erklärung von Nārāyaṇa zu Āṣvalāyana 3, 10, 17, nur ist abhivananīya statt abhijananīya zu lesen. Gemeint ist eine Kuh, die nach dem Verlust ihres eigenen Kalbes durch Untersetzen eines fremden Kalbes zum Milchen zu bewegen ist.

nirmāya tasmin rūpe tām āvṛitam pretaṣarīrocitam prakāram dahanapiṇḍadānādirūpam kuryuḥ | atha tadānīm kṛitrimarūpadahanakāla eṣān āhavanīyādyagnīn chmaṣāne nītvā samāhṛitais taiḥ palāṣavṛintanirmitaiḥ ṣarīrāvayavaiḥ samsparṣya samspṛishṭam kṛitvodvāsayeyuḥ |

8. adhyardhaṣatam | ānītānām palāṣavṛintānām adhyardhaṣatam adhikenārdhena pañcāṣadrūpeṇa yuktam ṣatam (150) kāye madhyaṣarīrasthāne dadhyāt | paritaḥ prakshipet | pañcāṣatsaṃkhyākānām vṛintānām samūharūpam pañcāṣam | dvisaṃkhyāke dvipañcāṣe | viṅṣatisaṃkhyākānām samūharūpam viṅṣam | dvipañcāṣe viṅṣe ca sakthinī dadhyāt | catvāriṅṣadadhikena ṣatena (140) sakthidvayam nishpādayed ity arthaḥ | pañcaviṅṣatisaṃkhyākānām samūharūpam pañcaviṅṣam | dvisaṃkhyāke pañcavinṣe te ūrū dadhyāt | pañcāṣatsaṃkhyākair (50) vṛintair ūrudvayam nishpādayed ity arthaḥ | evam navatyadhikaṣatadvaye gate (?) ṣesham saptatisaṃkhyākam (nach dem Texte bleiben nur 20) ṣirasy upari kshipet |

4 [1]).

1. yasya sāyaṃdugdham | darṣapūrṇamāsayor dadhyartham sāyaṃkālo dugdham payaḥ sāṃnāyarūpam keṣakīṭādibhir dushyed, yaḥ kaṣcid apahared vā | tadānīm paredyuḥ prātardugdham payo bhāgadvayam kṛitvā tatraikabhāgam tenātacya saṃskṛitya dadhisthānīyena tena yajeta |

5.

1. yasyāgnihotram | agnihotrārtham payo gārhapatye pākārtham yad adhiṣritam, tad yadi kiṃcid amedhyam yajñānarham keṣakīṭādikam āpadyeta prāpnuyāt | tadānīm etad dhaviḥ sarvam apy agnihotrahavaṇyām sruci sakalyena siktvā prāṅmukha udetyotthāyāhavanīyam prati gatvā tasminn etām nityām samidham ādadhyāt | athānantaram āhavanīyasyottarabhāge kiṃcid ushṇam bhasma tato nihsārya tasmin manasā nityāgnihotramantram anusmṛitya, vācā vā prajāpate na tvad etānīti mantram uccārya juhuyāt | tad etad bhasmana ushṇatvād dhutam api bhavaty, agnirāhityād ahutam api bhavati | na kevalam adhiṣrita evāmedhyapāta etat prāyaṣcittam, kiṃ tarhi carūnnayanāvasthāyām yady ekasminn unnīte yadi vā dvayor unnītayor amedhyapātas, tadānīm esha eva kalpaḥ prakāraḥ | unnayanam nāmāgnihotrahavaṇyām secanam | tat keṣakīṭādidūshitam agnihotrahavaṇyām unnītam yady apanetum ṣaknuyāt | tadānīm etad dushṭam nihsicya nihsārya sthālyām avasthitam adushṭam kshīram

1) khaṇḍa 3 ist bereits in 5, 27 dagewesen.

agnihotrahavaṇyām abhiparyāsioya, yathonnītī syād unnītī yena prakāreṇa bhavati tena prakāreṇa juhuyāt | adushṭaṃ dravyāntaram adhiçrayaṇādinā saṃskṛitya juhuyād ity arthaḥ |

2. tad āhuḥ | agnihotradravyaṃ gārhapatye pākārtham adhiçritaṃ sad yadi kadācit skandati skhalati | kshīrabindur adhaḥ patatīty arthaḥ | vishyandate | viçesheṇa syandanaṃ dāhādbikyena sthālīmukhasyopary udvamanam | tat skannaṃ vishyanditaṃ vā dravyaṃ dakshiṇena pāṇinā spṛishṭvā vakshyamāṇam mantraṃ japet |

6. tad āhuḥ | agnihotradravyaṃ gārhapatye 'dhiçritam pākād ūrdhvam ādāya prāṅmukha āhavanīyam praty udāyann udgachann adhvaryur yadā bhavati, tadānīṃ tad dravyaṃ skhaleta yadvā bhraṅçeta | bindupatanaṃ skhalanam | sākalyena dravyapatanam bhraṅçaḥ | punar apy agnihotrasthālyā dravyaṃ grahītuṃ so 'dhvaryur yadi paçcimābhimukho nivṛitto bhavet, tadānīṃ svargaprāptaṃ yajamānaṃ tasmāl lokād āvartayet | ato nivṛittim akṛitvā skhalanabhraṅçadeça evopavishṭāyāsmā adhvaryave sthālīgatam agnihotradravyaçesham anye purushā āhareyuḥ | tasya dravyasya svīkāreṇādhvaryur yathonnītī syāt tathā juhuyāt | unnītam unnayanaṃ sthālīgatasya dravyasyāgnihotrahavaṇyāṃ caturvāram prakshepaḥ | catur unnayati (Tb. 2, 1, 3, 5) iti çrutatvāt | unnayanādisaṃskārapūrvakaṃ juhuyād ity arthaḥ |

7. tad āhuḥ | srug agnihotrahavaṇī | tadbhede srugantareṇa hutvā bhinnāṃ srucam āhavanīye prakshipet | tadānīṃ tadīyo daṇḍaḥ prācyām avasthitas, tadīyam pushkaram bilam pratīcyām avasthitaṃ yathā bhavati tathā prakshipet |

Der folgende achte Paragraph wird im Commentar zu dem nächsten khaṇḍa gezogen.

8. tad āhuḥ | pratidinam āhavanīyāgnir homād ūrdhvam upaçāmyati, gārhapatyāgnis tu sarvadā dhāryate | tasmād gārhapatyāt tattaddhomakāla āhavanīyārtham agniṃ vihared ity esho 'nushṭhānakramaḥ | evaṃ sati yadi kadācid āhavanīyasya sthāne 'gnir anupaçānto vidyeta, tadānīṃ gārhapatyaç copaçāmyet | tatra tasya vaikalyasya parihārāya pakshāḥ pañcavidhāḥ sambhavanti | vidyamānam āhavanīyaṃ gārhapatyatayā sambhāvya tato 'pi pūrvadeça āhavanīyaṃ kartuṃ tasmāt pūrvasiddhāhavanīyāt prāñcam agnim uddhared iti prathamaḥ pakshaḥ | tasmin pakshe yajamāna āyatanāt svakīyasthānāt pracyaveta | āhavanīyasthānāt pracyutatvāt | atha gārhapatyārtham pūrvasiddhāhavanīyāt pratyañcam agnim uddhared iti dvitīyaḥ pakshaḥ | tasmin dvitīyapakshe yajña esho 'surayajñasamānaḥ syāt | asurayajñaç ca çākhāntare tān asurān prakṛityaivam āmnāyate | ta āhavanīyam agra ādadhata | atha gārhapatyam | athānvāhāryapacanam (Tb. 1, 1, 4, 4) iti | tadīyadosho 'pi tatraivāmnātaḥ |

bhadrā bhūtvā parā bhavishyantīti || gārhapatyārtham agnimathanam kartavyam iti tṛitīyaḥ pakshaḥ | tadānīm vidyamāna āhavanīye tadvirodhino 'gnyantarasya mathanād yajamānasya ṣatrum utpādayet | punarādhānam kartum vidyamānam āhavanīyam ānugamayed, upaṣamayed, iti caturthaḥ pakshaḥ | tasmin pakshe vidyamānasya vināṣanāt prāṇo yajamānam parityajet | āhavanīyagatam bhasmasahitam sarvam apy agnim kasmiñṣcit pātre prakshipya nītvā [1]) gārhapatyasthāne prakshipyānantaram tato gārhapatyāt prāñcam āhavanīyam uddhared iti pañcamaḥ pakshaḥ | asmin pakshe doshābhāvāt saiva prāyaṣcittir bhavati |

6.

1. yady u meine Verbesserung für yadya aller Hss.

tad āhuḥ | sāyamprātar āhavanīye 'gnau sthita eva sati punar api gārhapatyāgnim ya uddhareyus | tadānīm uddhṛitasyāgneḥ prakshepāt pūrvam eva vidyamānasyāgner darṣane tam pūrvam vidyamānam agnim udūhya tasmād āhavanīyasthānād uddhṛitya tasmin sthāne punar aparam idānīm ānītam agnim nidadhyāt | yad yadi tu vidyamānam nānupaṣyet, tadānīm te yājyānuvākye kuryāt |

2. tad āhuḥ | agnyuddharaṇād ūrdhvam vyavasthitayor āhavanīyagārhapatyayoḥ sator yadi gārhapatyagato 'ṅgāra āhavanīye pramādāt patet | āhavanīyagato vā gārhapatye patet | so 'yam mithaḥ saṃsargaḥ |

7.

1. grāmyeṇāgninā | grāmyo 'gnir mahānasādigataḥ | sa kadācit pramādena pravṛiddho grāmagatāni gṛihāṇi dahann agnihotraṣālāgatān āhavanīyādīn agnīn samyag dahati |

2. divyenāgninā | divyo 'gnir vaidyutaḥ |

3. ṣavāgninā | pretadahanasya pravṛitto 'gniḥ ṣavāgniḥ |

4. tad āhuḥ | dāvāgnir araṇyād āgatyāgnihotraṣālām dahann āhavanīyādīn yadā samyag dahati | tadānīm taddahanāt pūrvam evāgnīn araṇī dvayor araṇyoḥ saha samāropayed eva | tadaṣaktau gārhapatyāhavanīyād ulmukam mokshayet | sahasolmukam ādāya parito gachet | samāropaṇam volmukamokshaṇam veti pakshadvayasyāgnidāhatvarayā yadā na ṣaktis, tadā saṃvargaguṇayukto 'gniḥ puroḍāṣadevatā |

8.

2. avratyam | vrataviruddham nishiddhācaraṇam avratyam divāsvāpādikam āpadyeta prāpnuyāt |

---

1) Randbemerkung in Aa: dakshiṇena vihāram nītveti Vṛittikṛit.

9.

1. tad āhuḥ | gṛiheshu navadhānyo samāgate saty āgrayaṇeshṭiṃ kṛitvā paçcān navānnam bhoktavyam | tasyā ishṭer akaraṇe vaiçvānaraguṇayukto 'gniḥ puroḍāçadevatā |

2. yadi kapālam | ya āhitāgnir yasyāhitāgneḥ puroḍāçanishpādakam kapālaṃ yadi naçyet |

7. jīve | āhitāgniḥ svasmiñ jīvaty eva svakīyamaraṇaçabdaṃ yadā dveshimukhāc chṛiṇuyāt |

9. apatnīkaḥ | purusho jīvati sati yadā bhāryā mriyate, tadānīm āhitair agnibhir bhāryādāha ity ekaḥ pakshaḥ | tathā ca Manuḥ | bhāryāyai pūrvamāriṇyai dattvāgnīn antyakarmaṇi | punar dārakriyāṃ kuryāt punar ādhānam eva ca (5, 168) iti | āhitebhyo 'gnibhyo 'nyenāgninā bhāryāṃ dahed iti dvitīyaḥ | tathā cāçvalāyanāḥ | āhāryeṇānāhitāgnim | patnīṃ ca (6, 10, 9) iti | Bhāradvājo 'py aha | nirmanthyena patnīm iti | asmin pakshe punar api vivāhecchārahitatvād ayam apatnīka eva vartate | so 'gnihotram āhared anutishṭhen, na veti | plutidvayaṃ vicārārtham |

11. anaddhāpurushaḥ | addheti satyanāma | tadvaiparītyād anṛitaḥ purusho 'naddhāpurushaḥ | ananushṭhānenānṛito bhaved ity arthaḥ |

15. yajet | apatnīko 'pi pumān sautrāmaṇyāṃ yajet | sautrāmaṇīyāgam api kuryāt | kim utāgnihotrādikam | haviryajñeshv asyādhikāro 'stīty arthaḥ | tadvat somayāgeshv adhikāraçaṅkāyāṃ tadvyāvṛittyartham asomapa ity ucyate | yathā patnīrahito 'pi mātre pitre cāçanācchādanādikaṃ dadāti, tadvad agnihotram api kuryād iti çeshaḥ | atra hetur anṛiṇārthād [1]) iti | ṛiṇaparihāranimittam | tathā ca çākhāntaro çrūyate | yajamāno vai brāhmaṇas tribhir ṛiṇavā jāyate: brahmacaryeṇarshibhyo, yajñena devebhyaḥ, prajayā pitṛibhya. esha vā anṛiṇo yaḥ putrī yajvā brahmacārivāsī (Ts. 6, 3, 10, 5) iti | anenaivābhiprāyeṇa çrutiḥ çruter yajeti vacanam asti | yaja devān adhīshva vedān prajām utpādayeti çākhāntare vacanam asti | tasmād vacanād anushṭhānapaksha eva yukta iti gāthāyā arthaḥ | tathā ca Vishṇuḥ smarati | mṛitāyām api bhāryāyāṃ vaidikaṃ na tyajed dvijaḥ | upādhināpi tat karma yāvajjīvaṃ samāpayed iti [2]) | upādhiḥ kuçamayādipatnīkalpanā | tathā ca smṛityantaram | anye kuçamayīm patnīṃ kṛitvā tu gṛihamedhinaḥ | agnihotram upāsante yāvajjīvam anuvratā iti | tathā ca Maitrāyaṇīyaçrutir apy āmnāyate | yas tu svair

---

1) Ein Glossem für anṛiṇī.

2) Commentar zu Kātyāyana çr. 2, 5, 18 mit der besseren Lesart: vaidikāgnīn na hi tyajet.

agnibhir bhāryāṃ saṃskaroti katham cana | asau mṛitaḥ strī bhavati strī caivāsya pumān bhavet | tasmān mṛitabhāryo 'pi svakīyān agnīn avasthāpyāgnihotram āharet |

16. tasmāt | ṛiṇāpakaraṇārthī dosharāhityāt saumyaḥ | tādṛiṣam avaṣyam agnihotrādy anushṭhāpayet | granthāntare | mṛitastrīḥ katicitkālaṃ karmātīto bhaved yadi | ashṭau gā vātha goyugmaṃ dattvā bhāryāṃ samudvahet || virakto vā vayo'tīto kathaṃcin nodvahed yadi | bhāryāṃ svarṇamayīṃ kṛitvā kauṣīṃ vādhānam ācared iti |

10.

1. ata ūrdhvaṃ khaṇḍadvayaṃ deṣaviṣeshepa kecid āmananti, kecin nāmananti | ata eva pūrvo nibandhakārāḥ pāṭharahitadeṣānusāreṇa tadvyākhyānam upekshitavantaḥ | asmābhis tu pāṭhopetadeṣānusāreṇa tad vyākhyāyate | Der elfte khaṇḍa wird vor dem zehnten erklärt.

11.

1. tad āhuḥ | tat tasminn ishṭyanushṭhānavishaye brahmavādina evam āhuḥ | yaḥ ko 'py anushṭhātā darṣapūrṇamāsayor upavāsaṃ kuryāt | yāgarūpaṃ vrataṃ niṣcitya gārhapatyādyagnisamīpe yo vāsaḥ sa upavāsaḥ | yadvā | devā asya yajñasya samīpe vasantīty evaṃ tadīyo 'nushṭhānasaṃkalpa upavāsaḥ | agnyupastaraṇādinā tadīyo 'nushṭhānaniṣcayo 'vagantavyaḥ | ata eva ṣākhāntare ṣrūyate | upāsmiñ chvo yakshyamāṇe devatā vasanti ya evaṃ vidvān agnim upastṛiṇāti | Ts. 1, 6, 7, 3 | avratasya niyamaviṣeshasvīkārarūpavratarahitasya havir devā naivāṣnanti | tasmāt kāraṇād uta me mamāpi havir devā aṣnīyur ity abhipretya niyamaṃ svīkṛityāgnisamīpa upavaset | etad abhipretyāpastamba āha | āhavanīyāgāre gārhapatyāgāre vā ṣeta iti | yadvā | grāmyāṣanaparityāga upavāsaḥ | tat parityajyāraṇyāṣanarūpaṃ niyamaṃ svīkuryāt | ata eva ṣākhāntarīyā āhuḥ | yad grāmyān upavasati tena grāmyān ava runddhe, yad āraṇyasyāṣnāti tenāraṇyān, yad anāṣvān upavaset pitṛidevatyaḥ syād. āraṇyasyāṣnāti (Ts. 1, 6, 7, 3) iti || atropavāsatithivishaye ṣākhābhedavacanam āṣritya vikalpaṃ darṣayati |

2. pūrvām | khaṇḍatithivaṣād yadā dinadvaye paurṇamāsī tithiḥ sampadyate | tadānīm pūrvām paurṇamāsīm upavaset, pūrvadina upavāsaṃ kṛitvā paredyur yajeteti sāmaṣākhāpravartakasya Paiṅger maharsher mataṃ | uttarām paurṇamāsīm upavased, uttarasmin dina upavāsaṃ kṛitvā tato 'pi paredyur yajetety ṛikṣākhāpravartakasya Kaushītakimaharsher matam | etad eva matadvayam upajīvya smārtā evaṃ varṇayanti | parvapratipadoḥ saṃdhir madhyāhna pūrvato 'pi vā | anvādhānam pūrvadine taddine yāga ishyate | parataṣ

cet pure 'hnishṭis taddine 'nvāhitir bhaved iti | na ca paurṇamāsīdvayasadbhāve vivaditavyam | anumatirākāśabdābhyām paurṇamāsībhedasya sarvatra vyavahṛitatvāt | tayoḥ svarūpam abhidhānakāra āha | kalāhīna sānumatiḥ pūrṇo rākā niśākara iti | caturdaśīsaṃyogāc candramasi kalāhīne saty anumatir ity ucyate | tatsaṃyogābhāvena candramaṇḍalo pūrṇo santi rākety ucyate || paurṇamāsīnyāyam amāvāsyāyām api darśayati |

3. yā pūrvā | atrāpi caturdaśīyogāo candradarśane saty amāvāsyā sinīvāly ucyate | tadyogarāhityena candradarśanābhāve kuhūr iti | tad apy abhidhānakāreṇoktam | sā dṛishṭenduḥ sinīvālī sā nashṭendukalā kuhūr iti | atrāpy upavāsayāganirṇaye matabhedaḥ pūrvavad drashṭavyaḥ || atra pūrvottarabhāgavinirṇayāya karmopayoginyās tithoḥ svarūpaṃ darśayati |

4. yām | amāvāsyām paurṇamāsīṃ vā yām paripräpya sūryo 'stamiyāt | tathā yām abhilakshya sūryo udiyāt | seyam udayāstamayavyāpinī karmopayuktā tithiḥ | tādṛiśyāṃ tithāv udayāstamayor madhye pūrvottarābhyāṃ caturdaśīpratipadbhyām miśraṇo sati parvaṇo dvaividhyam bhavati | tasmin dvaividhye pūrvoktamatadvayam drashṭavyam || tad etad upasaṃharati |

5. pūrvām | pūrvām iti paiṅgimatasyopasaṃhāraḥ | amāvāsyādine purastāt pūrvasyāṃ diśi candramasam anirjñāya, śāstramārgeṇa candram adṛishṭvā, candrodayo na bhavishyatīti niścitya yad upaity upavasati prārabhata iti yad asti, yad yajate paredyur yāgaṃ karotīti yad asti | tenopavāsena yāgena cottarām-uttarām [1]) āgāmipakshagatām paurṇamāsīm amāvāsyāṃ copavaset | uttarāṇy upavāsadināt uttareshu dineshu yajate, sa yāgaḥ somo bhavati | somayāgasadṛiśo bhavati | taṃ somam anu sarvam api daivataṃ tṛipyatīti śeshaḥ | yo 'yaṃ candramā asty, etad devasomam | devānām apekshitaṃ somadravyasadṛiśaṃ vastu | yasmāc candramaṇḍalaṃ devānām priyaṃ, tasmān maṇḍalaṃ sampūrṇam abhilakshyottarām paurṇamāsīm upavased iti kaushītakimatasyopasaṃhāraḥ |

12.

1. tad āhuḥ | sāyaṃkāla ādityasyāstamayāt purāgnihotrārthaṃ gārhapatyād agnim uddharet | prātaḥkālo tu sūryodayāt puroddhared ity āmnātam | evaṃ sati yasyāgnihotriṇo 'nuddhṛitam agnim abhilakshyāditya udiyād vāstamiyād vā | agnyuddharaṇāt prāg ovodayāstamayau bhavata ity arthaḥ | athavā svasvakāle praṇīto 'gnir āhavanīyadeśe sthitvā homāt pūrvam upaśāmyet | teshu trishu vishayeshu prāyaścittam pṛichate |

---

1) tena somaṃ krīṇanti fehlt in Sāyaṇas Text.

4. katham | anvāhāryanāmaka odanaḥ pacyate yasmin dakshiṇāgnau so 'yam anvāhāryapacanaḥ | tasyāharaṇam abhijvalanam | ishṭer ādāv anvādhānakāle dakshiṇāgner abhijvalanaṃ kuryān na veti |

13.

6. çaçvat | tathā ca Baudhāyana āha | pud iti narakasyākhya duḥkhaṃ ca narakaṃ viduḥ | putas trāṇāt tataḥ putram ihechanti paratra ceti |

tasmāt sa putra irāvaty annayuktātitāriṇī nadīsamudrāder atitaraṇahetur naur iti çeshaḥ |

7. kiṃ nu | atra malājinaçmaçrutapaḥçabdair āçramacatushṭayaṃ vivakshitam | malarūpābhyāṃ çukraçoṇitābhyāṃ saṃyogān malaçabdena gārhasthyaṃ vivakshitam | kṛishṇājinasaṃyogād ajinaçabdena brahmacaryaṃ vivakshitam | kshaurakarmarāhityān chmaçruçabdena vānaprasthyaṃ vivakshitam | indriyaniyamasadbhāvāt tapaḥçabdena pārivrājyaṃ vivakshitam |

sa vai sa eva putro 'vadāvado lokaḥ | vaditum ayogyāni nindāvākyāni avadāḥ | tair vākyair nodyate na kathyata ity avadāvadaḥ | evam praghaṭṭena tena kathyata iti | avadāvado dosharāhityān nindānarha ity arthaḥ | tādṛiço loko bhogahetuḥ putraḥ |

8. kṛipaṇam | duhitā [1]) ha putrīti kṛipaṇaṃ kevaladuḥkhakāritvād dainyahetuḥ | tathā ca smaryate | sambhave svajanaduḥkhakārikā sampradānasamaye 'rthahārikā | yauvane 'pi bahudoshakārikā dārikā hṛidayadārikā pitur iti |

10. ābhūtiḥ | kiṃcaishā bhūtyābhūtiçabdābhyām abhidhīyate | bhavaty asyām putrarūpeṇa patir ity eshā bhūtiçabdavācyā | retorūpeṇāgatyāsyām putrarūpeṇa bhavatīty ābhūtiçabdavācyā [2]) |

14. iti ha | iti hānenaiva prakāreṇāsmai tasmai Hariçcandrāyākhyāyottaram abhidhāyāvasthita iti çeshaḥ |

14.

3. nirdaçaḥ | nirgatāny āçaucadināni daçasaṃkhyākāni yasmāt paçoḥ so 'yaṃ nirdaçaḥ |

8. tata | he tata he putra |

15.

1. udaram | Varuṇena gṛihītasya Hariçcandrasyodaraṃ jajñe | jalenāpūritam ucchūnam mahodaranāmakaṃ rogasvarūpam utpannam |

1) duhitā im Text zweisilbig.
2) Das Metrum erfordert ābhūtir eshā ābhūtiḥ.

nānā | ā samantāc chrāntaḥ āçrāntaḥ | sarvatra paryaṭanena çrāntim prāptaḥ | tadviparīto 'nāçrānta, ekatraiva nivāsaçīlaḥ | tādṛiçasya tadvidhasya purushasya çrīḥ sampan nāsti | yadvā nānetī padacchedaḥ | çrāntasya sarvatra paryaṭanena çrāntasya nānā çrīr bahuvidhā sampad asti [1]) |

2. bhūshṇuḥ | bhūshṇur vardhishṇuḥ phalagrahir ārogyarūpaphalayukto bhavati |

5. çremāṇam | çreshṭhatvaṃ jagadvandyatvam |

8. tasmā etam | tasmai Hariçcandrāya kartavyatvena rājasūyam upadideça | sa Hariçcandro rājasūyam prakramya tasya madhye yo 'yam abhishecanīyākhya ekāhaḥ somayāgas, tasmiṅs tam enaṃ Çunaḥçepam purusham paçum ālebhe | savanīyapaçutvenālabdhuṃ niçcitavān |

16.

1. tasmā upākṛitāya | tatra Jamadagnir adhvaryur abhishecanīye somayāge taṃ Çunaḥçepaṃ savanīyapaçutvenopākṛitavān | barhiryuktayā plakshaçākhayā mantrapuraḥsaraṃ samupaspṛiçya svīkāra upākaraṇam | tata ūrdhvaṃ yūpabandhanaṃ niyojanam |

niniyoja | dhātor dvirbhāvam parityajyopasargasya dvirbhāvaç chāndasaḥ |

2. āprītāya | āprīsaṃjñitābhir ekādaçabhiḥ prayājayājyābhir yad yajanaṃ tad āprīṇanam | darbharūpeṇolmukena triḥ pradakshiṇīkaraṇaṃ tat paryagnikaraṇam |

6. ata uttarābhiḥ | nahi te kshatram ityādyāḥ sūktaçeshabhūtā daçarcaḥ | yac cid dhi te viça ityādikam ekaviṅçatyṛicaṃ sūktam | ity evam ekatriṅçatsaṃkhyā drashṭavyā |

7. dvāviṅçatyā | vasishvā hītyādikaṃ daçarcaṃ sūktam | açvaṃ na tvetyādikaṃ trayodaçarcaṃ sūktam | tatrāntyām parityajya vasishvasūktadvayagatā ṛico dvāviṅçatisaṃkhyākāḥ |

9. ojishṭhaḥ | ojobalādiçabdāḥ pūrvācāryair evaṃ vyākhyātāḥ | ojo dīptir balaṃ dārḍhyam prasahyākaraṇaṃ sahaḥ | sojanaḥ san, pārayishṇur upakrāntasamāptikṛid iti |

11. ata uttareṇa | āçvināv açvāvatyety anena tṛicenāçvinau stutavān |

12. ata uttareṇa | kas ta usha ityādika uttaras tṛicaḥ |

17.

1. tam ṛitvijaḥ | devatānugrahayuktaṃ taṃ Çunaḥçepaṃ vi-

1) Diese zweite Erklärung ist die richtige, wie aus dem folgenden Vers erhellt.

ṣvāmitrādayaḥ sarva ṛitvija evam ūcuḥ | ha Ṣunaḥṣepa tvaṃ no 'smākam asyāhna 'bhishecanīyākhyasya saṃsthāṃ samāptim adhigacha | prāpnuhi | anushṭhāpayety arthaḥ | tair evam ukte saty anantaraṃ Ṣunaḥṣepa etam abhishecanīyākhyaṃ somayāgam añjaḥsavaṃ dadarṣa | añjasā ṛijumārgeṇa savaḥ somābhishavo yasmin yāge so 'ñjaḥsavaḥ | tādṛiṣam prayogaprakāraṃ niṣcitavān | niṣcitya ca taṃ somaṃ yac cid dhītyādibhiṣ catasṛibhir ṛigbhir abhishutavān | athainam abhishutaṃ somam atayoc chishṭaṃ camvor ity ṛicā droṇakalaṣam abhilakshyāvanināya | droṇakalaṣa prakshiptavān | athānantaram asmin Hariṣcandre 'nvārabdhe ṣunaḥṣepadeham upaspṛishṭavati saty uktābhya ṛighhyaḥ pūrvābhir yatra grāvetyādibhiṣ catasṛibhir ṛigbhir svāhākārasahitābhiḥ somaṃ juhavāṃ cakāra | yatra grāvetyādikaṃ sūktaṃ navarcam | tatra yac cid dhīti pañcamī | tām ārabhya catasṛibhir ṛigbhir abhishavaḥ | uo chishṭam ityādikā navamī | tayā droṇakalaṣa prakshepaḥ | yatra grāvetyādibhiṣ catasṛibhir homa ity evaṃ kṛitsnasya sūktasya viniyogaḥ | atha homānantaram eva kartavyam avabhṛitham abhilakshyāvanināya | sarvam avabhṛithasādhanaṃ taddeṣe nītvā tvaṃ no agna ityādikābhyām ṛigbhyām apav avabhṛiteyāgaṃ kṛitavān | atha tathā kṛitvā tata ūrdhvam enam āhavanīyam agniṃ ṣunaṣ cid ityādinopasthāpayāṃ cakāra | Hariṣcandram upasthāne prerayām āsa | so 'yam añjaḥsavaḥ | ishṭipaṣusaṃkaryam antareṇāñjasā ṛijumārgeṇānushṭhitatvāt |

5. tvaṃ vahi | tvaṃ vā tvam eva Viṣvāmitrād apagataḥ sann ihi | asmadgṛihe gacha | tvadīyamātā cāhaṃ cobhav āvāṃ vihvayāvahai | viṣeshoṇāhvānaṃ karavāvahai |[1])

6. sa vai | Viṣvāmitreṇaivam bodhitaḥ Ṣunaḥṣepaḥ punar api gāthayā Viṣvāmitram praty avam uvāca | ayaṃ Viṣvāmitro janmanā kshatriyaḥ san svakīyena tapomahimnā brāhmaṇyam prāptavān ity evaṃ tadvṛittāntaṃ sūcayituṃ he rājaputreti sambodhitavān | sa vai tathāvidho rājajātīya eva san yathā yena prakāreṇa no 'smābhiḥ sarvair ā samantāj jñapayā, brāhmaṇatvena jñāyase | tathaivāsmadvishaye 'pi tvaṃ vada | kathaṃ vaditavyam iti | tad ucyate | aham idānīm Āṅgirasa 'ṅgirogotraḥ sann tatparityāgena tava putratvaṃ yenaiva prakāreṇopeyāṃ, tathaivānugṛihāṇeti ṣeshaḥ | etadvākyābhiprāyaḥ pūrvaiḥ saṃkshipya darṣitaḥ | purātmānaṃ nṛipaṃ vipra[2]) tapasā kṛitavān asi | evam Āṅgirasam mā tvaṃ Vaiṣvāmitram ṛishe kurv iti |

---

1) Komm, wenn es dir beliebt, wir wollen über dein Bleiben oder Gehen uns besprechen.

2) nṛipa vipram purātmānam?

daivam | me mahyam Viçvāmitrāya daivam devaiḥ prasannair dattam dāyam putratvarūpalābham upeyāḥ | prāpnuhi |

7. saṃjñānānashu | saṃjñānaneshu madvishayaikamatyam prāpteshu tvadīyaputreshu sarve 'pi māṃ brūyāt | jyeshṭhabhrātṛitvena vyavaharatu | Ich vermuthe: saṃjñānam eshu vai brūyāḥ |

18.

6. sadvivācanam | esha Devarāto va yushmākaṃ sadvivācanaṃ sanmārgasya viçeshato 'dhyāpanaṃ, karishyatīti çeshaḥ |

7. yushmāṅç ca | me madīyaṃ dāyaṃ dhanaṃ yushmāṅç copetā | prāpsyāti | cakārād Devarātaṃ ca | yāṃ u ca yāṃ api kāṃcid vedaçāstrādirūpāṃ vidyāṃ vidmasi vayaṃ jānīmaḥ, sāpi yushmān upetā | prāpsyati | Aber dāyam kann nur der Accusativ sein. Für yushmāṅç ca wird vielleicht yushme ca zu lesen sein. Der Sinn ist jedenfalls: er soll unter auch an meinem Erbe und Weisthum einen Antheil haben.

8. sarātayaḥ | rātir dhanasampattiḥ | tayā yuktāḥ santaḥ | sarāti ist ein nach der Analogie von arāti geschmiedetes Wort und bedeutet freundlich gesinnt.

10. tad etat | kasya nūnam ityādyā ni dhārayetyantāḥ saptādhikanavatisaṃkhyākā ṛicaḥ | tvaṃ naḥ, sa tvam ityādikās tisra ṛicaḥ | evam ṛicāṃ çatam | paraḥçabda 'dhikavācī | pūrvaktād ṛikçatāt paro 'dhikā ekatriṅçatsaṃkhyākā yaṃ nv imam ityādyā gāthā yasminn ākhyāne, tat parar̥ikçatagātham |

12. hiraṇyakaçipau | hatā yadopākhyānaṃ kathayati | tadānīṃ hiraṇyakaçipau suvarṇanirmitasūtrair nishpādite kaçipau sa hotopaviçat | tadākhyānamadhya 'dhvaryuç ca hiraṇyakaçipāv āsīno vakshyamāṇam pratigaram brūyāt |

14. ya rājā | tasmād ayajamāna 'pi rājasūyakraturahito 'pi rājā vijitī yadi vijayopetaḥ syāt, tadānīm etac chaunaḥçepam ākhyānam ākhyāpayat | Vgl. Āçvalāyana 9, 3, 9—16.

19.

2. yajñāyudhāni | yāni yajñāyudhatvena çākhāntare çrūyante | sphyaç ca kapālāni cāgnihotrahavaṇī çūrpaṃ ca kṛishṇājinaṃ ca çamyā colūkhalaṃ ca musalaṃ ca dṛishac capalā caitāni vai daça yajñāyudhāni (Ts. 1, 6, 8, 2) iti, tāny eva brāhmaṇajāter ucitāny āyudhāni |

20.

1. athātaḥ | atha kshatriyasya yajñecchānantaraṃ yato devayajanam apekshitam, ataḥ kāraṇād devayajanasyaiva | davā ijyante ya-

smin deçe sa devayajanaḥ | tasyaiva yācño yācanam abhidhīyata iti çeshaḥ |

4. sa yat | Āditye yad yadi tatra tadānīm anena rājñā yācitaḥ sann uttarām yatra svayaṃ tishṭhati tasmād anantarabhāvinīṃ diçam prati sarpati gachati | tadānīṃ tat tena sarpanenoṃ tathā dadāmīty uttaram āha | brūte |

21.

1. athātaḥ | atha devayajananiçcayānantaraṃ yasmād anushṭheyasyeshṭāpūrtasyāparijyānir vināçābhāvo 'pekshitaḥ | ataḥ kāraṇād yajamānasya kshatriyasya rājña ishṭāpūrtāparijyānisaṃjñako homo 'bhidhīyata iti çeshaḥ | ishṭāpūrtaçabdārthaḥ pūrvācāryair darçitaḥ | varṇāçramānvayī dharma ishṭaṃ pūrtam athetarat | prapātaṭākādirūpaṃ tac ca sarvatra dṛçyate | smārtam pūrtaṃ çrautaṃ ishṭam iti kecid ihocira iti |

3. anubandhyāyai | anūbandhyākhyapaçoḥ sambandhīni yāni trīṇi (diese sind Ts. 1, 4, 44, 3 angegeben. Kātyāyana 5, 2, 9—11) samishṭayajūṃshi santi, teshām uparishṭāj juhuyād iti çeshaḥ |

22.

1. tad u ha | tad u ha tatraiva pūrvoktahomasthāne saujātanāmakaḥ kaçcid ṛishiḥ, sa cārāḍhanāmakasya putra, evam uvāca | katham iti | tad ucyate | ete vakshyamāṇe āhutī iti yad asti, tad etad ajītapunarvaṇyaṃ vai | nashṭam aprāptaṃ vā yad vastu tad etad ajītam | tasya punar api vananaṃ sādhanam prāptikāraṇam ajītapunarvaṇyam | vakshyamāṇam āhutidvayam etannāmakam ity arthaḥ | iti yad etat Saujātasya mataṃ, tad eva yathetyādinā praçasyate | yaḥ pumān itaḥ saujatavākyānuçāsanam upadishṭam anushṭhānaṃ kuryāt, sa pumān yathā yenaiva prakāreṇa kāmayeta tathā tenaiva prakāreṇa siddham phalam uddiçyaite kuryāt | tadanushṭhānena kāmyamānam phalaṃ sidhyati | tasmāt kāraṇād ime evāhutī juhuyān, na tu pūrve |

3. tat-tat | sarve 'pi yājñikāḥ pūjyahomaprasaṅge tadā-tadā tat-tad ity evam etad evānushṭhānam udāharanti | pūjārthā sānunāsikaplutiḥ |

25.

1. athātaḥ | atha dīkshānantaraṃ devānām manushyānāṃ cāgre yata etadīyadīkshā kathanīyā, ataḥ kāraṇād dīkshāyā avedanasya prakaṭīkaraṇasyaiva kaçcin nirṇaya ucyate | tat tasminn āvedane saṃdihānā brahmavādinaḥ praçnam āhuḥ | brāhmaṇasya dīkshāyā ūrdhvam adīkshishṭāyam brāhmaṇa iti mantreṇa dīkshā prakhyāpanīyā | tathā ca Taittirīyā āmananti | adīkshishṭāyam brāhmaṇa iti trir upāṃçv āha, devebhya evainam prāha; trir uccair, ubhayebhya

evainaṃ devamanusbyebhyaḥ prāha (Ts. 6, 1, 4, 8) iti | evaṃ sati kshatriyasya dīkshāvedane kim asmin mantre brāhmaṇaśabdaḥ kshatriyaparatvenohanīya, āho svid avikṛita eva paṭhanīya iti praśnābhiprāyaḥ || tatrottaram āha |

3. yathaivaitat | atra śabdo nohitavyaḥ | avikṛita eva brāhmaṇaśabdaḥ kshatriyadīkshāvedane 'pi prayoktavyaḥ | yadi brāhmaṇapravara 'pekshitas, tadānīm purohitasya brāhmaṇasya sambandhinārsheyeṇa prayogaḥ kartavyaḥ | tathā cāpastambaḥ kshatriyavaiśyayor api brāhmaṇaśabdenāvedanaṃ darśayati | adīkshishṭāyam brāhmaṇo 'sāv amushya putro 'mushya pautro 'mushya naptāmushyāḥ putro 'mushyāḥ pautro 'mushyā naptcti | brāhmaṇo vā esha ya dīkshate, tasmād rājanyavaiśyā api brāhmaṇa ity anuvedayatīti | Āśvalāyana 1, 3, 3. 12, 15, 4.

26.

3. sa brahmaṇo | sa yajamānabhāga ṛitvigviśeshāya brahmaṇe parihṛityaḥ | pariteḥ sarvātmanā samarpaṇīyaḥ |

4. purohitāyatanam | ṛitvigrūpo brahmeti yad asty, etat kshatriyasya purahitāyatanam purohitasthānam | purohito yo 'sty esha kshatriyasyārdhātma ha vai | ardhadeha eva | u ha vā iti nipātasamūho 'vadhāraṇārthaḥ | ardhaśarīrasthānīyapurohitarūpeṇa brahmaṇā tasmin bhāge bhakshite sati parokshenaiva vyavadhānenaiva prāśitarūpam prāśitasādṛiśyam prāpnoty eva | ahaśabda upaśabdaś ca milītvāvadhāraṇārthau | asya kshatriyasya pratyaksham avyavadhānena svamukhena sa bhāgo bhakshito na bhavati | evaṃ sati vyavadhānena bhakshitatvād yajñāntarāyo na bhavishyati | svamukhena bhakshaṇābhāvād ayam pāpīyān api na bhavishyati |

5. yajñaḥ | yo brahmāsty esha pratyaksham avyavadhānaṃ yathā bhavati tathā yajña u ha vai, yajñasvarūpa eva | tatsādhakatvāt | kiṃca brahmaṇy eva sarvo yajñaḥ pratishṭhitaḥ | vedatrayavaikalyaparihartṛitvena brahmaṇo bhishagrūpatvasyoktatvāt | tasmiṃś ca pratishṭhite yajñe yajamāno 'pi pratishṭhitaḥ | tatphalabhāgitvāt | evaṃ sati tat tena bhāgaprāśanena yajña eva brahmarūpe bhāgarūpaṃ yajñam apyatyarjanti | samyak prakshipanti | tatra dṛishṭāntaḥ | yathā loke 'psu prakshiptā āpa ekatvena saṃsṛijyante | yathā vāgnau prakshiptam agnim ekībhūtam paśyāmaḥ | tathā tad vai brahmaṇā prāśitaṃ havir nātiricyate | atiriktaṃ na bhavati | kiṃtu yajñarūpeṇa brahmaṇā sahaikībhavati | tad ekībhūtaṃ havir enaṃ kshatriyaṃ na hinasti | na bādhate | tasmāt sa yajamānabhāgo brahmaṇe samarpaṇīyaḥ |

28.

1. Bṛihaspateḥ | tathā svaguror Bṛihaspater vākyaṃ svakīyena vākyena pratyavadhīt | so 'yam pratighāto na yuktaḥ | tathā ca-

paslambaḥ smarati | vākyena vākyasya pratighātam ācāryasya varjayec chreyasām ca (2, 2, 5, 11) iti |

29.

1. kshatriyasya heyā bhakshās trividhā, upādeyo bhaksha ekaḥ | tatra heyān bhakshān darṣayati |

trayāṇām | heyānāṃ trayāṇām madhya bhaksham ekaṃ kshatriyasya tavānabhijñā ṛitvija āharishyaati | kam bhaksham ity āṣaṅkya somaṃ vā dadhi vā jalaṃ vety uktam || tatra somapaksha dosham darṣayati |

2. sa yadi | so 'nabhijña ṛitvig yadi te Viṣvaṃtarasya kshatriyasya somam bhaksham, āhared iti ṣeshaḥ | sa somo brāhmaṇānāṃ yogyo bhakshaḥ | tena bhakshoṇa brāhmaṇān jinvishyasi | prīṇayishyasi | na tu kshatriyasya tava prītiḥ | tathā sati te tava rājñaḥ prajāyāṃ saṃtatau brāhmaṇakalpa īshadasamāpto brāhmaṇa ājanishyate | kshatriyadharmeṇa ṣauryeṇa rahitatvāt tasya brāhmaṇasadṛiṣatvam | sa ca putro brāhmaṇavad vakshyamāṇaguṇacatushṭayopeto bhavati | ādānam pratigrahaḥ | tacchīla ādāyī | pratigrahaṣ ca brāhmaṇaguṇaḥ | ṛitvig bhūtvā somam ā samantāt pāyayatīty āpāyī | tad atad yājanam api brāhmaṇaguṇaḥ | avasam aanam | tasya sambandhi yācanam āvasaḥ | tam āvasam eti prāpnotīty āvasāyī | paragṛihe sadā bhojanayācanam api brāhmaṇaguṇaḥ | kāmam icchām anatikramya yathākāmam | tadanusāreṇa prayāpyo nirvāsayitum ṣakyaḥ | kshatriyavaiṣyādivac chauryadhanādyabhāvād yaḥ ko 'py āgatya durbalam brāhmaṇaṃ tadgṛihāt tadīyagrāmād vā nishkāsayitum icchati, tadānīm ayam brāhmaṇo durbalatvāt tena niḥsārayitum ṣakyate | evam ete catvāro dharmā brāhmaṇaguṇāḥ | somam bhakshayato rājña atadguṇakaḥ putro jāyate | kiṃca yadā pramādāt kshatriyāya pāpaṃ kshatriyasya kiṃcia nishiddhācaraṇam bhavati | tadānīṃ tena pāpena tasya kshatriyasya prajāyāṃ saṃtatau brāhmaṇakalpaḥ ṣauryarāhityādinā brāhmaṇasadṛiṣaḥ putra ājāyate | asmāt pāpinaḥ kshatriyād dvitīyo vā tṛitīyo vā putro vā pautro vā brāhmaṇatām abhyupaitoḥ ṣauryādiguṇarahitam brāhmaṇyam prāptum īṣvaraḥ samartho bhavati | sa brāhmaṇasadṛiṣaḥ kshatriyaputro brāhmaṇabandhavena brāhmaṇānāṃ kramabandhutvena brāhmaṇocitayācñādinā jijyūshitaḥ | jīvitum ishṭaḥ | nīcarūpadainyavṛittyā jīvitum pravṛitto bhavatīty arthaḥ |

3. atha yadi | yadi te dadhirūpam bhaksham āharet | tadā dadhno vaiṣyabhakshatvāt tena vaiṣyān prīṇayishyasi | tava saṃtatau vaiṣyasamānaḥ putra ājanishyate | vaiṣyaṣ ca bāṇijyaṃ kurvann anyasya rājño balikṛid balim pūjāṃ karoti | karam prayachatīty arthaḥ | ata evānyasya rājña ādyo bhakshyaḥ | adhino bhavatīty arthaḥ | ta-

sya rājñaḥ kāmam ichām anatikramya jyeyo 'bhibhavanīyo bhavati | jyā abhibhava iti dhātuḥ | ta ete karapradānaparādhīnatvatiraskāryatvākhyā vaiçyaguṇāḥ |

4. atha yadi | yadi te kshatriyasya kuçcid ṛitvig apo jalam bhaksham āharet | tadānīṃ sa jalātmakaḥ çūdrāṇām bhakshaḥ | tena bhaksheṇa çūdrān prīṇayishyasi | tatas tava saṃtatau çūdrasadṛiçaḥ putra utpadyate | çūdraç cānyasyottamavarṇatrayasya preshyaḥ preshaṇīyo bhṛityo bhavati | tathā kāmotthāpyaḥ | madhyarātrādau yadā kadācid dina ichā bhavati, tadānīm ayam utthāpyate | tathā tadīyaṃ kāmam ichām anatikramya vadhyaḥ, kupitena svāminā tāḍyo bhavati | ta ete çūdraguṇāḥ |

30.

2 athāsya | atha heyabhakshakathanānantaram upādeyo bhakshaḥ kathyata iti çeshaḥ | asya rājña eva vakshyamāṇaḥ svo bhakshaḥ | ko 'sāv iti | so 'bhidhīyate | nyagrodhasyāvarodhāḥ çākhābhyo 'vāṅmukhatvena prarohanto mūlaviçeshāḥ | tathaivodumbarāçvatthaplakshākhyānāṃ vṛikshāṇām phalāni ca | tāni sarvāṇy abhishuṇuyāt | abhishutya ca teshāṃ rasam bhakshayet |

31.

2. purodhayā | purodhayaiva purohitadvāreṇa dīkshayaiva dīkshārūpasaṃskāreṇa ca pravareṇaiva purohitagotreṇa ca, brāhmaṇyasya saṃpāditatvād iti çeshaḥ |

32.

1. bhaujyam | bhojanārham |

3. svārājyavairājye | svātantryeṇa rājatvaṃ svārājyam | viçesheṇa rājatvaṃ vairājyam |

4. etāni | etāni nyagrodhāvarodhādīny asya rājño 'rthe somakrayāt pūrvam upakḷiptāni saṃpāditāni bhavanti | tata ūrdhvaṃ somakrayaḥ | tatas te 'dhvaryuprabhṛitayo rājña evāvṛitā somasyaiva prakāreṇaupavasathyadināt pūrvam prativeçaiḥ prasiddhaiḥ kriyāviçeshaiç caranti | anutishṭheyuḥ | athānantaram aupavasathyam ahar aupavasathye 'hany adhvaryuḥ purastāt prathamam etāni vakshyamāṇāni carmādīny upakalpayet | yasmiñç carmaṇi somo 'bhishūyate tac carmādhishavaṇākhyam | yayoḥ phalakayor abhishūyata te phalaka adhishavaṇasaṃjñake | droṇakalaçaḥ prāṇḍhadārupātram | daçapavitraṃ vastram | adrayo 'bhishavaṇārthā grāvāṇaḥ | pūtabhṛidādhavanīyau pātraviçeshau | sthālī kumbhaḥ | udañcanam unnayanapātram | camaso bhakshārthaṃ dārupātram | etāny adhvaryuḥ saṃpādya tata ūrdhvaṃ yad yadaitad etaṃ rājānam prātaḥkāle 'bhishuṇvanti, tat

tadānīm etāni nyagrodhāvarodhādīni dvedhā vibhajet | tatrānyāny ekabhāgagatāni tasmin prātaḥsavane 'bhishuṇuyāt | itarabhāgagatāni tu mādhyaṃdinasavanasya sthāpayet |

33.

1. **tad yatraitān** | tata ūrdhvaṃ yatra yadaitān brahmahotrādicamasān daṣasaṃkhyākān unnayeyuḥ | tat tadānīṃ yajamānasya rājñaṣ camasān unnayet | abhishutena nyagrodhāvarodhādinā pūrayet | tasmin pūrite camase 'lpaṃ darbhadvayam prakshipya tayor madhye prathamaprakshiptaṃ darbhaṃ vashaṭkṛite vashaṭkāre kṛite sati dadhikrāvṇa ity etayarcā svāhākārasahitayā paridhīnām antaḥ prakshipet | anuvashaṭkṛite 'nuvashaṭkāre kṛite saty aparaṃ darbham ā dadhikrā ity anayarcā pūrvavat svāhākārasahitayā paridhīnām antaḥ prakshipet |

5. **pratyabhimarṣaḥ** | anena mantreṇātmanaḥ svakīyahṛidayasya pratyabhimarṣo hastena sampūrṇaḥ sparṣaḥ kartavyaḥ |

34.

9. **Agniḥ** | agnināmako maharshiḥ |
mahat | mahaj jagmuḥ | mahattvam prāptāḥ |

Pañcikā VIII.

1.

1. **athātaḥ** | atha rājño bhakshaviṣeshakathanānantaraṃ yataḥ stutaṣastrayor viṣesho jijñāsitaḥ | ataḥ kāraṇāt tayor eva viṣesha ucyata iti ṣeshaḥ || taṃ viṣeshaṃ vaktum ādau viṣesharahitam aṅṣaṃ darṣayati |

2. **aikāhikam** | ekāhe prakṛitibhūte yat prātaḥsavanaṃ yac ca tṛitīyasavanam uktaṃ, tad ubhayaṃ rājño vikṛitāv api tathaiva prayoktavyam | na tu tayoḥ kaṣcid viṣesho 'sti | aikāhike ye ubhe prātaḥsavanatṛitīyasavane sta, ete eva ṣānte sukhakare kḷipte svabhyaste pratishṭhite sampanne | atas tayoḥ prakṛitivad anushṭhānaṃ ṣāntyai sukhārthaṃ kḷiptyai svabhyāsārtham pratishṭhityai sampattyartham apracyutyai vināṣarāhityārtham bhavati || yathā prātaḥsavanatṛitīyasavanayoḥ prākṛitād viṣesho nāsti, tathā mādhyaṃdinasavane 'pi marutvatīyam aikāhikaṃ, hotrakaṣastrāṇi caikāhikāni | stotre tu viṣesho 'sti | tam imaṃ darṣayati |

3. **uktaḥ** | bṛihad rathaṃtaraṃ cety ubhayavidhaṃ sāma yasminn abhijidādau, so 'yam ubhayasāmā | bṛihatsāma pṛishṭhaṃ stotraṃ yasminn abhijidādau, so 'yam bṛihatpṛishṭhaḥ | tādṛiṣasyo-

bhayasāmno bṛihatpṛishṭhasyābhijidāder yo mādhyaṃdinaḥ pavamāna uktaḥ, sa evātra rājayajñe mādhyaṃdinaḥ pavamāno drashṭavyaḥ | na cobhayasāmatvam bṛihatpṛishṭatvaṃ cobhayaṃ vyāhatam iti ṣaṅkanīyam | mādhyaṃdinapavamānastotre rathaṃtarasāma pṛishṭhastotre bṛihatsāmety evam ubhayasāmatvasya vyavasthitatvāt | ubho hīty anenoyam eva vyavasthā spashṭīkriyate | yady api marutvatīyaṣastrāvayavāḥ pratipadādayaḥ prākṛitā eva, tathāpi tadanuvādenātra praṣaṅsā kriyate || tatra pratipadanucaran darṣayati |

4. ā tvā | ā tvā ratham iti yas tṛicaḥ, so 'yam marutvatīyaṣastrasya pratipat | tasmiṅs tṛice rathaṃtaraṃ sāmodgātṛibhir gīyate | tasmād iyam pratipad rāthaṃtarī | idaṃ vaso sutam ity ayaṃ tṛico 'nucaraḥ | chandodevatādinā pūrveṇa samānatvāt | rathaṃtarasādhārasya pūrvasya tṛicasyānusāritvād asyāpi rāthaṃtaratvam || ukthaṃ ṣastram | tac ca dvividham | pavamānokthaṃ grahokthaṃ ca | ato 'tra pavamānoktham iti viṣeshyate | asmiṅs ca mādhyaṃdinapavamānastotre sāmagā rathaṃtaraṃ sāma kurvanti, pṛishṭhastotraṃ tu bṛihatsāmopetaṃ kurvanti | tad etad ubhayaṃ savīvadhatāyai sampadyate | ubhayataḥ ṣikyadvayena jalakumbhadvayaṃ voḍhuṃ yaḥ kāshṭhaviṣeshaḥ purushāṇām aṅse sthīyate, sa vīvadha ity ucyate | sāmadvaye 'pi tasya mādhyaṃdinasavanaprayogasya vīvadhasadṛiṣatvād vīvadhena saha vartata iti savīvadhatvam | yad idaṃ rathaṃtarasāma mādhyaṃdinapavamāne stutaṃ, tad idam ābhyām ā tvā ratham idaṃ vaso sutam ity etābhyām pratipadanucarābhyām anuṣaṅset || brahmānnapṛithivīrūpatvena rathaṃtaram praṣaṅsati |

5. atho brahma | yad rathaṃtaraṃ sāma tad brāhmaṇajātisvarūpam | ubhayoḥ prajāpatimukhajatvāt | tathā bṛihatsāma kshatriyajāteḥ | Prajāpater bāhujatvasāmyād ekatvam | brāhmaṇajātiḥ kshatriyajāteḥ pūrvabhāvinī | ato bṛihatsāmasādhyāt pṛishṭhastotrāt pūrvaṃ rathaṃtarasāmasādhyasya pavamānastotrasyānushṭhāno 'yam abhiprāyaḥ | brahma brāhmaṇajātiḥ purastāt pūrvakāle yasya rāshṭrasya, tad idam brahmapurastāt | tad idam me rājño rāshṭram ugram avyathyam asad bhaved ity abhiprāyaḥ | kiṃcānnahetutvād rathaṃtaraṃ sāmānnātmakam | tat tena rathaṃtaraprayogeṇāsmai rājñe 'nnam eva purastāt kalpayati | prathamataḥ sampādayati | kiṃca yad rathaṃtaraṃ sāma seyam pṛithivī, bhūmisvarūpam eva | iyaṃ ca bhūmiḥ prāṇinām pratishṭhādhāraḥ | tat tena rathaṃtaraprayogeṇāsmai yajamānāya rājñe pratishṭhām eva kalpayati || indra nedīya ed ihīty, ut tishṭha brahmaṇas pata ity etat pragāthadvayam praṣaṅsati |

6. samānaḥ | Indro nitarām āhūyate yasmin pragāthe, so 'tra ca prakṛitau ca samāna eka eva | tasyaivedaṃ vyākhyānam avibhakta iti | avikṛita ity arthaḥ | sa ca pragātho 'hnāṃ, rūpam iti ṣeshaḥ | ahaḥprayoganishpādakatvāt tadrūpatvam | yaḥ pragātha udvān uccha-

bdayukto brāhmaṇaspatya brahmaṇaspatidevatākaś ca | ut tishṭha brahmaṇas pata iti çrutatvāt | so 'pi çaṅsanīyaḥ | kiṃcāsau pragātha ubhayasāmno rūpam | hi yasmād ubhe bṛihadrathaṃtaru sāmanī tasmin pragāthe sāmagair adhīyete || dhāyyānām ṛicām prakṛitau vikṛitau caikatvam āha |

7. tamānyaḥ | samānya ity asya vyākhyānam avibhaktā iti | tāç cāharviçeshanishpādakatvāt tatsvarūpāḥ |

8. aikāhikaḥ | pra va indrāya bṛihata ity asya marutvatīyapragāthasya prakṛitivikṛityor ekatvaṃ darçayati |

2.

1. marutvatīyaçastre nividdhānīyaṃ sūktam praçaṅsati | janishṭhāḥ etc.

tasyoktam brāhmaṇam | 3, 19, 2.

2. tvām id dhi | tvām id dhityādikas ṭrico nishkevalyaçastrasya stotriyapratipadrūpād bṛihatsāmno ādhāratvād bṛihadrūpaḥ | tena ca sāmnā pṛishṭhastotrasya nishpādyatvāt pṛishṭhasvarūpaç ca bhavati |

3. abhi tvā | abhi tvā çūrety esha ṭrico nishkevalyaçastrasyānurūpaḥ kāryaḥ | yady api tvām id dhy abhi tvety etau pragāthāv ṛigdvayātmakau, tathāpi pragrathanena ṭricatvaṃ sampādanīyam |

4. yad vāvāna | Siehe 3, 22.

3.

1. nishkevalyaçastre nividdhānīyaṃ sūktaṃ darçayati | tam u etc.

4. tad bhāradvājam | Bharadvājena dṛishṭatvād bhāradvājam | bṛihatsāmāpi tathā bhāradvājam | tādṛiçabṛihadyogād ayaṃ kratur ārsheyeṇa saloma | ārsheyo bharadvājamunisambandhaḥ | lomaçabdena keçayukto mūrdhopalakshyate | salomā saçiraskaḥ | sampūrṇa ity arthaḥ | bharadvājamunidṛishṭasya bṛihataḥ sampūrṇatvād bharadvājamunisambandhe sati kratur api sampūrṇatvaṃ drashṭavyam || idānīm bṛihadrathaṃtarasāmopetaprakṛitakratusambandham upajīvyaikasāmake 'pi kshatriyayajñe pṛishṭhastotrasya bṛihatsāmasādhyatvaṃ vidhatte |

5. esha ha vāva | yaḥ kratur dvisāmako bṛihatpṛishṭhopeta, esha eva kshatriyayajñaḥ samṛiddhaḥ sampūrṇaḥ | yasmād evaṃ tasmād yatra kvacaikasāmakenāpi kratunā kshatriyo yajeta, tatra pṛishṭhastotram bṛihatsāmayuktam eva kuryāt | tad etad anushṭhānaṃ samṛiddhaṃ sampūrṇam bhavati |

4.

1. mādhyaṃdinasavane hotuḥ çastraviçesham abhidhāya hotrakāṇāṃ viçeshābhāvaṃ darçayati |

aikāhikāḥ | maitrāvaruṇabrāhmaṇācchaṅsyachāvākāṇām yāḥ kriyās tā hotrāḥ | tāś caikāhikā ekāha prakṛitirūpo vihitā evātra vikṛitirūpeṇa kshatriyayajñe kartavyāḥ | etāś ca hotrāḥ śāntatvādiguṇakāḥ | śāntādiśabdārthāḥ pūrvavad vyākhyeyāḥ | etāś caikāhikā hotrāḥ sarvarūpāḥ sarvasamṛiddhāś ca bhavanti | tattadvikṛitishu hotrakāṇām ye viśeshā uktās, tadrūpatvam sarvarūpatvam | tatphalasamṛiddhiḥ sarvasamṛiddhiḥ | etac cobhayam indrābhishṭavanena kshatriyapratipādanasāmarthyāt sampadyate | ataḥ sarvarūpatāyai sarvalokaprāptyartham tatra ca sarvabhogasamṛiddhyartham uktā hotrakāḥ sampadyante | tataḥ kshatriyāḥ purushāḥ sarvarūpābhiḥ sarvasamṛiddhābhir aikāhikābhir hotrābhiḥ sarvān kāmān avāpnavāmety abhiprāyeṇaikāhikahotrānushṭhānam kuryuḥ | ekāhāś ca dvividhāḥ: sarvastomasarvapṛishṭhās tadviparītāś ca | pṛishṭhye shaḍahe pratipāditās trivṛitpañcadaśasaptadaśaikaviṅśatriṇavatrayastriṅśarūpāḥ shaṭsaṃkhyākāḥ sarvastomāḥ | tasminn eva pṛishṭhyashaḍahe rathaṃtarabṛihadvairūpavairājaśākvararaivatāni shaṭsaṃkhyākāni sarvapṛishṭhāni | taiḥ sarvaiḥ stomaiḥ sarvaiḥ pṛishṭhaiś ca yuktebhya ekāhebhyo vyatiriktāḥ katipayastomapṛishṭhayuktā ekāhā asarvastomā asarvapṛishṭhāś ca | yasmād aikāhikā hotrāḥ pūrvoktarītyā praśastās, tasmād yatra kvacāsarvastomā asarvapṛishṭhāś caikāhā anushṭhīyante tatra sarvatraikāhikā eva hotrāḥ syuḥ, na tu nūtano viśeshaḥ kaścid asti | tat tādṛiśam karma samṛiddham phalena sampūrṇam || atha kshatriyayajñasya saṃsthāviśesho nirṇetavyaḥ | tadartham ādau keshāṃcit paksham upanyasyati |

2. ukthyaḥ | ayam kshatriyajña ukthyasaṃstha eva, sarveshv api stotreshu pañcadaśastoma eva syād ity evam eke brahmavādina āhuḥ |

3. tasmāt | tasmād evam pañcadaśastotraśastratvāt tadukthyaḥ sa kshatriyayajña ukthyasaṃsthaḥ pañcadaśastomayuktaḥ syād ity evam kecid āhuḥ || atha svapaksham āha |

4. jyotishṭomaḥ | yo 'yam kshatriyāṇām jyotishṭomaḥ so 'gnishṭomasaṃstha eva syāt || tasminn agnishṭoma ye trivṛidādayaś catvāraḥ stomās, tān brāhmaṇādivarṇacatushṭayarūpeṇa tejaādiguṇacatushṭayarūpeṇa ca praśaṅsati |

5. brahma vai | Prajāpater mukhabāhumadhyadehapādebhya utpattisāmyāt trivṛidādistomānām brāhmaṇādivarṇacatushṭayarūpatvam | tatra brāhmaṇapūrvakam rāshṭram madīyam ugram avyathanīyam cāstv ity abhiprāyeṇa kshatriyasya trivṛitpañcadaśau krameṇānushṭheyau | saptadaśaikaviṅśayor anushṭhānena vaiśyaśūdrau varṇau kshatriyasyānugāminau kurvanti |

5.

1. **ethātaḥ** | atha kratusamāptyanantaraṃ yataḥ kshatriyo 'bhishekam arhaty, ataḥ kāraṇāt punarabhishekasyaiva, vidhir ucyata iti çeshaḥ | rājñaḥ pūrvam abhishiktatvād ayam punarabhisheko bhavati | itarasyāpi kshatriyasya māhendragrahāya prastuta sāmny abhishekasyādhvaryavasya vidyamānatvād ayam punarabhisheko bhavati |

2. **sūyate** | yaḥ pumān kshatriyaḥ san dīkshate dīkshām prāpnoti | asya purushasya kshatraṃ sarveshām prāṇinām kshatāt trāṇaṃ sūyate | pravartate | tasmāt sa kshatriyo yadāvabhṛitād udetya, avabhṛitākhyaṃ karma samāptaṃ kṛitvā, tato 'nūbandhyākhyayā kayācit paçusthānīyeshṭyā yāgaṃ kṛitvā, paçcād udavasyaty udavasānīyākhyayeshṭyā karmāvasānaṃ karoti | atha tadānīm enaṃ kshatriyam udavasānīyeshṭau samāptāyām punar api karmāṅgatvenartvijo 'bhishiñceyuḥ |

3. **tasyaite** | tasya punarabhishekasyaite vakshyamāṇāḥ sambhārāḥ sampādanīyā dravyaviçeshāḥ purastād evopakḷiptā abhishekakālāt prāg eva sampāditā bhaveyuḥ | ka vastuviçeshāḥ sampādanīyāḥ | te 'bhidhīyante | udumbarakāshṭhanirmitā kācid āsandī | tasyai tasyā āsandyāç catvāraḥ pādāḥ prādeçaparimitāḥ | teshām pādānāṃ çirasy uparibhāge 'vasthitāni çīrshaṇyāni | anvak tiryag avasthitāni kāshṭhāny anūcyāni | tāni çīrshaṇyānūcyāny aratniparimitāni | prādeçadvayam aratniḥ | vividhaṃ vayanaṃ rajjūnām otaprotarūpeṇa saṃyojanaṃ vivayanam | tac ca mauñjam muñjatṛiṇanirmitam | īdṛiçyā āsandyā upary āstaraṇaṃ vyāghracarma | dadhyādiprakshepārthaḥ prauḍha udumbarakāshṭhanirmitaç camasaḥ | tathā kācit sūkshmodumbaraçākhā | tasminn etesminn audumbara camase vakshyamāṇadadhyādidravyāṇy ashṭātayāni | atra dvitayatritayādivat saṃkhyāyā avayave tayab iti sūtreṇa tayappratyayaḥ | ashṭasaṃkhyākā avayavā yeshāṃ dadhyādīnāṃ tāny ashṭātayāni | dīrghaç chāndasaḥ | tāni ca nishutāni nitarāṃ sutāni prakshiptāni bhavanti | camase prakshepyāṇy ashṭa dravyāṇi kānīti | tāny ucyante | dadhi madhu sarpir ity etāni trīṇi prasiddhāni | ātapayuktavarshabhavā ātapavarshyāḥ | tādṛiçya āpaç caturthaṃ dravyam | çashpāṇi çyāmatṛiṇāni pañcamaṃ dravyam | tokmāny aṅkurāṇi shashṭhaṃ dravyam | surā dūrveti dravyadvayam prasiddham || sampāditāyā āsandyāḥ pratishṭhāpanaṃ vidhatte |

4. **tad yaishā** | purā vediparigrahārthaṃ sphyena rekhātrayaṃ kṛitam | dakshiṇā pratīcy udīcī ca | tatra devayajanadeçe yaishā vedeḥ sambandhinī dakshiṇā sphyavartaniḥ sphyasya rekhā bhavati, tatra tasyāṃ rekhāyām etām āsandīm prācīm prāgagrām avasthāpayet |

6.

1. vyāghracarmaṇā | uttarāṇy ūrdhvabhāge lomāni yasya carmaṇas tad uttaraloma | prācyāṃ diṣi grīvā yasya carmaṇas tat prācīnagrīvam | tādṛiṣena vyāghracarmaṇā tām āsandīm āstṛiṇīyāt |

2. tām paṣcāt | pratishṭhāpitāyā āsandyāḥ paṣcādbhāge yajamānaḥ prāñ upaviṣya dakshiṇaṃ yaj jānv asti tad ācya bhūmispṛishṭaṃ yathā bhavati tathā nyagbhūtaṃ kṛitvā vāmaṃ jānūrdhvamukham evāvasthāpyobhābhyām pāṇibhyām āsandīm ālabhya spṛishṭvā vakshyamāṇamantreṇābhimantrayet |

3. Agnish ṭvā | he āsandi tvāṃ gāyatryā sayuk sahito 'gnir ārohatu | ushṇihā chandasā sahitaḥ Savitārohatu | evaṃ somabṛihaspatimitrāvaruṇendraviṣvedevā anushṭubhādichandobhiḥ sahitās tvām ārohantu | tān agnyādīn devān anu paṣcād aham ārohāmi | kimartham | rājyādisiddhyartham | rājyaṃ deṣādhipatyam | sāmrājyaṃ dharmeṇa pālanam | bhaujyam bhogasamṛiddhiḥ | svārājyam aparādhīnatvam | vairājyam itarebhyo bhūpatibhyo vaiṣishṭyam | etad uktam aihikam | athāmushmikam ucyate | pārameshṭhyam prajāpatilokaprāptiḥ | tatra rājyam aiṣvaryam | mahārājyaṃ tatratyebhya itarebhya ādhikyam | ādhipatyaṃ tān itarān prati svāmitvam | svāvaṣyam apāratantryam | ātishṭhatvaṃ cirakālavāsitvam |

6. caturuttaraiḥ | catvāry aksharāṇy ekaikasmāc chandasa uttarāṇy adhikāni yeshu gāyatryādishu jagatyanteshu chandassu tāni caturuttarāṇi |

7.

1. athainam | atha ṣāntivācanānantaram enaṃ kshatriyam udumbaraṣākhām antardhāya ṣirasy udumbaraṣākhayā vyavadhānaṃ kṛitvā camasasthair dadhyādibhir abhishiñcet |

6. atha kāmanābhedena vyāhṛitīr darṣayati |

bhūr iti | yo 'bhishektemam evābhishicyamānaṃ kshatriyam praty asāv annam adyān, nīrogo bhaved iti cet kāmayeta | tam bhūr iti vyāhṛityābhishiñcet | atha yo 'bhishektā putrapautrābhyām purushābhyāṃ sahitam imaṃ kshatriyam praty annam adyād iti kāmayeta | tadānīm bhūr bhuva iti vyāhṛitidvayenābhishiñcet | atha yo 'bhishektā putrapautraprapautrais tribhiḥ purushair yuktam imaṃ kshatriyam ichet, purushatrayaparyantaṃ [1]) jīvitvā sukhenānnam adyād

1) Keine andere Erklärung ist möglich als die gegebene. annam adyād bezieht sich auf den König allein, und dvipurusham tripurusham sind Attribute zu enam, ihn von zwei oder drei Abkommen begleitet. Sagt man hotā tripurushaḥ, so bezeichnet dieses ihn mit seinen drei Gehülfen.

iti kāmayeta | athavā tam etam apratimaṃ svatulyakshatriyāntararahitaṃ kuryām iti kāmayeta | tadānīm bhūr bhuvaḥ svar iti vyāhṛtitrayeṇābhishiñcet |

7. tad dhaike | tad dha tasminn evābhisheke brahmavādinaḥ kecid evam āhuḥ | yā etā vyāhṛitayaḥ santy eshā vyāhṛitirūpā sarvāptir vai, sarvaphalasādhanam | ato vyāhṛitibhir abhisheke saty asyābhishicyamānasya parasmai parasya svasmād anyasya kshatriyasyātisarveṇa tadapekshāmātram atikramya kṛitenāpi mantrajātenābhishecanaṃ kṛitam bhavati | tad etad abhikābhishecanam ayuktam ity abhipretya taṃ kshatriyam etena devasya tvetyādinā yajushābhishiñcet | na tu vyāhṛitibhir iti teshām pakshaḥ || tam pakshaṃ dūshayati |

8. tad u punaḥ | tad u tad api pūrvoktam matam punar anye 'bhijñāḥ paricakshate | nirākurvanti | yaṃ kshatriyam etābhir vyāhṛitibhir nābhishiñcanty, esha kshatriyo yad yasmāt kāraṇād asarveṇa sampūrtirahitena vāco vākyena mantreṇābhishikto bhavati tasmād ayaṃ svocitād āyushaḥ purā praitoḥ praitum martum īçvaraḥ samartho bhavati | tasmād āyuḥkshayahetutvād ayam paksho na yukta iti Jābālāyāḥ putraḥ Satyakāmo maharshir āha |

10. abhishekāñgaṃ homaṃ vidhatte ||

athaitāni | athābhishekānantaraṃ homa ucyata iti çeshaḥ | rājanād yāgaṃ kṛitavataḥ kshatriyād etāni vakshyamāṇāni vyutkrāntāny apagatāni bhavanti | tāni nirdiçyante | brahmakshatre etasya samīpe vartamānaṃ jātidvayam | ūrk kshīrādirasaḥ | annādyam odanādikaṃ tad etad ubhayam | apām oshadhīnāṃ rasaḥ sāraḥ | apāṃ rasaḥ kshīrādi | oshadhīnāṃ raso 'nnādyam | brahmavarcasaṃ çrutādhyayanasampattiḥ | irāpushṭir (vgl. dagegen 8, 12, 4) annasamṛiddhiḥ | prajātiḥ putrotpādanam | tac ca sarvaṃ kshatrasya svarūpam | atyantam apekshitatvāt | eteshāṃ vyutkrāntau kshatriyasya svarūpahānir eva bhavati | atho api cānnasyaudanasya raso rasasya kshīrāder, oshadhīnām annakāraṇānāṃ vrīhiyavādīnāṃ kshatram pratishṭhā, kshatriya āçrayaḥ [1]) | tasmād ukto vyatikramaḥ kshatriyasya na yuktaḥ | tat tathā sati yady amū buddhisthe āhutī abhishiktasya kshatriyasya purastāj juhuyāt | tat tadānīm asminn abhishikte brāhmaṇajātiṃ kshatriyajātiṃ tadupalakshitam annādikaṃ ca sarvam avasthāpayati | brahma prapadye svāhā, kshatram prapadye svāhety āhutidvayam (7, 22) juhuyād iti tātparyārthaḥ |

---

1) Aus dem nächsten Kapitel erhellt, dass kshatrarūpam bis pratishṭhā den vorhergehenden Substantiven ebenbürtig zur Seite stehen.

9.

1. **atha** | athābhishekapānānantaram bhūmāv udumbaraçākhām avasthāpya, tām abhilakshya pratyavarohet |

2. **upari** | āsandyā upary eva svayam upavishṭaḥ prathamataḥ pādau bhūmāv avasthāpya pratyavarohasādhanabhūtam mantram paṭhet |

5. **etena** | pratyavarūhyeti dīrghaç chāndasaḥ | pūrvoktena pratyavarohamantreṇa pratyavaruhya bhūmāv upastham āsanaviçesham kṛitvā prāṅmukha āsīno namaskāramantraṃ triḥ paṭhitvā varam ityādimantreṇa vācaṃ visṛijet | vāgvisargo laukikavyavahāraḥ | jitir jayamātram | abhitaḥ sarveshu deçeshu jitir abhijitiḥ | prabalādurbalaçatrūṇāṃ tāratamyena vividho jayo vijitiḥ | punaḥçatrutvarāhityāya samyag jayaḥ saṃjitiḥ | etatsiddhyartham brāhmaṇāya varaṃ gāṃ dadāmi |

7. **atha yat** | varam ityādimantreṇa vācaṃ visṛijata iti yad asti, tasmin mantrasvarūpe dadāmīti yad āha | etad eva vāksambandhi jitaṃ jayaḥ | yad eva vāco jitam asti | pūjārtho jitām iti dīrghaḥ | tad vāgjayarūpam me madīyam idaṃ karmānushṭhānam anusṛitya saṃtishṭhatai | samāptam bhavatu | samyag avatishṭhatām iti tasya mantrasyābhiprāyaḥ |

9. **samid asi** | he kāshṭha tvaṃ samid asi | samindhanasādhanam asi | iṅkhatidhātor loṇmadhyamaikavacanam eṅkshveti | sa ca gatyarthaḥ | uçabdo 'narthakaḥ | indriyapāṭavena çarīrasāmarthyena ca sam v enkshva | saṃyojaya | Dafür wird sam meṅkshva, d. i. sam mentsva zu lesen sein. iṅkshva für intsva, wie avāksam für avātsam |

11. **ādhāya** | samidham prakshipya prāṅmukha udaṅmukho vā padatrayam abhita utkrāmet | yadvā | prāṅ udaṅṅ ity antarālavartinīm aiçānīṃ diçam abhilakshyotkrāmet |

12. **kḷiptiḥ** | digviçesham abhilakshya kriyamāṇa he padotkramaṇa, tvaṃ diçāṃ kḷiptiḥ kalpanaṃ svādhīnatvasampādakam asi | ato mayi devārthaṃ kalpata | kalpanasāmarthyaṃ kuru | bahuvacanaṃ chāndasam | Zu lesen ist: kḷiptir asi diçāṃ, diço ma kalpantām.

10.

4. **abhīvartena** | abhīvartenetyādinā sūktenainaṃ jayārthinam uktakrameṇa dikshv āvartayet | athānantaram āvartamānam enaṃ sūktatrayeṇānvīksheta | āçuḥ çiçāna ity apratirathaṃ sūktaṃ | çāsa ittheti çāsasūktam | pra dhārā yantu madhuna iti sauparṇasūktam |

9. **etya gṛihān** | gṛihān praty āgatya yo 'yaṃ gṛihyo gṛihe vartamānaḥ aupāsano 'gnis, tasya paçcādbhāga upavishṭāyāsīnāyānvārabdhāyopaspṛishṭavate kshatriyāya tādṛiçasya kshatriyasyānārtyādisi-

ddhyārtham ṛitvig adhvaryur antataḥ sarvaprayogānto kaṅsena kāṅsyapātreṇa caturgṛihītāṃ caturvāraṃ svīkṛitā aindrīr indradevatākā vakshyamāṇais tribhir mantrais tisra ājyāhutīḥ prapadaṃ yathā bhavati tathā juhuyāt | prapadam prakṛishṭam [1]) padam | tathā cāhuḥ | pādā yasyās tu yāvanto yāvadaksharasammitāḥ | ṛicy adhyayanam eteshām prapadaṃ tad vidur budhā iti | Zu 8, 11, 1: prakshiptam padajātaṃ yasminn uccāraṇe tad uccāraṇam prapadam |

12.

3. ṣīrshaṇye | āsandyāṃ ṣayānasyendrasya ṣirodeṣastham phalakaṃ ṣīrshaṇyam | tac ca pādadeṣāvasthitasya phalakasyāpy upalakshaṇam | ata eva ṣīrshaṇye iti dvivacanam ucyate | anūcye pārṣvadvayavartinī phalake | ṛigrūpā ye mantrāḥ santi, tān prācīnātānān prākpratyagāyatatvena vistāritān dīrghatantuviṣeshān akurvan | gīyamānāni sāmāni tiraṣcīnavāyāṅs tiryaktvena vāyanahetūn rajjuviṣeshān akurvan | yajūṅshy atīkāṣān rajjvantarālachidraviṣeshān akurvan | yad yaṣaḥ kīrtidevatārūpaṃ tad āsandyā upary āstaraṇam | yā tu ṣrīḥ sampadabhimāninī devatā tām upabarhaṇaṃ ṣirasa upadhānam akurvan |

5. tam etasyām | etasyāṃ vedamayyām āsandyām āsīnaṃ tam Indram prati viṣve sarve devāḥ parasparam idam abruvan | yathā loke vandino guṇakathanena rājñaḥ kīrtiṃ kurvanti | evam atrāpi guṇakīrtanam abhyutkroṣaṇam | tena rahita 'nabhyutkrushṭa Indro vīryaṃ kartuṃ naivārhati | kīrtim antareṇa pareshām bhityanudayāt | tasmād abhita enam Indram abhyutkroṣāma, udghoshayāmeti vicārya tathaivāṅgīkṛitya tam Indraṃ sarve devā abhyudakroṣan |

14.

1. athainam | atha prajāpatyabhishekānantaram enam Indram prācyāṃ diṣy avasthitā Vasavo devā ekatriṅṣatsv ahassu pūrvoktair mantrair abhyashiñcan | An 31 Tage ist nicht zu denken, aber ebensowenig ist die Uebertragung mit "während sechs mit dem pañcaviṅṣastoma gefeierten Tagen" zu rechtfertigen. Der pañcaviṅṣa stoma kommt beim mahāvrata, nicht beim rājasūya vor. Ich vermuthe, es sind 6 × 25 Tage gemeint.

15.

1. samantaparyāyī | deṣataḥ kālataḥ sarvavyāpī syāt | antāt samudratīraparyantaṃ sārvabhaumatvaṃ deṣavyāptiḥ | ā parārdhāt | parārdhaṣabdābhidheyakālasaṃkhyāparyantaṃ sārvāyushatvaṃ kāla-

---

1) Vielleicht prakshiptam.

vyāptiḥ | evaṃvidho bhūtvā samudraparyantāyāḥ pṛithivyā eka eva rājāstv ity anayechayācāryo mahābhishekeṇa tam abhishiñcet |

16.

8. atha tataḥ | tata ācārya evam brūyāt | he paricārakās tokmakṛitāny aṅkuranirmitāny oshadhidravyaṇi caturvidhāni sampādayata | sūkshmabījarūpā vrīhayaḥ prauḍhabījarūpā mahāvrīhayaḥ |

20.

2. hiraṇyam | hiraṇyasyaiva saṃkhyā sahasranishkaparimitety arthaḥ | catushpācchabdena gavādikam abhidhīyate |

21.

3. Āsandīvati | Āsandīvān iti deçaviçeshasya nāmadheyam | tasmin deçe Janamejayo devebhyo devārthaṃ yāgayogyam açvam babandha | kīdṛiçam açvam | dhānyādam dhānyam evātti | rukmiṇam | rukmaçabdena lalāṭagataṃ çvetalāñchanam upalakshyate | tadyuktam | haritavarṇā srag yasyāsau haritasrak | pushpamāleva haritavarṇo dehaṃ vyāpya vartata ity arthaḥ |

14. Kāmapreḥ | sarvokāmapūritasya |

22.

2. alopāṅgaḥ | yo 'yam aṅganāmoko rājoktaḥ, so 'yam alopāṅgaḥ sampūrṇāvayava ity arthaḥ | mohad asyāṅgasaushṭhavam | sa kadācit svakīyābhishekokartary udamayanāmake purohite svārthaṃ yāgaṃ kurvāṇe sati tam praty evam uvāca |

4. yābhir gobhiḥ | Priyamedhasyo putrāḥ Praiyamedhā maharshaya udamayanāmakam aṅgarājapurohitaṃ yābhir gobhir dakshiṇārūpābhir ayājayan | tā gāvo vakshyonta iti çeshaḥ | badvam iti çatakoṭisaṃkhyāyā nāmadheyam | badvānāṃ çatakoṭisaṃkhyānāṃ gavām madhye pratidinaṃ dve-dve sahasre madhyato madhyaṃdinasavone 'triputra Udamayo dattavān |

5. ashṭāçītisahasrāṇi | Vairocano Virocanasya putro 'ṅganāmako rājā svakīyapurohita udamayanāmake yajamāne yāgaṃ kurvāṇe svayam āgatyāshṭāçītisahasrasaṃkhyān açvān çvetavarṇān prashṭīn pṛishṭhavāhanayogyavayaskān niçcṛitya svakīyāçvabandhanasthānāc niḥsārya prāyachat | dattavān |

6. deçād-deçāt | deçād-deçād digvijayakāle tattaddeçaviçeshāt samoḍhānāṃ samyag ā samantād āḍhānām ānītānām āḍhyaduhitṛiṇām[1])

---

1) duhitṛiṇām im Texte zweifelhaft, wie oben 7, 13, 8.

dhanikaputrīṇāṃ sarvāsāṃ daçasahasrāṇy Ātreyo 'ṅgarājapurohito dattavān | tāç ca duhitaro nishkakaṇṭhya ābharaṇopetakaṇṭhayuktāḥ |

7. daça | aṅgarājasya purohito brāhmaṇa Ātreyo 'vacatnukanāmake deçe gajasahasrāṇi daçasaṃkhyākāni dattvā dānena çrāntaḥ san pāṛikoṭān paricārakān praipsat | prashitavān | he paricārakā yūyaṃ dattety evam uktavān ity arthaḥ |

8. çatam | pratāmyati emaiva | glānim eva prāptavān |

23.

3. hiraṇyena | mṛigaçabdenātra gajā vivakshitāḥ | mṛigavad iti bāholyavivakshayā mṛigaçabdaḥ | te ca gajā hiraṇyena parivṛitāḥ sarvābharaṇayuktāḥ, çarīrapushṭyā varṇotkarshoṇāpy atyantaṃ kṛishṇāḥ pratibhāsante | çuklābhyāṃ dantābhyāṃ yuktāḥ | tādṛiçān gajān mashṇāranāmake deçe Bharato rājā dattavān | çatam ityādinā tatsaṃkhyocyate | badvaṃ vṛindam ity etau paryāyau | vṛindaçabdaç ca çatakoṭivācitvena gaṇitagranthakārair darçitaḥ | ekaṃ daça ca çataṃ ca sahasraṃ cāyutaniyuto tathā | prayutakoṭyarbudaṃ vṛindaṃ sthānaṃ sthānād daçaguṇaṃ syād iti | tāni ca çatakoṭirūpāṇi badvāni saptādhikaçatasaṃkhyākāni | tāvato gajān dattavān ity arthaḥ |

6. māyām māyavattaraḥ | In der Parallelstelle Ç. P. 13, 5, 4, 12 lautet der Halbvers: Saudyumnir atyashṭhād anyān amāyān māyavattaraḥ | māyino würde einen besseren Sinn geben.

24.

6. agnir vai | paropadravakāriṇī krodharūpā çaktir manir ity ucyate | yathāgner jvālā tadvat | eto yaḥ purohito 'sti so 'yam pañcavidhamenyupeto vaiçvānaranāmāgnicamānaḥ |

25.

2. ayuvamāri | yasya rājña evaṃ vidvān vedaçāstroktaprakāreṇa dharmādharmau bodhayitum abhijño brāhmaṇo rāshṭragopo rājyaparipālanakshamaḥ purohito bhavati | īdṛiçasyāryasya rājño rāshṭram ayuvaṃ kadācid api pṛithagbhāvarahitam bhavati | rāshṭram asthiraṃ na bhavatīty arthaḥ | athavāsya rāshṭram ayuvamāri yuvamaraṇarahitam bhavatīty arthaḥ | Diese zweite allein richtige Erklärung bedauere ich übersehen zu haben, und bitte im Texte ayuvamāry asya herzustellen: sein Reich vergeht nicht frühzeitig.

27.

1. purodhāyai | paurohityārtham |

4. atha rājñaḥ purohitavaraṇamantrām āha |

bhūr bhuvaḥ | bhūr bhuvaḥ svar iti ṣabdair lokatrayābhimāninyo devatā ucyante, praṇavena paramātmā | ete sarve 'nugṛihṇantv ity abhiprāyaḥ | ho purohita, aham amo dyulokarūpo 'smi | tvaṃ tu sa bhūlokarūpo 'si | punar api sa tvam asy amo 'ham ity abhidhānaṃ dārḍhyārtham | tasyaiva vyākhyānaṃ dyaur aham pṛithivī tvam iti | tathā sāmasvarūpo 'ham, ṛiksvarūpas tvam iti | tāv ubhāv āvām iha rāshṭra ā samantāt purāṇi tadupalakshitagrāmāṃṣ ca saṃvahāvahai | samyag vahanam purādinirvāhaṃ karavāvahai | tvam mama tanūḥ ṣarīram asi | ato madīyāṃ tanvaṃ ṣarīram asmād aihikād āmushmikāc ca mahābhayāt pāhi | raksha || anena mantreṇa rājñā kṛito yaḥ purohitas, tasya rājadattavishṭarābhimantraṇam āha | yā oshadhīḥ etc.

28.

1. athātaḥ | atha paurohityavidhānānantaraṃ yataḥ purohitena sampādyaḥ ṣatrukshayo 'pekshito, 'taḥ kāraṇād brahmaṇaḥ parimara etannāmakaḥ karmaviṣesho 'bhidhīyata iti ṣeshaḥ | brahmaṣabdenātra vāyur vivakshitaḥ | ayaṃ vai brahma yo 'yam pavata iti vakshyamāṇatvāt | tasya vāyoḥ parito vidyudādīnām maraṇaprakāraḥ parimara ity ucyate | tadbhāvanārūpasya karmaviṣeshasya tad eva nāmadheyam | yaḥ pumān brahmaṇaḥ parimaraṃ yadā manasā bhāvayaty, enam parita etasya parito 'vasthitāsu sarvāsu dikshu dvesham kurvantaḥ ṣatravo mriyante | idānīm enaṃ dvishanto jātyā ṣatravaḥ sapatnās te 'pi parito mriyante | tasmād etadvedanaṃ sampādanīyam |

9. ādityaḥ | ādityo yadāstam eti tadāyam agnim anupraviṣati | tad etat Taittirīyaiḥ samāmnātam | agniṃ vā ādityaḥ sāyam praviṣati, tasmād agnir dūrān naktaṃ dadṛiṣe, ubhe hi tejasī sampadyete (Th. 2, 1, 2, 9) iti |

10. udvān | udvān agnir udvānam upaṣamanam prāpnuvan agnir vāyum anupraviṣati | vāyor bāhulyo dīpavināṣadarṣanāt |

Wortverzeichniss.

Kapitelanfänge.

2. Verzeichniss der erwähnten Verse.

a) Aus der Ṛiksaṃhitā [1]).

1) Die Anzahl der verwendeten Verse erhellt entweder aus dem Text oder dem Commentar.

apsv agne (7, 7) 8, 43, 9
abhi tashṭeva (6, 13. 20) 3, 38, 1
abhi tyam mesham (5, 17) 1, 51, 1
abhi tvā deva savitar (1, 16. 22. 5, 17. 7, 16) 1, 24, 3
abhi tvā pūrvapītaye (4, 29. 5, 18) 6, 3, 7
abhi tvā vṛishabhā (8, 20) 8, 45, 22
abhi tvā ṣūra (4, 10. 29. 5, 1. 7. 16. 18. 20. 8, 2) 7, 32, 22
abhīvartena havishā (8, 10) 10, 174, 1
abhūd ushā ruṣatpaṣur (2, 18) 5, 75, 9
abhūr eko (5, 13) 6, 31, 1
amūr yā upa (3, 20) 1, 23, 17
ameva naḥ (6, 12) 2, 36, 3
ambayo yanty (2, 20) 1, 23, 16
ambitame (5, 4) 2, 41, 1
ayaṃ venaṣ (1, 20. 3, 30) 10, 123, 1
ayaṃ soma indra tubhyaṃ sunva ā tu (5, 20) 7, 29, 1
ayaṃ ha yena (5, 12) 8, 76, 4
ayaṃ jāyata (5, 12) 1, 128, 1
ayaṃ te astu (4, 3) 3, 44, 1
ayaṃ devāya (5, 17) 1, 20, 1
ayam agnir urushyaty (1, 28) 10, 176, 4
ayam iha (1, 18) 4, 7, 1
ayam u shya pra (1, 28) 10, 176, 3
arā ived (7, 9) 5, 58, 5
arūrucad (1, 21) 9, 83, 3
arcata prārcata (4, 4) 8, 69, 8
arvāṅ ehi (6, 11) 1, 104, 9
ava drapso (6, 36) 8, 96, 13
avar maha (5, 12) 1, 133, 6
avitāsi sunvato (5, 6) 8, 36, 1
aṣvinā vartir (7, 9) 1, 92, 16
aṣvinā vāyunā (4, 11) 3, 58, 7
aṣvināv eha gachatam nāsatyā mā vi venatam | haṅsāv iva (5, 1) 5, 78, 1
asāvi devaṃ (6, 11) 7, 21
astabhnād dyām (1, 30) 8, 42, 1
astu ṣraushaṭ (5, 12) 1, 139, 1
asmā id u pra tavaso (6, 18) 1, 61, 1
asya pibatam (1, 22) 8, 5, 14
ahaṃ bhuvaṃ vasunaḥ (5, 21) 10, 48, 1
ahaṣ ca kṛishṇam (5, 15) 6, 9, 1
āgan deva (1, 13) 4, 53, 7
ā gomatā (5, 16. 7, 9) 7, 72, 1
āgniṃ na (5, 4) 10, 21, 1
āgmann āpa (2, 20) 10, 30, 15
ā cikitāna (5, 4) 5, 66, 1
ā jātam (1, 16) 6, 16, 42
ā te pitar (3, 34) 2, 33, 1
ā te suparṇā (7, 9) 1, 79, 2
ātmanvan nabho (1, 22) 9, 74, 4
ā tvā ratham (3, 15. 4, 29. 5, 16. 8, 1) 8, 68, 1
ā tvā vahantu (4, 3. 6, 9) 1, 16, 1
ā dadhikrāḥ (7, 33) 4, 38, 10
ā daṣabhir (1, 22) 8, 72, 8
ādityāso aditir (3, 29) 7, 51, 2
ā devānām api (1, 9. 7, 8) 10, 2, 3
ā devo yātu (5, 5) 7, 45, 1
ā dhūrshv asmai (4, 3) 7, 34, 4
ā dhenavaḥ payasā (2, 20) 5, 43, 1
ā na indro dūrād (4, 30) 4, 20, 1
ā nūnam aṣvinor (1, 22) 8, 9, 7
ā no divo bṛihataḥ (5, 20) 5, 43, 11
ā no deva ṣavasā (5, 16) 7, 30, 1
ā no niyudbhiḥ (5, 16) 7, 92, 5
ā no yajñaṃ divispṛiṣaṃ (5, 6) 8, 101, 9
ā no vāyo (5, 6) 8, 46, 25
ā no viṣvābhir ūtibhir aṣvinā (5, 4) 8, 8, 1
ānyaṃ divo (2, 9) 1, 93, 6
āpūrṇo asya (6, 11) 3, 32, 15
āpo na devīr (3, 20) 1, 83, 2
āpo revatīḥ (2, 16) 10, 30, 12
ā pyāyasva sam etu (1, 17. 7, 33) 1, 91, 16
ā bhāty agnir (1, 21) 5, 76, 1
ā mitre (5, 1) 5, 72, 1
ā yaṃ haste (1, 16) 6, 16, 40
āyaṃ gauḥ (5, 23) 10, 189, 1
ā yātv indro 'vasa (4, 29) 4, 21, 1
ā yāhi vanasā (5, 17) 10, 172, 1
ā yāhy adribhiḥ (5, 1) 5, 40, 1
ā yāhy arvāṅ (6, 19) 3, 43, 1
ā va indraṃ (7, 16) 1, 30, 1
āvarvṛitatīr (2, 20) 10, 30, 10
ā vāṃ ratho niyutvān (5, 12) 1, 135, 4
ā vāyo bhūsha (5, 16) 7, 92, 1
ā viṣvadevaṃ (1, 9. 4, 32. 5, 6. 19) 5, 82, 7
ā viṣvavārā (5, 20) 7, 70, 1
ā vo vahantu (6, 12) 1, 85, 6
āṣuḥ ṣiṣāno (8, 10) 10, 103, 1

pāvakaṣoce (1, 22) 3, 2, 6
pinvanty apo (8, 18. 4, 20. 31. 5, 1. 4. 6. 12. 18. 13. 20) 1, 64, 6
pibā sutasya (4, 28. 5, 6. 18) 8, 8, 1
pibā somam abhi (5, 18. 6, 11) 5, 17, 1
pibā somam indra mandatu (3, 22. 5, 4) 7, 22, 1
pīvoannāñ (5, 17) 7, 91, 3
pūrvīsh ṭa (6, 24) 8, 40, 9
pṛikshasya vṛishṇo (4, 32) 8, 8, 1
pṛishṭo divi pṛishṭo (7, 8) 1, 98, 2
pra ṛibhubhyo (5, 5) 4, 33, 1
pra kshodasā (5, 16) 7, 95, 1
pra ghā nv asya (5, 13) 2, 15, 1
pra tavyasīṃ (4, 30) 1, 143, 1
prati yad āpo (2, 20) 10, 30, 13
prati vāṃ sūra udite sūktair (5, 18) 7, 65, 1
pra te mahe (4, 3) 10, 96, 1
pratvakshasaḥ (4, 30) 1, 87, 1
prathaṣ ca (1, 21) 10, 181, 1
pra devatrā (2, 19) 10, 30, 1
pra devaṃ devavītaye (1, 16) 6, 16, 41
pra devaṃ devyā (1, 28) 10, 176, 2
pra dyāvā yajñaiḥ pṛithivī ṛitāvṛidhā (4, 30) 1, 159, 1
pra dyāvā yajñaiḥ pṛithivī namobhiḥ (5, 5) 7, 53, 1
pra nūnam brahmaṇas (5, 1. 12. 20) 1, 40, 5
pra-pra vas (4, 4) 8, 69, 1
pra-prāyam (1, 17) 7, 8, 4
pra brahmāṇo (5, 20) 7, 42, 1
pra mandine (5, 20) 1, 101, 1
pra yad vas (5, 17) 8, 7, 1
pra yad vām (5, 16) 6, 67, 8
pra yābhir yāsi (5, 16) 7, 92, 8
pra va indrāya bṛihate (4, 29. 5, 4. 16) 8, 89, 3
pra vām andhāṅsi (4, 11) 7, 68, 2
pra vām mahi (5, 21) 4, 56, 5
pra vīrayā ṣucayo (5, 20) 7, 90, 1
pra vo devāyāgnaye (2, 35. 40. 41) 3, 13, 1
pra vo yajñeshu (5, 16) 7, 43, 1
pra ṣukraitu (5, 5) 7, 34, 1
pra sotā jīro (5, 16) 7, 82, 2
prāgnaye vācam (5, 21) 10, 187, 1
prātaryāvabhir (6, 10) 8, 38, 7
pretāṃ yajñasya (1, 29. 5, 17) 2, 41, 19
predam brahma (5, 8) 8, 37, 1
preddho agne (1, 5) 7, 1, 3
praitu brahmaṇas (1, 22. 30. 4, 29. 5, 4. 18) 1, 40, 3
pro shv asmai (4, 3) 10, 133, 1
babhrur eko (5, 21) 8, 29, 1
babhavaḥ sūracakshaso (4, 10. 5, 5) 7, 66, 10
bṛihad indrāya (4, 31. 5, 8. 18) 8, 89, 1
bṛihad u gāyishe (5, 6) 7, 96, 1
bṛihaspatir naḥ (6, 15) 10, 42, 11
bṛihaspate ati yad (4, 11) 2, 23, 15
brahmaṇā te (6, 22) 8, 35, 4
brahman vīra (4, 3) 7, 29, 2
brahmā ṇa indropa (5, 18) 7, 28, 1
bhavā no agne sumanā (1, 13) 3, 18, 1
madhvo vo nāma (5, 15) 7, 57, 1
mano nv ā (3, 11) 10, 57, 3
mayo dadhe (7, 7) 3, 1, 3
maruto yasya (5, 21. 5, 10. 7, 3) 1, 86, 1
marutvāñ indra mīḍhvaḥ (5, 6) 8, 76, 7
marutvāñ indra vṛishabho (5, 4) 3, 47, 1
mahaṣ cit tvam (5, 18) 1, 168, 1
mahāñ indro nṛivad (5, 18) 6, 18, 1
mahāntaṃ tvā mahīnāṃ (8, 7) 10, 134, 1
mahī dyāvāpṛithivī (5, 8) 4, 56, 1
mahī dyauḥ (1, 16. 4, 10. 5, 19) 1, 22, 13
mātalī kavyair (3, 37) 10, 14, 3
mā no asmin mahādhane (7, 7) 8, 75, 12
mā pra gāma (3, 11) 10, 57, 1
mitraṃ vayaṃ (6, 10) 1, 23, 4
mo shu tvā (5, 7) 7, 32, 1
ya imā viṣvā jātāny (1, 9) 5, 82, 9
ya ugra iva (1, 25) 6, 18, 39
ya eka id dhavyaṣ (6, 18. 19) 6, 22, 1
yaḥ kakubho (6, 24) 8, 41, 4
yac cid dhi tvaṃ (7, 17) 1, 28, 5
yac cid dhi satya (7, 18) 1, 23, 1
yajñasya vo (4, 32) 10, 32, 1

b) Aus anderen Quellen.

upa drava payasā (1, 22) Āṣv. 4, 7, 4. Av. 7, 73, 6
upasṛijan dharuṇam (5, 22) Āṣv. 8, 13, 2
ṛitāvānam vaiṣvānaram (5, 19) Āṣv. 8, 10, 8. Sv. 2, 1058. Ts. 1, 5, 11, 1. Vs. 26, 6. Av. 6, 38, 1
etā aṣvā (6, 33) Āṣv. 8, 3, 13. Av. 20, 129, 1
esha brahmā (4, 3) Āṣv. 6, 2, 6. Sv. 1, 438. Th. 2, 4, 3, 10
tapto vāṃ gharmo (1, 22) Āṣv. 4, 7, 4. Av. 7, 73, 5
tvam agne vratabhṛic (7, 8) Āṣv. 2, 12, 14. Th. 2, 4, 1, 11
damūnā devaḥ (3, 29) Āṣv. 5, 18, 2. Av. 7, 14, 4
dosho āgād (5, 13, 21) Āṣv. 8, 1, 18. Sv. 1, 177. Av. 6, 1, 1
nānā hi vāṃ (8, 8) Āṣv. 3, 9, 4. Tb. 1, 4, 2, 2
pra dhārā yantu madhuna 8, 10
brahma jajñānam (1, 19) Āṣv. 4, 6, 3. Sv. 1, 321 etc.
bhadrād abhi (1, 13) Āṣv. 4, 4, 2. Ts. 1, 2, 3, 3. Av. 7, 8
mahān mahī astabhāyad (1, 19) Āṣv. 4, 6, 3. Ts. 2, 3, 14, 6
mahīm ū shu (1, 9) Ṭs. 1. 5, 11, 5. Vs. 21, 5. Av. 7, 6, 2
yad atra ṣishṭaṃ (7, 33. 8, 20) Tb. 1, 4, 2, 3
yad adya dugdham (5, 27. 7, 3) Āṣv. 3, 11, 7. Th. 1, 4, 3, 3
yad usriyāsv āhutaṃ (1,22) Āṣv. 4, 7, 4. Av. 7, 78, 4
yayor ojasā (7, 5) Āṣv. 5, 20, 6. Th. 2, 8, 4, 5. Av. 7, 25, 1
yasmād bhīshā (5, 27. 7, 3) Āṣv. 3, 11, 1. Tb. 3, 7, 8, 1
yābhir indram abhyashiñcat 8, 7
yo devānām iha (2, 22) Āṣv. 5, 2, 8
vi yat pavitraṃ dhishaṇā atanvata gharmaṃ ṣocantaḥ pravaṇeshu bibhrataḥ | samudre antar āyavo vicakshaṇaṃ trir ahno nāma sūryasya manvata || 1, 20. Āṣv. 4, 6, 8
viṣvasya devī (4, 10) Āṣv. 6, 5, 18
viṣvā āṣā (1, 22) Āṣv. 4, 7, 4. Vs. 38, 10, Ta. 4, 9, 2
vaiṣvānaro ajījanad agnir no navyasīm matim | kshmayā vṛidhāna ojasā || (5, 17. 7, 9) Āṣv. 2, 15, 2
vaiṣvānaro na ūtaya (5, 21) Āṣv. 8, 11, 4. Ts. 1, 5, 11, 1. Vs. 18, 72. Av. 6, 35, 1
vratāni bibhrad (7, 8) Āṣv. 3, 12, 14. Th. 2, 4, 1, 11
ṣaṃ na edhi (7, 33). Vgl. Ṛv. 8, 48, 4
ṣivena mā cakshushā (8, 6). Ta. 5, 6, 1, 2. Av. 1, 33, 4
samiddho agnir aṣvinā (1, 22) Āṣv. 4, 7, 4. Th. 2, 6, 12. Vs. 20, 55. Av. 7, 73, 2
samiddho agnir vṛishaṇā (1, 22) Āṣv. 4, 7, 4. Av. 7, 73, 1
sāvīr hi deva (1, 30) Āṣv. 4, 10. 1. Th. 2, 7, 15, 1. Av. 7, 14, 3
svāhākṛitaḥ ṣucir (1, 22) Āṣv. 4, 7, 4. Av. 7, 78, 3

c) yajus, nivid, praisha u. s. w.

aṅṣur aṅsush ṭe (1, 28) Āṣv. 4, 5, 6. Ts. 1, 2, 11, 1. Vs. 5, 7
agniḥ sushamit 2, 34, dritte nivid
agnir deveddhaḥ 2, 34, erste nivid
agnir manviddhaḥ 2, 34, zweite nivid
agnish tvā gāyatryā 8, 6
agne vīhi 1, 22
ajaid agnir (2, 5) Āṣv. 3, 2, 10. Tb. 3, 6, 5
atūrto hotā 2, 34, achte nivid
adhvaryo indrāya 2, 20, nigada
adhvaryo ṣoṅsāvom 3, 12
adhvaryo ṣoṣaṅsāvom 8, 12
anv enam mātā 2, 6. Vs. 6, 9
ā tishṭhasvaitāṃ te diṣam 8, 10
ā devo devān vakshat 2, 34, zehnte nivid
imaṃ devā abhyutkroṣata 8, 12
isham ūrjam anvārabhe 5, 24
iha ramcha ramadhvam (5, 22) Vs. 8, 51
ukthaṃ vāci 3, 12

upahūtā vāk 2, 27
esha vasuḥ 2, 27. Ts. 3, 2, 10, 2
eshtā rāya (1, 26) Āçv. 4, 5, 7. Tb. 1, 2, 11, 1. Vs. 5, 7
ojaḥ saha ojaḥ 3, 8
kliptir asi diçām 8, 19
kshatram prapadye 7, 22
tūrṇir havyavāṭ 2, 39, neunte nivid
divaṃ tṛitīyaṃ devān 7, 5
devasya tvā savituḥ 8, 7. 13
daivyāḥ samitāra (2, 6) Āçv. 3, 3, 1. Tb. 3, 6, 6
narāçaṅsapītasya 7, 34
nāgner devatāyā emi 7, 24
nendrād devatāyā emi 7, 23
pitā mātariçvā (2, 38) Āçv. 5, 9, 1. Ts. 5, 6, 8, 6
punar na indro 7, 21
punar no agnir 7, 21
prajāpater vibhān 7, 26. Ts. 1, 6, 5, 1
praṇīr yajñānām 2, 34, sechste nivid.
pratitishṭhāmi dyāvāpṛithivyoḥ 8, 9
prāçyāṃ tvā diçi 8, 19
prāṇaṃ yacha 2, 21
predam brahma 3, 11
bṛihac ca te rathaṃtaraṃ 8, 17
brahma prapadye 7, 22
bhūr agnir jyotir 2, 31. 32. 37, tūshṇīṃçaṅsa
mukham asi 2, 22
yakshad agnir devo devān 2, 34, elfte nivid.
yad ihonam akarma 5, 24
yāṃ ca rātrim 8, 15
rathīr adhvarāṇām 2, 34, siebente nivid
varaṃ dadāmi 8, 9
vashaṭkāra mā mām 3, 8
vasavas tvā gāyatreṇa 8, 12
vāg ojaḥ 3, 8
vācaspate vidhe 5, 25. Ts. 3, 1, 1
çaṅsāmodaivom 3, 12
çoṅsāvom 3, 12
samid asi sam 8, 9
so adhvarā karati jātavedāḥ 2, 34, zwölfte nivid
somasyāgne vīhi 3, 5
harivāñ indro dhānā 2, 24, yājyā
havir agne vīhi 2, 24, yājyā
hutaṃ havir madhu (1, 22) Āçv. 4, 7, 4
hotā devavṛitaḥ 2, 34, vierte nivid
hotā manuvṛitaḥ 2, 34, fünfte nivid
hotā yakshad 6, 14, praisha.

d) gāthā.

anenasam enasā 5, 30
āsandīvati dhānyādam 8, 21
na mā martyaḥ 8, 21
prātaḥ-prātar anṛitaṃ 5, 31
bṛihadrathaṃtarābhyām 5, 30
marutaḥ pariveshṭāro 8, 21
yaṃ nv imam 7, 13, 2
yajet santrāmaṇyām 7, 9
yad asya pūrvam 3, 43
yathā ha vā sthūripaikena 5, 30
yābhir gobhir udamayam 8, 22
hiraṇyena parīvṛitān 8, 23

---

3. Namenverzeichniss.

a) Dichter von vedischen Hymnen.

Die Angaben über diese stimmen mit der Anukramaṇikā überein. Dieses Verhältniss ist dergestalt aufzufassen, dass die in den einzelnen Brāhmaṇa zerstreuten Nachrichten von den Verfassern dieser Liste zusammengestellt wurden.

b) Namen von Weisen, Königen u. s. w.

c) Namen von Völkern, Ländern, Flüssen u. s. w.

Aurva 6, 33
Kurukshetra 7, 30
Kurupañcālāḥ 8, 14
Gaṅgā 8, 23
Pariṇāraka, ein Ort an der Sarasvatī 2, 19
Puṇḍra, ein Volk 7, 18
Pulinda, ein Volk 8, 18
Mashṇāra, Ortsname 8, 23
Mutiba, ein Volk 7, 18
Yamunā 8, 23
Vaça, ein Volk 8, 14
Vṛitraghna, nach dem Scholiasten der Name eines Ortes 8, 23
Çabara ein Volk 7, 18
Sarasvatī 2, 19 [1])

d) Einzelnes.

Chandogāḥ 5, 2
çruti, im Sinne von heiliger Schrift 7, 9

---

4. Anmerkungen.

a) Handschriften.

Für den Text sind folgende Handschriften verglichen worden:

a) Berlin Chambers 45. Saṃvat 1830.

b) — — 62. Jünger als die vorhergehende.

c) — — 77. 78. Saṃvat 1840.

d) India Office Library 1977. Çaka 1736.

e) — — — 697. Saṃvat 1852—54.

f) Eine Handschrift, die Dr. Hoernle in Calcutta mir zu leihen die Güte hatte. Saṃvat 1820—36.

g) Eine Handschrift im Besitz des Indian Government in Bombay, mit dem Commentar zusammen gebunden, von Çaka 1747.

h) Eine Handschrift der Pariser Bibliothek, D. 197. 198, von mehreren Schreibern zu verschiedenen Zeiten gefertigt.

i) Eine Abschrift von einer Telugu-Handschrift in der Tanjore Palace Library, welche Dr. Burnell für mich in Nāgarī-Schrift umschreiben liess. Ich benutze diese Gelegenheit für diesen Freundschaftsdienst ihm meinen Dank auszusprechen.

k) Die Editio princeps von Martin Haug. Bombay 1863.

Zu erwähnen ist, dass die Handschriften des Commentars den Text entweder theilweise (Anfang und Ende der einzelnen Paragraphen) oder in einzelnen Adhyāya vollständig wiedergeben.

---

1) sarvacaru in 6, 1 wird von dem Scholiasten als ein Ortsname, in PW. als der Name eines Mannes erklärt. Ich ergänze yajñe.

Für den Commentar von Sāyaṇa standen mir folgende Handschriften zu Gebote:

a) India Office 2091. Ṣaka 1771.

b) — — 1836. 1836a auf Europäischem Papier zu Anfang dieses Jahrhunderts geschrieben.

c) India Office 1353. Der achte Adhyāya. Ṣaka 1583.

d) Die oben unter g. genannte Handschrift der indischen Regierung zu Bombay. Wasserzeichen von 1823.

e) Eine mir von Professor Max Müller geliehene Handschrift (Aa), der Schrift nach aus dem Ende des siebzehnten Jahrhunderts, ist bis jetzt das beste Exemplar der zweiten Klasse.

f) Eine ganz moderne Handschrift in Teluguschrift, ebenfalls Müller angehörig, den Text und Commentar enthaltend, ist von mir nur bei schwierigen Stellen herbeigezogen worden.

g) Ein Fragment des ersten Buches, welches von Anfang bis 1, 16, 40 reicht, eine ganz vorzügliche Handschrift, im Besitz von M. Müller. Diese mir von Müller aus freien Stücken angebotenen Handschriften sind mir von vielem Nutzen gewesen, und es gereicht mir zu besonderer Freude ihm für das Darlehn meinen Dank zu sagen.

h) Eine Abschrift der beiden ersten Adhyāya aus der oben mit i. bezeichneten Handschrift, von Burnell mir freundlichst zugesendet.

Die Handschriften des Commentars zerfallen in zwei Klassen. Die erste ursprüngliche ist durch a. und g. vertreten. Die zweite enthält manche Lücken, Auslassungen und Verderbnisse, und dieser gehören alle übrigen von mir gesehenen Handschriften an. Zu dieser zählen auch die beiden Handschriften von Haug, die sich gegenwärtig in der Staatsbibliothek in München befinden. Zwei Stellen mögen zur Probe von der Beschaffenheit der beiden Klassen dienen. Der Commentar zu 1, 16, 40 ist nach g. mitgetheilt. In den anderen Handschriften lautet er:

athavā amṛitishu abrāhmaṇatvena pratipādito yo sti so yam abrāhmaṇoktaḥ | tad yathā | abrāhmaṇās tu shaṭ proktā iti Ṣātātapo bravīt | ādyas tu rājabhṛityaḥ syād dvitīyaḥ krayavikrayī | tṛitīyo bahuyājyākhyaṣ caturtho 'ṣrautayājakaḥ | pañcamo grāmayājī ca shashṭho brahmabandhuḥ smṛitaḥ |

Der Commentar zu 1, 10, 2 lautet in der B-Klasse wie folgt: tāsu pūrvoktāsv ṛikshu padam pādaḥ tasmin pāde proktā Maruto devānām vaiṣyā antarikshe nivasanti enam yajamānam ni vā roddhoḥ svargagamanam niroddhum vā vi vā mathitoḥ viṣeshaṇa mathitum āloḍayitum vināṣayitum vā te Marutaḥ īṣvarāḥ samarthāḥ. In g. hingegen heisst es nach nivasanti: yo yajamānas tebhyo yady anivedya svargam lokam gachati enam yajamānam etc.

Von Lesarten im Texte ist schlechterdings nicht die Rede. Abgesehen von unbedeutenden orthographischen Eigenheiten sind die Fehler des überlieferten Textes allen Handschriften gemeinsam und werden vom Commentar bestätigt. Hiezu tritt der Umstand, dass alte Handschriften des Textes fehlen, und die vorhandenen nach dem gestaltet zu sein scheinen, welcher Sâyaṇa vorlag. In der Ausrentnng dieser Fehler bin ich vielleicht etwas zu furchtsam verfahren, aber mit wenigen Ausnahmen schien es mir rathsamer, diese in den Anmerkungen hervorzuheben. Vielleicht gelingt es künftigen Forschern in Indien, die mit eben so vieler Ausdauer wie Bühler arbeiten, den älteren Commentar von Govindasvâmin zu entdecken.

In der Abtheilung der Kapitel in Paragraphen bin ich Sâyaṇa durchgängig gefolgt und habe nur selten Veranlassung gefunden, von ihm abzuweichen. Im Grossen und Ganzen ist er in diesem Commentare ein zuverlässiger Führer und zeigt eine eingehende Kenntniss des Rituals. Selbst in der Erklärung der eingestreuten vedischen Verse verfährt er mit mehr Einsicht als im Ṛigveda. Von Schriften citirt er namentlich Âçvalâyana, Âpastamba, Baudhâyana, die Taittirîyasaṃhitâ und das Taittirîyabrâhmaṇa. Am Schlusse vieler Kapitel in den zwei ersten Pañcikâ gibt er Auszüge aus dem Jaiminîyamâlâvistara, die für unseren Zweck von keinem besonderen Werthe sind.

b) Grammatisches.

Verlängerung von Vokalen: atî tu tam arjâtai (ist an der gehörigen Stelle um einen Nachdruck zu bezeichnen) 3, 42. vy û mucante 6, 23. nî vîva nardet 6, 32. Im Inlaut: uttaravedînâbhi 1, 28, 23. 29. 33. samâvajjâmîbhyâm 3, 27 (neben samâvajjâmibhiḥ). pratyavarûhya 8, 9. parîçesha 7, 5.

Vor ṛi wird ein â gekürzt: prathama ṛik 3, 35. pita ṛibhûn 6, 12. yatha ṛishabham 6, 18. yathaṛishi 2, 4. Kurzes a mit ṛi wird der Regel nach in ar zusammengezogen, so pancartavaḥ 1, 1. nartuyâjânâm 2, 29. narchet 5, 28. Daneben findet sich asya ṛicam 3, 7. nâma ṛik 3, 23. eva ṛicâ 4, 7. ca ṛishayaḥ 1, 27. 2, 13. Çrnutaṛishir 7, 1. sarpaṛishiḥ 6, 1. In einer gâthâ (7, 17) bharataṛishabha, obgleich bharatarshabha zu sprechen ist.

au vor einem folgenden Vokal wird gewöhnlich in âv aufgelöst. Ausnahmen davon sind: Açvinâ udajayatâm 4, 8. 9. Açvinâ ucatuḥ 7, 16. dvâ ubhayoḥ 8, 5. Vergleicht man damit im Aitareyâraṇyaka ashṭâv-ashṭâ udyante 1, 3, 5. aindrâgnâ ûrû 1, 5, 1. karṇâ upaçriṇuyât 3, 2, 4. tâ ûnâtiriktau 1, 4, 2. ṇakârashakârâ upâptau 3, 2, 6, so ergibt sich daraus die Regel, dass vor einem folgenden u das v fortgelassen wird. Diese Regel findet sich io allen anderen Brāhmaṇa durchgängig beobachtet.

k für t in der Verbindung ts findet sich in avāksam 1, 28 (vielleicht mit einem Wortspiele: die ich früher bei den Gandharven keine Rede war), eam v eñkshva 8, 9.

Befremdlich ist das linguale n in brahmaivāsmā ctat purogavam akar | ọa vai 1, 13. 30 nnd in mahānagnī 1, 27.

s bleibt vor k io yaṣao kīrti 7, 23. 24.

r steht für l io nrūka 2, 7. rnmao 2, 9. bahnra 2, 18. sithira 3, 31.

Das Geschecht ist nicht beachtet in: Iṣvaro botāram yaṣo 'rtoḥ (für Iṣvaram), tad dha tat parān (für parāk) 3, 46 (dreimal), yad vichandāḥ 5, 4, atad bhrātṛivyaḥā sāma 4, 2.

Die Zahl ist nicht berücksichtigt in Iṣvaro (für Iṣvarā) hāsyā vitte devā srantoḥ 3, 48.

apo steht für apaḥ in ātapavarshyā apo 'bhyānīya 8, 17. tanvaḥ für tanūḥ 1, 24. stomebhiḥ für stomaiḥ 4, 15.

Feminina auf ā, i, ī, u, ū haben im Gen Abl. sg. ai, wie in allen anderen Samhitā and Brāhmaṇa mit Ausnahme des Ṛigveda. So aputāyai vāco vaditāraḥ 7, 27. abhibhūtyai rūpam 8, 2. gāyatryai ca jagatyai ca 4, 27. ishvai samṣityai 1, 27. Dadebeo findet sich asyāḥ 1, 23. pratishṭhāyāḥ 3, 14. gāyatryāḥ, jagatyāḥ 6, 32. Nirṛityāḥ 4, 10. pathyāyāḥ svasteḥ 1, 9. vedeḥ 6, 3. 7, 27 u. e. w.

Im Locativ der Feminina auf i 'haben wir āhutyām, kīrtyām, yonyām und daneben ishṭau. bhūmyām 8, 8. bhūmau 8, 9. Im Dativ sind mir our die Formen auf ai begegnet.

Der Locativ voo Stämmen anf ao hat meistens keine Endoog, namentlich weao oio Adjectiv mit iboen verhuoden ist. samāne 'han 3, 47. caturviñṣe 'han 6, 23. ātman, sīrshan, parama vyoman, sūman. Aber auch dvitīye 'hani 4, 31. 32. tṛitīye 'hani 5, 2.

Cootrahirte Instrumentalo sind jagatkāmyā 6, 15. mitrakṛityā 3, 4.

Ein Superlativ mit doppelter Eodung ist balishṭhatama 3, 44 (balishṭha 2, 36. 7, 16), analog dem sreshṭhatama in Ts. Tb.

Bei den Zahlwörtern finden sich folgende Unregelmässigkeiten: trayastriñsatyā 6, 32. shaṭtriñsatam akapadāḥ 7, 1. In einem' ungehörigao Casus steben catuḥshashṭiṃ kavacina āsuḥ 3, 48. parọaṣarāh shashṭis trīni ca satāny āhṛitya 7, 2.

Eigenthümliche Formen beim Pronomen sind: kaḥ svit so 'smākāsti vīraḥ io der Prosa 7, 27. Der gute alte Nominativ yuvam steht 2, 22, während anderweitig nur āvām gebraucht wird. so für sa steht in der gāthā 5, 30 des Metrums willen. enat findet sich 7, 22 zweimal als Nominativ gebraucht: tad enat pṛitam kshatrād gopāyati. Ebenso steht in Kaushītakibr. 22, 1 tasmād enau prathaman çasyete.

Beim Verbum bemerke ich zunächst den häufigen Mangel des Augments, den ich ausserdem, aber in seltneren Fällen, nur im Kaushītakibrāhmaṇa bemerkt habe. tān īkshataiva 3, 21. nyuhjan 7, 30. kalpayishan 3, 30. uccakrāmat 7, 1 [1]). prajanayan 2, 38. anvaveyuḥ 6, 14. pratyuttahhnuvan 4, 18. saṃsthāpayan 2, 31. visrañsata 3, 27. viharanta 2, 36. An unrechter Stelle steht das Augment in udaprapatat 3, 33, wo indessen wahrscheinlich udapatat zu lesen ist.

Das Bestreben, die Verben der zweiten Hauptklasse in die normale erste Conjugation hinüberzuziehen, zeigt sich in abhiprāṇet, abhyapānet 2, 21, pratiruudhet 6, 34. abhyahanat 4, 2. nihnave 7, 17. nihnavate 1, 26 [2]). nihnavante findet sich auch in Āçvalāyana 4, 5, 7. 8, 13, 27.

Nachahmungen von vedischen Formen sind duhe (für dugdhe) 6, 3. īçe (für īshṭe) 7, 16. çere (für çerate) 5, 28, 7. 15. smasi, vidmasi, çriṇotana, sthana, haddhvāya in Gāthās.

Das gebührende n fehlt in den Participien vadatyaḥ 6, 27. 32. çocatyaḥ 3, 36. sishāsatyaḥ 4, 17.

Der Potential lautet auf ī statt e, wie vielfach in anderen Brāhmaṇa, in kāmayīta 3, 45 (kāmayeta 3, 33). āhvayīta 4, 7 (āhvayeta 2, 33). vyāhvayīta 3, 19. 6, 21.

Als Bindevokal bei der Wurzel grah findet sich ai statt ī in paryagrahaisham 6, 24. pratyajagrahhaisham 6, 35. Diese Wurzel hat mehrfach ihr altes bh bewahrt. So in gṛibhīta 2, 1. samagṛibhṇāt 3, 26. nigrabhītṛi 2, 7.

Beachtenswerth ist die Form tāshṭi (2, 4) von taksh nach der zweiten Conjugation, von der Spuren auch im Ṛigveda erhalten sind. Sie lehrt, dass in Ṛv. X, 180, 1 vi çatrūn tāḷhi mit taḍ nichts gemein hat.

Das Perfectum von dhṛi lautet, ebenso wie in Ts. Tb. Aitareyār. Tāṇḍya, immer dādhāra, von bhī findet sich 5, 25 bibhāya.

Das periphrastische Perfect wird stets mit kṛi zusammengesetzt, nur 7, 17 steht āmantrayām āsa.

Der Conjunctiv ist nicht selten: tishṭhāsi 2, 2. carāti 7, 15 (an unrechter Stelle des Metrums wegen). kriṇavatha 2, 7. prajānātha 1, 7. juhavātha 5, 32. asat 2, 8. atikrāmāt 1, 24. vidhyāt 6, 33. ālulobhayishāt 1, 24. pratitishṭhāt 4, 25. apaharāt 5, 30. gachān 2, 12. nirhaṇao 3, 6. çayāsai 2, 2. arjātai 3, 42. saṃgachātai 1, 24. saṃti-

1) Jedoch ist hier wahrscheinlich uccakrāma zu lesen.

2) Dieses hätte ich in nihnuvate verändern sollen.

shṭhātai 8, 9. haratni (?) 5, 34. asyāthāḥ 6, 30. Für das in 3, 42 mehrfach wiederholte arjasi war arjāsi oder nrjasva zu erwarten.

Beachtenswerthe Desiderativa sind jijyūshita von jīv 7, 29. didāsitha, Perfectum von dā, 8, 21. lipsitavyam von labh 2, 8. kalpayishan 8, 30, wo wegen des unmittelbar vorhergehenden vāci ursprünglich vielleicht cikalpayishan stand.

Von besonderen Infinitivformen sind folgende zu bemerken: āsado 'ciklipat 1, 29. purā nābhyā apiṣasaḥ 2, 6.

In Verbindung mit īṣvara, ā, purā stehen Infinitive auf toḥ. So abhyupaitoḥ 7, 29. aitoḥ, paraitoḥ 8, 7. pratyetoḥ 6, 30. anriṇākartoḥ 1, 14. arantoḥ 3, 48. glāvo janitoḥ 1, 25. vāco rakshobhāsho janitoḥ 2, 7. ni vā roddhor vi vā mathitoḥ 1, 10. avarshṭoḥ 3, 18. pratyavahartoḥ 7, 33. hiṅsitoḥ 1, 30. ā ṣarīrāṇām āhartoḥ 7, 2. purā vācaḥ pravaditoḥ 2, 15.

Der Infinitiv auf tavai findet sich zweimal: tam praharati vadham yo 'sya stṛityas tasmai startavai 2, 1. tenedam sarvam etuvai kṛitam 5, 15.

Das Absolutiv auf am ist eigenthümlich verwendet 7, 9: ya āhitāgnir jīve mṛitaṣabdam ṣrutvā (für ṣṛiṇuyāt). Ein anderer grammatischer Schnitzer steht 2, 7: te 'bhitaḥ paricaranta ait (für āyan) paṣum.

Das Adverb paṣcā findet sich nur vor Vokalen: paṣcāstam 1, 7. paṣcāchāvākaḥ 2, 36. paṣceva 2, 36. 3, 2. paṣcāṅgirasaḥ 4, 17.

ā ist einmal mit dem Accusativ verbunden: ā daṣamam ahar ā dvāv atirātrāu 4, 24. āntam 3, 45 muss als als ein Compositum aufgefasst werden.

iva steht hin und wieder in der Bedeutung von eva. So: pṛishṭhata ivāgnīdhram kṛitvā 1, 30. yadi ha vā api babhava iva yajanto 2, 2. so 'je jyoktamām ivāramata 2, 8.

Das prohibitive mā wird immer mit dem Aorist verbunden. Ausgenommen sind mā bibhīta 2, 16. mā yātayan 7, 13.

hanta kommt im Ganzen elfmal vor und zwar überall beim Imperativ. Wenn das letztemal 7, 16: hantāham upadhāvāmi steht, so liegt es nahe upadhāvāni zu schreiben, und so liest in der That die andere Recension.

Zu Ende eines Tatpurusha findet sich 1, 15 das richtige manushyarāja, befremdlich ist manushyarājñām 8, 26.

Eigenthümliche Constructionen sind: aṣvaḥ ṣveto rūpam kṛitvā 6, 33 [1]. Indro vā etābhir mahān ātmānam niramimita 5, 7. paṣur vai nīyamānaḥ sa mṛityum prāpaṣyat 2, 6.

---

1) Vgl. Ts. 6, 1, 3, 1 krishṇo rūpam kṛitvā. Tb. 1, 1, 3, 3 ākhū rūpam kṛitvā.

Tautologisch ist: puro dīpyamānā bhrājamānāḥ 2, 11. asāv imām abhyunatty abhijighrati 1, 7. dvishantam apabādhate 'dharam pādayati 1, 13.

Conditionalsätze stehen öfter ohne beigesetzte Partikel, wie ganz gewöhnlich im Deutschen. prāyaṇīyam iti nirvapanti prāyaṇīyam iti caranti: prayanty avāsmāl lokāt 1, 11. pāvamānīshu sāmagāḥ stuvata, āgneyaṃ hotājyaṃ çaṅsati: katham asya pāvamānyo anuçastā bhavanti 2, 37. vashaṭkaroti: devapātreṇaiva tad devatās tarpayati 3, 5. āhvayate 'tha nividaṃ dadhāti: brahmaṇy eva tat kshatram anuniyunakti 2, 33. adhīyann upahanyād: anyaṃ vivaktāram ichet 3, 35.

Grammatische Ungethüme sind: apāhata 4, 25 (zweimal) für das oft vorkommende apāghnata. apinahyns für apinehns 6, 1. nihṣāna für nihṣyāna 7, 16. ajāyethāḥ für ajāyathāḥ 8, 15. avapadyeyam statt avapadyeya 8, 23. vṛiñjīyam statt vṛiñjīya 8, 15. niniyoja für niyuyoja 7, 16. vyapanayitum für vyapanetum oder vyapanāyayitum 7, 5. pariçriyete für pariçrīyete 1, 29. prajighyati, prajighyatu 8, 28. jāgriyāt für jāgṛiyāt 8, 28. açanayāparītaḥ statt açanāyāparītaḥ oder açanāyayā parītaḥ 7, 15. sāṃnāhuka für saṃnāhuka 7, 14. iti ha smā ākhyāya für iti ha smāsmā ākhyāya 7, 13.

Grammatische Kunstausdrücke sind: kurvat für die Gegenwart 4, 31. kṛita für die Vergangenheit 5, 1. karishyat für die Zukunft 4, 29. Die Buchstaben wurden schon damals durch kāra bezeichnet, denn wir haben akāra, ukāra, makāra 5, 32. varṇa ist ein Buchstabe, akshara eine Silbe. Das Masculinum hiess vṛishan, das Femininum yoshā 6, 3. Vgl. Aitareyāraṇyaka 1, 2, 4 und öfter im Ç. P.

c) Vermischte Bemerkungen.

Pañcikā I.

1, 1. Agnir vai | "Agni ist der unterste der Götter, Vishṇu der oberste, zwischen beiden befinden sich alle anderen Gottheiten". Agni ist der dem Menschen zunächst liegende Gott, Vishṇu, als die Sonne darstellend, der fernste. Rv. IV, 1, 5: sa tvaṃ no Agne 'vamo bhavotī nedishṭho asyā ushaso vyushṭau. Ç. P. 3, 1, 3, 1. apaḥ prāṇīyāgnāvaishṇavam ekādaçakapālam puroḍāçaṃ nir vapaty. Agnir vai sarvā devatā, Agnau hi sarvābhyo devatābhyo juhvaty. Agnir vai yajñasyāvarārdhyo Vishṇuḥ parārdhyas. tat sarvāç caivaitad devatāḥ parigṛihya sarvaṃ ca yajñam parigṛihya dīkshā iti. tasmād āgnāvaishṇava ekādaçakapālaḥ puroḍāço bhavati. Vgl. 5, 2, 3, 6 | Kaush. 7, 2. āgnāvaishṇavam ekādaçakapālam puroḷāçaṃ nirvapaty. Agnir vai devānām avarārdhyo Vishṇuḥ parārdhyas. tad yaç caiva devānām avarārdhyo yaç ca parārdhyas, tābhyām evaitat sarvā devatāḥ parigṛihya salokatām āpnoti | Ts. 5, 5, 1, 4. āgnāvaishṇavam ekādaçakapālam nir vapati dīkshishyamāṇo. 'gnir sarvā devatā, Vishṇur yajño. devatāç caiva yajñam cārabhate. 'gnir avamo devatānām, Vishṇuḥ paramo. yad āgnāvaishṇavam ekādaçakapālam nirvapati, devatā evobhayataḥ parigṛihya yajamāno 'va runddhe |

1, 4. Agnir vai sarvāḥ | Ts. 6, 2, 2, 6. devāsurāḥ saṃyattā āsan, te devā bibhyato 'gnim prāviçan, tasmād āhur: Agniḥ sarvā devatā iti | Tb. 3, 2, 8, 10. te devā Agnau tanūḥ saṃnyadadhata | tasmād āhuḥ: Agniḥ sarvā devatā iti |

2, 3. āhūtayaḥ | Zur Erläuterung werden von āhūti zwei Etymologien gegeben. Die Spenden sind Einladungen der Götter, oder die Bahnen auf denen die Götter zu dem Rufe des Opfernden kommen (ā ūtayaḥ). Solche scheinbare Ableitungen sind in den Brāhmaṇa häufig und dienen entweder zur Begründung oder Veranschaulichung einer bestimmten theologischen Ansicht, drücken jedoch keineswegs die grammatische Ueberzeugung des Sprechenden aus. Vgl. Roth zu Nirukta S. 221.

3, 5. ājyam | Ts. 6, 1, 1, 4. ghṛitam devānām, mastu pitṛīṇām, nishpakvam manushyāṇām, tad vā etat sarvadevatyam yan navanītam. yan navanītenābhyaṅkte, sarvā eva devatāḥ prīṇāti, etc.

3, 9. 10. çuddham | Ts. 6, 1, 2, 1. bahiḥ pavayitvāntaḥ pra pādayati, manushyaloka evainam pavayitvā pūtam devalokam pra ṇayati |

3, 11. yoniḥ | Ts. 6, 2, 5, 5. garbho vā esha yad dīkshito, yonir dīkshitavimitam. yad dīkshito dīkshitavimitād pravased, yathā yoner garbhah skandati tādṛig eva tat |

3, 15. 16. vāsas | Ts. 6, 1, 3, 2. garbho vā esha yad dīkshita, ulbam vāsaḥ. prorṇute, tasmād garbhāḥ prāvṛitā jāyante |

3, 19. mushṭī | Ts. 6, 1, 4, 3. mushṭī kurute, vācam yachati, yajñasya dhṛityai |

4, 5. tat-tan nādṛityam, das verdient keine Beachtung. Dieses ist in unserem Brāhmaṇa die stehende Redensart für die Beseitigung abweichender Ansichten. Sie findet sich ausserdem 1, 11. 2, 3. 22. 23. 26. 3, 18. 37. 4, 7. 9. 22. Seltener gebraucht wird: tat tathā na kuryāt 3, 32. 6, 9. 21. Am derbsten ist: avidyayaiva tad āhuḥ 1, 11. Die entsprechenden Formeln im K. sind: na tad ādriyeta, atha nādriyeta, na tathā kuryāt. Das Ṣ. P. braucht na tathā kuryāt, na tathā brūyāt. Die Ts. hat zuweilen: tat tathā na kāryam.

4, 9. etad vai etc., sehr oft. Nirukta 1, 16. Der Zusatz yajushā vā findet sich freilich erst im Gopatha, z. B. 7, 6. Dass Yāska das Aitareya Br. kannte, obwohl er es nicht genau citirt, erhellt aus 4, 27: pañcartavaḥ saṃvatsarasyeti ca brāhmaṇam hemantaçiçirayoḥ samāsena = 1, 1. ibid. sapta ca vai śatāni viṅśatiś ca saṃvatsarasyāhorātrāḥ = 2, 17. 8, 22: yasyai devatāyai havir gṛhītaṃ syāt tām manasā dhyāyed vashaṭkarishyan = 3, 8. Der Zusatz manasā findet sich nur in Gopatha 8, 4. Dieses liest freilich: tām manasā dhyāyan vashaṭkuryāt |

6, 7. satyasaṃhitāḥ | Ş. P. 1, 1, 1, 4. satyam eva devā anṛtam manushyāḥ |

6, 8. vicakshaṇavatīm | Gopatha 7, 23. Das ganze Kapitel nach dem Aitareya. — Th. 1, 1, 4, 2. cakshur vai satyam | adrāśg ity āha | adarśam iti | tat satyam | Ş. P. 1, 3, 1, 27. satyaṃ hi vai cakshus. tasmād yad idānīṃ dvau vivadamānāv eyātām: aham adarśam aham aśrausham iti; ya eva brūyād: aham adarśam iti, tasmā eva śrad dadhyāma | Ait. Br. 2, 40.

7, 2. prāṇo vai | Kaush. 7, 5. prāyaṇīyena vai devāḥ prāṇam āpnuvann udayanīyenodānaṃ, tatho evaitad yajamānaḥ prāyaṇīyenaiva prāṇam āpnoty udayanīyenodānaṃ. tau vā etau prāṇodānāv eva yat prāyaṇīyodayanīye. tasmād ya eva prāyaṇīyasyartvijas ta udayanīyasya syuḥ, samānau hīmau prāṇodānau |

7, 3. yajño vai | Ts. 6, 1, 5, 1. devā vai devayajanam adhyavasāya diśo na prājānan, te 'nyo 'nyam upādhāvan: tvayā pra jānāma tvayeti. te 'dityāṃ sam adhriyanta: tvayā pra jānāmeti. sābravīd: varaṃ vṛṇai, matprāyaṇā eva vo yajñā madudayanā asann iti. tasmād ādityaḥ prāyaṇīyo yajñānām āditya udayanīyaḥ. pañca devatā yajāti, pañca diśo, diśām prajñātyai. atho pañcāksharā paṅktiḥ, pāṅkto yajño, yajñam evāva runddhe. pathyāṃ svastim ayajan, prācīm eva tayā diśam prājānann, Agninā dakshiṇā, Somena pratīcīṃ, Savitrodīcīm, Adityordhvām. pathyāṃ svastiṃ yajati, prācīm eva tayā diśam pra jānāti. pathyāṃ svastim ishṭvāgnīshomau yajati, cakshushī vā ete yajñasya yad Agnīshomau, tābhyām evānu paśyaty. Agnīshomāv ishṭvā Savitāraṃ yajati, savitṛprasūta evānu paśyati. Savitāram ishṭvāditiṃ yajati | Ş. P. 3, 2, 3, 1 ffg. — Kaush. 7, 6. prāyaṇīyena ha vai devāḥ svargaṃ lokam abhiprayāya diśo na prajajñus. tān Agnir uvāca: mahyam ekām ājyāhutiṃ juhutāham ekāṃ diśam prajñāsyāmīti. tasmā ajuhavuḥ, sa prācīṃ diśam prājānāt. tasmāt prāñcam Agnim praṇayanti, prāg yajñas tāyate prāñca u evāsminn āsīnā juhvaty, eshā hi tasya dik prajñātā | athābravīt Somo: mahyam ekām ājyāhutiṃ juhutāham ekāṃ diśam prajñāsyāmīti. tasmā ajuhavuḥ, sa dakshiṇāṃ diśam prājānāt. tasmāt somaṃ krītaṃ dakshiṇā parivahanti, dakshiṇā tishṭhann abhishṭanti, dakshiṇā tishṭhan parivahati, dakshiṇā tishṭhann abhishṭauti, dakshiṇā tishṭhan paridadhāti, dakshiṇo evainam āsīnā abhishuṇvanty, eshā hi tasya dik prajñātā | athābravīt Savitā: mahyam ekām ājyāhutiṃ juhutāham ekāṃ diśam prajñāsyāmīti. tasmā ājuhavuḥ, sa pratīcīṃ diśam prājānāt. tad asau vai Savitā yo 'sau tapati, tasmād enam pratyañcam evāhar-ahar yantam paśyanti na prāñcam, eshā hi tasya dik prajñātā | athābravīt pathyā svastir: mahyam ekām ājyāhutiṃ juhutāham ekāṃ diśam prajñāsyāmīti. tasyā ajuhavuḥ, sodīcīṃ diśam prajānād. vāg vai pathyā svastis, tasmād udīcyāṃ diśi prajñātatarā vāg udyata, udañca u eva yanti vācaṃ śikshituṃ, yo vā tata āgachati tasya śuśrūshanta iti ha smāhaishā hi vāco dik prajñātā | athābravīd Aditir: mahyam ekām annasyāhutiṃ juhutāham ekāṃ diśam prajñāsyāmīti. tasyā ajuhavuḥ, sordhvāṃ diśam prājānād. iyaṃ vā Aditis, tasmād asyām ūrdhvā oshadhaya ūrdhvā vanaspataya ūrdhvā manushyā uttishṭhanty, ūrdhvo 'gnir dīpyate, yad asyāṃ kiṃcordhvam eva tad āyattam, eshā hi tasyai dik prajñātā | ibid. 8. pathyāṃ svastim prathamām prāyaṇīye yajaty athāgnim atha Somam atha Savitāram athāditim etc.

10, 2 Marutaḥ | Kaush. 7, 8. Maruto ha vai devaviśo 'ntarikshabhājanā īśvarā yajamānasya svargaṃ lokaṃ yato yajñavaiśasaṃ kartos. tad yat svastimatyaḥ pathimatyaḥ pāritavatyaḥ pravatyo nītavatyo bhavanti, nainam Maruto devaviśo hiṅsanti | Ts. 6, 1, 5, 3: Aditim ishṭvā mārutīm ṛicam anv āha. Maruto vai devānāṃ viśo, devaviśaṃ khalu vai kalpamānam manushyaviśam anu kalpate. yan mārutīm ṛicam anvāha, viśāṃ kḷiptyai |

11, 1. prayājavat | Ts. 6, 1, 5, 3. brahmavādino vadanti: prayājavad ananūyājam prāyaṇīyaṃ kāryam, anūyājavad aprayājam udayanīyam iti. ime vai prayājā, amī anūyājāḥ, saiva sā yajñasya saṃtatis. tat tathā na kāryam. ātmā vai prayājāḥ prajānūyājā. yat prayājān antariyād ātmānam antar iyād, yad anūyājān antariyād prajām antariyād. yataḥ khalu vai yajñasya vitatasya na kriyate, tad anu yajñaḥ parā bhavati, yajñam parābhavantaṃ yajamāno 'nu parā bhavati. prayājavad evānūyājavat prāyaṇīyaṃ kāryam, prayājavad anūyājavad udayanīyaṃ: nātmānam antaroti na prajāṃ, na yajñaḥ parābhavati na yajamānaḥ. prāyaṇīyasya nishkāsa udayanīyam abhi nir vapati, saiva sā yajñasya saṃtatir. yāḥ prāyaṇīyasya yājyā yat tā udayanīyasya yājyāḥ kuryāt, parāṅ amuṃ lokam ā rohet, pramāyukaḥ syād. yāḥ prāyaṇīyasya puronuvākyās, tā udayanīyasya yājyāḥ karoty, asminn eva loke prati tishṭhati |

13, 1. somāya krītāya | Kaush. 7, 10.

13, 35. triḥ prathamām | Ts. 2, 5, 7, 1. triḥ prathamām anv āha trir uttamāṃ, yajñasyaiva tad barsaṃ nahyaty apraśraṅśāya |

14, 1. anyataraḥ | Ts. 6, 2, 1, 1. yad ubhau vimucyātithyaṃ gṛihṇīyād yajñaṃ vi chindyād, yad ubhāv avimucya yathānāgatāyātithyam kriyate tādṛig eva tad. vimukto 'nyo 'naḍvān bhavaty avimukto 'nyo, 'thātithyam gṛihṇāti yajñasya saṃtatyai | Ş. P. 3, 4, 1, 4.

15, 2. somo vai rājā | Ts. 6, 2, 1, 2. yāvadbhir vai rājānucarair āgachati, sarvebhyo vai tebhya ātithyam kriyate, chandāṅsi khalu vai somasya rājño 'nucarāṇi |

16, 1. 20. agnaye | Ts. 6, 3, 5, 3. agnayo mathyamānāyānu brūhīty āha, kāṇḍe-kāṇḍa evainam kriyamāṇo sam ardhayati. gāyatrīḥ sarvā anv āha, avenaivainam chandasā sam ardhayati |

16, 2. abhi tvā etc. | Kaush. 8, 1.

18, 1. yajño vai | Gopatha 7, 6 aus dem Aitareya.

19, 1. brahma | Kaush. 8, 4.

19, 11. dasa | = Ts. 6, 1, 1, 8.

20, 1. srakva | Kaush. 8, 5.

21, 1. gaṇānām | Kaush. 8, 5.

21, 15. jāgatāḥ | Ts. 6, 1, 6, 2. sā paśubhiş ca dīkshayā cāgachat, tasmāj jagatī chandasām paśavyatamā |

21, 17. arūrucat | Kaush. 8, 6.

22, 2. upa hvaye | Kaush. 8, 7.

23, 1. devāsurāḥ | Kaush. 8, 8. upasado 'surā eshu lokeshu puro 'kurvatāyasmayīm asmin rajatām antarikshaloke hariṇīm hado divi cakrire | Ş. P. 3, 4, 4, 3. devāş ca vā asurāş cobhaye prājāpatyāḥ paspṛidhire. tato 'surā eshu lokeshu puraş cakrire, 'yasmayīm evāsmiñl loke rajatām antarikshe hariṇīm divi etc. | Ts. 6, 2, 3, 1. teshām asurāṇam tisraḥ pura āsann, ayasmayy avamātha rajatātha hariṇī. tā devā jetum nāşaknuvan, tā upasadaivājigīshan. tasmād āhur yaş caivam veda yaş ca nopasadā vai mahāpuram jayantīti etc.

24, 6. te Varuṇasya | tānūnaptra ist ein Gelöbniss, durch welches, unter Berührung von Opferschmalz (ājya), die 16 ṛitvij und der Opfernde sich verpflichten, einander keinen Harm zuzufügen. Ts. 1, 2, 10, 2. Āşvalāyana 4, 5, 3. Kātyāyana 8, 1, 23—26. Lāṭyāyana 5, 6, 6. Ş. P. 3, 4, 2, 9. Ts. 6, 2, 2, 1: devāsurāḥ saṃyattā āsan. te devā mitho vipriyā āsan, te 'nyo 'nyasmai jyaishṭhyāyātishṭhamānāḥ pañcadhā vy akrāmau: Agnir Vasubhiḥ, Somo Rudrair, Indro Marudbhir, Varuṇa Ādityair, Bṛihaspatir Viṣvair devais. te 'manyantāsurebhya vā idam bhrātṛivyebhyo radhyāmo yan mitho vipriyāḥ smo; yā na imāḥ priyās tanuvas tāḥ samavadyāmahai, tābhyaḥ sa nir ṛichād yo naḥ prathamo 'nyo 'nyasmai druhyād iti. tasmād yaḥ satānūnaptriṇām prathamo druhyati sa ārtim ārchati |

25, 2. ishum | Ts. 6, 2, 3, 1. ta ishum sam askurvatāgnim anīkam, Somam şalyam, Vishṇum tejanam | Ş. P. 3, 4, 4, 14.

25, 4. caturaḥ | Kaush. 8, 9. trīn agre stanān atha dvāv athaikam | Ts. 6, 2, 5, 2. caturo 'gre stānan vratam upaity atha trīn atha dvāv athaikam |

25, 15. Upāvi Jānaçruteya hat in einem Theile eines gewissen Brāhmaṇa, welcher über die upasad handelte, die folgende Aeusserung gethan. Vgl. Ç. P. 4, 1, 5, 15. tad adaḥ tad divākīrtyānām brāhmaṇe vyākhyāyate | 3, 2, 4, 1. tad dhishṇyānām brāhmaṇe vyākhyāyate | Ebendaselbst 5, 1, 1, 5. 7 heisst dieser Weise Aupāvi.

26, 1. devavarma | Ts. 2, 6, 1, 5. yat prayājānūyājā ijyante, varmaivaitad yajñāya kriyate varma yajamānāya bhrātṛivyābhibhūtyai |

26, 6. krūram | Ts. 6, 2, 2, 4. ghṛitaṃ vai devā vajraṃ kṛitvā somam aghnan etc.

27, 1. somo vai | Ç. P. 3, 2, 4, 6. — Ts. 6, 1, 6, 5. taṃ somam āhriyamāṇaṃ gandharvo Viçvāvasuḥ pary amushṇāt. te devā abruvan: strīkāmā vai gandharvā, striyā nish krīṇāmeti. te vācaṃ striyam ekahāyanīṃ kṛitvā tayā nir akrīṇan | ibid. 6, 1, 10, 4.

28, 2. pra devam | Kaush. 9, 2.

29, 3. pretām | Kaush. 9, 3.

29, 16. rarāṭyām | Dieses ist der Accusativ. Es gibt zwei Formen des Feminins, rarāṭyā und rarāṭī. Lāṭyāyana 1, 9, 9. Kaush. 16, 4. Kātyāyana 8, 3, 26. Āçvalāyana 4, 9, 4. 13, 4.

30, 2. sāvīr hi | Kaush. 9, 5.

60, 6. somo jigāti | Kaush. 9, 6.

Pañcikā II.

1, 1. yajñena | Ts. 6, 3, 4, 7. yajñena vai devāḥ suvargaṃ lokam āyan. te 'manyanta: manushyā no 'nvābhavishyantīti. te yūpena yopayitvā suvargaṃ lokam āyan, tam ṛishayo yūpenaivānu prājānan, tad yūpasya yūpatvaṃ. yad yūpam minoti, suvargasya lokasya prajñātyai |

1, 3. vajro vai | Kaush. 10, 1.

1, 8. bilvaṃ jyotiḥ | Ts. 2, 1, 8, 1. bailvo yūpo bhavaty. asau vā Ādityo yato 'jāyata, tato bilva udatishṭhat | Vgl. auch das çrīsūkta 6. Der bilva heisst auch çrīvṛiksha, çrīphala.

1, 10. tejo vai brahmavarcasam | Ts. 3, 5, 7, 2. devā vai brahmann avadanta, tat parṇa upāçṛiṇot. — brahma vai parṇaḥ | Er wird auch brahmavṛiksha genannt.

2, 1. añjanti | Kaush. 10, 2.

3, 8. yajamānaḥ | Ts. 6, 3, 4, 9. devā vai saṃsthite some pra sruco 'haran pra yūpaṃ. te 'manyanta: yajñaveçasaṃ vā idaṃ kurma iti. te prastaraṃ srucāṃ nishkrayaṇam apaçyan, svaruṃ yūpasya |

3, 9. sarvābhyaḥ | Wer die Einweihung beim Somaopfer vollzieht, widmet sich dadurch allen Göttern. Kaush. 10, 3. Der Geweihte fällt in den Mond von Agni und Soma. Wenn er desshalb am Vorabend ein dem Agni und Soma bestimmtes Thier darbringt, so kauft er sich selbst los. Ts. 6, 1, 11, 6. purā khalu vāvaisha modhayātmānam ārabhya carati yo dīkshito. yad agnīshomīyam paçum ālabhata, ātmanishkrayaṇa evāsya sa, tasmāt tasya nāçyam |

3, 10. dvirūpaḥ | Kaush. 10, 3. tam āhur: dvirūpaḥ syāc chuklaṃ ca krishṇaṃ cāhorātrayo rūpeṇa, çuklaṃ vātha lohitaṃ vāgnīshomayo rūpeṇeti | Ç. P. 3, 3, 4, 23. sa vai dvirūpo bhavati, dvidevatyo hi bhavati. devatayor asamade krishṇasāraṅgaḥ syād ity āhur etc.

3, 11. tad āhuḥ | Ts. 6, 1, 11, 6. atho khalv āhur: Agnīshomābhyāṃ vā Indro Vṛitram ahann iti. yad agnīshomīyam paçum ālabhate, vārtraghna evāsya sa, tasmād v āçyam |

4, 1. āprībhiḥ | Kaush. 10, 3. Ç. P. 3, 8, 1, 2.

4, 4. prāṇā vai | Ç. P. 9, 2, 3, 44. prāṇā vai samidhaḥ, prāṇā hy etaṃ samindhate |

5, 1. paryagnayo | Kaush. 10, 3. Ç. P. 3, 8, 1, 6.

6, 1. daivyāḥ | Tb. 3, 6, 6, 1. Āçvalāyana 3, 3, 1. — Kaush. 10, 4. daivyāḥ çamitāra uta ca manushyā ā rabhadhvam upa nayata medhyā dura āçāsānā medhapatibhyām medham iti. tad dhaika āhur: yajamāno vai medhapatir iti. ko manushya iti brūyād, devataiva medhapatir iti. shaḍviṅçatir asya vaṅkraya iti. parçava u ha vai vaṅkrayaḥ etc. |

7, 1. asnā | Ç. P. 11, 7, 4, 2.

7, 11. adhriguḥ | Tb. 3, 6, 6, 4. adhriguç çāpāpaç cobhau devānāṃ çamitārau |

8, 1. purusham | Ç. P. 1, 2, 3, 6—9.

10, 1. Manotāyai | Kaush. 10, 6.

11, 3. taṃ vai | Ts. 3, 1, 3, 2. yarhi paçum āprītam udañcaṃ nayanti, tarhi tasya paçuçrapaṇaṃ haret |

15, 1. devebhyaḥ | Kaush. 11, 1.

16, 1. Prajāpatau | Kaush. 11, 4.

19, 1. ṛishayaḥ | Kaush. 12, 3. mādhyamāḥ Sarasvatyāṃ satram āsata, tad dhāpi Kavasho madhye nishasāda. taṃ hema upodur: dāsyā vai tvam putro 'si, na vayaṃ tvayā saha bhakshayishyāmā iti. sa ha kruddhaḥ pradravan Sarasvatīm etena sūktena tushṭāva, taṃ heyam anveyāya. tata u heme nirāgā iva menire, tāṃ hānvāvṛityocur: ṛishe namas te astu, mā no hiṅsīs, tvaṃ vai naḥ çreshṭho 'si yaṃ tveyam anvetīti taṃ ha jñapayāṃ cakrus, tasya ha krodhaṃ vininyuḥ |

20, 1. hinota naḥ | Kaush. 12, 1.

20, 10. aveḥ | Ts. 6, 4, 3, 4.

21, 1. ṣiro vai | Kaush. 12, 4.

24, 1. havishpaṅktim | Ts. 6, 5, 11, 4. brahmavādino vadanti: narcā na yajushā paṅktir āpyate, 'tha kiṃ yajñasya pāṅktatvam iti. dhānāḥ karambhaḥ parivāpaḥ puroḍāṣaḥ payasyā. tena pāṅktir āpyate, tad yajñasya pāṅktatvam | Kaush. 13, 2. atha havishpaṅktyā caranti, paṣavo vai havishpaṅktiḥ, paṣūnām evāptyai. tāni vai pañca havīṅshi bhavanti: dadhi dhānāḥ saktavaḥ puroḷāṣaḥ payasyeti |

25, 1. devā vai | Ṣ. P. 4, 1, 3, 11.

26, 1. te vā ete | Kaush. 13, 5.

29, 1. prāṇā vai | Kaush. 13, 9. prāṇā vā ṛituyājās. tad yad ṛituyājaiṣ caranti, prāṇān eva tad yajamāne dadhati. sa vā ayaṃ tredhā vihitaḥ prāṇaḥ: prāṇo 'pāno vyāna iti. shaḷ ṛituneti yajanti, prāṇam eva tad yajamāne dadhati. catvāra ṛitubhir ity, apānam eva tad yajamāne dadhati. dvir ṛitunety uparishṭād, vyānam eva tad yajamāne dadhati sarvāyutvāyāsmiṅl loke 'mṛitatvāyāmushmiṅs. tathā ha yajamānaḥ sarvam āyur asmiṅl loka ety, āpnoty amṛitatvam akshitiṃ svarge loke. te vā ete prāṇā eva yad ṛituyājās, tasmād anavānaṃ yajanti prāṇānāṃ saṃtatyai, saṃtatā iva hīme prāṇā. nānuvashaṭkurvanti. prāṇā vā ṛituyājāḥ, saṃsthānuvashaṭkāro: net purā kālāt prāṇān saṃsthāpayānīti. yuktā iva hīme prāṇāḥ | Ts. 6, 5, 3, 2. ṛitunā preshyeti shaṭ kṛitva āha, shaḍ vā ṛitava, ṛitūn eva prīṇāty. ṛitubhir iti catuṣ, catushpada eva paṣūn prīṇāty. dviḥ punar ṛitunāha, dvipada eva prīṇāti etc. | Gopatha 3, 7 nach Aitareya.

30, 1. prāṇā vai | Ts. 6, 4, 9, 3. prāṇā vā ete yad dvidevatyāḥ paṣava iḍā. yad iḍām pūrvāṃ dvidevatyebhya upahvayeta, paṣubhiḥ prāṇān antar dadhīta, pramāyukaḥ syād. dvidevatyān bhakshayitveḍām upa hvayate, prāṇān evātman dhitvā paṣūn upa hvayate |

31, 1. tato vai devāḥ | Kaush. 14, 1.

35, 2. prathame pade | Kaush. 14, 2.

36, 1. devāsurāḥ | Ts. 6, 3, 1, 1. devā vai yajñam parājayanta, tam āgnīdhrāt punar apājayan, etad vai yajñasyāparājitaṃ yad āgnīdhrāṃ. yad āgnīdhrād dhishṇiyān viharati, yad eva yajñasyāparājitaṃ tata evainam punas tanute |

37, 1. devarathaḥ | Kaush. 14, 4.

Pañcikā III.

5, 1. devapātram | Gopatha 3, 1 nach Aitareya.

6, 1. vajro vai | Gopatha 3, 2 nach Aitareya.

7, 1 trayo vai | Gopatha 3, 3 nach Aitareya.

8, 1. yasyai devatāyai | Gopatha 3, 4 besteht aus diesem Paragraphen und dem letzten des vorhergehenden Kapitels.

8, 2. vajro vai·veda | Gopatha 8, 5.

8, 9. vāk | Gopatha 8, 6.

12, 1. devavishaḥ | Kaush. 14, 3. Ts. 3, 2, 9. Gopatha 8, 10 nach Aitareya.

13, 4. nijāsya wird von Weber mit allem Recht als das absol. caus. von ni jas erklärt. Als er sie mit Wasser besprengt hatte, glaubte er ihre Gluth verlöscht zu haben.

14, 1. Agnir vai | Kaush. 15, 5.

15, 1. Indro vai | Ts. 2, 5, 3, 6. Indro Vṛitraṃ hatvā parām parāvātam agachad, aparādham iti manyamānas. taṃ devatāḥ praishám aichan. sa 'bravīt Prajāpatir: yaḥ prathamo 'nuvindati tasya prathamam bhāgadheyam iti. tam pitaro 'nv avindan, tasmāt pitṛibhyaḥ pūrvedyuḥ kriyate | Ş. P. 1, 6, 4, 1. Indro ha yatra Vṛitrāya vajram prajahāra, so 'balīyān manyamāno nāstṛishīti va bibhyan nilayāṃ cakre. sa parāḥ parāvato jagāma |

20, 1. Indro vai | Kaush. 15, 2.

21, 1. Indro vai | Ts. 6, 5, 5, 3. Indro Vṛitram ahan. taṃ devā abruvan: mahān vā ayam abhūd yo Vṛitram avadhīd iti, tan mahendrasya mahendratvaṃ. sa etam māhendram uddhāram ud aharata Vṛitraṃ hatvānyāsu devatāsv adhi. yan māhendro gṛihyate, uddhāram eva taṃ yajamāna ud dharate 'nyāsu prajāsv adhi |

21, 2. sa mahān bhavati stört den Satzbau.

23, 1. ṛik ca vai | Gopatha 8, 20. 21 nach Aitareya.

24, 1. stotriyam | Kaush. 15, 4. — Gopatha 8, 22.

25, 1. somo vai | Ş. P. 4, 3, 2, 7. Ts. 6, 1, 6, 2. Tāṇḍya 8, 4, 1.

29, 1. te devāḥ | Kaush. 16, 1. 3.

33, 1. Prajāpatir vai | Ş. P. 1, 7, 4, 1. Prajāpatir ha vai svaṃ duhitaram abhi dadhyau divaṃ voshasaṃ vā: mithuny enayā syām iti. tāṃ sam babhūva. tad vai devānām āga āsa: ya itthaṃ svāṃ duhitaram asmākaṃ svasāraṃ karotīti, te ha devā ūcur yo 'yaṃ devaḥ paśūnām īshṭe: atisaṃdhaṃ vā ayaṃ carati ya itthaṃ svāṃ duhitaram asmākaṃ svasāraṃ karoti, vidhyemam iti. taṃ Rudro 'bhyāyatya vivyādha |

35, 1. vaiśvānarīyeṇa | Kaush. 16, 7.

38, 1. svāduḥ | Kaush. 16, 8.

39, 5. sudhāyām | ein wohl gepflegtes Ross gibt Behagen. Dieses Sprüchwort kehrt 3, 47 wieder. Ts. 5, 5, 10, 7. sudhāyaṃ ha vai vājī suhito dadhāti |

40, 8. dākshāyaṇayajñaḥ | Ueber diesen und den iḍādadha vgl. Āśvalāyana 2, 14, 7. 11. Kaush. 4, 4. 5. athāto dākshāyaṇayajñasya. dākshāyaṇayajñenaishyan phālgunyām paurṇamāsyām prayuñkte. mukhaṃ vā etat saṃvatsarasya yat phālgunī paurṇamāsī, tasmāt tasyām adīkshitāyanāni prayujyante. 'tho Daksho ha vai Pārvatir etena yajñeneshṭvā sarvān kāmān āpa, tad yad dākshāyaṇayajñena yajate sarvesham eva kāmānām āptyai. nāçane kāmam āpeti somaṃ rājānāṃ candramasam bhakshayāmīti manasā dhyāyann açnīyāt. tad asau vai somo rājā vicakshaṇaç candramās, tam etam aparapakshaṃ devā abhishuṇvanti. tad yad aparapakshaṃ dākshāyaṇayajñasya vratāni carati, devānām api somapīthe 'sānīty. atha yad upavasathe 'gnīshomīyam ekādaçakapālam puroḍāçaṃ nirvapati, ya evāsau somasyopavasathe 'gnīshomīyas tam eva tenāpnoty. atha yat prātar āmāvasyena yajate, aindraṃ vai sutyam ahas, tat sutyam ahar āpnoty. atha yad amāvāsyāyām upavasatha aindrāgnaṃ dvādaçakapālam puroḍāçaṃ nirvapaty, aindrāgnaṃ vai sāmatas tṛitīyasavanaṃ, tat tṛitīyasavanām āpnoty. atha yan maitrāvaruṇī payasyā, maitrāvaruṇī vā anūbandhyā, tad anūbandhyām āpnoti. sa esha somo haviryajñān anupravishṭas, tasmād adīkshito dīkshitavrato bhavati ||4|| Ts. 2, 5, 4, 3.

Athāta iḍādadhasyeḍādadhenaishyann etasyām eva paurṇamāsyām prayuñkte, tasya uktam brāhmaṇaṃ. sa esha paçukāmasyānnādyakāmasya yajñas, tena paçukāmo 'nnādyakāmo yajeta. tatra tathaiva vratāni carati, dākshāyaṇayajñasya hi samāsaḥ ||5||

44, 1, yo vā eshaḥ | Gopatha 9, 10 aus dem Aitareya.

45, 7. Statt anūtsāram schlage ich vor anutsāram zu lesen. Sie schlichen dem Opfer mit dem und jenem Brauche nach, wie man dem Wilde von Fleck zu Fleck näher zu kommen sucht. Deshalb soll er die Sprüche ganz still hersagen.

49, 1. agnishṭomám | Aehnlich das Tāṇḍya 8, 8, 1. devā vā agnishṭomam abhijityokthāni nāçaknuvann abhijetuṃ. te 'gnim abruvaṅs: tvayā mukhenedaṃ jayāmeti. so 'bravīt: kim me tataḥ syād iti. yat kāmayasa ity abruvan. so 'bravīn: maddevatyāsūkthāni praṇayān iti | tasmād āgneyīshūkthāni praṇayanti | tasmād u gāyatrīshu, gāyatrachandā hy Agniḥ | te 'gnim mukhaṃ kṛitvā sākamaçvenābhyakrāman. yat sākamaçvenābhyakrāmaṅs, tasmāt sākamaçvam | tasmāt sākamaçvenokthāni praṇayanty, etena hi tāny agre 'bhyajayan | sa Indro 'bravīt: kaç cāhaṃ cedam anvavāishyāva ity. ahaṃ ceti Varuṇas. taṃ Varuṇo 'nvatishṭhad, Indra āharat, tasmād aindrāvaruṇam anuçaṃsyate | sa evābravīt: kaç cāhaṃ cedam anvavaishyāva ity. ahaṃ ceti Bṛihaspatis. tam Bṛihaspatir anvatishṭhad, Indra āharat, tasmād aindrābārhaspatyam anuçasyate | sa evābravīt: kaç cāhaṃ cedam anvavaishyāva ity. ahaṃ ceti Vishṇus. taṃ Vishṇur anvatishṭhad, Indra āharat, tasmād aindrāvaishṇavam anuçasyate |.

50, 1. te vā asurāḥ | Kaush. 16, 11.

Pañcikā IV.

1, 1. devā vai | Kaush. 17, 1. Der dvādaçāha wird dort in den Kapiteln 17—27 behandelt.

1, 5. tad āhuḥ | Gopatha 9, 19 nach Aitareya.

5, 1. ahar vai devāḥ | Gopatha 10, 1 nach Aitareya.

6, 4. prathamena | Gopatha 10, 2.

6, 8. pavamānavat | Gopatha 10, 3.

15, 1 jyotiḥ | Vgl. hiezu und dem Anfang des folgenden Kapitels. Ts. 7, 4, 11, 1.

17, 1. gavām ayanena | Ts. 7, 5, 1. 2. Hier ist selbst in gedankenloser Weise das prāvartanta hinüber genommen, obgleich na prāvartanta allein richtig ist. Sāyaṇa erklärt: tāsāṃ gavāṃ çirassv açraddhayā çriṅgāṇi na prāvartanta | notpannānīty arthaḥ | Ein Nothbehelf wäre açraddhayāçriṅgāṇi zu lesen. Uebrigens hat auch das Tāṇḍya 4, 1 dieselbe Lesart: gāvo vā etat satram āsata, tāsāṃ daçasu māssu çriṅgāṇy ajāyanta. tā abruvann: arātsmottishṭhāmopaçā no 'jñateti. tā udatishṭhan | tāsāṃ tv evābruvann: āsāmahā evemau dvādaçau māsau, saṃvatsaram āpayāmeti. tāsāṃ dvādaçasu māssu çriṅgāṇi prāvartanta, tāḥ sarvam annādyam āpnuvaṅs, tā etās tūparās. tasmāt tāḥ sarvān devādaça māsaḥ prerate, sarvaṃ hi tā annādyam āpnuvan |

17, 5. Ādityāḥ | Ç. P. 12, 2, 2, 9. athādityāç ca ha vā Aṅgirasaç cobhaye prājāpatyā aspardhanta: vayam pūrve svargaṃ lokam eshyāmo vayam pūrva iti. ta Ādityāç caturbhiḥ stomaiç caturbhiḥ pṛishṭhair laghubhiḥ sāmabhiḥ svargaṃ lokam abhy aplavanta. yad abhyaplavanta, tasmād abhiplavā. anvañca ivāṅgirasaḥ | Die Āditya erreichten den Himmel hintendrein, etwa sechzig Jahre später.

17, 6. 7. ākshyanti | Ç. P. 12, 2, 3, 1. ākshyanty ahāni sind, glaube ich, stättige unwandelbare Tage. ākshyanti für ākshiyanti, wie in Av. X, 5, 45 ākshyati für ākshiyati zu lesen ist.

18, 5 flg. tasya vai. Vgl Tāṇḍya 4, 5, 8. trayaḥ purastāt trayaḥ parastād bhavanti | devā vā Ādityasya svargāl lokād avapādād abibhayus, tam etaiḥ stomaiḥ saptadaçair adṛiṅhan. yad eto stomā bhavanty, Ādityasya dhṛityai | catustriṅçā bhavanti. varshma vai catustriṅço, varshmaṇaivainaṃ sammimate | tasya parācīnātipādād abibhayus, tam sarvaiḥ stomaiḥ paryarshan, viçvajidabhijidbhyāṃ. vīryaṃ vā etau stomau, vīryeṇaiva tad Ādityam paryṛishanti dhṛityai |

27, 5. imau vai lokau | Tāṇḍya 7, 10, 1. imau vai lokau sahāstāṃ, tau viyantāv abrūtām: vivāhaṃ vivahāvahai, saha nāv astv iti | tayor ayam amushmai çyaitam prāyacchan, naudhasam asāv asmai | tata enayor nidhane viparyakrāmatām. devavivāho vai ṣyaitanaudhase |

Pañcikā V.

3, 1. vāg iti | Ṣ. P. 6, 3, 1, 43.

6, 5. vāmam hi paṣavaḥ | Ts. 5, 3, 8, 1. chandāṅsi vai devānāṃ vāmam paṣavo, vāmam eva paṣūn ava runddhe |

9, 1. devakshetram | Kapitel 9—11. 12, 1—4 sind in das Gopatha 11, 10. 11 hinübergenommen.

14, 2. Nābhānedishṭham | Ts. 3, 1, 9, 4. Manuḥ putrebhyo dāyaṃ vy abhajat, sa Nābhānedishṭhaṃ brahmacaryaṃ vasantaṃ nir abhajat. sa āgachat. so 'bravīt: kathā mā nir abhāg iti. na tvā nir abhākshaṃ, ity abravīd, Angirasa ime satram āsate, te suvargaṃ lokaṃ na pra jānanti. tebhya idam brāhmaṇam brūhi, te suvargaṃ lokaṃ yanto ya eshām paṣavas tāṅs te dāsyantīti. tad ebhyo 'bravīt, te suvargaṃ lokaṃ yanto ya eshām paṣava āsan tān asmā adadus. tam paṣubhiṣ carantaṃ yajñavāstau Rudra āgachat, so 'bravīn: mama vā ime paṣava ity. adur vai mahyam imān, ity abravīn. na vai tasya ta īṣata, ity abravīd, yad yajñavāstau hīyate mama vai tad iti |

22, 5. ṣrīr vai | Ts. 7, 3, 1, 1. sa yo vai daṣame 'hann avivākya upahanyate, sa hīyate. tasmai ya upahatāya vyāha, tam ovānvārabhya sam aṣnute. 'tha yo vyāha sa hīyate, tasmād daṣame 'hann avivākya upahatāya na vyucyam |

26, 6. raudram | Gopatha 3, 12. Ṣ. P. 11, 5, 3, 5.

29, 1. Vṛishaṣushmaḥ | Kaush. 2, 9. udite hotavyā3m anudita iti mīmāṅsante. sa ya udite juhoti, pravasata evaitan mahate devāyātithyaṃ karoty. atha yo 'nudite juhoti, saṃnihitāyaivaitan mahate devāyātithyaṃ karoti. tasmād anudite hotavyam. tad dhāpi Vṛishaṣushmo Vātāvataḥ pūrveshām eko jīrṇiḥ ṣayāno rātryām evobhe āhutī hūyamāne dṛishṭvovāca: rātryām evobhe āhutī juhvatīti. rātryāṃ hīti. sa hovāca: vaktā smo nvai vayam amuṃ lokam paretya pitṛibhyo, 'tho enan na ṣraddhātāro, yad v evaitad ubhayedyur agnihotram ahūyatānyedyur vāva tad etarhi hūyate rātryām evety. etad eva kumārī gandharvagṛihītovāca: rātryām evobhe āhutī juhvatīti. rātryāṃ hīti. sā hovāca: saṃdhau juhuyāt etc.

31, 1. yathā kumārāya | Ṣ. P. 2, 2, 1, 1.

32, 1. Prajāpatiḥ | Chandogyopanishad 4, 17. Ṣ. P. 11, 5, 8.

33, 3. tad dhaitat | Gopatha 3, 2. 3.

34, 1. yad grahān | Gopatha 3, 3. 4.

Pañcikā VI.

1, 1. devā ha vai | Kaush. 29, 1. atha yatra ha tat sarvacarau devā yajñam atanvata, tān hārbudaḥ Kādraveyo madhyaṃdina upodaśripyovācaikā vai va iyaṃ hotrā na kriyate grāvastotriyā, tāṃ vo 'haṃ karavāṇy, upa mā hvayadhvam iti. te ha tathety ūcus, taṃ hopajuhvire. sa etā grāvastotriyā abhirūpā apaśyat: praite vadantu pra vayaṃ vadāmeti pravadatsu, pra hi te vadanty. atha yatra bṛhad-bṛhad iti: bṛhad vadanti madireṇa mandineti, tatra: vi shū muñcā sushuvusho manīshām iti vimuñcatsu. tā vai caturdaśa bhavanti. daśa vā aṅgulayaś catvāro grāvāṇa. etad eva tad abhisampadyante. tā vai jagatyo bhavanti, jāgatā vai grāvāṇo. 'tha yat trishṭubhā paridadhāti, teno mādhyaṃdina trishṭub upāptā. sa vai tishṭhann abhishṭauti, tishṭhantīva vai grāvāṇaḥ. sa vā ashṇīshy apinaddhākshe 'bhitushṭāva, tasmād vā apy etarhy ushṇīshy eva grāvṇo 'bhishṭauty. atho khalv āhuś: cakshurhā ha sa sarpa āsa, tad ṛtvijo visham apīyāya. sa ataḥ pāvamānīr vishāpavadanīr abhitushṭāva. tad yad pavamānīr vishāpavadanīr abhishṭauti, yajñasyaiva śāntyai yajamānasya ca bhishajyāyai |

5, 1. stotriyam | Die Kapitel 5—8 werden im Gopatha 10, 11—14 annectirt.

10, 1. athāha | Gopatha 7, 20.

11, 6. abhitṛiṇṇavatībhiḥ | Gopatha 7, 21.

12, 1. yad aindrārbhavam | Gopatha 7, 22.

17, 1. yaḥ śvaḥstotriyaḥ | Gopatha 10, 11.

18, 1. tān vā etān | Von hier bis zum Schluss des Adhyāya sind ganze Stücke in Gopatha 11, 1—16 geplündert.

30, 7. Bulilaḥ | In Ś. P. 4, 6, 1, 9 heisst dieser Weise Buḍila Āśvatarāśvi.

33, 1. aitaśapralāpam | Kaush. 30, 5. Etaśo ha vai munir yajñasyāyur adarśat, sa ha putrān uvāca: putrakā yajñasyāyur adarśam, tad abhilapishyāmi, mā mā dṛiptam mandhvam iti. te ha tathety ūcus. tad dhāpilalāpa. tasya ha jyeshṭhaḥ putro 'bhisṛipya mukham apijagrāhādṛipad vai naḥ piteti. taṃ hovācāpanaśya[1]) dhik tvā jālmāstu, pāpishṭhāṃ te prajāṃ karomi. yad vai me jālma mukham nāpyagrahīshyaḥ, śatāyusham gām akarishyaṃ sahasrāyusham purusham iti. tasmād Aitaśāyanā Ājāneyāḥ santo Bhṛigūṇām pāpishṭhāḥ, pitrā hi śaptāḥ svayā devatayā svena prajāpatinā |

34, 1. Ādityāḥ | Kaush. 30, 6. ādityāṅgirasīr upasaṃśaṃsaty. Ādityāś ca ha vā Aṅgirasaś căspardhanta: vayam pūrva svargaṃ lokam eshyāma ity Ādityā, vayam ity Aṅgirasa. te 'ṅgirasa Ādityebhyaḥ prajighyuḥ: śvaḥsutyā no, yājayata na iti. teshāṃ hāgnir dūta āsa. ta Ādityā ūcur: athāsmākam adyasutyā, teshāṃ nas tvam eva hotā, sa Bṛihaspatir brahmāyāsya udgātā. Ghora Āṅgiraso 'dhvaryur

---

1) apanasya, apalasya meine beiden Hss.

iti. tāu ha pratyācacakshire, tam otāhhiḥ ṣiṣikshus, tnd etā abhivadanti. te 'ṣvaṃ ṣvetaṃ dakshiṇā ninyur, etam eva ya esha tapati. tata u ha Ādityāḥ evar īyuḥ | Ausführlicher erzählt wird diese Sage in Ṣ. P. 3, 5, 1, 13.

36, 14. udācārya āsīt ist fehlerhaft.

Pañcikā VII.

1, 1. athātaḥ | Gopatha 3, 18.

2, 1. tad āhuḥ | Das prāyaṣcitta wird in Ṣ. P. 12, 4, 1 flg. erörtert. Noch ausführlicher behandelt denselben Gegenstand das vierzehnte Buch des Kauṣikasūtra.

10. Die Quelle dieses Kapitels ist bisher unbekannt, des folgende ist eine Corruption von Kaush. 7, 11, welches auf S. 236 abgedruckt ist.

13, 1. Hariṣcandraḥ | Die Sage von Ṣunaḥṣepa ist in der Recension des Ṣāṅkhāyanaṣrautasūtra von Fr. Streiter, Berlin 1861, recht brav behandelt worden.

33, 5. ṣaṃ naḥ | Gopatha 8, 6.

Pañcikā VIII.

5, 1. athātaḥ | Kapitel 5—20 sind von Emil Schönhorn, Berlin 1862, gedruckt und übersetzt worden.

21, 3. Āsandīvati | Diese gāthā findet sich auch Ṣ. P. 13, 5, 4, 2 mit der schlechteren Lesart: abadhnād aṣvaṃ sāraṅgam.

21, 10. na mā | Ṣ. P. 13, 7, 1, 15. na mā martyaḥ kaṣ cana dātum arhati, Viṣvakarman Bhauvana manda āsitha | upamaṅkshyati syā salilasya madhye, mṛishaisha te saṃgaraḥ Kaṣyapāya |

21, 15. Marutaḥ | Ṣ. P. 13, 5, 4, 6 mit der Lesart: Āvikshitasyāgniḥ kshattā |

23, 5—7. Ṣ. P. 13, 5, 4, 11 flg.

Verbesserungen.

1, 4 vor agnir lies 8 statt 7.
1, 7 vor Somam lies 9 statt 5.
1, 10, 1 vor Tā ist 1 ausgelassen.
1, 30, 7 lies rājani statt rājaṇi.
1, 30, 4 lies svena statt sveṇa.
2, 7, 12 lies ṣamitṛibhyas statt ṣamitṛibhyas.
2, 9, 8 das Komma hinter esha zu streichen.

2, 16, 3 lies prātaranuvākaḥ statt prataranuvākaḥ.
2, 18, 3 lies catushpādā statt chatushpāda.
2, 23, 7 lies utpūtaṃ statt utpūtam.
2, 24, 7 lies bhāratīvān statt bhāratīvan.
2, 25, 2 lies svojjeshyāmīti statt cvojjeshyāmiti.
2, 36, 6 lies 'syachāvākīyāṃ statt 'syāchākīyāṃ.
3, 31, 14 lies evainaṃ statt evainam.
3, 48, 9 lies ṣaṣvad dhāsya statt ṣaṣvaddhāsya.
4, 3, 4 lies esha statt eshā.
4, 4, 11 lies tṛitīyasavanād statt tritīyasavanād.
4, 22 Unterschrift lies ashṭādaṣādhyāyo statt ashṭādaṣe 'dhyāye.
6, 18, 1 lies vā tvām statt va tvām.
6, 20, 13 lies 'har-ahaḥ statt ahar-ahaḥ.
6, 24, 11 lies caturtham statt caturthaṃ.
6, 27 zu Schluss lies 15 statt 4.
6, 30, 8 hinter dadhikrā ist der Punkt abgesprungen.
7, 21, 3 hinter pūrtaṃ ist dāt ausgefallen.
7, 34, 2 lies mā- statt mā.
8, 3, 5 lies kshatriyayajñaḥ statt kshatriyajñaḥ.
8, 6 Linie 4 vor tām lies 2.
8, 7, 10 lies prajātiḥ, statt prajātiḥ.
8, 12, 4 lies Marutaṣ statt Mārutaṣ.
8, 23, 6 lies māyavattaraḥ statt māyāvattaraḥ.
8, 25, 2 lies ayuvamāry asya statt ayuvam āryasya.
S. 251 2, 1 lies sa ca statt ca sa.
S. 256 7, 11 lies mukhyadeva statt mukhyadevā.
S. 260 16, 6 lies trir statt tvir.
S. 307 6, 3 lies pītavatyaḥ | statt pītavatyaḥ-.
S. 365 25, 4 lies dvividhaṃ statt dvividham.
S. 371 31, 2 lies sambhavata statt ṣambhavata.
S. 378 4, 1 lies sāṃnāyyarūpaṃ statt sāṃnāyarūpaṃ.
S. 385 16, 2 lies āprīṇanam statt āprīnaṇam.

Verbesserungen zum Ṛigveda.

I, 42, 5 lies pūshann. IX, 110, 3 lies ráñhamāṇaḥ. IX, 114, 3 pada lies uśnā-sūryāḥ. X, 13, 2 pada lies su-asasthé.

In dem Verzeichniss der Versanfänge fehlt:

asme indra sáca sute 8, 97, 8.
tam īḷishva ya āhuto 8, 43, 22.

tvām agne pitaram 2, 1, 9.
mahāñ asi mahisha 3, 46, 2.
mā no asmin maghavan 1, 54, 1.
yad agne divijā 8, 43, 28.
sa vāyum indram 9, 7, 7. Sv. 2, 484.
sa vāvaṣāna iha 3, 51, 8.
stomāsas tvā gaurivīter 5, 29, 11.

Störende Fehler in demselben Verzeichniss finden sich in: adidyutat 6, 11, 4. — abhivṛitya. — araṃ kshayāya. — asādi vṛite, — ā gha tvāvān. — ā tv etā. — ād u ma. — indraṣ ca vāyav (zweimal). — ishkṛitir nāma. — uchantī yā kṛiṇoshi. — ud agne tava tad. — uruṃ yajñāya cakrathur u. — eva vasva indraḥ. — esha suvānaḥ — kṛiṇeta dhumaṃ. — tad vo vājā 4, 36, 3. — tava vāyav. — divyā āpo. — dṛiṣāno. — nakish ṭaṃ karmaṇā. — na te sakhā. — nāham indrāṇi. — pari shya suvāne akshā. — pāvakayā yaṣ citayantyā. — pīvoannāñ. — pra pūtās. — pra-prā vo. — pra vartaya. — bhadrā te agne. — yat tvā deva. — yat purusheṇa havishā. — yuvam bhujyum bhuramāṇaṃ. — yenā sūrya. — ye vām aṣvinā manaso. — sa na indrāya yajyave. — sa ne madānām 9, 104, 5. — sa ṣushmī 9, 18, 7. — sākaṃjānām. — subhāgān no — S. 673, 6 lies mahāvisha. — S. 688 tac chaṃ yer ist ein selbstständiges sūkta.

Zur Entgegnung.

Herr Ludwig hat mir die Ehre erwiesen, meiner in der Vorrede zum dritten Bande seines Rigveda S. XXII zu erwähnen. Die Stelle lautet:

Aber sehn wir, wie wir von jemand ganz andern, von Professor Aufrecht kritisiert werden; I. 84, 16. soll ich nicht verstanden haben, und mit 'die priester' die frage 'wer etc.' beantwortet haben. Darum werde ich Herr Ludwig genannt, was in Prof. Aufrechts augen eine strafe zu sein scheint. Zum glück ist diese unverdiente strafe nur eine leichte, die ich noch dazu in guter gesellschaft abbüsze. Aber verdient habe ich sie nicht. Es war mir allerdings ser schwierig den leser aufmerksam zu machen, dasz 'die priester' nicht antwort auf wer? sein soll. Da übrigens es offenbar ist, dasz man über die 'gāṛtasya', nicht über 'wer' einer aufklärung bedarf, da letzteres sich von selbst beantwortet (obwol wir uns hierin geirrt haben), wenn man weisz, was unter ersterm zu verstehn, so begnügten wir uns, ein 'denn' einzuschieben, was für den aufmerksamen leser in der tet genug ist. Denn fürt man das ganze ausz, so heiszt es: 'wer beschäftigt die rinder [die priester]? der einsichtige, denn wer ihre narung mert wird leben.' oder von wem gilt disz, wem nur kann man es zumuten, dasz er priester beschäftigt? denn es ist ja sein eigener vorteil, also vom verständigen. Dieses 'denn' hat eben nur so einen sinn. Herr Aufrecht, wie wir ihn nunmer in gerechter widervergeltung nennen, beantwortet aber seinerseits die frage 'wer' falsch; nicht 'irgend ein gottesfürchtiger' sondern die einsichtigen sind gemeint, die, die ihren eigenen vorteil richtig zu beurteilen wiszen. Also auch wenn ich die frage in Aufrechts sinne beantwortet hätte, konnte ich kein 'denn' einschieben. Vgl. die folgende strophe.

Herrn Ludwig's Uebersetzung von 1, 84, 16. 17 ist die folgende:

16 wer spannt heute an die stenge der ordnung[1]) die kräftigen, grimmigen, schwer zo beugenden rinder? | die pfeile im rachen[2]) haben, die ins herz schieszen, die heilbringenden? [die priester, denn] wer ihre nerung fördert, der wird leben.

17 wer flieht, wird geschädigt, wer fürchtet? [der böse;] wer glaubt an Indra? wer glaubt, desz er nahe? [der fromme.] | wer [andererseits] spricht seinen segen über samen und gesinde, über den reichtum, ihn selber und die leute? [Indra.]

Raden, Ross, am meisten aber
Schwindelhaber, Dippelhaber.

---

1) Also dhory ṛitasya.

2) Die Priester haben Rachen.

Universitäts-Buchdruckerei von Carl Georgi in Bonn.

www.ingramcontent.com/pod-product-compliance
Lightning Source LLC
Chambersburg PA
CBHW022023110726
47901CB00006B/1639